山东省社会科学规划项目文丛 · 重点项目

东方诺贝尔文学研究

——从泰戈尔到莫言

侯传文 王汝良等 ◎ 著

中国社会科学出版社

图书在版编目(CIP)数据

东方诺贝尔文学研究：从泰戈尔到莫言 / 侯传文，王汝良等著 . —北京：中国社会科学出版社，2016. 5

ISBN 978 – 7 – 5161 – 8173 – 7

Ⅰ. ①东… Ⅱ. ①侯…②王… Ⅲ. ①东方国家 – 诺贝尔文学奖 – 作家 – 文学研究 – 现代 Ⅳ. ①I106

中国版本图书馆 CIP 数据核字(2016)第 102471 号

出 版 人 赵剑英
责任编辑 任 明
特约编辑 李晓丽
责任校对 刘 娟
责任印制 何 艳

出 版 中国社会科学出版社
社 址 北京鼓楼西大街甲 158 号
邮 编 100720
网 址 http：//www. csspw. cn
发 行 部 010 – 84083685
门 市 部 010 – 84029450
经 销 新华书店及其他书店

印刷装订 北京市兴怀印刷厂
版 次 2016 年 5 月第 1 版
印 次 2016 年 5 月第 1 次印刷

开 本 710 × 1000 1/16
印 张 24. 75
插 页 2
字 数 394 千字
定 价 85. 00 元

前　言

在长期的教学与研究过程中，我对东方诺贝尔文学现象一直比较关注。诺贝尔文学奖这一万众瞩目的世界大奖是由西方人设立的，评委基本上都是西方人（当然是西方文学与文化界的精英），东方作家获奖难度很大，需要突破许多障碍。在东方，获奖不单是作家个人的事，也不仅是纯粹的文学现象，而是包含更多的民族文化因素，能够传达诸多世界文学与文化方面的信息。1994 年，当日本作家梅开二度、大江健三郎摘得诺贝尔文学奖桂冠之时，我终于不再停留于内心感慨，开始对这一重要现象进行系统思考并付诸笔端，写成《东方诺贝尔文学断想》一文，在《青岛文学》1995 年第 5 期上发表。后来，东方作家频繁获奖，进一步激发了我对有关问题的思考，2005 年，与研究生王汝良合作，写出《多元文化语境中的东方诺贝尔文学》一文，发表于《中国人民大学学报》2006 年第 3 期，并于当年申请获批山东省社会科学规划研究项目“多元文化的张力——东方诺贝尔文学研究”。在此前后，除了自己对有关问题进行思考研究之外，我在指导研究生论文选题时，也有意识地向这方面靠拢。研究生们的学位论文为本项目的完成打下了基础，初稿于 2009 年基本按计划完成。然而，统稿修改比预想要困难得多，补充完善、整体提升、统一体例等工作使书稿的最终完成延迟了许多，加之出版经费不足，与读者见面就一直拖到了现在。尽管经过了长时间的反复修改，文稿仍然不敢说完善，缺点与错误恐难避免，敬请专家和读者批评指正。

本书由总论和七章构成。总论主要从“东方的发现”“东西方文化的冲突与融合”“民族自信与文化自觉”“民族性与世界性的张力”“人文精神的弘扬”“现代性的表现”“后殖民文学现象”“东方文化的复兴”八个方面对东方诺贝尔文学现象进行透视和分析。正文七章是泰戈尔、川端康成、索因卡、马哈福兹、戈迪默、大江健三郎、库切七位获奖作家的专题研究。需要说明的是，获诺贝尔奖的东方作家不止上述七位，应该纳入视野的还有以色列的阿格农（1966 年获奖）、移民作家高行健（法籍华裔，2000 年获奖）和奈保尔（英籍印裔，2001 年获奖），但由于他们是否属于东方作家还有争议，故没有将其作为重点研究对象。另外，在课题立项之后，又有土耳其的帕慕克和中国的莫言分别于 2006 年和 2012 年获奖，我们在总论中将他们纳入了论述范围，专题研究只能留待将来了。

本书是集体合作的产物。主要作者及分工如下：

总论：侯传文、王汝良

第一章：侯传文（第一、二、四节）、周静（第三节）

第二章：侯传文（第二、三节）、丁文（第一节）

第三章：王汝良

第四章：侯传文（第一节部分，第四节）、黄丽（第一节部分，第三节）、马征（第二节）

第五章：郭薇华

第六章：王士民

第七章：何兴华

本书由侯传文、王汝良统稿。另外，马征在青岛大学工作期间，为本项目做了一些前期工作；研究生郝玉芳、丛萍等撰写了相关论文，限于体例和篇幅，成果没有收入本书；在读研究生管春梅、高洁、孙明香做了一些辅助性工作。特此说明，并致谢意！

书成之际，感谢山东省社会科学规划办公室立项资助！感谢青岛大学文学院两任院长姜振昌、刘怀荣对本项目的关心和支持！

侯传文

2015 年 4 月 20 日

目　录

总　论

多元文化语境中的东方诺贝尔文学

从 1901 年至今，诺贝尔文学奖已经走过了 100 多年的历程，共有 111 位作家相继登上瑞典文学院的颁奖台。[①] 尽管人们对该奖有这样那样的非议，对评委们的眼光和立场或有微词，但作为世界范围内文学创作领域的最高荣誉，诺贝尔文学奖一直备受重视，并且还将继续受到全世界的作家、文学研究者以及文学爱好者的关注。

东方作家获得诺贝尔文学奖更为引人注目。自开奖以来，诺贝尔文学奖绝大多数授予了欧美作家。由于该奖是在西方文化圈中设立、主要由西方人评定的，文化的差异和语言的障碍使得东方作家竞争该奖颇为困难。从 1901 年至今举行的一百多届评奖中，只有十位东方作家摘得这项桂冠，他们分别是：泰戈尔（印度，1913），阿格农（以色列，1966），川端康成（日本，1968），索因卡（尼日利亚，1986），马哈福兹（埃及，1988），戈迪默（南非，1991），大江健三郎（日本，1994），库切（南非，2003），帕慕克（土耳其，2006）和莫言（中国，2012）。[②] 另外，

---

① 数据截止到 2014 年。因两次世界大战，诺贝尔文学奖在 1914 年、1918 年、1935 年、1940 年、1941 年、1942 年、1943 年未能成功颁发。诺贝尔文学奖也曾 4 次被两人分享。

② 关于"东方"和"东方文化"的范围，学术界有不同观点。一种意见以季羡林先生为代表，认为东方文化主要包括三大文化圈，即以中国为中心、以儒道和汉化佛教为标志的东亚文化圈，以印度为中心、以印度教和佛教为标志的南亚文化圈，以阿拉伯为中心、以伊斯兰教为标志的西亚北非文化圈，不包括南部非洲；另一种意见以目前通行的《东方文学史》或《外国文学史》教材为代表，认为东方是与西方相对而言，非西方即东方，"西方"主要指欧美，"东方"则包括亚洲和非洲，即除了上述三大文化圈之外，还包括南部非洲及中东的以色列和土耳其，但作为外国文学的一部分，其"东方"一般不包括中国。本书在"东方"范围问题上持大东方观，但论述有所侧重。比如在讨论文化问题时，侧重没有争议的、典型的东方作家，如印度的泰戈尔、日本的川端康成、埃及的马哈福兹和中国的莫言等。关于"东方文化"的内涵和外延，侯传文在《"东方文化"正义》（载《东方论坛》2013 年第 5 期）一文中有比较详细的阐述，可参看。

还有两位颇受争议的移民作家高行健（法籍华裔，2000）和奈保尔（英籍印裔，2001）。

在西方，获得诺贝尔文学奖是作家个人的事情，至多会影响到某种文学思潮的兴衰。而在东方，获奖的作家大都代表一个民族、一种文化，作家获奖往往引发诸多关于文学与文化的论争和思考。所以，对已走过百年历程的东方诺贝尔文学进行系统的整理和思考，在文学和文化这两个层面均有着特殊的意义。首先，总结百年来东方诺贝尔文学的创作经验，对已经走向世界的东方作家的作品进行系统阐释，深入挖掘其思想特点和审美价值，为读者的阅读和作家的创作提供一定的借鉴，是本课题研究的出发点和首要目标。其次，中国与其他东方国家有着相同或相似的历史演变过程，中国文学也是东方文学的重要一脉。对东方获奖作家作品进行系统研究，在此基础上重建东方文学话语，探寻东方文学的现代转型之路，对于中国文学的现代转型具有重要的借鉴和启示意义。再次，文学是时代精神的反映，东方诺贝尔文学是百年来东方文化迁衍流变的鲜明体现。通过对东方诺贝尔文学现象的研究，梳理东方文化在西方从被发现、接受到主动寻求对话的一般过程，总结东方文化踯躅中前行、曲折中发展的一般规律，对于提升文化自觉与民族自信，积极参与东方文化复兴进程，具有重要的现实意义。最后，东方诺贝尔文学是东西方文化交流的产物，不仅反映了近百年西学东渐的历史，而且内蕴着这些作家对东西方文化问题的思考，是东西方文化交流与冲突问题研究的标本。通过对这些具有跨文化特点的东方作家的研究，探寻消弭文化冲突、实现平等对话的前景及途径，对于促进东西方文化交流，实现多元文化和谐共存，同样具有重要的启示意义。

本课题研究分总论和个案研究两部分。总论部分选取了几个角度，对东方诺贝尔文学这一重要的文学和文化现象进行总体性的研究和阐释，既是对获奖作家们创作经验的提炼、对其思想文化意蕴内涵的发掘，又是对百年东方文学和文化的宏观梳理、把握和反思。个案部分对获奖作家分别进行专题研究，以期对各位作家的思想和创作有一个较为细致、深入的了解。[1]

---

① 限于文献资料、语言能力和时间精力，关于阿格农和帕慕克的专题研究没有展开。莫言获奖前后国内已有诸多深入独到的研究成果出现。所以，个案研究部分这几位作家的专题研究暂付阙如，但在总论部分适当涉及，以尽可能保证研究的系统性、完整性和科学性。

一　东方的发现

东方诺贝尔文学现象是东方文学百年发展历程的缩影，也是东方文化百年迁衍流变的折射。细细回顾和梳理百年来东方作家的获奖，可以发现这个过程其实就是西方人对东方文化由偶然发现到主动接受的过程。100多年前泰戈尔获得诺贝尔文学奖，西方人有机会发现东方。20世纪后期以来，东方作家获奖的频率不断加快，体现了西方人对东方的主动发现和对东方文化的不断接受。

20世纪上半期，东方作家中只有泰戈尔一人获奖，授奖辞中还说他已经进入英国文学之列，因此曾有人戏称泰戈尔是半个东方作家。然而，即使只算半个东方作家，他的获奖也使西方人有机会发现东方，尽管这个机会来得有些偶然。1912年，泰戈尔前往英国旅行，在此前后他将自己的部分孟加拉语诗歌翻译成英文，带到伦敦以诗会友。这些诗歌以其宁静深邃的精神境界和神圣真挚的情感表现征服了众多英语诗人、作家和艺术家。著名诗人叶芝在后来为《吉檀迦利》写的序言中说："当我坐在火车上、公共汽车上或餐厅里读着它们时，我不得不经常阖上本子，掩住自己的脸，以免不相识的人看见我是如何激动。……这些诗的感情显示了我毕生梦寐以求的世界。这些诗歌是高度文明的产物。"① 诗人兼理论家爱兹拉·庞德也发表了评论文章，他说："这种深邃的宁静的精神压倒了一切。我们突然发现了自己的新希腊。象是平稳感回到文艺复兴以前的欧洲一样，它使我感到，一个寂静的感觉来到我们机械的轰鸣中。"应该说，这种评论具有一定的代表性。除此之外，庞德还将泰戈尔的诗与西方时尚文学进行了对比，指出："他具有自然的宁谧。这些诗似乎不是风暴或激越的产物，而只是显示了他日常的脾性。他与大自然浑为一体，没有任何矛盾。这一切与西方的时尚形成了鲜明的对比。在西方，我们若要取得'巨大的戏剧效果'，那么人必须表现为竭力要驾驭大自然。这一切与古希腊对人的描写及众神的嬉戏也形成了对比。……总之，我在这些诗中发现了一种极其普通的情感，使人想起在我们西方生活的烦恼之中、在城市的喧嚣之中、在粗制滥造的文艺作品的尖叫之中以及在广告的旋涡之中常

---

① ［印度］克里希那·克里巴拉尼：《泰戈尔传》，倪培耕译，漓江出版社1984年版，第264—265页。

常被忽视的许许多多的东西。”[①] 这些评论表现了对东方文化的惊奇发现，东方文化的宁静深邃让这些长期身处现代机械轰鸣中的西方文化人感受到了异质文化的独特魅力。正是这些西方文学精英的发现和认同，使当时名不见经传的东方诗人泰戈尔击败了众多竞争对手，赢得了1913年的诺贝尔文学奖。

获奖之后，更多西方人通过泰戈尔和他的作品认识到东西方文化的差异。法国作家让·居埃农写道：“这些理想与我们的理想是大相径庭的，它至少给了我们对欧洲思潮的相对性的认识。我们没有很好地理解：千百万人在与我们不同的理想基础上被抚育着，生活着。”冰岛作家拉克斯奈斯也说：“一个令人敬慕的上帝，泰戈尔的上帝：伟大的朋友，世界的情人，洁白的莲花，坐在河心中摇晃着的小舟上吹着横笛的陌生人！与泰戈尔类似的上帝可以在地中海地区犹太人的《圣经》诗里找到，你可以在中国的《道德经》里见到。但在欧洲，从中世纪以来，恐怕没有他的任何代表。”[②] 的确，东西方文化的差异客观存在，在泰戈尔获奖之前也并非没有人意识到这种差异，但这种认识大多源自对异质文化的猎奇欣赏或有意利用，还谈不上对东方文化的真正发现和理解。在东西方的历史地位已发生明显变化的20世纪初期，举世瞩目的诺贝尔文学奖却由来自东方的泰戈尔获得，“东方”才真正在文化意义上引起西方人的关注，尽管这种关注和发现中有着许多偶然因素。试想，如果泰戈尔当初没有把自己的作品主动从孟加拉文译为英文，如果没有叶芝等人在推荐和出版等方面的帮助，我们很难想象泰戈尔会在西方人对东方抱以总体歧视的20世纪初获得诺贝尔文学奖，尽管泰戈尔的文学成就无与伦比。即使在他获奖之后，授奖者也有不同的理解，如雅奈先生在《授奖辞》中认为，泰戈尔的《吉檀迦利》等作品“已经名副其实地归入英国文学”，因为“自从伊丽莎白女皇时代以来，这种诗歌艺术一直伴随着不列颠的文明扩张，永不凋谢”。他认为泰戈尔诗歌的全人类性是基督教传教事业的成果，他说：“基督教传教事业也在印度起到了妙手回春的作用。……基督教传教事业

① ［印度］克里希那·克里巴拉尼：《泰戈尔传》，倪培耕译，漓江出版社1984年版，第266—268页。

② 同上书，第284、287页。

的影响远远超出改变宗教信仰的工作范围。”① 也就是说，在他们的眼里，泰戈尔并非东方文化的真正代表，他的获奖并非是对东方文化成就的肯定，相反，却是拜西方文化所赐。由此也可以理解，为什么泰戈尔之后的半个世纪里没有第二位东方作家获得诺贝尔文学奖。

直到20世纪后期，东方作家才开始频频引起诺贝尔文学奖评委的关注。继以色列作家阿格农1966年获奖之后，日本作家川端康成获得1968年的诺贝尔文学奖，而且是第一个因民族性（即出色地表现了民族文化特色）而赢得该奖的东方作家。瑞典皇家文学院常务理事、诺贝尔文学奖评选委员会主席安德斯·奥斯特林在《授奖辞》中强调：“川端先生明显地受到欧洲近代现实主义的影响，但是，川端先生也明确地显示出这种倾向：他忠实地立足于日本的古典文学，维护并继承了纯粹的日本传统的文学模式。在川端先生的叙事技巧里，可以发现一种具有纤细韵味的诗意。……川端康成先生的获奖，有两点重要意义。其一，川端先生以卓越的艺术手法，表现了道德性与伦理性的文化意识；其二，在架设东方与西方的精神桥梁上做出了贡献。”② 这与半个世纪之前泰戈尔获奖时《授奖辞》的表述有着明显、深刻的差异，开始体现出西方人对东方文化的主动发现和接受。《授奖辞》还称川端康成“以敏锐的感受，高超的叙事技巧，表现了日本人的精神实质”。③ 此处的“日本人的精神实质”又译为“最具民族性的日本灵魂”，指的是什么？许多人曾试图做出解释却不得要领。对此，还是百年前东方诗圣泰戈尔的理解比较深刻，他认为：“日本创造了一种具有完美形态的文化，发展了一种视觉，从美中发现真理，从真理中发现美。”川端康成对泰戈尔的这一理解非常认同，他将自己的获奖演说命名为《我在美丽的日本》，获奖之后赴美访问时，他将演讲题目定为《美的存在与发现》，并反复引用泰戈尔的话语。日本古代诗学中有一个体现审美修养的范畴称为“风雅”，对此，川端康成也在演讲中进行了阐

① ［印度］罗宾德拉纳特·泰戈尔：《饥饿的石头》，倪培耕等译，漓江出版社1983年版，第539—542页。

② 高慧勤主编：《川端康成十卷集》第10卷，河北教育出版社2000年版，第446页。

③ ［瑞典］安德斯·奥斯特林：《授奖辞》，高慧勤译，《川端康成十卷集》第10卷附录，河北教育出版社2000年版，第446页。

释："风雅，就是发现存在的美，感受已经发现的美，创造有所感受的美。"① 川端康成在创作和演讲中对民族性的深刻展示，有助于西方人进一步发现和了解东方文化。

20 世纪 80 年代后期到 21 世纪初，东方作家获得诺贝尔文学奖异乎寻常地频繁起来，二十几年的时间内先后有八位东方作家（马哈福兹、戈迪默、大江健三郎、库切、帕慕克、莫言，外加两位移民作家）获此殊荣。后 20 年的热络与前 80 年的冷落形成鲜明的对照。西方对东方文学认可和接受的这种加速度是偶然现象吗？是诺贝尔文学奖的评委们出于对历史欠账的补偿而有意识地进行倾斜照顾吗？——显然不能做如此简单浅薄的理解。我们认为，东方作家的频繁获奖，是经过转型更新的东方文学发展进步的标志；是经过近百年东西方文化的交流互动后，歌德所期望、马克思所展望的世界文学时代终于来临的标志；同时，也是西方的知识精英们对东方文化主动发现和不断接受的结果。

二　东西方文化的冲突与融合

由于地理环境、生产方式、历史变迁等因素，东西方两大文化体系的差异客观存在，如尚德与尚力、尚同与尚异、忧患意识与悲剧意识、民生主义与民主主义、耻感与罪感、人治与法治，等等。② 15 世纪以前，东西方文化基本处于相互隔绝的状态，只有局部碰撞而没有大规模的交流。16 世纪至 20 世纪初的"西学东渐"才使东西方文化历史性地相遇。西学东渐对东方社会文化的现代转型起了积极的推动作用，也在东方各国引发了持续不断的文化碰撞和冲突，在宗教信仰、政治制度、伦理道德、教育方式、生产方式等各个领域和层面均有表现。东西方文化的这种差异性和碰撞冲突曾一定程度上被人为放大，如英国诗人吉卜林就曾在其诗作中喊出"东方是东方，西方是西方，二者永不交汇"，成为以灰色视野观照东方、对东西方文化关系持悲观态度的一个代表。影响最大的当属 20 世纪 90 年代美国学者亨廷顿的"文明冲突论"，他在《文明的冲突与世界秩序的重建》一书中将世界划分为八大文明系统，并认为这些文明之间的差异比政

① ［日］川端康成：《美的存在与发现》，叶渭渠译，中国社会科学出版社 1996 年版，第 234 页。

② 参阅侯传文《东方文化通论》，山东教育出版社 2002 年版，第 330—332 页。

治、阶级的差异更具有永恒性，未来世界格局将由不同文明之间的对立互动而构成。[①] 然而，东西方文化有相异性的内容，也有相通性的成分；有碰撞冲突的一面，也有交流融合的一面。进入20世纪特别是下半叶以来，随着全球化进程的加快，东西方文化已呈现出江河入海式的交流、融合态势。特别是包容性极强的东方文化，面对西方文化的冲击，已明显表现出对狭隘民族主义、文化保守主义的超越和摒弃，正以一种更加理性、科学、开放和包容的态度，“外之既不后于世界之思潮，内之仍弗失固有之血脉，取今复古，别立新宗”[②]，致力于民族文化复兴，参与世界文化对话。

东方诺贝尔文学正是东西方文化相冲突、相融合这一时代语境下的产物。作为成长于这种冲突与融合大背景下的一代文化人，东方诺贝尔作家们的思想和创作中不乏对这一问题的体验、反映和思考。泰戈尔在少年时代就通过学校和家庭教育接受西方文化，后来又曾多次赴欧洲求学、访问。这些经历使他结识了一批西方文化界的精英，接触和认识到西方文化的精华，从而在思想上得到熏陶、精神上得到充实。面对东西方文化的碰撞冲突，泰戈尔选择既接通民族精神血脉、也从西方文化中汲取营养的兼收并蓄态度。他赞美和宣扬东方文化，也称颂和向往西方文化；他揭示和指斥印度传统文化中的种姓壁垒、对妇女的歧视和戕害，也揭露和批判西方文化中物质主义和个人主义的庸俗和低下。总之，面对东西方文化的碰撞和冲突，泰戈尔既不偏于西方中心主义，也不囿于狭隘的民族主义，而是倡导一种东西方文化交流融合后的新文化。在题为《文明的汇合》的演讲中，他集中阐述了印度文化和西方文化进行合作的理想：“人的无限个性能够在整个人类的光辉汇合里体现。我请求印度成为世界所有民族合作的代表。……把我们的精神同西方精神割裂开来的当前的种种企图，犹同精神自杀。”[③] 他的长篇小说代表作《戈拉》既否定了依附英国的殖民

---

① 亨廷顿在《文明的冲突?》（载美国《外交事务》1993年夏季号）一文中首先提出“文明冲突论”，引起较大争议。他在其后出版的《文明的冲突与世界秩序的重建》一书中对这一理论进行了发挥，在一些说法上也进行了一定程度的修正。参阅塞缪尔·亨廷顿《文明的冲突与世界秩序的重建》，周琪、刘绯、张立平、王圆译，新华出版社1999年版。

② 鲁迅：《文化偏至论》，载《鲁迅全集》第1卷，人民文学出版社1981年版，第56页。

③ ［印度］克里希那·克里巴拉尼：《泰戈尔传》，倪培耕译，漓江出版社1984年版，第365页。

化倾向，也否定了不加区分地以恢复古代传统来对抗殖民化的倾向。在作品中，主人公戈拉本是爱尔兰夫妇的孩子，被印度一对开明的婆罗门夫妇收养。他从小接受西方式教育，经常用英语发表演讲，反对偶像崇拜等印度教习俗；后来又钻研印度传统的吠檀多哲学，反击西方传教士对印度社会和宗教的攻击。他成立了印度教协会，与主张印度教改革的梵社对立。他为了固守教派观念，不惜拒绝“梵社”姑娘苏查丽妲的爱情，割断同好友毕诺业的友情。他为印度的尊严进行辩论、奔走甚至承受牢狱之灾，却因身上流的是外国人的血而没有资格举行涤罪仪式。最后，得知自己身世后深受震撼的戈拉决意为“没有种姓、不分贵贱、没有仇恨”的印度而献身。这部旨在揭示印度社会矛盾、反映时代变迁的作品，客观上即暗蕴了作者的东西文化观。此外，中篇小说《四个人》通过主人公沙奇士在西方现代科学和印度传统宗教情感之间的徘徊来表现近代印度知识分子精神探索的艰难历程。长篇小说《最后的诗篇》则以毕业于牛津大学、生活方式西方化、思想上主张反传统的青年律师阿米德的爱情波折为线索，表现了东西方文化在爱情观念、生活方式等方面的差异和冲突。这些作品均发表于20世纪初叶，虽然创作主旨并非致力于表现东西方文化冲突，却在一定程度上表现出作者对这一问题的超前思考。

索因卡出生于尼日利亚西部约鲁巴部族聚居的小镇阿贝奥库塔，父母均为基督教徒，使他从小就受到非洲传统文化和西方基督教文化的双重熏陶。大学毕业后，索因卡曾赴英国留学，后来又因受到军政府迫害而流亡欧美多年，对西方文化有着切身的体验和认知，对东西文化冲突以及如何应对这种冲突有着深刻的理解和表现。在剧作《沼泽地的居民》中，他以非洲乡村经济的凋敝、淳朴人情的丧失为切入点，集中表现了西方殖民文化对非洲传统文化的破坏。另一剧作《狮子和宝石》通过接受过西方教育的年轻教师在与腐朽昏聩的老酋长的爱情角逐中败北这一事件，反映出西方新文化在强大的传统守旧势力面前的无奈和尴尬，同时也对崇奉“月亮也是西方的圆”这种文化偏媚倾向进行了辛辣的讽刺。《死亡和国王的侍从》则是争议较大的一部悲剧作品。虽然作者在该剧引起轰动之后一再申明自己的创作目的绝非单纯表现文化冲突，但导致悲剧发生的客观原因，却是艾雷辛父子和英国殖民官员皮尔金斯分别秉持的非洲约鲁巴文化与欧洲文化在生死观念方面的差异和隔阂。然而，在对非欧文化冲突进行揭示和表现的同时，索因卡并未陷入狭隘的民族主义思维陷阱，他曾对非洲大陆盛行一时的“黑人性”文化运动泼以冷水，他尖锐地指出：“黑人文化自豪感使自己陷入被动，虽然它的口音是刺耳的，句法是夸张的，战略是富于进攻性的——黑人文化自豪感仍然处在对于人及其社会分析的欧洲中心论设定的机构之中，并试图用这些外化了的概念重新定义非洲及其社会。”① 他一方面为非洲大陆反抗殖民统治意识的觉醒而欣慰，另一方面又清醒地认识到，黑人种族意识实际上也是一种“他者化”意识，面对欧洲文化，如果选择完全拒绝与对峙，那么非洲黑人文化将长期深陷野蛮化、非理性化的泥淖而不能自拔。此外，索因卡也对在反抗殖民化的过程中出现的极端暴力与恐怖现象予以了公开谴责。

马哈福兹出生并成长于20世纪的埃及。埃及是东方文明古国，有着几千年的灿烂文化，有着引以为荣的过去，但同时也为此背负着沉重的历史包袱，腐朽沉滞的传统观念和各种形式的原教旨主义成为实现社会进步和人民自由的最大障碍。与此同时，西方文化却在以各种方式对20世纪的埃及社会进行着荡涤和冲击，其中，埃及伊斯兰宗教信仰与西方现代科技文明的冲突最为激烈。马哈福兹对此有着深切的体察，他以高度的责任感和使命感，对处于东西方文化冲突期埃及社会的价值寻求和理想重建进行不懈探索，而这种探索对埃及、对阿拉伯世界乃至整个东方社会都具有深刻的启示意义。“开罗三部曲”即是集中表现这种探索的代表作。全书分别以艾哈迈德家族三代人的主要生活场景——开罗的三个街区两宫间、思慕宫和怡心园为题，描绘出20世纪上半叶开罗这一家三代人的生活选择和精神变迁，并由此表现出处于现代转型期的埃及民族面对西方科技文明冲击时的无奈、彷徨和抉择。《思慕宫》中的主人公凯马勒是该时期埃及众多知识分子的一个缩影。凯马勒自幼对父亲唯命是从，笃信伊斯兰教，受到较多传统文化的影响，同时他又善于思考，关注埃及命运。二哥法赫米为国捐躯后，他受到很大震动，参加了爱国的华夫脱党。入读大学之后，西方科学民主等开明思想的洗礼又激发起他对科学和真理的探求热情。于是，家庭与社会、理想与现实、传统与现代、东方与西方的矛盾，使他陷入苦闷、迷惘的精神困境。这是埃及一代有思想的知识分子精神成长的过程，这种精神迷惘正是东西新旧思想碰撞冲击过程中所产生的阵

① ［美］爱德华·W. 赛义德：《文化与帝国主义》，生活·读书·新知三联书店2003年版，第326页。

痛。不难看出，在凯马勒的身上，有着作者马哈福兹的影子。现实中的马哈福兹既是真主安拉的虔诚追随者，也曾广泛接受西方各种民主主义、社会主义思想和科学观点的影响。在保守派的眼里，他过于西化，获得诺贝尔文学奖这一事件也曾被视为西方势力对伊斯兰教的亵渎，他本人也曾经被激进的原教旨主义者刺伤。可在激进派的眼里，他又过于保守，认为他的不少作品对现代埃及的命运流露出浓重的悲观情绪。在此意义上，马哈福兹也是众多成长于20世纪的东方文化人的一个缩影，他们作为传统文化的嫡系传人和西方文化的直接接受者，在近百年的东西方文化冲突中首当其冲并艰难抉择着。

以色列作家阿格农和土耳其作家帕慕克是两位文化身份颇有争议的作家，其思想和创作中也深蕴着对东西方文化问题的关注和思考。阿格农虽生于东欧，但始终认为自己出生在耶路撒冷，对他而言，“耶路撒冷就是太阳”，其创作也大多以颂扬和传播曾哺育他的犹太文化为主题，致力于为颠沛流离的犹太民族寻回失落的精神家园。他的长篇小说《婚礼的华盖》中的主人公余德尔实际上是众多流落东欧的犹太人的化身，《逝去的岁月》也对犹太人正受到西方思想的侵蚀这一问题进行了揭示。土耳其作家帕慕克生于伊斯坦布尔的一个西化家庭，幼年时代即接受英语教育，成年后创作的大量作品以表现东西方文化冲突为主题。当被问及究竟代表东方还是代表西方时，帕慕克的回答是“我是混合着东西方文化的土耳其人”。显然，帕慕克是在拒绝政治视角的单一定性，而将自己的文化身份与地理位置上横跨亚欧两洲的土耳其相类比，表明了自己对东西方文化关系的态度，即它们之间既有深刻的差异和冲突，又无法割断历史和现实的联系。他的代表作品《雪》表面上表现的是宗教文化与世俗文化的冲突，实质上却是固守伊斯兰传统文化与寻求西化这两种观念与势力之间的冲突，从这个意义上说，将《雪》定位为“政治小说”并不恰当。《我的名字叫红》则表现了两种截然不同的绘画技法所引发的冲突，一种是以真主安拉为中心的传统细密画法，一种是西方文艺复兴之后以人为中心的透视画法。帕慕克以此为例告诉人们，正是看待世界的方式不同，才最终导致了文化冲突乃至悲剧的发生。

三　民族自信与文化自觉

获得诺贝尔文学奖的东方作家，在创作和演讲中无不突出自己的民族身份和东方意识，他们的共同特点是具有充分的民族自信和文化自觉。这其中，又以印度的泰戈尔、日本的川端康成、埃及的马哈福兹和中国的莫言最为突出。

展示民族文化精髓、致力于民族文化复兴是泰戈尔自觉的追求。源于古典《奥义书》的“梵我同一”哲学理念，印度教的人神亲密关系，佛陀的慈悲和睿智，都被他视为弥足珍贵的民族文化遗产。他曾指出：“对我来说，《奥义书》的诗句和佛陀的教诲，一直是活着的灵魂，因而具有无限的生机；我在自己的生活中和对别人的说教之中也总是把它们当作我个人的体证，是对我个人、对别人都具有内在个性意义的东西。”[1] 他不仅将这种“活的灵魂”贯穿在自己的创作和社会活动中，而且试图将其传播到世界各地。1912—1913 年，他在美国作了题为《正确地认识人生》（又译《人生的实现》等）的系列演讲，其序言中说：“我希望，西方的读者能够通过这些文章，有机会接触我们的圣书中所展示的、今日生活中仍体现着的古代印度的活灵魂。”[2] 在该演讲中，他还着重对印度文化传统的“梵我同一”理念进行了深入细致的阐释：“东方的最高智慧却认为，我们灵魂的功能并不是要得到上帝，去为自己的某种物质利益服务，我们所要追求的就是要越来越与上帝合一。”又说：“我们只有通过与梵合而为一，整个身心的融合，才能认识梵。我们必须与这位父亲完全合一，必须像他一样完美。”[3] 1916 年他访问日本和美国时发表的系列演讲（分别结集为《民族主义》和《人格》），也以弘扬印度传统民族文化为宗旨。在泰戈尔看来，民族主义或国家主义是一种以自我和他者相对立为原则的扩张主义，是西方文化的代表；人格主义则是一种以自我和他者相统一为原则的和平主义，是印度民族文化的代表。世界大战已经证明了前者的失败，当然也就证明了后者的价值。他对当时东方文化被轻视、被忽视的现象感到痛心疾首，在题为《诗人的宗教》的演讲中着重指出：“今天，真正的东方依旧未经勘察。盲目的轻视比盲目的无知更加不可救药；因为轻视使灯火熄灭，而无知只是未点燃灯火而已。东方正期待着被西方

---

① ［印度］罗宾德拉纳特·泰戈尔：《正确地认识人生》，刘竞良译，见《泰戈尔全集》第 19 卷，刘安武、倪培耕、白开元主编，河北教育出版社 2000 年版，第 4 页。

② 同上书，第 3 页。

③ 同上书，第 86、89 页。

各民族所了解，这不仅为了能如实地介绍自己，也为了让她对自己的使命有信心。”① 在西风压倒东风，东西方文化强弱分明、地位悬殊的20世纪初，泰戈尔表现出的这种文化自觉意识和民族自信精神尤为可贵。

川端康成也是一位具有高度文化自信的东方作家。早在发表于1934年5月的《文学自传》中，他就对自己的东方文化属性作了强调：“我受过西方现代文学的洗礼，也曾试图加以模仿；但我在根底上是东方人，从15年前起就不曾迷失过自己的方向。”② 正是有着这样一种文化自信，川端康成深入发掘自《源氏物语》以来日本文学的优秀传统，对物哀、幽玄、余情等日本文学的传统美以及创作技巧等进行自觉继承和大胆创新，相继创作出《雪国》《古都》《千鹤》等杰出作品，取得了巨大的成功，成为亚洲第一位因民族性表现而获得诺贝尔文学奖的作家。获奖之后第二年，川端康成前往美国，发表了题为《美的存在与发现》的演讲，其中引用了泰戈尔1916年访问日本时发表的演讲中的一段话：“一个民族，必须展示存在于自身之中的最上乘的东西。那就是这个民族的财富——高洁的灵魂。要抱有伟大的胸怀，超越眼前的局部需要，自觉地承担起把本国文化精神的硕果奉献给世界。”③ 他非常赞同泰戈尔的观点，并身体力行，在演讲中大力弘扬日本古代的和歌、俳句和物语文学等传统，阐明日本民族如何善于发现和表现自然之美、人性之美。他还对日本近代以来引进并模仿西方文学的历史进行了反思：“日本引进西方近代文学约莫百年了，但这种文学不是没有达到王朝时代的紫式部、元禄时代的芭蕉那样具有日本风格的高度就衰微下去了吗？假如日本文学今后还会有上升期，产生新的紫式部和芭蕉，那就是我所真诚期待的。”④ 他的这一反思极具代表性。实际上，川端康成本人正是在片面模仿西方文学遭受挫败之后，重新树立起民族自信，回归民族文学传统，才最终取得成功。

“说书人”马哈福兹则以其对民族优秀传统的自信述说为自己赢得“阿拉伯民族之魂”的赞誉，最终登上诺贝尔文学奖的领奖台。在获奖演

① ［印度］罗宾德拉纳特·泰戈尔：《诗人的宗教》，冯金辛译，见《泰戈尔全集》第21卷，第253页。

② 高慧勤主编：《川端康成十卷集》第10卷，河北教育出版社2000年版，第71页。

③ ［日］川端康成：《美的存在与发现》，叶渭渠译，中国社会科学出版社1996年版，第233—234页。

④ 同上书，第230页。

说中，他宣称："我是两种文明的儿子。在历史上的一个时期里，这两种文明结下了美满姻缘。第一种是已有七千年历史的法老文明；第二种是已有一千四百年历史的伊斯兰文明。"他讲了两个故事，以阐发这两种文明的特点。一个是古埃及纸草书上记载的法老故事：一位法老得知他的后宫嫔妃与廷臣私通，根据当时通常的做法，人们预料他会斩尽杀绝。但这位法老没有这样做。他召集一批司法官员，要求他们调查事实真相，以便公正审讯。马哈福兹对此评论道："在我看来，那种做法比创立一个帝国和修建金字塔更加伟大，更能证明那种文明比任何财富和光荣更加优越。帝国消失了，过去的事情也过去了，总有一天也化为乌有。但是只要人类的理智在渴求，真理和正义将永存。"另一个是关于伊斯兰文明的故事：在一次击败拜占庭的战役后，阿拉伯人释放了战俘，换回若干古希腊哲学、医学和数学的典籍。对此，马哈福兹又评论说："这是人类渴求知识和精神价值的证明。"① 前一个故事让我们联想到古埃及神话中，奥西里斯的儿子贺拉斯和叔叔塞特争夺王位继承权，众神组成法庭，经过公正裁决，最终贺拉斯赢得胜利。这个故事和由此联想到的古埃及神话表现了古埃及文明中蕴含的法制精神和对公平正义的追求。第二个故事则表现了阿拉伯民族旺盛的求知欲和伊斯兰文明海纳百川的包容精神。正是在这两种文明的优秀传统滋养下，马哈福兹一生坚持追求公平正义，并对其他文明的优秀成果始终抱以尊重，最终成为阿拉伯世界首位荣膺诺贝尔文学奖的作家。

同"说书人"马哈福兹相类似，"讲故事的人"莫言也将获奖首先归功于自己的民族文化之根。2012 年，因"用魔幻现实主义的写作手法，将民间故事、历史事件与当代背景融为一体"，莫言登上诺贝尔文学奖的领奖台。莫言将自己的获奖演说命名为《讲故事的人》，其中特别指出："二百多年前，我的故乡曾出了一个讲故事的伟大天才——蒲松龄，我们村里的许多人，包括我，都是他的传人。"② 由此可以看出演讲题目的来历和含义。他承认自己受到福克纳、马尔克斯等西方作家的影响，但更强

① ［埃及］纳吉布·马哈福兹：《受奖演说》，郁葱译，见吴岳添主编《诺贝尔文学奖词典》，敦煌文艺出版社 1993 年版，第 1030—1031 页。

② 莫言：《讲故事的人》，见陈思和《中国现当代文学名篇十五讲》（第二版），北京大学出版社 2013 年版，第 382 页。

调民族文学传统的作用："我也曾积极地向西方的现代派小说学习，也曾经玩弄过形形色色的叙事花样，但我最终回归了传统。"他还以其代表作之一《生死疲劳》为例说明东方佛教艺术对自己创作灵感的激发作用："这个书名来自佛教经典，据我所知，为翻译这个书名，各国的翻译家都很头痛。我对佛教经典并没有深入研究，对佛教的理解自然十分肤浅，之所以以此为题，是因为我觉得佛教的许多基本思想，是真正的宇宙意识，人世中许多纷争，在佛家的眼里，是毫无意义的。这样一种至高眼界下的人世，显得十分可悲。"这部作品的创作灵感也来自东方佛教文学艺术的启示："当我在一座庙宇里看到'六道轮回'的壁画时，才明白了讲述这个故事的正确方法。"①

值得注意的是，瑞典文学院诺贝尔文学奖委员会主席瓦斯特伯格在《授奖辞》中说莫言"是继拉伯雷和斯威夫特之后——在我们的时代，是继加西亚·马尔克斯之后——更加戏谑和震撼人心的作家。……曾有过如此史诗般的春潮席卷吞没过整个中国和世界吗？在莫言的作品里，世界文学所发出的声音淹没了其他大多数同时代人的声音。"② 显然，与给予其他东方诺贝尔获奖作家的评价不同，莫言被看作为世界文学的代表，没有了对文化问题和民族意识的强调。莫言在获奖演说《讲故事的人》中虽然多次提到影响自己思想和创作的民族文化因素，表现出民族自信与文化自觉，但也没有刻意突出自己的中华民族身份和东方文化属性。莫言获奖的文化因素被淡化了，这本身又折射出一种文化现象，那就是东方文化已经融入了世界文化。

四　民族性与世界性的张力

带着这样的民族自信和文化自觉，一批东方作家走向了世界。在走向世界文学的时代，他们又遇到了民族性与世界性这一无法回避的问题。文学的民族性与世界性的关系较为复杂，其中既有相反相对，也有相辅相成；既有矛盾，也有统一。杰出的东方作家正确地处理了现代化的过程中

① 莫言：《讲故事的人》，见陈思和《中国现当代文学名篇十五讲》（第二版），北京大学出版社 2013 年版，第 386 页。

② ［瑞典］瓦斯特伯格：《诺贝尔文学奖 2012 年颁奖典礼授奖词》，钟宜霖译，见叶开《莫言的文学共和国》，北京大学出版社 2013 年版，第 293 页。

由于东西方文化的冲突而带来的民族性与世界性的矛盾，将二者有机地结合在一起。

“越是民族的，越是世界的”，在一段时间内曾被不少作家奉为圭臬，孜孜以求文学的民族性。然而，民族性追求绝不是拿自己民族的落后鄙陋习俗去满足他人的猎奇心理和对异国情调的欣赏。的确有一部分东方作家曾乐此不疲，也曾获得一些“成功”，但终究经受不住历史的考验而遭到唾弃。东方诺贝尔文学表现的不是这种浅薄的民族特色，而是一种深厚的民族精神，一种本民族人生价值追求中表现出来的代表倾向，一种思维和表达的独特方式，一种审美理想的特定追求。

泰戈尔创作中表现出的对最高存在的虔敬挚爱，对完美人格的刻意追求，对宁静空灵的无限向往，对大自然特别是森林的深情书写，正是印度民族精神的体现和传承。例如，被称为“森林文明”的印度文明非常注重人与自然的和谐统一关系，泰戈尔的思想和创作深受这种传统的熏陶。他曾指出：“在印度，我们的文明发源于森林，因此也就带有这个发源地及其周围环境的鲜明特征。……古代印度居住在森林中的圣人们的目标就是努力去体悟这种人的精神与世界精神的大一统。……人与自然的这种根本的统一关系不仅是印度人的一种哲学猜想，而且在感情上和行动上体验这种和谐已经成为印度人的人生目的。”[①] 相应地，自然诗在其全部诗作中占有很大比重，森林、树木、河流、泉水、土地、群山，无不成为他浅吟低唱的对象。再如，印度传统的“梵我同一”世界观不但在泰戈尔的创作中时常得以表现（如宗教抒情诗集《吉檀迦利》），同时也成为他一生中不懈亲证追求的目标，即不断自我完善从而达到完美人格，在有限中证悟和追求无限，以实现不朽的人生价值。川端康成创作中表现的对世界人生的直观想象，对生活琐事的敏锐感受，对自然之美的由衷赞叹，对哀怨悲美的玩味欣赏，恰为日本民族灵魂的内涵。川端康成曾这样表白自己：“我强烈地自觉做一个日本式作家，希望继承日本美的传统，除了这种自觉和希望以外，别无其他东西。”[②] 其作品《雪国》中对莹白世界的

① ［印度］罗宾德拉纳特·泰戈尔：《正确地认识人生》，刘竞良译，见《泰戈尔全集》第19卷，河北教育出版社2000年版，第5—7页。

② ［日］川端康成：《雪国·古都·千只鹤》，叶渭渠、唐月梅译，译林出版社1999年版，第3页。

客观描摹、对人生感伤的主观流露，对现实世界的情绪宣泄与非现实世界的幽玄联想，以及《古都》中的京都古雅之美，文人的坚守落寞，人情的悲欢离合，都是日本传统审美意识的觉醒。阿格农作品中的主人公大多有着执着的信仰、勤奋的品质、乐观的性格和坚强的意志，而这正是犹太民族可贵的精神财富，正是依靠这份执着、勤奋、乐观与坚强，犹太民族才最终走出苦难、重建家园。马哈福兹的作品则视野广阔、意蕴深邃，善于从不同侧面对埃及社会和阿拉伯世界的历史和现实进行展示，处处体现了阿拉伯民族对公正、正直的执着探索，为真理、理想而献身的殉道精神，以及对豪放粗犷个性的赞赏和对深邃宏大境界的追求。

东方诺贝尔文学的民族性，是由内在精神和外在形式两方面结合铸成的。一方面，民族精神作为一种文化基因，蕴含在作家创作之中，成为文学民族性的基础；另一方面，作家对生活的感受和表现方式，又是文学民族性的具体体现。泰戈尔常常以象征的方式把现实生活中的实在与被称为“宇宙灵魂”的超越者联系起来，以明白易懂的现实性的表面意义来暗示玄奥深邃的内在意义。川端康成作为日本“新感觉派”的主将，对具体事物的微妙之处有独到精细的把握，对四季变换以及自然的变化有深刻的感受和细腻的表现。索因卡的作品中嵌有诸多西非传统约鲁巴部族的神话、传说、祭祀仪礼等，他正是借助这些与所谓现实文明世界相疏离的文化秩序来唤醒非洲大陆久远传统的回忆。马哈福兹的作品较多植根于现实生活的传奇性、发现哲理的寓言性和脱尘绝俗的神秘性，笼罩着一种朦胧之美。戈迪默则善于以同类情节和人物的反复出现造成“复沓”的效果，错综复杂的象征体系和倒叙的故事结构易给读者留下较深印象。莫言的创作植根于自己熟悉和热爱的乡土生活，塑造了许多为广大读者特别是中老年读者感到亲切的人物形象，还有大量独特的中国文化与中国风情的摹写，以“讲故事”的方式娓娓道来的叙述模式，都是对民族文学传统的有效寻根。所有这些，都是带有各自民族特点的感受和表现方式。

然而，民族性绝不是褊狭保守的代名词，东方诺贝尔文学的民族性是与世界性紧密联系在一起的。对东方作家来说，世界性可以理解为在有效继承民族文化遗产的基础上，对西方文化营养的选择性、超越性汲取，对世界文学主题、潮流和技巧的主动性、全方位借鉴，是一种立足民族文化根基、以开放的心胸迎接世界文学时代到来的文化选择。

泰戈尔特别重视发扬民族传统，用以唤起民族觉醒，增强民族自信心，但他并不排斥对西方文化的了解和学习，而是在继承发扬印度文化传统的基础之上，汲取西方文化的精华，将印度“梵我同一”境界基础上形成的“泛神论”宗教哲学与西方近代人道主义思想及博爱观念基础上形成的“泛爱”思想融为一体，形成了一种独特的世界观。他的创作深受西方浪漫主义、现代主义文学思潮的影响，《邮局》中象征手法的运用、戏剧冲突的内向化处理，《四个人》对心理小说现代性审美特征的体现，都是他扎根本土文化土壤又借鉴西方技巧的成功范例。川端康成的创作也是东西合璧的典范。在思想观念上，他以“物哀”“幽玄”“余情”等日本传统审美文化为根基，自觉汲取西方的人文主义精神；在创作技巧上，充分借鉴西方的意识流、象征主义等表现手法，又以日本特有的模式将其联系在一起，走出了一条接续传统与现代、融合东方与西方的道路。他的代表作《雪国》即是以余情为中心的日本传统文学的“联想”“幽玄”的表现手法与西方以理念为中心的象征主义表现手法有机融合之树上的成熟之果，《古都》《千鹤》也都是民族性与世界性有机融合的成功之作，因此瑞典文学院在《授奖辞》中赞扬他“在架设东方与西方的精神桥梁上做出了贡献”。[1] 索因卡的戏剧艺术既深深地植根于民族生活和文化艺术传统的土壤，又受到西方生活和文化艺术的影响，其代表剧作《路》《森林之舞》即为西非约鲁巴部族的文化基因与西方现代戏剧的艺术技巧有机融合的结晶。马哈福兹从福楼拜、左拉、普鲁斯特、托尔斯泰、陀思妥耶夫斯基等西方大师的思想和创作中汲取了民主、科学、基督教的价值观以及象征主义、意识流等西方现代文学的技巧，《镜子》《平民史诗》《新天方夜谭》等作品是他融阿拉伯文化与西方文化于一体这一创作理念的集中体现，《米拉马尔公寓》则大胆突破了单一情节的叙事模式，采用多角度、多层次的立体式叙述，大大丰富了作品的表现力，被视为东方现代主义的一部典范之作。库切在艺术表现上往往有意识地借鉴西方作家特别是卡夫卡、贝克特等常用的隐喻和象征手法，淡化时空背景，从而获得超越具体时空的隐喻效果，但他的隐喻并非变形和荒诞，而是基于南非社会现实基础之上的极似真实的隐喻，代表作《耻》在西方现代主义漂亮的表现外壳之下包裹的是东方社会令人心碎的内容。中国作家莫

① 高慧勤主编：《川端康成十卷集》第10卷，河北教育出版社2003年版，第446页。

言的创作也有着诸多对西方意识流小说、魔幻现实主义小说和荒诞派戏剧的借鉴，福克纳和马尔克斯是两位深刻影响其创作的西方作家，曾被他视为“两座灼热的高炉”，在其诸多乡土气息浓郁的作品中也不难觅出《喧哗与骚动》《百年孤独》等西方经典之作的影子。

可以看出，抽象地争论民族性与世界性的关系并无真正意义，东方诺贝尔作家以对二者的有机融合做出了令人信服的回答。从民族意识出发，他们以民族独立和文化复兴为己任，创作中注意继承民族文学传统，追求文学的民族风格；从世界意识出发，他们自觉地学习欧美文学，以求赶超世界文学潮流。他们既能超越狭隘的民族主义，求利器于异邦，推动民族文学实现现代化的转型，又能将外来因素与民族传统有效结合，使之民族化。正是在民族性与世界性的张力中，这些东方作家走向了世界。

五 人文精神的弘扬

诺贝尔文学奖的设立宗旨是有益于人类，人文精神是其核心追求之一，因此，对人文精神的表现和弘扬成为作家获奖的重要因素。提起人文精神，人们往往首先想到西方文化。的确，欧洲文艺复兴时期兴起的人文主义经过启蒙运动的推进，在近代西方文化中达到了其历史的高度。20世纪初，一批思想和创作中蕴涵深厚人道主义精神的现实主义作家荣膺诺贝尔文学奖。20世纪中叶，一批西方现代派作家，以其对人在现代社会的异化现象的揭示和艺术手法的创新勇夺桂冠，仍不离人文精神的宗旨。这是20世纪西方文学的辉煌时期。随后，西方文学由现代转入后现代，意义的消解、形式的解构成风，创作手法再难以花样翻新，西方文学的中心地位也随之受到挑战。

人文精神在西方主流文学中遭受冷遇继而受到排斥的同时，在东方反而成为文学努力追求和表现的核心。一方面，东方社会的后进性以及东方近代启蒙运动的不彻底性成就了东方文学，使其在第二次世界大战以后的现当代时期仍以人文主义为核心，以科学、民主为武器，向着封建残余势力，向着宗教迷信势力，同时也向着各种非人道非人性的现象开战。另一方面，人文精神并非西方文化的特产和专利。自古以来，东方各民族文化并非人文精神的对立面，而是各自有着深厚的人文传统。中国古老传统文化中就有关于“人文”的记载和阐述，如《周易》有“观乎天文，以察时变，观乎人文，以化成天下”之说①。虽然这里的“人文”与现代意义上的人文在所指意义上不尽相同，但也表明人类人文精神的源头并非仅存西方。中国儒家文化中有人本主义、理性主义和世界大同思想，印度古代《奥义书》中有理性精神和人道思想，佛教中有平等博爱思想，古代阿拉伯文化中也有科学精神和平民意识的精华。另外，在东方，众生平等、民贵君轻等极具人文内涵的思想也有着深厚的历史传承和现实基础。对此，走上诺贝尔文学领奖台的马哈福兹曾特别强调说：“我是两种古老文明的儿子……一是具有七千年历史的法老（古埃及）文明，一是具有一千四百年历史的伊斯兰文明。”② 并且从中举出了追求科学、民主等人文内涵的实例。诚然，东方古代形态的民主、平等、博爱之思想内容有其局限性，需要进行现代化的阐释和改造，但若因此而将东方文化视为愚昧、落后、迷信的代言从而与科学、民主、人道相对立，只是一种“他者”形象的话语操纵或自我矮化；尽管只有运用现代思想理论和研究方法才能更充分、更科学地发掘古代东方文化中的精华，但现代并不等于西方，若认为只有站在西方立场上方能担当此任，难免落入文化帝国主义的窠臼。

获得诺贝尔文学奖的东方作家在获奖演说中，无不反复申明自己的民族血脉之根和东方文化渊源。这一方面可以纠正人们对东方文化的偏见，另一方面也说明，鲜明的民族特色与深厚的人文精神相结合，才是他们的成功之道。泰戈尔曾说：“一个作家在自己的作品里用自己的感情体验人类的感情，体验整个人类的痛苦，这样他的作品在文学里就占有一定地位。”③ 泰戈尔的作品中经常出现神的影子，但他心目中的神，从来不是只高坐在神龛之上供人顶礼膜拜的神，而是甘居人间、对劳苦大众不离不弃、闪耀着人性光辉的神。如其宗教抒情诗集《吉檀迦利》中，神在“最贫最贱最失所的人群中”歇足、行走并与他们做伴（第10首）；“他是在锄着枯地的农夫那里，在敲石的造路工人那里。太阳下，阴雨里，他和他们同在，衣袍上蒙着尘土”（第11首）。因此，对神的虔敬是诗人的出发点，对人的热爱才是他的归宿，神的颂歌成了人道主义的颂歌，字里

---

① 《周易·贲卦·彖辞》，《十三经注疏》，浙江古籍出版社1998年版，第37页。

② 堵军主编：《诺贝尔文学奖获得者作品暨演讲文库》，中国物资出版社2004年版，第4580页。

③ ［印度］泰戈尔：《世界文学》，见《泰戈尔全集》第22卷，刘安武等主编，河北教育出版社2000年版，第96页。

行间渗透着深沉的人文之思。大江健三郎早期受存在主义影响，其创作以现代人生存的荒诞状态为主题。28 岁时先天残疾的儿子出世，确定了他后期创作的一个基本主题——对残疾人问题的关注，其代表作《个人的体验》即以残疾儿子出世带来的生活苦闷和境遇选择为题材。另一代表作《万延元年的足球队》也是表现残疾人问题的长篇小说。但大江健三郎创作中蕴涵的人文精神决不仅限于对个人命运的关注和思考，他创作的另一个基本主题是关乎全人类的核问题。在《广岛笔记》《核时代的森林隐遁者》等作品中，他着重探索了人类在核威胁下的生存问题。由于作品中体现出作者对于核威胁时代的远见卓识和深重的忧患意识，他被瑞典皇家文学院评价为“极具超越性”的作家。马哈福兹则以高度的责任感和使命感，全面深刻地表现了 20 世纪埃及社会新与旧、革新与保守、先进与落后之间的冲突和斗争，对战争和革命后整个社会的价值寻求和重建进行探索。他在瑞典皇家文学院的领奖台上发表获奖演说时曾明确指出，科学家的任务是竭力清除环境中的工业污染，知识分子的责任则是去消除人类的道德污染，正如他在“开罗三部曲”之二中通过凯马勒之口所喊出的：“我愿意要一个心灵既不欺骗，也不受欺骗的世界……我愿意要一个人类能够自由生活，既不受强迫也不受威胁的世界！”① 戈迪默不仅仅是一位作家，还是一位为南非自由和人道而无畏抗争的斗士。她的创作始终贯穿着对种族主义的批判，关注着白人和黑人在非洲大陆如何共生共存这一问题。从她的第一部长篇小说《说谎的日子》，第二部长篇小说《陌生人的世界》，到 20 世纪 70 年代的最后一部长篇小说《伯格的女儿》，皆以南非社会长期以来的“种族政治”所造成的人际关系扭曲为表现核心，目光始终关注南非几十年的种族隔离和政治动乱对个人生活的影响，以及人们对南部非洲政治局势的感受。索因卡则以丰富的戏剧和小说创作，在批判各种非人性非人道的社会现象的同时，积极探索现代非洲人的生存问题。其代表剧作《路》以复杂而深刻的象征意义流露出作家对尼日利亚社会现实的不满和从人性、人道主义立场出发所进行的尖锐批评。库切作品的中心议题几乎都是关乎人与历史的辩证关系问题，读《耻》会使人发出“人类能否逃避历史”的追问，《等待野蛮人》提出了对人之为人的

---

① ［埃及］纳吉布·迈哈福兹：《向往宫》，外国文学出版社 1991 年版，第 490—491 页。国内对于“开罗三部曲”各部的具体名称有不同译法。

良心和人性的控诉，体现的是“文明人”的内省。

东方诺贝尔文学的人文精神不仅体现为反神权、反封建、反专制、反压迫的传统人文主义，而且体现出一种新人文主义或新人文精神。概括说来，新人文精神主要有以下几个特点，一是超越工具理性，呼唤审美智慧；二是超越人类中心主义，克服生态危机，呼唤生态文明；三是弥合科学技术与人类关怀之间的裂缝，调节理性思维与精神信仰之间的关系。总之，就是处理好人与自然、科技与人文以及物质文明与精神文明的关系，将人类从自我中心主义、科技主义、物质主义的牢笼中解放出来。

在这方面，泰戈尔又走在了时代的前列，他的思想和创作中即处处闪耀着新人文主义的光辉。在人与自然的关系方面，他接续印度古代生态文明传统，处处咏诵森林文明给予印度和人类的诸多恩惠，倡导建立人与自然、个人与宇宙间的和谐统一关系。他更从自然的精神意义而非知识意义出发，强调人与自然间的亲缘关系不是一种科学的认识关系，而是一种精神上的联系，或者说，是一种审美关系。他曾指出：“一个对世界认识程度仅仅停留在科学所达到的地步的人，永远也不会理解一个精神之眼打开的人对这些自然现象的认识。水不仅能够清洁人的肢体，还能净化心灵，因为它能直接接触到灵魂；土地也不仅能够支持人的身体，还能给他的心带来快乐，因为它的接触不仅是表面感受到的，它是一种生机的表现。”①这样的人与自然的审美关系超越和摒弃了传统的利用自然、征服自然的人类中心主义，对于当今社会备受关注的生态文明问题给予了前瞻性的、深切的人文关怀，这样的新人文主义在诗集《森林之声集》和《吉檀迦利》中均有突出的表现。不仅于此，泰戈尔还通过《艺术家》《姐姐》《金鹿》《素芭》《献眼》等诸多短篇作品来揭示现代社会金钱对人性的异化，批判过度的工具理性在带来物质繁荣的同时却限制了人类心灵的自由，对科技与人文的关系进行深刻的反思。短篇小说《金鹿》向读者展示了金钱使人性扭曲的现象：女主人公一心渴求富贵，让丈夫远赴异乡寻找财富。当男主人空着双手疲惫地回到家乡，希望得到亲人的安慰和温暖时，等待他的却是令人心寒的冷漠。这位老实巴交的男主人最终无处藏身，离家出走。在这里，金钱是以商品价值为核心的新理性的代表，对它的疯狂追求

① ［印度］罗宾德拉纳特·泰戈尔：《正确地认识人生》，刘竞良译，见《泰戈尔全集》第19卷，第8页。

使亲情不再、人性丧失，给读者带来的是悲凉和震撼，发人深省。此外，索因卡也对现代工业科技及其代表的工具理性给人类社会带来的负面影响甚至灾难予以关注，其代表作剧本《路》中令人触目惊心的车祸现场正是科技理性狰狞一面的隐喻，本以拯救人类灵魂为己任的大学教授却沦为靠车祸赚取钱财的疯子，也正是对人性异化、信仰无存的一个辛辣的嘲讽。大江健三郎的诸多创作也对现代人的困惑和痛苦进行了深刻剖析，他对核问题的关注，无疑是对工具理性脱离人文理性的引导会导致灾难而表现出的隐忧，近作《燃烧的绿树》即对现代社会中人类灵肉分离不得完美存在的境遇给予了寓言式关切。

总之，这些作家及其创作都体现出深邃的人道主义精神，都有着执着的道德追求、深沉的社会及人生忧患意识，获奖评语也大多肯定他们对人文精神和新人文精神的弘扬、对人类做出的巨大贡献。

六　现代性的表现

我们生存于现代社会，现代性自然成为衡量作家和文学作品的重要尺度，也成为作家们客观表现或刻意追求的目标之一。无论是作为社会学概念，还是作为文艺学概念，现代性都是相对于传统而言的，是对传统思想文化的超越。在现代性内部，则存在着既相互依赖又相互排斥的两个层面的内涵：以工具理性为核心的启蒙现代性和以价值理性为依据、以现代艺术为核心内容和表现方式的审美现代性。[①] 东方诺贝尔文学的现代性追求也在这两个层面有诸多体现。

启蒙现代性滥觞于14世纪开始的欧洲文艺复兴运动，勃兴于18世纪的欧洲启蒙运动，它所解剖和批判的对象是西方中世纪以来形成的宗教神权和封建专制制度。理性，则是启蒙现代性高扬的旗帜和借以斗争的武器。从笛卡尔的“我思，故我在”，到培根的“人是自然的解释者”，再到康德的“以人为目的本身”，最后到黑格尔的“绝对精神”，经过近代哲学家和启蒙思想家的努力，宗教的长期统治地位得以瓦解，人权从神权的阴影下得以解放，人们充分认识到主体所具有的无限价值，开始为合理地追求个人利益和自我的实现付出努力、做出牺牲。这是启蒙现代性的积

① 参阅［美］马泰·卡林内斯库《现代性的五副面孔》，顾爱彬、李瑞华译，商务印书馆2002年版，第48页。

极意义所在。然而，启蒙现代性对理性的高扬却最终导致了理性的萎缩，本具有丰富内涵的理性最终却被简化成工具理性。这一单一的理性形态作为启蒙现代性的核心在促进西方社会政治、经济、文化、科技大发展的同时，也带来了新的问题。卢梭、黑格尔、马克思、尼采、韦伯等西方思想大师都对启蒙现代性进行了反思。韦伯提出用价值理性来对抗工具理性，已经注意到了艺术审美的力量。在文学艺术领域，从浪漫主义就开始了对启蒙现代性所倡导的绝对理性的质疑。在此背景下，审美现代性应运而生。审美现代性是对启蒙现代性的超越，它所针对的是工业文明和现代化发展导致的工具理性泛滥。作为现代性的重要一维，它抱着审美的态度关注人的感性诉求，达到艺术救赎的目的；它是对工具理性的反拨，是对追求理性化的统一秩序的抵抗，是对混乱、非理性、不确定性、片断、零散化的认同和追求，是对感性、相对性、暂时性以及原始野性的赞美。审美现代性对启蒙现代性的抗拒和超越主要是通过现代艺术对人的危机的表达来实现，即表达人在合理化社会中更为巨大的精神空虚、失落、绝望的情绪和断裂、怪诞等个体生命对现代生活的体验，以期用审美来拯救人类。如果说启蒙现代性比较关注人类社会问题和群体性诉求，那么审美现代性包含着对人的内在生活的关注，对个体的存在与个体内在生命力的重视和探询，这在某种程度上与漠视个体生命存在的启蒙现代性形成了一种对抗的张力。

需要注意的是，在西方文学中，启蒙现代性和审美现代性具有历时性，是不同历史阶段的产物。东方文学则不然，二者既有历时性，又有共时性。因为现代性在东方具有后发性，启蒙现代性还在进行的同时，审美现代性也在悄然生长。在对现代性的追求中，不仅对东方社会群体性问题有所关注，而且对现代化过程中出现的个体性和内在性问题，也有所体验、有所表现，从而实现了启蒙现代性与审美现代性的有机结合。

在现代性的表现方面，泰戈尔又是一个成功的范例。他视野开阔、意识超前，在西方演讲时，时常运用“Personality”（人格）这一具有人性化和个性化的英语词汇来阐述自己的文艺、哲学、教育和社会思想。他认为，人格是人的精神本体和存在主体，是人性中的情感因素的集中表现，是文学艺术表现的主要对象。在这些演讲中，他一再强调作为个体的人的主体性存在，张扬起人格的旗帜。其“诗人的宗教”在人文思想与宗教情感的矛盾张力运动中也明显表现出对人的主体性的凸显和对神的存在的消隐，这正是对以宗教为核心的印度民族话语的现代性重建，体现出历史的进步。泰戈尔还以自己的具体创作表达对印度封建传统和宗教陋习的批判。《泡影》以悲剧的形式呼唤不同宗教之间的和解，《赎罪》则鞭挞了因循守旧的印度教赎罪仪式，《纸牌国》《弃绝》启发人们对种姓制度进行变革的思考，《河边的台阶》揭示了出世主义和童婚制对人性的摧残和对女性的戕害，《莫哈玛娅》挞伐了种姓制和殉夫制的罪恶，《借债》则表现了可怕的嫁妆制给妇女带来的痛苦。所有这些，无不是泰戈尔启蒙现代性意识的表现。但不仅于此，泰戈尔的超前意识还体现在较早发现并提出“人是十分可怜的”这一命题，即“人心是异常脆弱的，他的能力是极其平常的，微不足道的”。[①] 于是，他的诸多作品致力于对作为存在物的“人”的生存困境进行形而上的探寻，闪耀着审美现代性的光辉。剧作《邮局》中的阿马尔即是泰戈尔进行这种探寻的一个代表，泰戈尔本人曾这样解释这部作品的象征寓意：“阿马尔代表着那个灵魂接受了宽阔道路的召唤的人——他从那些谨慎持重的人所认可的习惯势力的舒适的包围中，从由德高望重的人所建立起来的僵死的观念的围墙中寻找自由。”[②] 此外，泰戈尔的诸多短篇小说特别注重在工具理性泛滥的社会中重新审视人的本质，在喧哗骚动的城市中表达出“回归自然”的美好愿望，运用象征、夸张等多种现代主义写作技巧渲染荒诞色彩，如《艺术家》揭示出金钱对人性的异化，《素芭》以对自然的眷恋表达出对日益泛滥的工业文明的抗拒，《饥饿的石头》则以怪诞的魔宫来反映荒诞不经的历史。

其他东方诺贝尔作家也同样表现出启蒙现代性与审美现代性有机结合的特点。大江健三郎当年获得诺贝尔文学奖出乎很多人的意料，因为当时他在日本国内的名气和影响并不大，但正是凭借其对现代人类命运的深切关注和成功刻画才获得成功。他不仅仅抒发“个人的体验”，而且是关注日本人，也是现代人类所共同面临的问题，因而具有全人类的普遍意义，能引发强烈的共鸣。他曾说：“个人的死虽可能克服，但整个人类的死却

① ［印度］罗宾德拉纳特·泰戈尔：《墙》，倪培耕译，见《泰戈尔全集》第9卷，河北教育出版社2000年版，第252页。

② ［印度］罗宾德拉纳特·泰戈尔：《给一个朋友的信》，转引自S. C. 圣笈多《泰戈尔评传》，董红钧译，湖南人民出版社1984年版，第180页。

不能搪塞。”[①] 他的作品所表现的主题，小则涉及身为残疾病儿父亲的苦痛，大则触及核威胁下人类的生存。《奇妙的工作》表面上写被栓套后失去反抗意识的狗的命运，但实际上是以象征主义的手法隐喻处于“被监禁”状态下的现代人的命运。《燃烧的绿树》则以树的熊熊燃烧和绿叶的蓬勃茂盛之间的完美结合与人类灵与肉、精神追求和现实欲求之间的分裂状态形成鲜明对照，对现代人内心深处被撕裂的这种痛苦做了深刻剖析。戈迪默关注和反映的是南非种族隔离制度下白人和黑人的关系问题，是民族性的问题，同时也具有现代社会的普遍意义，因为整个人类都面临着如何超越文化和种族差异而共同生存的问题，因而其创作也表现出强烈的现代性。她的长篇小说《我儿子的故事》一方面继续揭露和批判南非殖民当局对黑人群体的残酷压迫，另一方面，却着重透露出南非人民反抗种族隔离政策运动的新变化：黑人已经超越反抗运动初期所持有的狭隘民族主义立场，表达出与白人和解的愿望；白人也向黑人伸出援助之手，不再冷漠观望。通过作品，戈迪默表达出让白人和黑人实现民族和解进而在剧烈变化的世界中形成新的南非民族的愿望。在《无人伴随我》中，戈迪默通过叙述一白一黑两个家庭命运的变迁，将生与死、现实与虚幻、自我意识与社会群体、常态与非常态之间的微妙复杂关系细腻地表现出来，对人的自我存在是孤独的、人的一生是从自我到自我的独自行走这一现代命题做出新的演绎和思考。此外，川端康成尤为擅长描摹现代人对人生之旅的悲凉及痛苦的反应和思索，马哈福兹关心的是经过了第二次世界大战和革命后整个社会的价值寻求和重建，索因卡着重表现在经过文化大冲击和大碰撞之后的社会状态下人们生活方式的选择，都在表现启蒙现代性的同时，表达着审美现代性的诉求。

总之，这些东方诺贝尔作家们的思想和创作既关注本民族的具体的现实问题，也关切全人类生存所面对的迫切问题；既对社会、人生、种族、历史等现象进行广泛的理性剖析，也对个体生命的精神迷惘、信仰危机、极限境遇等进行审美拯救；表现形式上也大量采用了象征、隐喻、意识流、内心独白等现代主义的多种先锋表现技巧。这是东方诺贝尔文学同步于时代甚至超前于时代的突出表现，也是启蒙现代性与审美现代性的交相

① 堵军主编：《诺贝尔文学奖获得者作品暨演讲文库》，中国物资出版社 2004 年版，第 3163 页。

和鸣。

七 后殖民文学现象

东方作家获得诺贝尔文学奖的背后，有一个现象不容忽视，那就是后殖民文学现象。后殖民之“后”，一方面有“继续”之义，是相对于殖民主义时期而言。20世纪中叶，广大东方国家纷纷脱离原殖民宗主国的控制而取得政治上的独立，但是，原殖民宗主国并未放弃和停止对原殖民地、半殖民地人民的控制，继续以经济手段和文化手段对这些东方国家进行渗透。从这个意义上来说，所谓后殖民文学不过是殖民文学的一种继续，它以文学手段所集中表现的仍然是西方殖民主义对广大东方民族话语权的剥夺，只是更为隐蔽地避开了政治领域的压迫和军事领域的干涉，代之以经济和文化领域的盘剥和摧残。东方诺贝尔作家认识到了这一现象的隐蔽性，在作品中对此进行了有力揭示。

另一方面，后殖民之“后”，又有“反”之义。在此意义上，后殖民文学并不是仅仅指殖民主义结束“之后才来到”的文学，而是对于殖民关系做整体批判性考察的文学。它从原殖民地文学（文化）出发，反思过去帝国主义、殖民主义长期形成的一整套思想体系，解构文化殖民主义和文化霸权主义，经过富有责任感和正义感的东方作家的发掘和阐释，也可以成为一种民族主义的文字。① 由于民族文化长期处于被压迫地位，东方作家对于文化上的不平等具有格外强烈的感受。他们为表现这种感受，便在作品内涵和表达形式两方面对所有支持殖民化的话语（统治秩序和种族政策的“合理”性、艺术形式的西方模式等）进行不屈不挠的反抗。海伦·蒂芬这样概括道：“被殖民化的人民每日生活的真实性，在很大程度上来源于欧洲话语的影响。但是，后殖民社会所产生的当代艺术、哲学和文学，却不是对欧洲模式的简单继续和接收。艺术和文学的非殖民化进程涉及到对欧洲符码的一种激进的消解/掩盖，涉及到对欧洲主导话语的一种后殖民式的颠覆和挪用。”② 这里的“颠覆和挪用”，就是指东方后殖

① ［英］艾勒克·博埃默：《殖民与后殖民文学》，盛宁、韩敏中译，辽宁教育出版社1998年版，第3页。

② 罗钢、刘象愚主编：《后殖民主义文化理论》，中国社会科学出版社1999年版，第312页。

民作家站在本民族的立场，对民族素材和民族话语的自我阐释权进行回收，并用自己“未经过滤”的声音，来重新记录本民族的历史、描述本民族的生活。这是所有的东方后殖民作家思想和创作中最为明显的一个特征，也即后殖民理论家赛义德在其《文化与帝国主义》中用以概括后殖民作家写作策略的“反抗”。

实际上，这种“继续”和“反抗”是同时进行的，二者无法完全分开。在获得诺贝尔文学奖的东方作家的创作中，既有对殖民文化“继续”实现其“使命”的有力揭示，又有对此产生的思考、忧虑和“反抗”。从具体创作来看，东方诺贝尔作家中突出体现后殖民文学现象的当属索因卡、戈迪默和库切。在索因卡看来，非洲国家在形式上取得独立后仍然面临西方殖民文化的威胁和侵蚀，而以“反抗”求生存，寻找自身民族文化传统中最具有生命力的艺术形式，并加以坚守和发扬，是继续处于殖民话语霸权下的非洲文化所应采取的策略。而戏剧，无疑是最能代表非洲文化传统、最能体现约鲁巴民族特色的艺术形式。在其《死亡与国王的侍从》《森林之舞》《强种》《路》等作品中，可以看到约鲁巴传统神话秩序的重现、民族文化记忆的强调以及民族文化传统的宣示。戈迪默的作品多以处于殖民统治前后的南非社会的阶级问题、家庭关系和黑白冲突为主题，从人道主义立场揭露种族政治、殖民话语对人类关系的扭曲和摧残。她的第一部长篇小说《说谎的日子》发表于南非黑人的反殖民主义斗争浪潮日益高涨之时，以种族隔阂为主题，控诉殖民主义的罪恶。在《已故的资产阶级世界》中，她不再局限于主人公的个人遭遇，开始着眼于重大的政治题材，明确指出白人只有同黑人实现和解并加以认同才有出路，该书因此曾被禁止出版。在《大自然的运动》中，她运用精巧的构思和优美的文字来表达女主人和作者本人与非洲黑人同呼吸、共命运的政治热情。《无人做伴》描绘了种族隔离被废除以后的南非生活。她因对南非黑人反殖民主义民族斗争的关注和支持而被许多南非黑人亲切地称为“我们的妈妈”[1]。与戈迪默同属南非、同根相生的库切，与戈迪默有着类似的情感体验和创作责任，对殖民统治给祖国和民族带来的凄凉和冷漠感同身受，内心深蕴对后殖民语境下人类灵魂状况的深邃思考。在长篇小说《耻》中，库切表现的是当殖民

① 任一鸣、瞿世镜：《英语后殖民文学研究》，上海译文出版社2003年版，第27页。

主义和种族主义在南非造成难以抹去的历史痕迹后，这段历史留给殖民者一方和被殖民者一方的双重痛苦。作品中表现的抛弃过去、创造新生以及白人心灵中隐隐的赎罪感，似乎为后殖民社会的重建提供了一种方式。露茜的命运则表明：白人在南非施行的殖民统治，受害者不仅仅是黑人，还有他们自己的后代。就连小说中狗的命运以及围绕狗所展开的人的活动，也形成后殖民时代人类种族关系的独特隐喻，令读者于啼笑皆非之中引发深入的思考。也许无法将泰戈尔视为后殖民作家，因为在他去世时，印度仍未脱离英国的殖民统治。但纵观他的思想和创作，却始终响彻着反殖民主义的旋律，回荡着爱国主义的激情。他从小就参加爱国集会、参与爱国运动、发表具有爱国主义思想的诗歌作品。1919年，为抗议英殖民政府屠杀爱国群众的暴行，他声明放弃英国女王授予的爵士封号。他所创作的《印度的主宰》和《金色的孟加拉》分别被独立后的印度和孟加拉国定为国歌。《非洲》和《敬礼佛陀的人》则分别对遭受殖民侵略的非洲人民和中国人民寄予了深切的同情，对贪婪、暴虐、虚伪的殖民侵略者进行了无情的揭露和嘲讽。长篇小说《戈拉》号召人们不分种族、不分教派，共同为印度而献身，小说的最后，主人公戈拉身份的揭秘（他原本是一对爱尔兰夫妇所生的孩子）无疑体现出泰戈尔对后殖民时代错综关系的一种超前思考。这也在一定程度上说明，后殖民文学与殖民文学之间，存在着天然的、割不断的联系。①

然而，由于历史的原因，后殖民语境下的东方作家们也常常处于一种尴尬的境地。一是他们一定程度上接受了西方殖民宗主国的价值观，在思维和言说方式上自觉或不自觉地表现出认同和靠近。如在索因卡的具体创作中，读者经常感受到一种迷茫，即一方面痛恨和揭露殖民主义的罪恶，另一方面也对西方新文明中的积极因素给予认可和接受，而对非洲社会的落后和保守感到无可奈何。泰戈尔的思想和创作也是这样，他对种姓制度、歧视妇女等社会弊端的认识和批判，很大程度上来源于西方人文主义的影响。二是在语言选择上倾向于使用原宗主国的语言。例如，非洲大部分国家的官方语言和流行语言是原宗主国的语言，以英语和法语为主，几

---

① 澳大利亚学者在研究中将“后殖民”的时间起始于殖民活动开始之时。参阅［澳大利亚］比尔·阿希克罗夫特等《逆写帝国——后殖民文学的理论与实践》，任一鸣译，北京大学出版社2014年版。

位获诺贝尔文学奖的非洲作家（尼日利亚的索因卡、南非的戈迪默和库切），都是用英语进行创作的。英语也是印度的官方语言和流行语言，泰戈尔的《吉檀迦利》正是在其本人译为英文后才在西方世界得到广泛传诵。由此可见，后殖民现象不是一个有明确能指与所指对应关系的社会符号，我们也无法确切地为它的存在与消解确定一个上限和下限。对于这样一种复杂的文化现象，对其评价不应该简单化、绝对化。一方面，后殖民现象一定程度上消解了东方各国的民族文化，起了一定的破坏作用；另一方面，它又具有世界主义特点，对东方文学走向世界起了不自觉的推动作用。前面已经提到，获得诺贝尔文学奖的东方作家中，有一部分便是借助了英语媒介或西方现代主义文学的意识和方法。后殖民现象给东方各国文化造成的消极影响固然不可忽视，但过分沉湎于难以愈合的精神创伤也不明智，痛定思痛、奋发图强，才是历史上饱经忧患的东方民族在新的文化语境下所应做出的理性选择。

八　东方文化的复兴

如果说100年前泰戈尔获奖象征着东方文化的发现，那么，近半个世纪以来越来越多的东方作家先后获奖，则是东方文化不断走向复兴的标志。

东方文化的复兴具有深刻的历史文化背景，有其历史的必然性。首先，第二次世界大战以后东方民族的崛起导致了世界格局的变化。17世纪前后的西方人大多是以羡慕和钦佩的目光来看东方的。然而资产阶级革命和工业革命的相继发生，推动了欧洲社会和文化的飞速发展，形成了“西方中心，东方边缘”的近代世界格局。在这一背景下发生的东西方文化相遇，使东方文化处于劣势，显得落后而又保守，不仅西方人嗤之以鼻，一些东方人也弃之如敝屣。然而东方文化经过19世纪的转型和20世纪的更新，又焕发出新的活力。20世纪后期以来，世界格局开始发生深刻的变化，东方民族不仅政治上获得独立，经济上也不断创造奇迹，使西方人对东方不得不刮目相看。其次，近百年来东西方文化在碰撞冲突的同时也在不断地进行交流对话。不仅东方作家在寻求西方话语的认同，一些有远见的西方学者也渐渐超越“东方主义”话语，承认异质文化的价值。例如，早在19世纪初叶，歌德就以其对东方文化的推崇而预感到“世界文学的时代将要来临”，英国著名历史学家汤因比和著名哲学家罗素也提出世界重心转移和向东方学习的问题，当代法国学者艾田伯也曾对东方文化特别是中国文化的长足进步而欢欣鼓舞。这种对异质文化价值的承认是主动接受的先决条件。可以说，东方文化的现代史是与西方文化交流互动的历史，东方作家获得西方文化圈的诺贝尔文学奖，是东西方文化交流互动的一个缩影、一种象征。再次，20 世纪以来，东方文化的转型更新步伐加快，旧的改造和新的重建、旧的突破和新的积淀齐头并进，孕育了新的爆发力。转型更新后的东方文化不但证明了自己的生机和活力，还为多元共生、众声喧哗的全球文化生态的和谐有序发展做出了自己的贡献。在此背景下，杰出的东方诺贝尔作家正确地处理了东方文化在转型更新过程中所遇到的民族性与世界性的矛盾，高举人文和新人文的旗帜，以对现代人生问题的深切关注、对现代表述方式的不懈追求而得到了西方文化界的认可和接受。从这个意义上说，东方诺贝尔文学现象是东方文化百年发展历程的缩影，也是东方文化复兴的重要标志。

文化复兴是东方文化人的世纪之梦。17 世纪工业革命和资产阶级革命开始了数百年的大西洋世纪。北大西洋周围的欧美国家得风气之先，率先进入工业社会，经济发达、国家强盛带动文化活跃，涌现出一个个文化巨人，使西学不断充实发展，走在了世界前列。而东方社会经济陷入停滞的同时，文化发展也缺乏活力，渐显颓势。西方凭借其经济实力，在政治经济领域扩张的同时进行文化扩张。由于巨大的强弱势差，东方文化在西方文化的强力冲击面前显得黯然失色。东方的文化人面对异己的但更强有力的西方文化，本能地拒斥又被其吸引；对受到冲击面临崩溃的传统生产方式及其文化本能地留恋又痛感其落后，因而产生改造传统文化使其焕发生机与活力的文化复兴意识。文化复兴意识包含两个方面：一是对民族传统文化价值的重新认识和发掘。东方文化人在为自己丰富的文化遗产和灿烂的古代文化而自豪的同时，在争取民族独立的过程中就已经开始了对民族传统文化的重新认识和发掘，以期通过对传统文化的整理和发扬使民族精神和自我身份得以重新确立。二是通过对西方文化的学习和借鉴，迅速发展现代新文化。这样的文化复兴意识在东方诺贝尔文学获奖作家身上有鲜明的体现。泰戈尔是印度民族文化的现代传人，《奥义书》“梵我同一”的世界观、佛陀博大的同情心和富有逻辑性的睿智、印度教关于人与神的亲密关系、印度传统的非暴力思想和生命本体以不同的形式流转不息的轮回转生观念，在他的思想和创作中都打下了深深的烙印。但他并没有固守印度传统，而是积极汲取西方文化营养。他少年时代就通过学校和家庭教育接受西方文化，后来又多次赴欧美学习和旅行，接触和认识西方文化的精华，结识西方文化界的精英，从而在思想上得到熏陶，在精神上得到充实。来自西方的人文主义不仅是他创作的核心，也是他人生观的基础。他在森林文明与海洋文明之间徜徉，正是东西方两大文化源流的融会贯通，造就了这位东方现代文化巨人。川端康成早年参与发起了“新感觉派”文学运动，旨在通过借鉴西方现代派文学思潮与创作手法来革新日本文坛，后来又立足本国文学传统，在东西方文化交融中创造出独具特色的文学风貌，以民族性与现代性的二重变奏形成了民族性与世界性的文化张力。作为古埃及和伊斯兰两个文明的儿子，马哈福兹自称他在“两种文明的怀抱中吮吸它们的乳汁，汲取它们文学和艺术的营养”。① 不仅如此，他还继承了伊斯兰文明的开放精神，自觉地向西方的文学大师们学习。他的小说既继承了阿拉伯文化传统中故事讲述的民间立场和方式，同时又深深地烙上了西方传统文学和现代文学的印痕。《授奖词》说他的“中长篇小说和短篇小说的艺术技巧均已达到国际优秀标准，这是他融会贯通阿拉伯古典文学传统、欧洲文学的灵感和个人艺术才能的结果”②。莫言也通过其《蛙》《酒国》《生死疲劳》等作品寻根民族文化传统、思辨民族文化现实，从而实现接通现代文化血脉的使命。他曾经宣称：“我的作品是中国文学，也是世界文学的一部分，我的文学表现了中国人民的生活，表现了中国独特的文化和风情。同时我的小说也描写了广泛意义上的人。一直是站在人的角度上，一直是写人，我想这样的作品就超越了地区、种族、族群的局限。”③ 东方诺贝尔文学表现出的民族性与世界性的文化张力，是东方文化人对文化复兴精神的新诠释。

早在20世纪80年代后期，季羡林先生就有“21世纪是东方文化时代”的思想，并于90年代初正式撰文发表此类观点。他引用俗语“三十年河西，三十年河东”，形象而深刻地指出：到21世纪，三十年河西的西

---

① ［埃及］马哈福兹《受奖演说》，郁葱译，见吴岳添主编《诺贝尔文学奖词典》，敦煌文艺出版社1993年版，第1030—1031页。

② ［瑞典］斯图尔·艾伦：《授奖词》，郁葱译，见宋兆霖主编《诺贝尔文学奖全集》，燕山出版社2006年版，第1078页。

③ 莫言：《我的故乡和我的文学紧密相关》，新华网，2012年10月11日。

方文化将逐步让位于三十年河东的东方文化，人类的发展将进入一个新时期。[①] 由于这一观点非常超前，不少学者聆听季先生的观点后，感到振聋发聩，同时，学术界和社会上也有比较多的质疑和批评，因为当时中国改革开放不久，正在大张旗鼓地向西方学习，季先生的观点显得不合时宜。20 多年过去了，争论还在继续。最近我们承担了国家社科基金重大项目"东方文化史"课题，在论证过程中，将"崛起与复兴"作为当代东方文化的主题，也遭到许多质疑。质疑的理由主要是：现今东方各国从制度到生活方式越来越西化，何谈东方文化复兴？对此，我们的态度是乐观的。首先，复兴不是复古。西方文化自文艺复兴开始走上现代化之路，其文化领先也不是靠复古，而是凭借新的文化创造力，创造出新的文化成果。同样，东方文化复兴并不意味着排斥西方文化、走向文化保守主义和原教旨主义，而是在重新认识东方传统文化价值的基础上，激发出新的文化创造力，为人类文化做出更大的贡献，这应该是季先生提出"东方文化时代"的本意。其次，借鉴西方不是东方走向衰退的标志，而是实现复兴的必要途径。东方诺贝尔文学的基本特征恰好体现出这样的复兴精神。前面已经分析到，获奖的东方作家都是在继承本民族文化和文学传统的基础上，汲取西方文化营养，借鉴西方文学技巧，创作出既超越民族传统文学、又超越西方文学的杰出作品。这样的作品是新的文化创造力的体现，属于东方文化新成就。再次，世界文化格局正在发生深刻的变化。当今东亚崛起，美国将战略重心转向亚太，一向面朝大西洋的俄罗斯也开始转身，太平洋世纪的涛声已清晰可闻。所谓"太平洋世纪"，指的是环太平洋地区尤其太平洋西岸的东亚地区，由于经济持续高速增长，将成为世界经济的中心。但它并非一个单纯的经济地理概念，同时具有深刻的社会文化内涵。大西洋世纪的文化格局是"西方中心、东方边缘"，在太平洋世纪，世界文化格局必将发生深刻的变化，其重要标志将是东方文化的复兴。

从泰戈尔到莫言，东方文学走过了百年历程，东方文化也经历了从发现到崛起与复兴的过程。2013 年是泰戈尔获得诺贝尔文学奖 100 周年，包括印度和中国在内的东方国家，都曾以不同方式对这一历史性事件进行

① 季羡林：《再谈东方文化》，见季羡林等《东方文化研究》，北京大学出版社 1994 年版，第 1 页。

纪念，借此反思东方文学的百年历程和东方文化的历史命运。① 总结百年来东方诺贝尔文学的有益经验，思考在太平洋世纪如何实现东方文化与西方文化之间的互证、互识与互补，参与多元文化间的平等对话，“会通以求超胜”，东方文化人任重而道远。

① 同济大学于2013年6月1日举办了“从泰戈尔到莫言——百年东方文化的世界意义”国际学术研讨会；北京大学6月11—12日举办了“泰戈尔日：纪念泰戈尔获奖100周年”活动；印度国际大学和印度中国研究所也于10月份主办了“泰戈尔获诺贝尔文学奖100周年”系列庆祝活动。

第一章

泰戈尔——机械轰鸣中的天籁

泰戈尔是印度近现代著名文学家，在诗歌、小说、戏剧、散文和文学理论等方面都取得了非凡的成就，并于1913年获得诺贝尔文学奖，成为第一个获此殊荣的东方作家。爱兹拉·庞德评论说："这种深邃的宁静的精神压倒了一切。我们突然发现了自己的新希腊。象是平稳感回到文艺复兴以前的欧洲一样，它使我感到，一个寂静的感觉来到我们机械的轰鸣中。"① 这样的机械轰鸣中的天籁，不仅在20世纪初获得了西方读者的认同，在今天仍有其普遍意义。

第一节　跨时代的文化巨人

一

罗宾德拉纳特·泰戈尔（Rabindranath Tagore，1861—1941）生于印度加尔各答一个名门望族。祖父德瓦尔伽纳特是一位著名的具有进步思想的商人，是印度近代启蒙思想家拉贾·罗姆摩汉·罗易的朋友和支持者。父亲代温德拉纳特既是一位善于经营的商人，又是一位宗教哲学家，是印度著名的宗教和社会改革组织"梵社"的领袖。② 泰戈尔从小受到良好的教育，他的兄长中有哲学家、文学家、艺术家和社会活动家，家庭浓厚的文化氛围对诗人的成长起了重要作用。泰戈尔从童年时代便醉心于文学艺

---

① ［印度］K. 克里巴拉尼：《泰戈尔传》，倪培耕译，漓江出版社1984年版，第266页。

② "梵社"是印度近代宗教改革组织，由著名启蒙思想家罗易于1828年创办。泰戈尔的祖父是罗易的朋友，罗易去世后继任梵社领袖。泰戈尔的父亲继任梵社领袖以后进行了大胆的改革，使梵社迅速发展成为影响全印度的宗教和社会改革组织。

术，讨厌刻板的学校教育，中学毕业成绩不好，没有获得上大学的资格。1878 年他遵从父兄意愿去英国留学，原来准备学法律，但在英国两年，他主要学习了英国文学和西方音乐。1880 年回国后，他先被父亲安排在梵社当秘书，参与宗教和社会改革活动，后来又接受了管理家族田产的任务。1901 年，他为了实践自己自由、自然的教育思想，在加尔各答附近的圣地尼克坦开办了一所印度传统教育与西方现代教育方式相结合的学校，他既当校长，又当教员。他的学校由小学发展成中学，后来又发展成为著名的国际大学。直到 1941 年去世，他一直没有离开校长和教师岗位。这些实际工作对他的思想和创作都是有益的，通过这些工作，他贴近了土地，接触了人民，开阔了视野，得到了锻炼，他的精神由此真正扎根于祖国的土壤，他的思想也有了源头活水。

泰戈尔一生经历了印度近现代史的风云变幻，他的青少年时代受到了印度文化复兴和民主启蒙运动的熏陶，壮年和晚年经历了国内的几次民族运动高潮和国际的两次世界大战。他的思想存在深刻的矛盾性和复杂性，如宗教超越与现实关怀的矛盾，贵族意识与平民意识的矛盾，现代意识与传统意识的矛盾，东方意识与西方精神之间的矛盾等，尽管如此，爱国主义和人道主义始终是他的主导思想，是贯穿其一生文学创作和社会活动的红线。

泰戈尔虽然从事了许多实际工作，但他的“主业”始终是文学创作。他在诗歌、小说、戏剧创作方面都取得了非凡的成就，共出版诗集 50 余部，包括 2000 多首诗；戏剧约 60 部，中长篇小说 14 部，短篇小说近百篇，另外还有大量的散文和文学论著。

泰戈尔不仅是伟大的文学家，而且是艺术家、思想家、哲学家、教育家和社会活动家。作为艺术家，他创作了 2000 多首歌曲、1500 多幅绘画作品，曾多次举行个人画展；作为思想家，他激浊扬清，成为印度现代文明的播火者，推动了印度文化和思想道德的发展，被甘地称为“伟大的保卫者”；作为哲学家，他继往开来，搭起了印度古典哲学与现代哲学的桥梁。这一切使泰戈尔不仅是一位诗人和作家，而且成为一位文化巨人。

二

泰戈尔的文学创作可以分成三个时期。1880—1900 年是早期，期间又以 1890 年为界分为前后两个阶段。前一阶段，他发表了《暮歌集》

《晨歌集》《画与歌》《刚与柔》《心灵集》等诗集，以热烈真挚的感情讴歌爱情，表现青春的欢乐和生命的力量，体现了印度民族觉醒时期的时代精神。早期长篇小说《王后市场》和《贤哲三》都取材于古代历史，主要表现谴责暴君、反对暴力的人道主义思想。艺术上虽然不够成熟，但亦表现出不同寻常的创作才华。1884 年发表的歌剧《修道士》（又译《自然的报复》）是泰戈尔第一部成熟的戏剧作品，写一个看破红尘的修道士在少女瓦散蒂的感化下回到现实生活，这部作品奠定了作家创作的基本思想。他后来在《回忆录》中说："《自然的报复》可以看作我以后的全部文学作品的序曲；或者更确切地说，这是我所有作品都详述的一个主题——在有限之内获得无限的喜悦。"① 后一阶段，泰戈尔主要在东孟加拉的谢丽达庄园经管家族田产。在此期间，他广泛接触农村社会，亲眼看到农民特别是农村妇女的惨状。他同情农民的不幸，并试图探索解决社会问题的途径。他在自己主编的《实践》杂志上先后发表了几十篇短篇小说，主要反映农村的现实生活，表现了反封建主义和反殖民主义的主题，其中《河边的台阶》《邮政局长》《喀布尔人》《莫哈玛娅》《太阳和乌云》《饥饿的石头》等，都是脍炙人口的名篇。这一阶段发表了《金色船集》《大河集》《吉德拉星集》《收获集》等诗集，其诗歌创作在内容和风格上发生了根本的变化，农村题材增多，现实主义因素加强，同时也开始出现神秘色彩。本时期还创作了《齐德拉》等戏剧作品。1900 年发表的《故事集》等叙事诗，着重从印度古代文化中挖掘印度的民族精神，其中《婆罗门》歌颂诚实不欺，《无上布施》歌颂无私奉献，《轻微的损害》表现慈悲仁爱，《更多的给予》《被俘的英雄》等歌颂英勇不屈的斗争精神和视死如归的英雄气概。经过上百年的殖民统治，印度民族文化和民族精神面临危机，诗人的这些作品接通了印度民族精神血脉。

1901—1919 年是泰戈尔文学创作的中期，期间又以 1913 年获得诺贝尔文学奖为界分为前后两个阶段。进入 20 世纪，泰戈尔进一步走向社会，对各种社会问题进行深入的探索。1901 年他离开谢丽达庄园，到圣地尼克坦创办了一所学校，进行教育探索，同时在什利尼克坦创办了一个实验农场，进行农村和农业改革的探索。1905 年，以反对英印殖民当局分割

① ［印度］泰戈尔：《回忆录》，谢冰心译，见《回忆录·我的童年》，人民文学出版社 1988 年版，第 139 页。

孟加拉为导火索，印度掀起了民族运动高潮。泰戈尔积极投身民族运动，发表演讲，并创作了许多具有战斗精神的诗歌，成为民族运动的领导者之一。不久，他因与运动中的极端派意见不合而退出运动，在致力于教育改革和农业实验的同时，埋头文学创作，对民族解放道路进行深刻反思，写出了大量具有深刻思想性和高度艺术性、体现独特创作风格的文学作品。其中在诗歌方面主要有《吉檀迦利》（1910）、《奉献集》（1913）、《歌之花环》（1914）、《颂歌集》（1914）等诗集，以宗教抒情诗为主，思想上追求人神合一的境界，大大发展了早期创作中萌芽的神秘主义倾向；艺术上追求质朴、宁静与和谐，形成独特的诗风。这时期泰戈尔的长篇小说创作也取得了巨大成就，其中《眼中沙》（1903）是印度近代最早的社会小说之一；《沉船》（1906）是泰戈尔最受欢迎的一部长篇小说，成功地塑造了罗梅西这样一个具有典型意义的知识分子形象；《戈拉》（1910）是一部史诗性的作品，深刻反映了19世纪后期印度的社会文化矛盾和历史变迁，是作家的长篇小说代表作。这一时期泰戈尔还创作了一些重要的剧本，以象征剧为主，包括《秋天的节日》（1908）、《暗室之王》（1910）、《邮局》（1912）等。其中《邮局》最有代表性，通过因患病被关在屋子里的少年阿马尔对外面的世界的向往，象征人对自由和无限的向往和追求。

1912年泰戈尔去英国旅行，他把《吉檀迦利》《奉献集》《歌之花环》等诗集中的一些诗歌译成英文，在伦敦以诗会友，获得诗人叶芝等西方文学精英的赞赏，当年以《吉檀迦利》为题在伦敦出版，受到西方读者的欢迎，由此获得1913年的诺贝尔文学奖。获奖给诗人带来了世界声誉，也使他重新投入社会活动。他还应邀访问了许多国家，发表演讲，谴责西方的国家主义和物质文明，宣扬东方精神文明。在创作方面，发表了中篇小说《四个人》（1916）、长篇小说《家庭与世界》（1916）、象征剧《春之循环》（1916）等，都是非常杰出的作品。

1920—1941年是泰戈尔文学创作的后期。从20世纪20年代开始，泰戈尔的诗风又有所改变，出版了《书简集》（1922）、《随感集》（1926）等诗集，其中以散文诗为主，富有生活气息和哲理色彩。30年代以后，随着印度国内民族运动的发展和国际政治风云变幻，诗人的思想和创作风格都发生了很大变化。这时期诗人出版诗集10余部，主要有《总结集》（1932）、《再次集》（1932）、《非洲集》（1937）、《边沿集》（1938）、

《新生集》(1940)、《生辰集》(1941)等，其中以政治抒情诗为主。特别是第二次世界大战期间，诗人坚定地站在反法西斯立场上，发表了许多政治抒情诗，强烈谴责侵略暴行，对被压迫的弱小民族表示深切的同情和支持。泰戈尔后期还创作了一些短篇和中长篇小说，代表性作品有长篇小说《最后的诗篇》(1929)、《纠缠》(1929)，中篇小说《两姊妹》(1933)、《花圃》(1934)和《四章》(1938)等。泰戈尔的后期小说从社会转向家庭，比起前期和中期的小说创作，社会意义有所减弱，但是这些小说从外部世界转向个人内心世界，在人的灵魂的开掘方面有一定的深度。后期戏剧代表作《摩克多塔拉》(1921)和《红夹竹桃》(1924)都是象征剧，不但艺术手法更为圆熟，而且反帝反殖的思想倾向更为鲜明，对现代工业文明的反思尤为深刻。

三

泰戈尔是典型的跨世纪作家，他的生活和创作跨越了两个世纪。世界文学史上有许多文学巨匠出现在世纪之交，这种现象不是偶然的，因为在世纪之交，人们往往有更多的对时间的感悟和对生命的思考。然而，真正意义的跨世纪作家不是一般的生活在世纪之交，而是站在时代的交叉口。泰戈尔生活在印度社会文化由传统向现代转型的历史时期，而且这种转型已经由缓慢进入加速阶段，出现多元并举、众声喧哗的局面。这时候，权威崩解，思想解放，新旧杂陈，促人探索。泰戈尔的一生和他的创作，都体现了这种转型期的特点。

印度社会文化转型的标志是19世纪初开始的启蒙运动。启蒙运动是资产阶级领导的旨在实现社会现代化的思想文化运动，主要借鉴西方近代人文主义思想，改造传统文化，促进社会的进步和发展。泰戈尔的祖父和父亲都是这场运动的参与者和领导者。印度是文明古国，有过辉煌的值得自豪的古代文化，而近代以来长期遭受异族统治压迫，民族文化衰退，有被外来文化淹没之势，因此启蒙思想家往往打起“印度文化复兴”的旗号。另外，印度是一个宗教化的民族，宗教是各种意识形态的外壳，因此印度的启蒙运动以宗教改革的形式出现。由此可见，启蒙运动、印度文化复兴运动与宗教改革运动三位一体，共同推动了印度社会文化的现代转型。泰戈尔继往开来，既是三大运动哺育成长的一代新人，又是三大运动的参与者。他曾经担任“梵社”的秘书，主编报刊，发表关于宗教和社会改革的文章及演讲。正是近代启蒙思潮的影响，使人道主义成为贯穿泰戈尔所有理论和创作的一条红线。他的文学艺术创作和各种社会活动，在印度社会文化现代化的过程中发挥了重要作用。

泰戈尔生活的时代，印度已经完全沦为殖民地，但印度人民从来没有停止过斗争，从 19 世纪初到 20 世纪中叶，印度民族独立运动此起彼伏。摆脱殖民统治，争取民族独立是几代爱国者的追求，反英爱国的民族主义成为近现代印度社会的最强音。泰戈尔从小就参加爱国集会，参与爱国行动，发表具有爱国主义思想的诗歌。1905 年印度民族运动高潮期间，他走上街头，发表演讲，朗诵爱国诗歌，成为民族运动的领导人之一。后来由于与主张暴力斗争的极端派意见分歧，他退出了运动，受到误解和非难，但他始终保持着爱国激情。1919 年他为抗议殖民政府屠杀爱国群众的惨案，声明放弃英国女王授予的爵士封号。在他长达 70 多年的诗歌创作中，始终回响着爱国主义的声音。他的一首题为《印度命运的付予者》（又译《印度的主宰》）的歌曲，在印度独立后被选定为国歌，另一首《金色的孟加拉》被独立后的孟加拉国选定为国歌。泰戈尔已经成为现代印度和孟加拉民族文化和民族灵魂的象征。

泰戈尔生活的时代，是东西方文化碰撞交流的时代。泰戈尔是印度传统文化的继承者，《奥义书》“梵我同一”的世界观，① 佛陀博大的同情心和富有逻辑性的睿智，印度教关于人与神的亲密关系，印度传统的非暴力思想和生命本体以不同的形式流转不息的轮回转生观念，在他的思想和创作中都打下了深深的烙印。然而泰戈尔毕竟是在西学东渐的大背景上成长起来的一代新人，他虽然受着印度传统文化的哺育，但他少年时代就通过学校和家庭教育接受西方文化，后来又多次赴欧洲。旅欧使他接触和认识西方文化的精华，结识西方文化界的精英，从而在思想上得到熏陶，在精神上得到充实。近代西方形成的民主、平等、自由思想使他认识到印度社会种姓制度的弊端，来自西方的人文主义不仅是他创作的核心，也是他人生观的基础。泰戈尔属于文化上的两栖者，他从印度的森林文明和英国的海洋文明中汲取营养，二者对他来说都是不可缺少的。他在森林文明与海洋文明之间徜徉，因此他既有大山的静穆，也有海洋的浩瀚。这是一个深

① 《奥义书》是印度古代一类哲学著作的总称，产生于公元前 6 世纪前后。“梵我同一”即认为宇宙本体“梵”与个体灵魂“我”具有统一性。

沉厚积了印度数千年文明智慧，融会贯通了东西方两大文化源流的伟大生命。东西方文化的碰撞运动，造就了泰戈尔这位东方现代文化巨人。

第二节 “世界诗人”的世界

泰戈尔以诗人著称，他 8 岁开始写诗，80 岁临终前还口述诗作，诗歌创作贯穿他整个人生，最能体现他的人格。在 70 多年的创作历程中，他共发表诗集五十多部，诗歌二千多首。他的诗歌创作可以分为三个时期：1900 年以前为前期，是诗人创作风格的形成时期；1901—1919 年为中期，是诗人创作的高峰时期；1920—1941 年为后期，是诗人进一步走向世界、成为世界诗人的时期。泰戈尔的诗歌丰富多彩，内容广泛，形式多样。从语言方面看，有孟加拉文诗，也有英文诗，其英文诗大多是诗人将自己的孟加拉文诗歌翻译成英文，是一种再创作；从形式方面看，有格律诗、自由诗、散文诗、格言诗、故事诗、对话诗和诗剧等；从内容方面看，有爱情诗、生命诗、宗教诗、哲理诗、儿童诗、自然诗、社会政治诗等。晚年泰戈尔自我总结，称自己是“世界的诗人”。① 我们很难完全进入这位世界诗人的世界，而只能在内容和风格方面略作管窥。

一 人生与爱情

泰戈尔是一位执着人生的诗人，生命和爱情是人生的两大主题。生命是宇宙的奇迹，人的生命中充满了无穷的奥秘。泰戈尔的诗歌创作中贯穿着对生命奥秘的探索，特别是其早期作品，常常表现生命的鲜活与力量，表现对人生的执着、对生命的热爱以及对生命奥妙的探索。《诗选》是朋友在诗人去世后编选的诗集，基本以创作年代为序，其第一首诗就表现了热爱生活的主题，诗人呼唤：“来吧朋友，不要畏缩，走下到坚硬的土地上。不要在昏暗中收集梦想。”② 其英文诗集《园丁集》的副标题就是“爱情和人生”，这部诗集虽然出版于 1913 年，但作品大多是从《刚与柔》《心灵集》《刹那集》等前期孟加拉文诗集中选译的，其中大部分是

① ［印度］泰戈尔：《生辰集》第十首，石真译，见《泰戈尔诗选》，人民文学出版社 1994 年版，第 567—570 页。

② ［印度］泰戈尔：《泰戈尔诗选》，谢冰心等译，人民文学出版社 1994 年版，第 8 页。

关于爱情和人生的抒情诗。这些诗格调欢快而明朗，其中跳动着一颗年轻而热情的心。他歌唱爱情，摹画青年男女热恋中的情绪心态；他赞美人生，反对出世离欲的苦行主义；他陶醉自然，描绘情趣盎然的田园风光。正如诺贝尔委员会的《授奖辞》中评论说："在这部诗集中，我们窥见了他的个性的另一方面：青年恋人忽而狂喜，忽而焦虑的爱情体验，人生浮沉中的渴求和欢悦。"① 如《园丁集》第2首，原题《诗人的年华》，开头一段写道：

"呵，诗人，夜晚渐临；你的头发已经变白。"

"在你孤寂的沉思中听到了来生的消息么？"

"是夜晚了，"诗人说，"夜虽已晚，我还在静听，因为也许有人会从村中呼唤。"

"我看守着，是否有年轻的飘游的心聚在一起，两对渴望的眼睛切求有音乐来打破他们的沉默并替他们说话。"

"如果我坐在生命的岸边默想着死亡和来世，又有谁来编写他们的热情的诗歌呢？"②

人到中年的诗人，突然发现自己早生华发，来世的呼唤虽然隐约可闻，但现世的呼声似乎更令诗人心动。他想，如果我在尘世的此岸，一味冥想来世的彼岸，那么谁在青年男女幽会的时候，为他们弹奏内心的爱恋？显然，诗人将书写现实、表现人生看作自己的使命。

随着年龄的增长和人生阅历的增加，诗人关于人生的思考更加深化，在中后期创作中更多地表现了对生命奥秘的探索和对生死问题的思考，但热爱人生、执着现世的态度并没有改变。1941年发表的《生辰集》是诗人生前编选的最后一部诗集，收入29首诗，内容或者怀念往昔生活中的人和事，或者反思自我，总结自己的人生经验和生命体验，其中第十首是诗人80岁时对自己一生的反思和总结。作品第一段写道：

---

① ［瑞典］哈拉尔德·雅奈：《授奖辞》，见泰戈尔《饥饿的石头》，倪培耕等译，漓江出版社1983年版，第540页。

② ［印度］泰戈尔：《泰戈尔诗选》，谢冰心等译，人民文学出版社1994年版，第432—433页。

世界是广阔的，而我的心只能
蜷缩在它十分贫乏的一个角落。
是那遗憾的心情驱使我读书、旅行，
永不疲倦地去搜集图画般绚烂的诗歌，
用这寻求到的财富填补我知识的贫乏。

诗人感叹世界的丰富多彩，知识的无限和人生的有限，但他并不是在知识的海洋面前消极地望洋兴叹，而是积极地去探索、学习，用寻求到的财富弥补自己知识的贫乏。第二段诗人写道：

我是世界的诗人，每当它发出声音
立刻在我竹笛上唤起回响；
但是仍然有许多次它的号召
并未得到我的响应。
有多少回在沉默中我的心灵里充满了
这伟大的世界交响乐的谐和的曲调。
……
在世界大合唱的洪流里
有多少诗人从各方面倾注他们的诗歌，
我有幸和他们一起荣获
音乐女神的祝福，
分享宇宙音乐盛会的欢乐。

在自豪地总结了自己的成就及由此获得的快乐之后，这位世界诗人进一步自我反思，认为对人的心灵的奥秘的认识和表现是非常困难的，需要心灵与心灵的接近，而自己由于生活的限制没能走进人们的心灵深处。他认为是劳动人民推动整个世界在前进，由于出身和教养的限制，自己没有走进他们的生活，诗人为此而感到惭愧和遗憾，他的诗歌的旋律还有缺陷，虽然传布四方，但却没有深入到每个角落。作品最后，诗人表达自己的愿望：

我在等待着一位诗人——

他是农民生活中的同伴，
他是他们工作、谈话中的亲人，
他和土地更加亲近。
在文学的盛宴中
让他来供献我不能奉献的一切。①

诗人的自我总结是全面的，也是恰如其分的。探索人生、享受人生、思考人生、表现人生，是世界诗人泰戈尔的人生使命。

爱情是人生最美的花朵，爱情诗则是诗歌花园中最鲜艳的一个品种。作为一位人生的歌手，泰戈尔诗歌中少不了爱情的吟唱。在诗人的两千多首诗歌中，爱情诗占有相当大的比重，特别是青少年时代，追求爱情、享受爱情是诗人生活的主题，咏唱讴歌爱情自然是诗歌的主旋律。爱情是一种人生现象，从中能够发现善恶美丑，能够体味酸甜苦辣。泰戈尔的爱情诗也有不同的类型，以董友忱编选《泰戈尔诗歌精选·爱情诗》为例，②其中有纯粹的爱情诗，主要表现爱的朦胧、甜蜜和幸福，如《幸福的回忆》《一对相爱的情侣》等；也有思考爱情问题、探讨爱情现象的诗，如《离别时的平静》《囚徒》《妻子的哀怨》等，写出了爱情生活中的苦涩，表现了对爱情问题的深刻思考。另外，还有将爱情与自然、永恒、神相联系的抒情诗。如选自诗集《渡口集》的一首题为《赐予》的诗，诗人曾经将其译成英文收入宗教抒情诗集《吉檀迦利》，内容是诗人本来向自己的神乞求花环，如今却得到一把利剑，他先是感到惊奇，继而有点怀疑，感到不知所措，进而感受到沉重的压力和痛苦的负担；但他还是响应了神的旨意，收下了这件礼物，决定用它斩断自己的怯懦和忧虑，并且带上它去冲锋陷阵。诗人以女性的身份向情人倾诉，其构思基础是人与神的情人关系，这样的诗显然不同于一般的爱情诗。

从艺术表现角度看，泰戈尔的爱情诗有的直抒情意、大胆表露，如《我爱得忘乎所以》《丰乳》《酮体》《玉臂》《吻》《结合》《泛舟荡入我心间》等，都属于此类作品；有的则比较委婉含蓄，耐人寻味，如《竹

① ［印度］泰戈尔：《生辰集》第十首，石真译，见《泰戈尔诗选》，第567—570页。

② 郁龙余主编、董友忱编选：《泰戈尔诗歌精选·爱情诗》，外语教学与研究出版社2007年版。

笛》《同一座村庄》《我心池的红莲》等。其中《同一座村庄》由诗人自己译成英文收入《园丁集》，写的是一个男子对一位名叫软遮那的女子的爱情，但诗中并没有写他们如何幽会、如何缠绵，而是通过自然事物之间和谐的共鸣，来表现两人之间的关系。作品第一段写道：

黄鸟在自己的树上歌唱，使我的心喜舞。
我们两人住在一个村子里，这是我们的一份快乐。
她心爱的一对小羊，到我园树的荫下吃草。
它们若走进我的麦地，我就把它们抱在臂里。
我们村子名叫康遮那，人们管我们的小河叫安遮那。
我的名字村人都知道，她的名字是软遮那。①

黄鸟在树上歌唱，小羊在荫下吃草，蜜蜂去林中采蜜，落花到池塘里洗澡，这些具体的自然事物的选择，使诗歌富有生活气息；红花干、杧果的花香、亚麻子、苎麻、星辰、雨水、迦昙树林等，大量自然意象的叠加，使读者有回归自然的感觉。在这里，诗人一方面借自然的和谐以表现爱情的甜蜜，另一方面又借爱情的纯真来表现自然的无邪，使爱情诗具有了田园风味和自然韵味。

二　自然与儿童

泰戈尔对自然之美有着深刻独到的感受，他曾经自述：“几乎从幼年时代开始，我对大自然的美就有深刻的感受，我有与林木和彩云为伴的亲密感情，感受到空气中季节变化的音乐弹奏的曲调。”② 泰戈尔是一位钟情自然的诗人，在70多年的创作生涯中，每个时期都有写自然的名篇佳作。自然的神奇、山水的情趣、田园的温馨，在他的诗歌中都有充分的表现。

泰戈尔前期发表的《暮歌集》《晨歌集》《画与歌集》《金色船集》《大河集》《缤纷集》《收获集》等诗集中，有相当多的以自然景物为歌咏对象的诗篇。其中《晨歌集》中的名篇《清泉从梦中苏醒》（又译《瀑布

① ［印度］泰戈尔：《园丁集》第17首，谢冰心译，见《泰戈尔诗选》，第446页。
② Tagore, R. *The Religion of an Artist*, Calcutta: Visva - Bharati Bookshop, 1953, p. 7.

的觉醒》)，写的是在黑暗的岩穴中沉睡多年的泉水，一旦苏醒便发出吼声，四处蹦跳，翻过群山，向着广阔的大海奔腾。诗人以奇特的想象，写出了山泉的澎湃气势，也表现了诗人的豪迈激情。19 世纪 90 年代，他负责管理家族田产，住在乡村，密切接触大自然，对自然有直接的观察和体验，期间发表的《收获集》中的作品大部分都散发着泥土的气息，直接描写自然的作品也有十余首，如《赠礼》《大地》《草》《玛纳斯圣湖》等，特别是诗人最喜爱的两种自然景象树木与河流，在这部诗集中都有充分的表现。其中既有《森林和王国》《致文明》《森林》《净修林》等与森林有关的诗篇，也有《正午》《黎明》《渡船》《伯德玛河》《河中航行》《伊查穆迪河》等与河流有关的篇什。“伯德玛河”意译莲花河，是印度最大的河流——恒河的下游流经孟加拉的一段，泰戈尔家祖传的几个田庄就在河边。诗人管理田庄期间喜欢住在泊在河边的一条船上，与伯德玛河朝夕相伴，欣赏她的寥廓与空寂，由此写出了咏唱伯德玛河的诗篇：

啊，伯德玛河，我与你相遇。
为各种事情找我的许多人，
不知道我和你心心相印，
不知道我为什么如情人赴幽会，
黄昏来到安置沙榻的幽静的河湄。
当你那些多情的鸳鸯，
在沼泽戏闹后沉入梦乡，
当你东岸沉静的村庄里，
一幢幢农舍的大门关闭，
两岸没有一个人探听到
你和我唱什么歌谣。
秋季、夏季、冬季、雨季，
僻静处我与你千百次相遇。①

作品不仅写出了伯德玛河的自然景象，而且表现了诗人与伯德玛河的亲密

---

① ［印度］泰戈尔：《伯德玛河》，白开元译，见《泰戈尔全集》第 2 卷，刘安武、倪培耕、白开元主编，河北教育出版社 2000 年版，第 332—333 页。

关系，以及诗人对伯德玛河的迷恋和喜爱。

中期泰戈尔进一步走向社会，或参与政治运动，或沉浸于宗教玄想，亲近自然的机会相对较少，自然诗的创作也进入低潮。但诗人热爱自然的情怀并没有减少，一方面，在《渡口集》《鸿雁集》等重要诗集中仍有一些直接表现自然之美的诗篇，如《渡口集》中的《流云》，描写天上的流云“漫无目的，随风漂泊”，是“天的谜，天的梦”；它们在不同的季节被不同的画笔加以涂改，随心所欲；它们“一边漫游，一边吟哦，无缘无故粲然一笑”。① 作品写出了流云变动不居的特点，也表现了诗人对自由自在的生活的向往。《鸿雁集》中的《鸿雁》写出了鸿雁向往远方，不懈追求的精神。另一方面，诗人创作了许多与儿童诗、政治诗和颂神诗相结合的自然诗。如《儿童集》中的《七朵金花七个兄弟》，写树林中的花朵像亲兄弟一样做伴游戏；《一道回去的朋友》写星星和月亮在黎明时分太阳出来之前一道离开：

那弯弯的月儿是黑夜最后的笑颜，
那不过是对过去欢乐时光的怀念。
星星他们走得很快，不知道去了哪儿——
弯弯的月儿落在后面，迈不了那么快的步子。②

这些自然诗以儿童的眼睛观察，以儿童的心理想象，是自然诗和儿童诗的结合，读来别有情趣。

后期泰戈尔进一步走向生活、走向世界，诗歌创作以政治抒情诗为主，但仍不乏自然书写。这时期出版诗集20余部，其中《森林之声集》（1931）是一部自然诗集，作品大部分以林木为表现对象，如《森林颂》《雪松》《杧果园》《库尔基树》《娑罗树》《椰子树》《植树节》等。诗人在诗集的序中写道：“这些树木，是世界这位游方僧的单弦琴，它们的骨髓里，回荡着质朴的乐音，它们的枝叶，以相同的节拍跳舞。当我们凝神屏息，以心魂谛听，解脱的信息，便袅袅飘入我们的心田。……我们在鲜花、果实、叶片中看到湿婆狂舞的快乐的韵律；从中品尝到解脱的滋

---

① ［印度］泰戈尔：《流云》，白开元译，见《泰戈尔全集》第3卷，第488—489页。

② ［印度］泰戈尔：《一道回去的朋友》，白开元译，见《泰戈尔全集》第3卷，第319页。

味，听到全世界生命与生命那种自由而纯洁的聚会的消息。”[①] 长诗《森林颂》是《森林之声集》的开篇，全面深刻地体现了诗集的主题，是泰戈尔自然诗的代表作。全诗共有 4 节。第一节写太阳呼唤生命，森林响应太阳的呼唤，“昂首第一个对太阳礼赞”，由此说明森林是地球上元初生命的代表。第二节描写作为生命代表的森林，乘坐“簇新的车辇”，跨越死亡的城门，经过一个个新建的驿站，向“无极”的圣地前进。第三节写森林作为生命的象征，在世界上不断征服不断开拓：

泥土的英姿勃勃的儿子啊，
你宣布在沙漠的坚固城堡
进行拯救土壤的战斗；你四出征战，
泅游冲破沧海的万顷波涛，
以勇不可当的气势，在五大洲
空漠荒凉的海滨建立绿色王朝；
你用绿叶的字母在层层山岩
和粗陋的沙砾上书写了胜利文告；
你软化土坷垃；在杳无人迹的
荒原开辟了前进的大道。

诗人将森林视为地球生命的旗帜，在生命与死亡的斗争中，森林象征着生命的胜利，象征着生命对世界的征服。在诗人笔下，森林不仅开拓了生命的疆域，而且不断地进行美的创造。森林以自己的枝条“营造原始歌巢”，清风以森林的乐音的色彩涂染自己的肢体，在冷清寂寞的太空“映上歌曲的七色彩虹”；在广袤无际的原野上，森林“运用从太阳带来的想像力”，“首次绘画美的形象”；在雨季来临之时，森林又“以花叶之杯”承接甘霖，用以“滋润干旱的田野”。因此，森林不仅是美的创造者，也是生命的哺育者。如果说前面三节表现的都是纯自然的森林，森林是外在于人的自然存在物，那么，作品第四节表现的是与人类有着密切关系的森林，诗人写道：

---

① ［印度］泰戈尔：《森林之声集·序》，白开元译，见《泰戈尔全集》第 5 卷，第 367 页。

啊，安静肃穆的森林，
你审慎地掩饰着你的豪气，
耐心地显示富于力量的娴静；
来到你的道院，我接受“恬静”的教育，
谛听缄默的伟大秘语。

接下来，诗人描写森林的形象气质和性格特征，进一步关注森林对人类的恩惠。在诗人看来，森林挤来“光牛的乳汁”，又把营养注入人的骨髓，使人类有了强大的力量，可以“征服天地”，“敢与神明抗衡”，战胜重重困难，创造各种人间奇迹。具有多重气质的森林，能够使人朝气蓬勃，可以让人精神抖擞，也可以使人心平气和。最后，诗人进一步以森林为平台作形而上的思考，把森林看作人类的朋友，是人与神沟通的使者。[①] 总之，这首森林颂歌既表现了作为自然存在的森林的生命力和创造力，也表现了作为人类和各种生物的滋养者的森林的伟大和神奇，又进一步表现了作为一种生活方式象征的森林的深沉和神秘。印度素有“森林文明”之称，泰戈尔这首《森林颂》可以说是森林文明的结晶。

这些表现林木的诗篇，不仅是对印度古代森林文学传统的继承，也是诗人自己自然与田园情结的集中释放。他在《芒果园》一诗的引言中说：“这首暮年之作，抒写了我与芒果树的友情。芒果树的请柬，早年递入我常常惊讶的幼小心灵。这份请柬今天好像又送来了，带着土壤的音乐，带着阳光照耀的碧草的气息。”因为有这样的情结，他能在树木身上感受到清新和永恒。诗人写道：

你绽放的千万种语言的鲜花
是人间的千古绝句，
哦，芒果园。
哦，你是天空的知音，带走吧，
带走大地深藏的
离别的哀怨。[②]

① ［印度］泰戈尔：《森林颂》，白开元译，见《泰戈尔全集》第5卷，第369—372页。
② ［印度］泰戈尔：《芒果园》，白开元译，见《泰戈尔全集》第5卷，第376—377页。

自然与儿童有着天然的联系，二者都具有天真无邪、质朴清新的本质特点，与世俗社会的虚伪争斗形成对比。诗人在现实社会生活中遇到烦恼，常常返回自然，亲近儿童。他和孩子们一起做游戏、观察孩子的活动、倾听他们的谈话，由此发现童心之美，写了许多儿童诗。除了散见于各个诗集的儿童诗之外，泰戈尔在几个创作阶段都有专门的儿童诗集出版，主要有《孩童之歌集》（1884）、《儿童集》（1903）、《童年的湿婆集》（1922）、《儿歌之画集》（1937）、《儿歌集》（1941）等，其中《儿童集》中的部分作品由诗人自己译成英语于1913年以《新月集》为题出版，立即蜚声世界。

泰戈尔在他的儿童诗中描绘构造了一个神奇美妙的童心世界。这是一个至善至美至真至圣的世界，郑振铎在《〈新月集〉译者序》中说："它把我们从怀疑、贪婪的罪恶的世界，带到秀嫩天真的儿童的新月之国里去。"① 这里没有势利的熏染，也不受规律的束缚，"在那儿，使者奉了无所谓的使命奔走于无史的诸王的王国间；在那儿，理智以它的法律造为纸鸢而飞放，真理也使事实从桎梏中自由了"（《孩子的世界》）。大人们忙着计算数字的时候，孩子在泥地上以枯枝断梗为戏。成人辛苦乏味的劳作，在孩子看来，不过是有趣好玩的游戏。这个童心世界也是一个充满爱的世界，其中最突出最典型的是母子之爱。泰戈尔认为，孩子是在母亲的爱中建立起对真理的第一感受，即人与世界的真实关系在于人类之爱。② 因此，他既把母亲对孩子的爱作为讴歌赞美的对象，又把孩子眷恋热爱母亲的赤子之心作为描绘表现的内容。《开始》中的母亲把孩子视作自己少女时代的花瓣中散发的花香，青春肢体上开出的花朵；《恶邮差》中的孩子则要写爸爸那样的信送给妈妈，以解除她的烦恼。《告别》中的孩子与妈妈告别时，愿化作清风吹拂妈妈的胸怀，化作河水吻妈妈的肢体，化作星星劝妈妈入睡，化作梦儿进入妈妈的梦乡。这个童心世界更是一个美的世界。这儿有人性的美和生活的美。孩子不会感到生活的苦涩，他们把生活中的一切都看得那么美好。《职业》

① 郑振铎：《〈新月集〉译者序》，见《泰戈尔诗选》，人民文学出版社1997年版，第364页。下文引述《新月集》中的诗句，皆郑振铎译，出自该书。只标明诗歌题目，不再一一加注。

② Tagore, R. *Personality*, London: Macmilan, 1917, p. 112.

中的孩子想当一个小贩，自由地到处叫卖；想当一个园丁，随心所欲地掘地。他们绝不会悲观厌世，虽然他们能够飞走，但他们不愿离我们而去（《孩童之道》）。这个自然天真、自由自在的童心世界，是泰戈尔心中的一片乐园，是超越现实丑恶的一方净土。“我愿我能在我孩子自己的世界的中心，占一角清净地”（《孩子的世界》）。诗人正是为了摆脱人世纷争、超脱世俗束缚而寻找纯洁净美的世界，获得无拘无束的自由，他拒绝了国王的权力，拒绝了商人的金钱，拒绝了美人的微笑，而接受了一个在海边玩贝壳的孩子的雇用，“在这个小孩的游戏中做成的买卖，使我成了一个自由的人。”（《最后的买卖》）在这里诗人没有失落的孤独和失败的沮丧，真正实现了他完美的人格追求。

泰戈尔揭示和创造童心世界，绝不仅仅是逃避现实，超脱世俗，作沉静的美的观照，而是与他的社会责任感和道德使命感相结合的。他的童心世界的自然、自由、善良、美好是与现实世界的矫饰、拘束、邪恶、丑陋相对照的。像许多伟大的浪漫主义和理想主义的文学家一样，他以对理想的向往表现对现实的厌恶，以理想的美来对照现实的丑。为此他常把世俗的成人世界和儿童世界对比来写。商人的货轮航行在海上，海边的孩子们堆了一堆一堆的卵石；风暴来临，航船沉没在海里，儿童们仍在海滨游戏（《海滨》）。小水手希望航行遍仙人世界里的七个大海和十三条河道，而“决不把它驾驶到愚蠢的市场上去”（《水手》）。诗人并不满足于一般的美丑对照，而是进一步用童心世界净化成人世界，用理想世界改造现实世界。孩子作为天使被派到喧哗争斗、怀疑失望、贪婪残忍的人们中间，“我的孩子，让他们望着你的脸，因此能够知道一切事物的意义；让他们爱你，因此他们能够相爱”（《孩子的天使》）。泰戈尔揭示和创造的儿童世界，体现了他的人生理想和社会理想。以爱与美的童心来改造这个积重难返的人类社会，既表现了泰戈尔孩童般的天真和稚气，也表现了他作为理想主义诗人的伟大。

三 宗教与哲学

泰戈尔生长在一个宗教氛围浓厚的家庭，宗教是诗人生活的重要内容，宗教情感是他的人生感受的重要组成部分，因此表现宗教思想、宗教情感和宗教体验的抒情诗在其诗歌创作中占有重要地位。泰戈尔的宗教抒情诗大致有三类，一是赞颂神灵，表现自己的宗教信仰和对神的虔诚崇拜，诗集《吉檀迦利》中的大部分作品属于此类。“吉檀迦利”意译为“献歌”，是献给神的歌。其中第1首赞颂神给予生命：“你已经使我永生，这样做是你的快乐。这薄脆的杯儿，你不断把它倒空，又不断以新生命来充满。”① 第2首从一个歌手的角度表现对神的虔诚，更符合诗人的身份，因此表现得更加情真意切。诗人写道：

当你命令我唱歌的时候，我的心似乎要因着骄傲而炸裂；我仰望着你的脸，眼泪涌上我的眶里。

我生命中一切的凝涩与矛盾融化成一片甜柔的谐音——我的赞颂像一只欢乐的鸟，振翼飞越海洋。

我知道你喜欢我的歌唱。我知道只因为我是个歌者，才能走到你的面前。

我用我的歌曲的远伸的翅梢，触到了你的双脚，那是我从来不敢想望触到的。

在唱歌中陶醉，我忘了自己，你本是我的主人，我却称你为朋友。

二是表现诗人的宗教思想。泰戈尔称自己的宗教是“人的宗教”，他1930年在英国牛津大学做的题为《人的宗教》的系列演讲中指出：“我觉得，我终于找到了自己的宗教，即‘人’的宗教，在这一宗教中，‘无限’受到人性的界定，与我的关系变得密切起来，以便得到我的情爱与合作。”② 所谓“人的宗教”是以人为中心的宗教，是人间的宗教，是现世的、积极进取的行动的宗教。这样的宗教思想在其诗歌创作中也有深刻的表现，如《园丁集》第75首，写一个苦行者准备抛弃他的妻子和吃奶的孩子去追求神，神命令他“不要离开你的家”，但他听而不闻。神叹息而又委屈地说，“为什么我的仆人要把我丢下，而到别处去找我呢？”③ 再如《吉檀迦利》第11首，诗人对那些离世求神的人说道：“把礼赞和数珠撇在一

① ［印度］泰戈尔：《吉檀迦利》第1首，谢冰心译，见《泰戈尔诗选》，人民文学出版社1997年版，第313页。下文引述《吉檀迦利》中的诗句，皆出自同一版本，不再一一加注。

② ［印度］泰戈尔：《人的宗教》，刘建译，见《泰戈尔全集》第20卷，第300页。

③ ［印度］泰戈尔：《园丁集》第75首，谢冰心译，见《泰戈尔诗选》，第483页。

边罢！你在门窗紧闭幽暗孤寂的殿角里，向谁礼拜呢？睁开眼你看，上帝不在你的面前！……去迎接他，在劳动里，流汗里，和他站在一起罢。”可见，所谓“人的宗教”，就是人间的宗教，而不是出世离欲的苦行主义的宗教。三是通过对神的祈求表现诗人的社会政治及人生诉求。如《吉檀迦利》第35首，诗人祈求：“进入那自由的天国，我的父呵，让我的国家觉醒起来罢。”

泰戈尔不仅是一位诗人，而且是一位哲学家，有大量的宗教哲学著作传世，在印度近现代哲学史上占有重要地位，是印度哲学从传统向现代转型的代表人物。因此，在他的诗作中，少不了哲理的篇什。这些哲理诗一部分表现为宗教哲学，如《吉檀迦利》第69首，诗人写道：

> 就是这股生命的泉水，日夜流穿我的血管，也流穿过世界，又应节地跳舞。
>
> 就是这同一的生命，从大地的尘土里快乐地伸放出无数片的芳草，迸发出繁花密叶的波纹。
>
> 就是这同一的生命，在潮汐里摇动着生和死的大海的摇篮。

这是一首给神的献歌，表现的是关于生命的哲理，既是颂神诗，又是哲理诗，还是自然诗，因为其中表现了人与自然一体的生命意识。

发表于1910年的《献歌集》是一部宗教抒情诗集，其中有许多表现深刻哲理的诗篇，如第120首表现“有限中的无限”，其第一段写道：

> 有限中的“无限”，你奏着独特的歌调，
> 在我中间你才显得那样奇妙。
> 收容如此众多的色彩、香馨、韵律，
> “无形”，你在我心官苏醒，以“有形”的多姿。①

“有限”和“无限”是泰戈尔哲学的一对范畴。所谓“有限”，就是现实的生活，具体的事物，当下的人生，以及每一个个体的人；所谓“无

① ［印度］泰戈尔：《寂园心曲——泰戈尔诗歌三百首》，白开元译，广西人民出版社1987年版，第216页。

限”，即具有超越性的永恒，最高的存在，理想化的人生境界，以及人的本质和本体的体现。泰戈尔认为无限存在于有限之中，人只能通过有限来表达无限。这首诗就表现了关于有限与无限关系的哲理。这样的宗教哲学是诗人宗教思想的重要组成部分。

泰戈尔也有一些非宗教性的哲理诗，表现对宇宙和人生奥秘的探寻。比如早期诗集《晨歌集》中的《回声》，开头写道：

啊，回声！
我似乎很喜欢你，
大概谁也不能与你相比。

接下来诗人用百余行诗写自己如何探寻世界的各种“回声”，最后写道：

我多少次忧愤地询问，
啊，你在哪里，在哪里？
从遥远的地方，你为什么说，
“谁知道在哪里？”
给予希望者，这算什么话，
你丢失了自己？
你难道不认识自己？①

这是一首充满哲理的抒情诗。诗人在后来为《晨歌集》写的序言中回忆了该诗的创作动机：“当时我是被这样一种想法所吸引——世界创造是一种声音，它以回声的形式使我惊讶、使我激动、使我觉醒，那是美妙的，也是可怕的。创造的一切运动之洪流，永远往某个中心流去，而且从那儿以回声的形式落下来，以光、以形、以声落下来。”② 在《回忆录》中，诗人对这个“回声”作了解释：“从无限流向有限的泉水就是‘真’，就是‘善’；它是有法则的，有固定的形式的。它回到无限的回声是

① ［印度］泰戈尔：《泰戈尔全集》，刘安武等主编，河北教育出版社2000年版，第86—90页。
② ［印度］泰戈尔：《晨歌集·序》，黄志坤译，见《泰戈尔全集》第1卷，第58页。

‘美’与‘喜悦’，是难以捕捉的，因此会使我们心醉神迷。这就是我用一个比喻或一首诗在《回声》中作的尝试。”[①] 这样的探讨宇宙人生奥秘的具有哲理性的抒情诗，在泰戈尔的诗作中不在少数。

再如《诗选》第127首，原题《太阳》，是诗人去世前10天口述，身边的人记录的，作品写道：

最初一天的太阳
问
存在的新知
你是谁，
得不到回答。
一年又一年过去了，
这天的最后的太阳
在静默的夜晚
在西方的海岸上
问着最后的问题——
你是谁
他得不到回答。[②]

诗人想象他出世那天，太阳曾经问他："你是谁?" 他不能回答，别人也无法回答。当诗人就要离开人世的时候，正在西下的太阳又向诗人提出了这一问题："你究竟是谁?" 虽然度过了漫长的一生，经历了人世沧桑，经过了风霜雨雪，诗人还是回答不出这个问题。要么是还有许多困惑，要么是虽然有所认识，有所领悟，但却无法用语言表达，所以那位提问者仍然"得不到回答"。这里有对时间的感悟、对生命的思考和对终极问题的追问。时间永恒，生命短暂。"太阳"在人类文学史上是一个具有原型意义的意象，它象征着永恒时间中的生命循环。初升的太阳与初生的

① ［印度］泰戈尔：《回忆录》，谢冰心译，见《回忆录·我的童年》，人民文学出版社1988年版，第131页。

② ［印度］泰戈尔：《诗选》第127首，谢冰心译，见《泰戈尔诗选》，人民文学出版社1994年版，第185页。

婴儿对话，落山的夕阳与将死的老人聊天。太阳有起有落，人有生有死；太阳有落又有升，生命的旧的形式死亡还会有新的形式出现。这样的对人生和宇宙现象思考的哲理诗，凝聚着诗人的人生智慧。

日常生活中处处有哲理，作为智者的诗人泰戈尔，善于将哲理与抒情相结合，创作了许多富有哲理意蕴的小诗，《飞鸟集》《火花集》中的大部分作品都属于此类。如《飞鸟集》第6首："如果你因为失去了太阳而流泪，那么你也将失去群星了。"第57首："当我们是大为谦卑的时候，便是我们最近于伟大的时候。"第65首："小草呀，你的足步虽小，但是你拥有你足下的土地。"第130首："如果你把所有的错误都关在门外时，真理也要被关在外面了。"① 再如《火花集》第67首："消逝的日子落拓的魂魄沾染的灰尘、污垢，朝霞每日以崭新的希望洗濯。"第74首："'顽固'用手掌守护真理，用劲攥住。真理不知何时憋死。"第153首："讽刺太阳非常容易，它已在自己的光中裸露了自己。"第190首："不可为唱人的赞歌而把真实削斫。"② 这些小诗都表现了耐人寻味的人生哲理。

四　政治与社会

泰戈尔不仅是浪漫的爱情歌手和深沉的宗教诗人，还是一个政治家和社会活动家，是一个爱国的政治诗人，爱国主义、民族主义和人道主义思想是贯穿他一生诗歌创作的红线。1875年，14岁的泰戈尔在一次爱国者的集会上朗诵了一首爱国诗歌《献给印度教神庙》，是他署名发表的第一首诗作。1890年，他被父亲派到东孟加拉农村管理家族田产，近距离接触劳动人民，他的诗歌创作有了更坚实的社会基础。他晚年在为早期创作的《金色船集》写的序言中总结道："与农民的接触，使我的文学之路和工作之路，在我的生活领域一齐向前伸展。那时的建树，世界的本相，以及从人群中获得的鲜活经验，开拓了我的智力、想像和志趣。"③ 在此期间，他直面现实，写出了著名长诗《两亩地》。作品描写农民乌本的不幸遭遇：乌本仅有的两亩地被地主拉贾看中，他不愿卖地，拉贾伪造债据，逼乌本卖地还债。失去土地的乌本背井离乡，穿上道袍，四处流浪，但总

① ［印度］泰戈尔：《飞鸟集》，郑振铎译，见《泰戈尔诗选》，第493—517页。

② ［印度］泰戈尔：《火花集》，白开元译，见《泰戈尔全集》第8卷，第334—379页。

③ ［印度］泰戈尔：《金色船集·序》，白开元译，见《泰戈尔全集》第2卷，第4页。

忘不了他那两亩地。16 年后，强烈的思乡之情使他返回故土，看到山河依旧，而自己的土地却面目全非，不禁心如刀绞，悲从中来。他坐在墙边的芒果树下，孩提时代树下拣芒果的美好回忆浮上心头，这时，两只熟透的芒果落在地上，他拣起芒果，心想，也许是母亲认出了游子。地主的园丁把他当贼抓住，带到老爷面前。老爷听罢汇报，命令揍死这个“惯贼”。[①] 诗人怀着愤懑之情，讽刺了这个黑白颠倒的社会。这样的具有社会政治意义的诗篇在泰戈尔的前期作品中并非孤例。

1900 年前后，泰戈尔取材于印度古代宗教经典或民间传说，写成许多故事诗和叙事诗，其创作意图是挖掘印度传统精神宝库，站在现代人的立场上，对传统道德精神进行重新阐释。这些诗歌大多具有社会政治意义，其中跃动着诗人的灵魂——他的爱国主义和人道主义精神。如《被俘的英雄》取材于锡克教领袖般达于 1716 年领导锡克教徒起义的历史，主题是歌颂民族英雄，歌颂人民群众英勇反抗的精神。诗人首先叙述了那些觉醒了的锡克教徒举行起义的雄壮场面，接着写了他们伟大的胜利，然后写了他们悲壮的失败。包括首领般达在内的七百名英雄成了莫卧儿的俘虏，但他们个个视死如归，宁死不屈，高呼着“万岁古鲁琪”英勇就义。作品在塑造锡克英雄群像的基础上，突出了首领般达的英雄形象。敌人让般达亲手杀死自己的儿子，般达鼓励孩子：“害怕的不是锡克教的英雄!”孩子“嫩脸上闪耀着勇敢无畏的光辉”。父亲把匕首刺进他的胸口时，他口里高呼着：“胜利，古鲁琪!”最后刽子手用烧红的火箸扯碎了般达的身体，“英雄屹立着死去——不曾发出一声痛苦的叹息”。[②] 这是一篇反映锡克人英勇斗争的史诗，全诗犹如一组巨型浮雕，般达则是在雄伟壮阔的背景上突出来的一尊庄严的雕像。从锡克教起义的历史中取材创作这篇叙事诗时，印度正处在英国的殖民统治之下，以孟加拉为中心的印度民族运动蓬勃展开，诗人的创作目的就是为了激发印度人民的斗志，鼓励他们为反对殖民统治而斗争。

在印度民族独立运动高潮期间，泰戈尔更是一位用诗歌参加斗争的战士。《诗选》第 38—44 首，就是诗人在 1905 年印度民族运动高潮期间创

---

① ［印度］泰戈尔：《两亩地》，白开元译，见《寂园心曲——泰戈尔诗歌三百首》，广西人民出版社 1987 年版，第 73—76 页。

② ［印度］泰戈尔：《被俘的英雄》，石真译，见《泰戈尔诗选》，第 261—266 页。

作的爱国歌曲的歌词，其中第38首写道：

我能生在这一片土地上，因此我有运气去爱她，我是有福的。

即使她不曾拥有王室的珍宝，但是她的爱的活财富对我就够宝贵的了。

对我心的最好的芬香礼物就是从她自己的花朵中来，我也不知道还有何处的月光能用这样的美妙来泛滥我的身心。

呈现在我眼中的第一道光辉是从她自己的天空来的，让这光辉在我眼睛永闭之前再亲吻它们。①

这些作品或者表现对祖国的热爱，或者期盼祖国繁荣，或者对受迫害者表示鼓励和安慰，在印度民族独立斗争中起了鼓舞人民斗志的作用。

《印度命运的付予者》（又译《印度的主宰》）是一首歌词，也是一首具有爱国主题的政治抒情诗。歌词的第一节以印度几个邦、几座山和几条河的名字来代表祖国，呼唤“印度命运的付予者”（即诗人心目中的神）使印度觉醒；第二节以印度的几种宗教徒来代表印度人民，希望他们团结起来，结成爱的花环；第三节歌颂领导人民斗争的先驱；第四节呼吁“印度命运的付予者”将印度从危难中拯救出来；最后一节歌唱印度的新生，诗人写道：

夜渐明了，太阳从东方升起，
群鸟歌唱，晨风带来了新生的兴奋。
承受了你爱的金光的摩抚
印度苏醒起来，低头伏在你的脚前。
你万王之王，
你印度命运的付予者，
胜利，胜利，胜利是属于你的。②

作品洋溢着热烈深沉的爱国之情，其主题与作者1910年发表的长篇

① ［印度］泰戈尔：《诗选》第38首，谢冰心译，见《泰戈尔诗选》，第51页。

② ［印度］泰戈尔：《诗选》第51首，谢冰心译，见《泰戈尔诗选》，第64—66页。

小说《戈拉》一致，就是要印度人民不分种姓，不分教派，团结起来为祖国服务，以实现印度的独立和富强。这首歌是在圣雄甘地领导的国大党第26次全会上首先唱起来的，并在1947年印度独立时选为国歌，是泰戈尔社会政治诗的代表作之一。

后期，除了爱国主义的主题之外，泰戈尔还创作了许多具有国际主义和人道主义精神的政治抒情诗。特别是在第二次世界大战期间，面对法西斯主义的猖獗，泰戈尔发挥了人道卫士的作用。日本入侵中国，意大利入侵非洲，都激起这位世界诗人的愤怒，写下了许多不朽的诗篇。比如当他听说杀人如麻的日本侵略者竟然跑到佛寺中去祈祷胜利时，怒不可遏，挥笔写下了题为《敬礼佛陀的人》的诗篇，对侵略者进行了辛辣的讽刺和强烈的谴责，其第一段写道：

战鼓敲起了。
人们勉强把自己面容扭成可怕的样子
咬起自己的牙齿；
在人们跑去为“死亡”的肉库收集人肉以前，
人们整队到佛陀，那大慈大悲者的庙宇里，
祈求他的祝福，
战鼓正在隆隆地敲
大地颤抖着。①

作品揭露了日本军国主义者的野蛮和虚伪，今天读来仍然让人感到震撼。野兽吃人就是吃人，强盗杀人就是杀人，只有日本侵略者一边杀人一边装出仁慈的样子，不承认自己的罪行。时至今日，日本军国主义的孝子贤孙们仍然步其先人的后尘，不仅不承认他们对中国人民犯下的滔天罪行，而且美化侵略历史，为战争罪犯翻案。对此，每个曾经被侵略的国家的人民，全世界每个有良知的人都不能不提高警惕，防止历史悲剧的重演。泰戈尔这首政治讽刺诗至今仍有其现实意义。

五　艺术风格

泰戈尔曾被评论家冠以浪漫主义、现实主义、象征主义、神秘主义等

① ［印度］泰戈尔：《诗选》第108首，谢冰心译，见《泰戈尔诗选》，第153页。

各种称号，这说明其艺术风格的多样性和复杂性。他像一只飞鸟，时而落在地上，时而飞在天上，时而贴近现实，时而超越现实。

就其诗歌创作而言，尽管风格多样，但不可否认的是，浪漫主义是其天然本性。他的个性气质，他的成长环境和时代氛围，都奠定了他浪漫主义的创作基调。他在回忆自己的创作道路时说："在我的诗律、词汇和思想中，我追求天真未凿的想象力的奇思妙想，从而招致有学问的批评家的严厉批评和智者们的哄然大笑。"[①] 他正式发表的第一部诗集《暮歌集》中大部分作品具有感伤情调，其后的《晨歌集》则焕发出青春激情，其中的名篇《清泉从梦中苏醒》（又译《瀑布的觉醒》），写的是在黑暗的岩穴中沉睡多年的泉水，一旦苏醒，"再也无法抑制心头的愿望和激情"，发出吼声，四处蹦跳，翻过群山，不断奔腾；它向往广阔的大海，为此它要冲破黑暗的牢笼。那种气势可以和雪莱的《西风颂》媲美，诗人因此有"孟加拉文学的雪莱"之誉。诗集中的《黎明盛会》《永恒的生命》《回声》《创造生存毁灭》等诗篇，或激情澎湃，或想象奇特，都显示出鲜明的浪漫主义风格。后来的《画与歌》《刚与柔》《心灵集》等重要诗集，以热烈真挚的感情歌颂爱情，歌颂青春的欢乐、生命的力量，表现了印度民族觉醒时期的时代精神，都具有浪漫主义特色。在农村管理田庄期间，由于生活环境变化和思想发展，他的诗歌创作题材和风格更加多样化，其《金色船集》《吉德拉星集》《收获集》《幻想集》《故事诗集》《叙事诗集》等诗集，现实主义因素有所加强，神秘主义倾向有所发展，但其主基调仍然是浪漫主义。20 世纪初，泰戈尔进一步走向社会，对各种社会问题进行深入的探索，同时生活中遭到一些不幸，先后失去了父亲、爱妻和爱女，这对他的创作风格产生了一些影响，最明显的是宗教色彩渐浓，但诗人的浪漫主义气质并没有根本的改变。20 世纪 20 年代以后，泰戈尔诗歌创作的题材更加丰富多彩，除了表现生活感受和个人情趣的诗作之外，政治性、哲理性的诗作，怀念亲友、回忆往昔的诗作逐渐增多；体裁也更加多样化，特别是散文诗和自由体诗增多；风格上更加平易，但仍不失浪漫主义精神。

泰戈尔诗歌的浪漫主义风格有多方面的表现。首先是理想性。从本质上看，泰戈尔是一位理想主义诗人，一生不遗余力地宣扬他的人类之爱的

---

① Tagore, R. *The Religion of an Artist*, Calcutta: Visva - Bharati Bookshop, 1953, p. 6.

人生和道德理想。在故事诗中，他对传统文化精神的发掘和阐释是理想化的，他试图通过这种理想化的阐释来纠正现实中的民族虚无主义。在《新月集》中，诗人对童心世界的创造是理想化的，那个自然天真、自由自在的童心世界，是泰戈尔心中的一片乐园，是超越现实丑恶的一方净土。他的童心世界的自然、自由、善良、美好是与现实世界的矫饰、拘束、邪恶、丑陋相对照的。像许多伟大的浪漫主义和理想主义的文学家一样，他以对理想的向往表现对现实的厌恶，以理想的美来对照现实的丑。

其次是情感性。多情善感是诗人的天性，也是浪漫的表现。泰戈尔主要以自己丰富的情感贴近世界，贴近人生，贴近人类，而不是以理智去认识世界。他爱神，爱自然，爱各种各样的人，特别是妇女和儿童，这深厚博大的爱都是出自那颗多情善感的心灵。他以饱蘸感情的笔，写下了大量表现人类之爱的诗篇。

再次是想象性。诗人把爱情想象为一泓湖水，把母亲注视孩子的眼睛想象为布满天空的星星，把孩子想象为母亲少女时代青春肢体上开出的花朵，把不断寻求者想象为因自己的香气而发狂的麝鹿——这样的空灵而超越的奇特想象，使他的诗歌表现出更加鲜明的浪漫气质。超越性的人格追求、理想化的处世态度和内倾型的性格气质，奠定了泰戈尔诗歌浪漫主义的主体性基础。

泰戈尔以神秘主义诗人著称，其诗歌创作中的神秘主义有一个发展过程。16 岁的少年时代，他就模仿中世纪印度教毗湿奴派神秘主义诗人创作了一些宗教抒情诗，结集为《帕努辛赫诗抄》。这些模仿的以爱颂神的诗中的神还是外在的、不确定的存在。19 世纪 90 年代，诗人走向成熟，作品中的神不再是模仿承袭的结果，而是心灵神秘体验的产物。如《金色船集》（1994）第一首《金色船》，写一个电闪雷鸣的雨天，诗人坐在河滩上，孤单地看守着刚割下的一堆堆稻谷。这时，从远方驶来一艘金色船，驾船的舵手看起来非常熟悉。诗人让船停下，把稻谷都装上船，以便随他远行。然而船上装满了稻谷，已经没有了他自己的位置。金色船开走了，诗人在河边茫然踟蹰。诗人自己解释说，船象征人生，它装载着我们的收获，在时间的长河里行驶，把我们远远地抛在后面。这艘金色船在诗集的最后一首诗中再次出现，此时诗人已被接上了船。舵手似乎相识又不相识，是他理想中的情人，他的守护女神。诗人一次又一次问她，要把他带往何处，她什么也不说，只是微笑地指着远方的地平线。如果说这样的神秘体验在泰戈尔的前期创作中还是有些模糊的、矛盾的，有所怀疑和保留的，那么到中年时期，表现神秘体验的宗教抒情诗已经成为他诗歌创作的重心所在了。从1901年的《祭品集》到1910年的《吉檀迦利》，诗人的神秘主义体验和创作逐渐达到高峰。《祭品集》是泰戈尔第一部纯粹的宗教抒情诗集。如果说前一时期的《金色船集》标志着诗人对神秘之主的神往，那么《祭品集》则标志诗人对这位神秘主人的皈依。《祭品》之后，泰戈尔连续出版了《怀念集》《献祭集》《渡口集》《献歌集》《歌之花环集》《吉檀迦利》等诗集，其中大部分是表现神秘体验的宗教抒情诗。诗人自己将其中的一部分翻译成英文，于1912年以《吉檀迦利》为题在英国出版，诗人由此获得1913年度的诺贝尔文学奖，也因此获得了神秘主义诗人的名声。

泰戈尔诗歌的神秘主义有多方面的表现。首先是关于神的存在的诗意亲证。宗教的本质是对有限的人生和局限的世界的超越，神就是那无限和完美的诗意象征。无神论是认识到这种无限和完美的不存在，而宗教神秘主义就是亲证这个神的存在。如前所述，泰戈尔的《吉檀迦利》等宗教抒情诗表现了对神的存在的亲证，这样的亲证是局外人难以理解的，因此被看作神秘主义。如《吉檀迦利》第102首：

> 我在人前夸说我认得你。在我的作品中，他们看到了你的画像。他们走来问我，“他是谁?”我不知道怎么回答。我说，“真的，我说不出来。”他们斥责我，轻蔑地走开了。你却坐在那里微笑。
>
> 我把你的事迹编成不朽的诗歌。秘密从我心中涌出。他们走来问我，“把所有的意思都告诉我们罢。”我不知道怎样回答。我说，“呵，谁知道那是什么意思!”他们哂笑了，鄙夷之极地走开。你却坐在那里微笑。

神是抽象的、深奥的、神秘的存在，是不可言说的。任何对神的描写和叙述，都是“不可言说的言说”。诗人在诗中描绘了神的形象，人们不认识，问他描写的是谁？诗人也说不出来，只有神自己心领神会，坐在那里微笑；诗人将自己对神的体验写成诗歌，人们不理解，问他是什么意思，诗人也说不出来，只有神自己心领神会，坐在那里微笑。诗人所表现的是个人的神秘的体验，是一种常人难以达到的境界。

其次是人与神的亲密关系的表现。泰戈尔笔下的神不是威严的审判者，不是高不可及的不可思议的抽象的存在，而是生活在人们中间的具体可感的形象。关于这样的神及其与人的关系，泰戈尔作了具体的阐释："与我们同在的神不是一个远离我们的上帝；他属于我们的寺庙，也属于我们的家庭。我们在所有爱情和慈爱的人性关系中感受到他对我们的亲近。"① 这样的人与神之间的亲密关系在泰戈尔的创作中有充分的表现，如《诗选》第 22 首写道："我的亲近的人们不知道你离我比他们还亲近。"②

再次是对人神结合的神秘境界的诗意追求。以神的存在为基础的宗教本身已经具有神秘性，而人神结合又是宗教中的"神秘主义"。在东方，主张人神结合的有伊斯兰教的苏非派和印度教的毗湿奴派，泰戈尔主要受后者的影响，认为通过虔诚的爱，可以实现与神的结合。他的《吉檀迦利》等宗教抒情诗即表现了这样的神秘境界，如其中第 56 首这样写道：

> 你这万王之王曾把自己修饰了来赢取我的心。因此你的爱也消融在你情人的爱里，在那里，你又以我俩完全合一的形象显现。

这样的人神合一境界可以说是人与神亲密关系的自然发展。

最后是以消除生死差别为特征的生命神秘主义。在诗集《吉檀迦利》中有一组吟咏死亡的诗，在诗人看来，死亡不过是生命轮转过程中的一个环节，神剥夺了旧的生命之后，又会赋予新的生命。《园丁集》第 83 首以富有象征意味的故事表现死亡的奥秘，表现了诗人生死不二的生命观，其中有许多是只能意会而难以言表的，又有许多是可供想象而不能意会的。这就是泰戈尔诗歌的神秘主义特点。

象征是一种既古老又现代的诗歌艺术，泰戈尔中后期诗歌象征主义味道浓厚，特别是其宗教抒情诗，为了表现难以言说的内容，往往采用象征寓言的手法，一般在表面意义之下又有暗示的、隐含的、象征的意义。"神"本来是不可捉摸的神秘存在，诗人让他化为现实生活中的各种人物，父亲、朋友、情人甚至儿童，尽情讴歌；或者化为各种自然景物，太

---

① Tagore, R. *Personality*. London: Macmilan, 1917, pp. 27 - 28.

② ［印度］泰戈尔：《诗选》第 22 首，谢冰心译，见《泰戈尔诗选》，第 34 页。

阳、光明、白云、清风，着意描绘。通过这种形象化，使抽象的神具有了形体和生命，同时也使日常的人物和景物具有了深邃的思想和灵魂。诗中的“神”本身便具有丰富的象征意义，包括自由、真理、无限、光明等等，诗人所追求的一切理想都包含其中，同时诗人又用现实生活中的事物进行象征性表现，由此产生一系列具有象征意义的意象。比如《诗选》第 11 首是写给生命之神的，其中有这样的诗句：

你亲手调整的琴弦已经松弛，失去了音调。
我睡在你的花园的浓阴中却忘了替你浇灌花木。
时间已经过去了么，我的情人？我们已经到了这游戏的终结么？
那就让别离之钟敲起，让早晨来使爱恋重新清爽。①

诗的每一句都含有特定的象征意象。第一句以琴弦和调琴者象征诗人自己和生命之神的关系，第二句以园丁和主人象征人神关系，第三句以情人关系象征人神之间关系，第四句又在前一句的基础上，以离别象征死亡，以早晨象征新生，以爱恋象征人神关系。通过这一系列的象征，说明诗人渴望尽弃故我的人格升华，像凤凰涅槃一样，通过死亡获得新生，使自己更加完美，使创造者的意志得到更好的体现。

象征隐喻的表现手法在泰戈尔诗歌中有多方面的运用，不仅是宗教抒情诗。如《园丁集》第 12 首是一首爱情诗，选自《金色船集》，原题《心的朱木那河》，诗人用水的意象来象征爱情，原诗用的是“心的朱木那河”，即心河；译成英语时用的是“湖”，都是以水来象征不同水平的爱情：如果你想从上面舀上点水来，那容易做到，如果你想把水瓶灌满，也做得到，如果你想深入下去，在内心的流水里沐浴，也可以，但是如果你想死，想舍弃自己，那么你必须跳，跳入心湖的深处。爱情的贫乏和丰富、爱情的浮浅和深沉、爱情的宁静和激荡、爱情的温馨和躁动，都可以在“水”中得到表现。从灌满水瓶到懒散闲坐到水中嬉戏，不同的爱情境界逐层推进，最后以跳入水中的死亡来表现爱情的极致，在与情人统一的高潮中领受到死亡吞没一切的感觉。② 泰戈尔诗歌通过意象性叙述，建

① ［印度］泰戈尔：《诗选》第 11 首，谢冰心译，见《泰戈尔诗选》，第 21 页。
② ［印度］泰戈尔：《园丁集》第 12 首，谢冰心译，见《泰戈尔诗选》，第 442—443 页。

立起一个象征的森林，其中既有印度民族文化长期积淀的群体性象征，也有诗人通过自由想象创造的个体性象征。

当然，泰戈尔并非不食人间烟火的诗人，而是时刻响应现实世界的召唤。他虽然在理论上对现实主义颇有微词，但在创作中也不乏现实主义精神。泰戈尔诗歌的现实主义因素表现在许多方面：他创作了许多直接反映现实生活的作品，也有一些写实性的诗作；他的诗歌大都是从对生活的真实感受出发的，他表现爱国主义思想的政治抒情诗，都是适应现实斗争的需要而创作的；他的大量关于人生、自然和爱情的诗歌，都有现实生活的基础，因而具有浓郁的生活气息。印度的传统文化是出世性的，其古代文学经常表现出世离欲的主题，相对于这种传统，泰戈尔热爱生活、面向现实、表现入世精神的作品，都具有现实主义的意义。

第三节　短篇小说现代性

文学现代性包括启蒙现代性和审美现代性两个层面。在西方文学中，启蒙现代性和审美现代性具有历时性，是不同历史阶段的产物。东方文学则不然，启蒙现代性和审美现代性既有历时性，又有共时性。因为现代性在东方具有后发性，启蒙现代性还在进行的同时，审美现代性也在悄然生长。一般说来，启蒙现代性和审美现代性应该由不同作家来体现，但在一些跨时代、跨文化的巨人型作家那儿，则体现为启蒙现代性与审美现代性的结合。泰戈尔就是这样的巨人型作家，他的短篇小说就是这样的启蒙现代性与审美现代性结合的产物。

一

作为社会文化转型标志的思想文化现象，现代性发端于 14 世纪开始的文艺复兴，甚至更早。毋庸置疑，启蒙现代性与兴起于 18 世纪的启蒙运动密切相关。启蒙运动是文艺复兴奠定的现代性思潮的继续和发展，作为反封建反教会的思想文化运动，在政治、经济、思想文化等领域广泛展开，产生了深远影响。从某种意义上说，现代性也就是“启蒙精神的另一种表述而已”。[①]“理性崇拜”是启蒙运动的思想核心，因而也是启蒙现代

① 周宪：《现代性的张力》，首都师范大学出版社 2001 年版，第 5 页。

性的核心。启蒙思想家打着“理性”的旗帜，宣传以“自由、平等、博爱”为核心内容的人道主义，力图把人们从宗教神学的禁锢中解放出来，宗教神学的世界观让位于理性的统治，从而带来一个完善的理性王国。社会学家吉登斯对现代性的解释主要强调启蒙现代性：“现代性指社会生活或组织模式，大约十七世纪出现在欧洲，并且在后来的岁月里，程度不同地在世界范围内产生着影响。”① 哈贝马斯从积极方面评价了这种现代性：“十八世纪为启蒙哲学家们所系统阐述过的现代性设计含有他们按内在逻辑发展客观科学、普遍化道德与法律以及自律的艺术的努力，同时，这项设计亦有意将上述每一领域的认知潜力从其外在形式中释放出来。启蒙哲学家力图利用这种特殊化的文化积累来丰富日常生活——也就是说，来合理地组织安排日常的社会生活。”② 从笛卡儿的“我思，故我在”到培根的“人是自然的解释者”，再到康德的“以人为目的本身”，最后到黑格尔的“绝对精神”，经过近代哲学家和启蒙思想家的努力，理性这一概念终于瓦解了宗教的统治地位，使人权从神权中解放出来，使每个人都充分认识到自身所具有的无限价值，在高扬主体性的前提下合理地追求个人利益和自我价值实现。这就是启蒙现代性的意义。

泰戈尔是印度启蒙运动培养起来的一代新人的代表，他曾经自述：“我生于 1861 年。这在历史上并不是一个重要的时期，但是它在我们孟加拉历史上却属于一个伟大的时代。……正当我出生之时，三大运动的潮流已在我国的生活中汇合了。”③ 这三大运动分别是罗易倡导的宗教改革运动，般吉姆·钱德拉·查特吉倡导的文学革命，反抗殖民统治的民族运动。可见，当时的印度在宗教、文化、社会等方面都发生着巨大的变化。泰戈尔出生在一个具有自由思想和强烈民族情感的名门望族，他的祖父和父亲都积极投身于宗教改革和社会改革的启蒙运动，并成为运动的精神领袖。家庭的熏陶使泰戈尔自然而然地形成了人道主义思想和爱国主义情怀。1884 年，泰戈尔开始担任梵社秘书，在这期间，他对印度的封建传统和宗教习俗进行了深刻的反思。后期梵社的领袖凯沙布·琼德罗·森强

① ［英］安东尼·吉登斯：《现代性的后果》，田禾译，译林出版社 2000 年版，第 1 页。

② ［德］哈贝马斯：《论现代性》，见王岳川、尚水编《论后现代主义文化与美学》，北京大学出版社 1992 年版，第 17 页。

③ ［印度］泰戈尔：《在中国的演讲集》，李南译，见《泰戈尔全集》第 20 卷，第 9 页。

调改革，尤其关注妇女问题，反对童婚、倡导寡妇改嫁、鼓励女性参加社会活动等。这样的启蒙运动对泰戈尔的思想产生了深刻的影响，因此，在他的作品中有着启蒙现代性的闪耀，主要表现为反对封建以迈进现代，反抗殖民以启蒙民众，提倡理性以启发民智。

泰戈尔短篇小说的启蒙现代性首先表现为对种姓制的批判。印度的种姓制度源远流长，是自古以来人类社会最严格最严密的社会等级区分制度。种姓制度把人分成婆罗门、刹帝利、吠舍和首陀罗四个等级，这四个等级在权利、职业、地位、饮食、婚姻等方面都有严格的限制，影响到印度人生活的方方面面。这种根深蒂固的种姓制度剥夺了印度人民尤其是低级种姓人民平等和自由的权利，给印度低种姓的人民带来极大的痛苦和灾难，是印度社会发展的一大障碍。种姓制度必然导致种姓歧视，不利于印度人民的团结。具有启蒙精神的泰戈尔旗帜鲜明地反对种姓制度，在他的作品中不仅揭示了种姓制度的罪恶，而且颂扬了抛弃种姓制度的行为，赞扬了与种姓制度做斗争的人物。在《偏见》中，“我”在去朋友家做客的路上，看到一个清扫工老头被打得晕头转向，原因是这老头“不知与人群中的什么人碰了一下”，就被那些“信奉非暴力的善良的人们”打得“流着泪，胡子上沾着血”。在印度种姓制度规定的四个主要种姓之外，还有一部分人，被称为“阿丘得”，即不可接触的“贱民”。清扫工就在“贱民”之列，被认为是低贱和不圣洁的。高等种姓的人不愿意接触他们。所以在“我”要让这老头和他的孙子上车送走他们时，“我”的妻子却因为老头属于低等种姓而坚决不同意。作者对遭到毒打的清扫工老头寄予深切的同情，也抨击了那些所谓的爱国者——高等种姓的顽固的印度教徒。《纸牌国》是一篇带有象征色彩的小说。纸牌国正如印度，那里的居民也是被种姓制度划分为不同的阶级，戒律森严，世代相传，从没有人怀疑过种姓的合理性。而三个年轻人的到来打破了纸牌国的宁静，他们从不遵守这里的奇规异俗，“完全不把其严肃性当作一回事”，并给人们带来了“愿意”即自由这一概念，使人们的思想开始活跃，并做了实际的改革，“如今大家再不受过去那些陈规陋习的束缚，可按自己的愿望，或高尚，或卑微，任其自由地生活”。① 作者在这篇小说里揭露了种姓制度的荒谬和无稽，并且预示着种姓制度将会解体的前途。泰戈尔设定这个结局表达

① 《泰戈尔全集》第9卷，河北教育出版社2000年版，第156—161页。

了根除种姓制度的美好愿望。但种姓制度由来已久，根深蒂固。在印度教社会，种姓制度被打上了神的印记，因此种姓制度和种姓压迫便成了合乎神谕的行为。种姓制度已深深地扎根在印度人的头脑中，要解决种姓制度问题，必须经过长期艰苦的努力。除了靠颁布法令，最重要的是用教育来改变人民的观点，激活人民的思想。尽管这一过程充满激荡和痛苦，但这毕竟是人们向着文明和理性迈出了可喜的一步。《弃绝》里塑造了一位为了爱情弃绝"种姓"的知识分子形象。男主人公赫蒙托得到父亲的命令，必须把妻子库苏姆从家里赶出去，因为库苏姆是一个首陀罗的女儿，而且是寡妇，但赫蒙托因对妻子真诚的爱而决心不服从父亲的命令，宣布"不在乎种姓"，结果两人都被父亲赶出家门。可见在顽固的印度教徒眼里，保持种姓的纯洁是高于一切的，为了种姓可以舍弃父子之情。而在进步的知识分子眼里，已经有了比种姓更可贵的东西，那就是感情，是对人的珍惜和尊重。在这里，牢不可破的种姓制度已经发生了动摇。泰戈尔通过描写低等种姓人民的不幸遭遇来揭露种姓制度的罪恶，通过塑造敢于对种姓制度说"不"的人物形象来为人们反抗种姓制度树立榜样，通过展现种姓制度废除后的美好画卷来鼓舞人们斗争的勇气。总之，泰戈尔以小说为手段，启发人民对种姓制度的思考，以期带来实际的变革。

其次是批判宗教的虚伪性，反对教派主义，大力宣扬不同宗教之间和睦相处。泰戈尔是个印度教徒，宗教思想没有脱离印度教的范畴，但与传统的印度教思想有了很大的不同，具有鲜明的现代性特点。可以说，泰戈尔正是在对传统印度教的反拨中独辟蹊径，形成了以人为本，充满了浓厚的人道主义色彩的宗教思想。在泰戈尔的宗教思想中，神已变成了"人格的神"，已走下神坛，具有了人性；人已不是被"神权"紧紧束缚的卑微个体，而是具有了思考的权利和能力，不再一味地追求彼岸，而是更理性地追求此岸的价值，追求个人利益和自我实现。以"自由、平等、博爱"为核心的人道主义思想冲击着宗教之间的森严壁垒，以"爱"来呼唤不同宗教之间的和睦相处。总之，理性和人道主义思想瓦解了传统印度教的统治地位，这也契合了启蒙现代性的精神。西美尔认为现代性宗教的特征是"个体宗教性"，而且他认为解决宗教的现代性危机"不在于致力宗教教义和机构的现代化（这是徒劳的），而是个体自决的生命意义的实现"。① 泰戈尔的宗教不同于

① ［德］西美尔：《现代人与宗教》，曹卫东等译，中国人民大学出版社 2003 年版，第 31 页。

传统的印度教，他说自己的宗教是“一个诗人的宗教，它既不是一个正统的虔诚的人的宗教，也不是一个神学家的宗教”。[①] 泰戈尔的宗教思想来源于直接经验，而非外界强加。在他 18 岁时，宗教体验降临到泰戈尔身上，仿佛获得了天启，“这次体验中令人难忘的东西是其中的人性启示，我的意识在人类的超个人的世界中猝然扩张”，他沉浸在神秘的宗教体验中，不倦地探索宗教问题，宗教思想渐趋成熟，最初的直接体验变成了“人的宗教”，“我终于找到了自己的宗教，即‘人’的宗教，在这一宗教中，‘无限’受到人性的界定，与我的关系变得密切起来，以便得到我的情爱与合作”。[②] 在人的宗教中，宗教是以人为本位的，人成了宗教的核心，取代了传统神学的以神为中心。传统宗教关注彼岸世界，而“人的宗教”关注此岸世界，关注自然人性。传统宗教在鼓吹禁欲主义这一点上有着惊人的相似，印度教也不例外。而人的宗教对禁欲主义这一违反自然人性的做法显然是不赞同的。泰戈尔在小说《河边的台阶》中批判了禁欲主义。库苏姆七岁出嫁，不久从一封信中得知，她的丈夫死了。她成了寡妇，年仅八岁。她又回到了家乡。10 年后来了一位苦行僧，而这位苦行僧酷似库苏姆的丈夫。但是苦行僧却不敢承认自己的身份。当库苏姆向他表白自己的心迹，苦行僧却吩咐库苏姆“你应当把我忘记”。能够让库苏姆忘记失而复得的丈夫的唯一办法就是“走进恒河的水里”。可以看出，库苏姆的丈夫为了追求宗教修行的圆满，在结婚不久即决定离开妻子，做了一名苦行僧，恪守禁欲主义。但人的自然天性又让他牵挂着库苏姆，不然他也不会在 10 年后以师尊的身份又回到库苏姆身边。面对库苏姆的表白，河边的台阶觉察到“苦行者使劲用他的右脚踩我的石阶”。[③] 这一个动作暴露了苦行者的激动和不安。但是禁欲主义让他变成了一个自私的人，在库苏姆的言行不妨碍他奉行的禁欲主义时，他留在库苏姆身边以满足自己的有情之心，当库苏姆的行为妨碍了他的禁欲主义时，他毅然地离开了库苏姆，不顾库苏姆的感受和生死，只为了保护自己经过禁欲修得的“成果”。通过以上分析，禁欲主义不仅带给女主人公痛苦和死亡，也带给男主人公痛苦和无奈。

---

① ［印度］泰戈尔：《人的宗教》，见《泰戈尔全集》第 20 卷，河北教育出版社 2000 年版，第 297 页。

② 同上书，第 298—300 页。

③ 《泰戈尔全集》第 9 卷，河北教育出版社 2000 年版，第 36 页。

印度是一个宗教盛行的国家，宗教和教派很多，除了印度教、伊斯兰教、基督教和锡克教外，还有耆那教、犹太教、佛教等，各宗教信奉的神和信条各不相同，因此互相排斥，严重影响了民族团结，给殖民者分裂和统治印度提供了可乘之机。比如孟加拉分治就是英国人利用印度教和伊斯兰教之间的矛盾和冲突造成的。因此，泰戈尔提倡不同宗教之间彼此团结，和睦相处，以增强民族的凝聚力。泰戈尔是在爱国反殖思想基础上提倡宗教之间互相团结的。《泡影》就写了一个穆斯林公主苦苦追求一个婆罗门30余年的故事。婆罗门盖什尔拉尔是一个正统的印度教徒，是军队的统帅，在反英斗争爆发时，盖什尔拉尔寻求省督大人（他是穆斯林教徒）的支持和资助，希望两派团结共同抗英。老奸巨猾的省督大人表面上答应，私下却偷偷向英国长官告密，导致暴动的失败。和父亲的叛国行为形成鲜明对照的是公主的爱国行为和情怀。面对父亲的龌龊行为，公主感到“不安、痛苦、羞耻和愤怒，撕裂了我的胸膛”。她逃出了像阴森的地狱一样的宫殿，追随盖什尔拉尔。但是盖什尔拉尔却因为公主的接触勃然大怒，因为印度教自视高贵，鄙视异教，带有严重的排他性。在它的教规中，有许多对异教徒具有侮辱性的规定。比如，它视异教徒为“不洁”之物，不准印度教徒从他们手中接受食物，否则便被视为“背教”。所以，当盖什尔拉尔发现自己喝了穆斯林公主取来的水时，像狮子一样怒吼道：“无耻叛徒、卖国贼的女儿！非印度教徒！在我濒临死亡的时候，你用不洁的手取水给我喝，玷污了我的身子，毁了我的宗教！”说完用右手恶狠狠地打了公主一巴掌。这对憧憬美好爱情的青春少女来说无疑是让她心碎的打击，而这一切都是因为宗教歧视。宗教纠纷引起的悲剧一直受到泰戈尔的关注，一直到他生命的最后时刻。1941年6月下旬，他已经卧床不起了，还构思了最后一个短篇《穆斯林的故事》。这是一个故事提纲，还没来得及进一步加工。孤儿科莫拉美丽动人，她善良的叔叔为她物色了一位极负盛名的富商之子，结婚途中遭遇强盗，被一位老人霍比尔·汗救下，但是科莫拉是印度教徒，婆罗门的女儿，不敢去穆斯林的家。霍比尔·汗告诉她：“真正的穆斯林对虔诚的婆罗门是很尊重的。在我的家里，你将像印度教徒的姑娘那样生活。”“在这里，你的种姓将受到保护。”科莫拉严格地遵守印度教教规，受到了人们的尊敬。作者用对比的手法让科莫拉考虑两种宗教带给自己的生活体验，最终科莫拉超越了宗教的界限，宗教歧视和纠纷被“爱”所代替。“我的宗教信仰没有了。我所喜爱的，就是我的幸福，就是我的宗教信仰。原先我长期信仰的宗教，使我与生活中一切美好的事物无缘，它欺骗了我，把我抛到了屈辱的垃圾堆里。信仰那种宗教时，天神的仁慈恩泽从来也没洒在我的身上。那里的天神每天都使我感到羞辱，这些我至今都难以忘怀。爸，你知道，在你的家里，我第一次得到爱，我虽是个极不幸的姑娘，但我懂得生活的价值，那给我提供避难之所的天神，对他出于爱的尊重，我向他顶礼膜拜。他是我的天神——他既不是印度教徒，也不是穆斯林，……请你不要把我看成穆斯林。对于穆斯林，我丝毫也不反对。相反，我对印度教和伊斯兰教都很尊重和信仰。"[①] 科莫拉的宗教观点已经升华到"爱"的光辉境界。泰戈尔借科莫拉之口阐述了自己的宗教观点：爱才是宗教的真谛。真正的宗教是教导人们平等相处、互敬互爱，而不是歧视和隔膜，甚至杀戮。泰戈尔试图通过科莫拉宗教思想的升华过程，启发民众，达到宗教之间团结和谐的理想境界。

泰戈尔小说还鞭挞了腐朽的宗教陈规陋习，讽刺了某些虔诚信神的人物的虚伪。《原来如此》是一篇嘲弄虔诚信神的小说。比平比哈里的父亲是个虔诚的印度教教徒，然而他的虔诚打上了虚伪的标签。凭着平日里的小恩小惠，他赢得了贫民的无限尊重和"虔诚慈善，宽宏大量"的好名声，以至于在他决定将产业交给比平，退隐到贝拿勒斯时，许多贫民都痛哭流涕。这样一个要"把风烛残年献给天神"的虔诚印度教教徒，多年前却和一个穆斯林寡妇私通，并生有一个私生子。当父亲承认穆斯林青年阿奇姆丁是自己的私生子时，比平省悟到——老一辈的虔诚就是这么一回事！克里希纳戈帕尔只是为了掩盖当年的罪行，才对贫民施行小恩小惠，并不是真正的善良和宽容大度。受他资助成才的罗摩塔兰律师现在明白了："假若好好调查一下，所有的圣人都会原形毕露。世界上的人，不管他们如何卖劲地数念珠，都像我一样，全都是骗子。世上圣人和凡人的唯一区别，就在于圣人会装模作样，凡人则开诚布公。"[②]《赎罪》则鞭挞了印度教因循守旧的赎罪仪式。男主人公奥那特·般图是个聪明却不实干，自视甚高却从不脚踏实地的人，可以说是家庭和社会的寄生虫。为了去英国，他偷窃了富有的岳父的钱，不惜让妻子承担罪名。他的自私、虚伪、贪婪表现得淋漓尽致。他因缺钱不得不返回印度，而根据印度教《摩奴法典》规定，凡是漂洋过海去异国他乡的人，就被认为失去了种姓。岳父为

---

① 《泰戈尔全集》第10卷，河北教育出版社2000年版，第537页。

② 《泰戈尔全集》第9卷，河北教育出版社2000年版，第304页。

了使他成为合法的继承人，建议他应该通过举行赎罪仪式恢复种姓，而婆罗门祭司告诉他，只要奥那特·般图没吃过牛肉，那就有办法恢复他的种姓。由此可以看出被印度人视为神圣不可侵犯的种姓的失去和获得与人的品行、思想、道德无关，有关的只是形式！宗教的庄严被消解了，只剩下空荡荡的形式外壳。泰戈尔用一个极具讽刺性的结尾批判了这毫无意义的形式主义。奥那特·般图在英期间又娶的“如同小鹿一样”的外国夫人出现在圆满举行完赎罪仪式的人们面前，正在进行的宗教方面的学术讨论再也无法进行下去。这不仅讽刺了男主人公的虚伪和虚荣，也讽刺了赎罪仪式的空洞和无用，更进一步讽刺了顽固守旧的宗教教徒的愚蠢和虚伪。

再次是批判封建制度和习俗对妇女的戕害。在印度教社会中，妇女的地位极为低下。印度教婚姻制度和习俗，如童婚制、封建包办婚姻、禁止寡妇再嫁、寡妇殉夫制、妆奁制度等，给印度妇女带来了无穷的苦难。作为一个具有进步思想的作家和思想家，泰戈尔对妇女的命运十分关注，并通过各种手段来宣扬男女平等、妇女解放等进步思想。

妇女问题是泰戈尔最关心的社会问题之一，也是其短篇小说描写最多的题材。他的短篇小说处女作《女乞丐》就是写寡妇不能再嫁的悲剧。作为一个人道主义者，泰戈尔不仅仅是揭露现实，对妇女的不幸表示同情，而是要引起社会的关注，起到疗救的作用，号召人们反对封建陋习，建立自由、平等、充满爱的理性社会。

童婚制在印度是非常普遍的现象，且由来已久。特别是女孩，要求在性成熟之前必须嫁人。在《梵天往世书》中提到幼女 4 岁以后可以结婚。童婚制的直接后果是导致身体还未发育成熟的男女双方发病率高，死亡率高，婴儿的死亡率也高，给个人和国家带来了不幸。因童婚制的危害极大，近代以来印度反对童婚的呼声越来越高。拉贾·拉姆·罗易领导的梵社最早提倡社会和宗教改革，其内容之一就是反对童婚。泰戈尔作为梵社的秘书，也旗帜鲜明地反对童婚，这在他的短篇小说创作中有充分的表现。《笔记本》中的女主人公乌玛是个颇喜欢读书写字、热爱文艺的小姑娘，如果能得到充分的教育和自由的氛围，乌玛很可能成为一个出色的文学家。然而她 9 岁就出嫁了，她不仅要面对陌生的环境，还要过早地承担家务并学习敬奉丈夫。这对一个儿童来说是多么巨大的压力，多么残忍的行为！她有一个心爱的笔记本，上面记录着她童年的心路历程，在笔记本上写写画画是她唯一的欢愉。但她的丈夫德里莫洪认为女孩读书学习大逆不道，抢走了乌玛的笔记本。可见，童婚制剥夺了女童受教育的权利、享受父母之爱的权利和自由发展的机会，使女童过早地进入家庭生活，在束缚中艰难成长。《河边的台阶》是从童婚制和禁欲主义两方面来表现妇女的不幸的。库苏姆的丈夫因奉行禁欲主义，在结婚一两天后就离开了库苏姆，使库苏姆8岁就成为寡妇。在印度，寡妇不能再嫁。就这样，库苏姆被稀里糊涂地剥夺了一生的幸福，跌进了痛苦的深渊。

在印度还流行嫁妆制，女子需要一笔相当可观的嫁妆才能找到婆家。嫁资的多少是男方挑选新娘的一个重要因素，有时甚至是唯一的条件，由此也决定了妇女在婆家地位的高低。这给有女儿的家庭带来沉重的经济负担甚至是灾难。泰戈尔在小说中真实地表现了可怕的嫁妆制带给妇女的痛苦。《借债》中妮鲁巴玛的父亲未能凑足男方索要的一万卢比现金及大量嫁妆，妮鲁巴玛在婆家的日子非常不好过。在婆家动辄受到挖苦讽刺，更有甚者，竟无人过问媳妇的饮食衣着，连妮鲁巴玛回家的权利和与父亲见面的权利也被剥夺了。妮鲁巴玛默默地忍受这一切非人的待遇，最后以死来反抗这吃人的制度。她死后不久，婆家又找了个媳妇，向她“索要两万卢比的现款，而且立即到手”。《海蒙蒂》中作者用对比的手法写了海蒙蒂因钱财的多少而受到的截然不同的待遇。海蒙蒂的年龄已经相当大了，(刚满16岁)，但男方的父亲仍然同意这门婚事，其原因是姑娘的年龄越大，陪嫁的礼钱也就越多。海蒙蒂的父亲给足了嫁资，海蒙蒂在婆家受到优待，但是当男方的父亲得知嫁资是借贷而来的，关于海蒙蒂父亲崇高的职位和巨额存款的传说都是虚假的，海蒙蒂的待遇便急转直下。公公开始训斥她，婆婆开始数落她，家眷开始嘲讽她。海蒙蒂终于体会到狭隘腐朽的婆家是一个多么残酷无情的环境，她的身体一天天消瘦下来，公公不答应海蒙蒂的父亲带走女儿的要求，海蒙蒂最终被嫁妆制吞噬了。可见，嫁妆不是妇女的附庸，妇女才是嫁妆的附庸。《陌生女人》中“我”的舅舅是个公认的“聪明人”，从不肯吃一点亏，在我的婚事上他也统揽大权，向女方索要一大笔钱。舅舅怕女方的陪嫁首饰掺假，特意请首饰匠在婚礼当天鉴定首饰。舅舅的行为以及我的懦弱让岳父决定“不能把女儿交给那种认为我会克扣女儿首饰的人家”。换句话说，就是不想和唯利是图的人家结亲。我的婚事因嫁妆问题告吹了。与其说这篇小说的主题是写嫁妆制带给妇女的苦难，不如说是妇女对嫁妆制的反抗。陌生女人和她的父亲都是真正具有自由思想的人，陌生女人无拘无束，活泼大胆，她敢于对将军等社会强权人物说“不”，她在婚事告吹以后选择独身，将自己的一生献给祖国的教育事业。她是幸运的，因为她避开了嫁妆制的压迫，生命得以保持鲜活，“宛如一朵洁白素雅的晚香玉在枝头开放，使周围的枝叶黯然失色”。这是一个敢于反抗、追求自由的典型形象。

寡妇守节和殉夫制是摧残印度妇女的又一个封建陋习。印度教社会寡妇守节大概始于公元2世纪，且愈演愈烈，后来还流行殉夫制，对妇女特别是寡妇形成惨无人道的摧残。这一严重的社会问题很早就引起了社会改革家们的重视，启蒙思想家拉贾·拉姆·罗易为改善寡妇处境做了大量工作，终于迫使殖民政府于1829年通过法律，废除殉葬制度。但是传统习俗仅靠法律手段是很难解决的，寡妇处境依然十分艰难。泰戈尔是对寡妇群体关注最多的作家，他塑造了一个个令人深思的寡妇形象，形成了一个苦难的“寡妇世界”。寡妇守节在印度教徒看来是一件很美的事情：“寡妇在长期守节中会得到一种圣洁的宁静，就像月圆之后清淡的月光照耀下的墓地一样，显得十分静美。一旦改嫁，岂不是把这种静美给破坏掉了吗?”① 世世代代的寡妇就为了这所谓的“静美”而孤独地生活着。《女邻居》中的女主人公是一位年少的寡妇。“她就像一朵挂满秋露的素馨花一样，从花茎上坠落下来；她的存在似乎不是为了点缀某个新房的花床，而只是为了祭神而已。”② 可见女邻居的生活远离人间，她的生命被摆在冰冷的祭台上，凄清孤独。在《活着还是死了》中，寡妇迦冬比妮处于更可怕的孤独中：“在寂静的中午，当她一个人在房里的时候，常常惊叫起来；晚上，在灯光下看见自己的身影，她就吓得浑身瑟瑟发抖。”③《河边的台阶》中8岁守寡的库苏姆，到了本该充满青春欢乐之光的年龄，却笼罩在深深的孤独中：“库苏姆一天比一天显得更加俊美和充满青春活力，就像雨季开始的时候恒河一天比一天显得更加丰满一样。但是她那素淡的服装，忧郁的面容和幽闲的表情，给她的青春罩上了一层阴影，使得一般的人看不出她那充满青春的美。”④ 孤独使丰满的生命逐渐萎缩，孤独使人的心灵逐渐异化，这种看不见摸不着的痛苦像毒蛇一样噬咬着寡妇的心

① 《泰戈尔全集》第10卷，河北教育出版社2000年版，第50页。

② 同上书，第48页。

③ 《泰戈尔全集》第9卷，河北教育出版社2000年版，第168页。

④ 同上书，第27页。

灵。而另一种有形的痛苦也使众多寡妇深感生活的无奈，那就是贫穷。印度妇女地位低下，幼年结婚，没有受教育的机会，结婚后，她们永远是行星，环绕着丈夫这颗恒星日夜不停地付出。她们的任务是敬奉丈夫，伺候丈夫，生育子息。家庭就是妇女的全部世界，而一旦丈夫早逝，没有政治地位和经济独立能力，又不能再嫁的寡妇，将如何生存呢？泰戈尔在小说中提出了寡妇生存权利问题。《女乞丐》中科莫尔的父亲死去，母女俩从丰衣足食的幸福天堂，降到极端贫困的茅屋，过着艰难困苦的生活。慈爱的母亲只好去乞讨，沦为乞丐，重病卧床时，不得不打发女儿出外乞讨。迦冬比妮被原来的家庭抛弃以后，无法自立，只好向童年女友讨一口饭吃。《原来如此》中的米扎尔·比比被道貌岸然的地主玷污后不得不寄人篱下，过着靠施舍度日的屈辱生活。社会没有给寡妇提供谋生之路，寡妇们的生活可谓举步维艰。事实上，生活的艰难也是寡妇自愿殉葬的原因之一。寡妇殉夫制也被称为“萨蒂”，是一种灭绝人性的残酷陋习。泰戈尔在《莫哈玛娅》中同时批判了腐朽的种姓制度和寡妇殉夫制。莫哈玛娅的亲哥哥为了维护种姓，把妹妹嫁给了一个垂死的老婆罗门，婚礼就在河岸上的火葬场举行！第二天，莫哈玛娅成为寡妇，而且还要焚身殉夫。虽然死神没有掠走莫哈玛娅的生命，火神却舔走了她美丽的容颜，她只能隔着一层薄薄而又坚实的面纱和爱人生活在一起，这比死亡更令人痛苦！令人欣慰的是，泰戈尔笔下的寡妇没有逆来顺受，她们中的“勇士”通过各种途径控诉这吃人的制度，追求做人的尊严。女邻居的改嫁向世人宣布：“人不是为了神仙才活着。”[①] 迦冬比妮激动地喊道：“我没有死呀，我并没有死。”[②] 来反抗社会对寡妇的遗弃，最后只能以死来证明，她原来并没有死。《骷髅》中的医生没有胆量娶自己深爱着的美丽寡妇，寡妇杀了他并和他同归于尽，以此来证明寡妇的感情是真诚的。她们的反抗是无力又无助的，付出的代价是惨痛的，但却让人们看到了妇女解放的曙光。难能可贵的是，泰戈尔塑造了再婚寡妇的形象，给寡妇世界注入了希望之光，因为泰戈尔不仅仅是揭露黑暗，更是为了呼唤光明。

总之，泰戈尔的短篇小说批判了封建制度和宗教陋习给印度人民带来的苦难，表达了反传统的立场和希望改革社会现状的理想，体现了启蒙现

① 《泰戈尔全集》第10卷，河北教育出版社2000年版，第50页。

② 《泰戈尔全集》第9卷，河北教育出版社2000年版，第174页。

代性的时代特点。

二

在现代性内部存在着两种既相互依赖又相互排斥的现代性：以工具理性为核心的启蒙现代性和以价值理性为依据、以现代艺术为核心内容的审美现代性。[①] 审美现代性是对启蒙现代性的超越。启蒙现代性对理性的高扬最终导致了理性的萎缩，因为具有丰富内涵的理性最终被简化成工具理性。这一单一的理性形态作为启蒙现代性的核心在促进西方社会政治、经济、文化、科技大发展的同时，也带来了新的问题。卢梭、黑格尔、马克思、尼采、韦伯等西方思想大师都对启蒙现代性进行了反思。韦伯提出用价值理性来对抗工具理性，已经注意到了艺术审美的力量。所谓审美现代性"指称的是这样一种思想特性及其所产生的社会文化效应：它通过强调与科学、伦理相对的审美之维（或与之相关的艺术价值），以生命与感性的原则在现代知识谱系中为主体性立法，从而达到反对理性绝对权威与传统道德的目的。其极端形式，就是审美主义，即以审美的原则来代替一切其他的精神与社会原则，以审美为中心、将审美视为最高价值"。[②] 可见审美现代性作为现代性的重要一维，是抱着审美的态度关注人的感性诉求，达到救赎的目的，它是对工具理性的反拨，是对追求理性化的统一的秩序的抵抗，是对混乱、非理性、不确定性、片断、零散化的渴求和追求，是对感性、相对性、暂时性以及原始野性的赞美。审美现代性对启蒙现代性的抗拒主要是通过现代艺术对人的危机的表达来实现，即表达人在合理化社会中更为巨大的精神空虚、失落、绝望的情绪和断裂、怪诞等个体生命对现代生活的体验，用审美来拯救人类。如果说启蒙现代性比较关注人类社会问题和群体性诉求，那么审美现代性则包含着对人的内在生活的关注，对个体的存在与个体内在生命力的重视和探询，这在某种程度上与漠视个体生命存在的启蒙现代性形成了一种对抗和张力。在西方，浪漫主义在文学艺术领域首先开始了对启蒙现代性的绝对理性的质疑，其后的批判现实主义则以对启蒙之后的理性王国阴暗面的揭示，表现了对启蒙现

① ［美］马泰·卡林内斯库：《现代性的五副面孔》，顾爱彬、李瑞华译，商务印书馆 2002 年版，第 48 页。

② 张辉：《审美现代性批判》，北京大学出版社 1999 年版，第 8 页。

代性的怀疑，然而只有19世纪后期兴起的现代主义文学，才以其非理性主义的思想基础真正实现了对启蒙现代性的超越。

泰戈尔生活在印度从传统向现代的转型时期，作为一个爱国者，泰戈尔一生关注国家和民族的命运；作为一个人道主义者，他将关注的目光投向了印度人民，形形色色的普通人成为他小说的主角；作为一个心灵敏感、与时俱进的思想者，他对工具理性泛滥造成的人性扭曲、人文价值失落、人与人关系紧张、人与自然对立等现象有着敏锐的观察和深刻的思考，这些在他的小说创作中都有所体现。泰戈尔小说注重探索人物心理，在工具理性泛滥的社会中重新审视人的本质，在喧哗骚动的城市中表达“回归自然”的美好愿望，运用象征、夸张等多种现代主义写作技巧渲染荒诞色彩，这些都是审美现代性的题中应有之旨。

第一，泰戈尔短篇小说的审美现代性首先表现为对人的内心世界的探索。泰戈尔对人的心灵世界异常关注，认为文学创作的动力来自心灵世界自我表现的冲动，“心灵世界一直为表现自己而做着坚持不懈的努力，为此，人类自古以来就进行着文学的创作”。他认为文学的主要内容不在于反映社会历史，而是“人的心灵描绘和人的性格刻画”,[①] 因此，他在作品中重视刻画人物的心理。短篇小说因其篇幅有限，一般以扣人心弦的情节和出人意料的结局取胜，在人物的心理描写上一般不着过多笔墨。但是在泰戈尔的小说中，细腻、丰富的心理描写却是打动读者的亮点。作品中处于困境中的人和探索过程中的人对人生的理解和感悟，人物潜意识的表现，对荒诞心理的表现等，都应视为审美现代性的表征。《判决》可以说是作者探索潜意识的出色篇章。哥哥盛怒之下杀死了嫂子，在被地主发现后，弟弟却突然说是自己的媳妇杀死了嫂子，而且这个回答是脱口而出的，“在他的脑海里立即就准备好了一个答案，并且立即说了出来”。这让读者感到十分惊讶，也十分荒诞。他是个聪明健壮的青年，十分爱自己漂亮的妻子琼德拉。在关键时刻，他为什么要把罪名扣到妻子头上呢？人心真是深不可测，在他的潜意识里早就埋藏了要杀死妻子的念头。因为妻子的漂亮和爱动，使契达姆认为妻子“是不能完全相信的”，靠自己的魅力和暴力都不能驾驭妻子。他开始提心吊胆，这让他感到极为苦恼，甚至他有时在想：“如果她死了，我倒会因为去掉了一块心病而得到一点儿安

① ［印度］泰戈尔：《文学的本质》，倪培耕译，见《泰戈尔全集》第22卷，第48、51页。

静。因为人与人之间存在着的那种醋意，是不会波及到阎王爷身上的。”[①]在潜意识中起伏的杀人念头在祸事来临时毫不犹豫地跳出理性的控制，编造了置人于死地的罪名。在这里，泰戈尔透露了他对潜意识的探索：和理性相比，潜意识才是决定事态发展的关键因素。《墙》探究了势不可当的感性对理性的强烈冲击以及对“人”的存在的思考。尼瓦勒那与妻子过着相安无事的平静生活，但是当他娶了第二个妻子后，他被压抑的青春水源激烈涌动，感情的浪涛顷刻间奔腾起来，他对那小姑娘的爱冲破了理性的堤坝，泛滥成灾，“他的理智和家庭生活的全部秩序，突然被颠倒了。那个可怜家伙不晓得，如此叛逆的东西隐藏在人的内心里，如此强劲的力量被压制着，这股力量瞬间会使全部秩序、全部计算和所有和谐变得无足轻重！”感性的力量使他疯狂，但是当那小新娘死后，他为她付出的所有金钱和感情都付诸东流后，他在贫穷的日子里终于明白：“人是十分可怜的，人心是异常脆弱的，他的能力是极其平常的，微不足道的。”[②]《少爷归来》以一种委婉曲折的方式展示了一个愚昧的老人荒诞的心理。老仆人对小少爷的感情十分深沉和强烈，老仆人的心完全被这种感情占据着，甚至达到了迷狂的程度。他痴痴地溺爱着这位小少爷，但当在一定程度上由于他的过失而使小少爷溺水身亡后，他惊呆了。他对小少爷奇特的爱发生了一个更加奇特的转变，他自己生了个儿子，但是他却仇视儿子，因为他认为“这小子是来篡夺小少爷的位置的”，这个地方看起来十分荒诞，其实符合他思想上的局限性以及他对小少爷炽热的爱和对小少爷之死的负疚心理。当儿子表现出和死去的小少爷相同的本领时，这疯狂、单纯的老人认为是小少爷舍不得离开他，转世投胎又到了他的怀抱。老人被这种狂热的念头激动着，于是他像对待小少爷一样把自己的儿子照料起来。这样一来，他成了儿子的仆人，父爱被主仆之情取代了。儿子按照小少爷的模式长大后，又被老人亲自送到老爷家里，真正取得了小少爷的位置。老人的情感有着明显的荒诞色彩，在正常的理性世界中无法理解，这篇小说的可贵之处就在于展示了一个单纯无知的人在一种专一的疯狂的情感和剧烈的悲痛遭遇中，其心理会变得多么荒诞奇特。泰戈尔小说还善于表现变态心理和双重人格。在小说《献眼》中，妻子她为了维护丈夫的自尊，想尽

① 《泰戈尔全集》第9卷，河北教育出版社2000年版，第275页。

② 同上书，第252页。

一切办法拒绝其他医生的治疗，最后终于瞎在愚蠢而固执的医生丈夫手里。她不埋怨，甚至希望丈夫再娶。但丈夫出于内疚发下重誓决不再娶。这里作者用一段心理描写揭示了她作为一个女人不希望丈夫再娶的真实想法。她心中两个不同的声音在激烈的争辩，内心的女神说："那个时候也许会到来，当你丈夫以为，要获得幸福，只有取消誓言重新再娶。"但我内心的妇人说："敢情好！但他已起了誓，不能再娶。"我内心女神说："那倒也是。但这里面没有你高兴的任何理由。"内心的妇人说："我一切都明白，但他已起了誓，那时将……"① 这里女神象征着传统妇道，是超我；妇人象征着自我，二者的斗争是她的双重人格的体现。

第二，泰戈尔短篇小说揭示了金钱对人性的扭曲。以商品价值为核心的新理性使人易于把目光投向物质财富，而忽略了物质关系掩盖着的人的本质和人自身的丰富内容。当对金钱的追求成为生活的目的时，人就成为金钱的奴隶。不仅人与金钱的关系异化，人与人的关系也随之异化。对金钱的疯狂追求使人丧失人性，丧失精神追求。《艺术家》里的戈宾多是个不折不扣的拜金主义者。在他眼里，任何与金钱无关的事物都是毫无意义的。"只有那看得见，摸得着和闻得到的东西，才具有真实的意义。"他教育侄儿"活着就是为了金钱"，"首要的事情，是全力以赴地捞钱"。② 他要把侄儿培养成拜金主义者，以增加家族的财富，而全然不顾孩子的兴趣和艺术天赋。他毁掉侄儿的艺术作品，撕掉侄儿的图画，使侄儿尝到许多皮肉之苦。孩子对艺术的渴望将要被金钱的贪欲淹没，同样热爱艺术的母亲终于奋起反抗，她走出金钱的大门，亲自将儿子送到艺术家戈拉尔手里："请你负责教育他吧！请把他从贪求金钱的欲惑中拯救出来！"③ 对金钱的过分贪欲使人类心灵的幸福无处安身，它使纯洁正直的人变得贪婪，这无疑是一个莫大的灾祸。《献眼》里的盲妇虽然处于永恒的黑暗中，但却感受到丈夫因金钱的增多发生的变化，"当他年轻时，我丈夫还有判断是非曲直、吉凶善恶的理智。现在，这种判断的理智似乎一天天变得迟钝起来"。她敏锐地领悟道："灾祸却存在于金钱之中。由于金钱，心受压迫。当心灵统治时，他能自己创造自己的幸福，但是当金钱承担创造幸福

① 《泰戈尔全集》第10卷，河北教育出版社2000年版，第6页。

② 同上书，第416页。

③ 同上书，第419页。

的重负，心灵就没有任何意义。那时，存在心灵幸福的地方，给堆积如山的货物占有，物质替代了幸福。”①《姐姐》中的姐夫久伊戈巴尔被金钱扭曲了心灵，十分仇视小舅子，因为这小孩子将继承财产，这让他独吞岳父财产的希望落了空。他费尽心机用卑鄙的手段骗取了小舅子所有的财产，亲情和夫妻之情在他心里早已没有了位置。但是姐姐内心中被唤起的亲情和爱却以出人意料的方式冲破了传统。作品表现了人的自然天性和正义感与金钱贪欲之间的冲突。《委托保管的财产》里塑造了印度的“葛朗台”——久根纳特·昆德形象。作者用嘲讽的笔调，从一切可能的角度刻画了这位守财奴。他不舍得花钱，宁可看着儿媳妇病死，也不买医生开的贵重药。儿子气愤之极，与他决裂，他并没有感到十分痛心，因为“布林达邦一走，可以节省一笔开销”。小说展示了这个守财奴在想死死抓住所有财产的企图下变态扭曲的心灵，这样的企图让他对所有人产生警惕，而最亲的儿子和儿媳妇是他最警惕的对象，所以儿子的离开，使“久根纳特内心里一个巨大的恐惧感消逝了。他一直担心，布林达邦说不定会用毒药毒死他。他总担心食物里下有毒药。自从儿媳妇死后，这种恐惧减少了一些，他儿子走了以后，他就完全放心了”。② 后来，强烈的孤独和思念使他对一个流浪儿尼代·巴尔产生了爱心，他想用金钱绑住孩子的心，好让孩子留在身边打发他晚年的孤独。当尼代的父亲将要到来，守财奴想到如果履行了诺言，财产将要归属陌生人所有，于是他毫不犹豫地把尼代闷死在藏财产的地窖中。故事的结尾揭示了这个巨大的悲剧，尼代就是他的孙子葛库尔。《金鹿》的女主人公一心渴求富贵，即使受到修道士、占星家的欺骗，仍然痴迷不改。古代经典著作家说：把一家之主撵出家门，这是妇女“无知狡黠”的表现。女主人已经不顾经典的教诲，执意让丈夫到遥远的伽西寻找财富。当男主人空着双手疲惫地回到家乡，希望得到亲人的安慰和温暖时，等待他的却是无情的冷漠。这位老实巴交的男主人终于被逼迫得无处容身，只好离家出走。《秘密财宝》是一篇富有哲理的小说，展示了人类被梦寐以求的财富掩埋时产生的大彻大悟。默尔特优吉叶历经千辛万苦，跋山涉水，终于找到了秘密宝藏，狂喜过后，在耀眼的金子中，他却不寒而栗。他没有得到想象中的幸福，“金字塔犹如无声的恫

① 《泰戈尔全集》第10卷，河北教育出版社2000年版，第10页。

② 《泰戈尔全集》第9卷，河北教育出版社2000年版，第95页。

吓、冷酷的嘲笑，在他四周巍然屹立——没有生命的颤抖，没有生活的变化——现在他心惊肉跳，惶惶不可终日”。他终于明白，生活中真正有价值的不是金钱，而是真实的生活。“我如果在自己黝黑的大地母亲的充满尘埃的怀抱里，在那自由明亮的蔚蓝天空下，在那弥漫着青草枝叶醉心的芳香气息里，能够尽情地做最后一次呼吸而死去，那么我的生活就有了意义。”他终于大彻大悟，希求“从这隧道、这黑暗、这个谜、这个金子的囹圄中出去，我渴望光明、天空、自由”。①

第三，以对自然的眷恋对抗工业文明的泛滥，是泰戈尔小说审美现代性的重要表现。随着现代工业文明的到来，技术力量发展迅猛，物质财富急剧膨胀，机器大生产取代了传统的手工业，机器的泛滥充塞了人类的生存空间，工业文明的发展呈现出一种与人对立的状态。在机器社会中，人与自然、人与社会、人与人之间的和谐关系开始被颠覆。面对高度发展的科学技术和物质文明，泰戈尔以一种对自然的眷恋表示对现代工业文明的反抗。泰戈尔在诗歌中呼唤“自然的泉水”，在小说中对于自然的热爱也有充分的表现。《献眼》表达了对清新自然的乡村生活的喜爱。盲妇失明以后，只能用心来感受世界。虽身在大城市，心里眷恋的却是乡村的景象，“一失明，我童年生活时期的乡村景象，又像白天告终，在黄昏天际上闪烁的星辰一样，出现在我心里，熠熠发亮”。随丈夫从加尔各答来到乡村以后，虽看不到景色，但她立刻感到巨大的幸福感，“童年时代的那种芳香和幸福之感仿佛从四面八方向我袭来。从新耕耘的浸沾着露水的田野里散发出来的清新泥土气息，金黄色芥菜田里弥漫空间的柔软而甜蜜的芳香，牧童的悠扬的歌声，还有碾在土地上的牛车的吱嘎声，使我高兴得忘乎所以”。“我一回到乡村，膜拜湿婆神的清新莲花扑鼻而来，我的全部希望和信念，犹如我童年时代一样新鲜和光亮起来。由于上帝降临我身上，我的心和世界得到了充实。”②“和谐”是泰戈尔人生观、世界观和审美观的核心，表现在自然观方面，就是追求人与自然的和谐统一。泰戈尔作品中的景物描写不是随意而为，除了烘托人物的心理、调节作品节奏外，也是启发人物领悟美、反抗喧哗都市和工业文明的有力武器。当默尔特优吉叶置身金库，除了金子一无所有时，他想到最多的是自然美景。正

---

① 《泰戈尔全集》第10卷，河北教育出版社2000年版，第232页。

② 同上书，第8页。

是对自然美的眷恋使他跳出金钱的迷惑。《素芭》中哑女素芭成为家庭的累赘，她在人类世界中没有朋友，在她忧伤、苦恼、平静的时候，只能与大自然为伴。素芭在喧嚣的人类社会中得不到理解，却能与大自然轻易地融为一体，从而摆脱可怕的孤独，得到极大的安慰。这位大自然的女儿生活在自然的怀抱里，如果说不是极度快乐，至少也怡然自得，但当父母把她嫁到城里后，她就像无根之木，其痛苦是无法想象的。象征着物质文明高度发展的城市在泰戈尔笔下成为人性自由的牢笼。《献眼》里的盲妇意识到忙碌而喧嚣的加尔各答“仅仅是诱惑我眼睛的城市，不能满足心灵的要求”。“加尔各答的闲聊、扰乱、人来人往的喧哗，使理智也变样了，宗教职责也不是白璧无瑕的真诚。”“你所看到的加尔各答，每天发生着无休止的争吵，数不尽的纠纷。在那里耳濡目染，心很快变得冷酷无情。”① 作家通过对比使读者看到，过度的工具理性带来物质的繁荣，却限制了人类心灵的自由。这样的对自然美的向往，对以征服自然为特点的工业文明的批判，对压抑人性的现代工具理性的质疑，是审美现代性的重要表现。

第四，荒诞色彩是泰戈尔小说审美现代性的又一重要表现。泰戈尔在短篇小说中运用了多种技法，如象征、夸张、变形、拟人等，营造了浓郁的荒诞色彩，这与西方文学中的表现主义、象征主义、意识流、荒诞派等现代主义文学有相通之处。“荒诞”一词的原意指音乐中的不协调音，一般理解为不合道理、不合常规、不可理喻、不合逻辑等。荒诞作品要求寓真实于怪诞，以扭曲的形态来折射生活的本质，其审美意蕴往往同艺术的夸张、变形、幻想和讽刺紧密地联系在一起。《饥饿的石头》是泰戈尔最富于想象力的作品。故事中的讲述者描绘了一座具有魔力的古老宫殿。宫殿中250年前那些美貌的波斯姑娘得不到满足的渴望和炽热的情感全都凝聚到石头上，使无情的石头都变成饥饿和贪婪的了。“它一旦获得富有生气的人，就会像饕餮的恶魔，把他活活吞噬掉。”讲述者在这具有魔力的宫殿里度过了惊心动魄的时光。这宫殿荒凉而空虚，在夜里魔力显现，白天恢复正常。在这里，自然充当了超自然魔力发生的媒介。在这光怪陆离的夜色中，许多鲜活的生命从石头中出来嬉戏，讲述者能听到她们的声音，感到她们的存在，看到她们的衣饰，这些波斯美女的美和爱恢复了生

① 《泰戈尔全集》第10卷，河北教育出版社2000年版，第9页。

命，但是讲述者却永远不能实在地触摸到她们，相反，讲述者却被这石头奇怪的魔力控制着，与其说那些夜里的美女是血肉之躯，倒不如说是使人害怕的鬼魂。她们用芳香的气息和甜蜜的低语迷惑着讲述者，混淆了梦幻和真实之间的界限，使正常人处于一种恍恍惚惚的状态，使讲述者感到，“这个无法触摸、高深莫测、并非真实的事情是世上唯一的真实，而其他一切都是虚假的海市蜃楼”。这些美丽的鬼魂心里显然潜藏了太多的仇恨，而这些仇恨来自于真实的历史。这怪诞的魔宫正是荒诞不经的历史的反映。

在泰戈尔的小说中，很多自然中无生命的物体成为小说的讲述者，使小说增加了诗情画意，有助于表达人物的情感。如《骷髅》中一具骷髅好像“一个有意识的活物在黑咕隆咚的屋里，正沿着墙壁摸索，绕着我的床缓缓旋转。我清晰地听到她短促的呼吸声，还觉得她似乎在寻找失落的东西，随后，她一步紧似一步，满屋旋转”①。骷髅自己讲述了她生前凄惨的爱情故事，让人感到一种超自然的力量，令人毛骨悚然。《丢失的宝藏》中，被人杀害而成为骷髅的主人公，眷恋丈夫和家庭，全身佩戴首饰，从河水中出来，一步步地来到熟悉的家中，来到丈夫身边，诱导着丈夫来到她葬身的河边。小说笼罩在一种阴森恐怖的气氛中。在有的小说中，人物会借助自然的力量表达怨恨。《深夜》是一个诡异的故事。丈夫对久病的妻子厌倦了，妻子洞悉了丈夫的心思，以自杀来成全丈夫的婚事。当她第一次看到丈夫的新婚妻子时，虽然看不清姑娘的模样，但已本能地意识到取代者的到来，于是不由自主地连问三声：“那是谁？那是谁？那是谁？”心中的怨恨积郁已深，把这惊恐的呼喊化入到永恒的自然中，每当丈夫对新妻表示亲近时，自然界总会适时地响起一片嘲讽的笑声，使丈夫惊恐不已。而那声音不过是大雁飞翔的响声。即使在睡梦中，妻子怨恨的声音也会穿透时空，质问丈夫的良心，并化作实际的行动让丈夫感到她的存在：“在黑暗里走到我蚊帐旁边站着，向熟睡着的莫诺瑞玛，伸出自己毫无血丝的手指，并在我耳畔用沙哑的嗓音低声一再询问我：这是谁？这是谁？这是谁？”② 丈夫在现实和梦境之间只感到恍恍惚惚，不得解脱。这种强烈的爱憎用荒诞的手法表现得更加深刻。这样的叙

① 《泰戈尔全集》第9卷，河北教育出版社2000年版，第114页。

② 同上书，第379页。

述使作品笼罩在一种奇特的氛围中，使作品更富有魔幻色彩。

三

泰戈尔小说现代性的形成既有时代因素，又有作家的个人因素；既受到西方文化和文学的激发，也有东方文学自身从传统向现代转型的内在需要。从19世纪中期到20世纪的一百多年间，是东方社会文化转型时期，东方文学也随之发生了深刻的变化。由于欧美列强的入侵和西方文化的影响，东方社会出现了激烈动荡和急速发展。这一时期，东方各国都面临着两大政治任务——救亡和启蒙，既要反抗帝国主义侵略和殖民主义统治，争取民族独立和解放，又要借鉴欧美国家现代化的经验，反对封建专制和宗教迷信，求得社会进步和发展。经过长期的民族斗争和深刻的社会革命，东方社会发生了深刻的变化。社会的变化必然促进文化的转型，19世纪中后期东方各国都出现了旨在文化革新的启蒙运动，如中国的五四运动，印度以“梵社”成立为开端的宗教改革和文化复兴运动等，这些社会文化思潮对东方文学的现代转型产生了直接的影响。印度文学在19—20世纪也开始了现代转型，泰戈尔小说的现代性契合了文学的现代转型，而且由于作者巨大的文化影响力，进一步推动了印度文学的现代化进程。泰戈尔小说是在西学东渐的大背景下产生的，是东西方文化结合的产物，其中的现代性显然受到了西方文学的影响，但由于时代的落差和印度传统文化的影响，泰戈尔小说现代性又表现出一些不同于西方文学现代性的特点。

首先是明晰的启蒙现代性和朦胧的审美现代性的结合。泰戈尔生活在印度社会由传统转向现代的特殊时期，面临着特殊的时代背景和潮流。西方的坚船利炮在17世纪就打开了印度的国门，19世纪初印度全面沦为英国的殖民地，印度传统社会和文化在殖民统治和西方文化冲击下全面崩解。在殖民主义和封建主义的双重压迫之下，印度人民灾难深重。反帝反封建的时代要求，使印度在东方率先启动了旨在社会变革的启蒙运动和追求独立解放的民族运动。泰戈尔的祖父和父亲都是启蒙运动的领导者，在他们的影响下，泰戈尔成为具有启蒙思想的一代新人。他自觉地投入到启蒙运动之中，在作品中自觉地宣扬理性、民主、自由思想和人道主义精神，自觉地追求启蒙现代性。在西方，理性引导了宗教祛魅。在印度，正是宗教迷信和封建专制阻碍了印度社会的进步，使印度积贫积弱，沦为英国的殖民地。因此，救亡必须启蒙，启蒙为了救亡，启蒙主义和民族主义在一定程度上获得统一，启蒙理性得到印度先进知识分子的欢迎，成为他们的思想武器。可以说，印度社会的现代化进程源于启蒙理性对根深蒂固的传统文化模式的冲击和颠覆。然而，由于印度社会当时面临的救亡图存的时代主题，启蒙理性必然被微妙地转向拯救民族危亡的道路上来。启蒙现代性和救亡图存之间存在复杂的关系。一方面，启蒙现代性中的启蒙理性、科学意识、民主自由等要素，在反抗印度根深蒂固的宗教束缚和封建意识的过程中堪称利器。同时，救亡意识与民族危亡的紧迫性对启蒙现代性规划的真正完成又产生阻力，救亡不断地压倒启蒙。泰戈尔崇尚启蒙，同时也是伟大的爱国主义者。他积极参加反殖爱国运动，但是他反对群众烧英国货、杀外国人等暴力行动，认为拯救民族危亡的关键是印度首先自立自强，应该多做“建设性”的工作，比如发展农业和工业，消灭贫困与愚昧，等等。在反帝斗争如火如荼的关键时刻，他的主张自然得不到群众的支持，所以他不得不退出运动。可见，在启蒙与救亡发生矛盾的时候，泰戈尔的主张是启蒙先于救亡。因此，泰戈尔本质上是一位启蒙主义者，其小说创作中的启蒙现代性是自觉的、明晰的。

作为启蒙现代性与审美现代性张力结构的现代性，其中启蒙理性与审美感性的关系是互相对立而又互相依存的。审美现代性意识的形成，是当启蒙现代性发展到极端并产生危害作用的时候，出于对启蒙现代性的反拨而产生的。在现代性反抗传统，以“新”抗“旧”的意义上，审美现代性和启蒙现代性是合作的，共同反抗传统伦理价值观。但是审美现代性和启蒙现代性之间的冲突依然存在。只是具体到印度当时的社会状况，两者之间的冲突并不是十分剧烈。审美现代性与启蒙现代性的对立在西方也是晚近的事，而西方现代主义所关心的现代工业社会中人性的异化、价值的失落、存在的危机等问题，在东方由传统农业社会向工业社会过渡的历史阶段表现得还不突出，西方现代主义对近代理性传统的怀疑和反叛在东方社会产生的时机的确还不成熟，即使在泰戈尔这样的具有超前意识的作家身上，其小说创作中对审美现代性的追求也还处于朦胧状态。20 世纪初，审美现代性追求在印度现代文学中处于萌芽状态，随着时代的发展，20 世纪 20 年代后期，印度也出现了现代主义文学思潮和流派。泰戈尔是一位与时俱进的作家，他后期创作的审美现代性意味更浓，其中更多的是时代共感，而非刻意追求。而且审美现代性与救亡主题虽然存在着一定的共谋关系，但是由于审美现代性本质上强调个体、重视个人的感性和情绪体验，而救亡的目标是民族与国家这样的非个体实体，所以审美现代性在东方国家的发展阻力较大，甚至是困难重重。只有到第二次世界大战以后，东方国家获得民族独立和革命胜利之后，现代化进程加快，工具理性泛滥，审美现代性才成为作家和读者普遍性的追求。因此，作为一个从传统向现代过渡时期的东方作家，泰戈尔的启蒙现代性是明晰的、有意为之的，而审美现代性追求则是朦胧的、无意识的。

其次是世界意识和民族意识的统一。东方文学转型时期必然面临着“新”与“旧”、先进与落后、进步与保守的斗争，再加上救亡的时代主题，使新旧矛盾更加复杂。印度拥有灿烂的值得自豪的古代文明，近代以来政治上遭受异族统治压迫，文化上一蹶不振死气沉沉，有被外来文化淹没之势，因此印度启蒙思想家打起了“印度文化复兴”的旗号，以增强号召力和凝聚力。由于承担着救亡的历史使命，印度近代作家的民族意识普遍比较强烈，泰戈尔也不例外。他是一位爱国主义者，作品中反殖爱国的民族主义倾向非常鲜明；他也是民族传统文化的优秀继承者，试图通过文学创作接通印度精神血脉。但泰戈尔不是一个狭隘的民族主义者，而是一个具有开阔视野和开放胸襟的世界主义者。他主张向西方学习，在题为《论东方和西方》的文章中说：“我们已学到的英国文化，消除了印度性格的不完美，使我们成为真正的人，这就足够了。”[①] 他在晚年发表的题为《诗人的宗教》的演讲中指出：“我在西方国家中发现的人类的积极的爱以及为公正和真理的殉道精神对我是一种很大的教训和鼓舞。我心里毫不怀疑，西方有它的真正伟大，这与其说是由于它对智力的出色培养，还不如说是由于它的为人类幸福献身的服务精神。”[②] 他反对抵制西方文明，在甘地领导非暴力不合作运动期间，他与甘地发生了分歧，进行了论争，指出：“把我们的精神同西方精神割裂开来的当前的种种企图，犹同精神自杀。”[③] 虽然他对西方文化中的物质主义、国家主义、利己主义等弊端进行了深刻的批判，但他对西方文明的基本态度是理解、尊重和接受。他

---

① ［印度］泰戈尔：《论东方和西方》，潘小珠译，见《泰戈尔全集》第23卷，第234页。

② ［印度］泰戈尔：《诗人的宗教》，冯金辛译，见《泰戈尔全集》第21卷，第253页。

③ 转引自［印度］K. 克里巴拉尼《泰戈尔传》，倪培耕译，漓江出版社1984年版，第365页。

试图把印度古代文化及民族优秀传统与欧洲现代文化融合、协调起来，创造出一种融合了印度传统文化的精华和西方的民主自由思想的新文化。他在题为《文明的汇合》的演讲中阐述了西方和印度文化合作的理想："人的无限个性能够在整个人类的光辉汇合里体现。我请求印度成为世界所有民族合作的代表。"① 泰戈尔自己就是这样一个合作与汇合的范例。印度的传统文化，从《梨俱吠陀》到《奥义书》到吠檀多哲学，对泰戈尔的思想影响深远，其中贯穿的是体现东方和谐精神的"梵我合一"思想。同时，泰戈尔也受到西方文化的影响，接受了平等、博爱、民主、自由等人道主义和民主主义思想，成为他思想体系的核心，形成他小说创作的深层底蕴。泰戈尔对西方文学的借鉴还表现在文学技巧的运用上，比如象征、荒诞、通感、时空跳跃等现代文学形式和表现手法，都可以在泰戈尔的小说中觅到踪迹。他成功地将民族意识和世界意识融合在一起，博采众长，借助西方文化来重新审视印度，以革新传统，对印度文学走上现代化之路起了积极的推动作用。民族性和世界性是一对矛盾，处理不好，会产生困惑甚至走向偏颇，成为一种负能量；处理得好，则会形成一种审美张力，成为一种正能量。在泰戈尔的作品中，民族性和世界性的审美张力，显然成了一种正能量。

再次是内向性与外向性的结合。泰戈尔的短篇小说不仅有对外部客观真实性的追求，也有对内部主观世界的挖掘和分析，是内向性与外向性的结合。其作品中有对人的心理的深刻描绘，对潜意识的表现，对人性异化的关注，但是相对于西方现代文学的内倾性，泰戈尔的小说中仍具有一定的外向性，即使在表现人的潜意识的时候，也常常把潜意识流动和人的外部行动结合起来。如《判决》《偷来的宝藏》等，都可以称为内向与外向结合的心理小说。由于东方传统文化的影响，个人淹没在集体之中；由于救亡图存，个人的感受要让位于国家和民族的利益。当人们还在关注物质的匮乏和国家的羸弱时，泰戈尔却以深邃的目光关注着人们骚动不安的内心世界，表现出一定的内向性，这是一个天才作家超前性和超越性的体现。然而，一个作家不可能完全脱离和超越他的时代，个人与社会、个体与群体的矛盾，是当时社会的主要矛盾，也是东方近现代作家着重表现的主题，这样的个人与社会、个体与群体的矛盾表现，使作家不能不关注人

① 转引自［印度］K. 克里巴拉尼《泰戈尔传》，第365页。

的外部行动和外部冲突，表现出一定的外向性，形成内向性与外向性的结合。另外，启蒙现代性与审美现代性也有不同的视阈，前者关注国家、社会、民族等宏观层面，所以必然指向人的外部行动；后者关注作为个体的“人”，所以比较关注人的内心世界。泰戈尔小说现代性中内向性与外向性的结合，也是审美现代性与启蒙现代性相结合的重要体现。

最后，从传统向现代的过渡。在救亡图存为时代主题的背景下，泰戈尔小说中的审美现代性显然具有超前性。在他的作品中呈现了各种各样的人的生存境遇，更有着对生命本质的探寻与表达。他的作品善于表现人在残酷现实和荒诞世界中对美、对爱情的强烈渴望，而这正是生命的本质。泰戈尔是印度近现代文学史上对“人”的处境最为关注的作家之一。从这个意义上说，泰戈尔小说与西方现代主义文学有相通之处。然而，西方现代派作品常以小人物为主人公，多关注个体的人因异化、信仰崩塌、外在物质世界的剧烈变化带来的巨大压抑而产生的荒诞绝望的悲观情绪和生活方式。与西方现代派作品不同，泰戈尔的小说虽然也常以小人物为主人公，也表现人的苦难，但是他仍然要在苦难中寻找生活的意义和人性的美好。比如在《邮政局长》中，孤女勒祖最后陷入飘零的孤独命运中，但是读者感受最多的是勒祖纯洁的心灵和对美好生活的执着追求。《喀布尔人》中，那粗鲁的喀布尔小贩仍然以真诚的父爱感动人心。西方现代派作品多笼罩悲观消极的情绪，看不到希望。在泰戈尔的部分小说中也表现这种悲观消极的情绪，但是无论怎样的黑暗，读者仍可以感受到希望的存在。西方现代主义对人类的本性产生了怀疑，对未来的前途和命运感到焦虑不安。泰戈尔尽管在小说中也表现印度民众的愚昧和软弱，但是并没有对人类的本性产生怀疑，而是希望用理性来启发民智，对祖国的前途和命运也充满了希望。这样的审美现代性中意义的追求和价值的坚守，说明泰戈尔小说不属于现代主义范畴，而是从传统启蒙主义向现代主义的过渡。从创作方法的角度看，泰戈尔小说揭露现实的黑暗，抨击封建陋习，控诉社会的腐败，具有现实主义的本质特点，同时，他也用浪漫主义的创作手法，诗意地表现人生和社会的理想。他的部分作品，特别是后期的小说，多用象征主义的方法表现主人公矛盾痛苦的内心世界、展示人物的本能和潜意识，以对现实的描写为载体来表现对人的存在层面的关注，对人的存在的深沉的思考与探询，是多种创作方法的综合运用。从这个意义上说，泰戈尔的小说不是现代主义作品，而是从传统的现实主义和浪漫主义向现代主义的过渡。

第四节　中长篇小说探索

泰戈尔不仅是著名的诗人，而且是多产的小说家，在短篇小说和中长篇小说领域都有卓越的建树。他一生创作了14部中长篇小说，其中长篇小说8部，中篇小说6部，[①] 对小说的内容和形式进行了多方面的探索，在印度近现代小说史上占有重要地位。

一　创作历程

泰戈尔的中长篇小说创作可以分为三个时期：1877—1900年为前期，1901—1920年为中期，1921—1941年为后期。

前期是泰戈尔中长篇小说创作的学习探索阶段。本时期作家创作了三部中长篇小说，包括一部未完成之作。中篇小说《科鲁娜》是作家的试笔之作，写于1877年9月至1878年8月，因为去英国留学而中断写作，没有完成。历史小说《王后市场》是作家第一部完成的长篇小说，[②] 在写法上受般吉姆·钱德拉·查特吉的影响。小说中国王布罗达巴迪多是一位英勇而又暴戾的君王，王子乌多亚迪多则有博爱之心，主张非暴力，几次搭救被父王迫害的人，遭到国王责罚。最后王子自愿放弃王位继承权，到贝拿勒斯出家。国王的女儿碧帕是邻国国王琼德罗迪博的王后，因同情丧妻的哥哥没有及时回国，被丈夫遗弃。她追随哥哥一起到圣地贝拿勒斯做慈善事业。小说从内容到形式都显得幼稚粗糙，然而作为天才作家的处女作，其中也有不凡之处。作品的主题，即人道主义和非暴力思想，在后来的作品中进一步发展和深化。暴戾的国王、具有博爱和牺牲精神的王子、纯朴天真乐观坦然的老人、生动而富有个性的年轻女性等各种类型的人物形象，像幼苗一样在这部作品中发芽，在作家后来的小说中不断移植和成长。长篇小说《贤哲王》是为儿童写的一部历史小说，[③] 于1885—1886

① 由于小说的短篇、中篇与长篇界定标准不同，关于泰戈尔中长篇小说数量的统计也有差异，有12篇、13篇、14篇等说法。本文参照董友忱主编《泰戈尔小说全译》（华文出版社2004年版）的说法。

② 本文论述《王后市场》依据董友忱译本，见《泰戈尔全集》第11卷。

③ 本文论述《贤哲王》依据董友忱译本，见《泰戈尔全集》第11卷。

年在《少年儿童》杂志上连载，1887 年正式出版。小说描写主张非暴力不杀生的国王戈宾多与坚持杀生献祭的祭司之间的斗争。作为一部写给少年儿童的作品，思想方面表现了作者对儿童的同情、热爱和对儿童教育的重视；艺术表现也比较适合儿童文学特点，人物性格比较鲜明生动，情节紧凑、简单，依照自然时间顺序发展，节奏明快，只是后半部有些冗长拖拉，对此作家在后来写的前言中作了自我批评。①

中期是泰戈尔中长篇小说创作的成熟期，其特点是面向现实，反映现实生活，揭示社会矛盾，探索社会问题。中篇小说《捣毁的巢》（又译《毁了的鸟巢》）于 1901 年开始创作并在杂志上连载。② 小说男主人公普帕蒂是报社的编辑部主任，整天忙于工作，无暇陪伴年轻而富于幻想的妻子。妻子佳露腊达感到无聊，便从丈夫的一位年轻的表弟阿默尔那儿寻求慰藉。这位小叔子是个活泼的富有才华的青年，他们在交往中互相给予心灵的激励，不久双双成为新进作家。后来这位表弟去了伦敦，女主人公感到空虚不安。这时丈夫发现妻子终日烦躁，认识到自己对妻子关心不够，开始尽力关心照顾妻子，但为时已晚。当他得知妻子痛苦的真相后，幸福的家庭破裂了。就思想成就来说，这部小说在泰戈尔的创作中不算突出，但却标志着作家小说创作的一个转折。在此之前，他写过几部中长篇小说，但都是历史题材；他也写过许多取材现实生活的小说，但都是短篇。这部《捣毁的巢》可以说是一个新的开端，那就是现实题材与中长篇小说形式的结合。

同样的主题在长篇小说《眼中沙》（1903 年，又译《小沙子》）中进一步展开。③ 小说女主人公比诺迪妮是一位寡妇，她有火热的激情，但在当时的印度社会没有追求爱情幸福的权利。她到一个亲戚家帮工，对年轻夫妻莫汉德罗和阿莎的恩爱既羡慕又嫉妒，于是作为第三者插足，勾引莫汉德罗，导致家庭危机，也给自己带来痛苦。后来与社会改革家比哈里相爱，但又怕自己的寡妇身份影响他的声誉而拒绝其求婚。作者对她既有同

---

① ［印度］泰戈尔：《贤哲王·前言》，见《泰戈尔全集》第 11 卷，第 256 页。

② 本文论述《捣毁的巢》依据马孟刚译本，见《泰戈尔全集》第 10 卷。《捣毁的巢》篇幅 4 万余字，介于短篇与中篇之间，《泰戈尔全集》将其归入短篇小说。笔者认为该小说篇幅比较长，情节比较复杂，应该属于中篇小说。

③ 本文论述《眼中沙》依据陈珍广译《小沙子》，见《泰戈尔作品集》第 6 卷，人民文学出版社 1961 年版。

情，又有谴责。同情她的不幸，承认她有追求幸福的权利，这是作为社会改革家的泰戈尔所为；谴责她的不顾一切的情欲，最终让她改邪归正，拒绝与比哈里结婚，去贝拿勒斯过隐居生活，这是具有保守思想的泰戈尔所为。《眼中沙》是印度近代文学中第一部成功地描写现实生活的长篇小说。在此之前，无论是般吉姆，还是泰戈尔本人，创作的长篇小说要么取材历史，要么以夸张和想象的故事吸引读者，而《眼中沙》则具有了社会问题小说和爱情心理小说的特点。① 这部作品无论在泰戈尔的创作中还是在印度现代文学史上，都具有重要意义。

1903 年泰戈尔开始创作长篇小说《沉船》,② 先在《孟加拉观察》连载，1906 年出版单行本。小说写大学毕业生罗梅西与少女汉娜丽妮和卡玛娜之间的爱情纠葛，成功地塑造了罗梅西这样一个具有典型意义的知识分子形象。两个女主人公汉娜丽妮与卡玛娜也都性格鲜明，形象生动。她们都是美丽善良的少女，但生活经历不同，性格气质迥异。汉娜丽妮温柔沉静、知书达礼，卡玛娜活泼天真、纯洁质朴。前者是有知识的现代新女性，后者属于传统印度妇女。这部小说轻松幽默，情节跌宕起伏，引人入胜，文笔成熟而又没有思想的重压，是泰戈尔所有作品中读者最多、最受欢迎的一部，在其小说创作中占有特殊的地位。

长篇小说《戈拉》发表于 1910 年,③ 作品背景是 19 世纪末。主人公戈拉是一对爱尔兰夫妇生的孩子，父母在 1857 年印度大起义时死于非命，戈拉被一对开明的婆罗门夫妇收养。长大以后，他发现许多外国人污蔑贬低印度教和印度社会，出于爱国心，他极力为印度教辩护，认为印度教是完美无缺的，无可指责的，并且在生活上严格遵守印度教的教规习俗。为了维护婆罗门种姓的纯洁，非婆罗门厨师做的饭他宁可不吃。他同情人民的不幸，痛恨殖民者的暴行，为此不怕坐牢。但他思想上教派观念很强，为此他忍痛拒绝“梵社”姑娘苏查丽达的爱情，割断与好友毕诺业的友情。出狱后他要按印度教规举行涤罪礼，正在这时，养父告诉他，他身上

① 在印度，《眼中沙》被看作“第一部致力于社会问题研究的全能心理小说”，被评为“孟加拉语甚至所有印度语言文学中研究妇女心理最早而且最好的小说之一”。G. V. Raj. *Tagore*: *The Novelist*. Delhi: Sterling Publishers Private Limited, 1983, p. 20.

② 本文论述《沉船》依据黄雨石译本，见《泰戈尔作品集》第 7 卷，人民文学出版社 1961 年版。

③ 本文论述《戈拉》主要依据刘寿康译本，人民文学出版社 1984 年版。

流的是外国人的血，没有资格当婆罗门。他猛然发现，在他极力为之辩护的印度教社会中，根本没有自己的位置，自己陷入了荒谬之中。他决心抛弃教派观念，为“没有种姓、不分贵贱、没有仇恨”的印度献身。《戈拉》的主题是在殖民统治之下，面对印度的落后状况和西方文化冲击，先进的爱国知识分子如何探索拯救祖国的道路。作品既否定了依附英国的殖民化倾向，也否定了以恢复古代传统来对抗殖民化的倾向，揭示了以印度教为代表的印度传统文化的弊端。泰戈尔把启蒙与救亡这两大主题相结合，达到了那个时代所能达到的思想高峰。小说既歌颂了以戈拉为代表的爱国的民族主义者，又否定了他们的复古道路，从而提出了社会改革和宗教改革的历史任务。小说通过教派斗争的描写，深刻揭示了印度当时的社会矛盾，是一部反映19世纪中后期印度社会历史变迁的史诗性作品。《戈拉》被公认为小说家泰戈尔的代表作，同时也是印度近代长篇小说的里程碑，被誉为“现代印度的《摩诃婆罗多》”。①

中篇小说《四个人》于1915年在《绿叶》杂志上连载，1916年正式出版。② 小说有两条线索，涉及两个重大主题。其一是青年知识分子沙奇士的精神探索，其二是青年寡妇达米尼的爱情追求。沙奇士在现代科学的无神论和印度传统的宗教情感之间徘徊不定。他接受现代西方式教育，并在伯父影响下一度倾向无神论，然而伯父去世后，他失去精神支柱，出现空虚、迷惘和精神危机，皈依了宗教，进入宗教体验的神秘和宗教情感的迷狂。后来他又对宗教失望，转向个人独立思考。沙奇士的精神探索是近代印度知识分子精神探索艰难历程的艺术概括。作家以高超的艺术功力，将这种探索描写得紧张激烈，扣人心弦；将探索过程中理智与情感的矛盾，以及通过探索而实现的关于神人关系的神秘彻悟，表现得惊心动魄，作品因此而被研究者称为“精神的迷宫”。③

发表于1916年的《家庭与世界》是一部社会政治小说，④ 背景是1905—1908年的印度民族运动。这部小说以女主人公毗玛拉为中心展开叙述，意图表现妇女如何面对家庭和世界的问题，这也是泰戈尔在这一时

① G. V. Raj. *Tagore*: *The Novelist*. Delhi: Sterling Publishers Private Limited, 1983, p. 41.

② 本文论述《四个人》依据石真译本，见《泰戈尔作品集》第5卷，人民文学出版社1961年版。

③ G. V. Raj. *Tagore*: *The Novelist*. Delhi: Sterling Publishers Private Limited, 1983, p. 64.

④ 本文论述《家庭与世界》依据邵洵美译本，人民文学出版社1987年版。

期所思考的主要问题之一。然而，在写作过程中，由于作者对政治问题的关注而冲淡了这一主题，作品的中心变成了对政治运动的反思。小说的主题是政治斗争中的道德问题，即爱国主义和人道主义的矛盾问题。围绕这个主题，小说塑造了尼基尔和山谛普两个人物形象。尼基尔形象基本上以作家自己为原型。作家正是借这个形象表现了自己的政治主张和道德原则，在他身上，实现了爱国主义和人道主义的统一。山谛普形象则比较复杂。他是一位激进的爱国主义政治家，结合小说的背景，他的原型应该是1905年印度民族运动的领导者，即国大党激进派。他的一些做法，包括崇尚暴力，把国家造成一位女神供人们崇拜，以唤起人们的爱国热情，进而掀起宗教狂热、导致教派冲突等，都与当时激进的民族主义者的做法相似。作家把山谛普塑造成一个道德败坏的反面人物。他为了目的不择手段，引诱朋友的妻子，骗取钱财，挑起家庭矛盾，煽起宗教冲突，让崇拜者去牺牲，自己却临危脱逃等，显得非常卑鄙无耻，尽管他最后良心发现，将骗到手的钱还回来，仍不能改变这一形象的反面性质。小说发表后，引起了轩然大波。一些爱国者认为作者反对民族运动，为英国人说话，污蔑爱国主义者。作为对民族运动的反思，作者试图在小说中为自己当年退出运动进行辩解，并对非难者进行反驳。

后期，由于社会活动频繁，泰戈尔中长篇小说创作在数量和质量方面都不及中期，但仍有其深刻独到之处。后期泰戈尔小说创作的总体倾向是由社会转向家庭和个人，由外向转为内向。20世纪20年代中后期，泰戈尔做了一个宏大的构思，计划通过一个家族三代人的经历表现印度社会的变迁和印度生活的各个方面，因此拟题名为《三代》。这部小说于1927年4月开始动笔，然而不时的社会活动影响了他的写作计划，结果只写完一代人的故事，1929年以《纠缠》为题出版。① 小说女主人公古姆迪妮出身名门望族，与暴发户默吐苏登结了婚。古姆迪妮美丽善良而又高傲矜持，默吐苏登则轻浮粗暴，他们的婚姻不可避免地成为一个悲剧。丈夫想用意志和权力控制妻子，但他只能控制她的肉体而不能控制她的个性和灵魂，因而感到沮丧。妻子古姆迪妮很有教养，起初强制自己按照传统观念尊敬丈夫，但一次次的侮辱破坏了她的梦想，损害了她的自尊，最终唤起

① 本文论述《纠缠》依据倪培耕译本，见《泰戈尔全集》第14卷，河北教育出版社2000年版。

了她心里的叛逆精神，离开了丈夫的家。小说虽然没有实现原来的创作意图，没有成为一部表现时代变迁的史诗性作品，但小说对传统价值观念与资产阶级金钱观念矛盾的深刻表现，对妇女地位和命运问题的思考，以及精彩的心理分析和性格描写，使其不失为一部杰作。

长篇小说《最后的诗篇》（1929）的主人公是一位现代青年，名叫阿米德。[①] 他是牛津大学毕业的一位青年律师，富有才华而又玩世不恭。他自命不凡，生活方式西方化，思想上也主张反传统。他喜欢饶舌而又善于调情，周围有许多钟情于他的上流社会时髦女青年，但他却对爱情和婚姻都采取淡漠和敷衍的态度。女主人公兰娃是一个学者的女儿，从小争强好胜，具有很强的独立精神，为了过独立自主的生活而当了家庭教师。阿米德和兰娃在一个避暑山区偶然相遇，一见钟情，一段热恋之后决定结婚。然而兰娃发现阿米德的爱中有太多浪漫传奇式的幻想，而自己很难成为他用梦幻塑造的偶像，恰好阿米德的妹妹和他过去的女朋友凯蒂来山区找他，与兰娃发生冲突；而兰娃青梅竹马的男朋友肖布拉尔来信求见。兰娃意识到他和阿米德之间存在很大距离，她不可能进入他的社会阶层和生活圈子，便将订婚戒指还给了阿米德。阿米德经过真诚爱情的洗礼，人生观和生活方式发生了很大的变化。他准备与凯蒂结婚，并写信告诉兰娃。兰娃回信说她和肖布拉尔也定下了婚期，并附了一首告别的长诗，在这首离别之歌中，表示了对他们之间真诚爱情的珍惜。

1933 发表的中篇小说《两姊妹》是泰戈尔后期小说代表作之一。[②] 小说的中心人物是性格气质截然相反的两姐妹。姐姐沙密拉是母亲型的女人，对丈夫萨山加照顾得无微不至。沙密拉得了重病，请妹妹乌密帮助料理家务。乌密是情人型的女人，热情活泼，结果萨山加和乌密陷入情网，不能自拔。萨山加为爱情而疏于工作，导致破产。沙密拉以为自己不久于人世，决定成全他们，然而她的病却奇迹般地好了。她提议姐妹俩同嫁一个丈夫，但妹妹乌密感到内疚，离开姐姐、姐夫，只身去欧洲学医去了。小说故事简单，人物也有些类型化，但艺术技巧运用纯熟，情感与理智的

① 本文论述《最后的诗篇》依据广燕译本，见《泰戈尔全集》第 15 卷。《最后的诗篇》篇幅 9 万余字，介于中篇与长篇之间，《泰戈尔全集》将其归入中篇小说。笔者认为该小说篇幅长、情节复杂，应该属于长篇小说。

② 本文论述《两姊妹》依据尹召译本，见《泰戈尔作品集》第 5 卷，人民文学出版社 1961 年版。

关系处理得恰到好处。

1934年泰戈尔发表了两部中篇小说《花圃》和《人生四幕》（又译《四章》）。[①]《花圃》的情节和主题与《两姊妹》相似。一对恩爱夫妻共同创建了一个美丽的花圃，后来妻子卧病不起，丈夫请自己的表妹来帮助照料花圃。卧病的妻子眼见丈夫和别的女人一起劳动，有说有笑，心中无限凄楚。小说以细腻深刻的心理描写见长，但情节比较单薄。《人生四幕》以孟加拉民族运动为背景，描写了激进的民族主义者的爱国热情和恐怖活动，侧重表现伦理道德问题。这部作品继长篇小说《家庭与世界》之后，再次否定了民族运动中的激进派，也同样再次遭到民族主义者的严厉批评。《花圃》和《人生四幕》分别以婚姻家庭和社会政治主题为泰戈尔的中长篇小说创作做了总结。

二　形象系列

中长篇小说以塑造人物形象见长，泰戈尔在小说中塑造了各种类型的人物形象，这些形象个性鲜明，同时也都体现出时代精神和作家特色，从而形成特有的人物形象系列。

1. 改革家与探索者

在泰戈尔塑造的人物形象系列中，最具时代特点的是一些具有爱国心和社会责任感的改革家和探索者，主要代表人物有《眼中沙》中的比哈里、《戈拉》的主人公戈拉、《家庭与世界》中的尼基尔等，他们都属于社会改革家形象系列。

《眼中沙》中的比哈里是泰戈尔小说中第一个具有新思想的社会改革者，也是印度近代文学中的一个新型人物。小说对他的改革活动没有作正面的描写，只是说他在农村买了一些地进行改革实验，并接济穷人，从事慈善事业。他提出要与爱着他的寡妇比诺迪妮结婚，虽然比诺迪妮因不愿破坏他的种姓而拒绝了他的好意，但与寡妇结婚的意向本身就是对传统的反叛，与他的改革家身份相符合。然而，当比诺迪妮提出要参与他的慈善事业时，他又没有勇气接受，这是他的局限。尽管这一形象不够丰满生动，但他体现了泰戈尔本人的理想和追求，因为这一时期泰戈尔本人也在进行类似的改革实验，在农村建立实验农场，帮助农民，同时办学校，进

---

① 本文论述《花圃》和《人生四幕》依据黄慎译本，见《泰戈尔全集》第15卷。

行教育改革，因此可以说，比哈里形象中有作家本人的影子。

长篇小说《戈拉》的主人公是一个典型的社会改革家形象，作品写出了他的思想发展过程。戈拉从小受的是西方式教育，少年时代便被视为小革命领袖，经常用英语发表演说。他受梵社领袖凯沙布的吸引，对梵社很感兴趣，反对偶像崇拜等印度教习俗，常常与婆罗门学者进行辩论，把他们击败。但是有一个梵学家赢得了他的尊敬，戈拉开始跟随他学习吠檀多哲学。正在这时一个英国传教士在报纸上攻击印度宗教和印度社会，戈拉本来一有机会就去驳斥古圣梵典上的教条和社会上流行的风俗习惯，然而一个外国人竟敢轻视印度宗教和印度社会，这使他极其愤慨，爱国心使他立即挺身而出，为印度教辩护，并开始寻找根据，证明印度宗教和印度社会是无可指责的，是无比优越的。他成立了一个组织——印度教协会，并且在生活上也严格遵守印度教的教规习俗。戈拉的偏执引起父母的忧虑，因为他是爱尔兰人生的孩子，没有资格当婆罗门，甚至不能和印度教姑娘结婚。父亲介绍他去老朋友帕瑞什家走访，因为帕瑞什是梵社成员，而且家中有待嫁的姑娘。在帕瑞什家，戈拉与梵社青年领袖哈兰发生争论。争论涉及印度教的偶像崇拜、印度社会的改革、民族独立等问题，可以说是19世纪后期印度思想文化大论战的集中概括。戈拉认为社会改革不是没有必要，但必须放在以后，“在我们成为一个团结的民族以后，就会自然而然地进行改革，如果现在就勉强进行改革，国家就会陷入分裂”。戈拉的思想在19世纪后期到20世纪初期的印度很有代表性，就是在启蒙与救亡的矛盾面前，救亡是当务之急。戈拉爱上了帕瑞什的养女苏查丽达，为了克制个人感情，同时为了了解祖国普通人民的生活，他决定徒步到农村旅行。在旅途中发生了三件比较重要的事，对戈拉的思想转变产生了重要的影响。一是对两个婆罗门的认识。一个村子里有两个婆罗门，一个违反教规，但非常善良，收养因反抗殖民者而入狱的穆斯林的孩子；另一个遵守教规，但帮助英国人欺压自己的同胞。戈拉开始对教规的作用产生怀疑。第二件事是戈拉试图营救47个无辜的村民，去找被认为开明的县长和一个公正的律师（自己的同学）都碰了壁。第三件事是一些学生被警察欺负，戈拉带领他们与警察打架，结果被捕，他拒绝同学保释的建议，决心和那些苦难的同胞一起坐牢。总之，对戈拉来说，这次旅行使他认识到自己过去脱离现实、脱离人民群众的缺点，决心和人民群众一起受难。这样，一个爱国者、探索者的形象逐渐清晰起来。然而戈拉并没有马上走出迷途。他出狱后面临几个难题。一是他的好朋友毕诺业爱上了帕瑞什的女儿罗丽妲，准备结婚。戈拉先试图拉回毕诺业，无效之后便忍痛断绝友谊。二是他与苏查丽达的关系。他虽然深爱苏查丽达，觉得“只有在她脸上才能看到祖国的真实形象”，然而由于教派思想作怪，认为与她结合是不可能的，便忍痛割断了这层关系。三是他在监狱中曾经用过非婆罗门的饮食、接触了不可接触者，受到玷污，按照教规应该举行涤罪礼，才能恢复纯洁的婆罗门种姓。他试图用这个办法克服自己的内心矛盾，他的信徒们忙着进行筹备。然而就在举行仪式的前夕，事情发生了突变。戈拉的父亲病危，决定在临终前把戈拉的身世告诉他，因为戈拉是爱尔兰人生的孩子，不能参加他的葬礼。这突如其来的一棒把戈拉打清醒了。他猛然发现，在他极力为之辩护的印度教社会中，根本没有自己的位置，自己陷入了荒谬之中。他决心抛弃教派观念，为“没有种姓、不分贵贱、没有仇恨”的印度献身。他先到帕瑞什家，请求当他的门徒，请他把“那位属于一切人——印度教徒、穆斯林、基督徒和梵教徒——的神的教义”传授给他。然后回到家里，对母亲安楠达摩依说：“我到处寻找的妈妈原来一直坐在我的屋子里。您没有种姓，不分贵贱，没有仇恨——您只是我们幸福的象征！您就是印度！”戈拉形象表现了一代爱国的仁人志士艰苦探索的思想历程，也是作家自己长期探索的结果，凝聚了作家的人生体验、社会经历和思想探索。戈拉探索的结果：一是不分教派、不分贵贱，没有种姓、没有仇恨的印度，代表了泰戈尔关于祖国的思考；二是以宽容精神消除教派对立，使人民团结一致，为一个共同的目标而奋斗，代表了作家的政治理想。

《家庭与世界》的男主人公尼基尔出身贵族世家，又接受了现代教育，并获得了硕士学位。他热爱祖国，曾努力尝试各种改革，资助各种发明，开办民族工业，并资助他的同学山谛普办报纸进行爱国主义宣传。但当民族运动兴起之后，他却反对抵制英货的行动，不让妻子烧洋布，不辞退英国籍的家庭教师，反对山谛普煽动造神运动、用宗教崇拜来激发群众的狂热。他说：“我愿意为我的国家服务，可是我崇拜的只是正义，它比国家要重大得多。把我的国家当作天神一般去崇拜，那就是为它招致祸殃。”尼基尔的行为遭到人们的误解和非议，妻子也认为他怯懦、缺乏男子汉气概，从而与他疏远。他非常孤独、苦闷，内心经历痛苦的考验，然而他坚持自己的信念。面对现实的沮丧，他陷入旷远的冥想，去体验神的存在。由于山谛普煽动起宗教狂热，导致穆斯林和印度教徒之间发生冲突。尼基尔赶去制止，受了重伤。尼基尔形象基本上是以作家自己为原型。他在民族运动中的态度、主张和处境与泰戈尔相同，他为人处世的方式与泰戈尔相似，他道德理想主义的思想和喜欢内省的性格都与泰戈尔一致。在尼基尔形象中还有甘地的影子，他的非暴力、坚持正义和真理等，都是甘地思想的表现。

泰戈尔笔下的这些改革家和探索者大多思想坚定，性格顽强，目标明确，积极进取，是时代的弄潮儿，给人以鼓舞和力量。

2. 孤独者与彷徨者

泰戈尔中长篇小说人物形象画廊中，有一类人物特别值得关注，那就是在急剧变化的现实中找不到自己位置的孤独者与彷徨者，其中最有代表性的是《沉船》中的罗梅西和《四个人》中的沙奇士。

罗梅西是一位法科大学生，他与同学的妹妹汉娜丽妮要好，父亲却要他回家娶亲，他心里不情愿，又不敢抗拒，只好跟随父亲回家举行婚礼。后来发生了沉船事故，罗梅西救起一位新娘，后来发现她不是自己的妻子，而是一位名叫卡玛娜的无家可归的姑娘。他将卡玛娜送进一所寄宿的女子学校，准备与汉娜丽妮结婚，然而卡玛娜的出现使汉娜丽妮一家对罗梅西产生了误会。卡玛娜一直把罗梅西当作自己的丈夫，温柔体贴，对罗梅西的冷淡疏远感到伤心。罗梅西想对卡玛娜说明情况，又怕伤害她。经过反复思虑，他决定放弃汉娜丽妮，把卡玛娜当作自己的妻子，给汉娜丽妮写了一封长信，说明真相缘由。卡玛娜发现了罗梅西写给汉娜丽妮的信，明白了一切，出走寻找自己的丈夫。罗梅西去见汉娜丽妮，她那厌恶的神情使他失望；去见卡玛娜，她已将他视若路人。罗梅西觉得自己成了一个多余的人。罗梅西是一个正直善良的人，当他知道卡玛娜是别人的妻子后，尽管她长得很美，也不再和她亲近。他同情卡玛娜的不幸遭遇，宁愿自己背黑锅，也不让她的名誉受到伤害，宁愿承担失去恋人的痛苦，也不愿将卡玛娜扔下不管。然而他性格软弱，优柔寡断，耽于幻想而缺乏行动的力量。他在与汉娜丽妮的恋爱中犹犹豫豫，迟迟不敢表态。他不同意父亲的包办婚姻而又不敢反抗，逃避不成，只好妥协。在卡玛娜问题上，他迟疑不决，有时怕触及这件事而伤脑筋，干脆避而不想、避而不谈，致使误会越陷越深。他的善良和他的犹豫相结合，造成了别人和自己的痛苦，最后成为一个谁也不需要的多余人。从性格气质的角度看，在这个人物身上有作家自己的影子。他像罗梅西一样，正直善良，乐于助人，但却不被人们理解，经常陷入孤独和苦闷；他有时也像罗梅西一样，优柔寡断，耽于幻想，对令人烦心的事物采取超然处之的态度。从社会和时代的角度看，罗梅西是近代印度进步知识分子的典型，他具有进步思想，认识到印度社会各方面的弊端，但他性格软弱，耽于幻想而缺乏行动的力量和斗争的勇气。

《四个人》中的沙奇士是一位接受了现代西方式教育的大学生。他的父亲是一位虔诚而又庸俗的印度教徒，伯父加格莫汗是一位无神论者。最初沙奇士受伯父的影响，成为一个无神论者。他和几个同学组成一个小团体，经常著文或发表演说，宣传无神论，并参加伯父为贱民和穆斯林组织的慈善活动。在一次瘟疫流行中，伯父为救助那些无依无靠的染病者，自己也染上瘟疫。伯父死后，沙奇士失去了精神支柱，陷入精神空虚。经过一段时间的探寻之后，他转向了宗教，成为狂热的毗湿奴教派领袖里拉南达斯瓦弥的弟子。他敲着铜钹，载歌载舞地陪着师父四处云游。然而，在这样的宗教狂热中，他并没有获得对真理的认识和心灵的宁静，年轻寡妇达米尼的爱情更是搅得他心神不宁，教徒中的丑恶行径也动摇了他对师父的崇敬。在达米尼感情的召唤和同学室利比拉斯理智的劝说之下，沙奇士离开了里拉南达斯瓦弥和他的教团，然而他并没有放弃对神的追求，坚持独自思考和灵修，常常陷入迷狂状态。他所思考的主要是有限与无限的关系，自由与束缚的关系，色相界与法相界之间的关系。有一天，他似乎大彻大悟了，说道："如果我沿着神的方向走，越走离他越远，如果我从相对的方向出发，一定会和他相逢。""神是自由的，所以他需要束缚；人是被束缚的，所以他要自由。"他对神呼吁："就让你以我们的形象进行游戏，而让我消失在你无形的冥冥之中吧。"他把达米尼对他的爱和关怀看作灵修的障碍，为了追求与神的结合，他赶走了对他无比爱慕和崇敬的达米尼，然而他的所谓灵修最终也没有什么结果。沙奇士在现代科学的无神论和印度传统的宗教情感之间徘徊不定，他的精神探索是近代印度知识分子精神探索艰难历程的艺术概括，具有深刻的思想价值和启示意义。

泰戈尔作品中这些在急剧变化的现实中找不到自己位置的苦闷彷徨者形象，与社会改革家形象一样，都是社会文化转型时期的产物，只是后者思想坚定，性格顽强，目标明确；前者思想深沉，性格犹豫，目标困惑。后者在历史赋予的责任面前义无反顾，前者在历史进步与道德沉沦面前无所适从。后者是善于行动的革新家，给人以鼓舞和力量；前者是长于内省的思想者，给人以启示和思考。①

3. 智慧长者

泰戈尔小说人物形象系列中比较有特色的还有智慧长者形象，如《王后市场》中的博松多、《贤哲王》中的国王戈宾多、《沉船》中的卡克拉巴蒂大叔、《戈拉》中的帕瑞什、《家庭与世界》中的钱特拉那德、《四个人》中的伯父加格莫汗等，都是睿智宽容的智慧长者形象。

早期小说《贤哲王》描写国王戈宾多与小姑娘哈湿和她的弟弟特卢博成了好朋友，在与两个孩子的游戏中感受到一种圣洁的情感。有一天，国王与两个孩子在河边的台阶上发现了血迹，那是为祭典女神而杀生留下的。小女孩悲伤地问："为什么有这么多血迹?"并用自己的纱丽将血迹擦干。不久，小女孩生病死去。国王受了感动，下令不准杀生献祭，遭到祭司库波迪的反对。他一边挑拨国王的弟弟杀兄篡位，一边命令自己的助手久伊辛赫去刺杀国王，用国王的血向女神献祭。久伊辛赫不敢违抗祭司，又不愿杀死国王，在心情矛盾中自杀了。国王挫败了祭司和亲王的阴谋，将他们判处流放。被放逐的祭司投靠了莫卧儿帝国的孟加拉总督，借兵打回特里普拉。国王不愿进行流血的战争，自动放弃王位，作为苦行者四处漫游。后来在吉大港附近定居，开设了一所学堂。结尾是祭司悔悟，亲王去世，戈宾多又当了国王。戈宾多不仅是一位贤明的国王，而且是一位智慧长者，他宽容大度，有博爱之心，喜欢儿童，自己也有一颗不泯的童心，是泰戈尔早期作品中智慧长者形象的代表。

《戈拉》中的帕瑞什是作家中后期作品中智慧长者的代表。帕瑞什是宽容和博爱的化身，睿智而又宁静。他第一次出场就给人留下深刻的印象，"慈祥宁静，超然于争论之外"，"他凝神沉思的时候，脸上流露出一种恬静的神采"。他的性格特点是深沉、平静，无论发生什么事情，他都处变不惊，从容应对。孩子们无论有什么矛盾困惑，遇到什么麻烦，只要来到他身边，就会从他那深沉的宁静中获得力量。他虽然是梵社的重要成员，致力于印度的宗教和社会改革，但他没有狭隘的教派主义思想。他超脱或者说超越于教派之争，一心追求真理，追求个人心灵的宁静与和谐。

① 这两类人物也是近百年东方文学中塑造最成功的艺术形象。参见拙文《近百年东方文学反思》，载《东方论坛》1996 年第 3 期。

在他身上，没有教派之分，没有种姓之别，一切以真理和爱为转移。因为他是梵社成员，他的女儿罗丽妲与印度教协会成员毕诺业相爱，他们的婚姻违背了双方的教规，遭到两个教派的强烈反对，却得到帕瑞什的支持。梵社领导人哈兰对他进行严重警告，甚至以开除出社相威胁，然而帕瑞什坚持真理，毫不畏惧，与戈拉的母亲一起为两个不同教派的年轻人主持了婚礼。帕瑞什是一位精神导师形象，其中有作家父亲德温德拉纳特的影子，他性格内省慎思，态度温文尔雅，举止尊贵大方；作为父亲，他对子女宽容和蔼，给他们自由发展的空间，只是在宗教虔诚方面给子女以精神熏陶。作为宗教改革领袖，帕瑞什也像德温德拉纳特·泰戈尔一样，思想广博、深刻、神秘而又宽容。作品最后，戈拉醒悟，从教派束缚中摆脱出来，把帕瑞什当作自己的精神导师，请他把“那位属于一切人——印度教徒，穆斯林、基督徒和梵教徒——的神的教义”传授给他。有学者批评帕瑞什的软弱，只是力图超然于双方的争辩之外，而不是积极参与或果断干预，[①] 而这正是智慧长者博爱与宽容的体现。

印度是一个崇尚智慧的民族，古代的宗教领袖和修道仙人大多以智慧长者的面目出现。在印度古代文学作品中，智慧长者形象也非常突出，如《摩诃婆罗多》中的毗湿摩和黑天，《罗摩衍那》中的蚁垤仙人和众友仙人，《沙恭达罗》中的干婆仙人和摩哩遮仙人等，都是智慧长者，在主人公成长的重要阶段给予重要教诲，或者在作品情节发展的关键时刻发挥重要作用。泰戈尔本人作为父母最小的孩子，在成长过程中父亲和兄长都起了很好的引导作用，特别是作家的父亲德温德拉纳特，在作家的成长过程中一直充当着精神导师的角色。[②] 因此，泰戈尔对那些睿智、宽容、和蔼、大度的长者一直心怀崇敬和感激，在作品中不断加以表现。如果说上文的改革家、探索者、孤独者、彷徨者都是印度社会转型时代的产物，体现出时代特征，那么，泰戈尔作品中的智慧长者形象更体现了印度民族文化的传统底蕴。

4. 妇女形象

妇女形象是泰戈尔中长篇小说人物形象中最绚丽多彩的一个系列，其中包含许多不同的类型。这些妇女形象可以从不同的角度进行分类。从男

---

① 参见倪培耕《泰戈尔中长篇小说译序》，见《泰戈尔全集》第11卷，第7页。

② 关于作家父亲的思想性格，参阅［印度］纳拉万《泰戈尔评传》，刘文哲、何文安译，重庆出版社1985年版。

女两性关系的角度，可以分为妻子型和情人型两类。作家在 1933 年发表的中篇小说《两姊妹》中指出：“女人有两种，一种是母亲式的，一种是情人式的。……如果可以用季节来作比，那么，母亲便是雨季。她赠给我们清水和鲜果，调节酷热，又从天上洒下来，驱走干旱。她使人富足。情人式的女人却像春天。她非常神秘，充满了甜蜜的魅力。它从来不肯安分，它在血液里掀起浪涛，又窜进心灵的宝库，去拨动它里面的金七弦琴上的寂寞无声的丝弦，使肉体和心灵都弹奏出无字的音乐。”① 作家以诗的语言描述了两类女人之后，便依据这样的分类，在小说中塑造了性格气质截然相反的两姐妹：母亲型的女人姐姐沙密拉和情人型的女人妹妹乌密。这样的母亲型的女人和情人型的女人的划分，体现了泰戈尔晚年对人生经验和艺术经验的概括。毋庸置疑，这样的母亲与情人的二分有些机械，实际上，对于男人来说，妻子与情人，与其说是女人的两种类型，不如说是“女性的二元性的假设”。②

从文化内涵的角度看，泰戈尔小说中的女性形象可以分为传统型与现代型两类。这方面研究者已经有比较多的讨论，③ 此不赘述。

从社会生活的角度看，泰戈尔中长篇小说中的女性形象可以分为理想型与叛逆型两类。前者如《沉船》中的汉娜丽妮，《戈拉》中的苏查丽达，《纠缠》的女主人公古姆迪妮等，都是刚毅自信、温柔沉静、传统与现代相结合的女性形象，也是作家泰戈尔理想中的妇女形象，对于研究泰戈尔的妇女观和审美理想具有重要价值。

在理想型的妇女形象中，《戈拉》中的苏查丽达最有代表性。她是帕瑞什先生的养女，性格坚韧、沉静，富有责任感和爱国心，感情丰富又含而不露，性情温和而不软弱，有知识而不卖弄，既有现代女性的开放，又有传统女性的宁静。戈拉对她的第一印象是：“她长了一副聪明的面孔，但谦虚和害羞的性格却巧妙地把脸上的表情变得那么柔和。”作品主要围绕几个人物之间的关系刻画她的性格。一是她与哈兰的关系。为了履行梵社成员的职责，为了不让父亲为她操心，她同意与哈兰订婚。后来她发现

---

① ［印度］泰戈尔：《两姊妹》，尹召译，见《泰戈尔作品集》第 5 卷，人民文学出版社 1961 年版，第 95 页。

② G. V. Raj. *Tagore*: *The Novelist*. Delhi: Sterling Publishers Private Limited, 1983, p. 82.

③ 如蒋明霞《浅析泰戈尔小说中的女性形象》［载《文学界（理论版）》2010 年第 5 期］，主要从传统与现代的角度论述泰戈尔小说中的女性形象，可参看。

自己被戈拉吸引，逐渐对哈兰产生了厌恶。她最初打算为了忠于职责而隐忍，由于洞察女儿心理的父亲帕瑞什的保护和引导，她才勇敢地解除了与哈兰的婚约。二是与戈拉的关系。初次见面她就被戈拉的爱国情怀、雄辩气魄和男性美所吸引，但她把爱深深地藏在心里。戈拉在她姨妈的要求下提出与她分手，她虽然内心痛苦，但能够坚强地忍受。她把养父帕瑞什当作自己的精神导师，深受其睿智宽容精神和深沉宁静性格的熏陶，在妹妹罗丽妲与毕诺业的婚事风波中，她沉着冷静，妥善处理。苏查丽达属于秀外慧中、传统与现代结合的理想妇女形象。在作品中，作为改革家和探索者的戈拉，将苏查丽达"看成祖国千千万万家庭一切美丽、纯洁、可爱、善良"的女性的象征。这不仅是作品男主人公戈拉的感受，也是作者泰戈尔的创作意图。苏查丽达形象也体现了泰戈尔的妇女观，他在题为《论妇女》的演讲中指出："妇女天赋具有贞洁、谦恭、温顺的被动品质，她们比男人具有更大的自我牺牲力量。……这种被动品质赋予妇女以巨大和深沉的宁静，这对生命的抚慰、养育和储存是十分必需的。"① 泰戈尔的妇女理想是被动型、家庭型和情感型的，苏查丽达形象正符合这一理想。当然，苏查丽达形象所体现的泰戈尔的妇女理想也具有明显的局限性。

就社会意义而言，泰戈尔中长篇小说中那些富有激情、具有叛逆精神的女性形象更值得关注。如《捣毁的巢》的女主人公佳露腊达、《眼中沙》中的比诺迪妮、《戈拉》中的罗丽妲、《四个人》中的达米尼等，都是个性鲜明、激情洋溢、思想叛逆的女性形象，其中比诺迪妮和达米尼最有代表性。

比诺迪妮是一位寡妇，她美丽端庄，受过良好的教育，但命运不幸，12 岁时嫁给一个病弱的男子，不久就守了寡。她无依无靠，到一位远房亲戚家帮助做家务。莫汉德罗和新婚妻子阿莎的欢爱激发了她的情欲和嫉妒心，于是她运用心机勾引莫汉德罗，使他拜倒在自己的石榴裙下，然后又拒绝他的求爱，让他神魂颠倒。莫汉德罗的朋友比哈里为了阻止她的冒险而接近她，通过接触，比诺迪妮认为比哈里是一位可以信赖的保护者，真的爱上了他。比哈里也理解并爱上了比诺迪妮，表示要与她结婚，但比诺迪妮不愿因为自己而降低比哈里的种姓，拒绝了他的好意。最后，比诺

① ［印度］泰戈尔：《论妇女》，唐绍邦译，见刘湛秋主编《泰戈尔随笔》，安徽文艺出版社 1995 年版，第 107 页。

迪妮想参与比哈里的慈善事业，但比哈里没有勇气接受她，她决定到圣城贝拿勒斯过隐居生活。比诺迪妮是一个性格鲜明的富有反抗精神的女性形象。作为一个年轻的寡妇，她渴望像正常人一样生活，渴望爱情，渴望幸福，在作品中，她是一个主动者，是最活跃的人物，其他人物与她相比都相形见绌。她不仅有美的容貌，而且在才智和心灵激情方面都超群出众。她的热情像一团火，能烧开冷水，也能烧毁房屋。她在追求爱情的过程中，破坏了别人的家庭，也给自己带来痛苦。最后，她改邪归正，拒绝与比哈里结婚，去贝拿勒斯过隐居生活，显得比较保守，表现了作家思想的局限。

和比诺迪妮一样，达米尼也是一位年轻的寡妇。她丈夫是一位宗教大师里拉南达斯瓦弥的信徒，临死时将财产和妻子都托付给师父。充满热情和生命活力的达米尼在这样的宗教氛围中感到窒息，她反抗，然而却无法逃脱。青年知识分子沙奇士的出现改变了她的一切。为了沙奇士，她也跟随师父去漫游，她努力试图用世俗的爱情将沙奇士从宗教的虔诚中拉出来，但无济于事。一天夜里，当她向睡梦中的沙奇士行触脚礼时，被沙奇士踢伤。后来，虽然她使沙奇士离开了师父，但却不能改变他的追求，这使她非常痛苦。她接受了沙奇士的朋友室利比拉斯的求婚，与社会宗教习俗作了最彻底的决裂。最后，被沙奇士踢伤而落下的心痛病夺去了她的生命，但她却无怨无悔。她与比诺迪妮有着相似的性格和境遇，然而，与比诺迪妮不同，达米尼在反抗的道路上没有止步，没有悬崖勒马，而是义无反顾。这里既有时代的发展，也表现了作家的进步。

三　艺术特点

泰戈尔是印度近现代长篇小说的奠基人和代表作家之一，承担着印度乃至东方小说从传统向现代转型的历史使命。作为这样的转型和过渡时期的代表，泰戈尔中长篇小说创作形成了自己的艺术特色。

首先是在浪漫主义基础上的多种创作方法的综合运用。泰戈尔所处的时代，西方的文学现代化已经进行了数百年，各种创作方法臻于成熟。刚刚起步的东方文学现代化具有后发优势，可以综合学习西方已经成熟的各种创作方法，并且与东方文学传统相融合。泰戈尔是一位不拘一格的具有包容性的作家，在他身上体现出创作方法的综合性。就其中长篇小说创作而言，突出表现为浪漫主义、现实主义、象征主义的融合。

《眼中沙》是作家第一部面向现实有意为之的长篇小说，表现了作家现实主义的创作态度，然而作品情节的跌宕起伏，人物性格的鲜明对比，人物关系处理的理想色彩，又体现出鲜明的浪漫主义气质。《沉船》是泰戈尔最受欢迎的一部长篇小说，其主基调是浪漫主义，主要表现在以下几个方面：一是情节的跌宕起伏，热恋中的大学毕业生被父亲拉回家与陌生少女结婚，沉船事故发生后救起别人的新娘，新娘无依无靠送不出去，留在身边不能作为妻子反而成为与有情人结合的障碍，反复思虑写的长信没有送出去却被不该看的人看到了，结果是鸡飞蛋打，好心不得好报，其中贯穿许多偶然和奇遇。二是人物关系的巧妙安排。罗梅西与汉娜丽妮相爱，因为救起并保护纳里纳克夏的新娘卡玛娜而失去了汉娜丽妮的信任，失恋的汉娜丽妮却在纳里纳克夏讲道中得到慰藉并与纳里纳克夏订婚，卡玛娜知道真相后寻找自己的丈夫纳里纳克夏，最后四个人聚集到一个城市。三是抒情的笔调和诗意的描写。然而泰戈尔又是面向现实的作家，无论是罗梅西、卡玛娜还是汉娜丽妮，都是现实生活中的平常人，没有非同寻常的性格和非凡的能力，作家主要通过日常生活细节的描写塑造出了具有典型意义的人物形象。罗梅西这样的思想开明、善于幻想而缺乏斗争精神的知识分子，卡玛娜那样质朴善良、把丈夫作为精神支柱、崇拜对象和人生目标的传统妇女，在当时的印度都是非常普遍的，因而具有典型意义。

《戈拉》是泰戈尔长篇小说代表作，最能体现作家多种创作方法综合运用的创作风格。在小说中，作家同时调动现实主义、浪漫主义和象征主义的各种艺术手法来塑造人物。其中的现实主义主要表现为对现实问题的关注。作品史诗般地反映了19世纪末20世纪初印度的社会现实，戈拉的思想和行为都是19世纪后期印度进步知识分子的真实写照。即使一些批评泰戈尔脱离现实的评论家也认为《戈拉》是一个例外，可见《戈拉》创作的现实主义因素比较强。其浪漫主义主要表现为对事件和人物的处理方式。戈拉奇特的身世，偏执的思想，激进的性格，他的身份和思想的戏剧性转折，都具有浪漫主义的特点。同时，《戈拉》的象征主义手法运用也恰到好处，如安楠达摩依是“没有种姓不分贵贱”的理想的印度母亲的象征，帕瑞什是宽容博爱，属于一切人的世界宗教的象征。

《四个人》是一部以象征主义为主基调的作品，对此前人多有论及。有学者指出：“它的情节是由一些七零八碎的事件组成的，它们之所以被选来，只是为了暗示而不是为了构成一个完整的故事。……每个人物都是鲜明地个性化的；但是他或她与其说是一个人，毋宁说是一种概念的象征。……这部小说，或者这篇象征主义的散文诗，描绘了人类灵魂对真理的寻求。"[①] 有学者认为："沙奇士象征着灵魂，乔戈莫洪象征理性，达米妮则暗示为人的自然本性。"[②] 作品虽然以象征主义为主基调，但其中个性鲜明的人物、大起大落的命运、神秘的宗教活动场景、紧张激烈的思想斗争和戏剧性的思想变化，都有一定的浪漫传奇色彩。同时作品也真实地反映了印度近代知识分子艰苦的精神探索过程，具有一定的现实主义因素。

其次，在人物配置方面，泰戈尔小说善于运用多重对比手法。这样的多重对比在展开情节和塑造人物方面都发挥了重要作用。

《眼中沙》是泰戈尔第一部成熟的长篇小说，在人物配置方面开始形成自己的风格。比诺迪妮和阿莎，莫汉德罗和比哈里，都形成鲜明的对比。比诺迪妮不仅精明能干，而且工于心计；反之阿莎则是既无能软弱，又善良单纯。前者勾引后者的丈夫，对后者造成伤害。两个男性形象的对比也很鲜明，莫汉德罗从小娇生惯养，耽于情欲，任性而为，先是沉溺于与妻子阿莎的新婚之乐，后受比诺迪妮吸引，置家庭、事业和朋友于不顾，一心追求比诺迪妮。他的朋友比哈里则显得干练而理智。他出于保护朋友的好意而干预莫汉德罗和比诺迪妮的关系，结果引起莫汉德罗的误会。比哈里心中蕴藏着的青春活力被比诺迪妮唤醒了，但他不愿与朋友相争而躲着她，由此造成了双方的误会和痛苦。过分的理智阻碍他追求自己的幸福，也影响了这一形象的丰满。《眼中沙》的人物配置体现的是正反对比。由于泰戈尔受般吉姆·查特吉的影响，仍然将追求爱情的寡妇视为"有毒之树"，[③] 所以最初是把比诺迪妮作为反面形象来配置，把同情放在

① ［印度］S. C. 圣笈多：《泰戈尔评传》，董红钧译，湖南人民出版社 1984 年版，第 216 页。

② 倪培耕：《泰戈尔中长篇小说译序》，见《泰戈尔全集》第 11 卷，河北教育出版社 2000 年版，第 9 页。

③ 在泰戈尔之前，般吉姆·查特吉曾经创作一部以寡妇追求爱情为题材的长篇小说《毒树》，即将追求爱情的寡妇视为"有毒之树"。泰戈尔在作品的序言中说："在撒旦那里以前有生长《毒树》的土壤，现在依然是有的。"（泰戈尔：《眼中沙·序》，唐仁虎译，见《泰戈尔全集》第 12 卷，第 3 页）可见作家自觉地将自己的作品与《毒树》联系在一起，其"眼中沙"的比喻与"有毒之树"也异曲同工。

单纯善良的阿莎一方，对勾引有妇之夫的寡妇比诺迪妮和耽于情欲的莫汉德罗持谴责态度。当然，泰戈尔的思想毕竟超越了般吉姆·查特吉，对比诺迪妮也寄予同情，随着情节的发展，比诺迪妮不仅得到读者的理解，而且得到被伤害者一家人的原谅。

如果说《眼中沙》的人物配置主要体现了正反对比，《沉船》的人物配置则主要体现了同类映衬。汉娜丽妮与卡玛娜都是美丽善良的少女，但生活经历不同，性格气质迥异。汉娜丽妮温柔沉静、知书达礼，卡玛娜活泼天真、纯洁质朴。前者是有知识的现代新女性，后者属于传统印度妇女。罗梅西与纳里纳克夏都是正直善良的青年知识分子，但思想性格形成鲜明对比。罗梅西优柔寡断，纳里纳克夏刚毅果敢；罗梅西追求自由爱情，纳里纳克夏是给母亲找一个合适的儿媳妇；罗梅西跟着感觉走，纳里纳克夏非常理智。同一类型而又不同个性的人物互相映衬，相得益彰。此外，汉娜丽妮的父亲和纳里纳克夏的母亲也是同类映衬，他们都是宽厚善良的长者，但思想性格和行为方式各不相同。

《戈拉》的矛盾冲突尖锐，人物体系也更为复杂，其中正反对比和同类映衬相交织。戈拉与哈兰属于正反对比，虽然他们也有相似的一面，都在探索民族前途，都有教派主义特点，而且同时爱上一个姑娘，但他们的思想性格有本质的不同。文化思想方面，一个保守，倾向民族主义，抵制殖民化；一个现代，依附殖民政府，主张西化。戈拉和毕诺业属于同类映衬，他们是同学好友，致力于共同的事业，戈拉组织印度教协会当主席，毕诺业当秘书长。然而他们的性格气质又有鲜明的差异，戈拉性格坚强，毕诺业显得柔韧；戈拉偏执，毕诺业随和。这样的互相映衬像两面镜子互相映照，更加显示出各自的特点和深度。小说中的苏查丽达和罗丽妲、安楠达摩依和帕瑞什，也具有同类映衬的特点。

除了正反对比和同类映衬之外，泰戈尔小说人物配置还有异类互补现象。与同类映衬的人物相比，异类互补的人物之间差异更大，但又不是正面人物与反面人物的关系，不仅作者的态度没有明显的褒贬，读者也很难进行臧否。《四个人》中的沙奇士和室利比拉斯就是这样的异类互补关系。他们性格气质截然不同。一个精神偏执，一个精神中庸；一个内心波涛汹涌，一个风平浪静；一个是紧张的探索者，一个是冷静的观察者。《两姊妹》中的姐妹俩也可以看作异类互补关系。姐姐沙密拉和妹妹乌密性格气质截然不同，沙密拉是母亲型的女人，对丈夫关心照顾无微不至；

乌密是情人型的女人，天真烂漫，无拘无束，随时唤起生命的热情。与此相对应，沙密拉的丈夫萨山加是一个孩子气的男人，无忧无虑，热情好动，生活中缺乏自理能力，而且把生活视作游戏，管不住自己；乌密的未婚夫尼罗德则是个刻板的男人，过分的理智使他与乌密解除了婚约。这样的具有鲜明差异的人物，在现实生活中可以互补，在文学作品中也构成互补关系。

再次，叙述方式与叙述话语的探索。从叙事学的角度看，泰戈尔小说既有对传统小说叙事模式的继承，也有对现代小说叙事方式的探索。就文体而言，小说一般是由故事发展而来，因此早期小说往往以“事”为中心，小说家的任务就是完整、生动地讲述一个故事。近代以来，小说转向以人为中心，通过事件表现人物，塑造人物性格，成为小说的中心任务。现代小说进一步由注重人的外部行动转向关注人的内心世界。泰戈尔小说作为从传统向现代的过渡，三个阶段的特点都有所体现，也可以说是一个人走完了三个发展阶段。泰戈尔早期的作品重在讲故事，中期的作品开始重视塑造人物形象，中后期转向心理分析。第一个转折从《眼中沙》开始。作家自己在后来为作品写的序言中说：“文学的新形式的风格不是传统地描述事件，而是通过分析表现出那些事件的内在本质。《眼中沙》中表现出了这种特点风格。”① 这里的新风格可以理解为走出传统叙事模式的尝试。事件和人物互动最好的是《沉船》和《戈拉》，前者还保留着事件的主动性，人物有些被动，作品大部分时间是由事件带动人物，促使人物采取行动。这样的事件驱动性叙事与人物犹豫延宕的性格紧密结合，相得益彰。《戈拉》是人物性格驱动性叙事，其中人物是主动的，事件是被动的，人物推动事件发展。这样的人物性格驱动性叙事与戈拉积极进取的性格相结合，成功地塑造出一个社会改革家形象。第二个转折始于《四个人》，其特点是进一步关注人物的内心世界，表现人物紧张的精神探索。《家庭与世界》等作品在这方面有进一步的发展。就时代而言，泰戈尔处在第二个阶段，前期创作还不成熟，后期的探索属于尝试性，中间阶段表现得更得心应手，所以《沉船》和《戈拉》被公认为泰戈尔长篇小说的代表作，其代表性不仅表现在思想内容方面，而且表现在叙事模式方面。

---

① ［印度］泰戈尔：《眼中沙·序》，唐仁虎译，见《泰戈尔全集》第12卷，河北教育出版社2000年版，第4页。

叙述视角是叙事文学的第一要素，因为作家在动笔写作一部小说时，首先要考虑如何叙述他的故事。传统小说从讲故事发展而来，一般采用全知视角，以第三人称方式叙述。作者以讲故事的方式告诉读者，什么人、以什么方式、做了什么事。全知意味着全能，作者不仅知道人和事，还知道人物的心理活动，所思所想。当然，从现代叙事学的角度看，这样的叙述方式是有很大局限的。全知视角实际上是一种外部视角，从外部观察描述事件游刃有余，作为评判者对人物和事件发表意见也比较随意，但要深入人物的内心世界，追求叙述的真实性与客观性，则有很大的局限。因此，小说家为了实现自己的艺术追求，必须在叙述方式上进行探索，第一人称叙述、多人称叙述、内视角、多视角、分视角等小说叙述方式应运而生。泰戈尔是一个不断探索的作家，如果说他的前期小说和中期的部分小说，包括《沉船》和《戈拉》，是以全知视角等传统叙事方式为主，那么他中后期的小说则以现代性叙事方式的探索为主，《四个人》开始采用内视角，即以作品中人物的视角展开叙述；《家庭与世界》中内视角进一步结合分视角，即以作品中不同人物的不同视角，分别或分头叙述，都属于新的叙事方式的探索。

与叙述视角相联系的是叙述人的问题。全知视角的叙述人一般是作者本人，这是讲故事的小说传统使然，当然也有例外。有时让作品中的一个人物出面讲述，也可以是全知视角。叙述人决定作品的叙述风格，因为叙述人的思想、性格、气质以及职业习惯等，不仅决定他叙述什么，而且决定他怎样叙述。《四个人》的叙述者是室利比拉斯，他是作品中的一个角色，是男主角沙奇士的朋友、崇拜者和追随者。对女主角达米尼来说，他先是朋友，后来成为丈夫。因此，作品的叙述视角就以室利比拉斯的眼界和思想所及为限。他可以叙述沙奇士的探索经历，叙述沙奇士和达米尼的关系，以及他与他们的交往。这样他作为朋友身份的叙述就显得真实、亲切。当然，这样的内视角是一种有限视角，这样的视角限制他不能进入人物的内心世界。人物的内心世界或者借助于人物的行为动作来表现，或者借助于人物的日记、书信等自我叙述和解剖。《家庭与世界》有三个叙述者，即作品的三个主要人物毗玛拉、尼基尔和山谛普。作品由三个人的自述交叉构成，各自站在自己的立场分别叙述故事，推动事件发展，这样，三个人物的内心世界都得到充分的展示。三个叙述人有不同的立场，不同的视角，通过他们各自的叙述，形成视角的交叉，给读者提供一个立体的、多维的画面。泰戈尔的试验是成功的，政治小说本来是很枯燥的，不同政治立场的交锋免不了发议论，通过这样的叙事方式，小说显得新颖，增强了可读性。

与叙述人相联系的是叙述人的口吻。美国学者蒲安迪指出：“‘叙述人’的问题是一个核心问题，而‘叙述人的口吻’问题，则是核心的核心。”① 以讲故事的口吻叙述，往往带有宣讲的口吻，因此叙述一般是千篇一律的，缺乏个性。如果以作品中人物作为叙述者，那么这个叙述者的口吻则与他的身份、性格、职业和习惯等密切相关，从而体现出不同的叙述效果。《四个人》的叙述者之一室利比拉斯是主人公的崇拜者，但他比主人公理智，所以他的叙述口吻中有欣赏、有理解，也有冷静的分析和评判，对于讲述一个神秘灵修的故事，塑造一个精神探索者形象，是非常适宜的。《最后的诗篇》的叙述者不是年近古稀的作者，而是一位具有现代意识的青年作家，以他的口吻来叙述富有才华而又玩世不恭的现代青年主人公的故事，其效果显然不同于老年泰戈尔本人的叙述。这位具有现代意识的青年作家，以欣赏的态度描述玩世不恭的主人公，讲述他和兰娃之间浪漫的爱情，叙述他们虽然理智分手，但经过真诚爱情洗礼而认真面对生活，找到自己幸福的故事。小说叙述轻松幽默，略带调侃，具有现代小说的特点，其中叙述人的叙述口吻起了重要作用。这样的叙述话语的探索应该是现代小说叙事学研究的重点。

① ［美］蒲安迪：《中国叙事学》，北京大学出版社1996年版，第16页。

第二章

川端康成——民族性与现代性的二重变奏

日本作家川端康成（1899—1972）出生于大阪市一个医生家庭，幼年先后失去双亲、祖母和姐姐，由祖父抚养。16 岁时祖父病逝，成为名副其实的孤儿。孤儿生活对他的性情和文学创作都产生了深刻影响。1920 年，他由第一高等学校毕业后考入东京帝国大学英文科，翌年转入国文科，与作家菊池宽相识，作为第六次《新思潮》的同人开始了创作活动。1921 年发表了短篇小说《招魂节一景》，得到菊池宽赏识，成为《文艺春秋》的同人，正式走上作家之路。川端康成一生创作成果丰硕，写了大量的小说、散文、随笔、评论和杂感等，其中小说成就尤为卓著。川端康成于 1948 年任日本笔会会长，1958 年起任国际笔会副会长，1968 年获得诺贝尔文学奖。瑞典科学院在《授奖辞》中高度评价了川端康成的《雪国》《千鹤》与《古都》等代表性作品，称赞他"以敏锐的感受，高超的叙事技巧，表现了日本人的精神实质"，[①] 是第一位因民族性表现而获得诺贝尔文学奖的东方作家。1972 年 4 月 16 日深夜，川端康成在他的工作室口含煤气管自杀身亡。在 50 余年的创作生涯中，川端康成不断进行艺术探索。早年，他参与发起了"新感觉派"文学运动，旨在通过借鉴西方现代派文学的创作手法来革新日本文坛，后来又立足本民族文学传统，在东西方文化交融中创造出独具特色的文学风貌，在汲取西方艺术手法的同时，彰显了日本文学的审美传统，形成民族性与现代性的二重变奏。

---

① ［瑞典］安德斯·奥斯特林：《授奖辞》，高慧勤译，见高慧勤主编《川端康成十卷集》第 10 卷，河北教育出版社 2003 年版，第 446 页。

第一节　艺术探索变奏曲

民族性与现代性是近现代东方各国文学现代化进程中的核心问题，也是每个东方作家在创作过程中感到困惑而又无法回避的问题。川端康成是一位享誉世界的日本现代作家，也是一位站在传统与现代交叉口上的伟大作家，在文学的民族性与现代性方面进行不懈的探索，形成了自己独特的艺术风格。他继承了自《源氏物语》以来日本文学的优秀传统，对物哀、幽玄、余情等日本文学传统审美意识以及创作技巧都有所继承，并进行发展和创新。同时，他注重人道主义的精神追求，积极吸收西方现代主义文学的创作方法，其作品又彰显出现代性的艺术追求。他一生的创作都在这样的传统与现代的坐标轴上不断探索，这种探索是一个曲折的过程，其中有盲目追求西方现代派技巧的失败记录，有《雪国》《古都》《千鹤》等体现东西方文化融合的成功之作，也有如《睡美人》等存在较大争议的作品。这些探索及其成果形成了川端康成不同阶段的不同文学特点，显示出其创作的独特魅力，也成为日本文学和世界文学的宝贵财富。

一

川端康成的小说创作可以分为三个时期，1921 年到 1929 年为前期，1930 年至战后初期为中期，1948 年至 1972 年为后期。

20 世纪 20 年代是川端康成创作的第一阶段，初登文坛的作家在民族性与现代性的道路上进行了初步的探索。由于时代风气以及个人敏感的气质，川端康成于 1924 年参与创办《文艺时代》杂志，加入了新感觉派群体，成为一位新进作家。他发表了一些具有新感觉派特色的短篇小说，大都收在小说集《感情装饰》中。另外，本时期发表的具有新感觉派特色的作品还有短篇小说《篝火》（1924）、《春天的景色》（1927）和中篇小说《温泉旅馆》（1929）等。同时，川端康成发表了一些阐述新感觉文学主张的理论文章，如《〈文艺时代〉创刊词》《新进作家的新倾向解说》等，成为新感觉派的核心人物和理论代表。作为新感觉派的一员主将，川端康成和当时大部分新进作家一样，醉心于借鉴西方现代派文学创作技巧，即单纯横向移植，以求“创新”。其后，在新感觉派创作实践受挫的情况下，他积极地分析这种单向移植的缺点，进行了深刻的反思，从而转向了日本民族文学传统之“根”，终于在创作实践中找到了民族性与现代性的交叉点，形成了以东方神韵与西方技巧相结合的创作特色。这一时期创作的短篇小说《伊豆的舞女》和长篇小说《浅草红团》（1929—1930）获得了巨大的成功，标志作家小说创作逐渐摆脱了盲目追寻西方技巧的误区，成功实现了创作风格的初步转型。

近代以来，在第一次全球化的浪潮中，日本不同于其他东方国家对这一浪潮的拒斥，而是采取了主动拿来的态度，积极借鉴西方的先进技术和管理经验，追求现代化。在文学方面，日本也在短时期内迅速走向了一条吸收西方文艺思想及创作技巧，鼓吹文明开化的道路，开始了启蒙现代性。经过了“戏作”读物等封建文学的挣扎后，到明治后期，借鉴西方技巧的写实主义、复古主义、浪漫主义、自然主义等文学思潮先后登场。到了大正时期，白桦派、唯美文学等相继产生。这些文学流派虽然对于日本的启蒙现代性起了重要作用，但由于一些作家紧随时代潮流，醉心于求“新”，往往是昙花一现，结果是你方唱罢我登场，都没有得到充分的发展。在1923年关东大地震以后，日本的经济、政治和社会情况都发生了很大的变化，旧的文学思潮流派及其创作方法已经不能满足文学发展的需要，文坛迫切需要一种新的文学来取代旧的文学。这个时候，新感觉派登上了历史舞台。川端康成就是在这样一种背景下登上文坛的。

川端康成初登文坛就表现出民族性与现代性的交集，即在民族性与现代性的交叉点上寻求身份认同。个人生活体验形成的孤独感，也促使他在日本文学的大潮中寻找自己的位置。他的初期作品如带有自叙传性质的《十六岁日记》，主要表现了日本传统的即物性的写作手法，与日本传统的私小说有很深的渊源，其中的孤独主题，既是作家自我内心的写照，也是西方现代主义精神的重要内涵。

作为新感觉派文学运动的主将，川端康成的成就主要表现在对新感觉理论的阐述上。针对当时评论界对新感觉派的批评，他发表了一系列文章，对新感觉的主张，主要的目标和主要的创作手法都进行了论述。对于新感觉派文学运动的蓬勃兴起和作家的创作活动，川端康成首先给予了充分的肯定。他说：“所有对文艺感兴趣的人，必须注意的首要目标，就是当今涌现出来的新进作家，就是这些新进作家的‘新’。理解他们的新，就获得了通向新时代文艺王国的不可缺少的唯一的入场券。没有获得这些入场券的人，在明天的文艺界，就失去了当作家和鉴赏家的资格。”①

川端康成虽然在新感觉派理论建设方面立下了汗马功劳，但是在新感觉派文学的创作实践方面却建树不大。新感觉派主张借鉴西方现代技巧，却往往忽视了自己民族的文学传统，其结果往往是形式上标新立异，而内容上却非常空洞。川端康成这时期的作品也体现了这方面的缺陷。他的新感觉创作实践主要体现在几个中短篇小说中，特别是他发表了一些非常短的“掌篇小说”，适合表现对事物的瞬间感觉。应该说，这类小说有其成功之处，作为一个刚刚起步的青年作家，这些作品显示了一定的创作才华，但其中也有一些失败之作，后来作家自己也将此类作品从文集中剔除。即使一些为人称道的保留作品，也存在盲目求新的倾向，如 1924 年发表的《脆弱的器皿》，讲述小镇十字路口一家古董店旁边有一尊具有 12 岁少女身高的观世音菩萨瓷像，每次电车经过时，“我”都感到它微微颤抖，担心她会倒下。有一天，“我”做了一个梦，梦见观音的身躯笔直地朝自己倒过来，她冷不防伸出胳膊搂住了我的脖颈，我连忙躲闪，观音像倒在地上，摔得粉碎。一个少女蹲在那里捡陶瓷碎片，她的出现使“我”震惊，刚要开口说话，就猛然惊醒了。“我”想到《圣经》中的一句话：“待她们有如较为脆弱的器皿。”“我”心想：“年轻女子的确容易毁坏。有一种观点认为，恋爱本身也意味着毁坏年轻女子。”② 这里菩萨像、梦境、少女、《圣经》名言之间的联系比较勉强，自由联想显得生硬，菩萨像朝自己倒过来，搂住自己，似乎有所象征，又难以解释。1925 年发表的《玻璃》，写一个 15 岁的少女蓉子，在制造酒瓶的玻璃厂看到一个童工被严重烫伤，昏厥过去了。出于同情，她向未婚夫要了一笔慰问金送去。20 天后，少年登门致谢，蓉子看到他可怜的样子，又让佣人送给他一些钱。十年后，那个少年成了作家，发表了一篇题为《玻璃》的小说，描写了当年的情景和后来的事情：少年后来成了一个花瓶设计师，不断以一个资产阶级少女为对象创作花瓶；已经有了阶级觉悟的他，诅咒来自敌人的恩惠。蓉子读完小说，追忆遥远的过去，“不知那只花瓶放在哪儿了？”脸上现出了丈夫从未见过的温顺的表情。丈夫觉得不可思议，“那

① ［日］川端康成：《新近作家的新倾向解说》，见《川端康成十卷集》第 10 卷，第 328 页。

② ［日］川端康成：《掌小说全集》，叶渭渠译，中国社会科学出版社 1996 年版，第 30—31 页。

个驼背的、脸色苍白的、饿鬼般的病人，为什么有这样的力量呢?”① 这篇作品因为描写了工人悲惨的劳动生活而受到无产阶级作家的称赞。然而作品的意图显然不是为了反映工人生活，表现阶级矛盾。小说描写一个资产阶级小姐对一个少年工人的同情和帮助，使少年摆脱了困境，并且暗恋上了这位小姐，然而后来他在小说中又因自己的爱情而自责。小说与其说是阶级矛盾的反映，不如说是对阶级斗争学说的讽刺。作品不仅表现了思想的混乱，而且在艺术表现上追求感觉的新奇，不够自然。总之，这些作品以追求现代性为基调，喜欢采用梦境、回忆、自由联想等现代艺术手法，表现自我主观感觉，追求象征和神秘的效果。这样的艺术探索，成功者给人以新颖的感觉，失败者往往用错乱表现新奇，缺乏审美意蕴。

然而川端康成毕竟不同于一般的新感觉派作家，他的探索从来就不是单方向的，而是一开始就表现出现代性与民族性的二重变奏。虽然川端康成本时期比较注重“新”的表现方式，在创作上也坚持实践新感觉派的主张，但从其理论阐述中仍然可以看到他对于日本文学传统的重视。比如他在论述新感觉派艺术的“表现主义的认识论”时，就强调了新感觉派的感觉表现与东方传统思维方式的联系，指出：“天地因我而存在，天地万物存在于我的主观之中。……而自我的主观又包含于天地万物之中，以此心境看待事物者，扩大了主观的涵容，且凭主观自由自在地流动。沿此观念发展下去，便抵达他我如一、万事如一的境地。……前述二说，可归之于东方古老的主观主义或客观主义，不，是主客如一主义。以此感觉表现事物，就是如今新晋作家的表现态度。我不知旁人如何创作，我的创作正是如此，事实上这种感觉在新晋作家的表现中比比皆是。”② 这里川端康成强调的是东方传统的主客如一，可见，他本时期的文学思想不仅有对西方现代文学的借鉴，而且在思想深处为东方文学传统保留了位置。

川端康成很早就认识到了单纯借鉴西方艺术技巧的致命缺点，早在新感觉派时期，川端康成在鼓吹新感觉派与西方现代文学的亲密血缘关系的同时，就批评过日本文学从自然主义勃兴以后便崇拜西方文学的倾向，批

① ［日］川端康成：《掌小说全集》，叶渭渠译，中国社会科学出版社 1996 年版，第 85 页。

② ［日］川端康成：《新近作家的新倾向解说》，见《川端康成十卷集》第 10 卷，第 332 页。

评日本文学"完全摒弃了与西方不同发展道路的东方文化",① 完全摒弃了日本文学的传统。所以，在新感觉文学创作实践的同时，他就开始思考继承传统与借鉴西方之间的关系，进行民族性与现代性的探索，在创作上克服单纯借鉴西方的偏颇，开始走上东西方结合的道路。实际上，他的初期创作中已经表现出不同于一般新感觉派的特征，他更多结合自己的孤儿生活和失恋经历，表现个人体验，与日本传统的私小说比较接近，情调上也有哀怨感伤之美，为他创作的民族传统转向奠定了基础。1925 年，正当新感觉运动如火如荼的时候，他离开东京旅居伊豆，进行自我反思并开始新的探索。1926 年发表的短篇小说《伊豆的舞女》，就是这种探索的结晶。

《伊豆的舞女》情节十分简单，主人公"我"是一个 20 岁的孤独的学生，假期一个人去伊豆旅行。在旅行的途中碰到了巡回演出的艺人，其中有个年少的舞女引起我的关注，于是我就和他们结伴同行。一路上，我和舞女产生了一种互相爱慕的情感。最后钱快用完了，我不得不与他们分离，坐上了回东京的船。分手时，"我"清早上船，发现舞女在岸边，她没有说话，直到船儿远去，才挥动手中的白手绢。"我"走进船舱，枕着书包躺下，泪水滴落在书包上。这篇小说情节简单，但留给读者的却是一种悠长深邃的回味。作品把一个具有孤儿情感的学生与一个被人轻视的艺人少女之间的朦胧恋情写得非常生动感人。作品中的"我"具有自传性，"我"的孤独的心被少女的纯情融化了，感情升华了。小说以感伤的笔调描写美的情感，形成了川端康成独特的艺术风格。这种风格与多数新感觉派作家不同，他不是盲目模仿西方现代派文学，而是更为重视在东西方文化结合点上寻找自己的位置，着重追求和表现日本美的传统，包括人情美和自然美。这篇作品在内容方面受到了西方写实主义和人道主义的影响，在感情的表达上比较关注下层人民的疾苦，充分体现了川端康成的现代思想和现代意识。作品注意反映生活在社会底层的人们的悲惨命运，作者把自己的关注、同情与哀叹，都给予了她们，既写了她们的辛酸身世和纯洁爱情，也写了她们对美好生活的憧憬向往或者对艺术事业的执着追求，试图揭示她们——这些普普通通的女性的美好的心灵。《伊豆的舞女》表现了舞女辛酸的人生，在我与汉子的对话中，汉子两次提到自己夭折的两个

---

① 《川端康成十卷集》第 10 卷，第 382 页。

孩子，并且第二个孩子是在随父母卖艺的途中由于辛苦而早产夭折的，而且他的妻子身体没有完全恢复过来就踏上了旅程。可见当时艺人的生活是多么的艰辛，没有一点保障。舞女经常学习三弦琴，努力为生计奋斗，但却总是被阿妈呵斥。年轻的舞女没有追求自己快乐的权利，只能无奈地去接受残酷生活的折磨。“我”两次落泪，固然是对自己孤独的悲哀，同时也通过朦胧的爱恋、真挚的友谊，表现了作者同情小人物的人道主义精神。然而，作者有意避开对冷酷现实的描写，追求生活中那些给人留下快慰的美好的东西，把他们孤独的生活经历升华到象征的美的世界中去。青年学生与少女舞女的短暂的心灵相通，仅仅是严酷现实中的电光一闪，由此可以透视周围黑暗中的丑陋。作家在表现同情的同时，采取了冷眼旁观的态度，对于他们的处境无所作为，着重表现了一种超然的淡淡的幽玄之美，但在实际生活中却无能为力。这种物哀的忧伤，对现实的无奈，已经为川端后来创作中表现“徒劳”与“虚无”埋下了伏笔。在具体手法上，既不同于作家初期的写实文学，也有别于那些纯粹借鉴西方艺术技巧的新感觉文学。作品中人物的主观感觉很敏锐，描写也很精细，作者并没有深入人物的内心世界，而是通过外部感觉的描写把人物的复杂心理和朦胧感情表现出来。作品既保持了新感觉的艺术表现，也有了新的突破，旨在重新开拓和发展一条新的创作道路，开始从日本文学传统中去发掘民族传统的审美情趣，在精神气质上秉承了《枕草子》那种纤细的品格，继承了以《源氏物语》为传统的物哀美学传统，同时借鉴西方现代派文学的技巧，形成了独特的艺术风格，标志着川端康成这一时期的创作在民族性与现代性的探索和实践中取得了初步的成功。

《伊豆的舞女》的成功主要是艺术表现上的成功，是作家坚持日本文学传统与西方现代技巧相结合所形成的创作手法的成功。这篇具有自叙传性质的作品是真实感情的流露，最后“我”“任凭泪泉涌流，我的头脑恍如变成了一池清水，一滴滴溢了出来，后来什么都没有留下，顿时觉得舒畅了”。[①] 这里既是具有孤儿根性的作者的自我境遇的感伤，也是对舞女依依不舍的情感的流露。在作品中，“我”对舞女和舞女对“我”流露出的感情，是一种悲哀、直率、纯洁而又有幻境般的情谊，这种纯洁的情谊，让“我”的心灵得到了净化，达到了一种人类最真的情感。作品的

---

① 《川端康成十卷集》第9卷，第90页。

情感表现含蓄而不失韵味，把“我”对舞女朦胧的感情及舞女对“我”朦胧爱意的忐忑之情描写得优雅而自然，创造出了一种难以形容的回味悠远的意蕴，表现了日本文学传统的物哀幽玄之美。作品中的意象“雨”，作为一种美好的意象，是有其渊源的，雨本是哀愁、思念的象征，绵绵细雨代表了心中连绵而不断的情谊。“雨”的不连续性，又象征了丝丝缕缕的情感，雨是纯洁的，象征了我和舞女之间纯洁的情谊。雨又是与人交融在一起的，人的情感与雨融合在了一起，共同表现出一种淡淡哀愁的物哀情感。这里对于雨这个意象的运用，与其说是运用西方现代派的技巧，不如说是表现日本文学传统的物哀美的延伸。这种对于意象的运用虽然体现了川端对日本古典美的继承，但实际上也与西方现代派的意象手法相通，似这样将淡淡的哀愁的美融入“雨”的意象之中，并且把“物哀”化作一种意境，在感受美的同时，我们已经分不清是传统的物哀、幽玄还是西方现代派的象征意象了，二者已经化为一个整体。在此，川端康成在民族性与现代性的变奏中找到了更适合自己的文学发展道路。《伊豆的舞女》是川端康成艺术探索的重要里程碑，这篇作品的成功，奠定了他小说创作的方向。

二

从20世纪30年代初期到第二次世界大战结束，是川端康成小说创作的成熟期。新感觉派解体以后，川端康成于1930年参加了“新兴艺术派”的活动，1933年又参与创办《文学界》杂志，成为所谓“文艺复兴”的重要作家。本时期他先后发表了《抒情歌》（1932）、《禽兽》（1933）、《花的圆舞曲》（1936）等重要作品，与前期创作相比，本时期的作品大多具有浓厚的佛教思想，更多地表现出悲观厌世情绪，变态心理的表现也有所增强。1935年开始长篇小说《雪国》的创作，直到战后的1947年才最终完成。战争期间他隐居镰仓，对战争采取冷漠的态度，创作上也只有少量短篇小说问世。本时期他深入挖掘日本文学的传统底蕴，吸收消化西方现代主义文学的技巧和表现方法，在创作中实现了两者的协调，创作出《雪国》等代表作，取得了巨大的艺术成就。

继新感觉派之后，20世纪30年代日本文学中出现了新心理主义和新兴艺术派等现代主义文学流派。从流派的角度看，川端康成属于新兴艺术派的成员，他的第三部小说集《我的标本室》就是以“新兴艺术派丛书”

的名义出版的。同时，他也受到以意识流为主要特点的新心理主义的影响。

本时期川端康成也有一些单纯模仿、一味追求现代化的作品，如1930年发表的短篇小说《针，玻璃与雾》，就是一篇模仿西方意识流小说和超现实主义的作品。作品的主人公朝子（同时具有妻子、姐姐、女儿的角色）从拿出推销来的针开始联想，随意一个事物就可以杂乱无章地任意引起回忆，并且采取了超现实主义的方法，思维跳跃很大，往往一言带过一个事物，然后突然转向另一事物，却对事物没有具体的描写，意在表现朝子思想的混乱。朝子随意地回忆过去，将对父亲母亲的感情在和弟弟的对话中进行随意的转换，而在她接触丈夫的肌肤的时候，脑子里会突然想到弟弟，并且这时“她的肉欲特别地旺盛”。[①] 朝子经常给死去的母亲写信，结果却是邮件因找不到地址而被退回，以至于她的丈夫都说她“神经衰弱”。照片上的女人与信上的女人一直贯穿作品，由于一会儿是弟弟的女朋友，一会儿是要夺取自己爱情的女人，一会儿想让弟弟娶她，一会儿又要将这个夺自己爱情的女人杀死，最后成了一片模糊，到底这个女人是谁，到底结果会怎么样，都不得而知。也许把这个女人说成是朝子混乱的头脑中幻想出来的女人最合适吧。最后作品以两个男人在带朝子去医院的路上，迷惑不解地跟在朝子的后面而结束。这篇小说对西方的意识流小说进行刻意模仿的同时，也加进了作家特有的方式，使意识流变了味。每当朝子进行回忆之时，总是将回忆的内容用括弧括起来，这种独特的意识流的表现方式有很明显的移植借鉴的意味。作品中经常会出现诸如“……故乡的家中的燕巢。雏燕的呢喃声。白木莲。马车。停在电线上的燕群。电话。汽笛声。阳光下闪烁的水。……”[②] 这样单纯的名词的排列组合，思维的跳跃十分活跃，这种超现实主义的写法已经跳出了日本文学传统的范围，完全运用了西方现代派的写作技巧。虽然川端曾表示对于达达主义的费解性不感兴趣，但其作品却完全陷入了主人公意识的流动过程之中，使作品显示出了艰涩难懂的特色，结果虽然突出了作品的新颖性，却丢失了文学传情达意的基本精神，失去了创作的根基。显然，这是作家文学现代性探索的一个并不成功的作品。

---

① 《川端康成十卷集》第9卷，第93页。

② 同上书，第94页。

然而，本时期川端康成毕竟已经超越了盲目模仿的阶段，走出了单纯求新的误区。从《伊豆的舞女》开始，川端康成已经自觉地继承民族文学传统，逐渐将西方现代文学的艺术技巧融入本民族的灵魂之中。在具体的创作中，川端康成以日本文学的传统为根基，融合西方现代派艺术手法，这也是对日本民族善于吸收外来文化传统的继承，与日本古代借鉴中国的儒家文化，然后通过吸收和改造儒家文化创造日本民族文化传统，近代以来充分利用西方文明的先进成果对日本传统文学进行整合的过程是一致的。所以，借鉴西方的艺术技巧，既是对现代性的追求，同时也体现了日本特有的民族性。在日本近代文学发展的过程中，适应多元文化语境的需要，进行民族性与现代性的探索，已经是历史的必然要求。经过第一个阶段的创作实践，川端康成的小说在艺术表现上达到了更高和更新的境界，既不完全固守日本民族文学传统，也不盲目照搬西方现代派的艺术创作技巧，而是在继承与借鉴的基础上融合创新，实现外来文化的民族化。经过长期的艺术探索，川端康成终于在东西方文学的坐标轴上找到了自己的位置。在发表于1934年5月的《文学自传》中，作家进行了自我总结："我受过西方现代文学的洗礼，也曾试图加以模仿；但我在根底上是东方人，从15年前起就不曾迷失过自己的方向。"① 正是沿着这样的创作道路，川端康成创作出了他的代表作《雪国》《古都》《千鹤》等杰出作品，取得了巨大的成功，成为亚洲第一位因作品的民族性表现而获得诺贝尔文学奖的作家。瑞典皇家文学院常务理事、诺贝尔文学奖评选委员会主席安德斯·奥斯特林在《授奖辞》中强调："川端先生明显地受到欧洲近代现实主义的影响，但是，川端先生也明确地显示出这种倾向：他忠实地立足于日本的古典文学，维护并继承了纯粹的日本传统的文学模式。在川端先生的叙事技巧里，可以发现一种具有纤细韵味的诗意。"② 这样的评价是恰如其分的。川端康成的创作在传统与现代之间形成一种文化张力，他在精神上继承了日本的文学传统，又体现了西方的人文主义精神；在创作技巧上，充分借鉴西方的意识流等表现手法，又以特有的日本模式加以改造，以体现作家自己的美学理想。这一时期，川端康成的小说创作更具有日本文学传统的底蕴，主要表现在以下几个方面。

① 《川端康成十卷集》第10卷，第71页。

② 同上书，第446页。

首先是物哀美的追求。物哀是日本人审美意识的主体和主流，其源头要追溯到日本上古和歌，在紫式部的长篇小说《源氏物语》中得到充分的体现。“物哀”是理解日本文学特色的一个关键词。“物哀”既是一个整体概念，又是一个复合概念。“哀”也作“哀怜”，在《源氏物语》中出现达一千余次，也广泛用于和歌、物语、日记文学中。“哀”实际上还主要是情感意义，“物哀”美学意义比较强。“物”是指客观存在，“物哀”则是人接触客观事物引起感情波动，是审美中的由主观到客观，又由客观到主观的双向交流过程。“物哀”的总体意思是“心物交融，多愁善感”，体现的是情景交融的艺术境界，只不过这里的情不是一般的“情”，而是具有感伤色彩的淡淡的哀愁；景也不是一般的景，而是能令人感怀的事物。[①]《源氏物语》充分体现了这种物哀气质，即在含蓄、感伤、淡雅、纯朴和细腻的格调中突出了人物内心的悲哀情绪。江户中期，致力于《源氏物语》研究的国学家本居宣长率先从中归纳出沉积于日本传统文化中的“物哀”这一审美范畴。川端深受《源氏物语》的影响，正如他自己所说：“《源氏物语》是深深地渗透到我的内心底里的。”并且强调：“平安朝的‘物哀’成为日本美的源流”，“悲哀这个词，同美是相通的”。[②]他的小说大多表现了悲哀与同情，用质朴、真挚的笔墨令人感动地表露了对小人物（多是下层女性）的赞赏、怜爱、哀伤的情感。川端所描写的人物的悲哀，具有一种独特的美感。这种美，深沉而纤细，交织着主人公对自己处境的悲怨，融入了作家的同情、爱怜，因而呈现出一种朦胧而感伤的审美状态。这种状态源自作家内心对作品人物，特别是下层女性的怜爱，是纯洁情感真实而自然的流露。在写作《伊豆的舞女》时，作家已开始了物哀的美学追求。在《雪国》中，这种物哀的表现达到了顶点。《雪国》的物哀美是一种静寂的以余情美为根基的淡淡的美的扩展与延伸。在岛村冰冷的心的基点上，反衬的是驹子的热情与执着。驹子表面看来对岛村这份爱是热情似火，甚至在酒醉之后也赶忙跑到岛村屋里去看望岛村。在驹子一次次的真心付出的背后，映照的是岛村的徒劳感，“倾心

---

① “物哀”由日本江户时期国学家本居宣长在《紫文要领》和《源氏物语玉小栉》等评论《源氏物语》的著述中提出，王晓平译为“触物感怀”。如本居宣长《紫文要领》：“此物语出于紫氏部所知之触物感怀，今见之人之触物感怀，出自此物语也。”（见曹顺庆主编《东方文论选》，四川人民出版社1996年版，第784页）

② ［日］川端康成：《美的存在与发现》，见《川端康成十卷集》第10卷，第249页。

于岛村的驹子，似乎在根性上也有某种内在的凉爽。因此，在驹子身上迸发出的热情，使岛村觉得格外可怜”。[①] 通过岛村的感受，“一种美的徒劳”，使我们能更深切地体会到驹子对爱情追求的悲剧性，更流露出人生的感伤之美，这是一种深沉的悲哀。驹子不仅对爱情十分的执着，对生活的追求也是一样。为了自己理想的生活，她“苦练琴技”，艰辛的背后隐藏着那个对命运不屈服的影子。驹子本应得到完美的爱情，却陷入一份得不到结果的爱的追求之中，在希望中预示着毁灭，这体现了作者内心深处的悲哀和惋惜。

其次是幽玄美的继承和发扬。幽玄“主要是表达以悲哀和静寂为底流的恬淡和朴素的美，一种寂寥和孤绝的美”。“这种幽玄的美，包含着神秘、余情、幽绝三个要素，其中心是余情，即重视气韵，这是一种纯粹精神主义的审美意识。”[②] 这种审美意识，渗透到了日本人生活、艺术、精神的各种领域和各个层面，如茶道、和歌、建筑、绘画，等等。幽玄与佛教禅宗有着很深的渊源，带有神秘色彩，但它给日本的文学艺术带来了别具特色的风雅之美、情调之美，使日本的文学艺术呈现出清淡、平和、含蓄、纯真的美学风貌。川端康成继承了幽玄和余情美的传统，在小说创作中着力表现作品内在的气韵，营造出淡雅的色调，朦胧的意境，带来了塑造人物时的纤柔，表现手法上的空灵和含蓄，使他的小说有一种恬淡、温柔、纯净、朦胧的诗情，让人领略到幽玄的美感。这一点在《雪国》中得到了充分的体现。“我”与驹子、叶子出现在“雪”的纯净氛围中，雪的淡雅朴素贯穿于整个故事之中。一个看似平淡无奇的故事被安排在了一个朴素的氛围中，并且川端也没有运用华丽的辞藻，却表现了韵味的深沉。在对叶子形象的塑造上，清纯之美弥漫在幽雅的雪国氛围中。这种幽玄之美，也成了川端作品的标签，涵盖了他终生的创作。

再次，川端康成继承了日本文学即物性和情意性的传统。日本文学有重细节和感觉的传统，注意生活的细节，对具体事物的把握很独到、很细微。日本大量短小的抒情诗，都是从一个小细节咏起。叙事作品也是写细节，写对细节的感觉。这种对感觉的重视和独特表现是日本文学古今一贯的特色。感觉不同于激情，也不同于沉思，没有豪放、雄壮、崇高的风物

① 《川端康成十卷集》第1卷，第135页。

② 叶渭渠：《日本文学思潮史》，经济日报出版1997年版，第204页。

和人事，而是余韵幽深。这种感觉是琐细的但又是凝练的，以最大的省略和表现的飞跃逼近对象的本质。这种对具体感觉的偏重使日本人更喜欢那些聊具风趣而洗练的精品而不喜欢规模宏大的巨著。当然，这种艺术中的所谓自然和人生不过是一刹那的，如电击火花般的感觉。现代文学也仍然有这种特点，反映日常世相的短篇小说名篇无数，相对而言，长篇小说则缺乏思想的统一和结构的逻辑性。而且在长篇著作中也是琐碎的局部性感觉最精彩。日本传统文学的即物性就是在这样的细腻感受中形成的，喜欢写身边琐事，对事物不作哲学的思辨和形而上的升华，而是就事论事，关注细节，表现对事物的细微感觉。这种即物性的特点影响是深远的，直到"新感觉派"仍然受其影响。《雪国》是川端康成的代表作，最能体现注重细节和感觉的即物性特点。比如其开头一句话："穿过县界长长的隧道，便是雪国。夜空下一片白茫茫，火车在信号所前停了下来。"这寥寥数语，表现了主人公岛村已经到达雪国，写出了雪国的自然景象，接着又写了远方"那边的白雪，早已被黑暗吞噬了"① 的自然状态，马上给人一种冷寂的感觉，暗示和象征岛村去探望驹子的不祥未来。结尾最后一句话："待岛村站稳了脚跟，抬头望去，银河好像哗啦一声，向他的心坎上倾泻下来。"② 这里也将岛村看到叶子被烧死时的那种突然的心情用"哗啦"两个字表现得淋漓尽致，同时把岛村心里的感受用银河的"倾泻"表述，很准确地把握住了当时岛村覆满整个心境的沉痛。

最后，在篇章结构方面，川端康成的小说也汲取了日本文学随意性的传统。随笔式的行文和意犹未尽的结尾是日本文学传统形式的一个重要特点。日本文学形式在近代以前大都是短小的，结构单纯。在古代，短歌形式的文学最为发达，后来发展为连歌、俳谐、俳句等，迄今不衰。由于日语音节单纯，使日本诗歌不宜押韵，极易与散文混同，形成散文诗化。日本的随笔、日记文学，都很讲求文体的优美。散文的发展促进了短篇小说形式的物语的发达。即使长篇小说，其结构也是由短小形式组合而成的。11世纪初出现的长篇小说《源氏物语》，其结构是由短篇小说连贯而成的，前后衔接松散，叙述简单，时间推移与人物性格变化没有必然的联系。江户时期井原西鹤的浮世草子《好色一代男》等长篇小说，也都是

---

① 《川端康成十卷集》第1卷，第47页。

② 同上书，第148页。

由短篇故事组合而成的。这一特点贯穿于整个日本文学史，成为一种传统。川端康成的作品很明显地继承了日本文学在短小、单纯的结构中追求精练的艺术表现手法，其作品中各个情节之间多是平面性和并列性的，事件的发展和情节的展开都缺乏严谨的整体性。他的作品很少在写作之前就定下宏大严密的构思，往往是在构思尚未成熟之时就进行创作。如果他的某部作品有一个较为完整的结构的话，那往往也是事后梳理出来的。他的小说创作有些恰如连歌，常常是兴之所至，随意连接。《雪国》中岛村三次去雪国，其中没有必然的联系，因而如果将其中一次提取出来单独作为一篇小说完全是可以的，实际上《雪国》的许多章节曾经作为独立的短篇小说在杂志发表。作者在《独影自命》中自述："此书并非一气呵成，而是想想写写，断断续续发表在杂志上。因此全书能看到一些不统一、不和谐的地方。……由于素材经营日久，余味也随之留到了后来，写成了与原始想法不同的东西。以这种方式写成的作品，在我不算少数。"① 这种随意性在后期作品中进一步发展，《山音》《千鹤》等作品都是断断续续发表的，作者说："我的发表方式是相当随意的，这是多年积下的恶习，然而，也可以认为是这样的发表方式产生了像《雪国》这样的作品。"② 这样的随意性的、在任何地方结束都可以的行文和意犹未尽、余味无穷的结尾，既是作家的个性表现，也是日本文学传统浸润的结果。

这一时期川端康成的创作既有对传统的继承，也有对现代的追求，体现了民族性与现代性的二重变奏。在现代性方面，他既延续了新感觉派时期的创作技巧与手法，又不是纯粹的新感觉派小说；既吸收了意识流小说的方法，又不是纯粹的意识流小说；而是将日本民族文学传统方法与新感觉方法和意识流小说方法结合起来进行创作的小说，是根植于民族文学传统并汲取了西方现代文学营养加以融会而创作的小说，是川端康成走上自己独特的创作道路之后的创新之作，因而在对西方现代技巧的运用方面也达到了新的高度。

在创作中大量运用意识流手法，并将其巧妙地本土化，是本时期川端康成小说创作的重要特点。经过新感觉派、新兴艺术派试验之后的川端康

① ［日］川端康成：《独影自命》，金海曙等译，中国社会科学出版社 1996 年版，第 121 页。

② 同上书，第 254 页。

成，大量阅读了伊藤整翻译的乔伊斯的作品，后来又买了乔伊斯的原著，潜心研究，企图从意识流小说的创作手法中寻找自己的出路。《雪国》在意识流方法的运用方面体现出了新的特色，既运用了意识流手法，又用严谨的结构将意识流固定在一定的范围内，将意识流作为一种表现手法，又不显得艰涩难懂，这是将意识流手法日本化的杰出代表。“镜子”是《雪国》意识流手法运用的切入点。镜子具有双重含义，它可以回忆过去，也可以映照现在。通过对镜子视角的转换，带动岛村思维的转换，可以将岛村从现实拉入梦幻，也可以从梦的回忆中拉回现实。镜子本身是虚与实转换的窗口。比如：“无意之中，这个指头在玻璃窗上画了一条线，上面分明照见女人的一只眼睛，他惊讶得差点失声叫出来，因为他魂牵梦萦正想着远方。等他定神一看，不是别的，原来是对面座位上那位映在玻璃上的影子。……”① 这时候是镜子中叶子的眼睛将岛村的思绪从回忆或憧憬中拉回到了现实当中。驹子和叶子不停地出现在镜子之中，也表明了这一切完全可能是一种虚幻，增加了作品的抒情色彩。这样的川端式的“意识流”，表现出独特的日本风格。

象征虽然是一种传统的文学表现手法，但西方的现代主义文学流派意象派将象征这一手法广泛地运用到创作中，体现一种意象性，让整个作品都笼罩在意象之中，使象征和意象具有了现代性的意义。《雪国》借鉴了这种意象写法，取得了巨大的成功。“雪”是贯穿于《雪国》的一个意象，从另一个方面来说，也可以认为雪国中的“雪”就是一个意象系统，将所有的故事都笼罩在雪的氛围之中。雪不仅起到推动情节发展的作用，还起到了作品线索的作用。同时，作品的两个女主人公的命运也从雪的意境中得到了体现。故事发展从雪开始，岛村三次到雪国，都和雪有关系，但每次的雪却不一样，代表的含义也不同。第一次是“已经过了雪崩危险期，到处一片嫩绿，是登山的季节了”。② 第二次即小说开头的描写：“夜空下一片白茫茫。……那边的白雪，早已被黑暗吞噬了。”③ 岛村最后一次来到雪国时，“对面县界上连绵的群山，在夕阳晚照下，已经披上了秋

① 《川端康成十卷集》第 1 卷，第 49 页。

② 同上书，第 54 页。

③ 同上书，第 47 页。

色，这一点淡绿反而给人一种死的感觉”。[①] 这三次所反映的意象是不同的，第一次是过了“危险期”，是代表希望的绿，给人一种希望的感觉，这表明了岛村与驹子的感情是一种健康的发展态势。而第二次则是黑夜，白色的雪被黑色所吞没。这种冷色调布满全景，暗示一种不祥的预兆。而到了第三次，季节是晚秋，这时的绿不再是希望的象征，而是一种“死的感觉”，这表明故事的发展已经映照在死亡的氛围之中，一种不好的结局即将上演。雪的意象贯穿整个作品，对感情的发展起到了推动作用，也将人物的命运发展隐藏在这不同的雪的意境之中。

作品中驹子和叶子是两种不同美的代表，在雪这个意象中，可以体现她们的性情及结果的不同。描写叶子的时候，“镜子的衬底，是流动着的黄昏景色，就是说，镜面的映像同镜底的景物，恰似电影上的叠印一般，不断地变换。出场人物与背景之间毫无关联。人物是透明的幻影，背景则是朦胧逝去的日暮野景，二者融合在一起，构成一幅不似人间的象征世界。尤其是姑娘的脸庞上，叠现出寒山灯火的一刹那间，真是美得无可形容，岛村的心灵都为之震颤”。[②] 这个意象把叶子的形象置于雪后融化的情景之中，并且在不停地变化，而且人物则是“透明的幻影”，这表明叶子这个人物形象的虚幻的美，并且暗示叶子的形象在岛村的心目中是一种刹那间的美，同时也暗示叶子的命运也如这幻影一般，是一种瞬间的美。而在描写驹子时则是“岛村朝她望去，突然缩了缩脖子。镜子里白花花闪烁着的原来是雪。在镜中的雪里现出了女子通红的脸颊。这是一种无法形容的纯洁的美”。[③] 这里白皑皑的雪的背景之下显出的却是一张充满活力的“通红的脸颊”，这暗示了驹子热情的性格和对生命和爱情执着追求的性格。

总之，在创作成熟期，川端康成民族性与现代性的探索都上了一个台阶。他对于日本文学传统的汲取更加娴熟，而且将西方现代派的技巧完全融合在了他的“日本魂”之中。具体表现在将西方的意识流日本化，将象征手法融入作品之中，成为不可分割的有机成分，而且运用这些手法充分表现了日本传统的物哀美、幽玄美、即物性等特点，使之融合为一个完

① 《川端康成十卷集》第 1 卷，第 95 页。

② 同上书，第 50 页。

③ 同上书，第 66 页。

整的整体，体现了民族性与现代性由冲突到融合的完美境界。当然，本时期川端康成的探索也存在一些误区。他在继承民族文学优秀传统的同时，也汲取了日本文学传统中的一些消极成分，如对于日本文学中的“徒劳”和“虚无”的继承，使作品处处表现出对于人生的无奈。作品中虚无主义、悲观主义乃至颓废主义的思想倾向渐渐表露出来。这种虚无主义的倾向越来越严重，直接影响了他后期的小说创作。

三

从1945年第二次世界大战结束到1972年，是川端康成创作的第三个阶段。这一时期作家并没有停住自己探索的步伐，而是根据日本社会现实的变化情况及自身的感受，在新的社会和文化条件下，更加努力地在民族性与现代性之间进行深入的探索，表现出新的特色。战后，川端康成创作进入鼎盛时期，除了完成战前已经动笔的长篇小说《雪国》之外，又先后发表了《千鹤》（1949—1951）、《舞姬》（1950—1951）、《彩虹几度》（1950—1951）、《山音》（1949—1954）、《名人》（1951—1954）、《湖》（1954）、《东京人》（1955）、《生为女人》（1956）、《睡美人》（1960）、《古都》（1962）、《美丽与悲哀》（1961—1963）等重要作品。这些作品中有一部分继续了前期和中期创作风格，以同情的态度描写艺人和中下层小人物的生活，并且注入了战争带给人们的精神创伤，如《舞姬》《古都》等。另有一部分作品发展了前期创作中已经萌芽的变态心理和颓废色彩，如《千鹤》《山音》《睡美人》等。艺术表现方面，在东西方文化融合的基础上，更加注重民族性的表现，在日本文学和文化传统的内区深层进行探索和挖掘。

学术界对这一时期川端康成的作品争论很多，褒贬不一。有的人认为他的作品是颓废和病态的，是文思枯竭自甘堕落的写照，有的人则认为这时期他的小说是杰作，是川端文学的最高峰。不论对于他的作品如何评价，不可否认的一点是，川端这一时期的创作是他几十年来对民族性与现代性探索的继续。从民族性的角度看，川端康成后期创作与前一个时期是一脉相承的，他对传统美的追求没有改变。1945年，日本接受无条件投降，第二次世界大战结束。这场战争对于日本文学界的影响是巨大的，几乎所有的作家都参与或者接受了战争，战败给他们带来了严重的心灵创伤。在这一时期，川端康成和大多数日本人一样，感到了一种虚脱感，长期陷入了对日本军国主义失败的悲哀之中，同时美军占领下日本人的屈辱感，也长期萦绕在心头，挥之不去。作家的精神受到了严重的压抑，国家的失败使他的人生进入了第二次的孤儿阶段，日本好像被世界所抛弃，得不到身份的认可，他的精神真正进入了孤儿加弃儿的空虚境界。在经过一段“无根”的思考后，川端认定自己应该更加坚定传统精神信念，自称“除了日本的悲哀美以外，今后我一行字也不想写了”，[①]“今后我或许继续倾向日本式的传统主义和古典主义。毋宁说，战败后我这种心情更加强烈了”。[②] 这些都说明他仍然坚持着对传统美的追求。不可否认，作家后期的作品有过多的对感官的追求，体现了颓废思想，然而，正如叶渭渠先生所指出：“像《山音》《千鹤》《睡美人》这一类作品，其重点就不是放在反映生活或形象塑造上，而是深入挖掘人的感情的正常与反常，以及这种感情与人性演变相适应的复杂性。因此，它们表现人的生的主旋律的同时，也表现了生的变奏的一面，或多或少抹上了颓伤的色彩。但这种颓伤也都编织在日本传统的物哀、风雅、好色、审美的文化网络中，作为川端文学和美学整体的构成部分，还是有其生活内涵和文学意义的。”[③] 从现代性的角度看，川端康成进一步融入世界文学大潮，超越启蒙现代性，追求审美现代性。在创作上他一方面坚持传统，另一方面又反思传统。在寻求解救的过程中，他又深深地陷入了虚无主义的深渊。在这样的情况下，他迫切需要在东西文化的碰撞中，重新找到日本文学的坐标，重新找到自身文学的价值。这一时期，川端康成的创作更多地体现了在民族性与现代性探索中的深层矛盾。

与前期和中期一样，川端康成的探索是在现代性和民族性两个维度上进行的。从现代性的角度看，这一时期他的一些小说专门运用意识流手法，其中最有代表性的作品是《湖》。这篇小说通篇采用了意识流的创作手法，作品的情节发展都是通过人物的意识流动和人物内心的心理转向而完成的。这篇作品是由时间的偶然变换导致人物心理和行为的变化，推动着事件的发展。“湖”是作品中的一个重要意象，借助湖引起幻想的发

① ［日］川端康成：《追悼岛木健作》，转引自叶渭渠《冷艳文士川端康成传》，中国社会科学出版社 1996 年版，第 165 页。

② ［日］川端康成：《我的思考》，叶渭渠译，见《川端康成散文选》，百花文艺出版社 1988 年版，第 167 页。

③ 叶渭渠：《冷艳文士川端康成传》，第 5—6 页。

展，同雪国中的雪一样，“湖”作为一个联想的节点，将思维从遥远的幻想拉回到现实之中。整个故事就围绕在这样一种回忆和幻想的时空交替之中。在艺术上，作品采用了纯意识流手法，将眼前的具体形象、流逝的时间的回忆和幻想，以及人物的心理流程三者巧妙结合，增加了作品的艺术效果。通过《湖》可以看出，这时期作家在意识流手法的运用方面已经与写《脆弱的器皿》和《针，玻璃与雾》时有了很大的不同，已经达到了炉火纯青的地步。作家将小说写得如梦境一般，虽然是借助客观事物为主要的触发物，但其本质已经接近了西方的意识流创作的梦幻的境界。而在写《脆弱的器皿》和《针，玻璃与雾》时，作者只是在盲目地借鉴，没有这种虚虚实实的感觉，只是将西方的手法进行生搬硬套。从手法上来说，这一时期成熟了很多。相比于写《雪国》的时期，这时期更多的是运用了西方现代主义文学的手法，将西方的意识流作为表达自己思想的主要手段，不同于写《雪国》时期将意识流、象征手法写得含蓄而又不失日本民族的传统色彩。综上所述，这一时期对于意识流手法的运用，更多地偏向纯手法的运用，而且表现得非常成熟。虽然手法纯熟，这样的探索却不算成功，其中表现出更多的艰涩难懂，已很难找寻到幽玄美的特性。这类作品在追求现代性的同时丢失了民族性的根基。而后期的《名人》《舞姬》《古都》等作品，不是纯粹的意识流小说，而是将意识流穿插运用于作品之中，取得了更好的效果。

川端康成的后期创作表现了更多的变态心理和颓废思想，在传统的道德与唯美的爱情之间的选择上，体现了理性与非理性的矛盾。在道德与爱情的关系方面，川端对于爱情更加崇尚，认为爱情应该是纯洁和高尚的，应该凌驾于一切之上，这与他一直追求的唯美的价值取向是一致的。但在现实中，道德往往成为爱情实现的绊脚石。作品中的人物想冲破道德这理性的包围，却始终畏首畏尾、瞻前顾后。他们向往纯洁爱情的天空，却往往在腾飞之时为自己戴上道德的沉重镣铐，心理上充斥着“罪恶感”和“悔恨感”，结果只能通过非理性的梦幻来实现自己对纯美爱情的向往。这一点在《睡美人》中表现得比较明显。《睡美人》描写一个丧失了性机能的67岁的老人江口，经人介绍，先后五次来到“睡美人之家”，爱抚六个服安眠药后熟睡的少女。老人自己有时也服用少量安眠药，使自己处在半昏迷半清醒的状态，企图从睡美人的睡态中捕捉到自己所追求的虚幻的美。江口老人身心已经衰老，对性有渴求，而又受到了毫无自信的困扰，由此引起无限制的妄想和狂乱的追忆。江口不能找到自己追求的理想，只能从精神上和观念上进行放荡的体验。比如江口忽然闻到一股“乳臭味”，而睡美人少女身上不会有这种气味，“刚才为什么会忽然闻到乳臭味儿呢？老人觉得不可思议，他想：这可能是自己在姑娘身上还是感受到了成熟的女人味吧”。然而怎么会从这个姑娘身上闻到乳臭味呢？江口这时采用了回忆联想的方式解开了这个谜，“江口老人现在还有个正在吃奶而散发着乳臭味的外孙。外孙的姿影浮现在他脑海里。他的三个女儿都已出嫁，都生了孩子。他不仅记得外孙们乳臭未干时的情景，还忘却不了他抱着还在吃奶的婴儿时代的女儿们的往事。这些亲骨肉在婴儿时代的乳臭味儿忽然复苏起来，难道这就是责备江口自己？不，这恐怕是江口爱怜昏睡着的姑娘，而自己在心灵里散发出来的气味吧”。[①] 作品在这里运用了意识流的手法，每当回忆自己家庭的时候，就会想到自己的三个女儿以及外孙，这时，他的女儿就成为了传统道德的捍卫者。在江口追求那久已失去的纯净美的时候，他会进行自我反思，“自己已进入老丑之境”。在作家看来，正是道德这种传统的理性将个人的自由与审美给异化了，人只能在所谓“道德”的范围内追求美，而真正的美是超越道德的，是自由自在的。在这里，传统的道德成了他追求美的绊脚石，江口老人只有在睡美人这儿，在杂乱的意念中，在这些非理性非现实的梦境中，才能找到自己所追求的理想的美。在睡美人身边，他回忆起那乳头周围曾渗出血的情人，从北海道私奔到京都那几天的情景，就是他对美的追求和对人生的希望。“此后几十年，在他所见过的女人身上，再也没有看到那种美了。他越发懂得那种美，逐渐意识到那秘密的地方的美，就是那姑娘的心灵美。”“六十七岁的江口，亲戚挚友作古的也为数不少，然而唯独这姑娘的回忆最鲜明。婴儿的白帽子和姑娘秘密地方的美，以及她那乳首四周渗出来的血搅和在一起，至今还记忆犹新。这种美是无与伦比的。”[②] 那个姑娘就是江口追求向往的美的原型，那是一种已经逝去不可重复的纯洁的美，是一种没有任何道德约束的心灵相通的美。只有这种美才能解救江口已经衰老的心，但这种美却是虚幻的，永远也抓不到的。当记忆中的姑娘的美无法实现时，江口开始寻求希望和解脱。只有在昏睡的姑娘身旁时，

① ［日］川端康成：《睡美人》，叶渭渠译，北京燕山出版社 2001 年版，第 317—319 页。

② 同上书，第 323—324 页。

才感到自己是生机勃勃的。他想："说不定就像从前的神话传说那样，这个姑娘是一个什么佛的化身呢。有的神话不是说妓女和妖女本是佛的化身吗?"① 作家在诺贝尔文学奖的获奖演说《我在美丽的日本》中引了一休禅师的"入佛界易，进魔界难"，并作了进一步的阐释："继'入佛界易'之后又添上一句'进魔界难'，这位属于禅宗的一休打动了我的心。归根到底追求真、善、美的艺术家，对'进魔界难'的心情是：既想进入而又害怕，只好求助于神灵的保佑，这种心境有时表露出来，有时深藏在心底里，这兴许是命运的必然吧。没有'魔界'，就没有'佛界'。然而要进入'魔界'就更加困难。意志薄弱的人是进不去的。"② 江口等到"睡美人之家"的老人们似乎是进入了魔界，作家以"魔界难进"的探索精神去描写这些老人的精神世界，试图让他们通过魔界而进入佛界。然而，让这些昏睡的姑娘承担安慰和拯救这些老人的使命，这样的佛界恐怕也不容易进入。

川端康成后期创作中最有争议的是关于性的描写。在战败以后，由于美军的占领，直接给日本带来了美国文化的冲击，其中"性"文化是影响最大的一个方面。对于性的赤裸裸的描写是西方文学的传统，在西方现代文学中，赤裸的性与爱曾经很好地结合在了一起。第二次世界大战后，西方国家特别是美国的性文化出现了泛滥的倾向，导致对人伦道德和人文精神的偏离。这样的性文化传到日本，对于动荡时期的日本文学产生了很大的影响，川端康成的创作也不例外。他后期创作了相当多的以性为题材的小说，一定程度上受到了西方"性"文学的影响。然而，川端康成这一时期对于性的描写，更多的是与日本传统的好色文学一脉相承的。日本上古时期就形成了好色的文学传统，川端康成最推崇的两部作品，《伊势物语》和《源氏物语》，主人公都以好色著称。其中《源氏物语》主人公光源氏是一位多情公子。他 16 岁被左大臣招为女婿，与葵姬结婚，五十多岁迎娶三公主，其间还不断地寻花问柳。与他有染的女子无以数计，其中有美貌的，也有丑陋的；有近 60 岁的老太婆，也有 12 岁的少女；有葵姬、藤壶、六条妃子、紫姬、三公主等上层贵族妇女，也有空蝉、夕颜、

① ［日］川端康成：《睡美人》，叶渭渠译，北京燕山出版社 2001 年版，第 353 页。

② ［日］川端康成：《我在美丽的日本》，唐月梅译，见《川端康成小说选》，人民文学出版社 1985 年版，第 702—703 页。

明石姬、末摘花、花散里等中下层的贵族妇女。他的一生可以说是风流好色的一生。江户时期的小说家井原西鹤，以写“好色物”著称，有《好色一代男》《好色一代女》《好色五人女》等作品。“好色”不一定是色情，一般是指选择女性对象的行为，包含对女性肉体美和精神美的欣赏。表现在文学中，好色一方面是对男女之情的重视和关注，另一方面是对女性美的追求。日本古代的好色文学以男女爱情为重要内容，一般是通过和歌表达恋爱的情趣，表现人情与风俗世相，探求人生的深层内涵，体现物哀、幽玄、风雅等审美意识，具有独特的美学价值。中世纪以来的“好色文学”，虽然有色情化倾向，但表现了町人阶层的生活情趣和思想意识，具有反封建的时代意义。然而与古代文学相比，“好色”的内容已经发生了变化，一方面好色的对象大多不是良家妇女，另一方面好色的主体也不限于男性。这样的好色文学意义在于写风俗，很难表现社会生活的本质。川端康成前期和中期作品已经表现出好色的倾向，后期作品在这方面又有进一步的发展。如果说其前期作品的好色侧重在精神层面，中期作品的好色追求的是精神和肉体的融合，那么其后期作品的好色更体现在肉体和感官方面。当然，川端康成的作品虽然没有摆脱好色文学肉体的氛围，但却并没有明显的赤裸裸的性描写，而是将写作定在了色而不淫的范围。以小说《睡美人》为例，他虽然写了很多与性有关的内容，但作者在作品里对原始的情欲描写是很有节制的，更没有对性生活现象作细节的描写。老人对于睡美人也只是限于看和摸，睡美人只能起到引导江口做梦的助推剂的作用，而不正常的心理生理活动则只是表现在杂乱无章的梦境之中。作品中江口老人在“睡美人之家”先后躺在六个不同姑娘的身边度过了五夜。这六个昏睡中的姑娘使江口老人得到了不同的体验。他躺在这些睡美人身边，由一些微小的刺激和触动而浮想联翩，回想各种各样的往事，由此展现他的一生，包括他的家庭生活，他的风流好色生活，对年轻女性的追逐，曾经有过的魂牵梦绕的爱情和各种性生活的体验。可以说，《睡美人》是作家晚年创作的一株奇葩。在内容上，作品将日本传统的好色文学与现代西方影响的性文学融会贯通而不露痕迹；在艺术表现上，作品将外在的已臻化境的意识流手法与内在的日本传统的物哀和幽玄之美结合得天衣无缝，达到出神入化的境地。

总之，川端康成一生的创作过程就是对日本文学民族性与现代性进行探索的过程。这个过程是曲折的，他经历了创作初探阶段的困惑，盲目模仿西方现代派文学技巧，脱离了日本的民族文学传统，使他的文学创作一度脱离了民族传统的根基。经过一段时间的实验之后，他开始转向民族性的探索。在创作成熟期，作家在进一步探索的基础上实现了民族性与现代性的充分融合，获得了巨大的成功。后期，他的作品体现出了对民族性与现代性的再探索，不管他取得的成就如何，这样的探索为他的创作打开了一个新的空间。这种民族性与现代性的不断探索，形成一种螺旋式上升的二重变奏，对于民族文学和世界文学的发展都起到了积极的作用。获得诺贝尔文学奖之后的第二年，川端康成到美国夏威夷访问，发表了题为《美的存在与发现》的演讲，他在演讲中感叹道："明治以后，随着国家的开化和振兴，曾出现过伟大的文豪，但我总觉得许多人在学习和引进西方文学方面，耗费了青春和精力，大半生都忙于启蒙工作，却没有立足于东方和日本的传统，使自己的创作达到成熟的地步，他们是时代的牺牲者。"①川端康成是幸运的，他没有成为时代的牺牲者，而是成为一位收获者和成功者。如今川端康成已经变成日本文学传统的一部分，不管他的艺术成就如何，他的这种无止境的探索本身成为日本文学和日本民族的精神财富。川端康成民族性与现代性探索的二重变奏，在文学创作和理论研究方面都具有十分重要的意义。

第二节　唯美精神

诺贝尔文学奖《授奖辞》说川端康成"以敏锐的感受，高超的叙事技巧，表现了日本人的精神实质"。② 这个"日本人的精神实质"指的是什么，研究者众说纷纭。这个问题涉及对日本民族性和日本文化特点的认识。美国学者本尼迪克特研究日本民族性的著作题为《菊与刀》，③ 将菊花与战刀作为具有双重性的日本民族性的象征，已经为大家所普遍接受。川端康成笔下很少有"刀"这一面，即尚武精神的表现，那么他所表现

① ［日］川端康成：《美的存在与发现》，叶渭渠译，见《川端康成散文选》，百花文艺出版社 1988 年版，第 239 页。

② ［瑞典］安德斯·奥斯特林：《授奖辞》，高慧勤译，《川端康成十卷集》第 10 卷附录，第 446 页。

③ ［美］鲁思·本尼迪克特：《菊与刀》，吕万和、熊达云、王智新译，商务印书馆 2009 年版。

的所谓“日本人的精神实质”就剩下“菊”的这一面了。由此可以认为，川端康成所表现的“日本人的精神实质”就是一种唯美精神。在诺贝尔文学奖的获奖演说《我在美丽的日本》中，川端康成也刻意地表现了这一面，强调日本人、日本文学如何多情善感，如何有自然山水情怀，如何风雅。获奖之后第二年他赴美访问，做了题为《美的存在与发现》的演讲，也强调了这一方面。所有这一切，与他自己的创作思想和创作风格是一致的，其精神实质就是唯美。基于此，本节对川端康成唯美精神的内涵和特点进行初步的探讨。

一　非政治性与非现实性

从思想内容方面说，唯美主要表现为非政治性与非现实性。“非”不是“反”，所谓文学的非政治性，是说文学不承担政治任务，作家不以宣传政治主张、表现政治理想为目的。川端康成的演讲《我在美丽的日本》就是一篇唯美主义的宣言，他重点介绍了道元、明惠、良宽、一休、西行等日本古代佛教诗人的作品和思想，阐述了日本茶道和花道，提到了日本古代的和歌、物语文学以及紫式部等作家，最后归结到佛教禅宗的虚无境界。通篇几乎没有涉及社会政治问题，突出的是日本非政治性、非社会性、非现实性的隐逸文学传统，也表现了作家自己的唯美精神。

非政治性是日本文学的传统之一。日本古代政治比较稳定，天皇一系一脉相传，没有频繁的改朝换代，也没有外来入侵，既不需要文学为政治服务，也没有民族兴亡的忧患意识。从文学作品来看，《古事记》属于皇诏修史，作者太安万侣强调修史的意义是“邦家之经纬，王化之鸿基”，但作品的内容却大多无关邦家与王化。作品分三卷，前两卷为神话传说，第三卷写历代天皇，但很少写文治武功，而是以恋爱故事为主。《万叶集》收四千余首诗，其中很少关心社会政治问题，只有一首《贫穷问答歌》属于“歌哭生民病”的类型，还是由于作者山上忆良留学并长期居留中国，受中国主流文学影响的结果。以后的二十几部《和歌集》更是如此，内容风花雪月，形式纤巧华丽。物语文学也以写日常生活琐事为主，如日本古典文学代表作《源氏物语》，主要人物除了天皇就是大臣，但小说基本不涉及他们的政治生活，没有表现他们的文治武功，只写生活琐事和艳情。由此形成了日本文学的“唯美”传统，使“唯美”成为日本文学的故乡。

非政治性与非现实性的唯美主义有日本自身的本土传统，也受中国齐梁文风影响。魏晋南北朝时期，中国儒家道统崩解，思想文化多元化，文学方面形成形式主义的齐梁文风，表现出非政治非现实的倾向，直接影响了日本文学。《昭明文选》被日本人奉为至宝，是学汉文的必读书，其中的文章主要是骈俪文体，其中陆机的《文赋》所表现的文学观念："遵四时以叹逝，瞻万物而思纷，愁落叶于劲松，喜柔条于芳春。""诗缘情而绮靡，赋体物而浏亮。"[①] 对日本文学产生了深远的影响。再加上日本当时属于贵族社会，诗文作者都是贵族阶层，其生活范围和情趣决定了文学的唯美追求。所以，日本文学虽然受中国文学影响，却又与文以载道的中国主流文学非常不同，因为他们接受的是中国文学史上非正常非主流的一部分。

川端康成继承了这样的日本文学传统，其非政治性表现主要是在激烈的政治斗争时代没有鲜明的政治立场。20 世纪 20—30 年代是日本国内风云变幻、政治斗争非常激烈的时代，无产阶级和资产阶级展开较量，封建军国主义不断强化，不仅对左翼运动进行残酷镇压，而且对资产阶级的自由民主要求也进行压制，对外则实行扩张侵略政策。在这样的时代，日本文学界也分为不同的阵营，表现出不同的政治倾向。面对这样激烈的政治斗争，川端康成无动于衷，不问政治。他几乎什么团体都参加，不问政治倾向和文学主张。日本学者进藤纯孝指出："或左或右，或敌或友，这些东西没有任何意义；只有在穷街陋巷或垃圾堆的纯洁之中才能感到人生的、生活的气息。对于这样的川端来说，党阀、情义之类的东西没有任何作用。他认为比起世界观、社会观来，人生观、生活观更为重要。"[②] 因此他既是激进的新进作家群体的一员，又与许多保守的老作家交往密切；既是与无产阶级文学对立的杂志的同人，又有一些左翼的朋友；既是自由主义的艺术派的代表，又参加政府官员组织的文学俱乐部。

这样的不持立场的前提是不问政治，创作中没有政治倾向。川端康成早期创作已经有非政治性倾向，30 年代中期则进一步转向虚无。《禽兽》

① 陆机：《文赋》，见郭绍虞主编《中国历代文论选》第一册，上海古籍出版社 1979 年版，第 170—171 页。

② ［日］进藤纯孝：《川端康成》，何乃英译，中央编译出版社 1998 年版，第 242 页。

中主人公悲观厌世，对人类感到厌烦，以养鸟养狗为乐。在他的生活中，只有新的小鸟来后两三天，“生活完全充满了丰富的爱情，世界也变得可爱了”。因为他“怎么也感受不到人间的可爱”。抛开人物的心理变态和非道德性问题不谈，对人感到厌倦而把兴趣转向禽兽，这里不仅是对政治的逃避，而且是对人生对世界的逃避。据说作家自已这一时期也喜欢饲养动物，1932 年发表的散文《我犬记》中说他当时已经有六条狗，如果春天三条母犬顺利生产的话，可以达到十五六条。文中写道：“不传授小气的招数，不迷恋，不厌烦，淡淡地、平等无差别地爱着四五条或二三十条的味道，或许就是蓄犬的三昧境界。不仅是犬，为各种动物建造所设计的房子，一个人住在动物群中，这是我由来已久的一个空想。”① 除了养犬，这时期川端康成还转向了佛教，这在 1932 年发表的《抒情歌》《慰灵歌》等作品中有所表现。其中《抒情歌》写一个被恋人抛弃的女人，希望已经去世的恋人转生成植物，以对它抒发恋情。主人公同样对人世表示失望，只不过她不是养动物而是把兴趣转向植物。20 世纪 30 年代的非常岁月里，川端康成除了养犬和潜心宗教之外，主要是经营他的《雪国》。他 1934 年 5 月、8 月、12 月先后三次去“越后的汤泽温泉”，流连那里的自然风光，结识了艺妓松荣。松荣正当 19 岁妙龄，文雅漂亮，深深地吸引了川端，于是把与她的交往作为创作的素材，于 1935 年 1 月创作完成了互相联系又各自独立的两个短篇小说《晚景镜》和《晨景镜》，后来成为中篇小说《雪国》开头的两章，松荣成为作品中的驹子生活中的原型。川端意犹未尽，于 1935 年 9 月第四次赴汤泽温泉，为时一个多月，与松荣频繁交往，深入了解，作了详细的笔记。其后又多次赴汤泽，进一步了解艺妓生活以及当地的风土人情，在此基础上，写出了五个相关的短篇小说，在杂志连载。1937 年，他将分别刊载的七个相关短篇进行汇总修改，以《雪国》为题由创元社出版单行本。作品获得“文艺悬谈会奖”。川端康成没有拒绝来自官方的奖励，而是拿这笔奖金买了别墅，移居镰仓，以下棋观棋为乐，过起半隐居的生活。后来他虽然不再去汤泽会艺妓，但仍然沉浸在自己的作品中，不断修改完善，40 年代初又发表了《雪中火灾》和《银河》等《雪国》续篇，成为 1947 年定稿的《雪国》的结尾部分。战争期间，有许多日本作家很活跃，从事国策文学。川端在 1938 年写的

① ［日］进藤纯孝：《川端康成》，何乃英译，中央编译出版社 1998 年版，第 258—259 页。

一篇文艺时评中写道："由于战争，文学家当然也会振奋起来，但那不正是自己所遵循的文学精神日益趋向堕落和衰落吗?"可见川端对这样的"国策文学"不以为然。战争期间他曾经两次到中国东北和北平，一次是作为围棋界人士，另一次是应关东军之邀，但都没有写出服务于战争国策的文学作品。1945 年 4 月，川端康成作为海军报导团的成员被派往鹿儿岛的海军航空兵特攻队基地"体验生活"一个月，但回来后一行字也没有写。在战争年代，"川端那'漫不经心的怠惰者'的态度是彻底的，'认定自身乃无用之人'的思想是牢固的"。[①] 战后他自己总结说："我是一个没有受到什么战争影响和损害的日本人。我的作品在战前、战时和战后既没有突出的变化，也没有明显的断层。作家的生活也好自己的私生活也好，都没有那样清晰地感觉到因为战争而带来的不自由。另外，不用说我也不曾有过对日本像神一样的狂热和盲目的爱。"[②] 这也许是川端康成"非政治性非现实性"唯美精神的正面意义吧！

政治是社会现实的集中表现，因此非政治性同时意味着非社会性和非现实性。很难想象一个不关心政治、没有政治立场的作家会认真关心现实社会生活，着力再现生活真实。川端在《哀愁》一文中自述："战败后，我一味回归到日本自古以来的悲哀之中。我不相信战后的世相和风俗。或许也不相信现实的东西。我仿佛远离了近代小说的根基——写实。也许从来就是如此。"[③] 在《独影自命》中他又进一步强调："我把战败作为一道分界，从那时开始我的脚步离开了现实在虚空中浮游。可能我原来和现实的关系就不够紧密吧，所以也就容易和现实分离。仅仅是一种避世的想到山里去隐居的愿望。"[④] 这种非现实性也是日本文学传统影响的结果。

日本传统文学的特点是情意性而非写实性。由于文学具有非政治性，文学的目的不是"经世致用"，也不必"诗言志"，因而作家注重的是生活情趣。所以日本文学的基本内容是"雪月花"，主要写人与自然的关系，其对自然有独特的感受，表现得非常细腻，即使写人事也是咏叹性

---

① ［日］进藤纯孝：《川端康成》，何乃英译，中央编译出版社 1998 年版，第 356 页。

② ［日］川端康成：《独影自命》，金海曙译，中国社会科学出版社 1996 年版，第 3 页。

③ ［日］川端康成：《哀愁》，叶渭渠译，见《川端康成散文选》，第 153—154 页。

④ ［日］川端康成：《独影自命》，金海曙译，中国社会科学出版社 1996 年版，第 2 页。

的，所谓“一唱三叹”，把客观事物的描写压缩到最低限度，属于“情意性”文学。情意性一方面表现为非现实性，另一方面表现为非思辨性。非思辨性就是不将事物抽象，不追求揭示或者反映本质，而是注重感觉和感性。这种对感觉的重视和独特表现是日本文学古今一贯的特色。日本现代文学思潮流派众多，最具特色的是“新感觉派”。作为新感觉派的代表作家，川端康成创作始终保持感觉的第一性，而不是将其上升到知觉和理性层面，对生活作深沉的哲理思考。虽然他的早期创作已经有非政治性倾向，但还比较注意表现社会生活，如《招魂节一景》和《伊豆的舞女》有对下层艺人生活的表现，尽管其中对美的关注已经大于对真的揭示；《浅草红团》等作品，关注的是娱乐区艺人特别是舞女艺妓的生活，但往往以感觉活动代替客观真实的描绘。虽然川端的作品都有一定的现实生活基础，基于生活体验或者所见所感，但他并不试图深入反映生活。他在《文学自传》中自述：“有人将我的作品分类，叫做伊豆作品或浅草作品等等。我在伊豆的汤岛温泉，总共呆了三年。尽管如此，我的伊豆作品，仅是一个旅行者的印象记。浅草作品，也不过是观光客的杂记罢了。”① 他反对那种写实性的“模特儿小说”，声言：“我很少写模特儿小说。更少写自传体小说。因为我总觉得越熟悉模特儿，就越感到无论怎么描绘也不能充分把握住实有的人物。”② 与强调反映现实的写实主义不同，川端康成小说是以情意表现为主。他说：“我觉得浅草比银座，贫民窟比公馆街，烟草女工们下班比学校女生放学时的情景，更带有抒情性。她们粗犷的美，吸引了我。”③ 值得注意的是，作家关注下层妇女，不是关注她们的现实生活状况，不是通过她们的生活发现社会问题，而是关注她们粗犷的美，因为那样的情景“更带有抒情性”。因此，《伊豆的舞女》已经开始以心灵的感动冲淡对现实生活艰苦的描写，《雪国》则进一步以虚无徒劳之感叹取代对生活真实的揭示和表现。后期作品《千鹤》《山音》《睡美人》等，则进一步潜入人物光怪陆离的内心世界，以心理图式超越对生活和时代的具体真实的描写，在他的作品里，时代特征甚至现实生活本身

① ［日］川端康成：《文学自传》，叶渭渠译，见《川端康成小说选》，人民文学出版社1985年版，第679页。

② ［日］川端康成：《一个文人的感想》，叶渭渠译，见《川端康成散文选》，第71页。

③ ［日］川端康成：《文学自传》，叶渭渠译，见《川端康成小说选》，第685页。

都退居次要地位。总之，川端康成的创作始终与现实保持一定的距离，而且随着创作的成熟，他与现实不是越来越近，而是越来越远，他力图表现的是具有超越性的美。

非政治性与非现实性的本质是真的淡化和超越。在文学的表现中，美与真是一对相互依存又相互对立的范畴。所谓“真”即合规律性，指的是人类对世界客观规律和人的本质的认识。在文学作品中，求真包括具体真实的描写和客观规律的揭示。所谓“真”的超越就是不求真，不试图揭示本质和规律，这是川端康成唯美精神的第一要义。作为一个内向而又敏感的作家，他对生活有着太多的感受体味，他不作精密的观察和细致的描写，而是有更多的咏叹，表现出悲凄而缠绵的情调；他不作抽象的思辨和缜密的分析，而保持作品的情意性。他不是没有求真的能力，其真的超越是一种逃避，也是一种追求。

二 非道德性

如果说“真”的超越是唯美精神的第一要义，那么，善的淡化则是唯美精神的第二要义。善的淡化主要表现为非道德性，这也是日本文学的传统之一。川端康成最推崇的日本古典文学代表作《源氏物语》，写主人公光源氏不断追求女人的一生，其中有许多属于“不道德的男女关系”。一是源氏对后母藤壶由儿时的依恋转变为成人的爱恋，并私通生子；二是由于藤壶担心与源氏的私情败露，尽力疏远源氏，源氏作为替代和寄托，将长得与藤壶极其相似的侄女紫儿，从监护人那儿抢来，抚养长大后占有；三是与已定为皇太子妃的胧月夜私通，败露之后不得不自我流放须磨；四是在五十余岁时娶了只有14岁的三公主，而三公主是源氏哥哥朱雀帝的女儿，源氏儿子夕雾的妻妹；五是写源氏四处寻花问柳，甚至对养女玉蔓存觊觎之心。当然作家不是宣扬不道德，而是通过这样的男女关系表现人生的悲剧性。比如他和后母藤壶之间产生的恋情，使他时时落入焦虑、孤独、恐惧之中，体验着欲见藤壶而不得的焦虑，思念藤壶而难以排遣的孤独，深爱藤壶而又触犯人伦的至极恐惧。通过这样的描写表现出深刻的悲剧体验和物哀之美。善的淡化即对事物不作道德评价，不承担道德使命，不以树立道德典范、建立道德思想体系为己任。所谓“善”即合目的性，指的是人类主体实践活动的目的和意向对自身的功利性。中国儒家诗学特别强调美与善的统一，主张文学应该“经夫妇、厚人伦、美教化、移风俗”。[①] 日本文学虽然受中国文学影响很深，然而其非道德性倾向与中国文学“文以载道”的传统大相径庭。

川端康成继承了日本文学的非道德性传统，其作品中善的搁置主要表现为没有道德关怀，没有道德使命感，不对自己笔下的人物进行道德评价和伦理批评。川端康成创作的非道德化倾向也有一个发展过程。其早期创作美感追求与道德追求同步，人物的美与善相关，舞女说“我”“是个好人”而令“我”感动，从而使“我”的感情升华。20 世纪 30 年代的《禽兽》由悲观厌世心理进而显示出对人伦道德和人生价值的否定。主人公悲观厌世，对人类感到厌烦，以养鸟养狗为乐，在人与人关系中则表现出冷漠的态度。作品写他的人际关系主要是和舞女千花子的交往，早年两人曾经一起玩自杀游戏，后来舞女嫁人，他则一直独身。偶尔去看舞女的演出，也心不在焉。他对女人已经彻底失望，四十多岁也不想结婚，甚至找女佣也要薄情的。对男人自然也是讨厌的，“外出旅行不和男伴同宿一室”，有人来访不得不会客，他也不倾听对方的话，只顾逗弄他的小鸟。在他的感觉中：“人真讨厌啊！一旦成了夫妻，成了父子兄弟，对方即使是个无聊的人，你也难以摆脱这种羁绊，只好认命，共同生活下去。而且，人，各自都装有一个‘我’字。”他养鸟养狗并不是因为热爱动物、珍惜生命，相反，他对动物的生命也相当冷漠，两对菊戴莺鸟都被他给洗澡淹死，第一次他还试图抢救，用火烤，结果把鸟爪烤焦了；第二次则“茫然望着菊戴莺慢慢地死去”。给狗接生的时候，他还能感受到新生命诞生的喜悦，然而他不仅亲手弄死一只狗崽，而且眼看着母狗一个接一个压死小狗崽，也不采取任何挽救措施。作品写道：“他倒不是盼望这些狗崽死光，却也没想过必须让它们活下去。他对它们这么冷漠，大概因为它们都是杂种的缘故吧。”即使不是杂种，他也不会珍惜它们的生命，他的理想生活模式是：“把动物的生命或生态当作玩物，人为地把它们培养成畸形，这是一种可悲的纯洁，使人感觉到特别爽快。”[②]《禽兽》表现的是一个没有道德意识的人，既没有家庭亲情和人伦道德，也漠视人际关系的社会道德，也没有珍惜生命的自然道德。这里也有川端自己的影子，他在

① 《毛诗序》，见郭绍虞等主编《中国历代文论选》第一册，上海古籍出版社 1979 年版，第 63 页。

② ［日］川端康成：《禽兽》，叶渭渠译，见《川端康成小说选》，第 116—124 页。

一篇谈自己的文章中说："我似乎是一个血统即将灭绝、犹如月光一般苍白的花朵。因而不想留下子孙。与其养子，何如养犬哉！"①

川端康成的代表作《雪国》也有非道德性的倾向。与《禽兽》对世界对人生的冷漠不同，《雪国》描写了对人生执着的艺妓驹子的生活，表现了驹子和岛村之间的爱情。但其中的男主人公岛村是有妇之夫，女主人公驹子是一位艺妓，他们之间的恋爱是不以结婚为目的的恋爱。虽然不能说"不以结婚为目的的恋爱"都是不道德的，但可以说"不以结婚为目的的恋爱"是不具有道德价值的。爱情本身是美好的，是有自身独立价值的，然而"善"是具有目的性的。驹子对生活和爱情的执着所表现出的善，被岛村的徒劳感和虚无思想消解了。叶子的爱情追求既美且善，但其中的善一方面由于行男的死亡而无果，另一方面由于叶子的悲美而冲淡了。因而在作品中只留下了雪国美的景色，女人美的肌肤和笼罩在作品中的哀怜、悲凄和虚空的美。

如果说《雪国》表现的"不以结婚为目的的恋爱"虽然没有道德价值，但还没有违背一般的家庭伦理和社会道德，那么，《雪国》之后，川端康成开始将探索的目光转向了不道德的男女关系和具有变态心理的性爱。发表于1940年的《母亲的初恋》在这方面已经初露端倪，女主人公雪子爱上了自己母亲的初恋情人、已经有家室的佐山，只不过写到新婚的雪子在汽车上向佐山表白，佐山的心里"闪烁着从民子贯通到雪子身上的爱情之光"，小说便戛然而止了，不道德的男女关系没有展开。1949年创作的《千鹤》和《山音》中的男女两性关系不仅没有道德价值，而且开始具有了反道德的意味，可以看作川端康成创作在非道德性方面的一个转折点。在《千鹤》由小说改编成电影时，川端康成作为原作者发表意见，承认作品以写"不道德的男女关系为目的"。② 作品的男主人公叫三谷菊治，其父生前先后有两个情人，一个是栗本千花子，一个是太田夫人。父亲死后若干年，千花子举行茶会，邀请菊治参加，目的是把自己的一个门生稻村雪子介绍给菊治。菊治去了，见到了戴千鹤包巾的雪子，颇有好感。太田夫人也去了，她亲切地与菊治谈话。菊治想象父亲如何和这个女人鬼混，产生了征服和占有这个女人的念头，便带她到旅馆住了一夜。以

① ［日］进藤纯孝：《川端康成》，何乃英译，中央编译出版社1998年版，第257页。

② 参阅叶渭渠《冷艳文士川端康成传》，中国社会科学出版社1996年版，第215页。

后又打电话约她到家里去。太田夫人要去，被女儿文子死死拦住。千花子为了促成菊治和雪子的婚事，将雪子带到菊治家。菊治为雪子所倾倒，但又被对千花子的厌恶冲淡了，因为他小时候曾经看到千花子胸前有颗黑痣。千花子认为菊治对婚事的冷淡是太田夫人和自己捣乱，打电话警告她。太田夫人在一个下雨天偷跑出来和菊治相会，回去以后就自杀了。菊治在丧期拜访文子。文子把母亲遗下的“志野瓷”茶壶送给菊治作为纪念。不久，一个下雨天，菊治打电话给文子，说看到“志野瓷”就想起她，要她到家里来。文子来了，还带来一对茶碗送给菊治，茶碗上还沾着太田夫人的口红。恰好千花子也来到菊治家，警告他当心太田夫人母女的诡计，并要菊治对婚事表态。菊治终于表示拒绝。菊治外出旅行，回来后，千花子告诉他，雪子和文子都结婚了，他很吃惊。一天，菊治突然接到文子的电话，知道文子并没有结婚，便请她到家里来。文子来了，菊治同时收到以前文子给他的信。文子问菊治，是否相信自己结婚了？菊治说相信了。文子便要回信去撕掉，要把她送给菊治的茶碗摔碎，因为那不是最好的“志野瓷”。菊治从父亲遗留的茶室中拿出一个唐津瓷茶碗，与文子拿来的她母亲用的“志野瓷”摆在一起，“就如同菊治父亲和文子母亲的两颗心”。菊治抱住文子，文子没有抗拒。第二天，菊治一边拼着破碎的碗片一边想，他原来只是在文子身上看到太田夫人的影子，而现在他似乎已经忘了这些。他似乎从一道又黑暗又丑恶的帷幕中钻了出来。他去找文子，房东说她出去旅行了。想起昨晚文子说的话“死神就在我们脚下”，担心她自蹈死地。难道她怕自己跟母亲一样，是个罪孽深重的女人？作家分析说：“这正可以看作，文子沉入咒语和麻痹之中，而菊治正相反，反倒从咒语和麻痹中解脱了出来。正好比一个中毒的人，最后服了极量的毒药，反而出奇制胜，以毒攻毒。”[①] 这大概是作家所期望的那种“由魔界而入佛界”吧。

发表于 1950—1951 年的《舞姬》中，有一章题为《佛界与魔界》，写品子在父亲的房间看到一休和尚书写的条幅：“入佛界易，进魔界难”，感觉这句话的意思不大好懂，但细读又觉似有所悟。品子的母亲波子有丈夫，有儿女，同时还有一位情人竹原。波子是一位立志献身舞蹈事业的舞姬，丈夫矢木则反对她从事舞蹈事业，希望她当一个贤妻良母，因而夫妻

① ［日］川端康成：《千鹤》，高慧勤译，见《川端康成十卷集》第 2 卷，第 108 页。

感情不和。情人竹原为了支持她的舞蹈事业而与别人结婚，但两人一直保持恋爱关系。波子在与情人的幽会中感受到心灵的愉悦，但面对丈夫和儿女，又感到愧疚和恐惧，承受着灵魂的折磨。品子理解母亲，但又不能超越伦常，最后对母亲说："要承认妈妈的爱，就等于品子是进入魔界了。所谓魔界，可能就是以坚强意志生存其间的世界吧。"① 这是川端康成第一次正面表现魔界问题，也说明佛界与魔界关系是他这一时期思考的主要问题。在获得诺贝尔文学奖的获奖演说《我在美丽的日本》中，川端康成再次引了一休的"入佛界易，进魔界难"，并指出："继'入佛界易'之后又添上一句'进魔界难'，这位属于禅宗的一休打动了我的心。归根到底追求真、善、美的艺术家，对'进魔界难'的心情是：既想进入而又害怕，只好求助于神灵的保佑，这种心境有时表露出来，有时深藏在心底里，这兴许是命运的必然吧。没有'魔界'，就没有'佛界'。然而要进入'魔界'就更加困难。意志薄弱的人是进不去的。"②《我在美丽的日本》是川端康成的一篇艺术宣言，在作家看来，追求真、善、美的艺术家都有进魔界的欲望，只是意志薄弱的人进不去而已。这番话不仅是对自己创作中非道德性的辩解，而且表现了作家的艺术观。日本的一休和尚是一位禅师，他的"入佛界易，进魔界难"来自中国的禅宗。禅宗讲究顿悟，所谓：一念迷，佛即众生；一念悟，众生即佛。作为中国禅宗思想之源的《维摩诘经》曾经讨论"通达佛道"问题，认为"行于非道是为通达佛道"。该经进一步指出："行五无间而无恼恚，至于地狱无诸罪垢，至于畜生无有无明骄慢等过，……示入老病而永断病根超越生死；示有资生而恒观无常实无所贪；示有妻妾彩女而常远离五欲淤泥。"③ 如此，在非佛道的恶道魔道中反其道而行之，即可通达佛道。所谓通达佛道即如何达到佛的境界，所谓非道即是恶道或者魔道，也就是说，只有通过"魔道"才能进入"佛道"。

深陷不道德男女关系的人们，他们的内心世界非常复杂，川端对此作了深刻的揭示。《千鹤》的后篇《碧波千鸟》中，文子写给菊治的信中

---

① ［日］川端康成：《舞姬》，赵德远译，见《川端康成十卷集》第4卷，第336、372页。

② ［日］川端康成：《我在美丽的日本》，唐月梅译，见《川端康成小说选》，人民文学出版社1985年版，第702—703页。

③ 《中华大藏经》（汉文部分）第15册，中华书局1985年版，第851页。

说："要说我妈是因受不住自己的丑恶才死的，那么，我也存心要这样做。不过我还有一个心念：悔恨之火中，自有莲花盛开。"① 菊治父亲与文子母亲不正当的男女关系，对儿女的心灵产生了非常深刻的影响，使他们都心理变态。菊治想象着父亲与太田夫人鬼混的情景而产生了要占有父亲情人的念头，太田夫人死后，他时刻想着太田夫人的热潮，以致长期不能与新婚妻子过正常的性生活；太田夫人控制不住自己的情欲，宁死也要去会菊治；文子对母亲的情夫的儿子、后来又成为母亲的情人的菊治也怀有一种特殊的病态的情感，承受着"爱着不能爱的人的痛苦"，"悔恨和罪孽一起缠身"。他们都在罪孽中挣扎，犯罪欲与赎罪感交织在一起。文子与菊治一夜情后出走，回到父亲的故乡，试图净化自己的心灵。作品中文子游地狱温泉的情节也具有象征意义，"我和妈妈彷徨在爱的地狱中，那里会不会也有那么美的泉水呢?"② 在作品中，作家不是一味地表现魔性，也试图救赎，希望他们由魔界而入佛界。文子在带有忏悔的与菊治诀别的长信中，请求他忘记自己而与雪子结婚，就表现了入佛界的愿望。

如果说在孽海中沉沦的菊治和文子经过忏悔、赎罪，或者经过真正的爱情的洗礼，灵魂得到了净化，作品中还留下了善的阐释的空间，那么，后来的《睡美人》《一只胳膊》等作品，则只是在欲海中沉沦，而无救赎的努力。《睡美人》中那些因为服用过量安眠药而丧生的姑娘，由于感官刺激而死在"睡美人"身边的老人，以及在"睡美人"身边作性的遐想的主人公江口，只能在魔道中挣扎，而与佛道无缘。当然，川端康成后期作品以变态性爱为表现内容，与善的道德评价抵触，但由于作者淡化其中的肉欲成分，着重表现人物的内心世界，其目的不是向人伦道德开战，因而也不表现为美与善的对立，而主要表现为对善的淡化，或者说通过对善的淡化凸显对美的追求。

在文学的表现中，美与善是一对相互依存又相互对立的范畴。从感性和理性的角度看，善具有理性色彩，美具有感性色彩。非道德性即非理性，因为伦理道德是人类自己给自己立法，是理性对自己的感性活动和感性存在的命令和规定。美是理念的感性显现，应该是感性与理性的统一，但唯美主义往往强调美的感性的一面，而否定或者忽视其理性的一面。近

① 《川端康成十卷集》第 2 卷，第 140 页。

② 同上书，第 142 页。

代唯美主义的思想渊源是康德，在他看来，审美是超功利的快感，“美”所关注的只是“愉快及不快的情绪”，因而它在纯粹理性和实践理性以外，属于判断力之一。这种判断“正因为这原故被叫作审美的判断，因为它的规定根据不是一个概念，而是那在心意诸能力的活动中的协调一致的情感（内在感官的），在它们能被感觉着的限度内”。[①] 这样的美显然是感性对理性的超越。川端康成的作品追求瞬间感官的快感和感性的愉悦，其中的感性超越了理性，美压倒了善，表现出唯美主义的文学特征。

三　自然美

如果说上述真的超越与善的淡化都是从反面界定川端康成的唯美精神，属于遮诠法，那么，对美的执着追求和创作表现，则是唯美精神的正面意义。在所有的审美对象中，自然美具有远离政治、无关道德、超越现实的特性，因此，对于超越真与善，具有非政治性、非现实性、非道德性倾向的川端康成而言，最佳的审美对象非自然莫属。

自然美的发现和表现是日本文学传统之一。古代日本人受到岛国自然环境的恩惠和培育，对自然怀有深切的爱，对自然美的感觉敏锐而纤细，并有丰富的艺术表现。日本最早的和歌总集《万叶集》中已经有相当多的自然诗，描绘山川、风月、花草等自然现象。后来日本文学又接受了中国齐梁和初唐、中唐文学的影响，在中国达到极盛的自然山水情趣也影响了日本文学。据日本美学家今道友信研究，奈良时代形成的美的范畴的总称为“くはし”（音译库瓦希，意为美丽、细密），其“本来的形象在于植物自我生命的充实的美，即树叶郁郁葱葱、繁茂致密的颤动着的跳动感”。[②] 从《万叶集》《古今和歌集》的诗歌到后世的谣曲和俳句，以及散文随笔如《枕草子》，物语小说如《源氏物语》，都将这种基于植物的宇宙观的自然美作为表现的中心。由于日本缺少高山大川等宏大的自然景观，日本民族缺少关于宇宙的哲学玄想，因而他们笔下的自然以日常的风花雪月为主要内容。川端康成在诺贝尔文学奖的获奖演说《我在美丽的日本》中，引了日本古代僧人道元禅师的和歌“春花秋月杜鹃夏，冬雪皑

---

① ［德］康德：《判断力批判》上卷，宗白华译，商务印书馆1985年版，第66—67页。

② ［日］今道友信：《东方的美学》，蒋寅等译，生活·读书·新知三联书店1991年版，第191页。

皑寒意加”，明惠上人的和歌“冬月拨云相伴随，更怜风雪浸月身”作为开篇，说明日本人、日本文学如何有自然山水情怀，展示日本人对自然的亲近和对自然美的欣赏。他认为明惠“所谓‘以月为伴’，莫如说他是‘与月相亲’，亲密到把看月的我变为月，被我看的月变为我，而没入大自然之中，同大自然融为一体”。然后他又进一步强调指出：“以‘雪、月、花’几个字来表现四季时令变化的美，在日本这是包含着山川草木，宇宙万物，大自然的一切，以至人的感情的美，是有其传统的。”[①] 川端康成不仅在思想上认同这种传统，而且在创作中加以继承和发扬。《雪国》中的自然景色以雪为主，开头写“雪国”“夜空下一片白茫茫”，给人一个总体性的印象，然后写雪中的村庄：“在雪天夜色的笼罩下，家家户户低矮的屋顶显得越发低矮，仿佛整个村子都静悄悄地沉浸在无底的深渊之中。”[②] 作品通过夜晚的雪景和清晨的雪景的描写，不仅映衬着人物的心理活动，推动着情节的发展，而且表现出变幻多姿的自然美。川端康成的作品中关于“明月”的描写也很多，在《伊豆的舞女》《雪国》《古都》等代表作中都可以找到例子，如《伊豆的舞女》：“雨停了，月亮出来了。雨水冲洗过的秋夜，分外皎洁，银亮银亮的。”[③]《雪国》中除了雪景之外，着墨最多的自然景象是银河。作家在《雪国》单行本出版之后又补写了一些续篇，其中一部分即题为《银河》，作家写道：

啊，银河！岛村也仰头叹了一声，仿佛自己的身体悠然飘上了银河当中。银河的亮光显得很近，象是要把岛村托起来似的。当年漫游各地的芭蕉，在波涛汹涌的海上所看见的银河，也许就象这样一条明亮的大河吧。茫茫的银河悬在眼前，仿佛要以它那赤裸裸的身体拥抱夜色苍茫的大地。真是美得令人惊叹不已。岛村觉得自己那小小的身影，反而从地面上映入了银河。缀满银河的星辰，耀光点点，清晰可见，连一朵朵光亮的云彩，看起来也象粒粒银砂子，明澈极了。[④]

---

① ［日］川端康成：《我在美丽的日本》，唐月梅译，见《川端康成小说选》，人民文学出版社 1985 年版，第 696—698 页。

② ［日］川端康成：《雪国》，叶渭渠译，见《川端康成小说选》，第 206、211—212 页。

③ ［日］川端康成：《伊豆的舞女》，叶渭渠译，见《川端康成小说选》，第 38 页。

④ ［日］川端康成：《雪国》，叶渭渠译，见《川端康成小说选》，第 312 页。

这样的银河书写可以说是日本文学“明月”书写的扩展吧。比起雪和月来，川端康成作品中“花”的书写更为丰富。在众多的花中，作家偏爱梅花。《抒情歌》中女主人公养梅花，想象死去的情人转生为梅花，并且对着梅花诉说衷情。《春天的景色》的一部分原题《梅花的雄蕊》。《舞姬》主人公的庭院中也养有梅花。他的散文中也经常写到花，其中以花为主题的有《花未眠》等。另外，川端康成在演讲《我在美丽的日本》中用了相当多篇幅讲日本的茶道和花道，其中有许多关于插花的论述：“要使人觉得一朵花比一百朵花更美。利休也曾说过：盛开的花不能用作插花。”冬天要插洁白的山茶花，“没有杂色的洁白，是最清高也最富有色彩的”。他还引用了《伊势物语》中用长长的藤花插花的故事，并对藤花大加赞赏：“藤花富有日本情调，且具有女性的优雅，试想在低垂的藤蔓上开着的花在微风中摇曳的姿态，是多么纤细娇弱，彬彬有礼，脉脉含情啊。它又若隐若现地藏在初夏的郁绿丛中，仿佛懂得多愁善感似的。”①

如果说《我在美丽的日本》主要从内容方面强调日本人对自然中风花雪月的喜爱，那么，《美的存在与发现》则从情趣方面强调日本文学对自然四季变化的敏感和对时光流逝的感叹。日本人自古重视四季时序，这一特色首先在和歌编排方面有所体现。《万叶集》有些卷已经以春夏秋冬四季进行分类，其诗歌内容主要是描绘一年四季不同的自然景色。作为《万叶集》续编的《古和歌今集》，继承并发展了《万叶集》中以四季为序的分类方式，将和歌以春、夏、秋、冬、恋分类编次。到后世俳句，每首诗中都要求有“季语”，以显示所表现的季节，可见其对自然时序的看重。其次，日本古代文学将自然美与四季联系起来的作品俯拾皆是，如清少纳言的《枕草子》开篇就是一段《四时的情趣》，其中说“春天是破晓的时候最好”“夏天是夜里最好”“秋天的傍晚最好”“冬天的早晨最好”，并分别将其中的妙处进行描述。② 川端康成在《美的存在与发现》中对日本文学的这一特点作了阐发。他从夏威夷的海滨景色，说到自己的一首吟咏“冬绿”的俳句习作“一片绿意碧葱茏，去岁今朝一样浓”，联想到古今日本俳句诗人对自然时序的敏感，对时光流逝的感叹，联想到

---

① ［日］川端康成：《我在美丽的日本》，唐月梅译，见《川端康成小说选》，第705—706页。

② ［日］清少纳言：《枕草子》，周作人译，中国对外翻译出版公司2000年版，第3页。

《枕草子》中的一段话：“往昔徒然空消逝……扬帆远去一叶舟。人之年龄。春、夏、秋、冬。”然后又对松尾芭蕉“近江弟子同怜惜，我也无奈春归去”的俳句大加赞赏，并加以阐发：“我对芭蕉发现的美，不禁惊奇。……我在这诗句里感受到‘春天的近江’、‘近江的春天’。它是我的感受的借助之物。我感受的春天的近江、近江的春天，展现了一片丰茂的金黄色的菜花田圃，绵绵的优美的淡紫色的紫云英圃。还有春霞迤逦的琵琶湖。……地点在‘近江’，时间在‘晚春’，芭蕉才发现和感受到美。其他地点，比如丹波；其他时间，比如‘岁暮’，这首俳句就没有那样的生命力。”①

在创作中，川端康成也表现了这样的四季情趣。20世纪30年代中期的中篇小说《温泉旅馆》就以季节的变换结构小说，其第一章《夏逝》，第二章《深秋》，第三章《冬至》，人物的命运与季节的变化之间具有内在的象征关系。《雪国》通过岛村三次雪国之行，对日本北方的初夏、晚秋、初冬的季节转换，景物变化以及各种自然景色和人情风俗作了细致的描绘。后期作品也很注重季节感的表现，《山音》中有《冬樱》《春钟》《秋鱼》等与季节有关的章节。《古都》是作家后期代表作之一，也是他赢得诺贝尔文学奖的代表性作品之一。小说写一对孪生姐妹千重子和苗子的悲欢离合故事，穿插她们与秀男和龙助的爱情故事。围绕这些人物故事，作品写了京都四季的自然景物和风土人情，因而被看作京都的四季“导游图”。作品以《春花》为题开篇，以“千重子发现老枫树干上的紫花地丁开了花”开头，接着细致描写了那棵老枫树和寄生在树身上的紫花地丁。这些紫花地丁象征被人收养的千重子的命运。第三章《北山杉》写“山巅上整整齐齐地排列着的一棵棵杉树”，是用来修建茶室的，所以杉林的形态看上去也有茶室的风雅情调。这些杉林也可以防风，“假使遇到强风，杉树就会从新长的娇嫩地方弯曲或扭歪”。② 这些杉树象征在山林长大的苗子的命运。后面的几节分别以《秋色》《松林的翠绿》《深秋的姐妹》为题，最后以《冬天的花》结束。作品一方面以京都春夏秋冬

① ［日］川端康成：《美的存在与发现》，叶渭渠译，见《川端康成散文选》，百花文艺出版社1988年版，第233—249页。

② ［日］川端康成：《古都》，唐月梅译，见《川端康成小说选》，人民文学出版社1985年版，第489、549页。

的山川草木来衬托人物的感情，另一方面又以人物对外界自然的主观感觉来展示四季时令的推移，折射他们的不同心理和性格特征。作品写出了京都的四季美感和传统风俗，以景托情，寓情于景，创造出一种特殊的氛围，使人物的情感与自然美融为一体。

在表现手法方面，川端康成很少有纯客观的自然书写，其所表现的自然往往是物我合一的自然。在他的作品中，自然总是伴随作家或人物的情感和感觉，如《伊豆的舞女》的开头："山路变得弯弯曲曲，快到天城岭了。这时，骤雨白亮亮地笼罩着茂密的杉林，从山麓向我迅猛地横扫过来。"① 其中第一句的前一半"山路变得弯弯曲曲"，可以看作客观描写，后一半"快到天城岭了"，显然是主体感觉，是主客分离的写法；第二句"骤雨白亮亮地笼罩着茂密的杉林，从山麓向我迅猛地横扫过来"，则达到主客合一的境界了。《雪国》体现了川端康成自然书写的特点，他在一篇随笔中说："在《雪国》里，照模特儿原样写的是风景。风景按照所见所感的原样写了下来。或许被视为非现实的自然描写，也是我的写生。常见的自然，细微的自然，也按照所见所感的原样写下来，往往反而变成不存在的、虚构的东西。"② 作品开头"穿过县界长长的隧道，便是雪国。夜空下一片白茫茫"。这里的"夜空下一片白茫茫"是自然书写，但是通过人物的感觉表现出来的。结尾对银河的描写也是伴随人物的主观感觉，如："银河的亮光显得很近，象是要把岛村托起来似的。""银河好象从他们的后面倾泻到前面。驹子的脸仿佛映在银河上。""银河向那山脉尽头伸张，再返过来从那儿迅速地向太空远处扩展开去。""银河好象哗啦一声，向他的心坎上倾泻了下来。"③ 这是一种融入了主体感觉的物我合一的自然书写。再如《古都》中有这样一段关于杉树的描写：

> 杉山上，在杉树根旁长着的野草，都已经枯萎。杉树的树干，笔直而且粗细一般，确实很美。透过斑斑驳驳的树干的缝隙，还可以窥见天空。
>
> "还是冬天美啊。"千重子说。

---

① ［日］川端康成：《伊豆的舞女》，叶渭渠译，见《川端康成小说选》，第 30 页。

② ［日］川端康成：《（伊豆的舞女）的作者》，转引自进藤纯孝《川端康成》，第 353 页。

③ ［日］川端康成：《雪国》，叶渭渠译，见《川端康成小说选》，第 312—319 页。

“可能是吧，我看惯了倒也不觉得。不过，还是冬天的杉叶看上去有点象淡淡的芒草色。”

“它多象花啊。”

“花！是花吗？”苗子感到意外，抬眼望着杉山。[①]

可以说，作品中自然的灵光渗透进人物的内心世界，而人物的情感又给自然涂上各种色彩，使之内涵更为丰富。这样的自然书写不是客观的描写，而是伴随感觉和咏叹，重在表现触物感怀的物哀之美。

自然美的发现和表现既是触物感怀的契机，又是风雅的标志。在题为《美的存在与发现》的演讲中，川端康成引了日本古人许多发现和表现自然之美的俳句和诗文，对古人“风雅存在于自然环境之中”，“应该了解自然环境中的风雅”等言论大为赞赏，并作了进一步的阐释：“风雅，就是发现存在的美，感受已经发现的美，创造有所感受的美。诚然，至关重要的是‘存在于自然环境之中’的这个‘环境’，可以说是天的恩赐。倘使能够如实地‘了解’自然环境的真实面貌，也许这就是美神的赏赐吧。”[②] 这里的风雅是日本古代诗学范畴，广泛应用于诗歌、物语文学和对人物的评论之中。对于人物来说，风雅是一种审美修养，无论男女，都应该懂风雅，解风情。这样的风雅存在于自然之中，可见他们眼中和笔下的自然并非纯客观的自然，而是融入了主体感受的对象化的自然。川端康成继承并发扬了这一民族文学传统，发现了存在于自然环境的美，感受到在环境中发现的自然美，并在作品中创造出有所感受的美，从而达到了风雅的境界。

四　女性美

如果说川端康成在诺贝尔文学奖的获奖演说《我在美丽的日本》中着重表现的是对自然美的追求，那么，在获奖之后第二年访美时发表的演讲《美的存在与发现》中，除了对自然美的发现之外，还表现了对女性美的欣赏。之所以将女性美与自然美相提并论，是因为二者有着天然的联

① ［日］川端康成：《古都》，唐月梅译，见《川端康成小说选》，第646页。

② ［日］川端康成：《美的存在与发现》，叶渭渠译，见《川端康成散文选》，第248—249页。

系：一方面，女性美具有自然美的属性；另一方面，女性与自然都具有柔美的特性。在唯美主义者的笔下，女性美一般是抽掉了社会性内涵，还原为具有自然属性的女性美。他们关注的是女人天生丽质的一面。脱下了历史和文化衣服的女人的胴体，实际上就是一种自然现象，属于自然美的范畴。这是一种具有生理学意义的女性美，是引起男性关注并激发欲望冲动的审美现象。川端康成笔下的女性美有许多可以归入此类。《雪国》中着力表现的是驹子的肌肤感官之美。她第一次出场时，作品写道："女人给人的印象洁净得出奇，甚至令人想到她的脚趾弯里大概也是干净的。"由于她过于洁净，想要女人的岛村反而不想玷污她，让她帮助找一个艺妓。打发走丑陋无趣的艺妓之后，岛村进一步将兴趣转向驹子，仔细观察，作品中写道：

> 玲珑而悬直的鼻梁虽嫌单薄些，在下方搭配着的小巧的闭上的柔唇却宛如美极了的水蛭环节，光滑而伸缩自如，在默默无言的时候也有一种动的感觉。如果嘴唇起了皱纹，或者色泽不好，就会显得不洁净。她的嘴唇却不是这样，而是滋润光泽的。两只眼睛，眼梢不翘起也不垂下，简直象有意描直了似的，虽有些逗人发笑，却恰到好处地镶嵌在两道微微下弯的短而密的眉毛下。颧骨稍耸的圆脸，轮廓一般，但肤色恰似在白陶瓷上抹了一层淡淡的胭脂。脖颈底下的肌肉尚未丰满。她虽算不上是个美人，但她比谁都要显得洁净。①

作品强调了驹子的洁净，在下文的描写中多次出现"洁净"一词。《千鹤》中菊治面对太田夫人、文子、雪子三个美女，欣赏的是她们作为女人的女性之美，其中还掺杂了一些变态心理的表现，或者说还有一些人化和文化的因素。《睡美人》进一步将女性自然化。如果说《雪国》《千鹤》《山音》等作品中的女性还有与男性的情感交流，还不能算是自然属性的女性美，那么，《睡美人》中那些服了安眠药之后沉睡的少女，她们的肌体已经脱掉了一切文化、历史、情感等人化的外衣，只剩下一具具赤裸裸的肉体，一具具有自然属性的胴体，像一块具有体温的玉石一样，供老人把玩、欣赏。所不同的是，玉石不能唤起老男人关于性的经验和回

① ［日］川端康成：《雪国》，叶渭渠译，见《川端康成小说选》，第215—224页。

忆，不能激起老男人生理的冲动和心理的慰藉，而少女的玉体有这样的功能。日本学者进藤纯孝在评价《睡美人》时引用了小林秀雄早年对川端康成作品的评论："他不像是社会的人，更倾向于生理的人……历史的衣服脱落，人类则依据生理需要唱同样的歌。"并认为这一评论可以原封不动地用于20年后创作的《睡美人》。[①] 其实不只是《睡美人》，对生理性的女性美的欣赏贯穿了川端康成的一生。如果说《睡美人》中的女性还是一个活的肌体，还具有人的属性，那么，《一只胳膊》则将女性美的自然化推到极致。无论是当事人还是读者，很难再把那只胳膊看成一个具有社会文化属性的人。这只光滑、圆润、白皙的胳膊，才是一个纯粹的不掺杂任何文化元素而又属于女性美的审美对象。对具有自然属性的女性美的发现和表现，是川端康成唯美精神的重要体现。

女性与自然的天然联系不仅表现为自然的统一性，还表现为文化的统一性。除了自身的自然属性及美感特征之外，女性和自然一样，都是这个世界中的弱者，是具有风雅精神的男性表现幽玄之思和物哀之情的对象。如果说自然美是相对于人类而言的一种对象化的美，那么，在人类社会中，女性美是相对于男性而言的一种对象化的美。进入父系社会以来，女性美被男性对象化了，成为男性好色的对象。因此，女性美是与男性的好色相联系的，是男性眼中的、为男性所追求、所欣赏的异性的美。东西方各民族文学都有女性美的表现，而日本文学更有自己的好色传统。"好色"不一定是色情，一般是指选择女性对象的行为，包含对女性肉体美和精神美的欣赏。表现在文学中，好色一方面是对男女之情的重视和关注，另一方面是对女性美的追求。日本古代的好色文学以男女爱情为重要内容，一般是通过和歌表达恋爱的情趣，表现人情与风俗世相，探求人生的深层内涵，体现物哀、幽玄、风雅等审美意识，具有独特的美学价值。川端康成继承了日本文学的好色传统，从1926年发表成名作《伊豆的舞女》开始，直到晚年，他的作品中约有三分之二是以爱情为主题，以女性为主要角色。他喜欢将女性作为作品的主角，用女性形象来抒发自己的情感，弱化男性的作用。在川端康成的笔下，男性往往成为配角，他们的出场在于催促女主角的出场，进而让女性进行更充分的表现。他前后期作品中的人物发生了很大的变化，从《伊豆的舞女》中的"我"，《雪国》中

---

① ［日］进藤纯孝：《川端康成》，何乃英译，中央编译出版社1998年版，第417页。

的岛村，《千鹤》中的菊治，到《山音》中的信吾，《湖》中的银平，《睡美人》中的江口，可以发现，作品中的男主人公从以青年人为主渐渐变为以老年人为主，而女主人公则基本都是年轻的女子，这表现了川端康成的处女情结。作品中男主人公年龄变化主要体现了作家本人的变化，然而变化的只是川端康成的感官和经历，而作家的好色之心没有改变，对女性美的追求没有改变。在题为《美的存在与发现》的演讲中，作家自述，少年时代读《竹取物语》，被辉映姬的故事感动得心荡神驰，“领会到这是一部崇拜圣洁处女、赞美永恒女性的小说，它使我憧憬、使我心旷神怡。也许是这份童心在起作用吧，至今我还常把紫式部在《源氏物语》中所写的‘辉映姬不染世人的尘垢，发誓保持高洁’，‘辉映姬升天，凡人是无法求得的’这番话，引在我的文章里，不仅仅是修辞”。[①] 从这篇演讲中可以看出，川端康成对待女性主要有两种态度，一是对高洁圣女的崇拜。他从不染人世尘垢、保持高洁的辉映姬，联想到《万叶集》中诗人所歌颂凭吊的少女手儿奈。在众多男子的追求之下，手儿奈始终对谁也没用应允，就投井自尽了。川端深情地表示：“我缅怀这位葛饰真间的少女手儿奈。……真间的手儿奈似乎是万叶诗人理想中的一位少女。”[②] 二是对鬼魂附体、心灵纠结、遭遇不幸需要拯救的女子的同情。作家用了很大的篇幅在演讲中叙述《源氏物语》“宇治十回”中浮舟的故事，她因为纠结于两个男子之间而投河自尽，被路过的僧人救起。作品中僧都救人时的一段话被作家在演讲中反复引用：“她就是被鬼魂附体、神灵驱使、人世赶撵，或是受骗上当，最后也无不招致丧于非命。尽管如此，佛必拯救。”[③] 在川端康成的作品中，后一类女性占了多数。从《招魂节一景》中的马戏团女演员阿光姑娘，到《伊豆的舞女》中的少女艺人；从《浅草红团》中的下层艺妓舞女，到《雪国》中的驹子和叶子，她们生活在社会底层，不仅像底层的男人一样承受着生活的艰辛，而且必须承受更多来自男性的侮辱和压迫；她们都不仅具有自然属性的天生丽质的美，而且具有哀怨悲凄的情意性的美。

---

① ［日］川端康成：《美的存在与发现》，叶渭渠译，见《川端康成散文选》，百花文艺出版社 1988 年版，第 253 页。

② 同上书，第 254—255 页。

③ 同上书，第 251—258 页。

除了具有自然美属性的肌肤之美，川端康成笔下的女性最动人的莫过于她们的爱，那种缠绵的痴迷的甚至入魔的爱。作家善于表现恋爱中的女人，她们的爱大致可以分为三类，一类是纯情的爱，如《伊豆的舞女》中情窦初开的舞女薰子，对孤独的高中生朦胧的淡淡的情愫中表现出的少女的纯真之爱。第二类是缠绵痴迷的爱，如《抒情歌》中的女主人公对情人的始终不渝的爱，此生不能相守，还要期待来生。《母亲的初恋》中的民子虽然没有与初恋情人结婚，但却一直保持着暗恋，对女儿雪子说："初恋的感情是无法消失的。"第三类是走火入魔的爱，如《千鹤》中太田夫人和女儿文子对菊治的爱等。《雪国》主要表现了驹子和叶子两个女性形象，她们都是恋爱中的女人，都表现了爱的痴迷。驹子虽然是陪酒女（艺妓）的身份，却仍然对自己的爱情充满希望。岛村第一次到温泉，想找艺妓，见到驹子，发现她不是艺妓而是良家妇女，不忍心玷污她，而让她帮忙找个艺妓，这样反而使驹子爱上了岛村。她陪酒喝醉后来到岛村的房间，要写自己喜欢的人的名字，写了几个戏剧和电影明星之后，"把'岛村'二字连续写了无数遍"。岛村第二次专程为她到雪国温泉，驹子很受感动，爱得更加炽烈。岛村漫不经心地说了一句"你是一个好女人"，驹子感动得哭了好几次。如果说驹子由于爱的徒劳而成为被同情的需要拯救的少女，那么，作品中的叶子由于美的徒劳则有圣洁处女的意味。叶子对行男的爱也陷入了痴谜，对病中的行男进行无微不至的照顾护理，行男死后她每天去上坟。原来想当护士的她，行男死后再也不愿意干护理了。她的死也是一个谜，驹子说她是"疯了"，如果真是疯了，也似乎是为行男而疯。从她在死之前与岛村的谈话看，她很清醒，心里也很矛盾，曾经要求岛村带她到东京去。无论是去东京还是待在温泉村，她都没有光明的未来，所以她只有选择死亡，才能保持自己的纯洁。她身上不仅有女性容颜的美、命运悲哀的美，而且为了避免染上人世的尘垢而葬身火海，保持了圣洁的美。

川端康成描写恋爱中的女人，不是为了表现人性之美，更不是要表现爱的幸福。这些女性往往是作家哀怜的对象，是构成其小说物哀美的基础。以女性的敏感体验人生的悲剧性，在女性身上感受悲哀美，是日本文学传统之一。紫式部的长篇小说《源氏物语》塑造了众多的妇女形象，她们尽管出身贵族家庭，生活在锦衣玉食之中，却很少有幸福的感觉。作品主要写他们的婚姻爱情生活，但其中却很少有甜蜜的爱情、幸福的婚姻和美好的结局。男女主人公，特别是女主人公，总是把爱情作为一杯苦酒往下咽，由此发出人生的悲叹。在《源氏物语》中的妇女们看来，或者说在作者紫式部看来，生为女人，就是一种“宿世冤孽”。这样的女性悲剧意识，是女作家紫式部在个人生活体验的基础上，对妇女地位关切和对妇女命运反思的结果，表现了物哀的审美情调。“物哀”的含义比较复杂，大致可以理解为“心物交融，多愁善感”，是客观对象（自然物、人）与主观情感一致而产生的一种美感，其所表露出的内在情绪往往带有哀伤、怜悯、同情、爱怜等令人感动的成分。《源氏物语》的“物哀”精神和人生悲剧意识是紧密联系的，男女主人公都有人生“不如意事常八九”的感叹，整部作品笼罩着哀怜、幽怨、凄婉的情感气氛。这样的富有女性味的悲美情调与日本女性文化传统有关，因为女性比较多愁善感，出自她们之手的文学作品或其他文化产品一般具有婉约缠绵的特点。然而，这样的具有悲哀美的女性审美意识并非是与生俱来的，而是日本由母系文化向父系文化过渡的特定时代的产物。日本文化存在着很深的矛盾，一方面深受汉文化特别是儒家思想影响，是一种达到极端的男性本位文化，或者说是强化了的父系文化；另一方面是日本固有的，自原始社会以来形成的传统“女性文化”。正是在这样的女性文化与男性文化的碰撞过程中，母系文化的衰落与父系文化的上升，形成了女性悲剧意识和文学审美的悲美情调。川端康成是一位男性作家，但常常借女性人物表达自己的情绪。他在《独影自命》中自述：“《雪国》中的故事和感情等等也是想象比实际的成分更多。特别是驹子的感情，实际上就是我的感情，我想，我只是通过她向读者倾诉而已。”① 川端康成笔下的女性人物也很少有幸福感。驹子虽然试图抗争，但很难摆脱悲苦的命运，她把爱情寄托在岛村这样的人物身上，既徒劳又可悲。在岛村的眼里，驹子的爱情和对生活的认真都是徒劳，当驹子说自己一直写日记和读书笔记时，岛村劈头给她一句：“完全是一种徒劳嘛。”后来听说了驹子的身世，她为了给未婚夫治病而当了艺妓，岛村又作了“徒劳”的感慨，作品写道：“驹子是她师傅儿子的未婚妻，叶子是他的新情人，而他又快要病故，于是岛村的脑海里又泛出‘徒劳’这两个字来。驹子恪守婚约也罢，甚至卖身让他疗养也罢，

① ［日］川端康成：《独影自命》，金海曙等译，中国社会科学出版社1996年版，第123页。

这一切不是徒劳又是什么呢？"[①] 岛村感受到驹子对他的爱，也有一种徒劳和可悲的感觉。比如他听驹子弹三弦琴，心想："唉，这个女人在迷恋着我呢。这又是多么可悲啊。"[②] 叶子具有天生的悲美气质，小说首先表现的是"她的话声优美而又近乎悲戚"。接下来表现她命运的悲戚，她没有父母，做护工又陷入了对护理对象行男的爱情，而且这个护理对象已经病入膏肓。行男死后，她漂泊无着。岛村对她说："你这样漂泊无着怎么行呢。"叶子说："哎呦，什么漂泊不漂泊的，管它呢。"她的笑声"清越得近乎悲戚"。[③] 她只有一死才能结束自己的悲苦命运，才能保持自己的圣洁，于是从由悲而美走向由美而悲。《千鹤》中文子怀抱忏悔和赎罪的心理离开菊治，而雪子徒然美丽温柔却难以获得丈夫的欢心。《舞姬》中波子在爱情、事业和家庭伦理之间挣扎。《抒情歌》中女主人公苦恋着抛弃了自己而又已经死去的情人。《母亲的初恋》中的母女带着对初恋的记忆步入没有爱情的婚姻。她们走的都是悲美的爱情之旅和人生之路。也许《古都》中的千重子和苗子属于例外，不仅孪生姐妹重逢相认而且各自都有追求者，但作者自述："《古都》写了一百余回就结束了，从这个意义上，说幸运，也许是幸运吧。但倘使再写下去，说不定《古都》会变样，一定会酿变成两位姑娘的悲属，造成悲剧的结局。作者有这样的预感：千重子既不会同龙助也不会同真一恋爱、结婚，北山的苗子也不会同秀男恋爱也不会结婚吧。恐怕会越写越麻烦，会越写越苦恼吧。这些，只是隐藏在作者的内心底里，没有表现出来，不是那样，写到隐约暗示的地方就结束了，这真是幸运吗？"[④] 也就是说，作者在内心深处是带着哀怜之情描写他的人物的，她们不会有美好的婚姻和幸福的结局，这在作品中已经隐约作了暗示。借助女性表现悲剧意识和悲哀情绪，在女性身上发现、感受并表现物哀之美，是川端康成创作的特色，也是《源氏物语》以来日本文学的传统审美情趣。

总之，超越了现实政治和伦理道德的自然美表现和女性美追求，体现了川端康成创作的唯美精神，也是川端康成所表现的"日本人的精神实

① ［日］川端康成：《雪国》，叶渭渠译，见《川端康成小说选》，第 242 页。

② 同上书，第 250 页。

③ 同上书，第 293 页。

④ ［日］川端康成：《写完〈古都〉之后》，转引自叶渭渠《冷艳文士川端康成传》，中国社会科学出版社 1996 年版，第 209 页。

质”的基本内涵。

第三节　川端康成与新感觉派

20世纪东方文学多元并举、异彩纷呈，在各种文学思潮的众声喧哗之中，现代主义文学发出了自己独特的声音，唱响了东方文学现代化的进行曲。然而，在东方现代主义文学起步的20世纪前期，真正有声势、有创作实绩、有国际影响的现代主义文学流派并不多，日本的新感觉派是其中的一个。川端康成作为新感觉派的发起人、理论代言人和主要代表作家，为新感觉派的建立和发展做出了巨大贡献。同时，初登文坛的川端康成赶上新感觉文学运动，这样的风云际会对他的文学之路也产生了深远的影响。川端康成总体创作特色是民族性与现代性的二重变奏，其民族性主要表现为唯美精神，已如上述；其现代性则主要表现为与新感觉派的关系，值得进一步展开讨论。

一

自1868年明治维新以后，日本追随西方，发展资本主义，并很快走上军国主义道路。第一次世界大战以后，日本现代工业文明的发展和专制主义、军国主义进一步强化，都给人的精神和心理带来压抑。1923年的关东大地震，不但在政治、经济方面引起极大混乱，也给人们的心灵造成深深的创伤。同时，马列主义的传播，工人运动的开展，也使一些资产阶级知识分子感到困惑。在文学领域，自19世纪后期以来，日本文学现代化的步伐不断加快，写实主义、浪漫主义、古典主义、自然主义、唯美主义、新现实主义等文学思潮流派你方唱罢我登场。到20世纪20年代初，自然主义文学及其影响下的私小说的因循守旧，白桦派的新理想主义和人道主义，新思潮派的以理性为特点的新现实主义，对刚刚登上文坛的年轻作家来说已是明日黄花，日本文坛又面临着一场新的变革。无产阶级文学运动蓬勃兴起，在文学内容方面打起了“革命文学”的口号。一些精神苦闷，对旧文坛不满，而又不能接受无产阶级文学主张的新进作家，从西方现代主义文学思潮中获得灵感和启发，准备发起一场文学革命运动。1924年10月，由横光利一、川端康成、片冈铁兵等青年作家发起，出版了同人杂志《文艺时代》，标志着日本的现代主义文学流派——“新感觉派”的诞生。

关于《文艺时代》的创刊，川端康成自述：“《文艺时代》是由片冈铁兵、横光利一、今东光、石滨金作诸君加上我来发起，并邀请各位新作家参加的。……《文艺时代》不是无名作家为进入文坛而创刊的同人杂志，而是已经跨越了这一阶段的同人们的集合。……已经成为新作家而被承认了的新的作家群，为了使自己的存在更鲜明，与既成作家相交锋，树立新的文学而形成了这样的大团结。”① 当时的新作家基本上都会集到这里。川端康成非常积极地参与了杂志的创刊工作，不仅由他提出了《文艺时代》的刊名，而且在邀请同人方面起了主要作用，先后参与到这个群体中来的共有 19 人。编辑工作由同人轮流担任，前三期是由川端康成和片冈铁兵主持。《文艺时代》创刊号发行非常成功，“不用说在东京、大阪，即使是在地方上也被抢购一空。祝贺与鼓励的信函沸腾了编辑室”。这对年轻的作家们是莫大的鼓舞。川端康成在第二号的编辑后记中自豪地写道：“本杂志应运而生，我们也是应运而聚。就此，无论对他人还是对自己，它的意义还有待不久的将来才能得到更为鲜明的阐发。或许没有读过本杂志的人，将不会再有谈论新文艺的权利了。”② 可见川端康成对创办这份杂志非常积极，非常重视，发挥了重要作用，而且抱有很高的期望。

川端康成在《文艺时代》的《创刊辞》中宣布了新杂志也是新的文学团体的宗旨，就是要建立新的生活和新的艺术，他指出：“抛弃昨日，抖落今日，是向往明日者的宿命。文艺界的青年人更是如此。……无论任何时代什么国家，新型文艺都是对于前代文艺的反叛，或是以前代文艺为基点的飞跃。我们的任务是更新文坛文艺。更进一步，则要从根本上革新基于人生的文艺或艺术观念。”③ 这一文学流派的出现很快便引起批评界的关注，评论家千叶龟雄于 1924 年 10 月发表了题为《新感觉派的诞生》的文章，将这些青年作家称为新感觉派，充分肯定了他们的创作倾向，认为日本已经进入“新感觉时代”。被称为新感觉派的新晋作家的创作和千叶龟雄的评论都引起很大的争议，批评意见也纷至沓来。各种各样的批评

---

① ［日］川端康成：《独影自命》，金海曙等译，中国社会科学出版社 1996 年版，第 171 页。

② 同上书，第 169 页。

③ ［日］川端康成：《〈文艺时代〉创刊辞》，见《川端康成十卷集》第 10 卷，第 326—327 页。

也激发了新感觉派作家的理论思考，为了回应各种批评和阐明自己的文学主张，川端康成、横光利一、片冈铁兵等人都发表了理论文章，特别是川端康成，肩负起为新感觉派进行理论建设的使命，先后发表了《新进作家的新倾向解说》《诡辩：答诸家问》《短篇小说的新倾向》《现代作家的文章》《关于表现》等文章，阐述了新感觉派的文学主张和创作思想，回答了各种批评和质疑，成为新感觉派的理论代表。川端康成后来回忆说："我持这样的见解，即：'只有新感觉主义才是对自然主义最初的、而且是正当的反动。'新感觉派与以后出现的现代主义、新心理主义都有所关联。另一方面，它又与无产阶级文学的勃兴平行。"[①] 说明新感觉派与当时日本文学中其他文学流派的关系，其主要的对立面是主张客观写实、无理想无解决的自然主义，而与同时出现的无产阶级文学则有唱对台戏的意味。

新感觉派兴起之后，与旧的文学阵营和新兴的无产阶级文学都曾展开论战。在与旧文学阵营的论战中，川端康成首当其冲。《文艺时代》的敌对刊物主要是由老作家把持的《新潮》《不同调》《中央公论》等。川端康成后来回忆说："《文艺时代》也与《新潮》《不同调》等有些对立。当然只是一部分人。但却是主要的同人。即被称为新感觉派的那拨人。我也是其中之一，不过我的性格不太能在自己心中产生出敌意。《新潮》和《不同调》都由中村武罗夫主持。我的《致作品评论座谈会诸氏》对《新潮》的作品评论座谈会提了意见曾让中村氏像烈火般愤怒起来。"引起中村愤怒的意见主要是："我们确信作品评论座谈会的集体评论有权威，也是非常危险的。……我们'现代文坛青年'应该有思想准备；我们在承蒙作品评论座谈会的恩惠的同时，也还会蒙受它的毒害。""当前文坛的作品与鉴赏它的座谈会诸氏的言论无法深深触动我们的心灵。当我们实实在在觉察到这一点的时候，我们是不会在意在座谈会诸氏的世界里呆着的。"[②] 这显然是对权威大家和流行作家云集的《新潮》的作品评论座谈会的挑战，因此激怒了既有文坛的权威们。这些意见虽然发生在《文艺时代》创刊之前，但它一方面成为川端康成等人积极筹办代表新倾向的同人

---

① ［日］川端康成：《独影自命》，金海曙等译，中国社会科学出版社1996年版，第187—188页。

② 同上书，第182—183页。

刊物的动机之一，另一方面也是《文艺时代》与既有文坛对立的前奏。《新潮》与《文艺时代》的对立持续了很长时间，菊池宽曾经批评《新潮》排斥青年作家的做法："特别是看起来《文艺时代》的一派人似乎被从杂文和创作栏里剔除掉了似的。是有意识这么做的吗?《文艺时代》、新感觉派既然都是文坛之现象，而另一方面《新潮》既然是文坛之公器，那么《新潮》难道不也应该理所当然地在某种程度上采用他们的作品吗?"关于《中央公论》，菊池宽说："对其偏袒成名作家，本人是极为感谢者中的一人，可是我觉得它讨厌新作家又稍微有点太过极端。"① 除了与《新潮》等由老作家把持的杂志的对立之外，还有对各种批评的应战。如著名作家广津和郎发表了《关于新感觉主义》一文，批评新感觉派的人生观和价值观，认为新感觉派是"病态的。只能说是一种痼疾，是心灵和肉体上的一种缺陷"。还有作家批评新感觉派是"追求生硬的、卑俗的乃至颓废的感觉快乐的倾向。"② 川端康成等人予以还击，在有针对性地进行辩解和阐释的同时，"对广津和郎的《散文艺术的位置》、佐藤春夫的《散文精神的产生》等'散文艺术论'也开起火来。"③ 这样的新旧文坛和新老作家的对立，既有个人之间的恩怨和意气用事，也有文学观念和艺术价值判断上的差异。除了与旧文坛和老作家的对立，新感觉派与新兴的无产阶级文学也曾经围绕内容决定形式还是形式决定内容展开论战。不过新感觉派与无产阶级文学论战最激烈的是横光利一和中河与一，川端康成没怎么参与。

川端康成虽然参与了文学论争，也树立了一些敌人，但他总体上性格比较温和，而且受到佛教冤亲平等思想的影响，可以化敌为友。他在《文学自传》中自述："我能自我辩护的，是我随波逐流，随风来顺水去。而我自己既是风也是水。"又说："我是个可怜的人，对任何人都不会憎恶、不会抱有敌意。在别人看来，我今日似乎同昨日的敌人同舟共济，可我本来就没有什么敌人。"④ 论争不仅在日本文坛引起震动，而且导致《文艺时代》同人之间意见分歧，发生争吵。今东光率先退出《文艺时代》，川

① ［日］川端康成：《独影自命》，金海曙等译，中国社会科学出版社 1996 年版，第 186—187 页。

② 参阅叶渭渠《冷艳文士川端康成传》，中国社会科学出版社 1996 年版，第 76—77 页。

③ ［日］进藤纯孝：《川端康成》，何乃英译，中央编译出版社 1998 年版，第 132 页。

④ ［日］川端康成：《文学自传》，叶渭渠译，见《川端康成小说选》，第 683—684 页。

端康成则采取超然的态度。1925 年夏天，正值关于新感觉派的论争达到高潮的时候，他离开东京，去伊豆旅居，由此远离了斗争的旋涡，开始对新感觉派和新感觉文学运动进行反思，对自己的创作道路进行重新思考和定位。他后来对自己在此期间的活动进行回顾时说："对《文艺时代》的回顾，必然会成为对《文艺时代》新感觉派文学运动的述评和作为新感觉派作家的自我批判。然而这也让我觉得麻烦。我想这事交给别人去做好了。《文艺时代》的时候我也就新感觉派做过一些辩论，只是那些文章作为文学理论似乎并不足取，对当时的文学运动也无足轻重。"① 作家在这里实际上已经做了自我反思和自我批判。

除了创办杂志之外，新感觉派曾经酝酿成立剧团，没有实现。1926 年，川端康成和横光利一发起成立了"新感觉派电影联盟"，当年拍摄了川端康成唯一一部电影剧本《疯狂的一页》。这部影片被评为当年的优秀影片，获得了全关西电影联盟颁发的奖牌，但是商业性上映失败了。新感觉派本来就是一个不稳定的团体，1927 年 4 月《文艺时代》杂志停刊，其成员也发生分化。该派的主将横光利一转向新心理主义，川端康成等人转向新兴艺术派，片冈铁兵等人转向无产阶级文学，持续 3 年多的新感觉文学运动至此结束。

二

新感觉派虽然持续时间不长，但却取得了不小的成绩，出现了几个有影响力的作家，其中横光利一和川端康成被视为新感觉派的两个台柱子。有学者认为川端康成并非典型的新感觉派作家，川端康成自己也有类似的表述。② 然而，尽管川端康成开始并没有刻意追求新感觉的效果，而且他的创作与其他新感觉派作家风格不同，但他无疑也应该是新感觉派的一个代表，而且是一个成功的典型的代表。这并非因为他在新感觉文学运动时期的自我强调和标榜，而是因为他在数十年创作生涯中的坚守。正如他自己在晚年回顾和反思新感觉派时所说："在往昔的新感觉派作家中，我发觉自己是最为执着、最有耐性的新感觉派。而处女作时代结识了一批新感

① ［日］川端康成：《独影自命》，金海曙等译，中国社会科学出版社 1996 年版，第 168 页。

② 参见叶渭渠《〈川端康成小说选〉译本序》，见《川端康成小说选》，第 6 页。

觉派作家文友，也是我的宿命。”① 这里我们就川端康成创作中具有新感觉特色的几篇作品进行简单分析，以便对新感觉派和川端康成有一个比较全面深入的认识。

新感觉运动之初，川端康成创作的具有新感觉派特色的作品主要是一些短小的掌篇小说，这些作品大都收在1926年出版的小说集《感情装饰》中，共有35篇，其中不乏成功之作，也有一些盲目求新的实验，对此上文已经有所论述。本时期川端康成新感觉文学的代表作应该是1924年发表的短篇小说《篝火》。这是一篇在当时引起很大争议的作品，一些青年作家高度称赞，一些老作家则将其批得一塌糊涂。老作家菊池宽比较公正地认为，赞赏和否定都有些过分，其中掺杂了太多艺术之外的个人恩怨，指出：“一方面作为三月文坛之佳作而被激赏，另一方面又作为没有在杂志上发表价值的劣作而被批贬，若这是基于新生文坛与既成文坛在艺术价值判断上的差异的话，那再也没有比这更有意思的了。作者恰当又确切地使那样的差异显现，也算是实现了其本愿吧。然而，其中只要稍有一点点艺术批评之外的动机在起作用，那么当今被称为文艺时评之类的东西，——集体评论也好、小说月评也好——就都只不过是些如老宫女之间对同僚的报复性的毁誉褒贬罢了。”② 那么《篝火》究竟是一篇什么样的作品呢？小说的情节很简单：临近毕业的大学生阿俊和好友朝仓来到一个小镇，探望一个名叫道子的姑娘。道子16岁，没有母亲，父亲又在国外，因此由和尚夫妇收养，以寺院为家。道子不喜欢这样的生活，曾经有过出走的想法。阿俊和朝仓在咖啡馆结识道子，知道她的情况，特意来谈姑娘的“终身大事”。不知是出于同情还是真的爱慕，阿俊打算与道子结婚。他的求婚被接受了，而且没有什么阻力。据道子说，养父虽然不高兴，也不会阻挠。故事没有什么曲折动人之处，作品主要围绕求婚过程，表现阿俊的主观感觉。小说一开始写阿俊他们来到道子家——一座寺院，有这样的描写：

屋顶可以说只是放上瓦块而已。修缮中的大雄宝殿空荡荡的，显

① ［日］川端康成：《新感觉派》，见《川端康成十卷集》第10卷，第439页。

② ［日］川端康成：《独影自命》，金海曙等译，中国社会科学出版社1996年版，第185页。

得宽阔、虚空与荒芜。墙上的竹胎儿和木胎儿都裸露出来，透过竹网眼，看得出表面粗粗地抹上一层泥土，壁面非常粗糙。墙泥含有水分，呈墨黑色。室内凉飕飕的。仰头一看，顶棚极高，没有装饰，实在太难看了。①

这样的描写既非全景式的客观写实，也非不加修饰的白描，而是随着人物的踪迹，表现人物的感觉。对道子的描写也不是传统的肖像描写，而是依据感觉：

她那半幅腰带的结子孤零零地显得很细小，很小气。整个身材很不匀称。腰部无力。她不象是个小姑娘，也不象是个妇女，只是显得个子高大，很不稳当似的。她那双大赤脚同身材很不协调，在我的眼睛里一个劲地扩大，压迫着我。②

对景物的描写更显出新感觉的特色，比如对庭院中樱树的描写：

樱树对寒冷非常敏感，樱叶仿佛想起来似的飘落起来，以秋天隐约可闻的声音掠过了潮湿的土地，旋即又被风儿遗弃，静静地枯死了。

再如关于篝火的描写：

篝火，随着激流加快地荡近我们的心，已经看见黑色的船体了。开始看见火焰的摇曳。也可以看见渔夫、鱼鹰渔夫和船夫了。响起了船夫用橹敲击船舷的激越声，也传来篝火熊熊燃烧的劈叭声。船儿沿着河滩漾到我们旅馆所在河岸这边来。船儿飞流。突然间，流动的东西、潜流的东西、漂浮的东西、渔夫用右手扳开鱼鹰的嘴让它吐出来的香鱼，全都象魔鬼节那些又细又黑的身体灵便的怪物一样。③

---

① ［日］川端康成：《篝火》，叶渭渠译，见《川端康成小说选》，第13页。

② 同上书，第15页。

③ 同上书，第28页。

这里视觉、听觉、触觉、幻觉、错觉混杂罗列在一起，显得生动别致。这些描写都是以独特的主观感觉和新颖的语言表达取胜。从思想方面看，作品表现了人物思想的混乱。阿俊来小镇的目的就是向道子求婚，但似乎并没拿定主意，先是在火车上纠结了一夜，见到道子，看到她脸上的缺陷显得特别突出，发现她还是个孩子，感觉“同这个孩子结婚，合二为一，是十分滑稽可笑的”。在求婚过程中，他一直心里充满纠结而没有感情激动。在旅馆中他一度想放弃，心想：“我干脆把她撂下，就这样回东京算了。”然而为时已晚，同伴朝仓已经和姑娘谈过了，姑娘表示对阿俊有好感，答应考虑。他已经没有退路了。他必须面对道子，便直言不讳地问她：“你是怎么想的？”道子回答：“如果您要我，我太幸福了。”阿俊由此受到震动：“幸福这个字眼，使我感到唐突和震惊，我良心发现了。”他想说，是不是幸福还不知道，但话头被姑娘干脆而响亮的声音打断了：“不，是幸福啊！”阿俊又陷入纠结：“什么是人生的幸福，什么是不幸福，谁知道啊！今天结婚，不知明天是快乐还是悲伤？人们但愿它是快乐，梦想它可能是快乐。难道因此就能用明天的快乐这样的话，来换取今天的结婚吗？”[①] 表现出一定的虚无主义倾向。从艺术表现的角度看，小说既无动人的故事，也没有塑造出鲜明生动的人物形象，显然很难说是一篇成功之作，然而，作品的新感觉特色却非常鲜明，人物忧郁的性格、矛盾的心理、错乱的思想和虚无的人生态度以及自由联想式的心理活动，都具有一定的现代性。因此，在新老作家中获得不同的评价也是理所当然的了。

川端康成早期发表的重要作品还有短篇小说《伊豆的舞女》（1926）、《春天的景色》（1927）、中篇小说《温泉旅馆》（1929）和长篇小说《浅草红团》（1929—1930）等，这些作品也大都具有一定的新感觉特色。

《春天的景色》是川端康成一篇体现新感觉特色的短篇小说，是由两个小短篇《梅花的雄蕊》和《柳绿花红》合在一起改写而成的。作品没有揭示社会矛盾，也不表现重大深刻的主题思想，而着重在人物对自然景色的种种感觉，以及由感觉唤起的朦胧的情绪。主人公是一个青年画家，作品写他由未婚妻千代子陪同旅行作画。这篇小说具有川端康成的个人特色，将社会的矛盾和人生的困苦隐在幕后，比如从作品中隐约看到画家和

① ［日］川端康成：《篝火》，叶渭渠译，见《川端康成小说选》，第22—25页。

千代子的婚姻是遭千代子父母反对的，但这不是作者所要表现的内容。作者着力表现的是自然的美、女性的美（包括洁净的肌体的美和单纯的心灵的美）、以淡淡的哀怨为特色的情感的美，以及包含佛教空无思想的虚无的美。这些美主要是通过对外部世界的主观感觉表现出来的。小说以画家对竹林的感觉开始：

那是个晴天，风，却把竹林吹拂得摇曳不止，……尽管竹林在摇曳，杉树却平静如常。……白天是属于竹林的。竹叶宛如一丛丛蜻蜓的翅膀，同阳光嬉戏作乐。……泼洒在竹叶上的阳光，象透明的游鱼，哗啦啦地流泻在他的身上。①

动静相辅，明暗互衬，富有节奏感，这种自然美是由感觉来表现的。主人公是画家，对光线和色彩自然有敏锐独特的感觉，比如："汽车驶过下游模型般的白桥。川流不息的红色，仿佛把沿着街道一直伸向远方的开阔的山峡也吞噬了。"再如："那是野火。火焰如游丝飘忽不定。不过它留下了黑色的痕迹，扩散开去。"② 都是表现画家对景物色彩的敏锐感觉，令读者有耳目一新之感。作者有时运用拟人象征手法，使感觉既鲜明生动，又富有深层内涵，比如小说中对花蕊的描写：

一根根雄蕊，宛如白金制的弓，曲着身子，将小小的花粉头向雌蕊扬去。他拿着梅花，手搭凉棚，眺望着蔚蓝的天空，弓形的雄蕊宛如一轮新月，冲着蓝天把箭发射出去似的。③

通过这种感觉描写透视出情欲萌动中的人物的内心世界。作家也十分注意用形象、新鲜的语言，使感觉描写更生动："大象背着睡神行走。它拖着那个耷拉得象个松软袋子的臀部，映着从竹林子上洒下的光斑，摇摇晃晃地走了。"④ 总之，小说比较好地运用了新感觉文学的技巧，取得了

① ［日］川端康成：《春天的景色》，叶渭渠译，见《川端康成小说选》，第 56 页。

② 同上书，第 61、62 页。

③ 同上书，第 58 页。

④ 同上书，第 65 页。

很好的艺术效果，是一篇成功的新感觉文学作品。

《浅草红团》是一部具有新感觉文学特色的长篇小说，也是体现川端康成早期创作风格的一部作品。从取材来看，小说以作者熟悉的浅草艺人生活为题材。他在后来的《文学自传》中说："我觉得浅草比起银座，贫民窟比公馆街，烟草女工们下班比学校女生们放学时的情景，更带有抒情性。她们粗犷的美，吸引了我。"① 这部作品没有情节主线，而是以速写的手法，描绘一个个小故事，反映了大地震后作为娱乐区的浅草的五光十色的颓废与荒淫之风，勾勒出浅草下层女艺人在社会无情压迫下挣扎着生活的世相。弓子和姐姐遭受大地震之害，姐姐在逃亡之中又被一个流氓所骗，以致精神失常。弓子为了替姐姐报仇，口含亚砷酸毒药与那个流氓接吻，打算与流氓同归于尽，后来被人救起。这是一个性格泼辣敢作敢为的姑娘。阿春是一个以做一名梳头师为理想的乡下女孩，被人骗卖到浅草。买主防止她逃跑，将她脱得一丝不挂，使她不能出门，一连五天。面对镜子中自己的裸体，她欲哭无泪，只好换一种活法，变成了另一个女人。她一方面破罐子破摔，另一方面为了不再被转卖，疯狂地爱上了买主。作品写了许多这类不同经历的少女，她们在受戏弄、受凌辱中挣扎着追求生存的权利，在痛苦悲伤中维护做人的尊严，小说成为浅草生活的缩影。从思想表现看，作者没有去揭示这个黑暗角落冷酷现实的根源，而是以一个旁观者的角度，去观察和欣赏艺人的舞姿之美。作品不是着力于暴露社会黑暗，而是在渺茫的人生里追求理想中的升华的美。小说在艺术上表现了新感觉派的某些特点，作品没有完整的情节，章节随场面而变动，而突出人对事物的主观感觉。如从塔尖的窗户看东京的一段描写：

> 大川，吾妻桥——假桥和钱高公司的架桥工程。东武铁道铁桥工程。隅田公园——浅草河岸正在施工中。那岸边有石头加工工厂和云集的小船、言问桥。对岸——札幌啤酒公司。锦丝堀车站。大岛瓦斯槽。押上车站。隅田公园、小学、工厂地带。三围神社。大仓别墅。荒川水路。筑波山被冬日的云霭笼罩着。春子将手插在怀里，从这扇窗户走到那扇窗户，眺望着东京的屋顶，说道："真是乡下。东京是

① ［日］川端康成：《文学自传》，叶渭渠译，见《川端康成小说选》，第685页。

座旧木屐般的城市，并且这木屐还沾着泥土。”[①]

前面景物的客观罗列看似呆板，实则给人一种视觉的刺激，留下深刻的印象；后面春子对东京的观感，更是激活了前面的罗列。作品反复写到隅田川上的桥，如对言问桥的描写：

> 开朗、平坦、宽阔、洁白，看上去像现代的甲板。它还意味着在积淀了都市污秽的浊浪翻滚的大河上，描画出了一条崭新矫健的路。但是，当我再次踏上这座桥时，广告灯和街灯已落在了黑暗的河水里，那儿流淌着都市的哀愁。[②]

这里运用象征手法表现对城市的感觉。再如对隅田川上的两座桥——清洲桥和言问桥——的瞬间感觉，言问桥“显示了直线美”，清洲桥则具有“曲线美”。直线具有坚硬感，象征男性；曲线具有柔软感，象征女性。[③] 作者用这样的虚幻感觉，映衬伫立桥头喁喁交谈的少男少女，给人以鲜明深刻的印象。小说对浅草风景、风物和风土人情的描写，都运用了新感觉派的手法，如公园景色的描写：

> 水户宅邸遗址十分宽阔，充满了绿色。其中开花的植物只有少数几株夹竹桃。宅邸正中虽然有日本式的林泉，可草坪青翠使人觉得这晨景似乎是西洋式的。“瞧那个，我说是雾，错不了。”青绿之上有白色的东西在流淌，有种清水濯足般的清爽。[④]

表现了对声与色的清新感觉。

《雪国》是川端康成中期的代表作，从1935年动笔到1947年完成，倾注了作者12年心血，而且是作家前期创作到后期创作的一个转折点。前期作品主要是以同情的态度描写下层艺人的生活，后期作品主要倾向是

---

① ［日］川端康成：《浅草红团》，金海曙等译，见《日兮月兮·浅草红团》，中国社会科学出版社1996年版，第288页。

② 同上书，第189页。

③ 同上书，第341—342页。

④ 同上书，第345页。

颓废情绪和虚无思想，这些在《雪国》中都有所表现。小说写岛村在雪国的上越温泉认识了纯洁美丽的姑娘驹子，产生了爱慕之情，相约再会。岛村履约第二次到雪国，发现驹子当了艺妓。岛村虽然为驹子的美丽所吸引，但总有一种徒劳感。同车来温泉的一个叫叶子的姑娘的美也吸引了岛村。后来岛村又为驹子第三次来雪国，驹子仍一心爱着岛村，岛村对驹子的感情却逐渐淡漠了，两人都意识到这是最后一次相会了。这时叶子也在剧场火灾中被烧死。小说的主要人物岛村是一个虚无主义者，他继承了一笔财产而又无正式职业，偶尔搞点舞蹈方面的研究。他终日无所事事，为寻找心中理想的美而不惜长途跋涉去雪国与驹子相会。他并非玩弄女性之辈，他的确想从驹子那里得到安慰，填补空虚的心灵，但是他所追求的是一种虚幻的美，无法实现，或者即使实现也是瞬间即逝的，所以他在与驹子相处中尽管感觉驹子是美的，但仍觉得这种美和驹子对他的爱情都是徒劳的。驹子是作者前期作品所描写的众多下层艺妓的代表。据说她是为了挣钱给未婚夫行男看病而当艺妓的，然而行男却与叶子相爱，而且短命夭亡。她对生活充满了热爱，渴望得到一个女人所应得到的生活和爱情的权利，她对岛村的爱恋，正是这种追求的表现。她与岛村的爱情关系是不正常的，然而正是在这一爱情关系中显示了她作为女性的美。当然，她作为一个受凌辱的艺妓追求纯真的爱情，在现实中是非常困难的，她也意识到这种爱情不可能长久，因而感到痛苦，有时又觉得无可奈何，只好自暴自弃。叶子同样是一个不幸的女性，她对行男一往情深，行男病重，她精心护理，行男死后，她常去上坟。她在残酷的现实中挣扎，生活无依无靠，只能在旅游旺季去旅馆帮工，甚至要求岛村带她去东京，最后在火灾中丧生。

这篇小说的主旨并不在于反映艺妓生活的不幸，而在于表现一个美的世界，女性美是这篇作品所竭力表现的中心内容，驹子和叶子都是这种美的体现。特别是驹子，作品通过岛村的感觉，展示了她的洁净的肉体美、粗犷野性的性格美和善良多情的心灵美。叶子是悲与美结合的女性，正是作者所喜爱和欣赏的悲哀美的体现，她的死亡，标志着这样的美的理想的破灭。自然美也是作者力图表现的重要内容，作品对雪国的初夏、晚秋、初冬的季节转换，景物变化以及各种自然景色和人情风俗作了细致的描绘。这样的自然美与女性美一起，构成一个独特的美的世界。抒情性是这篇作品的一个重要特点，抒情的文笔使作品所表现的美更具有感人的力量。虚无和感伤是这篇小说的主要情绪，叶子清越的声音中显示的悲戚，驹子欢笑中隐含的苦痛，岛村对美的徒劳的感叹，使作品始终笼罩着淡淡的哀愁，这也是作者所努力表现的一种物哀之美。

《雪国》也表现了一些新感觉派的艺术特色。作品中美的世界主要是通过人物的主观感觉来表现的。如小说一开始描写："穿过县界长长的隧道，便是雪国。夜空下一片白茫茫。"寥寥数语，便把人物乘坐火车穿过隧道进入雪国的感觉细致入微地表现出来。再如岛村从玻璃窗的反射中观察叶子，对她的容貌、形体、动作以及声音之美的感觉。再如写镜子中反映的雪中的驹子：

> 镜子里白花花闪烁着的原来是雪。在镜中的雪里现出了女子通红的脸颊。这是一种无法形容的纯洁的美。
>
> 也许是旭日东升了，镜中的雪愈发耀眼，活像燃烧的火焰。浮现在雪上的女子的头发，也闪烁着紫色的光，更增添了乌亮的色泽。①

这里的描写完全是跟着岛村的感觉走，其中有正常的感觉，也有错觉和通感。结尾写岛村对银河及火光的感觉，很少客观的描写，如："这些火星子迸散到银河中，然后扩展开去，岛村觉得自己仿佛又被托起漂到银河中去。黑烟冲上银河，相反地，银河倏然倾泻下来。""银河好象哗啦一声，向他的心坎上倾泻了下来。"② 这些以人物感觉为对象的描写，既有人物心理的反映和折射，又有一定的象征意义，象征人生的不安和空虚，读来耐人寻味。

三

新感觉派创立之初并没有明确的理论主张，只有一种反叛传统、革新文坛的先锋意识，其理论主张是在文学论争过程中形成的，其艺术特点则是在创作实践中不断发展的。虽然新感觉派是一个松散的团体，各成员都有自己的创作个性，但该文学流派由自发到自觉的发展过程中，也形成了一些共同的特点。川端康成作为该派的理论代表，本时期发表的一系列论

---

① ［日］川端康成：《雪国》，叶渭渠译，见《川端康成小说选》，第233—234页。

② 同上书，第317、319页。

文，既是为新感觉派张目，也表现了作家本人的文学思想。新感觉派的创作实践和理论思考在当时都具有先锋性，具有鲜明的现代意识，在早期东方现代主义文学中具有代表性。

首先是重视主观感觉的表现。川端康成在《新进作家的新倾向解说》一文中旗帜鲜明地表明了新感觉派的立场和主张："没有新的表现就没有新的文艺。没有新的表现便没有新的内容。而没有新的感觉则没有新的表现。"① 在题为《短篇小说的新倾向》的论文中，他又强调说："用解释为人生着色，将人生和解释搭配起来，以描绘一个图样的精神进行处理，逍遥自在地采取行动。因而，是唯理的，同时也可以说是主观的。""像这样唯理式地表现主观的短篇小说，我认为是最近引人注目的新倾向之一。而这作为与表现派之类的主观表现方法不同的主观表现方法之一，仍然能够具有作为新文艺倾向之一的意义和价值。"② 在创作中，新感觉派的作家特别重视和强调新的感觉，而所谓新感觉的内涵主要是对主观表现性的追求。他们认为客观事物要通过主观的揳入，分解，再造后表现出来，因而轻视对现实世界的写实，而注重经过主观改造了的感觉世界。所谓感觉世界是由我们四周不断变化的事件的刺激以及我们对它们做出反应这两方面构成的。我们经常为周围环境中的刺激所冲击，我们的感觉世界是以永远变化着的一系列光、色、形、声、味、气、触为其特征的。川端康成对新感觉派的感觉和表现方式与传统文学作了比较："过去把眼睛与蔷薇分离为两个事物，写作'我的眼睛看见了红蔷薇'；而新进作家则把眼睛与蔷薇合二为一，写作'我的眼睛是红蔷薇'。"进而指出新感觉艺术表现的理论基础是"表现主义的认识论"和"达达主义的思维方式"。③ 这样的感觉基于现实又超越现实，因此，从感觉主义必然走向表现主义。新感觉派所追求的新感觉是与现代化的快节奏的现实生活相联系的。他们追求新奇的感觉，实际上是破坏了正常的感觉或者说以错觉代替正常感觉，所以这种新感觉是恣意的，带有主观随意性。另外，新感觉派的感觉和表现都具有直观性。感觉世界是由感觉和知觉构成的，它还没有上升到概念、

① ［日］川端康成：《新进作家的新倾向解说》，见《川端康成十卷集》第10卷，第330页。

② 转引自进藤纯孝《川端康成》，何乃英译，中央编译出版社1998年版，第127页。

③ ［日］川端康成：《新进作家的新倾向解说》，见《川端康成十卷集》第10卷，第328—333页。

判断等逻辑思维。新感觉派执着于感觉层面，因而具有非理性、非逻辑性的特点。川端康成对此也有明确的理论表述，他在《关于表现》一文中指出：“轻易地过分信赖现实的形态、现实的界限者，不可能创造出深刻的艺术。……深切凝视现实的作家大多超越了现实。亦即，他们窥见了灵魂的深渊。这类作家的观照与表现，统统都是感觉性的。……所谓感觉主义，并不仅仅是鲜明地描写出主观性的现象，而是一种直觉主义，或高妙的精神主义。”① 这样自觉地把感觉与直觉和表现联系在一起，使新感觉派具有鲜明的超越现实的表现主义倾向。

其次是象征主义的运用。新感觉派的象征主义特色早已为评论家所关注，也为该派作家所认同，如川端康成在回应文学批评界对新感觉派的评论时指出：“伊藤永之介将我等的文艺称作‘新主观主义’，我们无所怨言地接受了这一名称。又如，赤木健介将我们的文艺称作‘新象征主义’，我们同样甘愿领受。”② 可见新感觉派刚刚出现就获得了“新象征主义”的名声。感觉世界是该派作家所表现的主要对象，而表现感觉的最好手段就是象征。所谓象征就是在客观世界中寻找主观世界的对应物。新感觉派强调主观对事物的感觉，认为客观事物通过主观世界的变形改造后重新表达出来，已经不是原来的事物了，这与象征主义的原理是一致的。西方象征派大师艾略特提出“感受力的统一”作为象征理论的核心，就是“把根本不同的经验凝结成一体”，诗人的头脑“不停顿地综合着各种南辕北辙的经验，……在诗人的头脑中，这些经验总是在形成新的整体”。③ 新感觉派对感觉的表现也是运用这种象征主义手法，如横光利一小说《头与腹》中以“大腹”象征财富，再进一步象征权威；以“无数的头”象征芸芸众生，再进一步象征对权威的盲从，都是运用了“感受力的统一”这样的象征主义表现手法。川端康成的作品中也常有象征成分，如《篝火》中的篝火象征人物心中燃起生活的热情，作品写道：“于是，我拥抱着红彤彤的篝火，凝视着道子那张在火光映照下的忽隐忽现的脸。在道子的一生中，这样艳丽的容颜，恐怕很难再现第二次了吧。”④ 《伊豆的舞

① ［日］川端康成：《关于表现》，见《川端康成十卷集》第 10 卷，第 377 页。

② ［日］川端康成：《诡辩：答诸家问》，见《川端康成十卷集》第 10 卷，第 338 页。

③ T. S. Eliot. *The Metaphysical Poets*, See *Selected Essays*. Harcourt, Brace and ComPony. 1950, p. 247.

④ ［日］川端康成：《篝火》，叶渭渠译，见《川端康成小说选》，第 28—29 页。

女》中的绵绵细雨象征纯洁的情谊，《雪国》以雪象征人物的纯洁与洁净，《千鹤》以“志野的瓷茶碗”象征古典美，《古都》以寄生在老枫树干上的紫花地丁和长在山里的杉树象征人物的不同命运等。新感觉派所要表现的感觉不仅是一刹那、一瞬间对个别事物的感觉，而且包括对世界、对社会、对人生的总体感觉；不仅是人的主观对外界的感觉，而且包括主观世界本身的感觉。这些整体的深层的感觉的表现，也采用了象征的手法。如横光利一的《拿破仑与疥癣》以拿破仑腹部的疥癣象征支配英雄人物的神秘力量等，其构思和意念都具有象征意味。川端康成作品也有类似的表现，如《浅草红团》中所谓“浅草是东京的心脏”，“浅草是人间的市场”，“人类的各种欲望赤裸地跳着舞”，[①] 作家就是试图以东京娱乐区浅草的众生相，象征人类社会的光怪陆离。

新感觉派特征之三是自由联想。自由联想的理论基础是心理学的精神分析学说，以弗洛伊德为代表的精神分析用自由联想来分析梦境，治疗心理疾病。这种方法对文学创作和文学研究产生了巨大影响，形成了意识流小说等西方现代主义文学流派。这一理论和创作方法对日本新感觉派也产生了一定影响。该派作家的早期创作比较注重现代社会急剧变化的外部事物对新鲜感觉的刺激，而对更深层的自由联想和潜意识还没有充分的关注和表现。然而，虽然自由联想还不是早期新感觉派的主要特征，但在一些比较超前的作家那儿已经有些创作的表现和理论的表述，如川端康成对横光利一、今东光、高桥新吉等同人作家的评论：

> 那种空想无所顾忌地在物与物之间翱翔，作者头脑中出没往来的心象用文字直接表达出来。在仿佛忘记了整理与选择、略显杂乱的突兀顺序中，包含着丰富。这种方法不是很接近精神分析学者的“自由联想”吗？尤其是横光利一和今东光的表现，甚至写出了形形色色物象在头脑中来来去去的“速度”，令人产生一种音乐性的节奏感。[②]

---

① ［日］川端康成：《浅草红团》，金海曙等译，见《日兮月兮·浅草红团》，中国社会科学出版社 1996 年版，第 213 页。

② ［日］川端康成：《新进作家的新倾向解说》，见《川端康成十卷集》第 10 卷，第 335 页。

在论述新感觉派艺术的理论根据时，川端康成提出“达达主义的思维方式”，而他对这种思维方式的解释主要是“自由联想”：“达达主义诗歌常常接近于单词的无意义连续，不过是心象碎片的罗列，是诗人头脑中自由联想的外现，而他人难于理解。不妨说，它最为主观、直观同时是感觉式的。”并宣称他们之所以模仿达达主义，不是喜欢其费解性，而是“由此找出了某种暗示，引导出主观性、直观性、感觉性的新的表现，进而从陈腐、褪色而冷漠的构想方式中解放自己”。[①] 这样的自由联想为新感觉派走向心理主义和意识流敞开了大门。川端康成前期作品中有些描写是建立在自由联想基础上的，如《脆弱的器皿》将菩萨像、梦境、少女、《圣经》名言等通过自由联想联系起来，《篝火》中也较多地运用了自由联想。中后期的作品进一步由外向内转，不仅《雪国》《千鹤》《山音》《古都》《睡美人》等作品中自由联想和潜意识表现越来越明显，而且创作了《湖》等典型的意识流小说。

以上分析可以看出，表现主义，象征主义，以自由联想为基础的心理主义，是新感觉派文学的三大特征，这三大特征体现了新感觉派文学的现代主义性质。从这些特征来看，新感觉派无疑受到了西方现代主义文学的深刻影响，对此该派作家们也从不讳言。川端康成宣称：“表现主义堪称我等之父，达达主义是我等之母，俄国文艺新倾向是兄长，莫朗则是一位大姐。”[②] 他后来又回顾说：“我在《新感觉派辩》里读到了这样的句子：‘横光认为未来派、立体派、表现派、达达主义、象征派、现实主义的一部分等等，全都是属于新感觉派的东西。’这大概是因为第一次世界大战后的欧洲的那些新文艺思潮在我们学生时代被介绍移入而与新感觉派有了关系。”[③] 由此可见，日本新感觉派与西方现代主义文学有着深刻的联系和复杂的关系，它是在西方现代主义文学思潮的直接影响下诞生的一个东方现代主义文学流派，与西方现代主义文学有着相同的时代本质和审美

---

① ［日］川端康成：《新进作家的新倾向解说》，见《川端康成十卷集》第10卷，第334页。

② ［日］川端康成：《诡辩：答诸家问》，见《川端康成十卷集》第10卷，第342页。莫朗为法国现代派作家，其小说《夜开门》（1922）翻译介绍到日本后，有评论说新感觉派的创作是对莫朗小说的模仿，川端康成对此表示反对。

③ ［日］川端康成：《独影自命》，金海曙等译，中国社会科学出版社1996年版，第187页。

诉求。

然而，日本的新感觉派毕竟是东方的现代主义文学流派，其“东方”特色也非常鲜明，而且更值得认真挖掘。这种“东方”特色主要表现为与民族文学传统的内在联系。虽然年轻的新感觉派作家极力标榜自己的反传统的叛逆精神，但实际上他们非但没有与日本文学传统决裂，反而继承了一些日本古典文学传统的精髓。首先，对感觉的重视在日本文学中是有深厚传统的，古代的《源氏物语》等经典文学名著都是以表现细腻的感觉为特色。日本人对大自然和具体的事物有细致的感受性，因而那种对具体事物的感觉便成为日本文学描写和表现的对象，形成日本古代文学即物性的特点，就是注意生活细节和对这些细节的细微感觉。川端康成中学时代对日本古典文学有浓厚兴趣，尤其爱读古典名著《源氏物语》，由于这样的文学传统的潜移默化，川端康成早期创作中已经体现出鲜明的日本民族特色。其次，就直观性而言，新感觉派一方面受西方现代直觉主义影响，另一方面也有对东方文学传统的继承。川端康成在论述新感觉艺术表现的理论依据“表现主义的认识论”时，强调了新感觉派的感觉表现与东方传统思维方式的联系，指出：“天地万物因我而存在，天地万物存在于自我的主观之中。……而自我的主观又包含于天地万物之中，以此心境看待事物者，扩大了主观的涵容，且凭主观自由自在地流动。沿此观念发展下去，便抵达他我如一、万物如一的境地。……前述二说，可归之于东方古老的主观主义或客观主义，不，是主客如一主义。以此感觉表现事物，就是如今新进作家的表现态度。我不知旁人如何创作，我的创作正是这样。事实上这种感觉在新近作家的表现中比比皆是。”① 由此可见，新感觉派是在特定的时代，在接受西方多种现代主义文学影响的同时，也浸润或继承了日本文学传统中的某些本质特点，由此形成一个具有东方特点的现代主义文学流派。这一流派及其代表作家的探索，不仅为东方现代主义文学思潮的发展提供了有益的借鉴，而且对东方文学乃至世界文学的未来发展亦有一定的启示意义。

新感觉派作为文学思潮和流派虽然持续时间不长，但却在东方现代文学史上写下了浓墨重彩的一笔，产生了深远的影响。川端康成在写于

---

① ［日］川端康成：《新进作家的新倾向解说》，见《川端康成十卷集》第10卷，第332页。

1950年的自传体随笔《独影自命》中指出："我觉得今后也应该思考新感觉派的意义。至于我，作为新感觉派作家，或许今后也不会消失，而会成长下去。"① 由此说明，无论对于日本文学，还是对于作家本人，新感觉运动都具有重要的意义。新感觉派不仅是日本现代文学史上第一个具有现代意义的文学思潮流派，而且是东方早期现代主义文学流派之一，在东亚地区产生了一定的国际影响，催生了中国和韩国的新感觉派。川端康成作为新感觉派发起人和重要代表作家之一，为新感觉派的形成、发展和理论建设做出了重要贡献，同时，川端康成初登文坛便赶上新感觉运动，这一运动的理论和实践对作家的成长也产生了深远的影响。首先，川端康成的创作始终把主观感觉放在第一位，形成以感觉为中心的文学世界。正如作家晚年自述："转瞬之间，时光已去四十五载，创作中早已忘却了新感觉派之谓。但偶尔念及，却发觉如今的创作更多地依赖感觉。"② 也就是说，虽然新感觉派已经不存在了，但创作依赖感觉已经成为作家自觉不自觉的习惯，几十年如一日。其次，新感觉运动体现的创新精神和先锋意识，给川端康成以深刻的影响。在新感觉派解体之后，川端康成又参加了其他具有现代性的文学团体，直到晚年，他的创作都不墨守成规，后期创作的《湖》《睡美人》等作品，仍然具有先锋性质，体现了创新精神，给人以耳目一新的感觉。再次，新感觉时期，川端康成理论思考和创作实践中都已经开始东西方结合的探索，积累了一些成功的经验。正是由于他的理论思考和创作实践，使新感觉派成为典型的东方现代主义文学流派，而不是某一种西方文学流派的移植。沿着这样的方向不懈前行，川端康成走出了一条成功之路。最后，川端康成注意总结经验教训，探索失败后及时转向，进行深刻的自我反思，这也是新感觉运动给作家留下的重要遗产。

① ［日］川端康成：《独影自命》，金海曙等译，中国社会科学出版社1996年版，第169页。

② ［日］川端康成：《新感觉派》，见《川端康成十卷集》第10卷，第439页。

第三章

索因卡——非洲的莎士比亚

沃雷·索因卡（Wole Soyinka）（1934—），尼日利亚剧作家、诗人、小说家、评论家。1934年出生于尼日利亚西部约鲁巴部族聚居的城镇阿贝奥库塔。阿贝奥库塔是一座历史悠久的小城，索因卡在这里度过了他的童年时光，本土丰富神秘的约鲁巴神话和传说对其以后的思想和创作产生了很大的影响。索因卡的父亲是当地英国圣公会教会小学的校长，母亲也是一位基督教徒，这使他从小就受到了非洲传统文化和西方基督教文化的双重熏陶。11岁时，索因卡被送往离家几十英里外的伊巴丹上中学，中学毕业后曾在拉各斯政府医药部门短暂工作，18岁时考入当时堪称尼日利亚最高学府的伊巴丹大学，和后来成名的著名作家钦·阿契贝、诗人克·奥基格博、剧作家约·克拉尔克等曾是同学。在大学期间，索因卡开始了自己的诗歌创作，常有诗作在《大学先驱报》上发表。1954年，索因卡获奖学金赴英国利兹大学攻读文学，研究古希腊戏剧理论并广泛涉猎莎士比亚、布莱希特和贝克特等戏剧大师的作品，并深受当时在利兹大学授课的著名戏剧评论家乔治·威尔逊的影响，这段经历为他以后的戏剧创作打下了坚实的基础。以优异成绩从利兹大学毕业后，索因卡曾在伦敦皇家宫廷剧院任剧本编审。该剧院曾是20世纪50年代英国乃至整个欧洲戏剧活动的中心，索因卡在这里观摩了众多著名剧作的编导演出和舞台设计，同时开始编导演出自己创作的戏剧。1959年，他在伦敦举行专场演出，演出了他的第一部独幕喜剧《新发明》，并高声朗诵了讽刺种族歧视的诗作《电话中交谈》。1960年，索因卡回到独立后的祖国尼日利亚，周游全国并潜心研究民间文艺，曾组建著名的“1960年假面剧团”“奥里森剧团”，探索融合非洲传统艺术和西方现代戏剧的道路，对独立后非洲民族戏剧的发展做出了重要贡献。军政府统治尼日利亚期间，敢于直言的索因卡以其犀利的笔触间接干预国家的政治生活，并因此遭受种种磨难，曾被非法囚禁达两年之久。获释后，他前往欧洲和加纳，在那里度过了六年的流亡生活。遭受非法囚禁和被迫流亡的苦痛经历，使其此后的作品更多地聚焦于捍卫人的自由、抨击专制暴政，笔触更为尖锐辛辣。1976 年，他回到了尼日利亚，在伊费大学执教，同时兼任剑桥大学、谢菲尔德大学、耶鲁大学、康奈尔大学的客座教授。1994 年，索因卡迁往美国的亚特兰大定居，继续在大学任教并不断有新作品问世。

索因卡用英语写作，著述宏丰，主要作品有剧本《沼泽地的居民》（1958）、《狮子和宝石》（1959）、《裘罗教士的磨难》（1960）、《森林之舞》（1960）、《强种》（1963）、《孔其的收获》（1965）、《路》（1965）、《疯子和专家》（1971）、《死亡与国王的侍从》（1975）；小说《痴心与浊水》（又译《阐释者》或《解释者》，1965）、《人已死：狱中纪实》（1972）、《反常的季节》（1973）、《在阿凯的童年时光》（1981）；诗集《伊丹纳及其他诗作》（1967）、《地穴之梭》（1972）、长诗《奥冈，阿比比曼》（1976）；文学论著《神话、文学与非洲世界》（1976），《艺术、对话与愤怒：文学与文化随笔集》（1995）等。索因卡曾被授予多项文学大奖，因其戏剧创作成就突出，享有“非洲的莎士比亚”之誉。1986 年，因“以广阔的文化视野创作了富有诗意的关于人生的戏剧”[①]，索因卡获得诺贝尔文学奖，成为非洲大陆第一位摘取该桂冠的作家。

在获奖之前，我国对索因卡的关注并不多。1979 年，张英伦等编的《外国名作家传》（中国社会科学出版社）中首次对索因卡列有专节介绍。1983 年，高长荣编选的《非洲戏剧选》（外国文学出版社）中收录了索因卡的著名剧作《路》，由李耒和王勋翻译。此外，部分外国文学史教材著述中对索因卡及其创作也有简单的介绍。1986 年，索因卡获得诺贝尔文学奖，这位目光深邃、著述宏丰的非洲作家迅速激发起国内研究者的兴趣，多篇推介性文章先后在专业期刊、高校学报上发表。这些文章既关注索因卡的创作成就，对其卓越的文学艺术才华予以高度评价，称他是“非洲文坛的一颗明珠”[②]；又对其反抗强权政治、反对种族歧视的人道主义

---

① 堵军主编：《诺贝尔文学奖获得者作品暨演讲文库》（演讲辞卷），中国物资出版社 2004 年版，第 4534 页。

② 吴保和：《非洲文坛的一颗明珠——诺贝尔文学奖获得者渥尔·索因卡》，载《艺术百家》1987 年第 2 期。

精神予以高度赞赏，称他是“非洲剧坛上的普罗米修斯”，“像普罗米修斯那样盗取‘天火’，在剧坛上烛照和焚毁那些阻碍民族进步和个性自由的‘莫名其妙的怪癖’”。[①] 在作品方面，索因卡的大部分代表作相继被翻译过来，主要有：戏剧《痴心与浊水》，沈静、石羽山译，外国文学出版社 1987 年版[②]；《狮子和宝石》[③]，邵殿生等译，漓江出版社 1990 年版；《死亡与国王的侍从》，蔡宜刚译，湖南文艺出版社 2004 年版；散文回忆录《在阿凯的童年时光》，谭莲香译，湖南教育出版社 2008 年版。同时，索因卡的诗歌成就也引起国内研究者的注意，主要译介成果有：《非洲现代诗选》，汪剑钊编译，河北教育出版社 2003 年版；《狱中诗抄：索因卡诗选》，贝岭编，黄灿然、王浩威等译，唐山出版社、倾向出版社 2003 年版；此外，《外国文艺》《世界文学》等专业性期刊也选译刊登了索因卡的部分诗歌。2012 年，中国作家莫言获得诺贝尔文学奖，更加激发起国人对该奖和获奖作家的译介和研究兴趣，同为东方作家的索因卡自然也在此列。2012 年 10 月，索因卡曾受邀来中国访问，在中国人民大学、北京大学和苏州国际写作中心作了讲演和交流。

从译介情况看，索因卡获得诺贝尔文学奖之前的代表作大多已在国内得到译介，使读者和研究者对其有了一定的了解，对国内索因卡研究、非洲文学研究乃至东方文学研究起到了积极的促进作用。但也存在一些问题：一是译名不统一和错译现象的存在。如对 Wole Soyinka 中“Wole”的翻译，就有渥雷、沃尔、沃勒、沃莱等不同译法，甚至有某权威高中教材竟然将“Soyinka”译为“索卡因”。又如对其代表作 *Death and the King's Horseman* 的翻译，就有《死亡与国王的侍从》《死神和国王的马夫》《死亡和国王的马弁》等不同译法。在湖南文艺出版社 2004 年出版的《死亡与国王的侍从》中，索因卡的国籍“尼日利亚”竟全被错印为“阿尔及利亚”。这些现象的存在，一方面是译者的习惯或笔误所致，另一方面却显示出我们对非洲文学和索因卡这位文学大师的陌生。二是这些译介成果大多是索因卡获奖的主要文学类作品，他的一些关于文学和文化的理论著

① 蹇昌槐、蒋家国：《非洲剧坛的普罗米修斯——索因卡》，载《荆州师专学报》1993 年第 3 期。

② 又译为《阐释者》，周辉译，内蒙古文化出版社 2001 年版。

③ 其中还收录了《沼泽地居民》《裘罗教士的磨难》《森林舞蹈》《路》《疯子与专家》等译作。

述未能得到足够的重视，一部分没有被成功译介至国内，如论著 *Myth, Literature and the African World*（《神话、文学与非洲世界》）（1976），*Art, Dialogue, and Outrage: essays on literature and culture*（《艺术、对话与愤怒：文学与文化随笔集》）（1995）等。

索因卡创作力旺盛，至今仍笔耕不辍。他的创作种类繁多、时间跨度又大，不少作品的内容艰深费解。所以，无论在思想特点还是艺术特点方面都难以给他贴一个具体的标签。下面分别拈取出几个方面，对这位非洲作家的思想和创作做一下透视。

第一节　为人生的艺术

人们常用“为人生而艺术”和“为艺术而艺术”来概括一个艺术群体或个体的艺术目的。在文学领域，前者强调文学要反映人生，关心民生疾苦，同情“被损害者和被侮辱者”，如五四时期的“文学研究会”。后者反对文学为现实生活所限制，对文学反映社会问题、实现其“实用”目的持保留和怀疑态度，从而成为唯美主义阵线的靠拢者，如五四时期的“创造社”。在索因卡的思想和创作中，似乎找不到后者的一丝倾向。在他看来，文学当然可以与现实无涉，但在特定的时代、环境下，这无疑是一种退却和逃避：“作家写作要反映社会现实，要对社会进行反思，诗人、艺术家无法游离于大的社会历史背景，不反映社会现实，只能是一种逃避主义。”① 的确，他的作品都渗透着一种强烈的对人生、对社会、对非洲大陆现实问题的关注和介入，姑且以“为人生”作为概括。

一　非洲大陆苦难现实的记录者

索因卡见证了整个非洲大陆从遭受殖民统治到取得民族独立的历史进程，他将这段历史表现于他的作品中，并对非洲大陆的苦难现实倾诉了自己的感喟和悲悯——尽管这种情感经常是不露声色甚至是以冷漠的形式来表现的。

在童年回忆录《在阿凯的童年时光》中，聪慧敏感的索因卡就曾对幼时所见的种种社会不公现象做出跟自己的年龄并不相称的评判，并称自

① 《非洲首位诺奖得主索因卡与人大作家聊文学与创作》，人大新闻网，2012 年 11 月 1 日。

己对这些现象的叛逆行为是“把这个折磨人的世界狠狠揍了一顿”。[①] 成年后的剧作《沼泽地的居民》则通篇笼罩着一种悲愤压抑的情感，它将独立前尼日利亚的社会现实揭示得淋漓尽致。作品以遍布非洲大陆的沼泽地为背景展开，千百年来，非洲人民都在这些沼泽地周边繁衍生息。为求得平安和佑护，他们总是将最肥沃的土地、自己都舍不得吃的山羊和小鸡、最时鲜的豆类、新榨的油料和收获的五谷献给他们心目中崇拜的神灵——蛇神，祭司们趁机从中获利并对民众作威作福。然而，祈祷和献祭均无济于事，黑暗仍笼罩着沼泽地，洪水、干旱和蝗灾使本来就在饥饿中挣扎的人们再也无法生存下去。年轻的主人公伊格韦祖追随其胞兄离开沼泽地，前往象征现代文明的城市去谋求生路。然而，等待他的却是彻头彻尾的失败，连自己的妻子也被发了大财的胞兄所占有，伊格韦祖只有回到贫瘠闭塞的沼泽地家乡，但此时的他内心里只有绝望。面对母亲对自己有没有吃过饭的关切询问，他答道：“我吃过了专门欢迎我的筵席。在地里，豆子、玉米加泥浆做成了一盆永世吃不尽的浓汤。”[②] 在这位已被生活折磨得近乎麻木的年轻人眼里，在城市和乡村之间的徘徊无异于“从这个泥淖跳进另一个泥淖”[③]，都是没有出路的。伊格韦祖的母亲阿露，这位饱尝生活艰辛的农村妇女，对外出闯荡的儿子的一点点可怜的愿望仅仅是：“他活着。哪怕他呼吸的是异乡的空气，这又有什么关系。……哪怕他的生活只够养活他自己。他总是活着，不能要求过多啊。”[④] 从他们的冷漠和麻木中，不难感受到作者不动声色的叙述背后那灼热的情感，那既是对殖民地人民苦难生活的悲悯，也是对那个不公社会的控诉。但希望总是有的，在作品中，索因卡曾通过伊格韦祖的父亲马古力之口表达自己的祈愿和祝福，这位世代为农、靠天吃饭的老人曾祈愿：“上天赐福给天下受苦的人。”[⑤] 就连那个曾和乡亲们热切期盼一场及时雨却一无所获的盲

---

① ［尼日利亚］索因卡：《在阿凯的童年时光》，谭莲香译，湖北教育出版社 2008 年版，第 96 页。

② ［尼日利亚］索因卡：《狮子和宝石》，邵殿生等译，漓江出版社 1990 年版，第 22 页。

③ ［尼日利亚］索因卡：《沼泽地居民》，见《狮子和宝石》，邵殿生等译，漓江出版社 1990 年版，第 33 页。

④ ［尼日利亚］索因卡：《狮子和宝石》，邵殿生等译，漓江出版社 1990 年版，第 25 页。

⑤ ［尼日利亚］索因卡：《沼泽地居民》，见《狮子和宝石》，邵殿生等译，漓江出版社 1990 年版，第 10 页。

乞丐，也没有对新生活放弃最后一丝希望。这是剧中唯一的一抹亮色。

20 世纪五六十年代，饱受殖民者蹂躏的非洲各国相继取得独立，非洲人民曾欢欣鼓舞，但他们很快发现，接踵而来的不是独立前所憧憬的和平、团结、温馨和甜蜜，却是战乱频仍、部族仇杀、灾荒贫困和暴政肆虐。尼日利亚也是如此，1960 年独立后曾多次发生内战和政变，处于社会底层的普通民众长期在混乱和贫困中挣扎。与此同时，索因卡的文学创作也迎来高峰期，现实性更强。

长篇小说《痴心与浊水》（又译《阐释者》或《解释者》）是集中表现该时期尼日利亚现实的一部代表性作品，作品问世后为索因卡带来了国际声望，被誉为“可与乔伊斯和福克纳的作品相媲美”，曾获英国《新政治家》杂志颁发的国际文学奖。它围绕几位留学归国的青年人的各自经历，揭露了独立不久、内战将至的尼日利亚令人窒息的社会现实。工程师塞孔尼归国后雄心勃勃，打算在独立后的祖国大干一番事业。他珍视传统文化，也对未来怀有更多憧憬和豪情：“如果山峦不肯过来，就让我们过去吧，以真主的名义！”他设计了一座发电站，希望让千家万户告别落后的煤油灯的时代，但存有私心的董事长却委派了一个“专家”捏造出种种理由把发电站给拆掉了，最终逼疯并害死了塞孔尼。满怀理想的实干家在与握有实权的阴谋家的较量中完败，这就是独立后的尼日利亚。作者通过塞孔尼这一角色，揭示出尼日利亚的独立并没有给人们带来预期的安定和公平，要真正实现政治独立之外的人格独立和社会公正，尼日利亚还有很长的路要走。新闻记者萨戈坦直、勇敢而又机智，他到报社求职时便遭遇社长的无耻索贿，在工作时更对报社内“低级厕所”和“高级厕所”的区别使用耿耿于怀，在刊发好友塞孔尼遇害经过的文章遇挫时毫不退让……这是一个对尼日利亚社会现实有着切身体会和透彻了解而又善于机智应对的人物形象。小说不惜用大量的笔墨让萨戈宣扬自己独有的一套“排泄哲学”，看似荒诞不经，却是对尼日利亚污浊的社会现象的极为尖刻辛辣的讽刺——最需要排除的，不是来自个体身体的废弃物，而是尼日利亚那无处不在的龌龊、腐朽、恶俗的社会毒素。不同于塞孔尼的理想主义和萨戈的勇敢机智，政府工作人员艾格博是个性格和行动上的徘徊者。他有一份体面的工作，但同时又感到无趣而心生厌恶；他想听从家乡人的劝告，回到家乡做一位养尊处优的酋长，但又不甘于那死寂的生活；他清楚地体验和认识到包括他在内的一切都处于过去和现在的循环之中，却又对这种循环心存恐惧、焦灼不安。这正是尼日利亚青年一代知识分子在新与旧、传统与现代间迷离徘徊的写照。索因卡通过小说告诉人们，在现实的尼日利亚，这些受过新思想的熏陶、对个人和民族命运曾抱有“痴心”的青年人也不过是这腐败横行、积弊深重的一潭“浊水”中的牺牲品。

《路》在索因卡的戏剧创作中占有十分重要的位置，被众多评论家一致公认为最具有非洲民间戏剧传统特色、最能显示索因卡对非洲社会现实态度的作品。剧情聚焦于一家“汽车配件商店”，商店老板是一位老教授，也是剧中的中心人物。教授以前曾任主日学校的教师、教会祈祷仪式的主持人等，现却在这个“汽车配件商店”里经营车祸后残留的汽车配件这一行当，他还替司机们伪造驾驶执照。一旦有车祸发生，他就持放大镜赶去勘察一番，想从血肉模糊的尸体和汽车残骸上找到蕴含生死真谛的“启示”。每到夜晚，他就在教堂墓地踯躅，与鬼魂为伍。最后，教授倒在一个流氓的匕首下，在挽歌中死去。剧作情节错综复杂，人物言行荒诞不经，曲折地表现出作者对独立后尼日利亚混乱现实的影射和不满，主人公教授的选择和命运则表露出作者对于生死和人性的哲理性思考。车祸，是剧中令人触目惊心却又频繁发生的事件，作者选择这一事件是有其用意的。尼日利亚是世界上车祸发生率最高的国家之一，除本剧集中地写到车祸和在车祸中丧生的司机外，索因卡在诗歌《黎明中死亡》《伊丹纳及其他诗作》里也写到车祸，长篇小说《痴心与浊水》中主人公之一工程师塞孔尼死于车祸，剧本《森林之舞》中也写到一次丧生几十人的车祸，并将那辆车命名为“火葬炉”。一方面，这无处不在的车祸是对尼日利亚和非洲车祸现实的直接反映；另一方面，它表达了作者对独立后的国家缘何沉沦于频繁灾祸的见解，以象征手法对当代尼日利亚社会现实进行了隐晦曲折的揭示和嘲讽，表现出对民族、国家命运的一种理性思考。

长篇小说《反常的季节》则以 20 世纪 60 年代尼日利亚内战为背景，虚构了一个金钱与权势相勾结统治下的非洲社会。在这个社会里，官僚、兵痞、奸商的恣意妄为与平民百姓的苦难遭遇相互对照，表现出作者进行社会改革、将人民从灾难中拯救出来的观点和理想。

戏剧《森林之舞》是为庆祝 1960 年 10 月 1 日尼日利亚民族独立日而作，索因卡却以玄幻荒诞的形式来表达自己对独立后的尼日利亚和整个非洲大陆严酷现实的清醒认识和冷静思考。1983 年，索因卡在谈到《森林之舞》时指出，该剧是以一种独特的眼光重新审视被过分颂扬的非洲荣耀的往昔，“从那以后，我就在我们政治的丛林里除了跳死亡舞蹈之外什么也没干。”①

二　痛恨专制　吁求自由

对于文学与社会的关系，萨特曾强调文学创作就是对社会生活的介入，就是一种战斗：“……文学把你投入战斗；写作，这是某种要求自由的方式……”② 索因卡也是这样，他手中的笔就是他捍卫自由、挞伐丑恶的最有力武器。索因卡曾被视为拜伦式人物，1967 年，他曾因反对暴力和内战而被军政府逮捕，未经审判却一直被监禁到 1969 年，中间一度传言他已离开人世。这段经历更加深了他对暴力和专制的痛恨，使他对现实政治丑恶的揭露和讽刺更为尖锐和彻底。他曾说过：“我始终不渝的信仰是人的自由。它像一股愤怒的、反叛的力量在我躯体里汹涌，使我坚持不懈地同人类惯于奴役他人的莫名其妙的怪癖作坚决斗争。特别是在这非洲新社会里，坚持要这种自由的主张，往往被看成是某种奇怪的、有破坏性的霉菌……我深信，没有这种充分的自由，生活是毫无意义的、屈辱的。虽然我知道光靠说话是不能保证得到自由的，可是我的创作还是越来越多地针对那些压迫人的皮靴——不管它的脚是什么肤色的——为个性自由而斗争。”③

《狱中诗抄》是索因卡追述其铁窗生活的回忆录，出狱后经过整理以《地穴之梭》为题发表，第一首《旅程》即以隐晦低沉的笔调控诉了这段经历给他身体和心灵带来的双重戕害：

> 我从不感到我已经抵达，尽管我来到
> 旅行的终点。我走上这条路，
> 它把羽冠丧失给问题，却把我压在
> 另一片归家的土地里。我知道
> 我的肉被啃得一干二净，给在生锈船壳中

---

① 梁立基、陶德臻主编：《外国文学简编》（修订本），中国人民大学出版社 1998 年版，第 613 页。

② ［法］萨特：《什么是文学》，见《萨特研究》，中国社会科学出版社 1981 年版，第 24 页。

③ ［尼日利亚］索因卡：《狮子和宝石》，邵殿生等译，漓江出版社 1990 年版，第 17 页。

泛起波纹的鱼——
我一路经过它们。

于是我带着面包和酒
没有跟失败和死亡分享
我一路经过它们。

我从不感到我已经抵达，
尽管爱情和欢迎诱我回家。
篡夺者送给我杯子，
每一顿都是最后的晚餐。

失去自由者不但身体上遭受折磨，“被啃得一干二净”，精神上也无时不在遭受篡夺者的利诱和威胁，“最后的晚餐”无疑是指独裁者在冠冕堂皇的借口下所实施的歹毒阴谋。而那“在生锈船壳中泛起波纹的鱼”正是暗指兴风作浪、为所欲为的独裁统治者，船壳已经生锈则喻指尼日利亚这艘航船早已远离民主自由的浩瀚海洋，它已在暴政肆虐的沙滩上搁浅太久。在这种境遇下，满怀爱国激情的诗人却找不到回家的路，那是一条旧的苦难刚刚逝去、新的悲哀又接踵而至的不归之路。同样，《活地狱》一诗中，“十六步又二十三步。他们幽禁人类和真理，动用时间去耗费殆尽他的理性……”，专制者不但以狭窄幽暗的牢房囚禁革命者的身体，并企图以此来完成对真理、理性的扼杀，而这些，才是对他们的专制统治构成真正威胁的东西。《囚犯》一诗：“……沙漠的荒野，那时，孤独的仙人掌食人生番是他的爱——纵使在巉岩和山谷中间，在跳耀和夜晚的颤慄之间。纵使像遗留的陶片以及陷落的沙暴——暗示已经出现。……”沙漠、荒野、仙人掌、食人生番、巉岩、山谷、遗留的陶片、陷落的沙暴，诗人用一系列灰暗绝望的意象来描述囚犯这个特殊的群体（自己已成为这个群体的一员）所具有的特殊的心理感受，重获自由的渴望像烈焰一般在心底升腾，代表希望的“暗示”已经到来。

20 世纪五六十年代，非洲国家纷纷取得独立，独立后的统治者们纷纷以“民族之父”自诩，个人崇拜愈演愈烈，由此而导致的众多灾难性后果接踵而至。索因卡对这一现实有着冷静的体察，创作出一系列剧作，对痴迷于个人崇拜和专制独裁的统治者进行揭露和嘲讽，也对非洲人民在这些统治者的煽动下陷入精神狂热这一可悲的现实进行了揭示。《孔其的收获》是其中最有代表性的一部。作品带有强烈的政治讽喻性。在剧中，索因卡并未针对某个具体的非洲国家统治者进行影射，而选取了孔其这个具有普遍象征意义的人物（“孔其”在约鲁巴语中指专横跋扈的铁腕人物），剧中的“伊斯姆兰”也仅是一个象征性的国度，但却正是当时整个非洲大陆的一个缩影。木薯是剧中反复出现的中心意象，它象征着国家至高无上的权力和人民的最高崇拜，戏剧冲突集中围绕着它而展开。孔其对此物朝思暮想，一再要求前统治者在收获节的木薯奉献仪式上亲手把木薯交给他，为的是得到权力欲的最大满足并达到个人崇拜的顶峰。颇具讽刺意味的是，前统治者则把木薯作为他同孔其进行政治交易的筹码，用它来换取自己的自由，以便回到王宫继续其骄奢淫逸的生活。整部作品笑料不断，作者却让观众和读者在笑声中看透这些所谓“民族之父”的丑恶嘴脸。但从剧中可以看出，索因卡虽对专制独裁统治痛恨有加，却并不提倡人民用暴力去推翻这种统治，最终他让先知出场来教诲独裁者们从罪恶的狂想中醒悟，这反映了索因卡一贯坚持的人道主义立场。[①] 在尼日利亚的内战中，索因卡也是这样做的，并因此遭受了不少误解和非议。

戏剧《疯子与专家》是索因卡出狱后不久创作的作品，剧情随内战结束之后一对父子的返乡而展开。儿子战前本是一位医生，战后却成了情报处处长；父亲热衷于宣传各种离奇怪诞的主张，如食人肉合法等，因而被视为疯子。于是儿子派了四个残疾军人去监视自己的父亲。这部以尖酸刻薄闻名的讽刺剧揭示了内战所造成的人性沦亡，鞭挞了暴力的罪恶。对于该剧本，索因卡曾明确表明他写作的目的就是为了“祛魔”，即对曾对其实施的非法拘禁行为予以迎头痛击。近作《巴阿布国王》也是一部现实政治讽刺剧，它影射尼日利亚军人当权前后发生的一系列闹剧。索因卡借该剧对这些“僭越之王”（即军政独裁者）的暴虐和污浊进行揭露和挞伐，他曾直言，创作这个剧本的目的就是要表现这类扭曲的人性，如果一时还不能把这些军政独裁者吊死在灯柱上，就要“把他们象征性地吊死在舞台上”。

---

① 参阅沈洪泉《孤愤与荒诞——索因卡戏剧研究》，硕士学位论文，2006 年。

三 形而上的人性关照与思考

在索因卡看来，真正优秀的作品应该基于“一种形而上的、超越现实的关注，而非形而下的纯粹叙述。它应该揭示那种并非一蹴而就的现实，即涤净（落后的）习俗，将社会从陈腐观念或其它偏见中解救出来”。[①]他的多数作品都包含着有力的、以对人的本性的深刻理解为基础的社会批评，其中几部戏剧作品尤为突出。

《强种》一剧即在对非洲社会的非人道陋习进行揭示的同时，表露对人性的思考和关怀。在一个非洲农村，延续着这样的习俗：在迎接新年来临的仪式上，必须有一个人被驱逐出去并虐待至死，以喻示在过去一年中全村的罪恶由此人承担并带走，而这个人选只能从外乡人中产生。作为村子里仅有的两个外乡人之一，青年教师埃芒自愿站了出来，保护了另外一个外乡人——一个无依无靠的痴呆男孩。而在埃芒的家乡，也有岁末弃旧迎新的习俗，埃芒的父亲曾在每年新年将装满垃圾（象征着全村人的“污秽”）的小船送到河里漂走，成为家乡人称颂的英雄。为此，埃芒的父亲曾经骄傲地对他说，他们的家族是“强种”。埃芒的父亲在家乡最终为此献出了生命，埃芒则在外乡延续了类似的牺牲。在这个剧本里，表面上看，索因卡表达了他对非洲沉重陋习的挞伐，深层次上却体认和宣示了一种深邃的“利他”精神：唯有牺牲自身，方能唤醒和解救他人；正是那些人数虽少却胸怀博爱、意志坚定的“强种”，才给混乱愚昧的非洲世界和人类未来带来一丝希望。

《死亡和国王的侍从》是影响较大同时备受争议的一部剧作。按照约鲁巴古老习俗，国王死去后，他的亲近侍从须在30天内赴死以打通“轮回通道”[②] 来拯救整个约鲁巴部族。肩负着这一神圣使命的艾雷辛在最后时刻遏制不住对世俗的留恋，闻讯赶来的殖民地行政官也难以理解这野蛮的习俗，下令将艾雷辛囚禁起来。最终，艾雷辛在国外留学的儿子代替他

---

① Wole Soyinka. *Myth, Literature and the African World* [M]. Cambridge: M. A. Cambridge University Press, 1976, p. 66.

② 在约鲁巴宗教理念中共存在着四重世界：死者世界、生者世界、未来世界和“轮回通道”。人的永恒通过前三重世界之间的循环转换得以实现，这种循环转换以打通“轮回通道”为前提，而“轮回通道”的打通又须借助人类的自杀仪式来完成。剧中人物艾雷辛便是此任务的执行者。

的父亲完成了这一使命，尊严尽失的艾雷辛也在绝望中自杀。表面上看，悲剧的发生似乎归因于非洲约鲁巴文化与欧洲近代文化的隔阂与冲突，可是索因卡并不认可这样的解读，他自己宁愿将该剧视为对复杂人性的刺探。剧作中，尽管国王在翘首等待的那个彼岸世界可为自身和整个约鲁巴部族带来安全和荣耀，肉身凡胎的艾雷辛仍对此岸世界怀有无限的眷恋，从这个意义上说，英国人的干涉虽阻止了他自我神圣义务的实现，却也同时给他的尘世眷恋提供了一个借口，“我的弱点不仅来自对白人的憎恨，他们粗暴地闯入我逐渐消失的存在，欲望的重量也落在我附着于大地的四肢之上”①。人类都是“向死而生”，但正是“生”的实在给了人们对“死”的虚无的恐惧。在神圣义务和世俗生命面前，在永恒荣耀和短暂欢愉面前，“To be or not to be”，又一次折磨着人类的心灵。但它已不同于文艺复兴时期西方人文主义者所面对的矛盾和选择，而是摆在20世纪西部非洲人民面前的现实生活困惑和深邃哲理思考。通过这部剧作，索因卡将人性的迷惘表现得深刻而幽微。

从这个意义上看，前文所讨论过的《路》又是一部发人深思的存在主义悲喜剧。教授本为人类精英，他曾有着崇高而坚定的信仰，处处苦苦追随《圣经》和真理，甚至连肮脏的废纸堆、恐怖的死人堆这类地方也不放过。多次寻找没有结果，但他始终不放弃这种寻找和期盼，“这一天一定会到来。是的，一定会到来。要向《圣经》立功赎罪”。他曾视拯救他人灵魂为己任，剧作中有罪孽的人们也经常为教授唱起一段颂歌：

> 教授啊，我们好像恶魔，
> 无论在天堂，无论在地狱，
> 您都是我们的长老；
> 有一只手想要杀我，
> 你让它住手，别害我，
> ……

就是这样一个高尚、坚定的人，却成了金钱的忠实奴隶：他在自己开

① ［尼日利亚］索因卡：《死亡与国王的侍从》，蔡宜刚译，湖南文艺出版社2004年版，第92—93页。

的“汽车配件商店”里伪造驾驶执照赚钱，自己动手或指使人去扒窃活人甚至死人的钱包。他精神迷茫乃至错乱：黑夜在教堂墓地里踯躅，与鬼魂为伍；哪里有车祸，他就拿着放大镜赶去勘察，想从血肉模糊的尸体和残骸碎片上寻找说明生死真谛的“启示”……可是他又睿智聪敏，经常说出富有哲理性的话：“想想吧，连蛆虫也受福于《圣经》。不然，它们又为什么敢于腐蚀我们的肉体呢?”面对失业工人针对《圣经》填不饱肚子的发问，他也坦承“大家徒劳地在寻找那些看不到的东西”。更悲哀的是，在遭警察讯问时，他表达愿意去坐牢并希望最好给他个单间，以便有个清静的环境去思考问题，但警察的回答却是：“教授，你会失望的，监狱可不是世界上最清静的地方。”教授最后倒在流氓头子的匕首下，弥留之际，他发出最后的祈愿：“像路一样呼吸吧，变成路吧！碰上倒霉的日子，也能混上一碗饭，不让肚子空着，把生死命运掌握在自己手里……你们成天做梦，平躺在背信弃义和欺骗榨取上，别人信任你们时，你们就把头抬得高高的，打击信任你们的乘客，把他们全部吞掉，或是把他们打死在地上。你们之间为死亡铺开一条宽阔的床单，它的长度和它经历的岁月，犹如太阳光一样，直至变成许多张脸，所有死者投射成一条黑影为止。像路一样呼吸吧，但愿能像大路一样……”人性在混乱的现实面前变得卑微，教授的呓语则无疑是富含哲理的荒诞式显现。作者是在用批判的眼光观照着这个生与死界限不明、信仰与物欲难分高下、崇高与卑贱同床共枕的现实境遇，给频频陷入精神绝境、在荒诞中苦苦挣扎的芸芸众生指出一条出路，为人类唱出一曲存在主义的脱困悲歌。

如上所述，索因卡的思想和创作深深扎根于非洲大陆的现实土壤之中，而距“为艺术而艺术”的虚妄相去甚远，他曾说过，非洲艺术家从来就是、也应该是“社会风习和历史的记录者，时代理想的表达者”。[①]对此，南非著名作家戈迪默在《老虎索因卡》一文中曾这样评价道：“我们非洲有很多作家把实际行动做得跟写作一样好，但索因卡是最好和最出色的例子，树立作家达到时代要求的榜样，超乎一般人所能理解

① ［尼日利亚］索因卡：《狮子和宝石》，邵殿生等译，漓江出版社 1990 年版，第 16 页。

的知识分子的责任。"[①] 的确，同其他获奖的东方作家相比，索因卡更注重文学的现实意义和社会作用，其思想和创作中的忧患意识和批判精神，也正是20世纪东方文学的重要特点，而这也是诺贝尔文学奖的指归之一。

第二节　后殖民创作：反抗与迷茫

后殖民文学，是在殖民历史的结束这一语境下出现的一类特殊文学现象。人们对这类文学现象的理解不尽一致，但自阿拉伯裔美籍学者爱德华·赛义德的著作《东方学》和《文化帝国主义》问世后，它的理论基础更为牢固，相关实践研究也日益繁多。由于历史、地域和文化的原因，几位获得诺贝尔文学奖的东方作家的思想和创作中后殖民因素较为明显，如南非的戈迪默和库切等，索因卡也是其中的一位。

一　索因卡与非洲后殖民文学

广袤的非洲大陆拥有悠久的历史和灿烂的文化，欧洲列强早在15世纪初就将觊觎的目光投向这块土地。1415年，葡萄牙人即出兵占领休达。随着资本主义的扩张，欧洲列强对非洲进行染指和攫取的步伐不断加快，到19世纪末20世纪初，绝大部分非洲领土已被列强侵占，相继沦为它们的殖民地。第二次世界大战之后，非洲国家开始陆续摆脱殖民统治的枷锁，1960年，众多非洲国家迎来独立（这一年也被称为"非洲独立年"）。伴随着非洲遭受列强殖民时代的结束，一批渴望重写民族历史、收回民族文化阐释权的著名作家相继奋起，像加纳的阿伊·克韦·阿尔马赫，尼日利亚的阿莫斯·图图奥拉、钦努阿·阿契贝、布奇·埃默切塔、本·奥克利，南非的纳丁·戈迪默和约翰·马克斯韦尔·库切，肯尼亚的尼古基·瓦·西昂哥等，他们以民族文化为根基，对后帝国主义时期的非洲社会秩序和文化体系做出新的观照和思考，创作出众多视角独特、影响深远的文学作品，使战后非洲成为后殖民文学创作的一个重要阵地。

---

① ［南非］戈迪默：《老虎索因卡》，载索因卡《狱中诗抄》，黄灿然译，倾向出版社、唐山出版社2003年版，第14页。

尼日利亚于1914年沦为英国的殖民地，直到1960年才获得形式上的独立。作为一名对祖国、对非洲大陆有着深挚情感并且亲眼见证了非洲遭受殖民统治的作家，索因卡的思想和创作无疑留有深刻的后殖民印记。令人不解的是，谈到索因卡，国内的研究著述几乎一致地认为他是一位典型的后殖民作家，但却鲜有专门的文章来对此进行深入探讨①。这种认识的一致和研究的缺乏之间的反差，有索因卡本身的创作丰富复杂和晦涩难解这方面的原因，有译介方面的原因，也与他在面对后殖民时代的诸多问题时本身所表现出的徘徊和迷惘密切相关。

二　民族性艺术形式的坚守

后殖民理论家赛义德在其《文化与帝国主义》中曾以“反抗”一词来概括后殖民作家的写作策略，他认为，重写经典、民族自觉、文化反抗等，是后殖民作家经常运用的有效的反殖民手段。这其中包括索因卡。对此，索因卡自己也直言不讳。在其思想和创作中的“反抗”因素中，民族性艺术形式的坚守占有重要地位。

宗主国文化对殖民地文化的侵蚀现象一直广受关注。在独立后的西部非洲，这种现象尤为突出，一些人丧失了自己的辨别力，对殖民宗主国文化不加区别地予以接受，甚至鄙夷和漠视自身民族文化的存在价值。在他们的眼里，“民族性”成为丑陋、落后的代名词。他们认为，只有在价值观、思维方式和表达方式等诸方面向西方文化全面看齐，才能搭上由西方人主驾的顺风车，驶入全球化进程的快车道。索因卡对此却有清醒的认识。他认为，西方殖民者给非洲大陆所带来的，除了政治上的压迫、经济上的盘剥，最应引起非洲人民警惕的，是殖民者文化上的话语霸权以及由此给非洲传统文化带来的彻底破坏。面对西方殖民文化的威胁，以“反抗”求生存，寻找自身民族文化传统中最具有生命力的艺术形式，并加以坚守和发扬，才是处于殖民话语霸权下的非洲文化所应采取的策略。而戏剧，无疑是最能代表非洲文化传统、最能体现约鲁巴民族特色的艺术形

① 如任一鸣、瞿世镜的《英语后殖民文学研究》（上海译文出版社2003年版）中，对阿尔马赫等其他几位非洲作家的后殖民创作均有专节介绍，却唯独没有索因卡。对于索因卡后殖民创作的研究成果，目前所见较有分量的有宋志明的《“奴隶叙事”与黑非洲的战神奥冈——论沃勒·索因卡诗歌创作的后殖民性》（《外国文学研究》2003年第5期）。

式。他曾说："殖民时期西部非洲戏剧的历史很大程度上是一部文化反抗和幸存的历史。在伊斯兰教价值观和基督教价值观的双重敌意面前，在应对殖民主义破坏性的意图的同时，它始终都坚持赋予戏剧形式以新的生命，不管是在'民间戏剧'传统方面，还是在那些通常被视为已经'西化'了的剧作家的作品中。"① 无疑，索因卡自己就是这些通常被视为已被"西化"、但却顽强地以戏剧这种艺术形式应对殖民主义文化掠夺的剧作家之一。

在《非洲传统文化中的戏剧：幸存的方式》一文中，索因卡以约鲁巴人纪念死者的一种演出——"埃冈冈"（egungun）为例，冷静思考了西方文化侵入非洲大陆的过程。约鲁巴人认为埃冈冈是死去的祖先的化身，扮演埃冈冈的人通常穿着缝缝补补的长袍，头戴面目狰狞的木质面具。它所到之处，可以给予恶人以应有的惩治。虽然约鲁巴人都知道埃冈冈是由活人装扮成的，但仍相信即使不小心触摸到它，也会带来死亡。这种传统艺术形式非常富有生命力，从宫廷到民间、从单纯的仪式崇拜到规范的戏剧艺术，处于奥约君主政体下的"埃冈冈"发展迅速。但后来，随着奥约王国的衰落和伊斯兰教的入侵，包括埃冈冈在内的传统戏剧艺术受到了威胁，穆斯林们禁止了大多数同伊斯兰教教义相违背的戏剧表演形式，特别是在北部约鲁巴聚居区，这样，埃冈冈和其他一些源于传统仪式的戏剧形式丧失了它们的神秘和神圣。这种情况在尼日利亚南部地区更为严重：仅比殖民武装势力早几步到达非洲大陆的基督教传教士们并不满足于仅仅颁禁戏剧表演本身，还否决了土著乐器的使用和传播，而这些土著乐器往往是传统戏剧表演的支柱。在这个文化艺术的真空中，各类基督教戏剧主题和西方的艺术形式在非洲大陆得以确立，并一度占据主导地位。在指出伊斯兰教和基督教是造成非洲传统艺术形式衰亡的两大主因之外，索因卡还指出了第三个原因，那就是罪恶的奴隶贸易。由于传教士们经常给深受部族仇杀、暗袭、绑架等威胁迫害的非洲奴隶们提供相对安全的避难场所，所以，"难以想象一群来自古老奥约王国的难民们会得到他们的信奉伊斯兰教和基督教的保护者们的鼓励，以返回他们的异教之路"②。当然，

---

① Wole Soyinka, Theatre in African Traditional Cultures: Survival Patterns. *Modern African Drama*, selected and edited by Biodun Jeyifo, W. W. Norton & Company, Inc. p. 421, 2002.

② Ibid. .

一些传统的非洲艺术形式可能还会被允许使用，但仅仅被用于宗教目的，如19世纪初基督教曾借用布干达的音乐作为圣歌之用，但这也只是一种用于维持原住民文化传统得以和谐的战略手段而已。

索因卡得出结论说，目前难以对埃冈冈这种古老的艺术形式究竟在邻近地区还有多大的传播做出判断，其他古老的艺术形式也是如此。这些在非洲历史中往往被忽视或被视为讨厌的东西，会被来自统治者文化的新的艺术形式所迅速取代。同时，索因卡也指出了戏剧这种艺术形式的特殊之处，正是这些特殊之处使它成为同西方殖民文化相抗衡的一个有效艺术手段。他认为，同其他姊妹艺术相比，戏剧不是一项可以轻易掌握的学术训练（比如雕塑，就是一项殖民者们用以向非洲人轻易说“不”的成就）。真正意义上的戏剧和仅仅作为仪式、典礼或节日演出是不同的，它强调的是“多样性”的形式变化，所以，不易被殖民文化的艺术形式所取代。在此意义上，关于戏剧的定义应该同对传统文化进行诋毁的人所持有的偏见对立起来，而后者所持有的偏见性解读仍在占领着正统的戏剧批评理论话语阵地。可以看出，索因卡对于戏剧的认识明显是想摆脱西方话语和守旧话语的影响，全力收回民族话语的诠释权，建立一种新的与殖民话语相对抗的戏剧理论。

正是看到戏剧这一艺术形式在维护非洲民族文化传统方面的特殊作用，索因卡不断通过他的众多戏剧作品重现民族文化记忆，从这个意义上说，他的戏剧作品无一不是对民族文化传统的宣示和坚守。在剧作《死亡与国王的侍从》中，索因卡着重突出了古老约鲁巴民族的宇宙秩序观：死者世界、生者世界、未来世界和“轮回通道”。人的永恒通过前三重世界之间的循环转换得以实现，这种循环转换以打通“轮回通道”为前提，而“轮回通道”的打通又须借助人类的自杀仪式来完成，这是为古老的约鲁巴民族所信奉至今的一个生死循环的圈子。这个神秘的生死循环圈，连同剧作中赴死仪式时的着装、隐喻式的语言、唱诗班的挽歌、艾雷辛的死亡之舞，都是约鲁巴民族传统不变的回忆。《森林之舞》中，众多约鲁巴神话意象打破时间、空间和思维的惯常顺序出现，剧中人物不仅有现在活着的人，还有森林之王、棕榈树精、黑暗神、宝石精、河神、幽灵等，俨然就是一个传统神话世界的再现。《强种》中，在青年教师埃芒身上所体现出来的利他主义精神也闪耀着传统约鲁巴文化的理想主义光芒。《路》中，非理性思维下隐晦曲折的寓意也是非洲传统艺术思维的集中体现。

当然，在索因卡的剧作中，古老的非洲文化传统并非他顶礼膜拜的原型寄托，而是滋润其创作的营养，他将这些传统成分加以现代化改造，以有效展现现代人的生存状况和寄寓对非洲文化的深远思考。为实现这一目的，早在20世纪60年代初，索因卡就曾利用洛克菲勒基金会的资助，在尼日利亚各地考察和研究民间戏剧，寻求将民间古老的戏剧加以现代化的途径。的确是这样，索因卡总把戏剧冲突设置在隐喻性极强甚至晦涩难懂的神话世界中，成功地再现了黑非洲传统文化中的神话秩序与神性意愿及其对现代人的影响与制约。

总之，有别于其他艺术门类，戏剧在索因卡的心目中占有独特的地位，对此，他也曾在一次访谈中直言不讳："我写作不针对特殊的群体，但戏剧除外，我为我自己的群体写戏剧。""自己的群体"，无疑是他对所立足的非洲传统文化的肥沃土地以及这土地上的人们，自豪且充满深情的一个称谓。这个宣言，正是索因卡为维护自我民族文化的纯洁性、彰显民族文化价值而作。在获得诺贝尔文学奖之后，他曾经自述道："在我一生中，得诺贝尔文学奖并不是最主要的。但我认为得奖不仅意味着我本人被世界接受了，也意味着我所代表的非洲文学和非洲文化被接受了，我为此而高兴。"①

三 对殖民主义的揭露和批判

"后殖民"之"后"，本身即有"反"之义。揭露殖民统治给非洲大陆带来的破坏、给非洲人民所造成的苦难，以示对殖民秩序及其影响的反抗，正是索因卡和其他非洲后殖民作家的又一处着眼点。

索因卡出生时，尼日利亚和整个非洲大陆尚处在西方殖民者的严酷统治之下。"电，政府之光。伞，拉各斯精英专用。广播，白人的谎言。"② ……这就是殖民统治下的尼日利亚，所谓"民主"和"权利"只属于殖民政府和垄断一切的上层阶级，种族歧视也无处不在，这一切都曾在聪慧敏感的童年索因卡幼小的心灵上打下深深的烙印。他在童年的回忆录中称之为"折磨人的世界"，并认为自己对这个世界的叛逆举动只不过

① 邵殿生：《非洲诺贝尔文学奖获得者 W. 索因卡》，载《国外社会科学》1987年第6期。

② ［尼日利亚］索因卡：《在阿凯的童年时光》，谭莲香译，湖北教育出版社2008年版，第98页。

是“把这个折磨人的世界狠狠揍了一顿”。[①] 早期戏剧《沼泽地的居民》虽然完成于尼日利亚独立前的1958年，但从内容上看无疑是一部典型的后殖民作品。主人公的悲剧命运不但源于封建主义的荼毒和严酷的自然灾害，更源于外国殖民资本的输入，造成非洲的城市畸形发展，农村生产凋敝，人性扭曲沉沦。的确，无论在城市和乡村都无法立足令男主人公伊格韦祖感到绝望，但对他戕害至深的却是自己的亲哥哥骗走了自己的钱财和恋人。“大城市高高抡起它的前蹄，用它那黄铜的臭腿对准探险者的腰眼狠狠地踢了几脚”，[②] ——殖民资本的到来，使非洲社会纯朴、融洽的人情已被冷漠的金钱关系所取代。《狮子与宝石》中，满口民主与进步的年轻教师内心真实的理想却不过是有朝一日能搂着一个漂亮的老婆、在首都拉各斯过上上等人的生活；漂亮的姑娘最终甘于嫁给一个妻妾成群的老酋长，金光闪闪的“宝石”最终坠入拥有财富和地位的“狮子”之口。《裘罗教士的磨难》中的传教士裘罗，能够将上至达官贵人、下至平民百姓都自如地玩弄于股掌之间，原因也在于，在殖民化和资本主义化的过程中，无限膨胀的野心和欲望已击溃了人们心中的理智和良知。在此意义上，《路》中的“路”也是殖民蜕变的象征，它夺走了质朴的非洲原始文明，贪婪地吞噬鲜血和生命；它带来了现代西方文明，也带来了贪欲、谎言和沉沦。

除戏剧作品外，索因卡的不少诗歌作品也直斥殖民主义的罪恶，号召非洲人民团结起来，砸碎殖民统治的枷锁，争取全非洲的独立。他在《伊丹纳及其他诗作》中塑造了一个鼓舞人心的奴隶形象，他奋力推下一块巨石，把上帝的头颅砸得粉碎，从而使被幽禁的人们得到解放，他这样描述道：“这勇敢者/推倒了那座小山/中心变成了无数的碎片/仿佛是百万盏灯火/照亮了人们”。在这里，推下巨石的奴隶形象无疑就是长期处于殖民统治奴役下的非洲人民的象征，而那个被砸碎头颅的“上帝”，则直指那高高在上、对非洲人民作威作福的殖民统治者。长诗《奥冈，阿比比曼》则让西非约鲁巴部族集战争、创造和铁艺于一身的著名神祇奥冈跳出战壕，向着殖民秩序吹响战斗的号角：

---

① ［尼日利亚］索因卡：《在阿凯的童年时光》，谭莲香译，湖北教育出版社2008年版，第96页。

② ［尼日利亚］索因卡：《狮子和宝石》，邵殿生等译，漓江出版社1990年版，第26页。

我们不再像过去那样优雅地拒绝武器
在力量的时代，大象孤独地站立
在狩猎的时代，狮子的姿态是神圣的
在飞翔的时代，白鹭嘲弄着妒忌
在战斗的时代，没有人能战胜他
奥冈，不惧怕天堂中血流成河
而是因对鲜血的饥渴而暴怒
我知道
他即将驯服的美人有着黑色的眉毛
在熔化了的青铜深处
在目力之外的遥远天际
颤抖！[①]

接下来，在诗中，索因卡让战神奥冈与另一位非洲之神萨卡进行联盟，使整个非洲有统一的力量来对抗殖民主义势力，并坚信殖民者的统治永远不能屈服非洲人民的意志：

我们的历史的结合，森林
与草原合并。让山崖与雄师
在我的水泉中宴饮。哦，我兄弟的精魂
当同族人的手掌抚住萨卡的肩膀，还有
上面宽大的棕榈叶片，我的呼唤在你的山顶
是否引起了回声？远徙而来的白人
尽管你们攫住了我的王冠，但永远不会
统治这块土地。[②]

种族隔离一直是黑非洲大陆存在的主要社会政治问题之一，也是殖民主义给这片大陆留下的一大罪恶。身为黑人群体的一员，索因卡很早就对

① 宋志明：《“奴隶叙事”与黑非洲的战神奥冈——论沃勒·索因卡诗歌创作的后殖民性》，载《外国文学研究》2003年第5期。

② 同上。

这一问题予以关注，反对种族隔离成为他多部作品的重要主题。短诗《电话中交谈》以一位黑人学生的租房遭遇揭示了种族隔离的阴影在现实生活中无处不在：

价钱似乎公道，地址
也还凑合。女房东发誓说，她靠房子
生活。剩下的只有让我
自我决定了。“太太”，我警告她说，
“我不愿白跑一遭——我是个非洲人。”
接着一时沉默。沉默中使人感到
她在抬高身价。等声音再传来时
她嘴上似乎涂上唇膏，滚金的
长烟袋发出噼啪的声浪。我被抓住了：“犯规！”
“你有多么黑？”……我没有听错……
“你是微黑还是很黑？”属于 A 档还是
B 档？带着公开谈话中打哑谜的酸臭气。
红色电话亭、红色邮筒、歧视黑人的
红色双层巴士。这原是真的！
受到这样沉默无礼的羞辱，屈服
迫使吓呆了的人要求简单直说。
由于体谅，她改换一种说法：
“你是纯黑？还是很浅？”我得到了意外的启示。
“你是说——纯巧克力还是
奶油巧克力？”
她冷冷哼了一声，那漠然的声调
使人感觉窒息。我迅速调整波长
选择字眼。“棕黑色的西非种”，随后
又补充说：“在我的护照上这样写着”，
静下来在分光镜中驰骋幻想，直到她弄
清楚意思，改变了声调，嘴紧贴着话筒
喊道：“那是什么东西？”接着又退一步说：“我
不知道那是什么。”“类似浅黑色女人。”

“那么是黑色的，不是吗?”“不完全是。
我的脸是浅黑的，但是太太，你该看看
我的其余部分。
我的手心，我的脚掌
像漂白过似地那么漂亮。由于坐下来
愚蠢地摩擦，太太，把我的屁股磨得
乌黑锃亮——等一等，太太!”——
我感觉到她拿起听筒要在我耳旁呼地放下，于是
我请求说：“太太，你自己亲眼
看看不好吗?”

诗作中，黑人学生的诚实和白人房东的虚伪形成鲜明的对比：“你有多么黑？你是微黑还是很黑？属于A档还是B档?”充满挑衅的问话，将活生生的“人”视为可以分出档次的“物”，赤裸裸地表露出对黑人群体的侮辱；“红色电话亭、红色邮筒、歧视黑人的红色双层巴士。这原是真的!”单纯的黑人学生原本并未完全相信或者宁愿不去相信那现实生活中比比皆是的歧视现象，但这番并未见面的谈话彻底摧毁了他心底那最后一丝希望。

索因卡的早期独幕喜剧《新发明》也对南非政府种族隔离政策的愚蠢进行了嘲讽：一天，南非突然遭受到一枚美国导弹的偶然袭击，使所有的南非人都失去了皮肤中的黑色素，这令反动政府乱作一团，勒令科学家赶紧研究对策，设法识别谁是黑人、谁是白人。长诗《奥冈，阿比比曼》的发表则是为非洲大陆奋起挣脱种族隔离主义的斗争所做的摇旗呐喊，这首诗成为此后不久南非最终取得反种族歧视斗争胜利的宣言和序曲。在诗人眼中，曼德拉无疑是非洲黑人反对种族隔离主义的当之无愧的伟大旗手和精神坐标。在诺贝尔文学奖的颁奖台上，他将自己演讲的题目定为“献给曼德拉”。在这篇近乎冗长的获奖演说中，他毫不掩饰地表达出对种族隔离政策的愤慨和鄙视：“没有人能够被认为比结束种族主义、消灭人类不平等以及粉碎维护不平等的一切机构更为重要的了。……”① 1989年，

① 堵军主编：《诺贝尔文学奖获得者作品暨演讲文库》（演讲辞卷），中国物资出版社2004年版，第4569页。

索因卡出版了诗集《曼德拉的土地》，表达了自己庄严的政治承诺，即为了把种族隔离这一殖民主义毒素在非洲的最后残余彻底地清除出去，必须进行毫不妥协的斗争。在诗中，他对南非黑人领袖曼德拉拒绝以妥协换取自由发出欢呼。《火中的神柱》则描绘了一个石柱在火中耸立的意象，寄寓了索因卡对曼德拉经受住漫长监禁考验的希望。2013 年 12 月曼德拉离世后，索因卡对外界表示："非洲之魂离去了，这世上所有的奇迹也消失了。"

四　文化选择的迷茫

新与旧的冲突、东方与西方的隔阂、传统与现代的纠葛，是后殖民作家普遍面临的抉择困惑。从主观上看，后殖民作家在对民族文化传统进行坚守的同时，已经意识到容易流于狭隘民族主义的危险。被称作"非洲民族主义之父"的爱德华·威尔英特·布莱登曾提出"非洲个性"的概念，强调非洲黑人有不同于其他民族的统一性，包含价值观、历史观和文化观等。索因卡却对此并不认同："黑人文化自豪感使自己陷入被动，虽然它的口音是刺耳的，句法是夸张的，战略是富于进攻性的——黑人文化自豪感仍然处在对于人及其社会分析的欧洲中心论设定的机构之中，并试图用这些外化了的概念重新定义非洲及其社会。"① 即过分强调民族文化与欧洲文化的对立容易走向另一极端，实际上仍未脱离白人文化优越论的思维。所以，在创作实践中，他一方面为非洲大陆反抗殖民统治意识的觉醒而欢呼，另一方面，却又公开谴责反殖民运动采取暴力与恐怖手段，认为黑人种族意识实际上也是一种殖民化或"他者化"意识，如果选择与欧洲文化完全对峙，非洲文化将走向野蛮化、非理性化的极端。

从客观上看，后殖民作家的思想和创作也已无法保持文化立场的绝对民族性。霍米·巴巴曾从解构主义立场出发，提出了"文化杂种"（cultural hybrid）的概念，认为在后殖民时期，各民族文化要保持其鲜明独特的民族性已不可能，因为不同形态的文化之间处于"杂交"的态势，并且由此引起的形变广泛而深刻。赛义德则说后殖民知识分子本质上都是"文化两栖人"（cultural amphibians），意思有相通之处。的确，经过殖民

① ［美］爱德华·W. 赛义德：《文化与帝国主义》，生活·读书·新知三联书店 2003 年版，第 326 页。

时期的文化灌输，被殖民地区的知识分子大多自觉或不自觉地接受了殖民宗主国的价值观、文化观、思维方式和表达方式，他们在后殖民时期的文化选择方面往往陷入进退维谷的境地。

另外，索因卡等一批后殖民作家是用英语写作获得成功的，这个因素也不容忽视。尼日利亚有二百多个部族，主要民族语言有豪萨语、约鲁巴语和伊博语等，而英语被确定为官方语言。独立后这种情形仍然没有改变，不少作家依然用英语写作，诸多反映非洲大陆民族独立艰难历程以及独立之后社会现实的杰出作品都出自英语文体，也正因采用英语文体才被西方世界所熟知。英语，这一本为殖民统治服务的语言，却在一定程度上成就了这批后殖民作家们，除索因卡外，泰戈尔、戈迪默和库切等也是采用英语写作才登上诺贝尔文学奖的领奖台。

具体来看索因卡的作品。他在对殖民主义的诸多罪恶进行“反抗”的同时，也对非洲传统社会的落后和愚昧表露出无可奈何甚或悲哀。早期剧作《狮子和宝石》是一部轻松活泼的喜剧，也是索因卡最受欢迎的剧目之一。在这部作品中，索因卡以幽默的方式表现了20世纪三四十年代非洲农村所面临的主要冲突，即源于非洲本土的旧传统与来自欧洲的“新文明”的冲突。年老的酋长追求美丽的姑娘希迪，起初受到希迪的拒绝。希迪对另一追求者——作为“新文明”的代表的青年教师也讥讽有加，虽然他有文化、有教养，却是“端着臭架子、满脑子浆糊”[①]。酋长和教师的角逐随着曲折有致的剧情展开，最终，希迪还是投入了精明世故的老酋长的怀抱。通过该剧，索因卡揭示出当时非洲社会发展的滞后性和畸形性。《痴心与浊水》成功地表现出尼日利亚新一代知识分子的探索、彷徨和失望，它向人们表明，尼日利亚和其他非洲国家虽然摆脱了殖民主义的桎梏，却并未走上通往民主、科学的道路，独立后的欢欣只是暂时的，专制、独裁、腐败等封建积弊的影响仍很深重。殖民者被赶跑了，新的“殖民者”却是非洲人民自己选举出来的。“你们难道希望人类重来吗?”[②] ——是的，不希望，但受到自己同胞的压迫和盘剥，与受外来殖民统治相比，难道有本质上的区别吗？在这里，索因卡表达了与乔治·奥

① ［尼日利亚］索因卡：《狮子和宝石》，邵殿生等译，漓江出版社1990年版，第39页。

② 《动物庄园》中，新的庄园主拿破仑经常以“你们希望人类重来吗”来威胁渐有反抗意识的动物们。

威尔类似的忧虑，只不过采取了完全不同的方式。《森林之舞》是索因卡为庆祝 1960 年 10 月 1 日尼日利亚民族独立而创作，它将欧洲现代戏剧艺术与约鲁巴民族传统艺术相结合，以生者、死者、幽灵、鬼神同台亮相来隐喻尼日利亚的历史和现实，寓意深刻，哲理性强，获得巨大成功。然而，索因卡在 1983 年谈到《森林之舞》时认为该剧是以一种自己独特的眼光来看待过分颂扬的非洲荣耀的过去，“从那以后，我就在我们政治的丛林里除了跳死亡舞蹈之外什么也没干”。① 在《强种》中，索因卡一反其往常喜用的幽默调侃风格，以严肃的笔触揭露了非洲等地因传统旧俗依然实行着的非人道暴行，向仍处于愚昧野蛮状态下的非洲大陆发出悲痛的控诉。《死亡和国王的侍从》中，殖民官对约鲁巴习俗缺乏了解，认为侍从为打通“死亡通道”所作的牺牲是极其不人道的行为，因而下令中止这一野蛮的赴死仪式。虽然最后的结局反而造成了双倍的死亡，却非殖民官主观上的愿望所致。

那么，面对原殖民宗主国文化和本土民族文化的冲突，面对后殖民语境下文化选择的迷茫，后殖民作家们真的束手无策吗？索因卡想到了人性。面对众多针对《死亡和国王的侍从》的解读，索因卡曾直言，他是从更深层次的人性领域来写作该剧本的，而非单纯地表现欧非文化冲突。由此可见，索因卡寻求的是一种基于人类基本价值与情感，超越种族、语言与文化的人性沟通和交流，而不同意过分张扬民族和文化差异。他主张通过强化普适化的人性，逐步跨越文化差异，实现种族和解和文化对话。然而，文化差异客观存在，在后殖民时代，西方国家的文化霸权仍在以各种形式对殖民地民族文化进行着渗透和侵蚀，对此，索因卡所寄予厚望的普适人性能否解决现实矛盾呢？是否真正存在一种能够消弭所有文化差异特别是原宗主国文化与殖民地文化之间裂缝的普适人性的存在呢？这是摆在索因卡面前的一道难题，也是所有后殖民作家们的共同困惑。

第三节　融欧非艺术于一炉

索因卡的创作是非洲文化与欧洲文化相融合的典范，在艺术特点上的

---

①　梁立基、陶德臻主编：《外国文学简编》（修订本），中国人民大学出版社 1998 年版，第 613 页。

最明显表现即为随处可见的隐喻、象征，以及玄幻、荒诞手法的运用。作为东西文化碰撞交流大背景下成长起来的一代知识分子，索因卡对古老的非洲文化传统有自觉的继承，对欧洲艺术技巧也有主动的借鉴。

一 隐喻与象征

西方意象派作家埃兹拉·庞德曾说："与其一生写浩瀚的著作，不如写一个伟大的意象。"他的名作《地铁车站》就以"人群中这些面孔幽灵般闪现/湿漉漉黑色枝干上花瓣片片"中所塑造的意象著称。索因卡作品中的意象也随处可见，这是他接受西方象征主义的影响，将源于古老的约鲁巴文化传统中众多丰富的创作原型加以提炼和运用的结果。对这些意象进行解剖分析，把握索因卡对隐喻与象征手法的娴熟运用，已成为理解其作品内涵的一把钥匙。看几个具体的例子。

在剧本《沼泽地的居民》中，剧情所赖以展开的"沼泽地"就是一个意蕴丰富的复合型意象。首先，它是原始而古老的非洲文化的象征。随处可见的沼泽地是非洲大陆的独特地貌，千百年来，它为非洲人民提供了战胜干旱的希望，成为他们不可或缺的重要栖息环境。索因卡将这一现实存在的感应性意象在剧本的题目中凸显出来，为读者讲述了与这一意象息息相关的非洲人的故事。年轻的主人公伊格韦祖对它既有深深的依恋，又有无尽的仇视：它既是代表家乡的一个符号，那里有关心挂念自己的父母，有自己熟悉的一切，同时它又是愚昧、落后、贫瘠的象征，是"一盆永世吃不尽的浓汤"；在伊格韦祖年迈父母的心中，它是不可亵渎的蛇神的神圣领地；在乞丐的心中，它是战胜旱灾、摆脱行乞生活的唯一希望；在祭司的心中，它则成为其作威作福、鱼肉乡亲的得力工具。其次，它是殖民统治和封建压迫下畸形发展的尼日利亚社会的一个对应性喻体。在这里，城市凋敝不堪，乡民衣食无着，洪水、干旱、蝗灾等接踵而至的自然性灾害和充斥全社会的贪欲、欺诈、愚昧等人为的罪恶，共同构成一个个触目惊心的"沼泽"，尼日利亚人民正深深地陷入这"沼泽"中不能自拔。无论是苦守传统乡村生活的老一代，还是不满现实外出寻找出路的新一代，面对这遍布全境的"沼泽"都无法做出正确的选择，因为那不过是"从一个泥淖陷入另外一个泥淖！"

《森林之舞》是索因卡为庆祝1960年的尼日利亚独立日而创作，是一部寓意深刻的剧作，曾被誉为"非洲的《仲夏夜之梦》"。剧中的背景环境“森林”即是尼日利亚国家的一个隐喻性载体。在这个背景环境下，历史与现实交错，回忆与想象杂陈，神、鬼、人同台，一场前所未有的庆祝“民族大团聚”的森林舞会正在上演。然而，对这样一场空前的“民族大团聚”，索因卡却并没有表现出大家所期待的乐观和狂喜，相反，在剧中，他让历史的不幸和罪恶以惊人的相似在现实的舞台上重新上演，冷静地表明自己对尼日利亚历史、现实和未来的思考。他认为，历史的尼日利亚并不比现实的尼日利亚更伟大更辉煌，那充满血腥、暴力和愚不可及的历史并不值得自豪，历史应该成为映照现实和未来的真实的镜子，而非令尼日利亚人民津津乐道的“伟大”的过去。由此可见，这个表面上包罗万象的神秘的“森林”舞台，实际上是一方阴暗、混乱的“臆想乌托邦”，它暗喻着索因卡对民族命运的焦虑和思考，提醒人们勿要过度沉湎于虚幻的历史遐想之中，失却了对现实和未来的理性把握。此外，森林中那棵“神圣不可侵犯的大树阿拉巴”，可视为尼日利亚历史文化传统的象征，这棵神树在遭到砍削和毁损之后，最终被雕刻家戴姆凯制作成新的图腾雕刻重新示人，则暗示着尼日利亚独立运动取得胜利后所要进行的秩序重建势必以改造和颠覆传统为代价，革故方能鼎新，为迎接新的未来而与旧的过去挥手告别是正常的也是必然的。

“路”的意象在索因卡的笔下也一再出现。剧作《路》一开始即为读者展示出一条尼日利亚现实生活中的“路”：崎岖险恶、坑洼不平、车祸横生，各种人为掏挖的坑洞、设置的障碍也到处存在，司机们就在这种“路”上驾驶破旧不堪的汽车来往奔波、维持生计，教授则在“路”边开设“汽车配件商店”来大发车祸之财。的确，这是尼日利亚路况恶劣、车祸频发的真实写照，但索因卡的用意绝非仅止于此，他实际上是以“路”来隐喻尼日利亚的社会动荡和挣扎在险峻无常之“路”上的各色人等所身处的极限境遇：独立后的尼日利亚，不但没有使人民安享稳定幸福的生活，反而陷入一片混乱，政党纷争不断，政客们营私舞弊，人民信仰缺失、生活困苦、竭尽全力在生死线上挣扎，而“路”本身，则“如同一条继往开来的中介纽带，其一端维系着苦难深重的传统，另一端联结着无可占卜的黯淡将来”①。诗作《黎明中死亡》作于索因卡从伊巴丹赴拉各斯的途中，是他有感于沿途所见的故障车辆以及横死在车辆中的司机而

① 王燕：《关于索因卡戏剧〈路〉的一点思考》，载《外国文学评论》2001 年第 3 期。

作，他这样吟道：“……迈右脚喜，迈左脚忧，妈妈祈祷说，孩子，当路在饥饿地等待时，你千万别出来行走。……”诗中，“路”成为一种掌控人类命运的神秘力量，在这种神秘力量面前，生命的终结是必然的，人类的祈祷和献祭只是徒然的希冀而已。在此意义上，丧生于车祸的诸多司机的命运，也成为诗人自身命运乃至整个人类命运的一个写照。在这里，索因卡借“路”这一意象，以忧悒的笔调表达出对人类命运的悲观但却冷静的思考。无独有偶，另一尼日利亚作家本·奥克利也在其长篇代表作《饥饿之路》中塑造出一个类似的“路”之意象。

《孔其的收获》中反复出现的“木薯”也有着深刻的象征意义。木薯节是非洲的一个传统而隆重的节日，节日期间，人们将自家种植的优质木薯集中到广场上，由酋长和德高望重的长者共同选出最好的木薯，并对种植者予以奖励。这种奖励不但是物质上的，更重要的是，它代表着一种劳动的荣耀，激励人们去努力种植和培育最好的木薯。在《孔其的收获》中，木薯却被索因卡赋予了别样的象征意义，它象征国家至高无上的权力和人民的最高崇拜，孔其和前统治者对利用木薯实现自己的欲望各有自己的算盘，本应代表勤劳、智慧、收获和希望的“木薯”意象竟然成为利欲熏心者满足其贪欲的利用工具。

剧作《狮子和宝石》中的隐喻运用也很成功。剧中的女主人公希迪起初对年满花甲、妻妾成群的老酋长的追求不屑一顾，宣称“我是闪闪发光的宝石，它是只剩下后腿的狮子!”① 然而，正是这头“只剩下后腿”的狮子，却凭借自己的权势、财富外加一片如簧之舌，在同年轻教师的角逐中胜出，最终将年轻漂亮的希迪姑娘——这颗“闪闪发光的宝石”吞入腹中。在这里，狮子表面上是指年迈的酋长，实质上却是非洲传统守旧势力的代表，它张开血盆大口，吞食民主和进步，依然是非洲发展进程中的一大障碍。

二 玄幻与荒诞

玄幻与荒诞，是索因卡创作的另一特点。这是一种不同于传统现实主义的写作技巧，表达曲折隐晦，寓意晦涩难懂，给读者的阅读带来一定的难度。但这是索因卡继承传统非洲文化的非理性艺术思维与刻意借鉴西方

---

① ［尼日利亚］索因卡：《狮子和宝石》，邵殿生等译，漓江出版社 1990 年版，第 60 页。

现代戏剧特别是荒诞派戏剧的创作技巧相融合的结果，他以远离现实的方式来观照和处理现实的社会政治问题，反而取得传统现实主义写作难以达到的强烈的讽刺效果。

玄幻，来源于西非约鲁巴部族那个神秘、古老、纷繁的神话世界，这个非理性的神话世界曾给予索因卡的思想和创作以无尽的灵感和素材。索因卡出生的小镇阿贝奥库塔是一座传统气息甚为浓厚的古城，那里经常举行各种古朴神秘的祭祀仪式和丰富多彩的民间歌舞表演，使索因卡幼时就对戏剧演出萌生出浓厚的兴趣，约鲁巴部族各种鬼、怪、精、灵、神的传说曾一起纷纭交错地涌入幼时索因卡天真烂漫的心灵，并在那里萌生出五光十色的奇幻想象。在《在阿凯的童年时光》中，索因卡曾满怀深情地回忆起这一切。尼日利亚独立后，索因卡曾赴尼日利亚各地深入考察民间艺术，代表西非传统文化的音乐、舞蹈、神话、祭祀仪式以及神秘色彩浓厚的民间哑剧、宗教剧等戏剧形式，后来都在他的作品中得到再现。如《沼泽地的居民》中神秘的祭祀表演，《死亡和国王的侍从》中令人费解的生死循环四重世界、艾雷辛自杀前所跳的“死亡之舞”和合唱队所吟唱的挽歌，《狮子与宝石》中载歌载舞的场面渲染以及拉昆来等人以哑剧形式表演的戏中戏，《强种》中被灌麻醉药、全身涂满色粉的“涤罪人”，《森林之舞》中神、人、鬼的同台亮相，《路》剧中不时穿插的低缓、沉闷的乐曲和贯穿始终的阴沉气氛，都带有浓郁的非洲民间艺术色彩……所有这些，都是古老非洲非理性文化传统的表现，它源于非洲人民对古老神话秩序和未知世界的敬畏，是非洲人民艺术直觉的无拘表露和艺术天赋的尽情释放。在这里，玄幻也成为一种美感，是索因卡将这种传统非理性艺术思维付诸创作实践所取得的一种独特的审美效果，是对习以为常的审美感受的一种间离，是对古老神秘的非洲文化的一种独特诠释和表现。

如果说，索因卡创作中“玄幻”这一特质更多地来源于非洲本土传统，那么，“荒诞”则更多地来自于其接受西方荒诞派戏剧的影响。“荒诞”一词的原意指音乐中的不协调音，一般理解为不合道理、不合常规、不可理喻、不合逻辑等。荒诞派作品并未放弃对真实的追求，而是寓真实于荒诞，以夸张、变形、幻想、讽刺、象征等艺术形式来影射和反映本质的真实。在这方面，索因卡受西方荒诞派作家贝克特的影响较深，不少作品甚至被西方评论家称为“贝克特式”，如《路》《森林之舞》《疯子与专家》等。

以《路》为例，这部剧作在情节安排、人物言行乃至舞台设计等方面都与传统戏剧大异其趣。它突破了传统戏剧的律令束缚，丢弃了传统戏剧在情节和结构上的统一协调，以这些破碎的荒诞不经的舞台形象代替了传统戏剧中性格鲜明生动的人物形象，成为一部不折不扣的荒诞派作品。曾当过主日学校教师和祈祷仪式主持人的“教授”在车祸频发的路边经营汽车配件、伪造驾驶执照，他白天忙于“营业”，夜晚则在教堂的墓地里踟蹰、与鬼魂为伍；“《圣经》”是他最经常念叨的一个神圣的词汇，是焚毁邪恶事物的“一把烈火”，却又受到“连蛆虫都受益于它”的讥讽，是大家徒劳寻找的“看不见的东西”；他执着于寻求生死奥秘的神秘“启示”，最后却倒在了庸俗不堪的地痞流氓的匕首下。身为客车售票员的沙姆逊无票可售，职业本为司机的萨鲁比却没有驾驶执照，遭受车祸后肢体残缺、丧失记忆的穆拉诺却被教授视为道德高尚的圣徒和捍卫永恒真理的卫士。此外，剧中人物的对话也如梦呓一般，无意识，无目的，如“表在走吗，教授?”，“不走了，不过，它照样能告诉你钟点”，“这块路牌上的字在长大，是在我把它拔出来之前在地里长大的”，等等。貌似无稽之谈，却暗藏着深刻的寓意。作者是在用这样的无意识对话来表现一种濒临绝望的思想情绪，是在不时地用间接曲折的方式，表达对尼日利亚和非洲社会中种种弊端和危险前景的恐惧、焦虑、痛苦和忧戚。

再看《森林之舞》。作品本要表达作者对尼日利亚现实和未来的冷静思考，提醒尼日利亚人民不要沉湎于虚幻的历史荣耀，却一反常态采用了“民族大聚会”这一喜剧性题材；人们本想邀请的是“骄傲祖先的后代”“伟大祖先的儿孙”“帝国的创建人”和“伟大民族的后代”这些“民族杰出的象征”，最后前来参加的却是受瘸子阿洛尼指派的死后不得安宁的一男一女两个幽灵；本为庆祝民族独立的现实中的民族大聚会，时间却倒回到几个世纪之前的帝国宫廷，而帝王卡里布却是一个热衷于侵略和制造流血事件的暴君；女幽灵生出了一个半人半鬼的孩子，这个孩子同红色人影玩游戏，输掉游戏之后被扔来扔去；被委以重任的雕刻家戴姆凯从树下掉下，却被约鲁巴部族的奥冈神接住……毫无逻辑性的剧情设计，错乱颠倒的时空秩序，复杂交叉的人物身份，象征化的舞台背景，等等，都是作者在以荒诞的形式表现尼日利亚历史和现实的真实，并对这种虚幻的荣耀包装下的真实寄寓自己深重的忧戚和冷静的思考，以期唤醒尼日利亚的自觉，迎接一个真正值得为之自豪的未来。

三　继承与借鉴

索因卡的思想和创作深深植根于非洲传统文化的土壤，他善于从非洲人民的生活经历中汲取创作营养，选取创作素材，提炼艺术表现方式。索因卡的家族属于约鲁巴部族，这是一个崇尚神秘信仰、有着诸多独特风俗的传统部族。在那里，人们相信万物有灵，认为每一件事物都是一位神祇的化身，所以，无论是树精、幽灵，还是术士、英雄，都是始终活跃的现实。同时，在约鲁巴人的意识里，还存在着一种植根于源远流长口头文化的纷繁复杂的神话世界，这个神话世界的秩序与人间世界往往有着极为密切的联系。在索因卡出生的阿贝奥库塔，就有一条以约鲁巴人信仰体系中集锻造、工艺、战争、创造和毁灭于一身的著名神祇——奥冈神命名的河流，在河边的岩石上，约鲁巴人经常举行神秘隆重的献祭仪式。约鲁巴人在传统节日和喜庆活动中惯用的表达情感的艺术形式更是多种多样，其中包括舞蹈、唱诗、假面戏、滑稽剧、戏中戏、钟、鼓和其他打击乐等，并且时常将以上艺术形式糅合在一起，边跳边唱，同时各种神灵、精怪等宗教仪式中的原型悉数登场，塑造出一种体系纷繁却又神秘诱人的文化氛围。索因卡自小深受这种文化的熏陶，作品中塑造的每一个意象几乎都可在约鲁巴部族的传统节日和仪式表演中找到对应的原型，作品鲜明特色的形成也得益于他对非洲传统艺术手段的巧妙运用，如宗教仪式，假面舞蹈，哑剧和笑剧表演，击鼓和音乐表演，等等。相应地，索因卡也在自己的作品中展示了非洲人民独特的思维方式、古朴迷人的风俗人情，记录了这片古老土地从封闭走向开放、从传统迈向现代的历史进程。在这方面，《森林之舞》是一个典型的例子。通过它，观众或读者不但可以对传统约鲁巴宗教信仰系统的诸多神灵、精怪有所认知，也会为这一古老部族的玄幻多彩艺术所折服；不但对尼日利亚的历史和现实有所把握，也会对索因卡所期冀的尼日利亚未来有所探究和思考。但索因卡对民族艺术传统的继承不是因袭守旧，而是在继承的基础上善于创新，如《孔其的收获》中那个象征意味浓厚的木薯，在传统意识中它本代表劳动和收获的荣耀，索因卡却在剧中赋予其反面象征意义，即权力和欲望的满足。在这里，荣耀和卑污形成鲜明的对比，取得了强烈的反讽效果。

在致力于对民族文化进行继承和创新的同时，视野广阔的索因卡也对外来文化予以了大胆借鉴和超越。索因卡少年起即在教会学校读书，大学时所就读的伊巴丹大学和拉各斯大学也以西式教育为主，成年后远赴欧洲求学，此间阅读了大量西方文学名著，潜心研究西方各种文学思潮特别是戏剧流派的艺术观念，极大地拓宽了自己的艺术视野，并得到了诸多演出和导演西方名剧的机会，曾亲自导演过布莱希特、契诃夫、莎士比亚等西方戏剧大师的作品。后来，索因卡长期担任剑桥大学、谢菲尔德大学、耶鲁大学、康奈尔大学等高校的客座教授，对西方现当代以来的戏剧现状有着切身的感悟体验和系统的理论认识。他的创作受到莎士比亚、萧伯纳、易卜生、契诃夫、布莱希特、狄更斯、乔伊斯、贝克特、索尔仁尼琴、尼采等人的影响，在自己的作品中，索因卡大胆地借鉴和采用了西方古典戏剧和现代派的一些艺术表现手法，如象征主义、意识流、荒诞派、黑色幽默、表现主义、存在主义，等等。但这种借鉴不是单纯的模仿，而是创造性地将民族文化与外来文化、传统文化与现代文化相融合，形成自己独特的创作风格。如《森林之舞》中西方象征主义手法与西非传统舞蹈、音乐因素的巧妙交织，热情洋溢的现代派诗歌与蕴含丰富的约鲁巴谚语的自然糅合，产生一种东西方文化完美交融的全新艺术效果，该剧因此被瑞典文学院誉为“有诸多精灵、鬼怪出场的非洲‘仲夏夜之梦’”。此外，《路》剧中令人眼花缭乱的假面舞蹈与西方荒诞派戏剧手法的结合使用，活人和鬼魂为伍的非理性表现与作者寄寓的哲理性思考的相互映照，小说《痴心与浊水》中传统神话思维、宗教意识的表现也借助于现代意识流小说的联想、回忆、梦幻等常见手法，等等，均给读者以独特的艺术享受，对作品主题的表现也有很大的帮助。

1986 年，瑞典文学院在给索因卡的授奖词中，曾总结他的获奖应归功于“他对非洲传统的热忱信奉，并成功地摄取了其他民族的优秀文化”。[1] 在一次访谈中，索因卡也曾经这样描述自己对民族文化和世界文化的情感倾向：“我深情地爱着自己的群体，但这并不意味着我走到哪里就要把它带到哪里，我已经完全掌握它，当我走进别的群体时，会极大地丰富我的人生，一部作品如果不扎根于某个群体，那它是不可能带有普遍

---

① 建钢、宋喜、金一伟编译：《诺贝尔文学奖颁奖获奖演说全集》，中国广播电视出版社 1993 年版，第 742 页。

性的。”[①] 这，可以看作索因卡继承民族文化、借鉴外来文化的自我诠释。正是由于对民族性坚守与世界性追求的完美结合，才造就了他卓越的文学成就，成为非洲大陆首位获得诺贝尔文学奖的作家。

① 《与莫里森和索因卡面对面》，金龙格译自法国《新观察家》周刊，见《最有影响力的书：中国2003—2005》，东方出版中心2006年版。

第四章

马哈福兹——现代说书人

纳吉布·马哈福兹（Naguib Mahfouz，1911—2006）是埃及现代著名作家，1988年，由于“融会贯通阿拉伯古典文学传统、欧洲文学的灵感和个人艺术才能，……开创了全人类都能欣赏的阿拉伯语言艺术”[①] 而被授予诺贝尔文学奖，是第一个获此殊荣的阿拉伯语作家。他在《受奖演说》中说：“因为我个人的背景，注定我是个说书人。”[②] 作为现代说书人，马哈福兹继承了阿拉伯散文叙事文学的优秀传统，借鉴西方现代叙事文学艺术，融会创新，成为阿拉伯现代叙事艺术大师。

第一节　两种文明的儿子

尼罗河的赠礼——埃及是人类文明的发源地之一。这里不仅孕育了有数千年辉煌历史的古埃及文明，而且是公元7世纪兴起的阿拉伯伊斯兰文明的中心之一。马哈福兹在诺贝尔文学奖的《受奖演说》中自称是“两种文明的儿子”，在“两种文明的怀抱中吮吸它们的乳汁，汲取它们文学和艺术的营养”。[③] 正是这两种文明的哺育，造就了这位阿拉伯现代小说艺术大师。

一

纳吉布·马哈福兹出生于埃及开罗旧城嘉玛利亚街区的一个小商人家

---

① ［瑞典］斯图尔·艾伦：《授奖词》，郁葱译，见宋兆霖主编《诺贝尔文学奖全集》，北京燕山出版社2006年版，第1078页。

② ［埃及］马哈福兹：《受奖演说》，郁葱译，见吴岳添主编《诺贝尔文学奖词典》，敦煌文艺出版社1993年版，第1030页。

③ 同上书，第1030—1031页。

庭，12 岁随家人搬到阿拔西亚新城区。与同时代的其他人一样，马哈福兹自小在伊斯兰宗教学校完成初级和中级教育。1930—1934 年，他就读于富阿德一世大学（现在的开罗大学），主修哲学专业。学习期间，马哈福兹阅读了大量西方哲学著作，开始发表哲学、心理学论文和文学评论文章，同时尝试文学创作。1933 年发表短篇小说处女作《青春时节》。1934 年大学毕业留校当文书，1939 年转入宗教基金部部长办公室工作，由此进一步熟悉宗教事务，对宗教问题有了更深入的思考。1950 年他离开宗教基金部到信息部艾资哈尔的乌里图书馆工作，借此机会广泛阅读世界文学名著。1955 年到文化部艺术局电影局任职，后来担任电影局局长，最后担任文化部顾问至 1971 年退休。丰富的职业经历给马哈福兹的文学创作提供了现实灵感和素材。在工作之余，马哈福兹把大部分时间投入到自己最喜爱的阅读和写作中。在长达七十余年的创作生涯中，马哈福兹给我们留下了 50 余部中长篇小说和短篇小说集、五部戏剧、一部自传，还有很多的随笔和散文。

在 1988 年诺贝尔文学奖获奖演说中，马哈福兹宣称："我是两种文明的儿子。在历史上的一个时期里，这两种文明结下了美满姻缘。第一种是已有七千年历史的法老文明；第二种是已有一千四百年历史的伊斯兰文明。"他讲了两个故事说明这两种文明的特点。一个是古埃及纸草书上记载的法老故事：一位法老得知他的后宫嫔妃与廷臣私通。根据当时通常的做法，人们预料他会斩尽杀绝。但这位法老没有这样做。他召集一批司法官员，要求他们调查事实真相，以便公正审讯。作家对此评论说："在我看来，那种做法比创立一个帝国和修建金字塔更加伟大，更能证明那种文明比任何财富和光荣更加优越。帝国消失了，过去的事情也过去了。总有一天也化为乌有。但是只要人类的理智在渴求，真理和正义将永存。"另一个是关于伊斯兰文明的故事：在一次击败拜占庭的战役后，阿拉伯人释放了战俘，换回若干古希腊哲学、医学和数学的典籍。作家评论说："这是人类渴求知识和精神价值的证明。"① 前一个故事表现了法制精神和对公正正义的追求，第二个故事表现了阿拉伯民族的求知欲和伊斯兰文明海纳百川的开放精神。马哈福兹继承了两种文明的优秀传统，一生追求公平

① ［埃及］马哈福兹：《受奖演说》，郁葱译，见吴岳添主编《诺贝尔文学奖词典》，敦煌文艺出版社 1993 年版，第 1030—1031 页。

正义，并且面向世界汲取各种文明成果，成为博采众长的文学大师。

马哈福兹是一个有信仰的穆斯林，又是一个接受现代哲学和科学教育的哲学家和文学家。作为哲学专业的学生和学者，他曾经写下40多篇有关哲学、宗教、心理学和美学方面的论文。他的思想非常复杂，经常在宗教信仰和现代哲学之间纠结徘徊，激进派认为他太保守，保守派认为他太激进。他经常在论文和文学作品中表现自己对安拉的信仰，对缺乏信仰的人物进行批判，但同时他对宗教和安拉的阐释又与宗教神学相左，以至于他经常受到神学家的攻击。不仅他的一些作品被宗教界判为禁书，而且他被授予诺贝尔文学奖也被保守派视为西方敌对势力对伊斯兰教的亵渎，他自己也曾经被激进的原教旨主义者刺杀受伤。对于社会问题他也有自己的思考，他渴望社会公正和正义，但又对现有的社会思想持保留态度，常常超越于党派之上。他曾经写信对自己的思想矛盾进行辩解："我的心既朝向安拉，又信仰科学，偏爱社会主义。我融合朝向安拉和社会主义的意图让一些人认为我不信教，让另一些人视我为保守派。……作为一名学哲学的学生，我知道哲学的基础是随时间的发展不断更新，它绝对不适合于崇拜。共产主义之所以引起我的好感是'各尽所能、按需分配'所代表的社会公正。它是人类交往的准则，会使人类成为一个高尚的大家庭。那么，为此需要做些什么。我认为，不必为此而相信唯物主义的解释，或者去否定安拉。"①

"为你的世界工作吧，好像你永远活着；为他人尽力吧，好像明天你就死去。这是生活在大地上的人所遵循的最高的信条。"② 马哈福兹用他勤奋、多产的一生实践着他人生的这一最高信条。获得诺贝尔文学奖之前，他已经蜚声阿拉伯文学界，并获得了很多的赞誉，1957年获得国家文学奖，1962年获得国家一级勋章，1968年获国家表彰奖。1988年他又获得了诺贝尔文学奖，成为第一位获此殊荣的阿拉伯作家。他思想厚重、形式多样的小说创作，不仅受到读者的喜爱，而且得到学者们的青睐，使其成为阿拉伯语国家乃至全世界持续不断的研究热点。

---

① 转引自李琛《阿拉伯现代文学与神秘主义》，社会科学文献出版社2000年版，第171—172页。

② 《获奖之后的对话——埃及〈图画〉周刊对纳吉布·马哈福兹的采访录》，郅溥浩译，载《外国文学》1989年第1期。

二

马哈福兹一生创作成果丰硕，其作品内容丰富、文体多样，很难以某个标准来加以简单分类或界定。大致来讲，他是一位散文叙事艺术大师，其创作可以分为四个时期。

1930—1945年是马哈福兹文学创作的初期。这一时期他发表了40余篇学术论文，主要涉及西方哲学和心理学。1936年开始，马哈福兹转向文学，一方面写作文学艺术类研究论文，一方面从事文学创作。马哈福兹以历史小说开始自己的文学创作，这与当时的时代氛围和文学生态有关。阿拉伯现代小说的发展起步较晚，在引进欧洲小说的最初阶段，阿拉伯世界小说的成就不高，以消遣性的小说为主。19世纪末20世纪初，杰尔吉·宰丹的历史小说为阿拉伯现代小说开辟了新的道路。他受英国作家司各特的影响，创作了《古莱氏少女》等20余部历史小说。他的历史小说涵盖面极大，对史实严肃认真。在他的影响下出现了一批历史小说家，他们在抒发爱国主义和民族主义情感方面都做出了很大的贡献。从19世纪初至20世纪上半叶的一百多年间，有着悠久历史传统和辉煌古代文明的东方各民族，经受了殖民与反殖民斗争的洗礼，在独立与复兴的觉醒中守卫着自己的精神家园。个性觉醒的启蒙主义和救亡复兴的民族主义相结合，近代东方启蒙文学也都打起了文化复兴的旗号。在这样的社会文化背景之下，马哈福兹开始他的文学创作，自然对历史题材特别关注。为此他经常到考古系旁听古埃及史，并拟定了40部历史小说的题目。1939年他出版了第一部历史题材的中篇小说《命运的嘲弄》，其后又连续创作出版了《拉杜比丝》（1943）和《底比斯之战》（1944）等历史小说。这三部小说都取材于古埃及历史，旨在弘扬法老精神，并通过埃及和阿拉伯辉煌历史的再现，表现对民族独立的渴望和对社会公正的期待。这些作品带有那个时代非常鲜明的民族主义和启蒙主义特色，艺术上还不够成熟，处在摸索阶段。

1945—1956年是马哈福兹创作的成熟期。本时期作家发表了一些明显具有现实主义和自然主义风格的作品。1945年《新开罗》的问世，标志马哈福兹从历史转向现实。作品描写一个贫穷的大学毕业生，通过与一个官僚的情妇结婚而发迹，最后身败名裂，由此展示埃及的社会现实。《梅达格胡同》（1947）以一对青年男女的爱情悲剧为主线，通过一条胡同中不同阶层、不同性格的人物的活动，再现了第二次世界大战后期埃及的社会现实。作品将社会政治、民俗风情与人物描写结合在一起，形成了独特的创作风格，标志作家创作走向成熟。其后，马哈福兹又发表了《海市蜃楼》（1948）和《始与末》（1949）等重要作品。1950年，马哈福兹开始准备创作家族小说“开罗三部曲”，1952年完成，但直到1956年才出版第一部《两宫间》，第二年出版了另外两部《思慕宫》和《怡心园》。这部巨著通过描写一个家庭三代人的生活和追求，反映出20世纪上半叶埃及社会的风云变幻和历史变迁，塑造了具有时代特征和复杂性格的人物形象。其中艾哈迈德是老的守旧一代的代表，他是一个有着多重性格的人物形象。在新旧时代的交替时期，他虽然也受到民主自由思想的冲击，但还保持着封建家长的权威和完整的传统信仰。凯马勒是第二代迷惘一代的典型，他勇于探索，善于内省，由此陷入深刻的情感危机和信仰危机。老艾哈迈德的两个外孙艾哈迈德和蒙伊姆是第三代激进一代的典型，前者走向共产主义，后者参加了主张伊斯兰教原教旨主义的“穆斯林兄弟会”，虽然道路不同，但都信仰坚定。其中凯马勒形象是东方近现代苦闷彷徨的知识分子的典型。凯马勒少年时代充满了对安拉和祖国的热爱，有坚定的信仰和改造社会的壮志。他不顾父亲的教训和社会的偏见，报考了师范学院，准备献身于学术。大学时代西方科学民主思想对他原来的信仰形成冲击，在个人生活方面，他爱上了一个西化的贵族小姐，然而阶级的差别又粉碎了他的爱情之梦。理想与现实的矛盾，使他精神困惑；爱情的破灭，造成他情感的失落。于是他徘徊、彷徨，陷入精神危机。这一形象体现了埃及甚至整个阿拉伯现代知识分子精神成长的历程。这样的知识分子形象是东方社会文化转型时代的产物。20世纪前期是东方社会文化的转型期，转型应该是破旧立新并举，但有一个旧的东西将破未破，新的东西将立未立的过渡阶段。在这样一个时代，知识分子失去了传统的安身立命的价值，在现实社会中又没有获得新的立身之道。而且知识分子作为传统文化的嫡系传人和西方文化的直接接受者，在近百年的东西方文化冲突中首当其冲，艰难抉择。他们历史地认可了社会文化转型的进步性，又为这种进步造成的价值失落与道德沦丧感到无奈。他们是思想者和探索者，接受了进步思想，但他们面对新旧交替时期复杂的现实矛盾，面对多元化的思想冲突和不规则的价值转换，找不到自己的位置，看不到前进的方向，从而感到苦闷、失落、彷徨甚至出现精神危机。马哈福兹将人物形象塑造与社会探索和对人生问题的思考紧密结合，使人物形象具有时代的典型性，显示出思想深度和审美价值。“开罗三部曲”以惊人的深度、广度和力度，反映了埃及一个动荡变革的时代，不仅是马哈福兹个人创作的最高成就，也标志阿拉伯现实主义文学的伟大成就，出版后即获得埃及1957年的国家文学奖。

1957—1970年是马哈福兹小说创作的第三个时期。1952年埃及发生了推翻封建王朝的纳赛尔革命，这给马哈福兹带来了很大希望，他期待着新生活的到来，为此放弃了以社会批判为主基调的写作计划。然而革命之后的现实发展并没有满足人民的愿望，作家所期待的理想的新生活并未到来，于是他在沉寂多年之后又拿起笔，揭露现实黑暗，探索人生理想。马哈福兹重登文坛的第一部力作是《我们街区的孩子们》，1957年开始在《金字塔报》上连载，1959年完成。作品以象征手法表现社会和宗教问题，表现了从先知时代到后来的科学时代里，人类为实现理想所进行的斗争，比较集中地表现了作者的宗教思想，即神不关心人间事，人必须自己动手解决困难，神不过是人心中的自我完善的崇高境界。这部作品遭到伊斯兰教神学家们的指控，被判为禁书，直到1969年才在黎巴嫩出版。本时期重要作品还有《小偷与狗》（1961）、《鹌鹑与秋天》（1962）、《寻找》（1964）、《乞丐》（1965）、《尼罗河上的絮语》（1966）、《米拉马尔公寓》（1967）等。总体而言，20世纪60年代的作品以隐喻或寓言的方式表现了作者对1952年革命后埃及现实的不满和对社会人生问题的思考与探索。当然，他对革命后的现实不满，但并不因此否定革命，而是更侧重于表现对新生活的探索，对光明理想的追求。艺术上也体现了作家勇于探索的精神，在坚持现实主义创作方法的基础上，致力于叙述方式和表现手法的革新试验，包括象征主义、意识流等现代主义创作方法的运用。因此，作家这一阶段的创作，被很多评论家甚至包括马哈福兹本人称为“新现实主义”。

70年代以后为马哈福兹小说创作的第四个时期。这一时期作家结合阿拉伯民间文学的艺术形式和西方现代艺术技巧，创作了一批具有实验性质的小说，代表作有《镜子》（1972）、《泉与墓》（1975）、《平民史诗》（1977）、《新天方夜谭》（1982）和《伊本·法杜马游记》（1983）等。这些作品思想上继续站在全人类的高度，致力于人类生活理想的探索；艺术上在多方面尝试的同时，着重探索阿拉伯小说民族形式的现代化。《平民史诗》是作家后期重要的代表作，反映了作家的社会理想，也表现了作者对小说形式民族化的探索。作品借用了阿拉伯传统“马卡梅”的形式，用说书人来代替作者叙述故事。《新天方夜谭》是阿拉伯古代民间故事集《一千零一夜》的改写，作者沿用了原作的人物和情节，重新编写了13个各自独立但又相互联系的故事。这样的叙述形式是对民族文学传统的继承和发扬，也是对文学民族形式的探索和创新。

三

马哈福兹的生活经历对其创作产生了深刻影响。他一生的大部分时间生活在开罗，这使他大多数作品的题材表现的是开罗城市生活，并以善于表现开罗生活而被誉为“开罗作家”。他居住过的嘉玛利亚老城区和阿拔西亚新城区，在其作品中被赋予极强的象征意味，前者代表了保有浓厚伊斯兰宗教传统的埃及文化，后者则常象征着对传统进行改革和实验的新领域和神秘空间。马哈福兹的家庭和职业环境也直接影响了他的创作，他的作品常对熟悉的中小资产阶级的精神和生活状态有深刻描摹，对于贵族和上层阶级，却往往只从“旁观者”的视角进行外部描写，而对于农民生活，则几乎从不涉及。在政治观点上，马哈福兹也倾向于中小资产阶级，他同情代表埃及民众利益的民族党派华夫脱党，倾向于社会主义思想，但不赞成暴力革命，将社会的希望寄托在小资产阶级身上。

在马哈福兹生活的时代，政局动荡，革命频仍。他经历了两次世界大战、英国的殖民管制、埃及的民族独立运动、1952年纳赛尔社会主义革命、1967年与以色列的战争等重大政治事件，这使他的所有作品都具有强烈的政治色彩。他曾经自述：“感情、政治激情是我艺术实践的主要源泉……政治、信念和人是我作品的三个轴，而政治又是核心轴。我的小说中不乏政治。”[①] 因此，对“政治”的关心和政治倾向性构成了马哈福兹作品的鲜明特点，对政治的关注既使他的小说的语义有着浓重的社会历史内容，又使他的小说的叙事功能带有强烈的政治历史倾向。譬如，在代表作“开罗三部曲”中，“政治”几乎无时无处不在，渗透于每个人生活的方方面面——家庭聚会、朋友交谈、街谈巷议，甚至是灯红酒绿的夜

① 关偁：《把我当成修建金字塔的工人——记同纳吉布·马哈福兹的几次谈话》，载《世界文学》1989年第2期。

生活。

在创作技巧上，马哈福兹作品的最大特点是继承阿拉伯古代优秀的叙事文学传统，借鉴西方现代艺术手法，并结合埃及文学发展的现实和传统进行创作。由于小说是阿拉伯现代文学中的新兴文体，马哈福兹在其早期小说创作中并未采用当时西方流行的现代主义艺术形式，而是有意识地采纳了更容易被埃及读者接受的现实主义创作手法。他 60 年代以前的作品虽然已经表现出西方现代主义艺术特征，比如“开罗三部曲”中的“意识流”和多角度叙事、《海市蜃楼》中的心理小说特色等，但作品的主导倾向仍然是现实主义的。70 年代以后，马哈福兹开始将阿拉伯民间文学传统中的“故事”艺术形式与西方现代主义小说技巧结合起来，力图突破“复古”和模仿欧洲文学的两种局限，形成一种全新的创作形式，《镜子》《平民史诗》《新天方夜谭》等后期作品中表现出的“大故事套小故事”的艺术形式、碎片化特征和极强的象征和寓言色彩，代表了这一时期作者对小说艺术形式的新探索，同时也体现了作者力图融会阿拉伯伊斯兰文化与西方文化的创作理念。

作为两个文明的儿子，马哈福兹自称他在“两种文明的怀抱中吮吸它们的乳汁，汲取它们文学和艺术的营养”。[①] 的确，作家从小在伊斯兰教和传统文化的氛围中长大，古埃及法老时代的《亡灵书》，各种优美的神话传说故事，《古兰经》，《一千零一夜》，《安特拉传奇》，马卡梅韵文故事，丰富多彩的阿拉伯诗歌，都给马哈福兹提供了丰富的文学滋养。不仅如此，他还继承了伊斯兰文明的开放精神，自觉地向西方的文学大师们学习。他在接受采访时提到许多西方作家，并表示自己喜欢托尔斯泰、陀思妥耶夫斯基等作家，不喜欢乔伊斯和福克纳。[②] 他在自传中谈到《三部曲》的创作时说：“这期间，我开始读到几部伟大的家世小说，如高尔斯华绥的《福尔赛世家》，托尔斯泰的《战争与和平》，托马斯·曼的《布登勃洛克一家》。在某个瞬间，我感觉自己已经有把握写这部小说了。”[③] 说明他为了创作家族小说“开罗三部曲”，自觉地借鉴西方小说大师的同

① ［埃及］马哈福兹：《受奖演说》，郁葱译，见吴岳添主编《诺贝尔文学奖词典》，敦煌文艺出版社 1993 年版，第 1030—1031 页。

② 参见关偁《把我当成修建金字塔的工人——记同纳吉布·马哈福兹的几次谈话》，载《世界文学》1989 年第 2 期。

③ ［埃及］马哈福兹：《自传的回声》，薛庆国译，光明日报出版社 2001 年版，第 189 页。

类作品。诺贝尔文学奖的授奖词评价马哈福兹的“中长篇小说和短篇小说的艺术技巧均已达到国际优秀标准，这是他融会贯通阿拉伯古典文学传统、欧洲文学的灵感和个人艺术才能的结果”,[①] 这不仅准确地评价了马哈福兹的创作，也对每一位当代作家的创作具有启迪意义：在当前多元文化对话和交流的时代，如何在继承本民族文化传统的基础上，吸收外来文化的积极因素，在文学创作中实现民族性和世界性的统一。

马哈福兹在《受奖演说》中说：“因为我个人的背景，注定我是个说书人。”[②] 作为一个善于讲各种故事的现代说书人，一个散文叙事艺术大师，马哈福兹在叙事艺术上做了多方面的探索，积累了宝贵的经验。首先，“故事”作为小说的基本面在马哈福兹的笔下得到了进一步的继承和开拓。在现代小说日益消解故事的当代，马哈福兹却固守着小说讲故事的阵地，并在后期的创作中进一步强化了这一功能。对于故事的讲述，马哈福兹的作品在叙事上呈现出叙事层次及主体意识分化的特色。特别是在他后期的作品中，由于对传统文学形式如说书人说书式，故事串式等的引入，叙事层次不断分化，致使叙事主体的声音也被分散到不同的层次和不同的叙事者上。因为叙述者的多层次化，叙述者对叙述进行干预或介入往往会通过对形式和内容进行干预两种形式。当然与叙述者相关的叙述视角在马哈福兹的作品中也呈现出多种视角类型并用、视角的自由转换和视角越界等比较复杂的现象。

其次，马哈福兹前期的作品主要以人物或事件为中心来安排情节，后期作品综合地使用了人物或事件模式以及现代小说的意识流模式。在这些模式中，以家族内多个主要人物的故事为线索来安排情节、安排叙述的家族模式又是马哈福兹常用的一种模式。通过前期的《开罗三部曲》和后期的《我们街区的孩子们》《平民史诗》的对比我们可以看出，同为家族小说，其小说的叙事特征也发生了很大的改变。从互文性上看，马哈福兹的小说创作既有外部互文，又有内部互文。家族小说是马哈福兹小说创作中一种比较有代表性的叙事类型，马哈福兹的家族小说既与西方著名的家

① 堵军主编：《诺贝尔文学奖获得者作品暨演讲文库》第 13 卷，中国物资出版社 2004 年版，第 4577 页。

② ［埃及］马哈福兹：《受奖演说》，郁葱译，见吴岳添主编《诺贝尔文学奖词典》，敦煌文艺出版社 1993 年版，第 1030 页。

族小说如《福尔赛世家》《布登博洛克一家》等在叙事形式上有着外部互文性，它们都是按照时间顺序以一个家族为中心设置故事情节，并讲述了每一代人物的不同故事。同时《我们街区的孩子们》和《平民史诗》又在情节结构、叙事手法等方面形成了内部互文，这两部小说事实上是马哈福兹创作后期对于整个人类社会命运与出路的思考。

再次，从文体上来看，马哈福兹的作品特别是后期的作品中，严谨有序的小说文体样式开始消隐，作品呈现出小说与各种文体结合在一起的结构模式或文体形式。马哈福兹把戏剧的对话和小说文体结合在一起，写出了很多对话体小说。能体现多种文体并用这一结构特色的还有马哈福兹创作的集神话、史诗、传奇、叙事诗、讲唱故事与小说于一体的那些作品，《我们街区的孩子们》《平民史诗》就是这类作品中的杰出代表。文体的结合使用使小说的叙事艺术加入了一些新的叙事元素，从而使小说的叙事空间得到了扩充，小说这种叙事形式也有了新的活力。

马哈福兹的叙事艺术探索具有示范意义。首先，有效挖掘并重新利用传统民族文学形式，将阿拉伯传统叙事艺术与西方现代小说艺术有机地结合起来，为东方各民族文学的复兴提供了借鉴。阿拉伯民族是一个故事极为丰富的民族，祖先们的游牧生活流传下来丰富的故事资源和讲故事的艺术。《一千零一夜》、玛卡梅故事、人物传奇等，都是古阿拉伯人的优秀文学遗产。深受阿拉伯文化浸染的马哈福兹立足于本民族的文学形式，同时又吸取西方艺术的精华，重新将故事引进现代小说中，并融合东西方小说的形式，将埃及的叙事艺术推向了世界的高度。这样的文学创作思路值得借鉴。其次，立足于民间文学，将民间叙事形式运用在作家的文人创作中，丰富了作家的创作。马哈福兹对民间叙事的借鉴主要是在故事的发展、构思以及人物的塑造等方面。他摒弃了民间叙事类型化简单化的缺点，利用了它故事性强、吸引力大、想象力丰富等特点，使之更加适应现代小说创作的需要。再次，将个人经验与集体经验融合在一起，以神话思维创作现代小说，试图发现一种新的叙事发展模式和叙事美学。通过与神话思维、神话叙事的结合，马哈福兹为他的小说找到了一个融合个人经验与集体经验的叙事空间，创造了一种“神话小说”。

总之，马哈福兹小说既继承了阿拉伯文化传统中故事讲述的民间立场和方式，同时又深深地烙上了西方传统文学和现代文学的印痕。它代表了一位发现西方的东方人在遭遇现代文明的种种现象后，对本民族传统所作的最好的创新和阐释。然而，需要进一步指出的是，马哈福兹对传统的再阐释并不是一蹴而就的，而是经过了一个长达七十余年的探索。在这七十余年的探索中，作者本人除了经历了一个古老文明在现代社会中艰难的发展外，还经历了在文学叙事上的学习西方、审视东方，定位于东西方融合的过程。因此，我们也可以说，马哈福兹小说的叙事艺术既是一种文学的策略，又是一种文化的缩影。

第二节　家庭模式与现代埃及民族的精神变迁

——马哈福兹的“开罗三部曲”

“开罗三部曲”是纳吉布·马哈福兹的代表作，是一部现代埃及民族的精神探索寓言。全书共分三部分，分别以艾哈迈德家族三代人的主要生活场景——开罗的三个街区两宫间、思慕宫和怡心园为题，描绘了20世纪上半叶开罗一家三代人的命运沉浮和精神变迁，并由此表现了现代埃及民族面对西方科技文明冲击时的无奈、彷徨和抉择。

19世纪下半叶，英国军事占领埃及并开始了长达半个多世纪的殖民统治，英国的统治对埃及的政治、经济和文化产生了巨大冲击，而这种冲击的突出表现，莫过于对埃及民族宗教信仰的冲击。埃及是一个伊斯兰教国家，埃及民族具有浓厚的宗教情感，然而西方现代文明的典型特征是科技文明的发展带来的社会的世俗化，或者说宗教的衰落。因此，对于现代埃及来讲，所谓东西方文化的冲突，实际上主要体现为伊斯兰宗教信仰与现代科技文明的冲突，这种冲突隐喻式地表现在“开罗三部曲”的家族史描绘中。

“信仰”是三部曲贯穿始终的母题。在作品中，家族命运和民族命运交织在一起，围绕着一家三代人对待“信仰”的不同态度，作品展开了对现代埃及民族命运的探索，“确信——怀疑——回归”分别标志了三代人对待信仰的不同态度，同时也隐喻了现代埃及民族的精神发展轨迹。本节通过选取作品家族史描绘中的家庭模式这一维度，分析艾哈迈德家族三代人在父母与子女、夫妻及两性关系等家庭模式方面的变化，从而观照三代人对待“信仰”的不同态度，由此探析现代埃及民族的精神变迁。

一　恪守传统的第一代人：以“父”为尊的家庭模式

在伊斯兰文化传统中，通过缔结婚姻组成的家庭，是社会构成的基本形式。婚姻家庭不仅可以满足感情和性的需要，可以合法地生育繁殖，更是信主虔诚的表现。因为伊斯兰教并不主张禁欲和出世，它认为合法的婚姻可以疏导性欲，促进社会文明的发展。[①] 开罗三部曲的第一部《两宫间》，通过细腻展现艾哈迈德家中的陈设、规矩和家庭成员之间的关系，着力描绘了一个生活于开罗老城区的典型的传统伊斯兰家庭。

艾哈迈德家按照伊斯兰传统习俗布局和陈设，家中成员都严格遵照伊斯兰教规生活：有专供女眷出入的“成年女子入口”，女子不能随便外出。家里有严格的家规，严禁欢笑、游戏和娱乐，连每天的早餐都要“遵守军人般的礼仪”，即使是儿女的婚礼也“不事张扬”，不允许“片刻的欢庆”。如果说家庭陈设和规矩是恪守伊斯兰传统的外化形式，那么，父母和子女关系、夫妻及两性关系，则从更为内在的层面，深刻体现了伊斯兰传统文化中家庭关系的内核。

在传统伊斯兰家庭中，父母有至高无上、仅次于安拉的地位，孩子对待父母的态度，近似于对待安拉的态度，要顺从、服侍、并使之欢欣。如果父母老迈，脾性改变，子女仍要毕恭毕敬地服侍父母，就像父母养育幼年的自己一样。（《古兰经》17：23—24）不服从父母，就是不服从安拉和他的先知穆罕默德。

值得注意的是，按照伊斯兰教经典的解释，家庭中父亲与母亲的地位是并列的，并未讲父亲的权威要高于母亲。据记载，哈达特·穆阿维叶曾询问穆罕默德，自己是否要参加圣战，穆圣问他母亲是否健在，当听到肯定的回答时，穆圣就对他说：“回家侍奉她吧，就如同天堂在她脚下。”[②] 实际上，由于母亲在抚育孩子时付出更多的心血，因而《古兰经》中强调子女要更加爱护和忠顺于自己的母亲。在《古兰经》关于孝敬父母的章节中，特别提到母亲生育的辛苦：

> 我曾命人孝敬父母；他的母亲，辛苦地怀他，辛苦地生他，他受胎和断乳的时期，共计三十个月。（46：15）
>
> 我曾命人孝敬父母——他母亲弱上加弱地怀着他，他的断乳，是

① Dr. Shahid Ashraf, *Family Culture in Islam*, New Delhi: Anmol Publications Pvt. Ltd., 2006, pp. 96 - 97.

② Ibid., p. 11.

在两年之中—— （31：14）

也就是说，作为母亲，伊斯兰女性与作为父亲的男性地位是平等的。但悖论的是，作为妻子，伊斯兰女性的责任则是要服务、取悦和服从于丈夫，没有丈夫的允许，妻子甚至不能随意离开居住的住所。① 这样，在一个家庭中，作为尊者的母亲角色和作为附属者的妻子角色，是很难协调的，当二者冲突，其结果必然是母亲的长者地位让位于屈从者的妻子角色。因而，在传统伊斯兰家庭中，集父亲与丈夫于一身的男性是真正的一家之主，被丈夫"管辖"的伊斯兰女性，其身份首先是服从、忍耐、取悦于丈夫的妻子，而作为母亲的尊者地位，常常是隐没的。

在开罗三部曲中，艾哈迈德是威严、专横的父亲和丈夫，他在家中的地位至高无上，在这个家庭，"一切都要盲目服从一个最高的意志，这个意志像宗教一样，具有无限的统治力量"。② 而妻子艾米娜虽然也是一个慈爱的母亲，对家庭心甘情愿地奉献了自己全部的生命和热忱，但她与孩子们一样敬畏自己的丈夫，她的首要身份是一个恪守礼教、逆来顺受、尽职尽责的妻子。她完全生活在以丈夫为中心的世界中：25 年来，艾米娜很少离开自己的家，只能从封闭阳台的小圆孔中偷窥外面的街区，从平台上遥望自己最热爱的清真寺，因为丈夫无法忍受旁人的目光落在自己妻子的身上。她每天午夜按时醒来，等候丈夫寻欢作乐后回家，并把这种服侍工作，看成自己"恪守妇道、为丈夫的幸福而做出牺牲的活生生的标志"。对于丈夫的一切行为，她都无条件服从，并"以丈夫的所有行为而自豪，尽管这些行为有的让她高兴，有的让她悲伤"。她从早到晚，以极大的热情承担了家里的一切家务，由于她始终精神饱满地勤勉干活，当之无愧地获得了女邻居们送给她的"蜜蜂"的称号。

在《古兰经》中，两性关系是保护和延续人类种族的手段，安拉造男人和女人，让他（她）们互相吸引、互相依存，两者如果缺失对方，生活就是不完整、没有意义的。③ 这样一种和谐的两性关系，也代表了婚

① Dr. Shahid Ashraf, *Family Culture in Islam*, New Delhi: Anmol Publications Pvt. Ltd., 2006, p. 46.

② ［埃及］纳吉布·马哈福兹：《两宫间》，陈中耀、陆英英译，上海译文出版社 2003 年版，第 199 页。

③ Dr. Shahid Ashraf, *Family Culture in Islam*, New Delhi: Anmol Publications Pvt. Ltd., 2006.

姻中夫妻之间的理想状态。但《开罗三部曲》中的两性关系则呈现出明显的异化状态，即使是在恪守伊斯兰传统的第一代人中，我们也难以找到宗教经典中两性关系所呈现的最初的圆满与和谐。

在《两宫间》中，体现了两性关系的婚姻与爱情呈现出明显的分裂状态。婚姻中的丈夫艾哈迈德俨然是一位统治者，妻子艾米娜与孩子们一样，在家中得到的是艾哈迈德粗暴、专横和威严的对待。甚至在她被车撞伤、卧床休养时，照例夜游的丈夫的一声问候，都被艾米娜激动而又自豪地视作“恩典”。但在婚姻状态以外，艾哈迈德却心安理得地寻找属于自己的“欢乐”与“爱情”。《两宫间》一开始，就通过描述妻子艾米娜二十多年如一日的守夜，向我们展现了艾哈迈德在家庭之外的另一面：追求夜生活，迷恋美色，喜欢情歌与音乐，擅长诙谐和逗笑。

乍看起来，艾哈迈德具有渎神色彩的夜生活，似乎表明他已经背离了伊斯兰教传统，但实际上，艾哈迈德具有双重色彩的生活方式，恰恰是阿拉伯—伊斯兰文化传统中颇具特色的一种社会现象。在阿拔斯王朝时期，阿拉伯社会就已经出现了世俗享乐的生活和宗教严肃的生活并行不悖的状况。[①] 在阿拉伯民间故事总集《一千零一夜》中，描绘了阿拉伯社会豢养和训练女奴的社会习俗，这些女奴通常拥有惊人的美貌和智慧，精通音律、熟读诗文，大胆追求爱情，她们是文人雅士爱情的寄托对象和艺术创作的源泉。正是因为流传着这样一种女奴（婢女）制度，《两宫间》中的艾哈迈德在回答谢赫的规劝时，才可以毫无愧色地辩白“今天的歌女就是过去的婢女”，现在与过去一样，都是合法的。

综上所述，艾哈迈德家族第一代人的家庭模式，是传统伊斯兰家庭的真实写照。作为父亲和丈夫的男性在家庭关系中享有至高无上的权威，女性的主要角色是顺从的妻子。婚姻与爱情呈现出分裂的状态，丈夫通过传统习俗默认的歌女制度，在夜生活中释放自己的激情。这种传统的伊斯兰家庭模式，折射了艾哈迈德家族第一代人精神世界的核心特质：对信仰的确信。

在开罗三部曲中，无论是艾米娜的顺从、还是艾哈迈德的双重生活，都被打上了“信仰”的烙印，伊斯兰信仰成为解释他们行为的唯一标准。

---

① ［埃及］艾哈迈德·爱敏：《阿拉伯—伊斯兰文化史》第二册，朱凯等译，商务印书馆1990年版，第91—125页。

因而，无论“现代人”如何评判他们的生活和行为，他（她）们都自以为在信仰的原则下生活，虔诚而又怡然自得。

《两宫间》以艾米娜的叙述视角切入，首先向我们展现了一个拥有“信仰”的精神世界。信仰构成了艾米娜生活和精神的全部：艾米娜是一个“对精灵世界的了解远远超过对人类世界了解的女人”，[①] 她“喜欢真主创造的一切”，“深信万物都会赞颂真主的伟大，都与灵魂世界有千丝万缕的联系。她所生活的这个世界，包括大地、天空、动物、植物，是一个有理智的活生生的世界。这个世界的特点不仅在于生命之美好，而且要用信仰使生命臻于圆满”。[②] 正因为艾米娜虔诚地信仰真主，她从一贯的隐忍和顺从中感受到力量，在任何时候，她都相信自己“站得稳，决不会垮掉”。在三部曲中，无论世事如何变幻，却无法改变艾米娜信仰的虔诚。艾米娜的信仰是贯穿三部曲的一条隐在的线索，全书以艾米娜的守夜开始，以艾米娜的死亡结束，暗示了全书贯穿始终的“信仰”母题。

对于精力充沛、稳固地“统治着”家庭、游刃有余地生活于生意场和娱乐场的艾哈迈德，作者的描述充满了信仰时代的乐观和积极向上的基调。作品中的艾哈迈德虽然喜爱寻欢作乐，但从不因此违反名誉至上、忠于朋友、言而有信的原则，而且具备爱国热忱和民族情感。他“成功地把一味追求女色的‘兽欲’和注重崇高原则的‘人性’结合得天衣无缝，让两者构成一个和谐的整体”。[③] 而这样一种双重生活方式，丝毫不影响他信仰的虔诚：

> 做礼拜时，他一脸虔诚的神色，完全与会见朋友时满脸春风的样子和面对家人时严肃冷峻的神情截然不同。……流露出对真主敬畏、热爱、企求的神情。他做礼拜并不是机械地口中念念有词，身子站起又跪下，而是满怀深情地做。他做礼拜的热情，和他全身心沉湎于五光十色的生活享受时的热情如出一辙，就像他工作时忘却自己、交友时忠于情谊、谈情说爱时全身心投入、饮酒时一醉方休那样，不管干

---

① ［埃及］纳吉布·马哈福兹：《两宫间》，陈中耀、陆英英译，上海译文出版社 2003 年版，第 2 页。

② 同上书，第 27 页。

③ 同上书，第 189 页。

什么事，他都是一心一意的。就这样，做礼拜成了他灵魂的朝觐，使他神游天房。①

二　失落信仰的第二代人：家庭神圣性的消解

开罗三部曲的第二部《思慕宫》主要描写艾哈迈德家族第二代人的生活，虽然这一代人在艾哈迈德严格的宗教训练中长大，但伴随着西方现代文明的侵入，信仰的失落和怀疑成为第二代人的精神特质。表现在家庭模式上，是婚姻家庭作为宗教责任的神圣性的解体和传统家庭关系的分崩离析。第二代人家庭模式的改变折射了社会信仰的危机，传统家庭模式的幻灭和英雄主义的失落，是相互映衬、并行发展的两个线索。

在家庭模式上，第二代人不再相信家庭和婚姻的神圣性，伴随着第二代人的长大成人，原有家庭中“父亲”的光环消失，家庭的神圣性解体。而“性”与“情”的分离，是第二代人两性观的鲜明特点。

长子亚辛无意中发现了父亲在风月场中的另一面，从此为自己的荒淫无度找到了借口，不再相信婚姻的神圣性。而他的三次婚姻，都不能再让他过上像父亲那样在家中保有威严、在外面花天酒地的生活。青年时期的凯马勒在了解了父亲的双重人格后，不再崇信父亲身上“神圣的光环”，而且这直接影响到了他的信仰：他不仅对父亲改变了看法，就连真主本身也不再是他以前顶礼膜拜的真主了。②“父严母慈”的传统家庭模式的解体，与信仰的幻灭紧紧联系在一起。在此时的他看来，父亲是“凶暴的无知者”，母亲是“温柔的无知者”，他彻底否定了传统家庭模式：要“撤销这个死水般的家庭，取消父权和母权”，而渴望一个“没有历史的祖国、没有过去的生活”。③

亚辛视婚姻为儿戏，对他来讲，婚姻只是为自己放荡的夜生活换一种方式，而新娘只是一种“新的乐趣”，能满足使他心灵不安分的强烈的性饥渴。他迅速厌弃第一个妻子宰耐卜，流连于风月场中。他与邻居玛丽娅

① ［埃及］纳吉布·马哈福兹：《两宫间》，陈中耀、陆英英译，上海译文出版社 2003 年版，第 15 页。

② 同上书，第 347 页。

③ ［埃及］纳吉布·马哈福兹：《两宫间》，陈中耀、陆英英译，上海译文出版社 2003 年版，第 348 页。

的第二次婚姻，只是“姘居不成的一种替代方法”。为了实现自己的情欲，他千方百计与玛丽娅成婚，随后又像“丢弃破鞋”一样把她扔掉。

亚辛一味沉迷于感官享受，心中只有“性”没有“情”。对他而言，爱情不过是“盲目的肉欲”，凡是女人都是“可诅咒的”“肮脏的”。除了享受生活的乐趣外，他没有别的目标，肉体的欲望指导了他全部的生活和行为。在亚辛这里，肉体的欲望冲破了家庭的神圣感，传统的家庭伦理观念不复存在。为了一时的欲望，他试图强奸从小侍候自己的女仆，诱奸妻子的黑女仆，甚至在向玛丽娅求婚时与其母私通。

小儿子凯马勒完全拒斥婚姻，认为婚姻会将爱情“从天上贬到地下”。而在凯马勒看来，爱情与欲望无法完美地结合在一起，性欲只是一种“低级的本能”，真主创造性欲，是为了“考验我们的意志力”，[①] 而爱情是一种无性的“精神之爱”。对凯马勒来讲，爱情与宗教有着同等地位，它是“从宗教的泉源中涌出的一股清泉”，恋爱对象阿依黛是他心中至高无上的“女神”，享有至高无上的宗教力量。在作品中，凯马勒对阿依黛的爱情，完全是一种沉溺于遐想、毫无行动的精神恋爱，他甚至无法想象阿依黛也像一位普通女性那样结婚生子。因而，伴随着阿依黛的结婚，他的爱情幻灭，随之而来的也是宗教和信仰的幻灭：“没有宗教、没有阿依黛、没有希望，有的只是死亡。”[②] 第三部《怡心园》中，人到中年的凯马勒走向了怀疑一切的虚无主义，他拒绝爱情和婚姻，在酒和肉欲的放纵中麻醉自己，并且对一切人和事包括“思想”永远采取旁观者的态度。

传统家庭模式的崩溃，暗示了第二代人信仰的坍塌，这并非发生在艾哈迈德家族的独特现象，而反映了大的时代和文化氛围，反映了现代埃及在西方实用主义和科学主义思想影响下的社会潮流。追求实用主义，蔑视思想、宗教、哲学等“崇高的学问”，是这个时代普遍的“客观现实生活”，而学问却在这个时代“一钱不值”。因此，父亲和家人对凯马勒热衷于读书和思想的精神生活不可理解，反而是对世事一无所知的艾米娜，

① ［埃及］纳吉布·马哈福兹：《思慕宫》，陈中耀、陆英英译，上海译文出版社 2003 年版，第 68 页。

② 同上书，第 325 页。

却因保有未被“客观现实生活扭曲”的高尚感觉，而赞同凯马勒的选择。[①] 而凯马勒对受西式教育长大的阿依黛的爱情，是与阿拔西亚新区、欧洲的现代文明交织缠绕在一起的：他对新式的阿拔西亚街区的热爱和尊敬达到了神圣的程度，是因为这里是他“心中女神的宫殿所在之处”；巴黎是他梦寐以求的地方，因为那是他的女神度过童年和少年的地方。在某种程度上，正是因为阿依黛及她所代表的西方现代文化的“遥不可及”，才使成长于埃及老城区的凯马勒迷恋和神往，因而，在若干年后，当年届中年的凯马勒遇到阿依黛已长大成人的妹妹布杜尔时，虽然再次痴迷和爱恋她那酷似姐姐的外貌和声音，却无法接受她仅仅是自己身边的一位“普通”埃及女子，并最终放弃与她走入婚姻。

如果说亚辛代表了在时代潮流中丧失信仰的普通埃及人，那么，凯马勒则是在接受西方思想的“求知”过程中，逐渐质疑和放弃了宗教信仰。在很大程度上，他的精神发展历程是现代埃及知识分子精神追索的写照。在第一部中，幼年时期的他受母亲的影响，笃信宗教，喜爱宗教课，崇敬圣徒侯赛因。在第二部中，青年时代的他在接受西方科学主义和唯物主义思想以后，厌烦宗教和种种神话传说，奉科学、哲学和理想为人生的三棱石。[②] 在第三部中，广泛阅读和研究西方现代哲学的他，对一切真理产生怀疑，对任何事情都采取“旅游者”的态度。

然而，无论是坚决走向科学和哲学也好，还是怀疑一切也好，凯马勒并未因此得到心灵的安宁，因为如果在“科学”的视野中，一切关于“超越”和“永恒”的话题不过是经不起科学检验的迷信，那么信仰、爱国主义、爱情这些超越了人性的平凡、标志着永恒的东西也不过是一种神话！因而，拒绝宗教的凯马勒注定要走向虚无，拒绝爱情和任何“主义”。正如作品中所言，“婚姻其实也是一种信仰”。[③] 从三部曲的第二部《思慕宫》开始，信奉科学、怀疑宗教的凯马勒的精神危机就成为全书的一条重要线索，伴随着凯马勒的爱情幻象和他富有思辨色彩的自我剖析，作者向我们展示了人在信仰失落之后的无奈、迷惘和抉择，同时也揭示了

① ［埃及］纳吉布·马哈福兹：《思慕宫》，陈中耀、陆英英译，上海译文出版社 2003 年版，第 53 页。

② 同上书，第 360 页。

③ ［埃及］纳吉布·马哈福兹：《怡心园》，陈中耀、陆英英译，上海译文出版社 2003 年版，第 24 页。

在西方科技文明冲击下的现代埃及知识分子的精神危机和探索历程。

在第二代人中，次子法赫米是唯一明确地坚决捍卫信仰的人，他投身埃及民族解放事业，“把命运交托给真主，感到真主无所不在，就像空气从四面八方包围着它”。①但无论是他与邻居玛丽娅的爱情，还是革命中的死亡，都显示出脱离现实的梦幻色彩。由于伊斯兰教规的限制和父亲的反对，他无法与爱恋的邻居女孩儿玛丽娅交往和成婚，只能凭借在公众场合偷听、偷看和独自一人的想象，来幻想自己的爱情，事实上却无法了解真实的玛丽娅。这正如同他被视为英雄主义的“牺牲”，实质上却源于一次本无生命危险、被当局批准的和平游行。第一部频繁出现的家庭咖啡会上，法赫米满怀理想主义激情的爱国主义话题，却根本无法得到家人的理解，这也暗示了他的爱国主义和民族主义只是一个“伟大的幻梦”！伴随着他的死亡，父辈的英雄主义也随之成为一个伟大的幻梦，只剩下第二代人信仰失落后的迷惘与徘徊。

三　回归信仰的第三代人：新式家庭模式

不同于凯马勒的迷惘和徘徊，家族的第三代人坚决有力地回归信仰、并为信仰而努力奋斗。这集中表现在家族第三代人的代表人物阿卜杜·蒙伊姆和艾哈迈德的家庭和婚姻观念上。

在第三部《怡心园》中，老艾哈迈德的女儿海迪洁的两个儿子，“新的一代”阿卜杜和艾哈迈德分别走上了两条不同的拯救埃及之路：一条路是回归伊斯兰经典《古兰经》和伊斯兰传统，另一条路是共产主义。与此相对应，他们也选择了不同的婚姻和家庭模式：阿卜杜克服了少年时欲望的冲动，在上大学时就与表妹纳依曼结婚，因为他根据伊斯兰经典，要“战胜魔鬼”，同时还要“不忽视自然法则”。②而艾哈迈德则按照自己的意愿，进入具有革命倾向的报社工作，并与出身低微的职业妇女苏珊结成终身伴侣，组成新式家庭。

艾哈迈德家族第三代人的代表阿卜杜和艾哈迈德虽然走上了不同的救

---

①［埃及］纳吉布·马哈福兹：《两宫间》，陈中耀、陆英英译，上海译文出版社2003年版，第302页。

②［埃及］纳吉布·马哈福兹：《怡心园》，陈中耀、陆英英译，上海译文出版社2003年版，第99页。

国道路，但回归信仰是他们共同的精神内核。艾哈迈德信仰科学和人道主义，相信自己的义务最终是“为建立一个新社会铺平道路”。他在狱中启示凯马勒的话，也表现了人要敢于担当的内在信念，这种信念与凯马勒的“旁观者”态度截然相反：

> 生活就是工作、结婚和履行普通人的责任。……而人总的责任是永远革命，那就是坚持不懈地去实现生活的目的，使生活向着最高的目标发展。①

而加入穆斯林兄弟会的阿卜杜虽然与艾哈迈德有不同的观点，他认为埃及人不了解自己的宗教，这是一切悲剧的根源，“要按真主创造伊斯兰教的原义来理解伊斯兰教，把它理解为一种宗教、一种法律、一种制度和一种人生哲学”。② 但他也同意艾哈迈德的说法，因为艾哈迈德的目的是“号召人要有信仰，不管是什么样的信仰，不管信仰的目的是什么”。③

阿卜杜和艾哈迈德基于不同信仰所做出的选择，是20世纪上半叶埃及社会的缩影，它们代表了当时两个重要的救国思潮，哪一种方式更贴近埃及现实？哪一种方式是正确的？作者没有明确给出答案，只是通过作品中具有不同思想倾向的主人公的讨论和行为，给出了复调式的解答。全书结尾，两兄弟被捕，二人未来的命运不得而知，但一直处于信仰危机和焦灼探索中的凯马勒却从两兄弟身上找到了答案：对于一个人来讲，重要的不是信仰什么，而是要有信仰，要“为自己创造一种值得为之奋斗的信仰”，要为信仰而奋斗。④ 在第三部《怡心园》中，连一生不关心民族和国家大事、随波逐流的亚辛，也在醉酒后吹嘘自己年轻时曾与弟弟法赫米一起参加革命，并对埃及民族领袖赛阿德推崇备至。⑤ 这也暗示了信仰的回归已经是埃及社会的整体趋势。

作者在人物归宿和命运的设置上，也隐喻了人要忠于信仰的信念。在

---

① ［埃及］纳吉布·马哈福兹：《怡心园》，陈中耀、陆英英译，上海译文出版社2003年版，第285—286页。

② 同上书，第112页。

③ 同上书，第286页。

④ 同上书，第285页。

⑤ 同上书，第250—251页。

婚姻之外追求享乐生活的艾哈迈德，中年以后只能衰弱无力地缠绵病榻；大女儿海迪洁虽然貌丑，但她自幼像母亲一样信仰虔诚、恪守教规，嫁到夫家后勤俭持家，所以中年后生活幸福；二女儿阿依莎虽然容貌美丽，但自幼对教规忽冷忽热，没有恒心，婚后与自己的丈夫一样无所事事，“一家人把生活当作是一场纯粹的游戏”，最终丈夫和两个儿子患伤寒死去，唯一的女儿难产而死，落得一个凄楚孤独的悲惨结局；顺从情欲、生活放荡的歌女白希洁和海丽娅等女性，或晚年穷困潦倒，或患病死去，没有一个好下场。而贯穿三部曲的重要人物艾米娜的形象也有很强的隐喻色彩。艾米娜的虔诚和信仰，给她的忍耐和顺从打上了神圣的光环，一直到三部曲的结尾，不仅她周围的所有人无一例外对她怀有发自内心的尊敬和热爱，而且读者也从中感受到信仰在这位柔弱女子身上所蕴含的巨大力量。家族变迁、世事更迭，艾米娜的信仰，却自始至终是三部曲的一条主线。艾米娜这样一个贯穿始终、给周围所有人以宽容和爱心的伊斯兰传统妇女的典型形象，无形中告诉我们：无论世事和人心如何变换，信仰从未离开过我们的身边。

从整体结构及其意蕴上来讲，三部作品也暗示和呼应了关于信仰的“确信——怀疑——回归”这个精神线索。第一部《两宫间》洋溢着虔诚、希望和英雄主义的明朗基调，艾米娜的虔诚、艾哈迈德安排生活的游刃有余和怡然自得、法赫米对革命的激情、不谙世事的凯马勒天真童趣的内心活动、家庭“咖啡会”上诙谐幽默的对话场景……第二部《思慕宫》则弥漫着衰败、犹疑和痛苦的氛围，艾米娜和艾哈迈德因丧子而未老先衰、凯马勒爱情的幻灭和信仰的危机……这种氛围笼罩了全书，在结尾处，埃及民族领袖赛阿德与世长辞、阿依莎的丈夫和儿子身染疾病、亚辛的妻子生产在即——家族和民族的命运都被罩上死亡的阴影，前途未卜，希望渺茫。而第三部《怡心园》则洋溢着生命和行动的气息，作品不再像第二部一样，充斥着凯马勒的长篇内心独白，第三代人完全是行动型而非思考型的，他们恋爱、婚姻和事业上的追求，往往是自己做主并迅速做出行动，与凯马勒只思考而缺少行动的生活方式形成了鲜明对照。阿卜杜迅速决定放弃与邻居女儿“不合法”的恋爱，与表妹纳依曼结婚；在纳依曼难产去世以后，又主动向父母提出与堂妹克利曼成婚，并不顾母亲的成见，达成自己的目的。艾哈迈德主动向暗恋的同学求婚，在遭到失败后，大胆向同事苏珊求爱，并不顾母亲的门户之见，与苏珊迅速结为夫妻。

在全书的结尾，艾米娜濒于死亡，迷惘已久的凯马勒明白：我们的首要任务是在这个世界上“创造”生活的意义，而不是“寻找”生活的意义。[①] 他在回归信仰中获得了新生。三部作品从最初艾米娜的信仰虔诚到结尾凯马勒的信仰回归，构成了一个完整的循环结构。

第三节　马哈福兹小说的叙事艺术

马哈福兹是一个不断超越自我的作家，在创作中不断地进行着叙事的变形和创新，为小说特别是阿拉伯现代小说的发展做出了杰出贡献。本节借鉴叙事学理论，从叙事形式的纵向发展和叙事的横切面对马哈福兹小说的叙事艺术进行系统研究，探讨马哈福兹小说的总体叙事特征、叙事主体、叙事结构和叙事本质等一系列相关问题，以期能对马哈福兹小说的叙事艺术有一个整体的探讨。

一　总体叙事特征

作为叙事性作品，故事在叙事理论中是必不可少的一个层次，它指的是“按实际时间、因果关系排列的事件”。[②] 在20世纪现代主义与后现代主义文学比较普遍地淡化故事甚至消解故事的文化环境中，马哈福兹却坚守着叙事文学讲故事的阵地，无论前期还是后期的作品，大都以其“融会贯通阿拉伯古典文学传统、欧洲文学的灵感和个人艺术才能”[③] 的叙事艺术，将阿拉伯小说的创作推向了世界的高峰。纵观马哈福兹的创作，从叙事的角度来看，以“讲故事”为中心，以《开罗三部曲》为中分线，可以分为前后两个阶段。前一阶段以“讲故事”的“故事”为重点，侧重于讲述的故事。后一阶段则以“讲故事”的“讲”为重点，侧重于故事的讲述。

---

① ［埃及］纳吉布·马哈福兹：《怡心园》，陈中耀、陆英英译，上海译文出版社2003年版，第185页。

② 申丹：《叙述学与小说文体学研究》，北京大学出版社2001年版，第14页。

③ 堵军主编：《诺贝尔文学奖获得者作品暨演讲文库》第13卷，中国物资出版社2004年版，第4577页。

（一）“讲故事”的“故事”

马哈福兹前期创作主要以传统的现实主义创作手法为主，利用传统的故事形式，按照时间、因果关系来推动事件的发展，揭示人物的性格变化及命运，反映当时的社会现实，这一时期的小说具有严整的、线性的结构。

马哈福兹早期的创作呈现出简单清晰的叙事特征，他用清晰的脉络、完整的故事、性格分明的人物来表达带有浪漫主义或理想主义的思想。历史三部曲取材于古代历史故事，其中《命运的嘲弄》讲述了英俊的青年达达夫在军事院校毕业典礼上被王储选为禁卫军官，在狩猎场上，达达夫又从猛狮口中救出了王储，并在统率大军讨伐贝都因部落的战斗中获得了全胜，于是国王把心爱的公主许配给了他。以后，达达夫登上了王位。然而，最终令国王感到意外的是，达达夫竟然就是他在二十几年前率兵追杀的那个婴儿，有人预言这个婴儿将是王位继承人，命运无情地嘲弄了统治者。作者在这部作品中，融合了阿拉伯民间故事及西方历史小说的叙述策略，通过生动曲折的故事，来表达这样的思想：历史是按照上天的旨意来运动的，它不以人的意志为转移，谁想扭转它，谁就会受到命运的嘲弄。《拉杜比丝》和《底比斯之战》则分别是爱情小说和战争小说，这两部小说也都主要以讲述故事为主，通过推动故事来完成叙述，说明统治者为所欲为必将导致国家灭亡，只有符合历史潮流的英雄才能驱逐外来者，实现富国强兵的梦想。马哈福兹早期所运用的历史小说这一叙事方式，与当时所处的社会历史环境、文化语境有着密切的关系。马哈福兹走向写作之路是他的自我选择，然而选择以后要如何走下去却依赖于外界对他的影响。他开始写作之时，正是埃及国内反对英殖民统治、要求独立的爱国主义情绪高涨之时，在国内弘扬古埃及荣耀历史的高呼声中，他开始以小说的形式来讲述埃及的历史故事，希望从中汲取到改变现实的力量，因此他早期的历史小说并不注重写实，而强调通过故事的讲述所表达的思想。

当通过历史无法表达自己的想法时，马哈福兹转向了现实。因为现实小说更注重写实性、逼真性。这一类的作品有《新开罗》《哈利利市场》《梅达格胡同》《蜃景》《始与末》《开罗三部曲》等。在这几部作品中，作者主要以中产阶级的人物特别是青年人为表现对象，通过他们的故事将作者对于社会的观察和思考表达出来。《新开罗》讲述了四个大学生马蒙、阿里、马赫朱卜、艾哈迈德从即将毕业到踏入社会的成长故事，分别介绍了他们的性格和思想倾向，其中又以马赫朱卜的故事作为主线。本来这是四个思想倾向不一样的好朋友，但随着马赫朱卜父亲的生病，他们的关系——至少是在马赫朱卜的心里，发生了变化。马赫朱卜为了改变经济现状，与贝克（当时对有权阶层的称呼）的情妇结了婚，戏剧性的是，他的妻子是他的朋友阿里以前的女友——她也是为了改变经济现状而做了贝克的情妇。从叙述上看，作品属于单线发展，脉络清晰，没有太大的起伏波折，主要表现人物的思想，带有作者传声筒的印记。但是，由于这样的故事来自于生活，仍然显得真实可信。《梅达格胡同》的叙述模式基本上与《新开罗》相同，没有太大的变化，然而作品的社会容量却加大了。小说以梅达格胡同作为故事拓展的空间，讲述了胡同里形形色色的人和悲欢离合的故事。这条胡同里居住着理发匠、咖啡馆老板一家、面包师夫妇、媒婆母女、牙医、失意文人、乞丐制造者等，这是一个非常典型的底层社会。故事主要以哈米黛这一人物为主要线索，同时在这一舞台上演出的又有以上提到的各种形象，在看似胡同故事的讲述中，为我们展现了一幅真实的埃及生活画卷。《始与末》以家庭中的小儿子侯斯尼和女儿奈菲萨两人在父亲死后各自所经历的爱情为平行线索，同时又以大儿子哈桑和二儿子侯赛因的经历为辅线，讲述了一家四个孩子在父亲死后各自所走的艰难的道路。小说结构由单线发展开始变为双线发展。

马哈福兹现实主义创作的集大成之作是《开罗三部曲》。这是一部结构宏大严谨的家族小说，从文本的故事叙述上，它历时、历史性地为我们展现了艾哈迈德一家三代人的生活变化，展现了1911—1944年间埃及社会的历史变迁。小说最初在报纸上连载时是一个整体，后来为了出版的需要，才分为了三部分，分别以三代人主要生活的街区为名，题目既是街区的名字，又是一代人主要活动的地点，小说由此也就形成了有序时间与特定空间的结合体。实际上，《梅达格胡同》已经具有了小说空间视野集中的特色，《开罗三部曲》在这方面有了进一步的发展。对《开罗三部曲》这样的鸿篇巨制来说，这样视野集中的空间可能会起到限制作用，然而到了马哈福兹的笔下，这反而成了他的一大特色或优势。其优势主要有以下几点：首先，作为线性发展的故事，相对集中的空间可以使时间更加顺畅地往前推进，而不用考虑其他方面的因素。随着时间的变化，相对集中的空间场所即街上的住宅“不仅成了几种文化范式的场所提供者，也成了传统与现代冲突下不断推进文化再生的长久见证者”。[①] 其次，相对集中并不代表不变化和封闭，随着时间的推移，人物活动的空间也发生了变化，因此，空间又有主次之分。在第一部中两宫间是人物生活的主要场所，但同时也会涉及思慕宫和怡心园，只是后两者处于从属的位置。同样到了第二部和第三部中，又各有主次。这对于表现时间的发展、人物的更新换代及社会的变迁起到了很好的揭示作用。再次，人物生活空间的相对集中，使小说的叙事空间得到了无限的增值。由于生活空间的相对集中，在叙述时就经常需要打断已有的时间因果顺序，或回到回忆之中，或走入精彩的心理世界，使文本的内容得到扩大，叙事空间也得到拓展。除了空间上的叙事特色外，《开罗三部曲》的结构也是别具一格的。虽然从总体上来说，作品中的人物都是互相关联的，然而《开罗三部曲》中的每一部又都可以拿出来独立成章，成为一部单独的小说，其中又以第一部两宫间为三部的中心，往外发散，形成了辐射状的结构特色。在每一章的结尾都以新生命的诞生作为一个新的开始，暗示着另一代新生活的开始。

值得注意的是，在《开罗三部曲》之中，作者的叙事特征虽然从总体上来说属于“讲故事”的“故事”阶段，但它已经露出了“讲故事”的“讲”的端倪。特别是叙述视角的多样性上，如视角的转换、评论的介入等。

综观马哈福兹前期的创作，以上提到的几部作品都保持了传统的故事形式和结构，在大部分的叙述中，叙述者以全知全能的叙述角度，向我们讲述着生活在埃及独立以前的形形色色的人物的故事。在这一阶段，讲述故事，借故事来表达作者自己在那样一个渴望民族独立富强的年代所观察和思考的东西，是作者的一种叙事特点，也是一种叙事的策略。而从故事的叙事方式、人物塑造、情节结构等各方面来看，小说所运用的叙事手段都是传统小说所运用的常规手段，此时小说的写作依靠的是对一个有人物、有时间、有地点、有事件的完整故事的讲述。之所以采取这样的叙事方式，究其原因主要有以下几点：其一，从外因上看，埃及等阿拉伯国家现代小说的出现比较晚，马哈福兹从事写作之时，没有很多可供借鉴的作品，“我当时无人指点，无人指导……这确实不易，尤其因为阿拉伯文学

① 马丽蓉：《论马哈福兹“三部曲”空间性的文化叙述》，载《阿拉伯世界》2003 年第 6 期。

中并没有长篇小说的传统”。[①] 虽然如此，埃及当时的社会现实却给了现实主义文学以充分的发展土壤，各种社会弊端、国家的独立等内容进入作家们的视线之中。其二，从内因上看，虽然当时在埃及也可以看到现代主义的作品，但关于现实主义的创作马哈福兹曾如此解释道：“我面前的现实，其表象尚未得到描述，各种关系也未有人涉及，我怎么能超越现实呢?”[②] 在这样的创作动机驱动下，马哈福兹开始了“主要目的是评论埃及社会，促使它变化与发展的”[③] 现实主义文学创作。作品采用精细的写实手法，通过缜密的结构安排，运用各种表现手法（如对比、细节、心理），成功地展现了20世纪上半叶埃及社会风云变幻的典型环境，塑造了这一典型环境中的诸如马赫朱卜、哈米黛、侯斯尼、凯马勒等典型人物。

（二）“讲故事”的“讲”

1952年，以纳赛尔为首的“自由军官组织”发动革命，推翻了法鲁克王朝，建立了埃及共和国。这本来是马哈福兹所期望的事情，当这一事件成为他理想中的现实，却没按他的理想继续往前发展时，急剧变化的社会使他不得不停下让他探索生存奥秘的手中笔。五年之后，再提起笔时，他关注的已经不再是旧社会的批判问题了，“那时，占据我整个思想的，是对宗教、苏菲主义和哲学的思考”。[④] 在艺术表达方面，也进入了“讲故事”的“讲”的阶段。在后期的创作中，马哈福兹的叙事方式出现了多元化的特色，但这并不代表他的创作削弱或取消了故事，除了个别的作品外，他后期的绝大多数作品还是以讲故事为主，只是与前期单一的传统故事框架相比，在建构故事的同时，更加注重故事的讲述方式。其主要讲述方式有以下几种。

1. 主人公各抒己见式。这种方式主要表现在《尼罗河上的絮语》《米拉玛尔公寓》《生活在真理中》等作品中。《尼罗河上的絮语》主要是透过主人公艾尼斯的视角，描绘了一群激进知识分子在革命后所面临的危机

① ［埃及］纳吉布·马哈福兹：《自传的回声》，薛庆国译，光明日报出版社2001年版，第182页。

② 同上。

③ 同上书，第145页。

④ 同上书，第146页。

和悲剧。[1] 整部小说的场景就发生在尼罗河上，主要人物有小说家、律师、翻译、评论家等，他们了解社会，对现实极为不满却又无力改变什么，因此他们的生活就变成了聚在一起神侃。作品主要通过他们各自的言行揭露社会的弊端，表达一代知识分子的苦闷。但是这种方式的真正代表却是《米拉玛尔公寓》。小说虽然涉及七个主要人物，但主要由五部分组成，每一部分又以人物的名称为标题，分别是阿米尔、胡斯尼、曼苏尔、塞拉罕、阿米尔，阿米尔既为开头又为结尾。每一部分的内容都是他们的自述，他们分别从四个不同的角度叙述同一件事情，每个人都承担着双重身份——故事的当事者和旁观者。我们了解到的他们的往事和来亚历山大的原因，并不是通过作者全知全能的叙述，而是通过他们各自的讲述。类似的作品还有《生活在真理中》。文中事实上的主人公是古埃及国王伊赫那托，主要讲述了他一生的经历，但是，故事同样也是通过另外十几个人的讲述而呈现出来的，而非全知全能的叙述。通过以上的介绍，我们可以看出这类叙述方式的特点：首先，从视角上来说，呈现多元化特色，每个讲述者都有一个叙述的视角。其次，从事件的讲述上来说，具有重复性的特色，同样一个人一件事可能被不同的讲述者讲述。再次，从时间上来说，突破了线性、因果的时间顺序，故事被不同人物的讲述所推进。

2. 说书人说书式。作品中的叙述人类似于说书人的角色，这种方式的代表作品有《我们街区的孩子们》《平民史诗》《爱的时代》等。虽然大多数这种方式的作品仍以全知全能的叙述为主，但在一开始，却假定这样一个说书人，他在这里讲述他目睹的或听说的故事。《我们街区的孩子们》正文以前的开场白如此写道："这是一个发生在我们街区的故事。确切地说是由许多故事组成的故事。我本人没有经历过其中的任何事件，只是把那个时代发生的或长或短的事儿一古脑儿记录下来……怪诞的街区发生着离奇的故事。为什么，究竟是怎么回事……且听我慢慢道来。"[2] 这完全就是一段说书人的开场白！随后说书人开始了时而全知全能、时而主体评论介入的故事讲述。各章又分别以人物的名称艾德海姆、杰贝勒、里

① Rasbeed El - Enany, *Naguib Mahfouz*: *The pursuit of meaning*, London and New York Press, 1993, pp. 110 - 113.

② ［埃及］纳吉布·马哈福兹：《世代寻梦记——我们街区的孩子们》，李琛译，花城出版社1990年版，第1页。下文中所有引自该作品的文字，均见此译本。

法阿、高西姆为题目，讲述了几代人寻求梦想的故事。在每一段的结尾，说书人又会对此段加以介入评论，类似于中国《聊斋志异》中的“异史氏曰”，此类评论往往起到画龙点睛的作用，使主题更加突出。《平民史诗》基本上延续了《我们街区的孩子们》的上述特点，但其开篇并未注明是说书人讲的故事，而是给我们有另外一个讲述人在向我们讲述的感觉：“在黎明时分的富有情趣的黑暗中，在生死之间的通道上，在不眠的繁星俯瞰下，欢乐神秘的歌声隐约可闻，吟唱着我们这条街的遭遇和欢乐。”① 随后故事的第一代人就出现了。这是一个庞大家族的史诗，说其庞大，一是因为共涉及了 11 代人，二是因为每一代人的繁衍致使家族不断壮大。另外，《平民史诗》中的叙述者评论介入并非出现在每一章的结尾，而是随时可能出现，使故事的叙述往往在中断的同时又带有深刻的哲理性。此类说书人既是故事的讲述者，又是历史的见证者，也是作者自己思想的代言人。采取说书人说书的形式，既是一种叙事策略，也是一种审美文化的价值取向。因为说书人说书这种形式，在阿拉伯早期的民间故事中，是一种司空见惯的形式——也就是我们熟知的玛卡梅体。“玛卡梅”（maqamah）原意为“集会”“聚会”，后引申为集会中的讲话、说教，后来才成为一种文学样式的名称。此样式的特点是，故事往往是由一个“说书人”讲述主人公种种的逸闻趣事，而这个主人公往往是一个聪明机智的乞丐。马哈福兹这一类型的作品很明显受到阿拉伯古典文学这一审美样式的影响，只不过对它进行了改造，保留了说书人说书的形式而已。

3. 人物、故事串联式。所谓人物、故事串联式，主要是指作品中没有固定的主人公，每个主人公的出现就代表着另一个新故事的开始，但这些故事中的人物又都是相互联系的，他们或是亲戚或是朋友或是住在同一街区。从作品的整体看，这是一个大的故事，但每一个人物的故事又都可以拿出来独立成章，因此笔者将其称为人物、故事串联式。埃及历来不缺乏人物故事串联式这样的故事形式。在最初的棺文和金字塔文以及《亡灵书》中的神话故事就有如此特点，因为埃及原始初民的多神信仰，所以在埃及神话故事中“神的数目庞大，关系复杂，不同的神接近和新的神话意

① ［埃及］纳吉布·马哈福兹：《平民史诗》，李唯中、关偶译，湖南人民出版社 1984 年版，第 1 页。下文中所有引自该作品的文字，均见此译本。

象的构思，导致了不同神的演变和混同”。[①] 因此在埃及的神话故事中就出现了不同神的不同故事，但同样一个神在其他神的故事中有可能作为配角出现。如在以太阳神拉为主的神话体系里，也会看到拉神的女儿爱茜丝和儿子奥西里斯的故事，在冥神奥西里斯的神话故事中，又串联着拉、爱茜丝以及荷鲁斯的出现。只是在这一阶段中，埃及还没有形成完整的故事体系，但已经有了人物、故事串联式的雏形。到了《一千零一夜》等阿拉伯民间故事中，就形成了大故事套小故事的模式，每个小故事既从属于大故事，又可以拿出来独立成篇。而马哈福兹后期的很多作品就是对这种形式的改造。如《我们街区的孩子们》《平民史诗》《续天方夜谭》《镜子》《日夜谈》《王座前》，等等。《续天方夜谭》借用阿拉伯民间文学的经典之作《天方夜谭》故事中的主要人物，编写了 13 个各自独立但又相互联系的故事。小说的开篇就写了国王山鲁亚尔因为山鲁佐德讲故事的功劳而赦免了她。第一个讲的是批发商萨纳尼的故事，萨纳尼因为受到精灵高姆高姆的控制，强奸了一个十几岁的女孩并杀了地区执政官，最终被处死。第二个故事讲的是萨纳尼的邻居——地区卫队长贾姆沙的故事。他因为在河边钓鱼时将魔鬼高姆高姆的朋友辛加姆救出，从此惹上了麻烦，最终在自己不能控制的情况下杀死了新任地区执政官。被处死刑的贾姆沙被辛加姆救出，变成了另外一个人——脚夫阿卜杜拉。第三个故事也就由此开始了。当阿卜杜拉把新的卫队长杀死之后去自首时，被人当成疯子送到了疯人院。以后的几个故事中，虽然主人公不再是阿卜杜拉，但是他又变成了疯子贾姆沙，见证了其他的人物和故事。与《天方夜谭》相比，《续天方夜谭》将大故事套小故事的环套结构改造成了小故事之间平行并列但人物互相串联的形式，这样的叙述形式是对传统的继承和发扬，也是对民族形式的探索和创新。

二　叙事主体

在文学作品中，所有的故事都是被叙述出来的。所谓叙事主体即叙事过程中故事内容的讲述者和叙事行为的执行者。现代小说理论家摒弃了传统小说理论将作者看作叙述行为唯一主体的观点，认为这样的观点阻碍了对叙述的复杂性进行评论，并肯定了叙述文本中主体的分化。关于叙事主

① 王海利:《古埃及神话故事·前言》，吉林人民出版社 2001 年版，第 2 页。

体的分化，托多罗夫曾用一个有趣的“我跑”的例子来说明：“跑着的我并不是说话人本身。‘我’并没有将两个主体合成一个，而是把两个变成三个。”[①] 托多洛夫认为在“我跑”这个短语中有三个主体：叙述主体，被叙述主体和被叙述的叙述主体。也就是故事中的人物“我”，故事的讲述者“我”和被作者赋予强烈表达主体意识的叙述者“我”。前面我们已经提到过，马哈福兹的作品“故事性”很强，而要把故事讲述出来，这一叙述功能是由叙述者来完成的，因此，对他的作品叙事艺术的分析，不能绕过的就是叙事主体这一环。而马哈福兹从开始创作起便进入了一种自觉的叙事状态，在他的作品中，叙事主体也展现出了丰富多元的特色。

（一）叙事层次及主体意识的分化

可以毫不夸张地说，在任何一部小说中，我们都可以看到作者的影子。当然，作品的叙述方式不同，我们所看到的影子也或清楚或朦胧，或大或小，但我们总会看到那个影子甚至形象。在韦恩·布斯那里，出现了“作者”“叙述者”和“隐含作者”三者的分化，即写作小说的真正作者、在文本中讲述故事的叙述者和在作者与叙述者之间的隐含作者。隐含作者是“现实的人（作者）在他们创造作品时创作了他自己的化身，一个第二自我……因为每一部作品的需要不同，所以作家在每一部作品中的化身也不同”。[②] 在实际的文本中，我们也可以看见，叙述文本的三个主体即作者、叙述者和隐含作者往往不是一对一的对应关系，他们可能一致，可能部分一致，也可能相左甚至冲突。“隐含作者”不与读者直接交流，它的形象是读者在阅读过程中根据文本建立起来的，应当说，一部作品只有一个隐含作者，他代表的是文本的意识形态和价值标准，但同一个作者所写的多部作品中“隐含作者”的人生态度和价值观念可以各不相同。同样一个叙事文本中可以同时存在几个不同的叙事者。也就是说，“叙述主体的声音被分散在不同的层次上，不同的个体里，这些个体可以是同层次的，也可以是异层次的”。[③] 而这一点在马哈福兹的作品里也显露出比较复杂的特征，主体意识的体现是分化在不同的层次和不同的叙述者上的。

---

① ［法］兹维坦·托多罗夫：《文学作品分析》，黄晓敏译，载张寅德编选《叙述学研究》，中国社会科学出版社 1989 年版，第 72 页。

② ［美］韦恩·布斯：《小说修辞学》，付礼军译，广西人民出版社 1987 年版，第 81 页。

③ 赵毅衡：《当说者被说的时候——比较叙述学导论》，中国人民大学出版社 1998 年版，第 23 页。

《米拉马尔公寓》中，故事的叙述主要是通过四个不同的人物分别讲述出来的，因此，阿米尔、侯斯尼、曼苏尔、塞拉罕这四个人既是故事的主人公，又是故事的讲述者，因此，他们四个可以看作是同一层次的四个叙述者。

在《我们街区的孩子们》一书中，主叙述是由开场白中的说书人Ⅰ来完成的，是他将整个杰布拉维家族的历史故事或神话讲述出来的，因此他是叙述主体声音的第一梯队（或层次），我们可以将他称为主叙述者。而在故事讲述的过程中，又出现了故事中不同时代的说书人Ⅱ。说书人Ⅱ在杰贝勒时代讲述杰贝勒的父亲和祖父的故事，在杰贝勒后代的时代，讲述杰贝勒和杰贝勒的祖辈的故事，因此，我们又可以将这一层次的说书人Ⅱ称为次叙述者。与说书人Ⅱ同属第二层次的还有故事中的人物Ⅰ，他们对他们的后代不断讲述他们祖先的故事，因此他们也应当属于次叙述者。而在第二层次被讲述的故事中，故事中的人物Ⅱ往往也对自己的后代讲述自己以及祖先的事情，同时又对同时代的人讲述发生在自己身上别人没有见证的故事，如杰贝勒对父母和族人讲述他和祖父杰布拉维见面的事情，里阿法对家人和族人讲述祖父杰布拉维对他的训诫及鼓励，这些叙述又在第二层次叙述的下层，我们可以将它称为次次叙述者。从以上的分析我们可以看出《我们街区的孩子们》有不同层次的几个叙述者：

第一层次：说书人Ⅰ
第二层次：说书人Ⅱ　故事中的人物Ⅰ
第三层次：故事中的人物Ⅱ

在这三个层次中，说书人Ⅱ、故事中的人物Ⅰ又属于同层次的两个叙述者。

这么多的叙述者，究竟他们与主体意识有没有关系或有多大关系呢？我们在看文学评论时，往往会看到这样一些字眼“某某形象代表了作者自己，是作者本人思想的反映”。这样的评论无可厚非，因为大部分作者甚至包括远古时期民间文学的创作者们在创作时恐怕都不是为故事而故事的，他们或自觉或不自觉地通过故事来表达自己，但如果把作品中的某一人物等同于作者或把作品中人物的意识等同于作者意识，这是非常危险的。所以在评价马哈福兹的作品时，我们就要尽量避免这样的危险，因为马哈福兹作品中叙述主体层次的多样化也导致了主体意识的分化。

就叙述者的身份而言，叙述者有时是全隐身的，有时半隐身，但毫无疑问，所有的叙述都是叙述者的声音，因为所有的叙述信息都是通过叙述者来发出的。在马哈福兹的作品中，言语行为的主体主要是通过两种方式来实现的。

第一种，把自己隐在人物身上，通过他所隐在的人物，来表达他的想法或思想。就是说，作者安排的叙述者往往以第一人称的形式出现在作品中，这一叙述者是现身的，能让我们觉察的，而且他往往还承担着作品中的某一角色，是作品中的一个人物，这样就比较方便主体意识的表达。在《卡尔纳克咖啡馆》中，叙述者就以非常明确的人物身份出现。作品一开始以“库兰芙拉”作为标题，但视角却不是库兰芙拉的，而是“我”在叙述库兰芙拉的事情。“我是偶然发现卡尔纳克咖啡馆的”，“发生了我以为是愉快的意外事情。库兰芙拉看到我是个新来的顾客，好像想对我表示客气。她离座起身，朝我踱来”。[①] 在这一部分中，叙述者既是故事中的人物，也是故事的叙述者，他对于叙述是直接介入的，他参与了主体意识的营造，因此叙述者的思想和价值就代表着言语主体的思想和价值。“青年人……他们是革命的真正的儿子。要不是革命，他们中大部分人就会流落街头，浪迹乡野。”[②] 只看这一部分议论，似乎这是隐含作者的意识，但再接着读我们就会发现，原来这仍是叙述者“我”的观察——“他们中也会传出反对的声音，极左派的，或者小心翼翼地悄声细语的穆斯林兄弟会的，但很快就会消失在一片喧嚷中。”[③] 在《卡尔纳克咖啡馆》的第二部分“伊斯梅尔·谢赫”和第三部分“泽娜白·迪亚卜”中，叙述者“我”就变成了主叙述者，而伊斯梅尔·谢赫和泽娜白·迪亚卜则变成了第二个层次的次叙述者。在这两部分中，言语行为的主体就不仅仅在“我”这里了，伊斯梅尔和泽娜白这两个次叙述者占有和“我”一样，甚至比“我”更重的主体成分。

言语行为的主体往往还借第三人称的隐式叙述者来描写自己，他往往

① ［埃及］纳吉布·马哈福兹：《卡尔纳克咖啡馆》，元鼎译，载《走向深渊——阿拉伯文学专辑》，江苏人民出版社 1981 年版，第 64—65 页。下文中所有引自该作品的文字，均见此译本。

② 同上书，第 69 页。

③ 同上书，第 65 页。

通过评论故事中的人物或事件来显示自己的思想。在这样的方式中，虽然叙述者是隐式的，但却往往更能忠实而直接地体现作者的主体意识。在《新开罗》中，叙述者就是以第三人称的方式进行叙述的。在叙述的进行中，他总忍不住打断正常的叙述，进行介入，通过对故事中人物或事件的评论，将自己的思想显现出来，如："阿里·塔哈确实具有许多优点，他是真正的社会精神的良好典范。""他相信对生活的客观唯物主义的解释，非常欣赏'存在是物质'的论断。"① 这分明就是叙述者在隐指作者的指挥下阐明自己的思想，同时也是马哈福兹这个作者借叙述者表达自己的思想。

而作为话语主体的人物与真实作者或作者的"第二自我"隐指作者之间的关系又是怎样的呢？在马哈福兹的作品中作者往往借作品中人物之口来表现自己，在这种方式中，人物的某个时刻往往是真实作者某一部分思想的反映者，主体的意识通过人物的语言或行为间接地表现出来。《开罗三部曲》是马哈福兹最喜欢的作品之一，他在谈到作品的写作时说："'三部曲'中的人物，体现了我的许多思想和念头。"② 虽然从叙述的层次上来说，此作品只有一个叙述层，但要判断出整部作品的意识形态和价值标准，难度也是非常大的。因为在这部作品里，虽然故事绝大多数时间都是由一个全知全能的叙述者来完成的，但同时这一叙述者也为我们讲述了大量的人物故事，从真实作者这一角度来说，就是为我们塑造了大量的人物形象。在这一组人物群像中，男性形象主要有第一代的艾哈迈德，第二代的亚辛、法赫米、凯马勒兄弟，第三代的蒙伊姆、艾哈迈德、拉德旺；女性形象主要有第一代的艾米娜，第二代的海迪洁、阿依沙。在这里面很多的人物都或多或少地体现着隐含作者的主体意识。这里我们单看一下凯马勒与作者主体意识的关系。凯马勒是《开罗三部曲》中第二部和第三部的主人公，在第一部中，他还只是个孩子，到了第二、三部中，他开始走入恋爱、思考国家命运和人生问题的阶段，因此，这一时期的凯马勒作为人物，很多的时候不是叙述者主体意识的表现，而是作者主体意识

① [埃及] 纳吉布·马哈福兹：《新开罗》，冯佐库译，上海译文出版社 1991 年版，第 16—17 页。下文中所有引自该作品的文字，均见此译本。

② [埃及] 纳吉布·马哈福兹：《自传的回声》，薛庆国译，光明日报出版社 2001 年版，第 190 页。

的表现。叙述者承担着叙述的任务，在叙述到凯马勒的父亲让凯马勒选择法律时，他忠实地叙述道："他相信思想生活是人类的最高目标，他那光辉灿烂的本质比金钱、地位、封号和其他虚伪的东西要高尚得多。"① 但这却是作者借叙述者之口通过凯马勒这一人物对自己当时的思想所作的表达——"我父亲当然不理会我，他劝我：向你表哥那样去学法律吧，毕业时可以当法官或检察官助理。但我脑子里想：什么法官，什么助理，我需要的是存在的奥秘。"② 当国内的革命形势急剧变化的时候，他又成了"迷茫的一代"——"信仰问题悬而未决，我（凯马勒）聊以自慰的是战斗尚未结束，永远也不会结束。"③ 凯马勒的这一危机"也曾是我（马哈福兹）的危机，他经受的磨难很大程度上正是我的磨难"。④

从以上的分析中我们可以看出，主体意识的分化在马哈福兹的作品中显然是一个需要我们十分重视的问题，也因为主体层次的复杂性和主体意识的分化，叙述的意指过程被戏剧化，叙述内部的关系变得复杂而紧张，从而扩大了叙述的张力。

（二）叙事干预的多样性

前面我们已经提到过，叙述者因为不能摆脱叙述这个任务，因此他无法在故事的叙述过程中描述自己。但叙述者往往不甘心屈服于故事的叙述，因此在叙述的过程中，他往往会对叙述进行干预或介入，指指点点或发表议论。恰特曼曾把干预分为对"述本"的干预和对"底本"的干预，⑤ 但赵毅衡认为此分法忽视了叙述者对内容的控制能力，因此建议分为对叙事内容的干预——指点干预和对叙事形式的干预——评论干预两

① ［埃及］纳吉布·马哈福兹：《思慕宫》，陈中耀、陆英英译，上海译文出版社 2003 年版，第 46 页。

② ［埃及］纳吉布·马哈福兹：《自传的回声》，薛庆国译，光明日报出版社 2001 年版，第 179 页。

③ ［埃及］纳吉布·马哈福兹：《怡心园》，陈中耀、陆英英译，上海译文出版社 2003 年版，第 286 页。

④ ［埃及］纳吉布·马哈福兹：《自传的回声》，薛庆国译，光明日报出版社 2001 年版，第 193 页。

⑤ 在叙述学里，一般将按实际时间、因果关系排列的故事称为底本，这是叙事文的内容；而在时间上对底本的重新安排（如预叙、倒叙、插叙等），则称为述本，这属于形式。

种。[①] 里蒙·凯南认为评论可以是关于故事的，也可以是关于叙述的，同时它还包括对人物的评论。[②] 马哈福兹的作品体现了这样的叙事干预的多样性。

首先是对人物的评论干预。在《续天方夜谭》中批发商萨纳尼的故事里，叙述者介绍到萨纳尼时说："他是个胆小懦弱的商人，只会经营买卖、讨价还价。"[③] 在《始与末》中，小说一开始谈到父亲去世，教官把侯斯尼和侯赛因从教室里叫出来以后，对兄弟俩人做了外貌描写后，叙述者如此写道："侯赛因的面貌显得更清秀、更俊美。"[④] 这两个例子都是叙述中对人物的识别，"胆小懦弱""清秀""俊美"既可以看作对事实的描写，也可以看作叙述者对这一事实的肯定，因此便带有评论的因素。如果说"胆小懦弱"对事实的肯定成分多一些的话，在第二个叙述中使评论色彩或叙述者介入色彩加重的则是这一个"更"字，很明显这是对兄弟俩人的比较，从"更"字当中我们足可以看出叙述者的感情倾向。如果说人物识别中叙述者的评论因素不够强烈的话，那么对于人物的定论则"暗示出叙述者所作的某种抽象、概括和总结，以及他希望把这样的鉴定当作权威的人物刻画表现出来的一种意愿"。[⑤] 在《两宫间》中，叙述者在故事的开头用了 4 页多来介绍艾米娜在夜间的活动，其中有这样一段话："这样，在任何情况下，她都是一个顺从、贤惠的妻子。她满足于这种平和、安分的生活，从未感到过遗憾。任何时候回忆起自己生活的往事，她总是感到幸福和美满。……这种情况过去是、现在仍然是她恪守妇道、为丈夫的幸福而做出牺牲的活生生的标志。"[⑥] 这是叙述者对于艾米

① 参阅赵毅衡《当说者被说的时候——比较叙述学导论》，中国人民大学出版社 1998 年版，第 29 页

② 参阅［以色列］里蒙·凯南《叙事虚构作品》，姚锦清等译，生活·读书·新知三联书店 1989 年版，第 176 页。

③ ［埃及］纳吉布·马哈福兹：《续天方夜谭》，谢秩荣等译，中国文联出版公司 1991 年版，第 11 页。

④ ［埃及］纳吉布·马哈福兹：《始与末》，袁松月译，上海译文出版社 2003 年版，第 2 页。

⑤ ［以色列］里蒙·凯南：《叙事虚构作品》，姚锦清等译，三联书店 1989 年版，第 176 页。

⑥ ［埃及］纳吉布·马哈福兹：《两宫间》，陆中耀、陆英英译，上海译文出版社 2003 年版，第 4 页。

娜以往生活的总结和评定，这是事实，只不过这是叙述者眼中的事实。从叙述的过程来说，这段话割断了叙述语流，使故事叙述暂时处于停滞状态，是明显的人物认知，属于评论干预。在马哈福兹作品特别是前期作品中，关于人物的评论，往往还存在着另外一种形式，那就是“调侃”或“讽刺”。《梅达格胡同》中叙述者为我们介绍了很多生动的人物形象，糕点铺老板格米勒就是其中一个，在对他的外貌的描写中，叙述者有这样一段让人啼笑皆非但无比生动的叙述：“事实上，他一坐下来，只有臀部中心是在椅子上，其余部分全悬在空中。……人们看不到他的脖子，两个肩膀中间是一张红润的圆脸庞，面部的条纹差不多已经消失，因此几乎看不到他脸上的表情，也几乎看不到鼻子和眼睛。……他常常是刚卖掉一块糕饼，便又倒头进入梦乡。”① 当别人提醒他会突然死去时，叙述者突然插入一句：“不过，死对他有何损害呢？他的一生不就是一场持续不断的睡梦吗？”② 叙述者用“调侃”的语气“夸张”的手法对人物进行了嘲笑或揭露。此时叙述者从叙述的语流中跳了出来，对人物作了一番评述。类似的对人物的评论干预在马哈福兹前期的作品中俯拾皆是。

其次是对故事的评论干预。《两宫间》介绍完艾米娜的厨房以后，叙述者说道：“一个又一个的节日，她都能做出应时食品：斋月的和夏芙果茶和各种果冻，开斋节的糕点和油炸食品，宰牲节的羊肉等等。”③ 为了让隐指读者明白什么是应时食品，叙述者用了一个冒号列出了后面一系列的名称。当艾哈迈德找祖贝黛调情、祖贝黛对艾哈迈德说起嘉丽莱时，叙述者又插入道：“嘉丽莱是个有名的歌女，他（艾哈迈德）曾迷恋她一阵子，玩厌后就与她分手了，但平素他们还藕断丝连地偶尔来往。”④ 如果叙述者在这里不加入这一解释性评论，我们可能会疑惑：嘉丽莱是谁？这是小说中的人物不便或不可能做出解释，但又不得不向读者交代清楚时，叙述者必须要解释的叙事因素。如布斯所说“评论者最明显的任务是告诉读者他们自己不太容易搞清楚的事实”，一般理论家将它称之为“解释性

---

① ［埃及］纳吉布·马哈福兹：《梅达格胡同》，郅溥浩译，上海译文出版社 1985 年版，第 4—5 页。

② ［埃及］纳吉布·马哈福兹：《两宫间》，陆中耀、陆英英译，上海译文出版社 2003 年版，第 5 页。

③ 同上书，第 12 页。

④ 同上书，第 78 页。

评论”。但是在马哈福兹的很多作品中，最常见的不是这种解释性评论，而是叙述者跑出来对人物或事件直接作判断或评价的判断性评论，“是叙述者依据某些外在的价值、信仰、道德准则对故事中人物或事件的评价”①。最为突出的就是在《我们街区的孩子们》和《平民史诗》中，说书人这个最主要的故事叙述者总是在重要的事件发生以后，以时间老人的姿态对此事做一番总结。在《我们街区的孩子们》杰巴勒这一章的结尾，叙述者如此评论道：“他是第一位反抗暴虐的人，第一位有幸见到祖先杰巴拉维的人。他的地位巩固，无人与之匹敌……他为大家做出了榜样。”②这是叙述者以自己已有的道德价值标准对杰巴勒所做出的评价。

再次是对叙述形式的指点干预。前面提到《我们街区的孩子们》对杰巴勒的评价，叙述者认为他是第一位反抗暴虐的人，他树立了街区的公正、力量、秩序的典范，为大家作出了榜样。如果评论至此结束，我们很容易判断它属于判断性评论干预，但叙述者并没有就此打住，他接着发表意见：“若不是区里人得了健忘症，好传统一定会保持下去。然而，区里人真的得了健忘症。”③ 接下来的第三章，叙述者就按照健忘这一线索，对杰巴勒的后代里法阿的故事进行了叙述。这既是对整个事件的评论，同时又是对后面即将要发生的故事的预叙。因此这段叙述既有对内容的评论干预，又有对形式的指点干预。这样的叙述段落在《平民史诗》中也频繁出现，几乎在每一章的开头结尾或重要的事件来临之前都有这样的叙述。在第一章的结局，阿舒尔·纳基建立了纳基家族的平民事业，“在街内实现了公正、仁爱和平安”。④ 第二章的一开始叙述者就开始了评论：“在正义的庇荫下，人们忘却了许多痛苦。心灵中充满了信念和桑椹酒的芳香。那些不懂歌词意思的人为曲调而欢乐。但是光明隐蔽着，天空还清澈吗?”⑤ 这又是一个既指出形式（预叙）又评论内容的叙述。在这种干预中，叙述者往往一有机会就显示他对整个叙述内容的控制能力，以此诱

① 罗钢：《叙事学导论》，云南人民出版社 1994 年版，第 229 页。

② ［埃及］纳吉布·马哈福兹：《世代寻梦记——我们街区的孩子们》，李琛译，花城出版社 1990 年版，第 179 页。

③ 同上书，第 179 页。

④ ［埃及］纳吉布·马哈福兹：《平民史诗》，李唯中、关偁译，湖南人民出版社 1984 年版，第 83 页。

⑤ 同上书，第 85 页。

引叙述接受者继续读下去。同时，又不断地将自己的主体价值施加在隐指读者身上。这样的干预，实际上越出了隐式叙述者的权限，也是隐指作者对叙述者施加过大的压力所造成的结果。但这样的干预往往使叙述者的声音与隐指作者的价值观产生一致，形成可靠性叙述。马哈福兹就是通过这样多样化的叙述干预使小说承载着他厚重的思想内容。

（三）叙事视角的转换

视角就是叙述者展开叙述时所选择的角度以及由此形成的视阈。简言之，就是叙述者的站位，是一个全知叙述者的外视角还是以故事内人物眼光来观察的内视角的问题。[①] 而关于以人物为主来进行观察事物的内视角，按照热奈特的分法，又大致可以分为：（1）固定不变地采用故事主人公一人的眼光来叙事的固定式内视角；（2）文本采用几个不同人物的眼光来描述同一件事的多重式内视角；（3）采用多个不同人物的眼光叙事，但这些不同人物所关注的内容却各不相同的不定式内聚焦这三种。[②] 虽然从理论上这样的分法比较清晰条理，然而在对马哈福兹作品进行分析的时候，却远远不是这样单一清晰。综观马哈福兹的主要创作，我们发现其作品在视角方面存在着多种视角类型的运用、视角的自由互换、视角的越界这样的复杂性特点。

首先是多种视角类型的运用。马哈福兹大部分的作品如历史三部曲、《新开罗》《梅达格胡同》《始与末》《开罗三部曲》等，都是用的外视角。外视角的全知叙述是一种传统叙事模式，叙事者没有固定的观察位置，他是全知的，他可以从任何角度任何时空来叙事。在这些作品中，叙事者对人物的过去、现在、未来了如指掌，既知道他们所看见听见的，又知道他们内心的想法。在马哈福兹外视角的作品中，一个明显的特点就是在叙述的某个时间段中，特别是在几个人物的对话中，叙述者往往站在高空往下俯视，将一切一览无余。对于叙述接受者，这样的视角对整个文本的阅读与接受提供了充分的解释空间，大大增强了作品的生动性和戏剧性。但同时也因为叙述者将信息无保留地传达给读者，使得接受者的阅读

① 有关视角的分类有不同的体系，最为常见的是弗里德曼的八分法和热奈特的三分法。本书采用内视角——以人物为主来进行观察事物的聚焦方式和外视角——无固定视点的全知叙述的二分法。

② 参阅［法］热拉尔·热奈特《叙事话语新叙事话语》，王文融译，中国社会科学出版社1990年版，第129页。

过程显得被动和乏味。在全知的外视角的运用中，马哈福兹的很多作品还呈现出有限全知的特色。有限全知叙述方式的主要特点是叙述声音来自叙述者，而叙事视角却来自人物。《思慕宫》通篇用全知叙述的叙述声音，但有很多是以凯马勒的视角来展开的叙述，在第十四章，凯马勒坐着马车去朋友侯赛因的家，从在马车上看到的景色，到在侯赛因的家里与朋友的见面与谈话，文中有四页全以凯马勒的视角展开，在这里，由于叙述者仅揭示了凯马勒的内心活动，因此有选择地告知了我们读者一些信息，需要我们积极地投入阐释过程，扩大了接受者的阅读功能。相对于外视角的运用，马哈福兹作品中运用内视角的数量比较少，只有几部运用了明显的内视角。如《卡尔纳克咖啡馆》运用了固定式内视角，以人物“我”一人的眼光来叙事。《米拉玛尔公寓》运用了多重式内视角，通过几个不同人物的眼光来描述同一件事情。

其次是视角的自由转换。同一部叙事文本中，在叙事发展的进程中，如果观察角度发生变化，即为视角转换。马哈福兹小说特别是后期创作中，在视角方面最为明显的特点就是视角的自由转换。在《我们街区的孩子们》中，当祖父杰布拉维宣布艾德海姆为家产的管理人，并告知其他孩子选艾德海姆的原因时，有这样一段叙述：

> 听了父亲的话，伊得里斯和兄弟们都感到震惊。从什么时候开始，叫得出仆人雇工的名字也成了一大优点？进过私塾也成了一种美德？其实，艾德海姆的母亲只是因为对儿子竞争头人缺乏信心，才送他去念书的。①

第一句很明显是整个故事的叙事人以第三人称手法的叙述，后面的文字则是从伊得里斯和他的兄弟们的视角所得出来的反问。最后一句则表明叙事者的态度，是叙事者的视角。这一段就是叙事者——故事人物——叙事者的视角转换的叙述。叙事者与人物视角的互换是马哈福兹作品视角互换的两个主要换点。

马哈福兹作品中视角的转换往往是为了展示人物的内心意识。比如

① ［埃及］纳吉布·马哈福兹：《世代寻梦记——我们街区的孩子们》，李琛译，花城出版社1990年版，第5—6页。

《思慕宫》中阿依黛、侯赛因、凯马勒几个朋友在争论问题后的一段叙述，“阿依黛报以轻盈温柔的笑声，宛如鸽子一样，从而抹掉了姐弟俩贵族式的独特争执在他心里留下的淡淡阴影”，这是全知叙述者的外视角叙述，第三人称“他”是指凯马勒。而后面的“有理智的人总在看清落脚点才跨出步子。你应该知道你在这些天仙中是什么位置？从云端俯视你的女神，甚至对她的同胞手足，这有什么可奇怪的呢？”是凯马勒这一人物的内视角叙述，第二人称“你”也是指凯马勒，但这里是凯马勒对自己的称呼。这是凯马勒在争论结束后针对自己暗恋阿依黛的事实所作的内心独白。马哈福兹通过叙述者与人物这种微妙的距离关系营建了一种独特的叙述效果，从而在叙述形式中寄寓了多种意义内涵，扩大了叙述的容纳空间。

再次是“视角越界”。视角越界和视角的转换比较难于区分，这里主要依据“视角转换”时是否违反“常规”来界定。在马哈福兹仅有的几部第一人称内视角的小说中，《卡尔纳克咖啡馆》是比较复杂的一部。作品整篇主要以人物“我”在卡尔纳克咖啡馆的所见所闻为叙述对象，按照常规，文章的叙述应当受到“我”的视角的约束，因为是“我”在叙述，当然要受到叙述者自我的视角的限制。但是，在实际的文本中，我们却常常看到叙述跳出了第一人称“我”的视角范围，侵入了全知模式。比如：“齐恩·阿比丁用沉默和退坐角落来躲避这场风暴，用皱眉和猛吸水烟来掩饰他由衷的欣慰。”[①] 既然是“我”在观察，“我”又怎么能用“由衷的欣慰”来评论别人呢？再如：“库兰芙拉像傻了似的，呆呆地听着谈论，她什么都不想理解，或者什么都不愿相信。”[②] 也属于此类视角侵入。以上几例都可以视为“隐形越界”，即“叙述者采用了别的视角模式的典型叙事方法，但没有超越本视角模式的极限”。[③] 在《卡尔纳克咖啡馆》中，视角越界往往是被掩饰在人物对话之中，使这种越界处于一个隐蔽的状态。叙述者仅仅是借用了全知模式的典型叙事手法，但没有超出所采用的视角的极限，让读者既能感受到他的侵入，但又不会产生很大的

---

① ［埃及］纳吉布·马哈福兹：《卡尔纳克咖啡馆》，元鼎译，载《走向深渊——阿拉伯文学专辑》，江苏人民出版社 1981 年版，第 75 页。

② 同上书，第 75 页。

③ 申丹：《叙述学与小说文体学研究》，北京大学出版社 1998 年版，第 269 页。

不可靠叙述性，从而使得叙述继续进行，也由此扩大叙述所承载的内涵空间。

在无固定视点的全知叙述者那里，他有权采用任何人物的眼光来叙述，通常情况下，在全知视角的模式里，短暂地采用人物的眼光是可以的，因为，全知叙述者在此时是全知的，他可以从任何一个角度来观察，但如果在叙述过程中大篇幅的采用人物的眼光，就会导致视角模式的转变，我们可以将其看作视角越界。在《思慕宫》中，这样的情况有很多，最为典型的就是凯马勒早上起床以后的那一段长达五页的内心独白。当然，这一段也可以看作人物视角模式的转换，因为故事的发展由于这一段叙述而暂时中止，它并没有推动故事的发展。我们再来看这一段：

> “晚上好！”
>
> 她没有回礼！这是我预料到的，早知道会这样。从古至今，开始的时候都是这样。啊，她把背对着你，离开墙边走向晾衣绳。她去系绳子，难道刚才没有系好？不，她是在掩饰自己的窘态。我涉足风月场十年，积累了不少经验，对这一套心知肚明……啊，她往马路上看呢，她在用眼角瞟你呢。
>
> “你觉得不值得回答我的问题吗？”
>
> 她又把头转回去了。慢着！她没有在笑？不，她肯定笑了……毫无疑问，她知道我的一举一动，也知道我以前的挑逗。①

这也是出自《思慕宫》中的一段，是大儿子亚辛在阳台上挑逗他的邻居玛丽亚的一段叙述。在这一部分中，除了人物视角的运用外，人物本身意识的流动也推动着故事的发展，而“她又把头转回去了”等本来是全知叙述者的任务，却是由人物来完成的，因此我们可以说这一部分是全知叙述者“侵入”了第一人称人物视角。

视角越界在马哈福兹的作品中，多数情况是由全知叙述侵入到人物的视角，虽然从视角越界来看，是“违法的”，但从叙事距离方面来看，却缩小了叙述距离，拉进了读者与人物的距离，使人物的言行可信度增强，

① ［埃及］纳吉布·马哈福兹：《思慕宫》，陆中耀、陆英英译，上海译文出版社 2003 年版，第 54 页。

也给了读者更大的判断和欣赏空间。

三　叙事结构

结构是文本内容的存在形式。不同的理论家对叙事结构有不同的阐述，特别是20世纪以来，随着俄国形式主义和欧美结构主义叙事学对情节结构的不断探讨，结构的内涵越来越丰富，同时也逐渐变得界限不清。结构主义叙事学理论只是从文本本身出发，在一个封闭的系统内对结构及功能进行研究，而忽略了作家创作时的主观能动性。鉴于理论上的复杂性和马哈福兹创作的实际情况，我们认为对马哈福兹的叙事结构进行分析应以文本为中心，以文本内部和文本外部的文化语境等的关系为考察点，研究实际的表述情况。马哈福兹的作品，从情节结构看，主要以人物或事件为中心来安排情节；从文本结构看，具有超文本结构的特色；从文体结构看，则呈现出文体互渗的特色。

（一）情节结构的安排

情节结构主要是指文本内部叙述方式的安排，即故事事件是如何在文本中被叙述的。在传统的作品中，主要有两种结构模式，以人物为中心的结构模式和以事件为中心的结构模式。到了现代小说这里，又出现了以心理活动为主的意识流方式。马哈福兹的作品主要以前面两种方式为主。但这只是一种相对的特征归类分析，因为他的很多小说综合地使用了两种或两种以上的结构模式。

以人物为中心是马哈福兹经常采用的一种情节结构模式，主要特征是以人物命运的变化、发展为线索，突出人物在社会环境中的变化、成长或堕落过程。如《历史三部曲》《新开罗》《梅达格胡同》《始与末》《开罗三部曲》《尊敬的阁下》《真主的天下》《续天方夜谭》等，都是以一个或几个人物的经历为线索展开叙述。其中有个人型，即以一个中心人物作为主人公，通过这一人物在社会环境中性格的变化来安排情节；社会型，即以两个以上的有关联的（非血缘）多个人物故事为叙事的线索来安排情节；家族型，即以家族内的几个或几代人物的故事作为底本，通过一家人在不同时期的不同经历与不同思想来安排情节。

个人型的结构模式故事底本比较简单，因此需要在情节的安排上下足功夫，如若不然，就往往会落入俗套。如短篇小说《真主的天下》，从表层的故事看，讲述了一个老男人为了一个小女人而携款外逃，最终落入法网的故事。按照诺尔曼·弗里德曼的十四情节类型论，这应该是属于堕落型的人物情节类型。[①] 易卜拉欣大叔是一个老实、本分的清洁工。一天早上他去秘书处领工资以后再也没有出现过，这引起了秘书处职员的恐慌。他们讨论、调查、上报以至报警。人们开始有了各种猜测，但易卜拉欣到底有没有真地拿走钱呢？如果他拿了，他又去了哪里呢？故事的叙述通过一系列悬疑和伏笔引起读者的兴趣。从时间角度看，作品是按照事件发展的正常顺序来叙述的，然而只说出一部分情况，把最为重要的情况放到后面来叙述。在大家恐慌、抱怨、辱骂的同时，易卜拉欣大叔却和他的“心上人”在海滨过着愉快的生活。但超出我们想象的是虽然易卜拉欣大叔终于放弃一切来到这里，但他却比别人更清楚这样的幸福不会长久。随着危险的到来，他却更加固执地享受着“真主天赐的幸福”。似乎他已经做好了准备。最后在他彻底地享受过生活以后，他把钱给了要把钱偷走的“心上人”，自己流浪。在做完礼拜以后，他毫无反抗地被侦探抓住了。故事结束了，可是到结尾，作者也没有告诉我们易卜拉欣大叔为什么要这样做，留给我们的是无限的思考空间，并带有宗教救赎的意味——这就是真主的天下？小说除了叙述上的悬疑与伏笔外，还设计了一个开放式的结尾，以此来避免了人物单一性的缺陷和故事的俗套。

社会型人物情节结构模式中人物比较多，所以在安排情节结构的时候，马哈福兹经常采用人物平行线和事件交叉线的方式来进行。社会型人物情节结构模式以多个人物的经历为叙事线索，人物之间又互相关联，因此人物的经历或故事必然会发生交叉。《卡尔纳克咖啡馆》在叙述结构上主要以四五个主要人物的故事作为线索，这四五个人的关系是通过一个叫卡尔纳克的咖啡馆来连接的。他们或是咖啡馆的老板（如库兰芙拉），或是咖啡馆的顾客（如伊斯梅尔、泽纳白、哈立德，包括故事的第一人称叙述者“我”），库兰芙拉、伊斯梅尔、泽纳白、哈立德他们四人的故事在整个文本的分量中是差不多的，也就是说他们四人分别属于文本得以进行的四条人物线。然而在事件的发展进程中，他们却又互相交织在一起。几个青年学生（包括伊斯梅尔、泽纳白）原来经常出入于咖啡馆，但是他们有一天却突然失踪了，而其中也包括库兰芙拉喜欢的人，因此他们的失

① 赵毅衡：《当说者被说的时候——比较叙述学导论》，中国人民大学出版社 1998 年版，第 189 页。

踪让库兰芙拉紧张烦躁，库兰芙拉的故事叙述此时就是她每天的担惊受怕。而作品的第二、三部分通过伊斯梅尔和泽纳白这对恋人的分别叙述，终于知道了他们失踪的原因以及失踪期间发生的故事。作品围绕着青年们两次失踪的故事作为中心叙述向外辐射，同时又将几个主要人物作为辐射线形成有特色的结构特点，是马哈福兹社会型人物结构模式中比较出色的代表。

家族型人物结构模式主要以家族内多个主要人物的故事为线索来安排情节、安排故事的叙述。《始与末》《开罗三部曲》《我们街区的孩子们》等，都属于此类结构模式。《始与末》主要讲述了一个家庭内四个孩子在父亲死后不同的人生经历。教育部职员卡米尔·阿里生前地位虽然不高，但他的收入还足够维持一个处于社会中层的家庭的日常开销，使他的妻儿们过着还算体面的生活。然而天有不测风云，卡米尔·阿里的突然去世，他的家庭特别是他的儿女们陷入了极度的恐慌当中。在生活所迫下，女儿奈菲萨变成了一个地位卑下的女裁缝，因为无法忍受残酷的现实带来的压力，在失恋后心态被严重扭曲，最终走上了乱搞性关系的道路。大儿子哈桑本来就不务正业，父亲死后更是无所顾忌地寄养在妓女家里。二儿子侯赛因因为经济压力，高中毕业以后只得放弃上大学的机会，在边远地区当了一名教师。小儿子侯斯尼在名利的诱使下，抛弃了原来的爱情转而追求富家小姐，并在得知姐姐的丑事后，逼迫同胞姐姐跳河自杀。从结构模式来看，《始与末》是马哈福兹早期作品中比较有代表性的一篇。虽然故事并不是特别复杂，但这样的结构模式，通过一个小小的家庭的缩影来表达作者对于社会的评论，使马哈福兹对社会的透视就更加本质化了一些。而其宏伟巨著《开罗三部曲》则更是通过一个家族内几代人相同的生活环境、不同的时代背景、不同的生活经历和思想展现了1911—1944年间埃及社会的历史现实。在这部作品中，主要人物不同于《始与末》中人物的横向比较，而是按照纵向的时间来安排的，通过时间的推移，各代人物的思想也发生了很大的变化，因此这样的结构安排对于时代本质的把握上更占有优势。到了后期的《我们街区的孩子们》，马哈福兹则突破了对于个人、国家命运的关注，而站在了人类视角这一更高的角度上，通过杰布拉维家族几代人善与恶的对比斗争、兴旺与衰败的反复循环，试图揭示人类发展的某些规律或本质。

马哈福兹的情节结构模式往往并非单一模式的运用，而是具有综合性。《平民史诗》是一部典型的家族小说——按照时间顺序描写一家几代人在不同时期的生活，它主要讲述了纳基（阿拉伯语“得救的人”）阿舒尔一家 11 代人的历史沉浮以及他们所在街区 200 多年的漫长历史。从前面我们的划分来讲，它应当属于以人物为中心的结构模式中的第三类——家族型人物结构模式，并且小说很多章的题目也都是以每章中的中心人物来命名，如，第二章为《舍姆苏·丁》，第五章为《古莱·埃尼的失踪》，第六章为《王后祖海莱》等。然而，在对文本的故事进行深入分析以后我们又会发现：它实际上又是一部以事件为中心来安排情节的小说，小说的中心事件就是对于平民事业的追求。围绕着平民事业这一个中心议题，纳基家族的 11 代人不断地追求着祖先的平民精神和事业，这其中有过兴盛衰败又兴盛的反复，但无论是兴盛还是衰败，纳基家族的子孙后代们都有意无意地在追求着实现平民事业这一光荣的梦想。因此，我们也可以说《平民史诗》在结构模式上综合使用了人物与事件两种模式。

（二）文本结构互文性

马哈福兹的很多小说与西方小说和阿拉伯传统小说之间存在着很明显的互文关系，从互文性理论出发，对这些互文关系进行探讨，将有助于我们更深入地阐释马哈福兹小说的叙事特色和社会文化寓意。当然，影响每一个作家叙事文本形成的因素有很多，如作家个人经历、作家的阅读经验、历史文化语境，当然也有文本之间语义的流通等。因此，在探讨马哈福兹小说文本的互文性时，我们就要充分地考虑到这些影响因素，既要考虑到他的作品与别的作家作品的关系，又要充分地考虑到他自己的作品在创作过程中的延续或变革关系，以期能更全面地把握马哈福兹小说的叙事艺术。

家族小说是马哈福兹小说创作中比较有代表性的叙事类型。家族小说也称为家世小说，这类小说在叙事时主要按照时间顺序，描写一家几代人在不同时期的生活，展现“人物们出生成长直至死亡；人物性格在发展变化甚至可以看到整个社会的变动（如小说《福尔赛世家》《战争与和平》等），或展现一个家族的连环发展的盛衰兴亡史（如《布登勃洛克一家》）”。[①] 马哈福兹的《开罗三部曲》《我们街区的孩子们》《平民史诗》

① ［美］勒内·韦勒克等：《文学理论》，刘象愚等译，江苏教育出版社 2005 年版，第 251 页。

等都属于这一类小说。其中，《开罗三部曲》可以看作其前期的代表作。在这部作品中，我们可以看到西方经典家族小说对马哈福兹创作的影响。事实上，在《开罗三部曲》还未创作之前，西方家族小说已经进入马哈福兹的视野之中。也就是说，《开罗三部曲》与西方家族小说已经构成了互文关系。马哈福兹在谈到《开罗三部曲》的创作时曾经说道："这期间，我开始读到几部伟大的家世小说，如高尔斯华绥的《福尔赛世家》，托尔斯泰的《战争与和平》，托马斯·曼的《布登勃洛克一家》。在某个瞬间，我感觉自己已经有把握写这部小说了。"① 借用家族小说的写作模式，很明显是马哈福兹在创作时的有意为之。对于一个关心政治、关心国家未来发展的有良知的作家，家族小说成为马哈福兹反映埃及当时的社会现实、表达自己思想和评论社会的最好工具。但是对于西方家族小说这种模式，马哈福兹并非只是简单地模仿，而是根据自己创作的需要进行了创新。从家族小说的表层来看，《开罗三部曲》同《福尔赛世家》《布登勃洛克一家》等其他家族小说一样是按照时间顺序以一个家族为中心设置了故事情节，并讲述了每一代人物的不同故事。然而由于社会文化背景和作者个人审美情趣和价值取向的不同，《开罗三部曲》又与这些小说有着明显的差异。首先，以上提到的家族小说一般以家族性格为核心进行故事的叙述和人物的塑造，如《福尔赛世家》中的福尔赛性格，但是在《开罗三部曲》中，我们可以看到艾哈迈德一家三代人思想变化的印痕，这是不同时代遗留的思想痕迹，也是马哈福兹本人的思想区别于其他作家的痕迹，马哈福兹通过他所塑造的不同的人物形象来表达他对国家现状的忧虑和对国家未来的期望。其次，《开罗三部曲》在艺术结构上的另一大特色是以故事发展的地点作为每一部的题目，并且这一地点也是每一代主人公生活的场所，这样就使人物的生活空间增大，叙述内容的空间也随之扩大，承载的内容也更多。

在马哈福兹创作的后期，家族小说仍是作者比较钟爱的一种结构模式，《我们街区的孩子们》《平民史诗》都可看作后期家族小说的代表作，这也是作家本人的文本之间的互文关系的表现。《开罗三部曲》与《我们街区的孩子们》《平民史诗》可以看作同一作家、同一文体、不同风格的不同作品。由于作者创作前后期风格的转变，同样属于家族小说，其叙事

① ［埃及］马哈福兹：《自传的回声》，薛庆国译，光明日报出版社 2001 年版，第 189 页。

的特征却有着很大的不同。从外在故事的叙述来看，《开罗三部曲》是历史的、写实的，而后两部作品则是传奇的、神话的；从内在结构形式来说，《开罗三部曲》是线性的、发展的，而后两部作品则是环形的、重复的；从总体的叙事形式来说，《开罗三部曲》是运用现实主义手法成就的一部巨著，后两部作品则是阿拉伯传统叙述形式与现代主义叙述形式的完美结合。通过《开罗三部曲》与《平民史诗》《我们街区的孩子们》叙事特征的比较，我们也可以看出马哈福兹搁笔前后其家族小说叙事形式的转变，这种转变是与当时的社会文化语境有着密切关系的。

首先，由通过叙述故事来展现历史转变为通过叙述历史来展现个人体验。前期的家族小说创作中，作家有意地通过故事的叙述来达到与历史的重合，通过小说对于生活中所有的问题、困惑与人物的展示，来描写史学家们不去写的那部分历史，是对一系列历史事件的文学化的讲述。因此他的《开罗三部曲》也被誉为“杰出的社会历史学的文献”。后两部作品主要靠想象力展现一段平民传奇历史，来表达作者对于宗教、苏非主义和人类斗争的哲学思考。其后期的创作，如作者自己所说：“所有作品中，故事都发生在过去，而不是当代。”[①] 历史在《平民史诗》和《我们街区的孩子们》中成了被叙述的对象，成了一种表达个人体验的叙事策略。

其次，由国家话语转变为个人话语。从前面的分析中我们已经得知，特殊的社会时代使马哈福兹《开罗三部曲》的创作与他的国家、社会紧密地联系在一起，“小说要求能特别感觉到话语身上那种历史的和社会的具体性和相对性，也就是语言同历史进程和社会斗争的紧密关系”。[②] 他的叙事话语是国家话语或民族话语的一部分。对于国家民族独立的渴望，使他用叙事来参与政治的、历史的活动，来完成他对于国家话语的配合。随着国家的独立，现实却更加的荒谬可怕，他不能够看清楚这个世界。对于国家话语的配合似乎变得无意义起来，但知识分子的良知和叙事的冲动使他再拿起笔时，“一反往常，没有探讨具体的社会问题，而表达了一种总体上的人类宇宙观”。[③]《平民史诗》和《我们街区的孩子们》就是这种人类宇宙观的表现，是他站在人类的高度通过叙事艺术表达的个人话语。

---

① ［埃及］马哈福兹：《自传的回声》，薛庆国译，光明日报出版社 2001 年版，第 124 页。

② ［俄］巴赫金：《小说理论》，白春仁、晓河译，河北教育出版社 1998 年版，第 117 页。

③ ［埃及］马哈福兹：《自传的回声》，薛庆国译，光明日报出版社 2001 年版，第 146 页。

再次，由对西方传统叙事形式的运用转变为对阿拉伯传统叙事形式的继承。前面我们已经提到过，马哈福兹在写三部曲以前已经大量地阅读了西方的“家族小说”，“他坚持巴尔扎克式的写法，因为他坚信‘文学最恰当的形式就是最好的形式’。他认为这种方法符合他的生活经历，能够表达他对生活的认识和感受……他曾认为‘发展中国家的作家应该模仿欧洲小说的写法，世界上只有西方小说的形式是神圣的，正确的’”。[①] 当指导他创作的思想都以西方叙事形式为主时，那么他创作出来的作品自然也就是对西方传统叙事形式的运用了。然而，当急剧变化的社会使他对生活的认识和感受产生了质的变化之后再提起笔时，就不会像以往那样刻意描写细节，而是更接近象征文学。然而，当作者以更加成熟的手法来写作时，对于本民族传统的重新认识又使作者在创作上开始了阿拉伯文学民族形式的探索。正如作者自己所说：“《古兰经》的故事叙述方式，在形象的应用、文体与语言方面都颇具现代小说艺术的风格。”[②] 这是作者由对西方传统叙事形式的模仿到创新民族形式的回归。

在文本之间的互渗方面，马哈福兹的作品不仅有与西方小说互渗的点，自己不同作品之间互渗的点，同时还存在着与阿拉伯传统文学之间互渗的点。他后期的创作很多就是对于阿拉伯传统叙事艺术的探索和创新。《天方夜谭》是享誉世界的阿拉伯文学的瑰宝，马哈福兹也格外重视。《我们街区的孩子们》《平民史诗》《续天方夜谭》《镜子》《日夜谈》《王座前》等作品都采用了《天方夜谭》的大故事套小故事的叙事艺术。其中《续天方夜谭》可以看作《天方夜谭》的续集，而且文中的主要人物也都基本相同。后者继承了前者神秘、奇异、幻想丰富、语言优美的特点，将神奇的想象和阿拉伯的现实结合起来进行创作。如国王山鲁亚尔和山鲁佐德的故事，辛巴德的故事等，然而在相似的外表下却暗涌着异质的潮流。首先，在故事结构上，《天方夜谭》基本上属于各个故事与人物独立型，虽然有山鲁亚尔和山鲁佐德作为引子，但在故事中，这两个人物却并非故事的推动者，而是独立于所讲的故事之外。在《续天方夜谭》中，国王山鲁亚尔、后来变成疯子的卫队长贾姆沙等一直作为故事中具有象征性的人物出现在故事中，他们参与了故事的建构。这也是马哈福兹对传统

---

① 李琛：《论纳·马哈福兹小说形式的演变》，载《国外文学》1989 年第四期。

② ［埃及］马哈福兹：《自传的回声》，薛庆国译，光明日报出版社 2001 年版，第 148 页。

文学形式的创新利用。其次，在文本的内涵上，由于《天方夜谭》是大众创作，因此更加带有民间特色，更多地带有质朴的民间劝善惩恶的思想。而《续天方夜谭》作为文人创作，特别是作为马哈福兹用以表达自我深邃思想的工具，因此带有浓重的宗教、政治、文化色彩。从文本上看，《续天方夜谭》既借用了《天方夜谭》的形式以及人物的某些象征性格，又使这些形式和象征性格在语义上获得了更加强大的叙事力量。应当说，在形式借用和话语的互通方面，《续天方夜谭》和《天方夜谭》有着强烈的互渗，即互文性。

（三）文体结构的互渗

文体互渗主要是指“不同的文体在同一文本中使用或者一种文体代替另一种文体使用的现象”。[①] 马哈福兹的作品特别是后期的作品中，严谨有序的小说文体样式开始消隐，作品呈现出小说与其他文体混合的结构模式，形成文体结构的互渗。

对话是戏剧文体的基本形式，马哈福兹却把对话和小说文体结合在一起，形成了对话体小说。关于人物的对话，小说文体中也常常会出现，这对于塑造人物形象或交代故事背景、推动故事发展都起到不可或缺的作用。但是，如果在小说文体中人物的对话不仅大量出现而且几乎整个文本都由人物对话构成，人物的对话成为获知文本故事的主要来源，我们可以将其看作对话体小说。马哈福兹的很多小说都可以看作对话小说。如长篇小说《卡尔纳克咖啡馆》《王座前》，短篇小说《山鲁佐德》《两次失去记忆的男人》《蜜月》等。在这些小说中，文本的故事内容基本上是由对话构成，对话以外的文字大致起了旁白的作用。

《山鲁佐德》是马哈福兹1969年出版的短篇小说集《黑猫酒馆》中的一篇，主要描写了一个称为山鲁佐德的女子的故事。在少时失去双亲后，她和妹妹搬到了舅舅家，后来因为不能忍受舅舅的苛刻做法，选择了一位铺张浪费的军官作为丈夫。军官丈夫花光了她的嫁妆之后抛弃了她，并且在离婚一年后即将再婚时又一次戏弄了她。后来山鲁佐德找到了一个帮老人料理家务的工作，但这个变态的老人不久便辞退了她。当她无奈地搬回到她出租的房子时，她的房客再一次利用了她，并将她抛弃。后来她求助于某位作家，又因为不符合作家猎艳的标准而被抛弃。从文本的故事

① 董小英：《叙述学》，社会科学文献出版社2001年版，第330页。

层面看，这是一个比较老套的弃女故事——女子心怀渴望但却被一个又一个男人利用、抛弃并最终孤独。然而值得我们探讨的却并不是这个故事本身，而是这个故事的叙事方式——这是谁叙述的故事，或者说故事的叙述者是谁呢？小说由五个小节组成，除了第五节中有一点旁白外，前四节基本上是由人物在电话中的对话组成，文本的故事也是在对话中开始的：

"喂。"

"你是马哈茂德·舒克里先生吗？"

"啊，是我。你是哪一位？"

"我们不认识。我打扰你，你可别介意。"

"对不起，你贵姓？"

"姓名不重要。有数以千计的女人向你诉说苦衷，我是她们当中的一个……"

"遵命，小姐。"

"请称呼女士。"

"遵命，我的女士。"

"我的故事很长。"……①

故事就这样以打电话的女子的倾诉开始了，读者所获得的故事都是从女子四次给男子打电话，一次与男子见面的倾诉中整理出来的，因此我们可以说这个女子就是故事的叙述者，同时她又是故事中的人物。但是接电话的男子在故事中到底处在什么样的位置呢？从前四章来看，他是故事的倾听者和故事得以进行的引导者，他似乎也可以看作叙述者。从整个故事来看，他是女子倾诉的对象，又是抛弃女子的男子之一，因此他又可以看作故事中的人物之一。但除了对话以外，文本还有一些诸如"他笑道""他微笑起来"这样简短的旁白，如果说女人是叙述者，那么他们只是通过电话对话，她当然是看不见他的；如果男人是叙述者，他当然也不会拿着镜子打电话，因此故事的叙述者是另有其人，他高高在上，将两人的对话和两人的表情一览无余，这样的叙述者在叙述学上属于全知全能的第三

① ［埃及］马哈福兹：《山鲁佐德》，高有祯译，载《纳吉布·马哈福兹短篇小说选萃》，华夏出版社 1989 年版，第 77 页。

人称叙述者。但是在第五节中，我们又可以看到，这个所谓的第三人称叙述者并不是全知全能的，而主要是以男子的视角出发来进行的观察，如下面一段叙述：

> 他一边同她打招呼，一边以专注的目光审视着她。他请她就座。她三十多岁，总的来说还不错。她的神态隐含着丝丝痛苦，就连她微笑的目光也流露出悲切和苦涩的情感。①

这是第五节一开始女子和男子见面时的一段叙述。很明显，这是男子的观察，是男子视角中的女子形象。因此《山鲁佐德》这篇对话体短篇小说貌似简单，从叙事学的角度却非常值得探讨。由于将戏剧的对话与小说文体结合，使小说的叙事艺术加入了一些新的叙事元素，从而使小说的叙事空间得到了扩充，小说这种叙事形式也有了新的活力。

除了文体的借用以外，马哈福兹的后期作品还呈现出多种文体并用的特色。最能体现多种文体并用这一结构特色的是马哈福兹创作的集神话、史诗、传奇、叙事诗、讲唱故事与小说于一体的那些作品，《我们街区的孩子们》《平民史诗》就是这类作品中的杰出代表，也是马哈福兹后期创作的代表作品。作为一种文体，史诗通常指以传说或重大历史事件为题材的古代长篇叙事诗。在马哈福兹的笔下，《我们街区的孩子们》中的杰布拉维家族和《平民史诗》中的纳基家族的发展就是一部现代家族史诗。他们都是关于一个家族在发展过程中进行的各种斗争以及在斗争中每一代英雄人物的传说。《我们街区的孩子们》主要讲述了杰布拉维家族的子孙们每一代中善与恶两种势力的较量；《平民史诗》主要讲述了纳基家族十一代人为了实现祖先的平民事业而进行的不懈的努力和斗争。同时史诗中的这些英雄人物身上也都带有强烈的神秘色彩甚至是超自然的能力。如祖父杰布拉维从不以真面目示人，但却对家族的事件了如指掌，他像一个高高在上的神一样让他的子孙膜拜，但他又是一个可以发号施令的实体，他真正存在着。在纳基家族的人身上，这种神秘性也同样存在。当瘟疫来临时，阿舒尔在梦中的预言使他得以像诺亚一样带着妻子、儿子离开并最终

① ［埃及］马哈福兹：《山鲁佐德》，高有祯译，载《纳吉布·马哈福兹短篇小说选萃》，华夏出版社 1989 年版，第 87 页。

保存了性命，开始了新生。从史诗的基本特色来说，这两部作品都是关于家族命运的现代史诗，只不过史诗最初的语言上的诗歌特性变成了诗一样的语言特色。虽然这两部作品都带有史诗的特色，但是它们的区别也显而易见，《我们街区的孩子们》更倾向于神话时期的史诗，史诗中的人物神秘色彩浓重，超自然现象出现频繁；而《平民史诗》虽然也带有一部分神话的色彩，但更倾向于为了实现目标而斗争的英雄人物们的传说。

另外，在这两部作品特别是《平民史诗》中，小说的语言呈现出强烈的抒情色彩，有些语句短小，带有浓厚的哲理意味，如："等待即灾患。在等待中，精神毁灭了；在等待中，时光死亡了。"① 再如："在正义的庇荫下，人们忘却了痛苦。心灵中充满了信念和桑椹酒的芳香。那些不懂歌词的人为曲调而欢乐。但是光明荫蔽着，天空还清澈吗？"② 有些直接就是引用诗句

清晨，鸟儿在草丛中跳跃，
它对刚刚绽开的花儿说：
"花儿，这庭院繁茂，没有桎梏，
请准许我在这里快活快活！"③

这些抒情语言的使用，使小说的诗性增强，并使小说更加地富有史诗特色。

史诗、小说、抒情诗文体的并用，使马哈福兹小说呈现出新的叙事特色，从总体上来说，马哈福兹的这一小说形式的探索还是比较成功的。虽然现代小说形式来源于西方，但是作为叙事艺术，在西方现代小说的叙事色彩渐渐淡薄，并出现叙事危机的情形下，马哈福兹的这类多种文体并用的小说艺术为现代小说的发展提供了一个新的思路，也为古代叙事文体的复兴提供了一个很好的借鉴平台。

① ［埃及］纳吉布·马哈福兹：《平民史诗》，李唯中、关偁译，湖南人民出版社 1984 年版，第 199 页。

② 同上书，第 85 页。

③ 同上书，第 428 页。

四 叙事本质

从最根本的意义上说，马哈福兹创作小说是借小说这种叙事艺术来表达自己的思想或生存哲学，因此，马哈福兹小说的叙事也就带有了大量的纯文化信息和深厚的文化内涵。从叙述信息的层次上讲，我们探究马哈福兹小说叙事艺术，就是探讨这种艺术形式是如何来表达其思想的，即他的文本是如何通过文字来调动读者的一切感官因素，使阅读者参与理解、体会文字所携带的信息。了解和把握这一信息就是从叙事功能上、语义生成上来认识马哈福兹小说的叙事。

（一）在历史叙事和虚构叙事之间

马哈福兹的历史小说和小说中对历史问题的关注，使他的小说充满了厚重的历史感，同时又使他的小说叙事带有浓重的历史叙事感。关于历史叙事和小说叙事的区别，学界有着很多不同的看法，特别是随着西方历史学、叙事学以及语言学的发展，历史叙事和文学叙事之间的关系，越来越被评论家所注意。从叙事这一角度出发，历史与文学的共同点非常多。因为中国古代史学的发达，中国古典小说的最高赞誉就是“信实如史”。而在印度，由于史学的极不发达，史诗或故事可以被当成历史。严格区别文学叙事与历史叙事是比较困难的，因为历史叙事有时并不能够完全反映历史的真实，而文学叙事中却往往会掺有大量的历史现实。马哈福兹小说的叙事功能和语义生成在一定程度上融合了历史叙事与虚构叙事。

历史三部曲是马哈福兹最初登上文坛时创作的三部历史小说。在这些小说中，作者以古埃及的历史文化为背景，对当时英国殖民主义者的侵略和统治进行了抨击，表现了作者对于民族独立、社会公正的期盼。在这一时期作者的创作特征主要是用浪漫主义的隐喻，通过已经逝去的历史来表达活生生的现实，想从光辉的法老历史中汲取面对现实的力量。在这类作品的叙事中，历史的叙事变得浪漫化，成了一种文学叙事，而历史人物也通过文学话语变成了文学人物。在这些运用浪漫主义进行历史的再创造的作品中，作者可能有意识地采用这样的手法来进行创作，但是对于读者来说，阅读这类作品带给他们的却是真实的历史材料的书写和爱国主义、民族主义精神的鼓舞。

如果说马哈福兹早期历史小说是借虚构重新认识历史，借历史来面对现实的话，他前期现实主义的创作则是用形象化的语言，文学化的话语书写了当时的历史。20 世纪三四十年代，埃及经济上发生严重的危机，政治上法鲁克王朝腐朽的统治使埃及社会各阶层深受其苦。因此这一时期马哈福兹的创作开始转向真实的现实写作，他的叙事既是真实的历史的反映，又在文学叙事的虚构世界中书写了想象中的历史。当重大历史事件通过历史叙事的书写来成为历史时，文学叙事却通过书写历史叙事中往往忽视的具体的小人物来折射历史事件。从这一点上来说，马哈福兹前期的现实主义作品带有历史叙事的强烈的真实性。但这种真实性并非完全的细节的真实，而是通过小说的虚构话语所显露的社会事件和思想的真实——“小说要求能特别感觉得到话语身上那种历史和社会的具体性和相对性，也就是语言同历史进程和社会斗争的紧密关系。”① 从马哈福兹的叙事态度上来看，他对于当时社会现实真实性的揭露是相当有自信的，他指出：“小说中展现日常生活中所有的问题、困惑与任务，这是史学家不去写的一部分历史。”② 他认为自己书写的是历史的真实性，达到的是历史的必然性。因此，他下意识地采用了巴尔扎克式的艺术手法来揭露和批判历史与现实。

虽然都是用文学语言来书写历史，书写方式却也有着明显的不同，我们可以看到马哈福兹在书写历史时的叙事艺术也经过了一个越来越厚重的过程。在《新开罗》《梅达格胡同》《始与末》等作品中，作者往往以人物的活动为中心，通过对人物的全知全能的叙述来涉及历史、展现历史，同时表达作者对现实的认识。但是这样的一种展示主要是通过作者自己所说的“日常生活”来展现的，虽然对于重大的历史事件或人物很少提及，但通过这些社会底层中为了生活而挣扎的小人物的生活画面、生活经历来表现那段历史，就赋予了历史以鲜活的生命，使历史不再是历史叙事中的时间、事件和人物，而是文学叙事中生动具体的历史生活。作者对于历史问题的思考主要通过他对文本故事中人物的描述而展现的。到了《开罗三部曲》，马哈福兹对于现实的思考与前段时间相比就慢慢地变为将现实与未来结合起来，寄希望于未来的现实，把现实当成了历史。在这部分创作中，历史事件或历史人物都曾在文本中出现，马哈福兹对历史的关注变为

① ［俄］巴赫金：《小说理论》，白春仁、晓河译，河北教育出版社 1998 年版，第 117 页。

② ［埃及］纳吉布·马哈福兹：《自传的回声》，薛庆国译，光明日报出版社 2001 年版，第 120 页。

了将历史直接书写出来，历史叙事成了他的文学叙事不可缺少的部分。埃及1919年的起义，纳赛尔领导的革命等这些重大历史事件，华夫脱党、穆斯林兄弟会、埃及祖国党、社会主义共产党等党派，曼法鲁蒂、赛阿德·宰格鲁勒、阿德里·叶昆等历史人物，都曾在《开罗三部曲》中出现，成了叙述的对象。这些重大的历史事件和历史人物都成了马哈福兹文学叙事中人物生活必不可少的部分，因此，我们从这里也可以看出马哈福兹的创作中虚构叙事与历史叙事的交叉点。

如果从文学叙事与历史的真实叙事的角度来分析马哈福兹后期的作品，我们又不得不承认他对于历史的反思和对于未来的期望其实陷入了一个循环的怪圈，虽然在叙事方式上他前后期的作品有着明显的风格上的不同。之所以说是一个循环的怪圈，是因为如果我们抛却叙事的方式而只分析其语义的生成的话，从文本语言所携带的纯文化信息层来看，马哈福兹前后期的作品其实都是一个批判现实、期望未来的过程，这样一个过程当然是深深地植根于他对于历史的反省态度。《卡尔纳克咖啡馆》《米拉马尔公寓》是站在国家和民族的角度对于当时历史现实中专制、残酷的揭露和批判。《我们街区的孩子们》《平民史诗》是站在人类历史的高度对于公正、和平的伟大事业的期盼。《续天方夜谭》是站在宗教的角度对于善恶进行哲学的分析。

我们认为马哈福兹虽然前后期的创作风格发生了几乎是质的变化，但是从历史的层面来看，其文本的语义生成以及文本要表达的文化信息是前后一致的。他的作品既反映了历史的真实，又在反映中预言着历史的真实。也可以这样说，马哈福兹通过他的文学话语“创造着”历史：《开罗三部曲》中艾哈迈德一家三代人的历史，就是埃及为了独立、发展而进行斗争的历史；纳基家族十一代人的历史，就是人类争取公正、和平社会的斗争的历史。因此，探讨马哈福兹小说的历史意识对于我们深入了解马哈福兹小说的叙事功能和语义生成有着极大的帮助。

（二）在神话、语言、现实之间

随着现代语言学的发展，我们人类的语言似乎被解析成越来越精密的成分，“能指”与“所指”等语言学术语在文学文化环境中随处可见，然而，与此种繁荣情形相反，语言研究得越深入越发觉“语言”的危机。因此，“人文关怀”在越来越淡出叙事者视线的同时也显得越来越重要。当那些放弃社会历史、放弃人文关怀的新表象小说开始出现并成为一种前卫小说的写作模式时，马哈福兹却固守着语言的神圣性，固守着虚构类叙事作品中包含的精神要求，保持着对语言叙事的价值取向的警觉，传承着语言的神话色彩。

毫无疑问，神话也是一种叙事。古老的神话是人类童年时期依靠丰富的想象力对于自身来源的解释和未知世界的幻想。当人类社会开始进入一个更文明的阶段后，神话便被看作一种与真实相对立的、纯粹虚构的故事。随着人类对神话的理性认识，神话的虚构性和故事性也逐渐地得到人们的认同，并被当成叙事的特征继承了下来。我们探讨的马哈福兹小说的神话叙事特色，主要指的就是神话与现实相对的虚构性、与其他体裁相对的故事性。一般来说，神话作为神的故事在我们先民的讲述中体现了非常鲜明的神话思维的特色，而时间的不确定性和把握事物的直觉性是神话思维中最重要的特征。在马哈福兹后期的几部小说中，神话思维的这两种特色有比较明显的表现。

在《我们街区的孩子们》中，只有以人物为标志的时间计算法，而无具体确定的历史时间，也就是说，在这部小说中，故事的时间并非历史的时间，而是叙事的时间。虽然讲述了几代人的历史，但故事的时间却以祖父时代——艾德海姆时代——杰贝勒时代——里法阿时代——高西姆时代作为历史时间的更替。这一点与神话的叙事有着质的相同，作为人类早期的叙事形式，由于时代的久远和社会发展的原始性，神话中的时间往往不是具体的历史时间，而是以神的名字作为那个时代的代称，或者是以神的故事作为历史的记载法。具体的历史时间观念在神话的叙事中是找不到的，神话往往以“当……不存在时”（如当神的斗争还不存在时）等作为故事最初的时间。小说中时间的不确定性还表现在历史时间的混乱上。“我们”的街区是祖先一手创造出来的，在这样一个世界中，既有原始社会色彩极为浓厚的近亲族婚，又有近代街区的咖啡馆。《平民史诗》中的时间更是匪夷所思，原始的头领制度，古老的生产作坊和生活习俗，近代的商业贸易，代表现代文明的警察统统出场，这些在真正的人类社会历史发展中需要几千年进化的事物，一股脑儿出现在这个仅有百年的家族发展史中，使小说叙事的虚构色彩更加浓厚，暗合了神话思维的时间不确定性。

所谓直觉性，是指神话思维对世界的认识往往并不经过理性的判断，而是通过感觉和情绪对事情进行认识，在充满各种紧张而充沛的情感因素的作用下，思维倾注在具体的感知对象中，由此获得直接的感受，并受这种感受的支配来对事物或事件做出判断，“这种形式的思维被突然呈现在面前的直觉所俘获，它滞留在直觉经验中，可以感知到的现在如此宏大”。[①] 杰巴勒在寒冷的夜色中与祖父杰布拉维碰在一起，他之所以能义无反顾地接受了杰布拉维委托给他的重任——用武力打败暴君，取得应有的权利，过上好日子，是因为在这种直觉性的感受中，他感到自己已经领会了“神意”，认识和把握了眼前的世界。因此当杰巴勒对街区的人表达自己的想法时，他对于祖父委他以重任这件事的叙述，对他来说都不是带有隐喻性的故事而是现实性的事件。当贾拉勒认为自己继承了纳基家族的平民事业，并因想求得长生不死而修建宣礼塔时，他是满怀着希望的，他渴望着创造前人没有创造过的神话，取得前人没有取得过的胜利。他对于自己的胜利深信不疑，并企盼着和能让他长生不死的精灵见面。他把自己对于世界的想象当成了一种现实的存在。当纳基家族的最后一个阿舒尔梦想再一次重现纳基家族辉煌的平民事业时，他对于事业的预感，并没有被他看作内在的直觉判断，而是把他的预感当作了事件自身的呈现，是事件本身给人的预兆。

当然除了上述两个神话思维的特色外，马哈福兹小说的神话叙事特色还表现在它们具有神话一样的特殊的叙事主体。“它不是一般故事中以个人的经验世界和行动特点为对象的叙述主体，不是对现实生活的见证、批判和颂扬”，[②] 而是对于人类世界或人类历史的一种高度的总结，是站在整个人类的高度对人类命运的探索。在马哈福兹具有神话叙事的小说中，我们看不到传统小说中以某一个人物为主人公的故事叙述，当然也看不到通过人物所折射出来的历史现实和社会背景，我们所能看到的是一代又一代的人物围绕着人类想实现公平公正的社会这一神话所做的努力。不管是哪一代人，每一代人中都有代表正义和邪恶的神话般的人物，人物的斗争其实就是人类社会正义与邪恶的斗争。从这种意义上说，马哈福兹的这类小说其实是一种反小说或者说是一种“神话小说”。就是因为这类小说的存在，马哈福兹的小说才更加富有生命力，同时也为现代小说叙事开拓了

① ［德］卡西尔：《语言与神话》，于晓等译，生活·读书·新知三联书店 1988 年版，第 59 页。

② 曲春景、耿占春：《叙事与价值》，学林出版社 2005 年版，第 99 页。

一个新的空间。

马哈福兹小说叙事的特别之处就在于能够将神话叙事特色与理性思维支配下的虚构叙事有机地结合起来，从而创造出一个更大的小说叙事空间。理性思维的发展使我们意识到神话的非现实性和非存在性，当神话思维在对语言的使用上没有符号意识的时候，理性思维却使语言活动在“所指”意义上展开，依靠词语的所指部分的联系展开话语活动。因此理性思维开始消解神话在现实生活中的地位，从不同的角度让人类面对自己的生存状态：战争、孤独、死亡，等等。而虚构叙事就是要通过语言以神话思维的虚构性、直观性、幻想性的方式将现实表现出来。小说叙事的最终目的不是创造神话，而是表达现实。在谈到《我们街区的孩子们》时，马哈福兹曾说，这小说是“用现实手法批判神话，给神话穿上现实的外衣，以增强对现实的理解和希望”。[①] 因此，对《我们街区的孩子们》的不同的解读就与不同的现实联系起来。有人认为这是马哈福兹站在人类的高度对人类命运进行了探讨；有人认为这是作者利用小说来表达自己的宗教观点，表达作者对于伊斯兰主义的信仰；也有人认为这是作者对于现代人所面临的危机进行的自我反省；而作者则宣称：“《我们街区的孩子们》的基本宗旨，是描写对正义的伟大梦想及永久探求。小说想对一个核心问题做出答复：实现正义的武器，到底是武力，还是爱，或者是科学？”[②] 但是我们可以看到无论哪种解读，都是将小说看作对社会现实或作者的思想现实的一种反映，而并非是单纯的神话。

值得我们注意的是，在《我们街区的孩子们》《平民史诗》这类作品的写作中，除了作家个人化的话语和个人经验以外，我们还可以看到另外一个存在着更加丰富的话语体系和经验空间，它们并非个人的直接经验，而是一种非个人话语的小说叙事。它在转述和引用的意义上对“集体经验”和“神话”进行了重新利用，如祖父杰布拉维创造世界并支配世界起到了造物主的作用，他的两个儿子艾德海姆和伊德里斯分别是该隐和亚伯的象征，高西姆象征着穆罕默德，里法阿象征着耶稣等。而《平民史诗》中瘟疫的爆发则是对洪水神话的借用。通过与神话的对应关系，小说

① 转引自李琛《阿拉伯现代文学与神秘主义》，社会科学文献出版社 2000 年版，第 173 页。

② ［埃及］纳吉布·马哈福兹：《我们街区的孩子们》，李琛译，花城出版社 1990 年版，第 151—152 页。

的主题得到阐释，小说的叙事形式也获得了新的生命。

总之，马哈福兹的小说通过与神话思维、神话叙事的结合，通过神话思维的想象性和创造力，为我们构筑了一个来自现实又超越现实的叙事空间，并通过小说的叙事方式书写着现实世界中的欢乐、悲伤，以自己的愿望描绘着神话般的生活场景。从这一点上看，《我们街区的孩子们》《平民史诗》等小说是神话思维产出的社会现实和思想现实，而由语言虚构出来的小说世界则可以看作是超越现实之上的神话世界。

（三）综合民间文学与文人文学的叙事美学

现代意义上的小说体裁出现以后，毫无疑问，小说的创作应该属于文人创作，它打破了以往民间文学集体创作、代代相传的特性，而更加注重对个人经验、个人世界的书写，这就是文人文学叙事的特点。但是当文人叙事越来越个人化、越来越隐私化的时候，小说的叙事空间就会变得越来越狭窄。如果把质朴的民间叙事的特色引进到文人叙事中来，再一次拓宽小说的叙事空间，使文人叙事得到新的发展，不能不说是一种新思路。东方作家马哈福兹就用他历尽岁月洗礼的睿智之眼，在他后期的创作中将文人叙事与民间叙事综合起来，形成了独特的叙事美学。

文学创作者和学术界一般都把民间文学当成结构类型化、故事模式化的简单文学形式，或者至少是把它看成与文人文学相对的东西。直到普罗普开创了他的民间故事形态学研究，才把民间文学的叙事形态放到了学术视野中，但随着叙事学的兴起，更多的叙事学者还是把目光盯在文人创作的文人叙事上，民间文学的民间叙事还是没有得到充分的重视。而马哈福兹在经过了前期传统小说的创作以后，由于国家形势的变化使他的思想和创作方式都发生了巨大的变化，传统的文人小说的叙事形式开始改变为利用阿拉伯传统的民间文学叙事形式。他采用民间叙事的形式，使原始质朴的民间文学的叙事结构、叙事模式得到焕发生机的机会。

在阿拉伯民间叙事形式中，说书人讲故事的形式是比较常见的。作品往往以说书人说书为开端，把整个故事作为说书人所讲的故事，说书人是整个故事的讲述者。利用这种形式讲述的故事适应了当时社会的发展需要，也满足了当时民众的娱乐需求。但是这种模式在注重个人经验的现代小说那里，往往起不到很大的作用。当马哈福兹想通过小说这种形式来表达他对于社会、宗教和哲学的思考时，民间叙事形式就得到了一个利用的契机。因为埃及当时的政治氛围是不允许作家公开地在小说中对社会形态或政治专制进行抨击的，同时，阿拉伯世界极其浓厚的宗教氛围和作家从小所接受的宗教教育，也不允许他怀疑宗教，怀疑真主。因此《我们街区的孩子们》《平民史诗》采用说书人说故事的方式可以让他避免来自以上两方面的攻击，虽然后来的事实证明这样做并不能使他走运（他的书受到了宗教界的攻击，甚至为此还遭到暗杀），但他所进行的创作尝试，却给了小说界很大的冲击。特别是他对于传统文学形式的继承，给了读者耳目一新的感觉。《我们街区的孩子们》是一个四处讲唱的说书人为我们讲述的一个传奇家族的神话，因为有说书人说书作前提，因此在读的时候我们就会摒弃理性思维支配下的不可信性，进入到故事之中，那些人物和事件，当我们读起来时，觉得它就是一个个生动的、扣人心弦的故事。

除了说书人讲故事的结构框架之外，马哈福兹还借用了大故事套小故事的民间叙事形式，并将其改造为故事串形式，每一个故事都是相连的，但每个故事又都可以单独成篇，将这些故事连在一起的是故事中人物所致力追求的事业或目标。《续天方夜谭》采用的故事串形式，使我们就像是在读一个个民间故事一样。

马哈福兹对民间文学叙事的借用还表现在对魔幻氛围的塑造上。魔幻是阿拉伯民间文学常用的表现手法，阿拉丁的神灯就是其中有代表性的例子。在马哈福兹的作品中，魔幻手法虽然不再是使人获得幸福或惩恶扬善的手段，但魔幻的色彩依然浓厚。《平民史诗》中，王后祖海莱年轻美貌，但与她结婚的四个男人都莫名其妙的先后死去；每一次发生重大事件之前或之后，修道院就响起的带有预言性的歌声。《我们街区的孩子们》中，祖父杰布拉维在漆黑的旷野对后代的鼓励和预言。这些都给作品增添了神秘和魔幻色彩。在《续天方夜谭》中，魔幻色彩更加浓厚。卫队长贾姆沙在精灵的帮助下死后重生，并能在亲人们不能认出的情况下跟亲人们接触，当了脚夫的他最终因坦白承认自己的罪过而被当成了疯子，成了疯子的他又在河边神奇地目睹了一个又一个的隐私。这样简单质朴的叙事结构和叙事形式是民众所喜欢的，它来自民间，也必将为民众所接受。

然而，作为一个文人，马哈福兹并不是为创造民间故事而采用民间叙事形式，他借用民间叙事形式，反而强化了文人叙事的文化符号性，在语义生成上更带有哲理性、思辨性。我们之所以说马哈福兹的小说更带有文人叙事的文化符号性，并不是否定民间叙事的文化符号性，而是说与文人叙事相比，民间叙事在思想内涵上带有更多的质朴性、明朗性和信仰性。

在民间文学那里，故事的类型化使故事所携带的信息带有民间淳朴的知识传授意义和道理说教意义，这是民众在长期生活中总结出来或从上一代传授下来的生活经验。但在马哈福兹的作品中，这种淳朴的道理却变成了对人生、对宗教、对哲学的故事性思考。在这些看似简单的平民故事、街区故事、辛巴德故事中，蕴含着作者对于社会公正、公平，对于善恶二元，对于人类存在的深刻思考，这是以消遣娱乐或简单说教为主的民间文学所缺少的。

同时，我们还可以看到，在马哈福兹利用民间叙事形式的背后，表达出的还是精英的意识。他借助于民间叙事形式，所要表达的还是对于国家命运和前途过于积极的关怀。正如他自己所说："感情、政治激情是我艺术实践的主要源泉……政治、信念和人是我作品的三个轴，而政治又是核心轴。"[①] 形式上的世俗化并没有妨碍他言语表达上的意识形态主流化，他的作品所表现的并不是民间自在的生活状态和民间的审美趣味，而是一个对国家对民族甚至对整个人类都有深刻思考的知识分子，力图通过文学这种样式来对政治或社会产生一定的作用，从这一点上来说，他还是在努力建设着庙堂文化。

无论如何，马哈福兹作为一个阿拉伯作家对于阿拉伯民间叙事模式的采用，为现代小说的发展提供了一条新的思路。在叙事越来越走向极端、越来越非故事化的今天，他的做法能够提供一些有益的启示。我们看到了他在传统与现代、个体经验与集体经验中寻求新的小说叙事模式的努力。

第四节 《米拉玛尔公寓》与东方现代主义

纳吉布·马哈福兹是一个不断探索、不懈追求的作家，他的创作虽然以近代传统的现实主义为主基调，但却不乏先锋意识和现代精神。《米拉玛尔公寓》就是马哈福兹小说艺术由现实主义转向现代主义的标志。[②] 这部小说在思想观念、心理图式和叙述传达方面都表现了与传统现实主义和西方现代主义迥然不同的特色，成为东方现代主义文学的一个样本。

---

① 关偁：《把我当成修建金字塔的工人——记同纳吉布·马哈福兹的几次谈话》，载《世界文学》1989年第2期。

② 本节论述《米拉玛尔公寓》根据仲跻昆、关偁的译文，载《世界文学》1989年第2期。

一

“一切都四散了，再也保不住中心，世界上到处弥漫着一片混乱。”① 19 世纪末至 20 世纪初西方现代主义文学思潮的崛起，打破了井然有序的世界观以及与之相应的理性主义思维原则，理性时代确立的一切价值观念都受到了怀疑甚至否定。与此同时，在东方也发生着价值体系的断裂。这种断裂主要是近代理性主义对东方传统观念的否定，但也有否定近代工业文明和理性价值的现代主义思想的萌芽。并且随着西方现代派文学影响的扩大，东方作家也有意识地作了一些现代主义文学的试验。这些试验由于缺乏现实的物质和精神生活的基础而没有生根开花。第二次世界大战以后，东方各国的社会生活发生了很大的变化，民族独立或革命胜利后的现实与人们原来的期望有很大的距离；社会生活日益复杂化，生活节奏加快，人们感受到一种不确定性，对近代以来以理性主义为基础确立的一些价值观念产生了怀疑，东方现代主义文学有了现实的基础。同时西方现代主义文学作品已经成为经典，对东方文学的影响更加广泛深入。一些东方作家开始从对生活的现代性感受出发，创作具有现代主义色彩的作品。纳吉布·马哈福兹就是这样一个对现代生活敏感的作家，他以现实主义巨著《开罗三部曲》蜚声阿拉伯文坛之后不久，便开始了现代主义的文学探索。

《米拉玛尔公寓》发表于 1967 年，反映的是埃及 1952 年革命后的生活。作品中的几个主要人物都表现出价值观念的紊乱。地主胡斯尼对革命后的气氛感到格格不入。会计师赛尔罕仇恨贵族地主，又十分羡慕他们的生活方式，他参加了许多政党组织，却又没有明确的信仰。广播员曼苏尔曾经是共产党员，但屈服于当警官的哥哥的压力脱了党。他们都处于思想的混乱和信仰的迷惘之中。退休记者阿米尔是作品中最成熟、最有思想的人物，是整个事件、同时也是整个社会的观察者、思考者，其政治、宗教思想和个性气质的许多方面与作者本人相似。就是在这个人物身上，也突出地表现了价值的紊乱。他青年时代为了逃避包办婚姻而脱离家庭，又因反对旧教会被爱资哈尔大学作为“叛教者”开除。他投身于爱国的政治

① ［爱尔兰］叶芝：《基督重临》，见袁可嘉等编选《外国现代派作品选》第一册，上海文艺出版社 1984 年版。

运动，成为著名记者，然而革命胜利却给他带来了失落感，他默默无闻地退休了。他对革命后的现实也陷入深深的困惑和怀疑情绪之中。他的思想矛盾表现在他对因逃避包办婚姻跑到城里打工的农村姑娘泽赫拉的态度上。他赞赏泽赫拉顽强的性格和对美好生活的向往，从中看到了自己的青年时代，但他又多次劝她回家去，劝她嫁给那个俗气的卖报小贩。这反映了他对自己原有的价值观念的怀疑。在宗教思想方面，他曾经是一位叛教者，然而在晚年，他又回到《古兰经》中寻找慰藉，以排遣失落感和孤独感。《米拉玛尔公寓》是一部政治小说，但作品的政治意义由对革命的赞成和对革命后现实的批判的二元对立消解了，作品中的人物都有鲜明的政治性，但一系列矛盾的二元对立消解了对人物的政治思想评价，使作品表现出某种荒诞色彩。这种价值观念的紊乱，决定了这部作品的现代主义性质。

《米拉玛尔公寓》的现代主义与西方现代主义有显著不同。西方现代主义表现混乱不是为了与混乱的力量作斗争，而是“把混乱看作是他陷入荒谬而缺乏必然的并且残酷而无法解释的生存状况”。[①] 而马哈福兹的创作则始终贯穿着强烈的社会批判精神。《米拉玛尔公寓》的批判力量主要通过胡斯尼、赛尔罕和曼苏尔三个人物形象表现出来。胡斯尼是出身望族的地主，革命虽然没有触动他的实际利益，但新时代的价值观念使他失去了优越感。他向堂妹求婚遭到拒绝，这促使他脱离家族从农村来到城市寻求新事业，但这并没有改变他寄生的剥削阶级的本性。所以他不可能干出正经事业，最后在妓女萨菲娅的撺掇下买下了一座游乐场，成了游乐场主。以革命代表自居的赛尔罕，其基本性格就是投机，政治上哪派得势就转向哪派，经济上搞走私，在婚姻上也是如此。他先与萨菲娅同居，又爱上了泽赫拉，因为与泽赫拉结婚没有利益，转而去追求女教师。最后鸡飞蛋打，走私败露，绝望自杀。曼苏尔应该是更有希望的新阶级的代表，但他意志薄弱，承担不起自己的义务和责任。他背叛了自己的信仰，自首脱党；他想减轻自己的负罪感，却又没有行动的力量。他没有勇气接受杜丽娅的爱情，最后想以杀人拯救自己的灵魂，但其杀人行为也只是在心理上完成。这三个人物虽然都是青年，却

① ［英］大卫·克雷格：《孤独与混乱——现代主义面面观》，转引自［英］彼得·福克纳《现代主义》，付礼军译，昆仑出版社1989年版，第117页。

分别属于过去、现在和未来。作品通过他们说明，革命没有完成对旧世界的改造，革命后的当权者不过是“旧朝代的接班人”，而新的阶级也没有力量担负起自己的使命。作品在这样的批判精神的基础上实现了价值的统一。当然，这里的批判已经不同于传统的批判现实主义。这种批判更侧重于对人物的心理分析，侧重于对灵魂的挖掘和拷问，更具有抽象性和象征性。

毋庸置疑，西方现代主义文学也具有深刻的批判性，但《米拉玛尔公寓》的批判性与西方现代主义文学的批判性有着明显的差异。西方现代主义文学深刻地表现了现代资本主义工业文明中的异化现象，又激发人们思考和认识社会生活的作用，但它把混乱、孤独、荒谬等现象都看作形而上的绝对，从而抽象地把怀疑和否定指向人和人的存在本身。由于失去了对人的信念，导致非人性化，其对现实社会的否定和怀疑容易使人产生迷惘甚至绝望的情绪。《米拉玛尔公寓》对社会现实的批判是立足于肯定生活、执着人生基础上的批判，因此它不会让读者感到绝望，而是给人以生活的勇气和力量。它在把人性恶的一面剖露给人看的同时，也把人性的善展示出来，使读者高尚的情感有所寄托。作品把一个执着生活、自强不息的少女放在中心位置，即取得了这样的效果。泽赫拉为逃避包办婚姻来到城里，在公寓帮工。由于单纯幼稚和不切实际的幻想，她错误地爱上了赛尔罕。但也正是通过这场爱情，进一步表现了她自强不息的性格。她追求爱情，更珍视自己的人格；她向往美好的生活，但不是依靠别人的施舍，而是靠自己的努力进取。她把工钱用在求学上。她坚决不答应做赛尔罕的情妇，与赛尔罕感情破裂后，她既不像胡斯尼所期望的那样带着感激之情和他过“体面的生活”，也拒绝了曼苏尔出于同情的求婚，而是坚持自己的人生追求。尽管她被解雇，前途未卜，但她的人生信念使作品有了亮色，体现了作者现代主义感受和表现的东方特色。

二

“读者不是被要求去追寻一个故事，而是被要求发现一个图式。”① 这是对现代主义小说内容重心转移的概括。传统小说是以人的外部社会现实

① ［美］约瑟夫·弗兰克：《现代文学中的空间形式》，转引自［英］彼得·福克纳《现代主义》，付礼军译，昆仑出版社 1989 年版，第 30 页。

生活为描写或再现的对象，现代主义小说是以人的内心体验，甚至人的不自觉的潜意识活动为对象。由于这种转移，编织引人入胜的情节不再是作家追求的目标。现代主义作家更热衷于揭示人物的心理冲突，表现人的内心世界的隐秘图景，画出人的灵魂的轨迹。《米拉玛尔公寓》正是以心理图式的展示表现出现代主义特色。这部作品主要以在事件发展中处于平等地位的几个主要人物各自的叙述为线索，从不同的人物视角对事件进行了描述。作品共有五章，每一章都是人物自己的叙述，是人物内心世界的展示，也以人物意识的流动来推动情节。开篇是阿米尔展开的自由联想。阿米尔是一名退休的记者，他为了寻找定居的地点来到亚里山大城，住进了以前居住过的米拉玛尔公寓。文本的叙述就是从他触景生情，意识由现实场景流向过去生活场景，又从过去流回现在的意识流动中展开，现实的感触与对往昔的回忆在意识中交错。他作为一个记者，在意识的流动中又不忘记观察周围的人和事，并用自己的语言将它们叙述出来。而接下来的几章，主要是通过胡斯尼、赛尔罕、曼苏尔三个人物的内心独白，对他们进行心理分析和精神解剖。胡斯尼耿耿于自己的婚恋失意，赛尔罕陶醉于自己的冒险投机，曼苏尔沉溺于背叛带来的罪孽感和孤独感。在曼苏尔这一章中，作者运用内心独白和心理分析等意识流手法，将曼苏尔深重的罪孽感表露无遗。他得知朋友被捕的消息后，非常担心别人怀疑自己出卖朋友，当他去安慰已经成为朋友妻子的大学时代恋人时，又深觉自己爱情的罪孽，当恋人答应他的求婚时他又开始逃避；后来他突然向公寓女工泽赫拉求婚，并决心杀死赛尔罕，都是通过他的心理独白表现出来的。从文本的情节结构方面看，作品打破了传统小说的人物中心或事件中心模式，而以人的内心体验甚至是潜意识活动为叙述内容，以人物的意识流动作为情节的结构模式。

作品每一章都由人物的自述构成，都是内心独白，是自我灵魂的展露。作品融意识流文学的主观感觉、内心独白和心理分析于一炉，力图通过人物的自我解剖表现人物内心深处的灵魂。但是，作品在着重展示人物内心世界的同时，并没有把现实生活内容放入括号，而是以现实生活为基础展开心理图式。人物基本上是生存活动于现实的世界而非神秘或梦幻的世界之中，其自由联想的意识流动是由现实生活的触发而不是从某种本能欲望中发生。作者通过意识流的结构模式来行文，更有助于表现革命之后埃及社会价值观念的紊乱。作品中的主要人物都对信仰产生了怀疑，他们不知何去何从，因此，通过人物的潜意识流动和内心独白，更能有力地传达出作者对社会的拷问和批判。这是《米拉玛尔公寓》与西方现代主义文学的不同之处。

文学的发展趋势是越来越关注人自身。古代的叙事文学是以事为中心，近代文学开始注重描写和塑造人，现代文学则进一步深入到人的内心世界。所以，展示心理图式、挖掘人物灵魂并不是现代主义所独有，现代主义更突出的特点是深入到人的内心世界，去发现并展示人的变态心理。19世纪后期的一些西方作家，如陀思妥耶夫斯基、爱伦·坡等，被看作是现代主义文学的先驱，其首要原因是他们不仅把残酷无情的笔深入到人的内心世界去拷问人的灵魂，而且善于挖掘和表现人物的变态心理。20世纪初以来，由于弗洛伊德精神分析学说的影响，变态心理更受到现代主义作家的青睐。他们认为变态心理比常态心理更能表现人的原始本性。马哈福兹无疑也受到这种理论和创作的影响。他善于描写变态心理，这在他前期创作中已有所表现，而《米拉玛尔公寓》中的几个重要人物都有些心理变态。阿米尔由怀旧情绪而对眼前事物冷漠，由冷漠而遁入宗教；胡斯尼因求婚被拒而焦虑、而嫉妒，以致成为妄想狂、偏执狂；赛尔罕的投机心理以及因投机失败而绝望自杀，都是非正常心理。作品中挖掘最深刻、表现最有力的还是曼苏尔的变态心理。他以背叛者的面目出场，背着沉重的精神包袱，自怨自艾，离群索居。得知朋友被捕的消息，他的犯罪感和心理矛盾加剧，一方面内疚，另一方面又怕别人怀疑是他出卖了朋友，变得神经质。为了赎罪，他去安慰朋友的妻子杜丽娅，然而杜丽娅又是他大学时代的恋人，他想躲进爱情以使心灵获得慰藉，便向杜丽娅求爱，然而这种爱情却使他又增加了一重罪孽感。所以，当杜丽娅狱中的丈夫给了她自由，她准备接受曼苏尔的求婚时，曼苏尔又拒绝了她。拒绝爱情实际是他减轻灵魂折磨的一种自虐行为，“我的初恋，也许是我在这个世界上最后的爱情，随着她的离去而消失，我坠入了深渊。尽管我肯定是不幸的，但仍有一种奇异而朦胧的欢乐潜入我的心中”。这就是他此时的心理状态。后来他突然向泽赫拉求婚，以及决心杀死赛尔罕，都是受此种变态心理的驱使。

潜意识理论揭示了人的一些心理奥秘，但它是建立在非理性主义基础上的。它强调人的生物性本能，而把理性看作压抑本能的一种异化力量。受其影响，西方现代主义小说大写人的原始本能和非理性的潜意识，内容上表现出非理性化和非人性化的倾向，形式上则不可捉摸，无迹可寻。马哈福兹接受了西方现代主义的心理图式，采用了意识流手法，但并没有完全接受非理性主义的思想和方法。《米拉玛尔公寓》的构思是建立在对社会现实的理性认识基础上的，人物的心理活动也都有理性的宏观控制，人物的意识流动尽管有些是不自觉的、潜意识的，但并不是受原始本能支配的，而是为表现理性思考服务的。作家善于甚至偏爱描写变态心理，但不是猎奇，不是为变态而变态，更不是非人性化，而是通过揭示心理变态更深入地揭示人性的真实和生活的真实。所以他的人物不是天生的变态，而是常态与变态的结合。人物心理由常态到变态，再由变态到常态，都有现实生活的契机和现实的思想基础。以曼苏尔为例，他原是一个具有进步思想的正直青年，他心理变态的契机是自首脱党的背叛行为，由于背叛信仰而心理失去平衡。他拒绝杜丽娅，一方面出于自卑感和自虐心理，另一方面他不能容忍杜丽娅背叛自己的丈夫，由于恨自己的背叛行为，他心理上容不得任何形式的背叛。同样的原因使他恨赛尔罕，因为赛尔罕背叛了泽赫拉。他向泽赫拉求婚，是想通过对别人背叛后果的承担来减轻自己由背叛带来的精神痛苦，他对赛尔罕起了杀心，是要通过杀死另一个背叛者来完成自杀的仪式，拯救自己的灵魂。当他心理上完成了杀人行动后，心理也获得了平衡，恢复了常态。通过这种理性的分析，可以找出心理变态的因果关系及其现实的意义，而不必归结为某种非理性的本能或情绪。在这方面，马哈福兹更接近于陀思妥耶夫斯基，而与乔伊斯、福克纳等西方现代主义作家大相径庭。[①] 作为由现实主义转向现代主义的文学大师，马哈福兹把现实主义文学的社会性、历史性与现代主义的内向性、抽象性相结合，以理性的心理图式创立了东方现代主义的一种范型。

三

《米拉玛尔公寓》在叙述传达方面也表现了鲜明的东方现代主义特性。现代主义小说叙述的特点是打破传统文学叙述的明晰性和确定性。作家们基

---

① 马哈福兹在接受采访时说，他喜欢托尔斯泰、陀思妥耶夫斯基等作家，不喜欢乔伊斯和福克纳。见关偁《把我当成修建金字塔的工人——记同纳吉布·马哈福兹的几次谈话》，载《世界文学》1989 年第 2 期。

本上否定或取消了叙述的传达职能，把以交流思想为目的的叙述变成纯粹属于个人的“独白”，这种倾向曾被批评者称为“对晦涩的崇拜”或“非交流性”。[①]《米拉玛尔公寓》突破了传统小说叙述的模式，又避免了西方现代小说叙述的晦涩性，以其明晰性保持了文学叙述的传达交流特质。

小说叙述的首要问题是叙述视点的选择。《米拉玛尔公寓》采用了分知视点，全部作品由四个人物的五篇内心独白式的自叙构成。这样的叙述视点选择无疑受到福克纳《喧哗与骚动》的影响。叙述视点主要解决叙述的主观性和客观性的矛盾。传统的全知视点力图把握事物的全貌，毫无遗漏地叙述事件发生发展的全过程，目的是追求客观的真实全面，却往往陷入主观性的泥潭，因为读者总感觉是作者在干预一切。现代小说要求作者退出作品，更多地采用人物内视点，这样更有利于展示人物的心理现实，追求更贴近生活的客观真实。然而，从全知视点到人物内视点不过是由作者的主观性变成人物的主观性，并不能解决小说叙事主观与客观的矛盾。《米拉玛尔公寓》由四个叙述者从各自的角度叙述同一件事情，每个人物既是当事者，又是旁观者。他既叙述自己的亲身经历和感受，又以见证人的身份叙及他人的事情。每个人的自叙都是主观的，具有鲜明的个性特征。阿米尔的见多识广与深思熟虑、胡斯尼的粗野狂妄、曼苏尔的神经质和抑郁症、赛尔罕的精打细算等，都在他们各自的叙述中表现出来。他们的叙述中也表现了各自对事件的不同态度和看法，然而将他们的分别叙述合在一起，却能客观地显示出事情的面貌，使读者信服，从而较好地解决了叙述的主观性与客观性的矛盾。然而，视点选择并不决定作品叙述的明晰与晦涩。同是分知视点，《米拉玛尔公寓》与《喧哗与骚动》获得了截然相反的叙述效果，一个明白清晰，一个晦涩迷离，其中叙述者的选择起了决定性作用。《喧哗与骚动》的叙述者班吉、昆丁和杰生，一个是白痴，一个准备自杀，还有一个是偏执狂。他们的叙述多是不自觉的潜意识流动，如痴人说梦，漫无边际，思想线索无迹可寻，所以显得晦涩迷离。《米拉玛尔公寓》中的叙述者虽然与《喧哗与骚动》有些相似，也有自杀者、偏执狂和严重的心理变态者，但二者又有根本的不同。《米拉玛尔公寓》的叙述者无论心理如何变态，也没有成为白痴和疯子，而是清醒地生

① ［美］麦·伊斯特曼：《论对晦涩的崇拜》，［俄］米·赫拉普钦科：《现代美学问题》，见袁可嘉编选《现代主义文学研究》，中国社会科学出版社1989年版。

活于现实之中。特别是阿米尔这个老记者，他有非常清醒的意识，他政治态度超越党派，宗教态度超越教派，作者安排他作为第一个和最后一个叙述者，就不会把读者引入迷津，而是给读者一种清晰、客观、公正、全面的感觉。他的叙述虽然也有许多模糊和朦胧之处，留下了一些空白和悬念，但毕竟清晰地交代了故事的梗概。另外三个叙述者的自叙尽管有些扑朔迷离，但已不能构成阅读的障碍，因为前面的叙述已给读者留下了清晰的阅读路线，使读者不会迷失于后面的叙述的丛林之中。相反，后面的叙述线索尽管比前面晦暗，却仍然不断填补前面留下的空白，解开悬念，情节由模糊而逐渐清晰，人物性格也逐渐明朗。另外这部小说也不像一些西方现代派小说那样没有情节，或用叙述把情节打得支离破碎，读者必须费力去拼接、去追寻，才能把故事情节梳理清楚，而是在情节安排上颇费匠心，使作品始终具有吸引力和感染力，保证了叙述时空的稳定性。由于作品叙述的明晰性和确定性，它不用像《喧哗与骚动》那样最后再从作者的角度补叙一章。

小说叙述的另一个基本问题是时空处理。传统的小说叙述基本上实行符合或顺从客观时空的原则，即按照现实生活中事件的时间顺序和空间秩序展开叙述。现代主义小说作为对传统小说叙事的反叛，力图做叙述时间和叙述空间的主人，为了争取叙述的自由，不惜打碎客观的现实的时空，代之以主观的、心理的时空。在这方面，意识流小说率先垂范，“这类小说的形式通常是意象和语言相互交织的结果，与时间的次序没有关系”。[①]从此以后，意识流逐渐成为现代小说常用的一种叙述方式。《米拉玛尔公寓》也是一篇以内心独白为主的意识流小说，叙述者是在剖露自己的心理，而不是在讲述一个故事；叙述线索依据的是人物的意识流动，而不是客观的时间顺序。然而这部作品与西方意识流小说又不尽相同，它的客观时间与主观时间总趋向是一致的，交错颠倒不是太多，贯穿叙述始终的仍然是事件发生发展的客观顺序。虽然客观时间的长线时常被心理时间打断，但断点很快被接上，并不影响叙述的明晰性和逻辑性。从全篇来看，四个人物的五段主观性叙述在更大范围上构成了时间交错，似乎要把读者引入迷津，其实不然，大范围的时间交错仍以客观时间为基础，四个人的

① ［美］梅·弗里德曼：《“意识流”概述》，见袁可嘉编选《现代主义文学研究》，中国社会科学出版社 1989 年版，第 535 页。

主观叙述基本是同一客观时间的多次重复，不同人物的心理时间围绕同一客观时间运动，既避免了传统叙述的呆板，又不使读者迷失在时间的旋涡之中。叙述时间的自由带来了叙述空间的自由，主观心理空间与主观心理时间一起主宰着现代小说叙述。叙述的空间不再是跟着人物行动的足迹作“线”的伸展，而是随着人物的意识流动做出“点”的跳跃。《米拉玛尔公寓》既接受了现代小说的心理空间，又没有把客观现实空间打碎，将叙述空间变成阅读的陷阱，而是在心理空间背后有一个稳定的客观空间。从全篇来看，四个人物的心理空间基本相同又不尽相同，整个叙述空间就以公寓为中心辐射，由点的跳跃和面的移动而形成辐辏式空间结构。这样既突破了线性空间的限制，扩大了作品的空间容量，又不破坏叙述的明晰性和逻辑性。这也许是东方现代主义小说在叙事方面与西方现代主义的区别所在吧。

第五章

戈迪默——南非的良心

纳丁·戈迪默（Nadine Gordimer，1923—2014），南非白人女作家，一位为自由和人道而呐喊的斗士。她从小喜欢读书，较早认识到南非种族隔离制度的不公，其后的创作便始终贯穿着对种族主义的批判，关注着白人和黑人在非洲大陆如何共生共存这一问题，被誉为“南非的良心”。其创作艺术技巧纯熟，尤其长于细腻而深入的心理分析，著有《说谎的日子》(1953)、《陌生人的世界》(1958)、《恋爱时节》(1963)、《没落的资产阶级世界》(1966)、《贵客》(1971)、《自然资源保护论者》(1974)、《伯格的女儿》(1979)、《朱利的族人》(又译《七月的人民》，1981)、《自然变异》(1987)、《我儿子的故事》(1990) 等14部长篇小说和《蛇的絮语》(1952)、《六英尺土地》(1956)、《弗拉迪的足迹》(1960)、《不是为了出版》(1965) 等17部短篇小说集。此外，戈迪默还著有文学评论集《黑人解释者》(1973)、随笔集《基本姿态》(1988)、文学评论专著《写作与存在》(1995) 等。1991年，因其“壮丽宏伟的史诗创作对人类的贡献”(授奖辞) 而获得诺贝尔文学奖。

第一节　走向世界的“南非文坛耆宿”

一

1923年11月，戈迪默出生于南非约翰内斯堡附近的矿山小镇斯普林斯。她的父母都是犹太人，分别来自立陶宛和英国。少儿时期的戈迪默喜欢跳舞，但由于心率过快，不适宜做剧烈的活动，她不得不放弃成为一名舞蹈家的梦想。在母亲的坚持下，她一直在家中接受教育。[①] 母亲严格的教导和家中几近封闭的环境，使戈迪默与书越走越近。她 9 岁就开始学习写作，13 岁时即在约翰内斯堡的《星期日快报》发表了一篇寓言故事《追求看得见的黄金》，15 岁时又在一家周刊上发表了第一篇小说《昨天再来》，这篇小说笔力成熟，竟然曾被编辑误以为出自某个成人作家之手。1953 年，戈迪默的长篇小说《说谎的日子》问世，赢得欧洲文学界的好评，从此走上专业作家之路。她除了从事文学创作，还先后在美国哈佛大学、普林斯顿大学、哥伦比亚大学等著名高校任教，还曾担任国际笔会副主席和联合国亲善大使等公共职务。

除《说谎的日子》之外，她的长篇小说还有《陌生人的世界》《恋爱时节》《没落的资产阶级世界》《贵客》《自然资源保护论者》《伯格的女儿》《朱利的族人》《自然变异》《我儿子的故事》等。在这些长篇作品中，戈迪默不仅细腻地刻画了那些被种族制度压迫的黑人的处境，也真实地表现了白人社会各阶层因种族制度而产生的扭曲心态和社会的畸形。她不仅在作品中正面描写南非黑人为争取平等而进行的武装斗争，也在各种公共场合发表讲话，积极为黑人争取权益。这种正面支持黑人行动的言论，要承受来自政府和白人社会的双重压力。在当时严苛至极的书籍审查制度下，她的作品一度被列为禁书，但却受到普通民众的欢迎。戈迪默作品的主题不单是反映种族隔离制度下的社会矛盾，而且表现了整个南非社会各阶层的生活；她笔下的人物绝无完人，而显得真实可信；她长于心理刻画，通过人物的独白挖掘内心世界，往往具有深邃的象征意义；她的语言则于清新秀美中凝聚着淡泊隽永，颇具散文诗的灵秀。

戈迪默在短篇小说创作方面也表现出了卓越的才华，作品主要有《蛇的絮语》《六英尺土地》《弗拉迪的足迹》《不是为了出版》等。这些作品的主题大多和长篇小说相近，情节简洁紧凑却极为生动。戈迪默的短篇创作早期以精巧、细腻著称，后期则以日趋成熟的技巧和冷峻深刻的思想而广受赞誉。此外，戈迪默还出版了文学评论集《黑人解释者》、随笔集《基本姿态》、文学评论专著《写作与存在》等。1991 年，戈迪默获得诺贝尔文学奖，成为第一位获得该奖的南非作家，瑞典文学院在诺贝尔授奖辞中评论道："在一个对书籍和作家进行审查和迫害的警察国家，戈迪默

① 南非实行种族隔离制度，这种家庭式的教育属于正常现象。

在文学界争取言论自由方面长期的先驱作用使她成为南非文坛的耆宿。”而且“其壮丽史诗般的作品使人类获益匪浅”。[①] 获奖后的戈迪默仍笔耕不辍，年年都有优秀作品问世。2014 年 7 月 13 日，戈迪默在位于约翰内斯堡的家中去世。

二

戈迪默的创作可以分为三个时期。1973 年之前，是戈迪默文学创作的早期。在这一时期，年轻的戈迪默通过对世界文学经典的大量阅读学习和借鉴，逐步形成了自己的文学观念和创作风格。

少年时期的戈迪默酷爱读书。幸运的是，身为白人，她可以在种族主义[②]日趋严重的情况下自由地出入图书馆，当时的黑人则没有这种权利。她读《萨缪尔·佩皮斯回忆录》之类的散文，也读同龄人爱读的爱情小说，并进行模仿写作。起初，由于经验非常有限，她的作品也像那些小说一样，几乎全是儿女情长、人伦道德之类的题材。14 岁时，她读到了美国左翼作家厄普顿·辛克莱的《屠场》，“书中对于芝加哥联合屠宰场工人生活的描写让她第一次思索她周围的生活环境和生活方式”[③]。随着阅读面的扩展，她的写作水平和思想境界迅速得到提高，逐渐成长为一名出色的年轻作家。1953 年，戈迪默发表第一部长篇小说《说谎的日子》，即被当时的《纽约时报》赞为：“洞悉人生，思想成熟，笔法新颖自然，独具人格，堪与弗吉尼亚·伍尔芙的作品媲美。”总起来看，戈迪默在这一阶段的作品明显具有英国文学那种细腻优美的风格，其文学思想集中表现为个体对于外在世界和人生的初期思考层面，其创作也带有明显的自传成分。

这种情况一直持续到 20 世纪 60 年代。戈迪默的家位于黑人聚居区附

---

① 转引自周本《一九九一年诺贝尔文学奖得主——纳丁·戈迪默》，载《世界知识》1991 年第 21 期。

② 南非社会主要由黑人、荷兰裔白人、英国裔白人和其他有色人种（如印度人）组成。其中，少数白人占统治地位，对黑人实行种族分治。自 1948 年南非国民党上台以来，种族隔离制度日益法制化。

③ 堵军主编：《诺贝尔文学奖获得者作品暨演讲文库》（第 10 卷），中国物资出版社 2004 年版，第 6 页。

近，本已对黑人群体的惨痛遭遇耳濡目染。1960 年，沙佩维尔惨案[①]的发生给了戈迪默强烈的冲击，她开始认识到，此前所乐于接受的那种所谓充满“发达文明气息”的文学与自己所处的环境格格不入，接受视野逐渐转向具有深沉的现实主义关怀的作家及作品，如托尔斯泰、契诃夫、普鲁斯特、托马斯·曼、格拉斯以及马尔克斯等，继而开始反思自己的创作，《黑人解释者》体现了这一转变。

1974—1989 年，可以视为戈迪默文学创作的中期。20 世纪 70 年代以后，戈迪默的文学思想不断发展、深化。这一时期，她彻底脱离了对西方文学的模仿，形成了立足南非社会现实的文学观念，并试图与西方文学进行对话。当时，南非黑人不断觉醒，反对种族歧视的运动不断高涨。他们强烈要求在各领域获得平等待遇，为此受到了白人统治当局的残暴镇压。严酷的种族统治造成了黑人阶层与白人阶层的严重对立。这一切，都令戈迪默不安并深思。她决心为改变这种变态扭曲局面、为黑人赢得平等地位而做出努力。在文学论集《基本姿态》中，她明确提出了“以一种革命的姿态面对现实，进行创作”[②] 的主张。在这种思想的指导下，其创作内容和风格也进一步向现实主义发展。1976 年，索韦托事件[③]发生之后，戈迪默再也无法回避现实的残酷，她“以热切而直接的笔触描写在她那个环境当中极其复杂的个人与社会关系……并且提供了对这一历史进程的深刻洞察力，帮助了这一进程的发展”[④]，以往细腻、优美的创作风格逐步消失，敏感的政治题材成为其创作的主流。这一时期的作品主要包括《贵宾》《自然资源保护论者》《伯格的女儿》《朱利的族人》《自然变异》《我儿子的故事》等。其中《伯格的女儿》将故事背景置于法国、英国和

① 1960 年 3 月 21 日，南非白人种族主义政权血腥镇压南非黑人在沙佩维尔镇举行的和平游行，造成 69 人死亡，180 人受伤。此后，3 月 21 日被定为“南非人权日”或“国际消除种族歧视日”。

② ［南非］戈迪默：《基本姿态》，俞风、梁国颐等译，载台湾《素叶文学》1991 年第 31 期。

③ 1976 年 6 月 16 日，为抗议白人统治当局强行采用南非荷兰语（起源于荷兰移民布尔人，是南非少数白人统治者使用的语言）而非当地语言作为教学用语，索韦托区数千名黑人中学生举行大规模示威游行，遭到上千名军警的血腥镇压，170 多人死亡，逾千人受伤，众多无辜者被逮捕。

④ 参阅飞白《1991 年获奖作家戈迪默传略》，载宋兆霖编《诺贝尔文学奖全集》，燕山出版社 2006 年版。

南非，表现出一种将南非社会各种具体的政治问题推向世界、争取国际舆论的渴望。在南非政府严苛的书籍审查制度下，对种族制度稍有批判的书籍都会被查禁，所以，国际社会对于南非社会的了解往往是浅层次的。这部作品的命运也不例外，出版后曾一度遭到查禁，但戈迪默仍置危险和压力于不顾，对南非种族隔离制度的罪恶和黑暗进行了深刻的揭示。在《自然变异》中，她还大胆地构想了一个种族制度土崩瓦解、黑人最终赢得政权的"理想未来"。1994 年，这种"理想未来"得以实现，证明了作家超前的、深刻的洞察力。

自 20 世纪 50 年代起，戈迪默就已受到欧美文学界的关注。70 年代开始，除利用手中的笔对南非社会现实进行揭示外，她还到欧美多所高校讲授非洲文学，并利用各种机会发表演说，直斥南非种族制度的不合理、不平等。她多次获得美国、英国、古巴、法国、意大利等国的文学奖和名誉博士头衔，更因其深沉的人道主义精神，赢得更为广泛的社会声誉。80 年代末，在参加《自然资源保护论者》一书在法国出版发行的仪式期间，戈迪默曾有如此表述："难道白人在南非干下的可怕的事情能够让人容忍么？为什么人们不用与评价南非周围的黑人政府一样的苛刻标准来评价南非少数白人政权的所作所为呢？"①

1990—2014 年为戈迪默文学创作的后期。20 世纪 90 年代开始，戈迪默进入其文学思想和创作的成熟阶段。她开始系统思考文学创作与社会现实存在的关系问题，并逐步超越了民族、国家和时间的界限，对后种族时代、全球化时代南非社会乃至整个人类社会的各种问题进行探索。《写作与存在》延续了《基本姿态》的主题，对文学艺术与社会生活的关系以及作家存在的价值等问题进行了深入探讨和理论总结，《生存在希望与历史之中》则是她对于 20 世纪现实与历史以及处于其中的人们的生存状态的回顾和反思。

1994 年，在南非存在近半个世纪的种族隔离制度终于走向瓦解。被问及种族隔离制度结束之后的创作转型时，戈迪默直言："生活没有终

---

① ［美］玛丽·布卢姆：《纳丁·戈迪默——为赢得当作家的权利而斗争》，章于炎、章泰谦译，载《文化译丛》1990 年第 4 期。

结，新的生活即将开始。"[①] 一方面，她清醒地认识到，进入后种族时代，种族制度虽然结束但其余毒仍在，并且仍在影响着人们生活的各个方面，只不过换了方式而已。曾长期存在的种族制度不仅给黑人群体造成了严重的伤害，也给白人自身带来了灾难。另一方面，伴随全球化浪潮而生的各种问题，如边缘弱势群体的生存危机，殖民地国家本土作家的失语状态，人与人之间的疏离，身份焦虑，移民问题，恐怖主义活动，等等，都应成为一名有责任的知识分子的关注点。此外，作为诺贝尔文学奖得主，她多次把自己的获奖所得捐献给南非作家大会和非国大文化部，并与索因卡等诺贝尔奖得主共同赞助非洲文学大奖——"凯恩奖"，以鼓励和支持南非文学以及整个非洲文学的发展。作为联合国亲善大使，她时常为艾滋病防治事业奔走呼吁。作为国际笔会副主席，她虽已高龄仍笔耕不辍，《我儿子的故事》《家族的枪》《新生》《贝多芬的黑人血统》等作品相继问世，体现出戈迪默在文学思想成熟期的敏锐而又深刻的洞察力。

三

作为南非文学斗士的戈迪默很早就走出南非、走向世界。她的作品已经被译成30多种语言。这位风格独特的非洲多产作家自然也较早引起中国读者的注意。除通过部分翻译过来的文学史著作对其有所了解外[②]，国内编著的诸文学史著作中也对戈迪默多有关注，如季羡林主编的《东方文学史》（吉林教育出版社1995年版），梁立基、陶德臻主编的《外国文学简编》（亚非部分，中国人民大学出版社1998年版），郁龙余、孟昭毅主编的《东方文学史》（北京大学出版社2001年版）等，均设有专节介绍戈迪默。在文章方面，1983年，《世界图书》第3期发表了晓颂的《南非女作家纳丁·戈迪麦尔》一文，指出"由于她尖锐地揭露了南非反动当局实行的对有色人，尤其是对黑人的种族歧视政策下的生活，而在国际上享有公认的声誉"，这大概是国内最早对戈迪默进行的评介。1987年，董鼎山在《读书》第8期上发表《正义的南非女作家》一文，高度评价戈

① Per Wästberg: *Nadine Gordimer and the South Africa Experience*: "Asked what she would write about when apartheid was over, she said: life didn't end, new life begin."

② 如苏联学者伊·德·尼基弗罗娃等著《非洲现代文学》，刘宗次、赵陵生译，外国文学出版社1980—1981年版；美国学者伦纳德·S. 克莱因主编《20世纪非洲文学》，李永彩译，北京语言学院出版社1991年版，等等。

迪默的人道主义精神："在南非那种以种族隔离为官方政策的社会中，为受压迫者伸言的白人的勇气，其实更为不易。"这是同黑人群体相比较而言的，因为戈迪默是一位白人。所以，董文认为1986年的诺贝尔文学奖应该授予戈迪默而非索因卡。此后，《世界文学》《世界文化》等刊物也对戈迪默及其作品进行了评介。1991年，戈迪默获得诺贝尔文学奖，更多的评介性、研究性文章相继发表，国内读者对这位东方获奖者有了更全面的了解。

我国对戈迪默小说的主要翻译成果有：《我儿子的故事》，莫雅平译，译林出版社2008年版；《贝多芬是1/16黑人》，叶肖译，南京大学出版社2008年版；《新生》，赵苏苏译，人民文学出版社2008年版；《无人伴随我》，金明译，译林出版社2006年版；《七月的人民》[①]，莫雅平等译，漓江出版社1992年版；《戈迪默短篇小说集》，章祖德等译，重庆出版社1993年版。另外，《译林》《外国文学》《世界文学》等期刊也对戈迪默的小说做了选译或全译登载。

总体来看，这位南非白人女作家在中国"出镜率较高"[②]，特别是在她获得诺贝尔文学奖之后。这些译介成果虽大多是对她的生平和创作的一般性介绍，却也为深入研究打下了一定的基础。

第二节　文学思想探析

在一次访谈中，戈迪默直言："我9岁开始写作，想解释生活和人性是怎么回事，这个指导思想一直贯穿我的写作生涯。"[③] 的确，对南非社会现实生活的关注和对复杂人性的指涉与思考，成为理解戈迪默的思想和创作的一根红线。戈迪默的文学思想既有她对南非、对人类社会现实的思考，也包括她长期笔耕的心得，集中体现于《黑人解释者》《基本姿态》《写作与存在》《生存在希望与历史之中》等文学论集。纵观戈迪默每个阶段的作品和活动可以发现：其文学思想的形成与西方文学的影响息息相关，与南非的社会现实更是密不可分。她在早期大量的阅

① 即《朱利的族人》（*July's People*）。

② 杨玉珍：《中国戈迪默研究论评》，载《吉首大学学报》2010年第2期。

③ 李新烽：《曼德拉心目中的英雄——走近纳丁·戈迪默》，人民网，2002年3月29日。

读与模仿、思索与创作过程中，培养了最初的人道主义关怀；在深入理解社会现实和创作实践的过程中，渐渐形成了自己的文学思想。戈迪默的文学思想，可概括为以探索人性、再现社会客观现实为特点的文学本质论，以反映人的生存状态为主旨的文学目的论，以及以履行作家责任为核心的作家主体论。

一

戈迪默主要从文学与人、文学与现实世界关系的角度来探讨文学的本质问题。在她看来，小说家应该根据自己的观察，去创造性地展示具有危机意识的人生体验，进而揭示生活在这一环境下的人民的思想和情感。①也就是说，文学应该再现客观真实，客观展示社会现实中特定群体的生存状态。

南非政府实行严格的新闻审查制度，将一切对白人利益造成威胁的书籍置于查禁之列，杜绝有利于黑人的任何书籍、言论的公开发行和发表。尽管如此，戈迪默还是顶住各种压力和威胁，从人道主义立场出发，坚持“再现真实”。在具体创作中，她自觉向现实主义大师巴尔扎克、托尔斯泰等人学习，在作品中通过罗莎、海丽拉、朱利等典型人物形象的塑造，最大限度地再现了种族隔离制度所牵涉的方方面面：既有黑人为了争取平等而进行的积极抗争，也有白人进步人士积极为黑人争取利益的“地下活动”；既有白人政府对黑人镇压带来的白色恐怖，也有黑人为了生存而进行的血色革命；既有白人中的进步者，也有黑人中的麻木者……通过对这些典型环境和典型人物的塑造，戈迪默使读者深入认识了一个真实的南非，一个种族歧视无处不在、反抗和镇压此起彼伏、白人和黑人既斗争又合作的南非。沃森伯格评论说：“她描绘的社会背景比任何政治学家都细致入微，由此而洞察了斗争的根源和变革机制，没有一个历史学家可以与之媲美。”②

需要指出的是，虽然戈迪默有意将自己归入匈牙利哲学评论家乔治·

---

① ［南非］戈迪默：《戈迪默谈文学、社会和政治》，文楚安译，载《译林》1992 年第 3 期。

② Per watsberg. : *Nadine Gordimer and the South Africa Experience*. 原文为：She has painted a social background subtler than anything presented by political scientists. Thus providing an insight into the root of the struggle and the mechanism of change that no historian could have matched.

卢卡契所论述的欧洲现实主义文学传统中，但她的思想并未因此而封闭僵化。她开放性地博采众家之长，在创作中广泛运用意识流、隐喻、象征等现代派艺术手法，且运用自如而非机械模仿。西方艺术家几乎无一例外借现代派艺术手法来表现资本主义世界中主体被异化的现实，戈迪默则巧妙地借用现代派的异化主题和艺术手法，深刻揭示南非种族隔离制度下混乱的社会现实和被扭曲的人性。与西方现代主义文学注重艺术形式的花样翻新不同，戈迪默更强调作家的社会责任。20 世纪后期，西方作家出现了集体“向内转”的现象，对此，戈迪默持否定与批判的态度，她说：“内心世界（主观性小说、技巧和感受力、感觉甚至是技术方面）均可与外部世界（题材）一起运用。我对欧洲不太熟悉，但我发现英国作家好像差不多整个地回避了外部世界，我觉得很奇怪。1984 年发生过的一场长时间的矿工大罢工，肯定影响到矿区很多人的生活。”[①] 在她看来，文学的内向化与内倾性使作家忽视外部世界，从而放弃了应有的社会责任。

二

戈迪默强调，文学的目的在于展现一种环境中人们的思想状态，写作永远是对自我和世界的探索，对个体和集体存在的探索，艺术不是肉体的再现，而是创造肉体之动力的表现。[②] 概言之，作家对世界的影响，正在于如何使世界更富于人性。

卢卡契以反映论作为美学的哲学基础，强调正是艺术把人提升到人的高度，戈迪默的观点如出一辙，展现了一种为人生而艺术、为社会而艺术的鲜明文学立场，她强调“作家的写作是研究人的生存状况，从本体论、政治的和社会的以及个人的角度来研究。作家凭借其想象力和洞察力，可以为世人叙述生存危机发生之前的事件，可以从长远的观点来考察他们的生活状况”[③]，“书籍使南非人，无论黑人和白人，从内心认识自己，进而

---

① ［南非］戈迪默、［美］苏珊·桑塔格：《关于作家职责的对谈》，姚君伟译，载《译林》2000 年第 3 期。

② Nadine Gordimer. *Writing and Being*. From *Nobel Lectures*, *Literature 1991 – 1995*, Editor Sture Allén, World Scientific Publishing Co. Singapore, 1997.

③ ［南非］戈迪默、［英］维·苏·奈保尔等：《诺贝尔文学奖得主四人谈》，傅正明译，载《天涯》2002 年第 3 期。

唤起了人们的良知，让黑人在痛苦的时候想到自己的尊严和骄傲”[①]。但是，她又强调，文学不应服务于政治（虽然政治在她的作品中无处不在），她始终坚持“不将自己的写作才能为某种事业（政治）服务”的创作理念，强调：“作家要保持艺术的独立，永远也不要让自己成为宣传家。”[②] 20世纪70年代，南非种族冲突达到了极为尖锐的程度，白人政府严厉查禁一切与所谓的“白人利益”相抵触的言论。作为一种“反叛性”的声音，戈迪默不顾危险，始终选择留在她所热爱的南非，积极地参与政治活动，对黑人争取权利的斗争予以宝贵支持，以此作为进入她的艺术世界的手段，但同时，又坚决不让自己的作品成为表达政治倾向的传声筒。

戈迪默认为，任何一位作家，其思想和创作都不可避免地要受所处环境和时代的制约。但是，一位有着责任意识的作家，应谋求最大程度地摆脱这种影响和制约，去主动地改造世界。一方面，作家应明确自己的社会责任。戈迪默认为，在文学领域，存在诸多并不纯洁的创作行为。历史塞入证词，思想强求表现，社会恣意勒索，作家失去了写作的伊甸园。作品写出来了，责任便落到作家头上，须做出这样那样的解释。非但如此，作家甚至还未动笔就已被各式各样的道德观念所约束：艺术、语言、思想、国家、政治、宗教，均对他提出要求。但是，作家的创作活动，对于他出生起即代表的那种基因、环境和社会，负有先天的责任。他应该跳出这个外在环境的约束，主动谋求去实现自己的社会责任。

另一方面，作家可以通过努力进入艺术世界，但是必须通过自我世界才能深入其中。要进入自我世界，作家必须努力地生活以积累写作的素材，但又保持艺术的独立。作家创作使用的是公共语言，他所造成的“基本姿态”却是属于个体的。有了自己的“基本姿态”，作家便告别了语言集合体，却又带着它走进了社会这个大团体。作家自己的“基本姿态”既是自我世界的表现，也是作家社会责任的体现。由于所处社会环境和成长经历不同，作家的观念取舍亦相去甚远，但总之要尽自己的责任，真实地反映社会问题，深入地思考问题根源，时刻顶住各种压力，在压力所造

① 堵军主编：《诺贝尔文学奖获得者作品暨演讲文库》（作品集卷1），中国物资出版社2004年版，第6页。

② ［南非］戈迪默：《戈迪默谈文学、社会和政治》，文楚安译，载《译林》1992年第3期。

成的夹缝中保持主体性、独立性。

总之，戈迪默始终牢记自己作为一个作家应担负的责任，并将自己的文学思想践行在长期的文学创作活动之中。

三

戈迪默不仅是一个创作成果丰富的作家，而且是一个文学活动家和思想家，对许多关系文学发展的理论和现实问题都有深刻的思考和独到的见解。

戈迪默非常关注本民族的文学发展问题。在日趋成熟的创作和文学评论活动中，戈迪默强烈地意识到，非洲黑人文学传统与白人文学传统之间存在着相互融合的可能性，并为此而积极奔走，倡导建立一种超越肤色的真正的“民族文学”。她特别关注后殖民时代作家的生存状态，注重对新生代作家的培养，鼓励黑人作家进行创作，为促进南非和整个非洲文学的发展做出贡献。旨在促进非洲文学发展的“凯恩奖”，即是在戈迪默与库切、马哈福兹、索因卡等几位非洲著名作家的赞助下成立。

戈迪默对后殖民时代的非洲文学发展问题感到忧虑。她意识到，非洲社会的文学发展正面临着后殖民语境的严峻挑战。其中，最引起她关注的是非洲作家进行创作时所使用的语言问题。非洲作家除掌握自己的民族语言外，殖民时期依靠强力或渗透力所留下的英语、法语等的影响仍然存在，且在一定程度上对民族语言的使用造成冲击和威胁。

戈迪默不仅聚焦南非社会现实，同时思考世界范围内的重大文学题材。她细致地体察南非社会各阶层人们的内心状态，揭露和挞伐包括种族隔离在内的各种不公正现象，但她的目光不仅仅局限于南非一隅，而是将对黑人和白人的关系、艾滋病、全球化时代的移民浪潮等问题的思考，逐步延伸到世界范围内。这种可贵的责任意识和批判意识使她成为一个真正意义上的“世界公民”。这样的全球视野不仅表现在她的文学创作中，也表现在她关于文学理论问题的思考中。她特别重视全球化时代的文学交流问题。她认为，随着全球化进程的日益加快，一方面，民族文学如何实现与世界文学的接轨和对话，必须引起非洲作家的重视。是固守一隅还是积极参与，是全方位接受还是有选择借鉴，都应成为有责任感的作家所正视的问题。另一方面，非洲国家热衷于对西方文学作品进行大规模译介，而忽视了东方文学这一重要的领域。在一次访谈中，她还特别提到，世界各国对中国文学作品的翻译和介绍少得可怜。这些思想表现了这位非洲作家的世界文学意识。

第三节 知识分子情怀解读

——以《自然变异》为中心

长篇小说《自然变异》是戈迪默中晚期的代表作之一，小说出版后不久即在美国被选为“每月读书会”的月书。美籍著名华人评论家董鼎山先生曾于1987年4月发表了《正义的南非女作家》一文，文中对这部作品给予了高度评价，他认为，“已阅读过此书者可能认为这是戈迪默的最佳作品”。①

《自然变异》的独特之处在于，它以一种比“散文还真实的虚构”再现了南非社会的黑人斗争史和白人内部的积极抗争史，并在小说结尾成功预言了1994年曼德拉领导的黑人多元民主政治的确立。小说主人公海丽拉是戈迪默作品中唯一成功的革命者②形象，通过她实现“自然变异”的过程，戈迪默探讨了白人在种族冲突的南非社会中应该如何存在的问题。在小说正文之前，戈迪默引用《牛津大辞典》中的 *Sport of Nature* 词条对小说的题目做出解释：植物或动物等表现出的异常变化或与亲本、种族的背离……以一种自发的变异产生一个新的变种。③ 从一个对政治活动毫不在意的小女孩，到把解放黑人群体视为自己生命意义所在的坚强的革命者，海丽拉的成长正寓意着书名“自然变异”的主旨所在。

在中国，这部作品还没有完整的中文译本，只是《世界文学》1992年第5期曾刊载过部分节译。在研读英文版的过程中，戈迪默对于社会强烈的责任感和对黑人的关切引起了笔者的注意。面对恶劣的政治环境和书籍审查制度，是什么力量让她能坚持批判的立场，以一种“革命的姿态”，积极肩负着一个知识分子的“责任”呢？所有这些问题让我不得不重新思考戈迪默在作品中所再现的一切。细细品来，作家在作品中表现出

① ［美］董鼎山：《正义的南非女作家》，载《读书》1987年第8期。

② Andrew V Ettin, *Betrayals of The Body Politic: The Literature Commitment of Nadine Gordimer*, Charlottesville: The University of Virginia Press, 1993, p. 78.

③ 王家湘：《纳丁·戈迪默与〈自然变异〉》，载《世界文学》1992年第5期。

的对于南非社会问题的关注和对南非未来的思考，集中展现了她作为一位负责任的知识分子作家，对国家、民族、非洲社会乃至整个人类的关怀之情。

一 真正的知识分子

自从法国德雷福斯[①]事件以来，代表“社会的良心”的知识分子作家们从未停止过正义的行动。如同左拉等为德雷福斯上尉申言正义一样，戈迪默为南非黑人争取平等地位的言行也对什么是“真正的知识分子”做出了诠释，她曾直言，“我不能简单地说我是一个作家……作为一个公民，作为一个白人，我负有特别的责任，必须行动。要证明我是一个白种非洲人不取决于我的写作，而取决于我作为白人的行动”。于是，在长期的创作和社会实践中，戈迪默坚强地抵抗着来自外界的一切压力和威胁，真实地再现南非社会的现实。她反对白人对黑人的种族统治，以笔为剑剖析种族霸权的各种恶果。作为国际笔会成员，她斥责南非、比勒陀利亚等国的新闻审查制度，致力于争取作家的言论自由。在自己的作品三度被禁的情况下，有很多机会移民他国的戈迪默，却坚定地选择留在约翰内斯堡。她还曾经在自己的家里成功掩护非洲人国民大会（南非黑人运动组织）成员安全转移，并出庭作证使该组织22名成员免于死刑。作为国际亲善大使和联合国发展委员会的成员，她号召全球知名作家关注艾滋病问题并对全球化的各种弊端保持警惕。2008年，戈迪默顶着巨大的国际压力亲赴耶路撒冷，致力于促成巴以双方积极对话。[②]

是什么力量让戈迪默从一个享受特权的白人女孩成长为一个为黑人的平等权利而抗争的知识分子呢？又是什么力量让她如此坚决地、无畏地对抗白人种族制度呢？在《自然变异》中，海丽拉的故事给了读者最好的

① 1898年，法国的德雷福斯上尉因为其犹太人身份而遭受诬陷。这一事件引起了一批具有正义感和社会良知的人士，包括爱弥尔·左拉、马塞尔·普鲁斯特等作家的义愤，他们站出来为德雷福斯辩护，于1898年1月发表《知识分子宣言》，从此，这批具有批判意识、为社会伸张正义、敢于批判最高权力当局的人士被称为知识分子。与“专家”和“精英”不同，这些人多为自由职业者，他们超然独立于政党和阶级之外，站在普遍的价值立场关注社会问题。

② David B. Green, *Nadine Gordimer defends decision to attend Jerusalem writer's conference*, Haaretz, Last update 30/04/2008, http://haaretz.com/hasen/spages/979122.html. David是以色列国家日报Haaretz的通讯员。

解释。

小说第一部分中，保琳姨妈参加的轰轰烈烈的政治活动似乎对海丽拉没有任何影响，年少的她自由、纯真，内心对爱情充满了向往。踏入社会以后，由于情人的原因，对政治本毫无兴趣的海丽拉成了“政治流亡者”的一分子。在与非洲人国民大会（简称“非国大”）的一位黑人领导者瓦拉的婚姻中，海丽拉顿悟了自己作为一个白人的意义和价值。瓦拉被南非政府暗杀后，海丽拉成长为一个真正的革命者。她积极奔走于欧美和非洲之间，继续瓦拉的革命活动，不仅帮助第二任丈夫罗埃尔将军夺回政权，还参加了“瓦拉的祖国”——黑人领导下实行多元民主政治的新南非的开国大典。

纵观戈迪默的生平和各个时期的作品，可以发现，海丽拉的“自然变异”代表了戈迪默自身的成长过程。在长期的写作和不断深入社会实践的过程中，戈迪默“从早期对政治毫不在意到政治上的深入参与，从种族主义精神世界的一部分转变到一个革命同盟的一分子，成长为一个与南非社会现实紧密相连的政治女性”。[①] 戈迪默早期同样对政治漠不关心，她以读书为乐，阅读了大量的文学名著。虽然早在 14 岁的时候就读到了美国左翼作家厄普顿·辛克莱的《屠场》，而且“书中对于芝加哥联合屠宰场工人生活的描写让她第一次思索她周围的生活环境和生活方式”[②]，但由于人生阅历有限，戈迪默早期的作品和她阅读的诸多爱情小说一样，都是带有自传性的儿女情长的作品。与海丽拉一样，“怀着对爱情的憧憬和对未来的向往，政治对她来说还是太遥远的事情”。

伴随着文学创作的渐入佳境，戈迪默意识到，她早期所阅读的英国细腻的文学传统与南非社会的现实格格不入，“我当时必须面对南非粗暴和蛮横无理的现实。那个时候百姓遭难，生灵涂炭”。[③] 1905 年《莱格登委员会报告》正式提出“种族隔离”这一概念之后，南非白人政府在种族歧视和种族隔离方面的立法日益加快。1948 年以马兰为首的国民党执政

① Stephen Clingman, *The Novels of Nadine Gordimer: History from The Inside*, 1st ed, London: Bloomsbury Publishing Ltd., 1986, p. 223.

② 堵军主编：《诺贝尔文学奖获得者作品暨演讲文库》，中国物资出版社 2004 年版，第 3091 页。

③ ［法］萨拉赫·哈希姆：《访纳丁·戈迪默》，李文彦译，载《外国文学》1992 年第 1 期。

之后，更是不顾联合国的反对和黑人的斗争，全面剥夺了黑人和有色人种（早期黑人与白人混血儿、亚洲人、印度人）等的政治权利。《禁止跨种族婚姻法》和《人口登记法》明文规定，不同种族者（包括已结婚组成家庭者）不得在一起居住生活。这些法令使众多黑人和有色人种家庭被迫解体。黑人没有任何政治权利可言，不仅生存环境恶劣，还要面临白人的苛刻统治，苦难极其深重。①

20世纪60年代之前，黑人始终通过和平的手段争取自己的平等权利，但是他们的努力却换来白人种族政府更加严酷的剥削性立法。1960年沙佩维尔惨案发生后，曼德拉领导的黑人运动才渐渐转向以暴力抗争为主要手段。也正是这一年，戈迪默的好友 Bettie Du Toit 被捕入狱，于是，政治开始直接影响戈迪默的生活和创作。② 黑人争取平等的斗争逐步诉诸武力，使白人更加缺少安全感，恐怖、冷漠、隔阂的气氛遍布南非社会，使整个社会都陷入一种畸形状态之中。到处都是政治，使戈迪默无法遁入纯粹的艺术和思想的领域，也因而无法遁入超然无私的客观性和超验的理论领域。③ 在《恋爱时节》这部作品中，戈迪默表现出了最初的公众意识，她试着向读者说明一个真理：南非的种族制度绝不会因柔情蜜语而改变。知识分子的社会责任感和历史使命感，使戈迪默深深关注着那些被压迫的黑人同胞，致力于将他们受压迫的社会现实和历史真实重现于世界面前。从《贵宾》《自然资源保护论者》到《伯格的女儿》《朱利的族人》等，一直到《自然变异》，都与政治密切相关。

随着阅历的深入，戈迪默的知识分子关怀逐步脱离国家、民族的局限，而扩展到全球化时代的各种弱势群体如移民、难民、艾滋病人等的生存状态。她“以热切而直接的笔触”描写南非复杂的社会环境和社会关系，并因此“使整个人类受益匪浅”④ 而最终荣获诺贝尔文学奖这一殊荣。

---

① 参阅潘兴明、李忠《南非：在黑白文化的撞击中》，四川人民出版社2000年版，第108—136页。

② Per Wästberg, *Nadine Gordimer and the South African Experience*，诺贝尔文学奖网站资料。参考网页：http://nobelprize.org/nobel_prizes/literature/articles/wastberg/index.html。

③ ［美］爱德华·W. 萨义德：《知识分子论》，单德兴译，陆建德校，生活·读书·新知三联书店2002年版，第24页。

④ 诺贝尔网站材料，http://nobelprize.org/nobel_prizes/literature/laureates/1991/。

二　独立的批判意识

美国学者拉塞尔·雅各比在《最后的知识分子》一书中一再重申，知识分子是“不对任何人负责的坚定的独立的灵魂”，正是这种独立性使戈迪默突破各种利益的局限和意识形态的束缚，公正地言说历史真实、批判社会不公。在帮助黑人争取平等权利的过程中，她全力投身于批评种族制度的创作和活动中，从不接受简单的理论或现成的陈词滥调，也从未对南非白人政权的野蛮行径有过丝毫迎合讨好。因为这种批判意识，戈迪默赢得了萨义德所说的“抵抗的知识分子”① 的美誉。

（一）独立性

在与迈克尔·马克谈到作家是否是无所归属的群体时，戈迪默援引了萨义德的观点：“格格不入（out of place）② 从某种意义上说可以更好地理解个人与民族。这种开放的状态可以使人逾越民族主义、宗教和封闭的文化限制。”③ 早在20世纪30年代，曼海姆在《意识形态与乌托邦》中就将知识分子的这种独立性界定为“自由漂浮的”“非依附性的”（free - floating，unattached）特质。因为这种独立性和非依附性，知识分子可以超越狭隘的阶级利益，做出符合普遍利益的、公正的判断。

在《自然变异》中，海丽拉就是一个“自由漂浮的”典型，流亡和婚姻造就了她“out of place”的状态，也促成了她的“自然变异”。成长于种族社会的海丽拉丝毫没有种族偏见，因此能够在摇摇欲坠的种族体制下，支持黑人的抗争并且非常自如地穿梭于非洲大陆。④ 这种摆脱一切束缚的状态让她能够自由地为瓦拉的祖国——黑人领导的多元民主的南非——继续斗争。与海丽拉一样，戈迪默独立的态度使她对任何体制化的集体力量都保持着足够的警惕。在参与黑人政治斗争的过程中，很长时间

---

① Haidar Eid, *Nadine Gordimer on her decision to participate in* “*Israel at* 60 *Celebrations*”, April 24, 2008. http://www.zcommunications.org/znet/viewArticle/17248，Haidar Eid 博士是巴勒斯坦加沙地带的 Al - Aqsa 大学英语系副教授，曾专门讲授戈迪默的“反种族主义”英文小说。

② ［美］爱德华·W. 萨义德：《格格不入——萨义德回忆录》，彭淮栋译，生活·读书·新知三联书店2004年版。

③ Michael March, *Nadine Gordimer in Conversation with Michael March*，布拉格作家节期间的访谈，Prague Writer's Festival, February, 2004, http://www.pwf.cz/en/archives/interviews/467.html.

④ Paul Gray, *Life in The Territory of Exile*: *a Sport of Nature*, Time, April 6, 1987.

内戈迪默都拒绝加入任何政治团体。这种置身于政治之中又游离于政治之外的张力，使戈迪默能够通观全局，以比“专业人士”更具有深度、更接近真相的视角表达意见，也因此更能获得大众的倾听和信任。

20世纪以来，人类进入空前的“政治时代”[①]，两次世界大战及随之而来的冷战等使种族、民族、阶级的概念迅速崛起，“政治激情”[②]和“名利诱惑”促使众多知识分子被学院、教会或者职业行会收编，从而背叛了知识分子普遍的公正的价值。到1968年法国“五月风暴”以后，福柯提出了知识分子消亡的概念，认为真正的知识分子已经消失殆尽。而德布雷则发现，知识分子开始转向大众媒介，成为电视、报纸、杂志、广告等各行业“追逐名利的动物”[③]。

无可否认，作为社会中的一员，每个人都毫无例外地属于某个民族、宗教或族裔群体，要完全不受外界因素的影响是不可能的。不管如何高声抗议，都无法超越个人与家庭、社群和民族的有机联系。知识分子身处禁言、流放、监禁乃至生命的威胁之中，面临着巨大的挑战和考验。此情形下，许多作家因为权力的压制失去作家的身份，或因为利益的诱惑而迷失了自我，他们躲进象牙塔里，成为满口术语、依附于权势的“专业人士”，意即福柯所谓的“专家型知识分子”。

在与苏珊·桑塔格的一次对谈中，戈迪默对于众多作家回避现实的做法表示质疑。1984年，英国矿区发生过一次长时间的罢工，这次事件影响和改变了矿区很多人的生活。然而，英国作家却采取了回避的态度[④]，除了蜻蜓点水般的新闻报道之外，几乎没有什么作品反映这一事件。对此，苏珊·桑塔格无奈地解释说，这些“专业作家”大部分都栖居于大学而缺乏实际的生活体验，他们是“谈论专业术语，炫耀高深的理论的

---

① 佘碧平：《译者的话》，见［法］朱利安·班达《知识分子的背叛》，佘碧平译，上海人民出版社2001年版。

② ［法］让-弗朗索瓦·西里奈利：《知识分子与法兰西激情》，刘云虹译，江苏人民出版社2001年版。

③ 周宪：《知识分子如何想象自己的身份》，见陶东风主编《知识分子与社会转型》，河南大学出版社2003年版，第1—27页。

④ ［南非］戈迪默、［美］苏珊·桑塔格：《关于作家职责的对谈》，姚君伟译，载《译林》2000年第3期。

‘专家’，而不是把普通大众或有教养的人当作听众的公共知识分子”。[①]与那些“专家”不同，戈迪默对来自上述方面的威胁始终保持着警惕。政治参与经历并没有使她荒废创作，相反却激发了她的创作灵感。在《自然变异》中，戈迪默将自身的经历融入海丽拉和保琳姨妈的政治活动，以人物具体的活动引出了南非种族统治下的社会背景，向读者展现了南非各阶层的真实心态。保琳和海丽拉对政治的参与和对事态的把握，也都源于戈迪默自身的政治体验。如，小说中第一部分，在保琳家中躲藏的黑人领导即为南非黑人领袖卢苏利的化身，此人曾在戈迪默家中避难。1979 年出版的《伯格的女儿》以曼德拉的辩护律师 Bram Fisher 的故事为主题反映了发生于 1976 年的索韦托事件，在曼德拉受审时，戈迪默同 Fisher 成了好朋友，小说中大量的历史事件都源自戈迪默与 Fisher 的实际接触和了解。

然而，戈迪默仍然坚持创作中的独立性，避免政治成为其作品的主导。她是南非左派政治力量的宠儿，在反种族隔离斗争中一直很活跃。她是以黑人为主题的南非作家大会的发起者、资助人和公共事务书记，是反对书籍审查行动小组委员会成员，是南非大学生全国联合会的公开资助人，是非国大的成员，但她表态说，“我是非国大成员，但并不意味着我该在小说中暗示这个机构的成员所做的一切都正确，或者向读者表白这个机构从来都意见一致，毫无分歧可言。在我最近的小说《我儿子的故事》中的一些人物是非洲人国民大会某组织的成员，他们相互猜疑、嫉妒，而且纷争不断。我之所以这样描写他们，是因为实际正是如此”。[②] 甚至诺贝尔文学奖也似乎并未对戈迪默的创作产生任何影响，在一次采访中，她告诉记者：“不管获什么奖，它们对你要创作的下一部作品不会有任何帮助。每创作一部新作品，你都需要找到恰当的方式来表达你要阐述的事物，如果我考虑到别人会说‘戈迪默拿到诺贝尔奖了，这回写的书肯定很好’，那我就干脆别想再写什么东西了。我从未专门设计让哪些人来读我

---

① ［美］拉塞尔·雅各比：《最后的知识分子》，洪洁译，江苏人民出版社 2002 年版，第 3 页。

② ［南非］戈迪默：《戈迪默谈文学、社会和政治》，文楚安译，载《译林》1992 年第 3 期。

的作品，也就是说，我从来没有要刻意迎合读者。”①

这种不受任何限制与束缚的状态，正是萨义德所谓的“边缘化、业余的”状态，这种状态使戈迪默时时保持独立性，严厉地审视一切、批判不公，由此成就了其作品鲜明的真实性这一特点。以《自然变异》为例，整部小说中既有对白人的褒扬，也有对白人的贬斥；既有对黑人的同情，也有对他们的无奈。1961 年，为抵抗南非共和国（白人种族政府）的成立，曼德拉领导了一次大范围的和平罢工运动，但是保琳家的黑人 Alpheus 却对此毫不在意，对此，保琳非常无奈：“假如黑人们都跟他一样，这个社会根本不会改变。要不是乔告诉他，他甚至都不会参与到罢工里来。”②

（二）批判性

“对权力说真话”，是戈迪默思想和创作中的最强音。她记录南非各个阶层所受的迫害和痛苦，“在与权力的冲突中提供了一种反叛的声音”，“以自己的言行表现出比‘知识分子’更强烈的批判精神”③。

《自然变异》中，萨沙与南非白人种族权力的冲突，客观反映了戈迪默对于种族制度的批判。萨沙是一个很有教育意义的形象④，他所面临的问题和承受的内心痛苦代表了种族压制之下成长起来的新一代白人的内心状态：出于良心的谴责，萨沙不能忍受黑人所受的惨痛对待，更不愿去军队服兵役从而杀戮、迫害黑人；他对南非种族制度的现状处处不满，又时时发现自己无力改变这种现状。

作品中，由于母亲保琳的坚持，萨沙从小就读于斯威士兰一所多种族学校。在那里，他与白人、黑人、有色人、印度人一同学习，在宿舍里打闹、嬉戏，并且成为很好的朋友和兄弟。然而，与学校这个“梦想中的世

① 李新烽：《曼德拉心目中的英雄——走近纳丁·戈迪默》，http：//www. people. com. cn/BIG5/guoji/25/96/20020329/697775. html，2002 年 3 月 29 日。

② Nadine Gordimer，A Sport of Nature，First published by Jonathan Cape，1987. London：Penguin Books，1988，p. 78.

③ Edward Said，*The Public Role of Writers and Intellectuals*，delivered in Melbourne Town Hall，Saturday，May 19，2001，8pm，http：//www. abc. net. au/rn/deakin/stories/s299210. htm.

④ Barnouw Dagmar，*Nadine Gordimer*：*Dark Times*，*Interior Worlds*，*and the Obscurities of Difference*，Publication：Contemporary Literature Publication. http：//www. wsu. edu/ ~ brians/anglophone/gordimer. html，22 – JUN – 1994.

界”相比，每次放假回家，他都不得不面对现实：保琳虽然积极投入黑人的斗争活动，但始终无法彻底地融入他们的革命。她对待那些黑人战友如同奥嘉对待古董架子一样战战兢兢，小心翼翼地避免任何可能破坏她所谓的“友谊”的举动。而那些人里面，其实有许多懒散的无业游民和地痞无赖。因为自己与黑人所接触的经历，萨沙清楚地意识到，母亲的活动将是没有结局的牺牲，但他无法制止她的热情，无法打击她的信念。而且处于南非政治体制之下，萨沙不得不面对服兵役的“责任”，良心上的不安让他矛盾重重：官方日益恶化的种族统治使黑人的反抗愈加激烈，流血牺牲在所难免，“不久之后，镇压黑人的反抗将是军队的主要任务。保琳和乔时时刻刻都在谈论法律的不公，整天为了帮助黑人奔波劳碌，而我却不得不去参与镇压与杀戮”[①]。于是，为了逃避兵役，他在女友和母亲的家之间来回躲藏。成为黑人工会的法律顾问之后，他无法看着黑人受苦还能找到在那里继续生活下去的方法，而最终发出了“我要推翻白人政府”的呐喊。——对于萨沙而言，推翻白人独裁的政府成了他生命的意义所在，“是的，我要推翻政府，我不能眼睁睁看着他们（黑人）遭受折磨，我恨南非，恨保琳和乔……70 年代，一切都变了……虽然人们一直说不可能，但种族制度正在瓦解……黑人已经明白要彻底推翻以往的生活方式，必须以一种前所未有的方式（革命）来进行……在监狱里，我可以自由地说出一切了……”[②] 作品中，海丽拉因为爱情和婚姻的经历，能够从内心深处接受外界的变化，从而较为自然地融入政治，而萨沙却最终通过监狱的生活才完成了这一过程。

总之，无论是萨沙痛苦矛盾的心态，还是他反抗种族制度的呐喊，都真切地代表了白人中正义人士对黑人的同情和支持，其中所传递出来的对于种族制度的批判集中彰显了戈迪默“敢言”[③] 的个性。戈迪默说过，作家最好的状态就是感觉自己已经死亡，唯有如此，你才能够冒着极大的危险说出历史的真相，并且敢于面对来自各方的威胁和压力。

在南非复杂的社会背景中，直言种族统治的弊端包含了许多令种族当

---

① Nadine Gordimer, A Sport of Nature, First published by Jonathan Cape, 1987. London: Penguin Books, 1988, p. 42.

② Ibid., pp. 364—375.

③ 黄灿然：《苏珊·桑塔格与中国知识分子》，参见《思想者》2008 年第 2、3 期合刊，金陵书社出版公司，第 104—106 页。

权者不悦的话题。面对潜在的威胁，戈迪默没有选择移民国外，而是坚守在南非境内，以“革命的姿态”和“业余人”的独立视角继续与种族隔离制度抗争。在1985年发表的《基本姿态》一文中，戈迪默明确提出了“以一种革命的姿态面对现实”的主张①，在紧随《基本姿态》创作的《自然变异》中，戈迪默更加深入地实践了这种主张，小说涉及了大量关于非洲人国民大会的斗争史和黑人的反抗斗争，而这些内容正是南非书籍审查制度的重点。因此，戈迪默的自身安全经常受到威胁，然而，戈迪默还经常面临来自国外的质疑：“在国外接受采访，你常常会发现对方很失望：你怎么到这儿来了，而没有在自己的国家蹲监狱。既然你没有——为什么没有？啊哈……这是不是意味着你并没有写出你该写的书？你们想想，对约翰·厄普代克会进行如此自以为是的质问吗？去指责厄普代克竟然不以美国的越南战争创伤为其作品的主题，这样的事你们想得出来吗？”

面对威胁和质疑，戈迪默丝毫没有退缩，反而更加坚定地在这条艰难的路上跋涉，像《自然变异》中的保琳一样进行积极地抗争。萨义德《知识分子论》一书的中文译者单德兴曾经在该书中文版前言中解释“知识分子的代表”的含义：“知识分子为民喉舌，作为公理正义及弱势者/受迫害者的代表，即使面对艰难险阻也要向大众表明立场及见解；知识分子的言行举止也代表/再现自己的人格、学识与见地。”② 如同萨义德一样，戈迪默作品中表现出的强烈的批判意识以及现实生活中她的批判性的言行，使她无愧于“抵抗的知识分子”的美誉。

（三）批判意识的根源及表现

家庭的教育和南非社会的现状造就了戈迪默强烈的社会责任感，她说：“任何一个作家，只要他生活在受歧视受压制的人民中，只要他周围的人群由于种族、肤色、宗教的原因而被打入了另册，就都会听命于时代，感受大形势在他的内心唤起的道德使命。”③

多重的身份背景给了戈迪默独特的人生视角。她的父亲是立陶宛难民，总是避免谈论任何可能唤起他在沙皇俄国所遭受的压抑和苦闷的记忆

① ［南非］戈迪默：《基本姿态》，俞风、梁国颐等译，载《素叶文学》1991年第31期。

② 单德兴：《译者序》，见［美］爱德华·W. 萨义德《知识分子论》，单德兴译，陆建德校，生活·读书·新知三联书店2002年版。

③ ［南非］戈迪默：《基本姿态》，韩敏中译，载《世界文学》1992年第5期。

的事情。来自英国的犹太裔母亲，受过良好教育，对于贫苦黑人有着深深的同情。戈迪默童年上学的路上，经常看到从俄罗斯和立陶宛流浪来的犹太人店主野蛮地对待矿区的黑人。那些店主本是殖民社会白人中处于最底层的东欧移民，他们逃离了被侮辱、被杀戮的命运，却反过来欺辱比他们地位更低下的黑人，粗暴地辱骂那些被殖民阶层定位为最低等级的那些店铺的顾客——黑人矿工。①

身处南非种族斗争的中心地带——索韦托附近的约翰内斯堡，黑人水深火热的遭遇和他们抗争中所付出的流血牺牲的代价，成为戈迪默批判意识形成的重要外在刺激因素。她始终处在一种多重的边缘状态，既不能认同与她有类似移民背景的犹太人，也不能认同她所同情和支持的不知反抗的黑人，更不能认同将南非种族隔离制度法制化的白人统治者。南非种族隔离制度下，黑人凄惨的现状促使戈迪默反思自己的创作，对诸多批判现实主义作品的深入阅读也使她深省自己的局限。

《自然变异》中，海丽拉的"变异"也隐喻了戈迪默自身的"独立精神"和对现实的"叛逆性"。成长于种族时代的海丽拉对于"肤色"所隐含的身份差异完全没有概念，保琳的言传身教也为她的进一步"变异"引导了方向。14 岁时，因与一个不同种族的"有色人"男孩交往，海丽拉被学校开除。在奥嘉姨妈对这个法律规定的"不道德行为"大惊小怪的同时，在持有黑人白人平等主张的保琳看来，这却没有丝毫错误。在这种自由的氛围中，海丽拉没有受到过多的拘束和"调教"，她纯真、率直，听任自己的本性行事，常常先行而后思。旧有的思想框架对她不会形成任何束缚与牵绊。② 周五上完网球课，她和同伴谈起大海的时候就想：为什么不去海边呢？想到此，便立即与女同学一起搭便车去德班。途中，她成功说服一个黑人司机专程把她们送到目的地。保琳对她的行动表示了担心："我有责任把你养大，让你没有任何人种、肤色的意识。但是有些时候你必须意识到危险，小女孩不该随便搭男人的车——不管是黑人还是白人。"③

---

① ［南非］戈迪默：《写作与存在》，傅浩译，载《世界文学》1992 年第 5 期。

② Judie Newman, *The Novels of Nadine Gordimer*: *History From the Inside*, *2nd ed*, Studies in the Novel, Winter, 1994, *http*: *//findarticles.com/p/articles/mi_ hb*3440*/is_ n*4*_ v*26*/ai_ n*28648464.

③ Nadine Gordimer, A Sport of Nature, First published by Jonathan Cape, 1987. London: Penguin Books, 1988, p. 55.

与萨沙的情乱被保琳发现，17 岁的海丽拉选择自我放逐，迈入了社会。为了生存，她做过促销员、接待员、广告散发员、保姆、管家等各种各样的工作。天生的美貌使她很容易得到情人的帮助，而这些人带她进入社会的同时也将政治带入她的生活。受情人雷伊的牵连，对政治毫无兴趣的海丽拉成了“政治难民”，并与雷伊一起流亡到南非革命者云集地——坦桑尼亚首都达累斯萨拉姆。结果雷伊弃她而去，还带走了一半的钱财。海丽拉找不到工作，常常风餐露宿。后来被一位好心的南非女革命者收留，结识了非国大首脑人物瓦拉并与他结婚。

在法律禁止黑人与白人之间发生任何关系的时代，海丽拉的婚姻成了对种族制度最直接的“叛逆”。因为瓦拉的斗争，海丽拉渐渐走向黑人政治运动的中心，从漠视政治到每天关心革命的进展，在这一过程中，她甚至获得了一种心灵的启示：“如果保琳和乔知道，可怜的鲁斯的女儿发现了他们一直没能追寻到的东西：在她的婚姻中，她感到一种非常确定的启示，一种把个人与历史紧紧相连而把握历史的感受。”① 这里所说的历史，不是过去，也不是现在，而是南非的未来。在当时的种族制度下，这种未来无异于一种乌托邦，它“似乎看得见，但永远达不到，然而又可以不断地提供参照”。② 事实证明，要实现这种未来，除了革命，没有别的途径。保琳一直死守在南非现有的政治体系中挣扎，力图实现有力的改革，而海丽拉却因为婚姻而成为南非革命的一部分。瓦拉死后，她继续着他的事业，在欧美奔走求援。小说第三部分，海丽拉毅然决然地放弃了身为经济学教授的白人未婚夫，再次选择与一个黑人——罗埃尔将军——结婚。与他并肩而战的路上，海丽拉体验的是继续瓦拉的斗争、实现他的理想的“把握感”。

在海丽拉与黑人的两次婚姻中，戈迪默暗示了黑人与白人完美融合的可能。在海丽拉的眼里，黑皮肤不是低贱的代名词，而是“一件上帝赐予的外衣”，“在那黑色下面，是与我一样的白色，或者淡棕色③”；与瓦拉

① Nadine Gordimer, A Sport of Nature, First published by Jonathan Cape, 1987. London: Penguin Books, 1988, p. 206.

② 王逢振：《政治无意识和文化阐释》，见［美］弗雷德里克·詹姆逊《政治无意识》，王逢振、陈永国译，中国社会科学出版社 1999 年版，第 12 页。

③ Nadine Gordimer, A Sport of Nature, First published by Jonathan Cape, 1987. London: Penguin Books, 1988, p. 207.

谈论肚子里的孩子时，海丽拉想象着她的彩虹大家庭，宝宝的肤色将是“我们的颜色”，“一种不存在的类型：我正孕育这种颜色[①]”。女儿出生后黝黑的肤色让她分外欢喜，以至于美国护士备感难堪：“产妇这种莫名其妙的快活使美国护士更为难堪地转过身去，这种快活如果不是某种种族主义，肯定也很庸俗吧?”[②] 戈迪默将这一节的小标题题为 *A Perfect circle of sand*，一个完美的沙圈，隐喻黑人白人完美融合的可能。

如上所述，在讲述海丽拉故事的同时，小说也自然而然地揭示了种族制度的残酷和黑暗。萨义德总结说：“作为一个作家，戈迪默自身对于南非政治形势的批判本身就是她最好的作品。”[③]

三　深沉的历史责任感

戈迪默认为，作家对世界的影响在于如何使世界更富于人性。作家身处具体的时代中，少有人能脱离开责任的制约去奢谈什么作家的绝对价值。小说家根据他们自己的观察，创造性地展示具有危机意识的人生体验，进而揭示生活在这一环境下的人民的思想和情感，可以影响甚至改变人们的思想。虽然自己的作品和行动不足以左右白人当权的政府，但也足以影响未来的政权和鼓励有良知的白人公开表态。而这种可以改变人的观念的影响是新闻广播所无法深入表现的，也是所谓宏大的史书无法顾及的。戈迪默后来在诺贝尔奖获奖演说中提到，一个负责任的作家“以对显示在身边的存在状态反叛性诚实深入地探讨时代可耻的秘密时，常常遭到禁言或被定罪”。“许多文学巨匠，从托马斯·曼到钦努阿·阿契贝，被不同的国家的政治冲突与压迫驱逐，忍受了流亡的创痛。有些人甚至永远没有从中恢复过来，遂不复为作家。有些人则根本没有幸存下来。”[④] 即便白人作家能够以一个“作家”的身份幸存，也常常被人误解、排斥。“等待黑人作家的是荣誉，是黑人大众的欢迎，而白人作家却将遭到白人社会的唾弃，背上‘叛徒’的恶名，最好的下场也是备受冷落。”即便如

① Nadine Gordimer, A Sport of Nature, First published by Jonathan Cape, 1987. London: Penguin Books, 1988, p. 208.

② Ibid., p. 220.

③ Edward Said, *Times Literary Supplement*, http://www.hup.harvard.edu/catalog/GORWRI.html? show = reviews%20t.

④ ［南非］戈迪默：《写作与存在》，傅浩译，载《世界文学》1992 年第 5 期。

此，她还是担负了时代所赋予的重任："要当一个正直的作家，首先需要面对的，即使称不上正宗，也是一种政治责任：很多白人还没有觉醒过来，于是提高这些人的觉悟，就是作为文化工作者的白人作家的责任。"[①]

（一）存在的反思：白人的剖析

通常状态下，新闻报道往往停留于事件的表面，不能深入地揭示历史对个人的影响，而作家追问"为什么活着""为什么是这样的人"[②] 的写作探索可以补充历史的另一半。对于南非社会白人中普通个体的生存状态，戈迪默的作品给了最好的参照。在《自然变异》中，她以海丽拉的"变异"和萨沙的"痛苦成长"向读者表明，南非社会的"隔离"已经深深影响了平凡大众的生活，要直面淋漓的鲜血和惨淡的人生，白人必须以一种彻底的"革命的姿态"响应时代的号召。然而，在严酷的时代环境中，以"革命的姿态"面对现实，既要承受来自白人种族政府窒息性的钳制，又要面临来自白人同胞的冷落。

《印度日报》的一篇评论戈迪默的文章曾写道："要了解 1812 年莫斯科大撤退的细节，人们应该读一本史书；但如果要了解当时社会形势下战争的状况和个体的生存状态，人们必须去读《战争与和平》。"[③] 对于南非，以《自然变异》为代表的一系列作品的价值无异于《战争与和平》。整部小说中，除了海丽拉和萨沙所代表的"革命的"新白人之外，戈迪默以奥嘉与保琳为典型分析了白人中另外两种普遍的心态。

在海丽拉尚未参与政治时，保琳的政治活动为读者提供了一个透视南非历史的视角。面对黑人所遭受的不公正待遇，保琳意识到不该消极地忍耐，而要积极地改变现状。她言传身教，积极避免下一代的"种族"意识；她不顾危险，在家中保护黑人革命领袖并在此人的帮助下出席曼德拉的演讲。面对 1961 年宣布成立的纯白人种族政府，保琳毫无惧意地投了反对票。在她所关心的话题和参与的政治活动中，黑人的抗争得到清晰地展现：焚烧通行证、抵制公共汽车运动、沙佩维尔惨案、1961 年南非全国性黑人大罢工、曼德拉领导的黑人运动、索韦托事件，等等，无一

① ［南非］戈迪默：《基本姿态》，韩敏中译，载《世界文学》1992 年第 5 期。

② ［南非］戈迪默、［英］维·苏·奈保尔等：《诺贝尔文学奖得主四人谈》，傅正明译，载《天涯》2002 年第 3 期。

③ The Hindu（India's National Daily），*Gordimer's Marxism*，http：//www. hinduonnet. com/2001/07/01/stories/1301017i. htm，2001 -7 -1.

遗漏。

虽然保琳的政治活动终告失败，但是像她这样的自由主义者的政治活动为打破种族制度造成的黑白对立迈出了历史性的一步。与奥嘉的孩子相比，萨沙对黑人怀有强烈的责任心和正义感。这也充分证明保琳的行动并非徒劳，她的行动至少在一个小范围内影响了下一代的观念，而这种影响正是社会变革的动因所在。

与保琳相对比，奥嘉姨妈则代表了戈迪默所说的“需要唤醒”的一类。这些人受过良好的教育，安享富足的生活却缺乏责任心。“不关她的事，从来就不关她的事，除了每年给鲁斯的女儿（海丽拉）买一身衣服之外，她从来就没有对她负起过任何责任。”① 在她眼中，法律规定的一切都是理所当然，只要不引起任何麻烦就万事大吉，黑人的生死和斗争根本无足轻重，她唯恐避之不及，更何谈实际的参与？“保琳把自己卷入那些事情里到底有什么意义呢？我很担心她。黑人抵制公共汽车的事件②——他们最终不还是为之付出了代价么？”“共和国已经宣布诞生，而她却总是不顾自己的安危，她以前那么漂亮来着。既然生存在这个社会，我们就不得不遵守国家的法律。”③

1960 年沙佩维尔惨案之后，为了给黑人政治犯的家属捐助更多的钱，保琳和丈夫取消了每年一次的家庭度假计划。此时，因国内局势不稳正考虑着移民的奥嘉指责保琳因“自己的理由”剥夺了海丽拉的假期，于是决定让海丽拉跟自己一起去 Plettenberg 湾度假。“自己的理由”是指保琳帮助黑人争取平等的政治活动，她取消度假计划、把钱用于帮助黑人从而使海丽拉丧失了度假机会。保琳因此愤愤不平：“沙佩维尔惨案中的 69 个死难者对她仅仅意味着是‘你’自己的理由！”④ 无论什么事，“我那可怜的姐姐，她的第一反应肯定是害怕麻烦！这样可以么？不会有任何麻烦

① 王家湘：《纳丁·戈迪默与〈自然变异〉》，载《世界文学》1992 年第 5 期。

② 1983—1984 年间，南非许多城市和班图斯坦的民众举行抵制公共汽车的活动，抗议票价上涨。

③ Nadine Gordimer, A Sport of Nature, First published by Jonathan Cape, 1987. London: Penguin Books, 1998, p. 79.

④ Ibid. , p. 36.

嘛”[①]？这既是保琳对于奥嘉的批驳，也是戈迪默对她所代表的“尚未觉醒的”一类人的贬斥。

姐妹二人的对比，凸显了戈迪默对于南非政治出路的深刻思考。与此同时，贯穿整部小说的另一潜在对比，即保琳的“改良”与海丽拉的“革命”对比，也代表了对于白人存在的反思：要想实现根本性的平等，必须以一种革命的姿态而非改革的态度面对现实。“回想在南非这么长的时间里经历的一切，我有时候感觉特别讽刺，往往是一些我们意想不到的人对局势有着切实的把握”，“我见证了太多极为优秀的人在运动中失败，尤其是那些自由主义者，坚定的自由主义者。但是很多像海丽拉一样的人却能找到一种本能的方法和出路，而那些自由主义者所采取的政治手段却不起作用”。[②] 这些“意想不到的人”，正是指海丽拉一样的南非新白人。他们不受任何的旧有观念的束缚和约束，因而能以“革命的姿态”投身于黑人的平等解放，并且被黑人群体所接受。

（二）斗争的书写：黑人历史的重现

斗争需要流血牺牲，戈迪默从不回避这一点。在南非社会，种族隔离制度把白人限制在狭小的“安全”范围内，使他们与黑人的接触甚少。书籍审查制度对一切与非国大有关的内容都严加筛选，使许多与黑人斗争相关的历史记录都被查禁或销毁，成为被隐藏和遮蔽的历史。为了避免像《伯格的女儿》一样被查禁的遭遇，同时又能把南非的历史、社会现实以真实的面目呈现出来，戈迪默在《自然变异》中巧妙地消解了真实与虚构的界限，把一个虚构的故事放置于真实的历史背景之中，以海丽拉的活动再现南非历史上与黑人革命相关的具体事件，如，“海丽拉第一次开始学车的日子正是共和国宣布成立的日子”，这里的“共和国”，是指从英联邦脱离出来并于1961年5月31日宣布成立的“种族主义”南非共和国；“1961年12月16日，当炸弹在邮局、在重新安置中心和土著事务局的办公室前爆炸的时候，17岁的海丽拉在哪里呢？”则是指60年代黑人运动中，非国大暴力派组织 Umkhonto we Sizwe（意为“民族之矛”）和泛

① Nadine Gordimer, A Sport of Nature, First published by Jonathan Cape, 1987. London: Penguin Books, 1988, p. 34.

② Maureen Haward, *The Rise of Hellila*, *The Fall Of The South Africa*, Late City Final Edition Section 7, Page 1, Column 1; Book Review Desk. May 3, 1987.

非大会建立的 Poqo 组织（意为“纯净”）以邮局、铁路和其他政府建筑等为目标进行的一系列暴力反抗活动。另外，在海丽拉早期尚未参与政治活动和后来远离南非“流亡”之时，保琳、瓦拉、罗埃尔和萨沙等人的活动也牵涉出了非国大、民主联合阵营等的反对派组织的活动，从而使整个南非社会的历史变革始终处于读者的视线之中：曼德拉被捕入狱、黑人的丛林游击战、种族制度不可思议地消解等事件，都被戈迪默详细地描绘出来。例如小说第二部分所写：“非洲人国民大会被宣布为非法组织……领导人被捕，并宣判终身囚禁……”此处事件则指 1963 年 7 月，南非政府在约翰内斯堡附近逮捕了“民族之矛”的 17 名领导人，黑人领袖曼德拉、西苏鲁被判终身监禁。

运用这种手法，戈迪默在《自然变异》中对南非黑人斗争的历史进行了精确的再现，几乎精确到了具体的日期。作为历史的一部分，战争状态中人们的思想状态也被刻画了出来。小说第二部分，海丽拉与瓦拉的结合，使读者的视线更加接近黑人的斗争状况。瓦拉的政治斗争在渐渐深入到海丽拉的生活和内心的同时，也自然而然地成为读者关心的话题。在两人的日常生活中，在最能考验个人真实自我的情境中，个人的真实状态得以再现：海丽拉细细检视着瓦拉的身体，一处也不放过。瓦拉想：她是头一个不觉得肤色（黑色）让人羞愧的人。[①]

没有什么比流血牺牲更让人震撼，瓦拉的死造就了海丽拉的革命自觉，隐喻了流血牺牲的价值。瓦拉死于种族政府的暗杀之后，海丽拉彻底抛却了“生许多许多孩子而构成一个彩虹大家庭的梦想”，变成一个自觉的革命者：“瓦拉开始了最初的引导，而海丽拉自己掌握了所有的内容。她教会了自己如何使用适当的武器而非陈旧的终极理论。”[②] 瓦拉的死，还象征着南非黑人斗争中的悲剧，戈迪默把他的死描写成悲剧而非悲痛事件：“只有一个人正在从事比人间的关系来得伟大的事业而遭到毁灭时才是悲剧。悲剧是来自古希腊人，来自天神的一个概念。悲剧性的死亡是善与恶斗争造成的，她有着比悲痛更为经久的结果。悲痛是腐烂剂，它属于

---

① Nadine Gordimer, A Sport of Nature, First published by Jonathan Cape, 1987. London: Penguin Books, 1988, p. 206.

② Ibid., p. 254.

死者，而悲剧是斗争必须继续下去的标志。”[1] 戈迪默乐观地相信，黑人的悲剧性牺牲最终会把南非引向多元平等共存的未来。正如她引用普鲁斯特的话：不要害怕远行，因为真理就在前方。

（三）未来的思考：国家的出路

作为一个知识分子作家，戈迪默迫切地希望祖国摆脱黑白冲突对立的现状，实现国家安定、人民团结、社会和谐。通过海丽拉的传奇故事，戈迪默不仅一一再现了南非社会20世纪60—80年代的历史事件，辛辣地揭示了南非新旧政权之交的种族隔离制度的罪恶，也探讨了黑人和白人如何共生共存的问题，为南非未来的出路谋划了蓝图。

《自然变异》第三部分，海丽拉与黑人领袖罗埃尔的完美合作以及结尾处新南非的成立，隐喻了黑人和白人共同努力而创造革命成果的可能。通过瓦拉的祖国——一个多元民族共存的，非黑人、非白人独裁政权的诞生，戈迪默构建了非种族主义的新南非社会模式[2]，并向世人传达出这样一种寓意：要重新建立一个黑人白人和平共处的政权，需要全部南非人打破旧有的种族意识和文化观念体系，进行积极有效的合作并共同奋斗。

自20世纪80年代以来，南非社会处在一种急剧的变化之中：黑人的暴力反抗赢得了越来越多的支援，种族隔离制度的垮台已经指日可待，但南非未来的出路在哪里，仍然忽明忽暗。1982年，戈迪默在纽约人文学院的演讲《生活在政权交替期》，则代表了南非知识分子对于时代问题的认识和思考：“七十年代中期黑人掀起武装起义，与此同时，莫桑比克、安哥拉以及津巴布韦相继独立。从此南非的旧秩序迅速崩溃，尽管还有人企图生活在旧日的天地……旧的正在死亡，而新的尚未产生……在这个政权交替期，我必须把自己作为我已经观察过的样品交给你们。我在这里所说的一切都不如我写的小说真实。”[3] 依赖于这种揭示历史本源的意识，戈迪默以海丽拉的故事为主线，不仅梳理了南非社会的过去和“现在”，也乐观地预言了多民族和平共存的未来。

---

① ［南非］戈迪默：《自然变异》，王家湘译，载《世界文学》1992年第5期。

② Louise Yelin, *From the Margins of Empire: Christina Stead, Doris Lessing, and Nadine Gordimer*. Cornell University Press, 1999, pp. 133 - 134.

③ 张中载：《纳丁·戈迪默与〈自然变异〉——虚构与非虚构，界限何在?》，载《外国文学》1993年第1期。

为了实现黑人的解放，海丽拉先后在东欧和美国为非洲争取国际支援和帮助，以坚定的勇气和毅力继续着瓦拉的事业。她多次深入到战争不断、霍乱蔓延的地区，与那里的人喝一样的脏水、吃一样的饭。在一次回非洲执行任务的时候，她结识了因政变下台的非洲某国领袖罗埃尔将军。因为志同道合，因为瓦拉的梦想，海丽拉选择与罗埃尔并肩战斗。她巧妙地运用自己的身份优势和机智，几次前往罗埃尔不能前往而又不能相信其他任何人前往的国度执行任务，最终帮助罗埃尔重新夺回政权。

在小说的结尾，戈迪默成功采用了20世纪70年代以来发展成熟的“预言现实主义”[①] 手法，以一个乌托邦式的结尾勾勒出南非未来社会的理想蓝图：一个消除了种族制度，实现了白人、黑人、有色人、印度人等多元共存的社会，一个消除了异化结构并在人民之间创造真正和谐的社会。[②] 最后一节的小标题 *Whaila's Country*（《瓦拉的祖国》），则意指瓦拉为之献身的新南非。“这一年，罗埃尔总统成为非洲统一组织的主席，他首要的政治活动之一就是参加新南非共和国的开国大典，”[③] 在那里，海丽拉作为非洲统一组织主席的夫人坐在贵宾席上，她身着黑人民族的传统服饰，见证历史时刻的到来：“一连好几个小时，东南风使会场上的歌声和欢呼声在山海之间回荡。身穿黄、绿、黑（小说中新南非的国旗，瓦拉死时身上覆盖着黄绿黑色的国旗）的乐队开路，随后是军队护卫下的车队。车上坐着南非共和国的第一任黑人总统兼总理、他的夫人和内阁成员——就是这些人，多少年来，他们被禁止出现在报纸刊物上，言论被禁止，本人也被监押或者流亡。”[④]

1994年，也即《自然变异》出版7年之后，小说中所预言的黑人政权终于成为现实：南非举行多民族大选，曼德拉当选第一任黑人总统，统治南非近一个世纪的种族隔离制度终于画上了句号。人民忘不了正义作家戈迪默，正是她一直以来“对南非社会不为外界所知的历史的记录和挖

① ［南非］戈迪默：《戈迪默短篇小说集》，章祖德等译，重庆出版社1993年版，扉页。

② 王逢振：《道德、政治欲望和〈政治无意识〉里的乌托邦主义》，见［加］谢少波《抵抗的文化政治学》，陈永国、汪民安译，中国社会科学出版社1999年版，前言。

③ Nadine Gordimer, A Sport of Nature, First published by Jonathan Cape, 1987. London: Penguin Books, 1988, p. 391.

④ Ibid., p. 396.

掘”和“对周围复杂的人际与社会关系的描写”，为南非社会历史进程提供了深刻的洞察力，并最终“帮助了这一进程的发展”。的确，她是当之无愧的“南非的良心”。[①]

① 参阅飞白《1991年获奖作家戈迪默传略》，见宋兆霖主编《诺贝尔文学奖全集》，燕山出版社2006年版。

第六章

大江健三郎——直面危机与想象拯救

大江健三郎是日本当代最重要的小说家之一，1994 年获得诺贝尔文学奖。大江健三郎是一位危机意识极强的作家。所谓“危机意识”是指人对未来可能出现的危险的心理预警。人生活在世界上，未来充满了种种不确定性，正因为如此，人才需要有危机意识，以便在心理上以及实际行动上有所准备。中国古代有“生于忧患，死于安乐”的警句，表现了朴素的危机意识。大江的童年时代是在战争的动荡中度过的。他虽然没有参与到战争中去，但战前所受的军国主义教育与战后的民主主义教育之间的巨大反差，让他深刻体会到战争的悖谬性。战后不久，美国作为战胜国将军队开入日本，从此，日本进入被占领期。大江的青少年时代正是在这种状况下度过的。强大的美国让青少年时代的大江感到一种被压迫感，仿佛进入了一个被监禁的状态。结婚后不久，残疾儿的诞生让大江生活中的危机达到了高潮。但同样也是残疾儿，让大江由自身的危机体验到了民族的危机、世界的危机，从而具有了世界性的眼光。大江由自身逐步去观察周围的世界，在导师渡边一夫的影响下成为一个坚定的民主主义者；同时，残疾儿的诞生让他走访了广岛、长崎，在那里他体验到了同为残疾人的原子弹受害者的苦难，从此站到了坚决反对核武器、呼吁世界和平的行列。可以说，大江的危机意识是与他的个人经历分不开的，而大江之所以成为一个世界作家，则是由于他有着知识分子的良知和强烈的责任感。可以说，大江的危机意识来源于他的责任意识，即对自己、对他人、对世界的责任。下面从个人的生存危机意识、民族和世界危机意识以及危机的拯救等方面来分析大江的小说创作，在此基础上感受大江深厚的人文情怀。

第一节　个人生存的危机

大江出生于1935年，在战争中度过了自己的童年时期。前后仅仅相隔二十多年的两次世界大战，是人类历史上规模空前的大灾难，它在摧毁物质文明的同时，也摧毁了人们的精神世界，摧毁了原有的价值体系。古希腊以来一直被世人推崇的“理性”失去了原有的美丽光泽，在战争阴影的映衬下显得苍白无力，逐渐丧失了在人们世界观、人生观、价值观领域的统治地位。反观19世纪出现的非理性主义思潮，则由于其强烈的挑战意识和革新精神引起了人们的普遍兴趣。叔本华充满神秘意味的“唯意志论”，尼采“重估一切价值”的理论、宣扬“自我扩张”的超人哲学，柏格森略带神秘意味的“生命哲学”，以及弗洛伊德的精神分析学说都在反理性的旗帜下向自我进军，企图在上帝已死、理性消亡的时代重新审视人类自身，重铸人的价值体系和存在方式。世界范围内的反理性主义思潮也深深影响了当时正处于经济、政治以及思想文化转折期的日本。

日本从明治维新之后逐步走向了现代化，在向西方不断学习的过程中努力做到民族性和世界性的融合。第二次世界大战之后，日本由于战败而使经济、政治、文化以及社会领域发生了翻天覆地的变化，在这种背景下，包括大江在内的经历过战争的日本人无论从心理上还是在思想上都产生了一种从未有过的危机感。战争使参战各方损失巨大，作为战败国一方，日本在战后更是一片废墟。在经历了广岛和长崎的核爆攻击以及无数次的空袭之后，作为对发动战争的惩罚，无数无辜的日本人为法西斯军国主义在亚洲的疯狂举动付出了惨重代价；政治方面，天皇作为日本的象征被宪法确定了下来，却失去了往日众人瞻仰的神的形象；民主主义制度艰难地在这个缺乏民主的国度确立下来。作为战胜国对战败国的特权，美国大兵进驻日本，一种残酷的屈辱感深深扎根在日本战时一代人的心中。身份、思想的急剧转变让众多的日本青年陷入困惑的泥淖。战前“军国的子民，光荣地为天皇而死”与战后诸如“主权属于国民，人人平等”之类的民主主义的截然相反的教育让日本青年一代陷入迷惘，不知所措。好不容易建立起来的民主主义制度与放弃战争的誓言又在朝鲜战争和强权政治下发生了动摇。军国主义梦想的失败、民主梦的破灭让国民特别是知识分子阶层对政治、对社会产生强烈的不信任感，一种悲观、失望、苦闷、彷徨的风气在当时的日本社会弥漫开来。作为其中的一员，大江与其他的青年一样在苦闷与彷徨中探索着个人与民族的前途和命运。而以残疾儿长子大江光的出生为代表的个人的苦闷更加剧了大江的危机感。这里的“个人”，既指大江自己，又指像大江一样处在生存危机中的日本人。在这一时期，战前已经传入日本的存在主义获得了迅速发展，成为日本哲学的主流。存在主义给大江带来了一个新的观察社会的视角，由此，大江不失时机地将时代影响下的个人生存危机在自己的创作中表现出来。

一　监禁状态下的“性的人”

大江健三郎创作的一贯主题之一是思考被监禁的状态、被围困在墙壁内的生存状态。第二次世界大战以后，日本持续着开国一百多年来的现代化进程，却由于战争而把自身置于一种暧昧的境地中。大江在其获奖演说《我在暧昧的日本》中指出：“日本的现代化，被定义为一味地向西欧模仿。然而，日本却位于亚洲，日本人也在坚定、持续地守护着传统文化。暧昧的进程使得日本在亚洲扮演了侵略者的角色。而面向西欧全方位开放的现代日本文化，却并没有因此而得到西欧的理解；或者至少可以说，理解被滞后了，留下了阴暗的一面。在亚洲，不仅在政治方面，就是在社会和文化方面，日本也越发处于孤立的境地。”① 也就是说，在文化上，东方儒佛长期浸润下的日本传统文化与欧美强大的工业文明之间存在着巨大的冲突，由于这种冲突，日本想摆脱固有的传统却不能为新文化所接受，反过来又失去了旧文化的接受氛围，这就是大江所谓的“将国人和国家撕裂开来的锐利而强大”的“暧昧”。面对国家这种存在共同体的孤立状态，藐小的个人努力寻求解救之道却不得其法，想摆脱它却又因生活于其中与其有着千丝万缕的联系而不能。“民主”在宪法条文的规定下实现了，这对于那些在战争中努力寻求“自由”的人们来说无异于干燥的荒漠中出现的一泓清泉，就像是从被窒息的状况下解救出来一样，然而就在获得“自由”的瞬间，他们却又产生了一种“梦醒了无处可去”的无所适从感。国家被孤立了，民主实现了却找不到路可以走，一种实实在在的

① ［日］大江健三郎：《我在暧昧的日本》，王中忱、庄焰等译，南海出版公司2005年版，第93页。

"墙壁"意识产生在日本青年的心头。对这堵墙，打不破，又跳不出去，无可奈何，面对这种情况，该如何抉择？像大江前期作品中所表现的，他们中的很多人找不到出路，或在毫无意义的徒劳游戏中耗损自己的人生，或在性的领域中冒险探索，苦苦追寻自身存在的意义；也有的人转向了革命党派，试图在政治上实现自我的抱负。但大江对此是抱有怀疑的，在他看来，如今这个国家即使实行苏联或中国那样的国家体制，也不可能实现"人道主义"，日本人永远不能成为政治的人，而只能沦为"性的人"。在这种情况下，大江将目光投向了西方，在萨特的存在主义中找到了自我的位置。

存在主义产生于20世纪30年代的法国，第二次世界大战之后波及世界各地，产生了重大影响。统治西方人精神一千多年的基督教神学思想在以尼采的"上帝死了"为代表的非理性主义思潮的强烈冲击下土崩瓦解，加上经历了两次世界大战的蹂躏，人们突然发现自己已经无家可归，一无所有。人们纷纷感到，自己已经是这个世界的"局外人"，他人、社会在自己看来是那么陌生。毫无存在感的个人迫切地需要一根救命稻草来确定自己的归属感，在这种状况下，存在主义应运而生。萨特相继提出了"世界是荒诞的，人生是虚无的""存在先于本质""自由选择""存在主义是一种人道主义"等命题，满足了尚处于空虚状态下的人们的精神需求，因而风行一时。第二次世界大战后世界局势的共通性以及日本社会与日本人的精神状态，已经产生了适合存在主义生根发芽的土壤。存在主义在日本传播之时，正是大江健三郎踏入人生旅途之时。大江刚刚登上文坛就遇到萨特，由此与存在主义结下了不解之缘。正如许多批评家指出的，大江在最具"战后"特征的那段时期度过多愁善感的青春期，并由此踏上了作家之路，对他而言，"世界的荒诞性""监禁状态下的自由""介入社会"等萨特哲学的中心思想正应和了他此时的精神需求，因此，大江和萨特之间建立起的这种密切的关系也就不足为奇了。

目睹并亲身经历了日本青年一代颓废的精神状态，大江深深感到了一种危机感，可是由于自己也身在其中所以无法摆脱它。为了让自己度过那段艰苦的时期，大江选择了在语言文字的世界里发现自我，试图找出一条摆脱困境的出路："我本身比较幼稚，是个受到挫折后似乎立刻就要倒下的愣头青，而写作则使得那种表现及其表现者我本身都坚强起来。倘若不写小说的话，我觉得自己会在心理上陷入危险状态……我因为写作小说而得以存活至今，现在我就是这么考虑的。”① 另外，个人的这种危机意识在某种程度上指导了他的创作行动。面对这一切产生的危机意识，对一个以写作谋生的知识分子来说，最有效的方法莫过于诉诸文字了。在这种危机意识指导下创作的小说中，《奇妙的工作》《死者的奢华》《人羊》《性的人》《我们的时代》等，都成为经过时间检验、得到人们广泛好评的优秀作品。对这些作品的分析，更有助于了解大江的危机意识。

按照作者思想轨迹发展的不同阶段以及创作主题的不同，我们可以将这些作品分为两个部分。首先是“监禁状态”下人的徒劳与虚无，以《奇妙的工作》《死者的奢华》《人羊》《感化院的少年》为代表。

《奇妙的工作》描述了这样一个故事：大学生“我”勤工俭学，帮助他人打杀大量的试验用狗。一百五十多条狗被围在高墙内，每条狗都独自被绑在木桩上。狗的品种不同，但彼此形状却很相像，全无敌意，亦无个性，颇似我们日本学生。“我”将狗一条条解开牵到打狗人处，待打狗人敏捷地将木棒猛劈下来，将狗打死后，把狗套解下，再去牵另一条。后来“我”被狗咬伤了，血染红了袜子。在“我”治疗的时候看见杀狗的一伙人围着一位警察，我走过去才发现，让我们杀狗的中年男人是个贩子，他把狗肉卖给肉店，败露之后逃走了，不知去向。本来想杀狗的“我们”，到头来反而成了“我们”被杀，一切都成了徒劳。

作者虽然是在写狗，但实际上是在以象征主义的手法写人。“它们极其相像，于是，我想它们哪点像？是因为劣种而变得瘦弱这点吗？还是因拴在桩子上而丧失狗性这点？我想我们自己说不定也会被拴在桩子上弄成这样哪！我们这些丧失个性，彼此相似的日本学生。”② 大江的作品中经常出现“我”“我们”“我们日本学生”等词汇，把“我”联系到“我们”“日本学生”乃至“我们日本人”，主人公往往以自己的名义代替一代人或一个民族的人来发言。大江就是通过这种方式，从个别上升到一般，从个人上升到社会，进而将个人的问题作为社会的问题来把握。在这里，作者由狗的无个性联想到了日本学生的无差别，进而让读者联想到整

① ［日］大江健三郎：《大江健三郎口述自传》，尾崎真理子整理，许金龙译，新世界出版社 2008 年版，第 48 页。

② ［日］大江健三郎：《奇妙的工作》，斯海译，见叶渭渠主编《大江健三郎作品集——死者的奢华》，光明日报出版社 1995 年版，第 3 页。

个时代、整个民族的人都是这样无个性的。狗被围在栅栏里，渐渐丧失了敌意，人不也一样吗，人——亦即“50年代的日本青年”不也是被监禁在“围墙”中平稳地生活，渐渐丧失敌意么？而且大江意识到这种“监禁状态”“不像萨特在《墙壁》中描写的那样只会带来死亡和恐怖，而是即使被关在里面也不会觉得特别痛苦的‘暧昧而执拗的墙壁’。就是说大江的‘监禁状态’是一种可以使监禁在里面的人渐渐丧失‘被监禁’意识的暧昧状态”。[①] 面对这种状况，刚刚步入文坛的大江虽然无力挽救，但在作品中大声疾呼：长此以往，我们日本的出路在何方？

《死者的奢华》在《奇妙的工作》之后不久创作出来，并获得了第三十八届芥川奖题名。作品中主人公“我”和一个怀有身孕的女学生，为了挣钱来到一家医院打零工，任务是在一天之内将浸泡在旧水池里的30多具尸体转移到隔壁屋里新砌的水池中去。两位学生在管理员的带领下捞尸、装卸，如此反复几十次，累了一整天，女学生还因为摔了一跤住进了医院，终于将几十具尸体浸入新水池中，眼见任务完成即可领取薪水了，突然传来医学部副教授的命令：“事务室搞错了，旧的尸体全部都不能用了，今晚必须全部运到火葬场火化，两方水池必须清扫好换上溶液，迎接明天午前文部省的视察。”无奈之下又得重新搬运。作品中，作为“物”的尸体与活着的人也就是搬运尸体的“我们”相比，在作家的眼中更具有实在感。主人公“我”没有人生的目标，昏昏沉沉，耽于幻想；女大学生“皮肤焦黄，脸上注意力松弛，一副劳累不堪的样子”；矮小的管理员也是满脸倦容，像被追杀的小动物一样，充满绝望。而“物”却比“人”更实实在在地存在着：“他们被淡褐色的柔软的皮肤包裹着，保持着坚硬的不驯服的独立感，虽然各自都向内部收缩着，但却又互相执拗地摩擦着身体。……死者用低沉的声音喊喊喳喳地说着，很多声音交织在一起，听不清楚。”[②] 活着的人看不到希望，不能正常交流，别人成了“我”的地狱，“我”的存在也妨碍了他人的自由。活着的人对话非常困难，死者之间对话却可以随心所欲。“我”发现，这些死者给人一种独立的整体

---

① 王新新：《唤起危险的感觉——试论大江健三郎早期文学中战后再启蒙意识》，《解放军艺术学院学报》2005年4期。

② ［日］大江健三郎：《死者的奢华》，李庆国译，见叶渭渠主编《大江健三郎作品集——死者的奢华》，光明日报出版社1995年版，第15页。

感，这让“我”感到亲切。在作家的眼里，这是一个彻底荒诞的世界。在这里，人被“物”所排斥，沦为“物”的附庸，人不再是“宇宙的精华，万物的灵长”，人被彻底异化了。

《人羊》描写美军占领时期，一群醉酒的美国士兵在公交车上肆意调戏日本妇女，强迫包括“我”在内的几个日本男人脱掉裤子，双手触地，露出白花花的屁股，一边打拍子似的拍打他们的屁股，一边高声笑嚷。被欺凌的人没有反抗，“看客”们捂住发红的脸转向一边，有的还发出笑声，没有人施以援手，他们都是一群任人宰割的羊。《人羊》将当时的社会现实直接展现出来。第二次世界大战中，日本扮演了侵略者的角色，给亚洲人民带来了无穷的灾难；而由一个称霸世界的军事大帝国一下子沦为了“殖民地”，让众多接受了军国主义教育的日本年轻人彻底失去了信仰。被占领后国民任人欺凌的现实也是不可避免的。在这里，“人羊”象征“战败的日本”，美国人对“我”做出了伤天害理的事，“我”却像羊一样默默忍受，毫无反抗。国家战败了，国民随之失去了自由，一切都听凭强大的美国的意志行事。在这个被剥夺了“自由”的社会中生活，人们越来越感觉到强烈的闭塞感。在批判美国的同时，大江也为国民的“羊”的行为感到困惑不解：难道我们一个战败国连反抗的勇气都没有了吗？大江在以一个启蒙者的身份“哀其不幸，怒其不争”的同时，更以一个人道主义者的身份深深关注着国民，关注着日本的未来。

其次是关于“性”的主题。大江说过：“我年轻时关于性的人、政治的人之构图，完全是观念性的，构筑的理论如同火柴棒做成的工艺品一般，然后贴上小说的皮肉。”大江企图在处于监禁状态下的、荒谬的世界中于“性”的领域开辟出一条新路，“试图描绘出否定性的、处于闭塞状态那个时代中的人”。① 不管成功与否，这都是一种努力的尝试。最能代表这一时期大江创作特色的是《我们的时代》和《性的人》两部作品。

《我们的时代》是大江在“性”的研究领域开辟的第一块试验田。小说的主人公靖男是大学法文系的一名学生，和情妇赖子过着同居的生活。赖子是一个年近中年的妓女，以服务美国大兵来赚取收入，靖男的学费就靠赖子的这种收入支付。靖男受够了这种生活，终于靠一篇“有奖征文”

① ［日］大江健三郎：《大江健三郎口述自传》，尾崎真理子整理，许金龙译，新世界出版社 2008 年版，第 52 页。

获得了去法国留学的奖学金。这可是他和赖子同居数年来唯一积极争取的一件事，也是他的唯一梦想。但因为他向法国驻日使馆官员公开表示支持阿尔及利亚的反法游击队，而断送了赴法留学的机会。为此，他想到自杀，但又缺乏勇气，只好浑浑噩噩地继续活下去，“这就是我们的时代”。

与被动地在性的苦闷中苦苦挣扎不同，《性的人》中的主人公是主动地参与性的行为，企图在性的满足中寻求失落的存在意义。作品的前半部分，主人公J出资组成一个“七人摄制小组”，去海村别墅拍摄一部由他妻子导演的表现地狱景象的先锋电影。然而这一个所谓的“七人摄制小组”不单纯是一个电影工作组。他们在传统的社会关系下有着亲人、夫妻、朋友、同学、合作者的正当关系，但在海村别墅的一夜，却变成了一个性乱俱乐部。所有社会角色的外衣在这一时刻全部撕开，剩下的只是一个个赤裸裸的“性的人”。后半部分描写J与邂逅的一个老头和一个少年组成流氓俱乐部，在公交车上进行流氓活动，试图在流氓活动的刺激中寻找自己的存在。小说的最后，在一次流氓行动中，J的精液就像一千万双怒不可遏的眼睛同时瞪着J齐声吼叫，J沉浸在无比幸福和恐惧荡漾不断高涨的波浪里，这时，几只胳膊紧紧地抓住了他。J就在这种幸福和恐惧中找到了自己的存在，但同时也无力地走向毁灭。

上述两部作品都是作者试图在“性”领域的探索中寻求一个从“监禁状态”下逃脱出来的办法。在作品中，作者描绘了一个又一个在性的泥淖中寻求出路却往往越陷越深的“性的人”的形象，但是，作品的最后，“性”无法让日本人摆脱目前的窘境。前面也说过，战后的日本虽然很快走向了独立，但是在强大的美国面前，日本唯命是从，日本民族在失去自由的同时也失去了进取心。在大江的眼里，日本人永远不可能成为美国那样的雄性的“政治的人”，而只能沦落为可悲的、软弱的、雌性的“性的人”。日本第二次世界大战的失败，天皇制失去了它的神性权威，“政治的人”失去了信仰，只剩虚无和迷惘，用政治进行自我确认已经失去了它的有效性，这时人必须通过另一种手段来证明自己的存在。于是“性”作为一种生命中更本能的存在，凸显了出来。他们必然靠“性”来确认自己。政治上失去了信仰，却又不能不活下去，而“性”则提供了一个活下去的理由，性是人自然存在的体验之一，在大江小说中，更是“性的人”“介入”社会的一种方式，通过“性交”确证自己和他人的关系，在

“性高潮”中体验存在的价值。[①] 因而，这种对“性”的描绘并不带有任何世俗的性质。日本评论家奥野健男说过：“稍微留意一下充斥于大江健三郎小说中关于性的描写，就会发现他远远偏离了对性方面的关心，即使在描写性欲时，也根本不涉及异性性感的姿态和情感，也无对异性的憧憬和执着……在大江健三郎的小说中，性描述是主人公心理活动转折点出现的跳板……”[②]在大江的小说中，“性”只是一种方式和媒介。在《我们的时代》中，作者描述主人公靖男一边进行快乐的活动，一边思考形而上学的问题，“权力调动精神的机能，恐怕绝非低级趣味。尽管带有几分滑稽可笑，但这是大人的方式。靖男一边……沉浸在愉悦的涔涔汗水里……一边自由自在地进行孤独的思考。孤独的思考，其实莫如说是不断重复的自我厌恶和周而复始的充满绝望的思考，是一种自暴自弃的情绪”。靖男一边性交，一边思考“形而上学”的问题，然而暂时的快乐永远摆脱不了心头的屈辱感、绝望感。他试图摆脱绝望，把希望寄托在赴法留学上，可是却无法摆脱政治的纠缠，仍然无法确认自我。《性的人》同样如此，作品中大量描述了别墅野合、公交车上耍流氓等行为，这些确实带来了暂时的刺激和“快乐”，但那就是人的本真状态吗？大江本人也对此持怀疑的态度。作品的最后，J和老头在流氓行动的性的高潮中或被抓或心肌梗死而死，满足了暂时的精神需求，也寻找到了久违的自我，同时也宣布了“性的人”的永久结束。最后，耍流氓的少年为救小女孩牺牲了自己，甚至被小女孩的母亲奉为神灵，得到了众人的膜拜敬仰。可能这才是大江不经意间流露出的对人性的渴望吧。

二　残疾儿引发的危机意识

大江是在经历了“监禁状态”，身心并未摆脱沉郁、消极，尚未找到生活出路的情况下步入20世纪60年代的。1960年2月，还在东京大学上学，却已经是个知名作家的大江和著名导演伊丹万作的女儿由佳里结了婚。当时他和好友、也是自己妻兄的伊丹十三说过这样一番话：“在这么一个紧迫的时代，保守派前途一片黑暗，进步派歇斯底里。咱们尽量都别

① 参阅罗冰《大江健三郎〈性的人〉——二重性中的迷惘探索》，《外国文学研究》2004年第1期。

② ［日］奥野健男：《大江健三郎的文学与性》，孙菲译，《外国文学》1995年第1期。

有孩子，别再给20世纪80年代增加一个不幸的自杀者。”① 从这段话里，我们可以看到，大江对时代和社会失望到了什么程度。

1960年前后，围绕《新日美安全保障条约》的签订，社会党和自民党进行了激烈的谈判和竞争，最终自民党领袖岸信介当选首相，并于1960年1月，不顾国民的反对签订了条约。在此之前，由知识分子为主体的民众自发组成的团体多次组织游行示威活动，都没能阻止新安保条约自动生效。

为什么新安保条约的签订会引起这么大的反对呢？因为条约的签订就意味着拥有宪法第9条，即“放弃战争和平条约”的日本一旦进入紧急状态，自卫队就必须和美国军队并肩作战，而且在此名义之下，拥有包括核武器在内的世界上最强武器的美军可以半永久地驻扎在日本。同时，日本还必须维持美军基地的开支。总之，条约的签订意味着日本在军事上完全从属于美国，失去了加入不结盟的“第三世界国家”的可能，同时将自己置身于冷战状态下与美国相抗衡的苏联的导弹之下。这对于刚刚弥补了战争创伤，经济、文化状况稍有起色的日本民众来说是不能容忍的，作为其中一员的大江，也积极投身其中，并与一些青年知识分子一道组成了“年轻的日本之会”，旗帜鲜明地表达了自己反安保条约修订的立场。

在上述的时代背景下，大江不给20世纪80年代增加一个不幸的自杀者也是可以理解的。后来大江作为文学家访问团的一员，到中国作了访问。大概是受到中国人民高昂的革命热情的影响，对现实产生了信心，从而违反了自己的决定。1963年6月，脑部有先天性残疾的长子大江光诞生了。如果说时代让大江感到失望的话，那么长子光的诞生直接让大江陷入了绝望的境地。在一次和好友安江良介的谈话中，大江曾说过：“在孩子出生之前，大概是一年多之前吧，我就一直觉得有种危机感，一个巨大的危机在我心里孕育着，然后，我就觉得它就以孩子的形式，变成了现实。”② 为何残疾儿的出生会带来这种巨大的危机感？这很容易解释，试想处在人生低谷期的哪一个人，突然生了一个身患残疾的孩子，会生发出幸福感？大江没有自杀，某种程度上说明他是一个意志坚强的人。

残疾儿的诞生对大江来说，一方面是一个灾难，另一方面，由残疾儿

---

① 转引自［日］黑古一夫《大江健三郎传说》，翁家慧译，中国广播电视出版社2008年版，第121页。

② 同上书，第127页。

出生带来的“巨大的危机感”让作家积极地做出反应，以应对这种危机。在这里，残疾儿既是“危险”又是“机会”，有学者指出：“‘危险’是主题内外的经验，‘机会’是想象力突围的欲望；‘危险’为主体提供有价值的基本形象，‘机会’是主体对新的形象的期待，是构成新的形象的推动力。也就是说，没有危险就没有机会，没有危机也就没有超越危机的可能，危险与机会共存。”① 这正是大江个人危机意识的积极意义。

首先，残疾儿的诞生让作家大江的创作方法发生了变化，可以说，从此大江得以走进世界性作家的行列。在残疾儿诞生之前，大江创作的所有作品都有这样一种倾向：或者是对存在主义的模仿，或者是确定了一个主题之后再搜肠刮肚地寻找材料填充主题。实际上这样就进入了“主题先行”的误区，用大江的话说就是“完全是观念性的”，不利于作品思想的深入。大江是在存在主义的影响下开始创作的，并且对存在主义的模仿和吸收也使大江逐步成为优秀作家。但是，拿来的东西毕竟是别人的，存在主义产生的西方土壤和大江所处的东方的文化环境有着天壤之别，单纯的模仿必然会导致自身体验或者说主体性的丧失。一开始的创作可能会给文坛带来一股清新的空气，但长此下去必然会让读者感到乏味，创作也就失去了生命力。另外，确定了“性”的主题，再在实际创作中塑造“性的人”，并且在作品中充斥着很多诸如阴囊、性交、生殖器、肛门、排泄等感官词汇，虽然目的是好的，试图以“这种具有肉体魔力的性”② 来颠覆传统的社会秩序，为处在“监禁状态”的社会人找到一条出路；但是，大量性的描写导致了创作意图和结果的分裂变形，最终不但招来了诸多批判的声音，也使其创作活动走入了举步维艰的境地。其后，大江也意识到了这方面的问题，并在后来的创作实践中不断探索新的方法，逐步形成了以“想象力论”为核心的小说的创作方法。那为什么说残疾儿的诞生是大江创作方法改变的契机呢？一是这次变故让大江“找到了发挥自己想象力的审美注意点——出色的文学所不可或缺的审美形象体系”，③ 即作家从自身的体验中找到了文学创作的出发点，从而使文学创作有了根。二是

① 王琢：《想象力论——大江健三郎小说的方法》，上海文艺出版社 2004 年版，第 61 页。

② ［日］大江健三郎：《大江健三郎口述自传》，尾崎真理子整理，许金龙译，新世界出版社 2008 年版，第 51 页。

③ 王琢：《想象力论——大江健三郎小说的方法》，上海文艺出版社 2004 年版，第 149 页。

残疾儿的诞生也是大江对广岛灾难关注的一个契机，从“个人的体验”上升到了“民族的体验”，并且把两种体验结合起来，“使大江健三郎的文学在想象力的推动下，突破了‘核时代’的现实，进入了与‘弱者’共生的新的作品世界”①。此后，大江的作品将个人、民族与世界结合起来，在充分展现民族性的同时，也使作品具有了世界性的意义。某种程度上可以说，残疾儿的诞生让大江站在了世界文学之列。

其次，残疾儿的诞生让作家的世界观发生了转变。残疾儿的诞生对身为父亲的大江产生的第一个直接的影响，就是让他在精神上进行了一次洗礼。选择抛弃婴儿，虽然暂时忍受（也可能是长期的）心灵和道德上的煎熬，却省却了今后直到自己死亡的长达几十年的肉体的苦痛；选择留下婴儿就等于将自己今后的人生与残疾儿联系起来，苦难在所难免，更令他痛苦的是想到几十年后自己死去，没有生存能力的残疾儿如何在这个私有的社会中生存下去。这正是当时选择了与残疾儿共生并且目前已步入老境的大江现今正考虑的问题，就像他自己说的：“最为粗野的悲痛和痛苦，也许将会显现出来。不，而是将会清晰地显现出来吧。”② 如何才能从理智和情感上更好地把握当前的状况呢，作为作家的大江自然是选择了文学，在《个人的体验》《万延元年的足球队》等多部作品中，残疾儿的父亲在一番思想搏斗后选择了与残疾儿共生这样的主题都得到了体现，一个具有强烈社会责任感的作家由此诞生。

《个人的体验》可以说是残疾儿给作家带来的危机意识的最直接的体现。作品中，主人公鸟实际上就是作者本人，鸟所经历的“共生”还是“抛弃”的痛苦抉择正是大江所经历的。鸟是一个生活在幻想中，对家庭、对社会不负责任的人，虽然已经成人，却还生活在未成年人的混沌状态中。孩子出生以前，鸟谋划着“非洲之旅”。他想，孩子的出生势必会让自己陷入家庭的泥淖中，非洲之行正是逃离现实的一个途径。要逃离现实，说明他对现实并不满意，现实让他感到失望。这正像是处于那个时代的大江，昏暗的现实让大江看不到理想，想要奋发努力却又没有方向感，只能被这种虚无的危机感包围着。正在策划非洲之行的鸟被一个告知残疾

① 王涿：《想象力论——大江健三郎小说的方法》，上海文艺出版社 2004 年版，第 150 页。

② ［日］大江健三郎：《大江健三郎口述自传》，尾崎真理子整理，许金龙译，新世界出版社 2008 年版，第 80 页。

儿诞生的电话拉回了他本不想承担责任的现实中，这让本处于危机下的鸟陷入了更大的心理旋涡中。大江何其不是如此？事业、未来本来已经将他搅得焦头烂额，却又不幸生了一个残疾儿，在这种情况下，谁又能轻易摆脱深陷危机的命运？鸟经过一番心理的挣扎，拒绝了大学同学火见子的提议，将婴儿从死亡线上拯救回来，做了手术，自己也浴火重生，从此成为一个有责任感的社会人。评论家对《个人的体验》最后那个“光明的尾巴”多有微词，如三岛由纪夫就不无揶揄地说：“这是一部必须以大团圆收尾的那类小说。”① 可作家却觉得最后那个部分是自然形成的，“如果把孩子置于当时连生存本身都很困难的状态，把绝望的青年置于那孩子的身边，就这样结束小说的话，那么，现在当我重新阅读这部小说的时候，一定会强烈感到自己是背叛了那个希望的作家，背叛了内心里想要与孩子走向真实的共同生活的希望——设法与孩子和妻子一同活下去的那个可怜希求。对于生活于现实之中的孩子，现在我也会发现自己是一个无法正视孩子的人……咱的伦理就是与这个孩子一同活下去”。② 产生光明结局的原因很简单，因为这是“个人的体验”，是站在为父的责任和义务上来体验残疾儿生命存在的价值意义，从而获得了直面现实的勇气，也使作品一脱前期作品中虚无徒劳的陈旧压抑气息，变得更积极主动，更具有现实性。像每一个不忍抛弃自己的哪怕是残疾的亲生骨肉一样，大江相信明亮的光线势必会照射进来，困难终将会过去。与孩子共生过程中的苦难也是人生必经历的磨难，从而不再将其看作困苦，而视为喜乐。

如果说大江仅仅将自己与残疾儿的共生表现在作品中，从而得到一种精神安慰的话，那只能说大江充其量是一个优秀的故事叙述者，而非一个杰出的小说家。大江的创造性在于他通过体验自身的苦难而上升到人类的苦难，从而具有了世界优秀作家的品格，那就是：包容宇宙的胸怀、强烈的责任感、悲天悯人的气质以及刚直不阿的勇气。大江在残疾儿诞生后不久即走访了广岛，并为广岛人的坚强意志所震撼。尽管他儿子的残疾与广岛原子弹受害者并无关系，但他却在同样的“残疾”中体验到了人类面临的悲惨处境，并以此为出发点，逐步扩展到对诸如核武器、冷战、宗

① ［日］大江健三郎：《大江健三郎口述自传》，尾崎真理子整理，许金龙译，新世界出版社 2008 年版，第 78 页。

② 同上书，第 79 页。

教、文化差异、环境问题等世界性问题的关注。

三 灵魂与信仰的危机

1993年，大江的新作长篇小说三部曲《燃烧的绿树》发表。作品以一个新兴的宗教团体为主要表现对象，旨在探讨人的灵魂问题。两年之后在东京发生了震惊世界的奥姆真理教地铁沙林毒气事件。为此，评论界惊呼：《燃烧的绿树》简直是奥姆真理教事件的预告！很多人也因此而怀疑大江健三郎具有预言的本领。大江却否认了这一点："我本人知道，自己并没有那个能力……围绕某问题一直进行思考，通过自己个人收集到的线索，在长达十年的期间内每天思考不休。如此一来，借助自己一直考虑至今的那个思考习惯，便自然地比当下略微超前地觉察到问题之所在。……小说家本人一直思考着来到当下，然后从这里写作将会突然发生在不远之未来的事物，我就是这样考虑的，迄今为止也是这样写作小说的。在这种情况下，与不远之未来将要发生的事重合，有时也是可能的吧？"[①] 可见大江并不是具有预言家的本领，而是紧紧地把握住了时代的脉搏，再加上数十年如一日的努力思考，因而能够将时代的变迁、社会的演化进程做到了然于胸，任何细微的变化总能够被作者敏锐地觉察到。表现在文学作品中，就出现了这样一部具有预言性质的作品。同样的情况还出现在了1973年发表的《洪水淹没我的灵魂》中。在这部长篇小说中，大江在作品的最后写了"自由航海团"的成员躲在核掩蔽所内与机动警察展开枪击的事件，而小说已经收尾还未发表之际，就在现实中发生了浅间别墅枪击事件。为了将作品与实际发生的事件错开来，大江不得不花了很长时间修改。由此可见，大江对时代的把握是非常准确的。

《燃烧的绿树》这个题目取材于叶芝的一首名为"vacillation"的诗歌。在这首诗中，叶芝将人们的存在状态比作一棵树，树的一部分正在燃烧，它象征了人的灵魂和精神的信仰；另一部分则是茂盛的绿叶，它象征了人的肉体和现实。这两部分的完美结合便是大江所向往的人的完美的存在状态。然而在现实生活中，这种完美的状态却是根本无法实现的。在现代社会中，由于无休止的物欲的膨胀，人们永远无法逃离"肉体与精神"

---

① ［日］大江健三郎：《大江健三郎口述自传》，尾崎真理子整理，许金龙译，新世界出版社2008年版，第201页。

分离的命运。对物的追求导致了人自由的缺失，人的灵魂永远得不到真正的解放。“物”是什么，是衣食住行，是世俗，是所谓的理想、前途、目标，是未来的不确定的一切。“vacillation”意为“踌躇、摇摆、犹豫”，即在灵魂与肉体、精神与现实之间的左右摇摆。人对现实的失望必然会导致人追求的天平摇摆到精神的领域，在信仰中寻觅灵魂的栖息地，而在这个无神的时代，信仰又无法实现，人就只能在这样一种灵与肉的撕裂状态中生存，痛苦不堪。“在这一过程中或受到伤害或被赶入绝境的那些人，在他们求救之际，如果日本没有宏大的既存宗教的话，那么诸如奥姆真理教那样的宗教团体就将具有强大的吸引力。那样的青年们便创建起一个团体，由此引发悲剧并走向它途。”① 而大江不认为当前日本有这种“宏大的宗教”，即便像佛教、基督教那样拥有众多信徒的宗教，也不是某一时代的宏大宗教。这种宗教涉及信仰者的方方面面，在政治、经济、文化领域都具有相当大的影响力，而这在当今时代是不可能的。既然国家、民族这样的共同体已经无法为人们提供现实和精神上的栖息地，而“宏大的宗教”又还没有产生，那么诸如奥姆真理教那样的小的甚至是反社会、反人类的宗教团体的出现就是必然的了。在《空翻》中，大江引用了一份“简易年鉴”中关于日本当下公开的宗教团体和信徒数目的清单：“天理教为184万人，金光教为44万人，大本教为17万人，灵友会为320万人，生长之家教团为84万人，世界救世教为84万人，彻底自由教会为126万人，立正佼成会为635万人，而创价学会则拥有更为庞大的信徒数量。如果他们携起手来，共同举行一场悔过自新的大游行，那么将会有2000万人簇拥在马路上水泄不通。”②

面对这样一个没有真正的神，而又小鬼横行、群魔乱舞的时代，人类的灵魂归向何处，如何得到拯救？《燃烧的绿树》和《空翻》就是试着给出答案的作品。

《燃烧的绿树》描绘了一个突然具有了神奇“治愈能力”的“义兄”，被人们尊称为“救世主”，与两性兼有的小说的叙述者阿佐一起创办了“燃烧的绿树”的教会。随着教会成员的增多以及教会强人的努力经营，

---

① ［日］大江健三郎：《大江健三郎口述自传》，尾崎真理子整理，许金龙译，新世界出版社2008年版，第198页。

② ［日］大江健三郎：《空翻》，杨伟译，译林出版社2001年版。

教会逐步发展壮大。他们从《圣经》《古兰经》、佛典甚至西藏的“死者之书”中引经据典，拼凑而成一些所谓“祈祷的语言”，作为教义并定期唱和。由于教主对未来教旨的不明确以及教会成员的分歧，教主最终选择退出教会，并且解散教会，在他打算到各地传教的途中，被敌对派打死。失去了教主的教会成员在示威游行的途中自行解散。在这部小说中，大江努力地“将这一切——用语言难以祈祷的人们无论如何都想要祈祷的那种心情——写入小说之中”。[①] 然而就像作家所说的，直至写完小说他才发现，“祈祷终究无法成为语言”。“为了到达这个结论，不断经受繁重的劳役，努力创造出祈祷的语言，最终却是一事无成。我写的就是这么一些人物。”[②] 这样，随着义兄的身亡，“无神时代的祈祷成为可能”的美好愿望也就化为了泡影。既然如此，那么从奥姆真理教那里寻求精神慰藉的年轻人该何去何从？在这部小说中，大江并没有给出答案。

为了让这些“激荡不休，渴求希望的年轻的灵魂”真正找到栖身之所，大江在宣布封笔5年之后重新发表了小说《空翻》。《空翻》写十年前为了阻止教会成员袭击核电站而宣布放弃教义、进行了“空翻”的教主，重新组织了一些年轻人，建立了新的教会，这其中就有具有恋物癖的青年荻、曾倾听过神的声音的育雄以及少年时代与育雄有过冲突的“舞女”，还有将来担任了新的“向导”的、迷恋着育雄肉体的、具有同性恋倾向的画家木津。教会的重建进行得很顺利，原先的教会成员很多也回到了教中，教会的基地也从城市搬迁到了四国的森林中。为了不重蹈覆辙，教主在一次“夏季集会”的演讲完成后纵身跳入火海，为“新人”教会的诞生腾出了空间。整部小说充斥着“信仰”“神”“祈祷”“宗教”等词汇，堪称一部宗教小说。小说的末尾，身患癌症的木津临死之际终于悟出：“育雄，听不见神的声音，莫非仍旧真的不行吗？难道不是并不需要神的声音吗？人还是自由为好呢。”[③] 在《空翻》中，“没有神的现代，灵魂救赎也会成为可能”[④] 的希冀，终于在对新人的期待中变成了现实。在

① ［日］大江健三郎：《大江健三郎口述自传》，尾崎真理子整理，许金龙译，新世界出版社2008年版，第195页。

② 同上。

③ ［日］大江健三郎：《空翻》，杨伟译，译林出版社2001年版，第778页。

④ ［日］大江健三郎：《大江健三郎口述自传》，尾崎真理子整理，许金龙译，新世界出版社2008年版，第205页。

大江眼中，灵魂就是人的信仰。而信仰的对象难道就只有神么？祈祷，向谁，不重要；祈祷会有效果吗？不知道，但是不祈祷还能做什么呢？大江的祈祷，与其说是“相信”，倒不如说是“希望”。

第二节 日本民族与人类世界的危机

作为一个日本人，大江健三郎对日本社会、日本民族始终保持密切关注与强烈关怀，这是作为一个国民应有的情怀。然而，作为生活在这个宇宙中的世界人，大江以他独有的方式对世界的和平与发展大声疾呼，表现出了强烈的责任感与使命感，这并非每一个人、每一个作家都能做到的。在提到日本的时候，作家不止一次地用到“暧昧”这个词。“暧昧”的直译就是“模糊”，也就是说，日本对于它作为世界上的一个国家到底归属何处尚不明朗，这种徘徊于东西方之间的无所适从感造成了近代以来日本许多社会问题的产生：政治上天皇制重新确立，天皇重新掌握实权，对外侵略扩张，战败被占领；文化上企图西化却又与东方传统文化有着剪不断、理还乱的千丝万缕的联系。可悲的是，战败并没有让日本摆脱这种“暧昧”，无休止地否定战争罪行的言行层出不穷，作为糟粕而被战败所摒弃的天皇制又有了复活的苗头，好不容易建立起来的战后民主主义正随着日本右翼势力的甚嚣尘上而逐渐泯灭。大江对此甚为忧虑，认为这是对“亚洲和广岛、长崎的牺牲者们最大的背叛”。另外，作为战败国而在宪法中规定的废除军备的条款，正随着日本经济实力的增强而逐步软化，走向军事大国的企图逐步明朗；作为美国导弹防御系统在远东的一环，日本又加入了美国的防御计划，从此将自身置于核阴云的笼罩之下。曾经亲身体验原子弹受害者痛苦的大江深知核武器的巨大威胁，并产生了强烈的危机感，在他的诸多作品以及许多演讲中，大江始终不遗余力地宣传他的无核思想。可是就连他自己也知道，这只不过是一个美丽的梦想而已，可是，即便如此，他还是这样做下去了，这就是大江健三郎的文人的良知。

一 民主主义者

大江曾经明确表示他不关心政治，可是纵观他的一生，他又无时无刻不与政治保持了千丝万缕的联系。没有了政治的主题，大江的作品就不能说是完整的。要说大江的政治立场，他反对天皇制，因为当初像其他孩子一样作为“天神的子民”的大江，突然有一天听到了天皇用人的声音宣布了战败投降的消息。天皇欺骗了他，打破了这个农村孩子幼时的梦想，而成长之后的他，又发现作为天皇制的遗留而产生的新国家主义的重新抬头，成为导致日本又一次闭关锁国，拉大与世界尤其是亚洲国家情感距离的罪魁祸首。他也反对在美国占领期由美国主导的所谓“民主”，因为根据大江的观察和体验，美国在日本的所作所为已经超出了帮助日本去除封建余孽的毒草，建立战后民主、和平新日本的范围，反倒更像是殖民者与被殖民者、宗主国与附属国的关系。他也不赞同共产主义，因为苏联等国的共产主义事业并没有让大江看到他所希望看到的世界和平的曙光。因此，大江此处的“不关心政治”并不是真的与政治无缘，反倒是没有人比大江更关注政治。他所做的只是与现有政治势力保持一定的距离，从不真正参与到政治运动的洪流中去，而是作为一个以文学见长的旁观者冷静地看待世间的风云变幻。萨特的存在主义讲究介入社会，认为人应当参与到社会中去，在社会活动中选择自身的存在方式。大江深受萨特存在主义的影响，他也深深地“介入”了社会，只不过，大江并没有像一些政治家一样始终处在时代的风口浪尖上，走在游行队伍的最前列，站在演讲舞台的最中央。在大江的思考中，身处政治的旋涡中就会不自觉地随某一政治团体利益的倾斜而倾斜，那样永远不会保持冷静的思考和客观的评价。既然关心政治又刻意地与政治保持距离，如果说其中有什么政治利益的话，那就是人、人性、公平、正义、和平、民主，这是大江作为一个人道主义者所关注的全部内容。民主，这个包含了以上诸多内容的概念可以说是构成大江全部作品的核心，为民主而奋斗是他倾其一生所致力的事业。

大江的民主危机意识来源于他身处并深刻关心着的社会文化环境。民主，这个当初由于战败被当作实验品而引进的舶来品，一旦被大江所接受，便在他的思想中扎下了根。当初“民主”的传播者美国以趾高气扬的占领者姿态出现在大江面前时，曾经深受美国文学影响并深爱美国文化的大江突然感到一种强烈的反差，并积极加入到了以刚刚得到的“民主”来反抗像对待“羊”一样对待日本人的美国大兵所谓的“民主”行列中去了。早在战争年代，儿时的大江幸运地从开明的母亲用米换来的一本《哈克贝利·费恩历险记》中了解了美国，并深深被书中描绘的自由狂野的气息所吸引。高中年代，大江所就读的松山东高中有一个“美国文化中心”，刚转到那里过寄宿生活的他，就立刻在这个中心里找到《哈克贝利·费恩历险记》的英文原著进行阅读，乃至达到了熟读能诵的程度。然后又陆续阅读了大量的美国文学作品，深受美国民主文化的熏陶。战败后设立的新制小学、新制初中教材中所宣扬的民主主义的内容在他的头脑中有了更深刻的认识。对民主主义的再认识不仅让大江对神——天皇产生了彻底的反感，而且对作为新思想传播者的美国人在日本的所作所为深感不满。

1958 年，大江相继发表了两部作品集，即《死者的奢华》和《先跳后看》，其中包括了《人羊》《黑暗的河流沉重的桨》《意外的失语》《战斗的今天》等作品。在这几部短篇小说中，美国总以强者的形象出现，而其对立面的日本、日本人则往往以被欺凌者或反抗者的形象出现。大江则坚定地站在民主的立场上，批判强者，呼吁民主平等。《人羊》中，公交车上喝醉的美国大兵像打羊一样抽打着“我”裸露的屁股，“我”则弯着腰、低着头，任凭他们摆布，一声不吭，车上的日本乘客将头扭向窗外，唯恐惹上麻烦。大江在批判了国人劣根性的同时，也描绘了一群恃强凌弱的美国大兵的丑陋嘴脸。《意外的失语》中，外国兵带着一个出生于美国的日本人的第二代做翻译官，来到了“峡谷村庄”，因为外国兵的恶作剧，村民受到了士兵和翻译官的折磨，变得怒不可遏。结果，第二天一早，士兵们发现了翻译官的尸体。在这里，作者站在了被欺凌的弱者一方，对强者美国做出了应有的反抗。

这种基于弱者对强者的本能式的反抗，却让某些人在其中解读出了一些“国家主义”影子，以致一些国家主义分子如江藤淳在其后的安保斗争中将大江看成是志同道合的同志。然而，大江却与国家主义扯不上任何关系。他曾经说过：“极少数的国际主义例外者和既不同于战前的国家主义，又不同于相反的国际主义，以自己的自由意志选择做日本人的国家主义，才是对我国家应有的态度。”[①] 在他的眼中，国家主义对民主的危害远远大于美国的强权政治，因此，大江对国家主义的批判也更加强烈。大江曾经这样嘲讽过日本的右翼势力，说这种右翼，就“等于明明已经失去性器官，或者性无能了，拿了一个塑胶的阳具过来就觉得自己很了不

① ［日］大江健三郎：《厌恶日本的权利》，转引自黑古一夫《大江健三郎传说》，第 96 页。

起”。[1] 至于跟以前共同战斗过、后来转向国家主义的石原慎太郎、江藤淳等人的关系，则毫无保留地予以断绝，并针锋相对地站在他们的对立面，对于他们妄图抹杀侵略战争的历史、抛弃来之不易的民主主义的行径感到不齿。大江曾在北京讲演中说道：“日本曾侵略中国，给中国人民带来了人员和物资方面的巨大牺牲。战后，日本国以及日本人清偿了这一切吗（尽管这场给中国人民带来巨大牺牲的侵略战争是无法彻底清偿的）？我的答案是否定的。我认为，我们应当面向未来，坚持不懈地赎罪，并为此而不断努力，这才是日本人对中国以及亚洲诸国的基本态度。然而，在今天的日本，却出现了以首都东京都的那位知事为首的一批新的国家主义者，他们不仅想要忘掉侵略中国的责任，甚至还针对现在的中国和中国人民说出和做出一些攻击性和歧视性的语言和举动。”[2] 这个“东京都的那位知事”便是新国家主义者石原慎太郎了。石原认为日本人要想在白人一统天下的世界格局下获得自身身份、地位的认同，必须首先建立日本人的自信。如何建立日本人的自信？那就要倡导爱国主义；而培养民众爱国情绪的基础在哪呢？那就要紧紧围绕在天皇的身边。天皇虽然在战败的冲击下变得有名无实，但他仍然是日本国的象征。天皇他不是一般人，他简直就是神，我们虔诚地信仰天皇就能重建日本社会的信心。

正因为如此，大江深刻地认识到民主制危机的根源就在于天皇制的存在。“尽管明治以后的近代天皇是强制实行的，但是在以农村为中心的日本各地，当时的一般家庭还是会把天皇夫妇和家人的照片挂在鸭居（日式房间纸拉门上端的横木）上。即便是在战后，在皇太子结婚的时候（1959 年 4 月 10 日），订阅量超过一千万份的某中央报曾经向每个家庭免费发放了天皇夫妇以及皇太子夫妇的照片。”[3] 大江由此而感到，这种普遍而深入地存在于日本人外部生活以及内心深处的天皇制的阴影才是必须首先剔除的。自从认识到了天皇制的危害后，大江便不遗余力地与其对抗，即使遭受到日本右翼势力无论是肉体还是精神上的折磨也从未发生过动摇。这种对抗一方面表现在大江在公开场合的言行中，比如在获得诺贝

---

① Johansen，*Japan's non－binding*，Stanford University Press，August，2003.

② 《大江健三郎 2000 年北京讲演全文》，http：//www. booktide. com/News/20001020/200010200017. Html。

③ ［日］大江健三郎：《大江健三郎口述自传》，尾崎真理子整理，许金龙译，新世界出版社 2008 年版，第 117、118 页。

尔文学奖之后大江坚决地拒绝了日本文部省颁发给他的荣誉奖章，并声明不想与天皇相关的东西发生任何关联。此外，在获奖之后多次受邀出国所做的演讲中，大江都多次重申自己的观点，表现出了刚直不阿的性格和无所畏惧的勇气；另一方面则表现在他的小说创作之中。

在大江发表的诸多作品中，有一部名为《十七岁》（第二部《政治少年之死》）的小说。作品写了这样一个故事：主人公“我”出生于一个五口之家，有一个哥哥和一个姐姐。姐姐在自卫队医院工作，东大毕业的哥哥在电视台当导演，父亲很辛苦地当上了私立高中的教导主任。他就读的学校学风很好，和其他同学一样，他一直都有右翼思想。有一天，同学问他：“要不要去做‘右’的托儿?”从此便开始和他们一起参加了右翼活动，后来又从保守党和财界那儿拿了钱，搞起了暴力活动。对于并不真心打算发动政变、建立以天皇为中心的国家的领导者，他感到很不满意，于是决定去刺杀左翼领导人。接着，在无数次的调查中，尽管他如实交代了自己的动机，却得不到警察的理解，最后被送进了鉴别所。在单身牢房里，他结束了自己的生命。众所周知，这是一部以当时发生的“浅沼事件”为题材的小说创作。“60年安保斗争”时，右翼分子对日益壮大的革新势力心怀恐惧，就在这种局势下，10月12日当日本社会党委员长浅沼稻次郎在日比古公园发表演讲时，17岁的右翼少年山口二矢突然出现，将浅沼当场刺死。大江就以这一事件为题材创作出了小说《十七岁》。小说中17岁的少年“我”自然也就是以右翼少年山口二矢为原型创造出来的。小说出版之后，右翼分子怒不可遏，闹到出版方文艺春秋那里，并对大江进行了各种形式的恐吓和威胁。为何简单的一部小说却造成右翼势力这么强烈的反应呢？其原因还在于小说本身。大江以一个貌似受到右翼文化强烈吸引的作家身份在小说中塑造了另一个右翼少年，但在作品中却委婉曲折地对天皇以及右翼势力做出辛辣的讽刺和强烈的挖苦，尤其是作品的结尾，主人公一边高喊“天皇万岁”一边进行自慰，在性高潮中结束了自己的生命。这在将天皇奉为神明的右翼势力眼中无异于世间最大的侮辱，作家的行为自然是不可饶恕的。右翼势力的报复手段是多种多样的，在大江的小说《新人啊，觉醒吧》中，右翼少年将叙述者“我”的残疾儿义幺骗出丢弃在了火车站上；《被偷换的孩子》中，以大黄为首的右翼分子将少年时代的主人公古义人以及吾良引诱到修炼道场进行了人身的伤害并利用吾良的色相引诱并杀害了美国文化中心的皮特上校，在其后的岁月中又不断对试图调查吾良自杀原因的古义人进行了卑鄙的人身攻击；《愁容童子》中，回到家乡试图对家乡流传的“童子”的故事进行研究的古义人却与当地人几度发生冲突、多次入院。虽说虚构的小说与现实存在着一定的差距，但在小说风格一向以“私化”著称的大江作品中，我们还是不难看出大江与右翼势力相冲突的影子。难能可贵的是，对于右翼势力无论肉体还是精神的折磨，大江并没有低头妥协、隐姓埋名，而是与其进行了坚决的对抗，就像他在小说《政治少年之死》中所说：“眼看他要拿刀子扎过来的时候，要是以为自己就这么默不作声挨上一刀的话，那还真是恐怖。一想到我也可以不这么做，也可以和他对抗的时候，我就变得镇定起来。有一次，我觉得自己就算是和右翼分子面对面说话，也没什么问题了。”

二 核与暴力下“老人的愚行”

在当今这个灾难深重、危机四伏的世界中，对大江健三郎的世界危机意识影响最大的莫过于遍布全球、一触即发的核危机了。大江对核的恐怖几乎达到了绝望的程度。在他的许多作品中，一个因担心核战争爆发惶惶不可终日、最终自缢于巴黎的友人安江君的形象多次出现。在《万延元年的足球队》中，友人的形象是这样的：“……用朱红色涂料涂了一头一脸，全身赤裸，肛门插上黄瓜……”① 且不论这种描述是否属实，单看形象本身，红色的涂料、绿色的黄瓜，一对色彩艳丽、对比鲜明的颜色用一种奇怪的方式组合在了本不属于它们存在的地方，色彩本身就给人一种强烈的视觉刺激，刺激的背后带来的是一种本能的恶心，进而是莫名的恐惧，让人不由得感到这就是死亡的意象。读者尚能感到这种恐惧，作为创作者大江，可以想象，友人的死亡及其背后的核时代的阴云带给他的恐惧有多大。

大江对核的恐惧并不是毫无来由的。核能自从第二次世界大战期间被应用于核武器并首次在日本的广岛、长崎“建功”之后，逐步在大国扩展军事实力的道路上得到青睐。冷战期间，核军备竞赛让世界核武器的数量达到了前所未有的程度。苏联解体后，俄罗斯依然保存着大量的核武

① ［日］大江健三郎：《大江健三郎作品集——万延元年的足球队》，叶渭渠主编，光明日报出版社 1995 年版。

器，美英法中的核武器数量跟以前比也没有任何变化，印度、巴基斯坦宣布拥有核武器，朝鲜、伊朗的核问题至今闹得沸沸扬扬。在世界反核和平运动的影响之下，一些国家宣布“不首先使用核武器”，核武器得以暂时尘封，而另一种名为“贫铀弹”的新型核武器却在海湾战争、阿富汗战争、伊拉克战争中频频发威，并且造成了成千上万类似于广岛、长崎原子弹爆炸受害者那样的牺牲者。此外，在核能是否是一种优质新能源尚有待证实的情况下，核电站广泛建立，并且在不到30年的时间里发生了类似于美国三里岛核电站事故、苏联切尔诺贝利核电站事故、日本的比基尼群岛核泄漏事故等多起突发事件，造成了很大的伤亡。

大江自从20世纪60年代初就加入到了反核的行列之中。受《世界》编辑部之邀，大江于1963年和1964年的夏天两次前往广岛。第一次去是为了采访在那里举行的第九届原子弹氢弹世界大会，由于针对“反对所有国家进行核试验”这个观点各国意见不一，产生了分歧，大江对此非常反感，于是放弃了原来的采访计划，改为采访医院里的原子弹爆炸受害者。大江对所见所闻深感震惊，并于第二年夏天进行了持续性的工作，然后写下了随笔《广岛札记》。

《广岛札记》谴责了美国在第二次世界大战结束前对广岛投射原子弹的行径，讴歌了那些本身就是受难者却还仍旧奋战在救援伤者第一线的医务工作者和顽强地活下去的广岛人。在《广岛札记》中，大江对原子弹这个造成了几十万人瞬间灭亡的屠杀工具表示了极大的不满：“当原子弹爆炸的瞬间，它便成为人类的恶的意志的象征，成为残暴的罪恶之神和最为现代化的瘟疫。企图对为了尽快结束战争而需要的武器——原子弹做出任何善意解释的尝试，恐怕连求得参加进攻的士兵们的心之所安都不能做到。因为包括联合国军和日本军在内，姑且不论攻守双方的得失，原子弹赤裸裸地暴露了战争本身恶的绝对值。”广岛之行使大江健三郎以广岛和那些受到了人类有史以来最大伤害的真正的广岛人为“最基本最坚硬的锉刀”，呼唤世界各国放弃核武器，为构筑人类的和平共同努力。因为核武器是导致人类最悲惨的一幕的祸根，是残暴的罪恶之神和最为现代化的瘟疫。令人可悲的是，大江认为包括日本人在内的众多世界人对核武器的破坏性缺乏想象力，没有必要的核危机意识。广岛的悲剧并没有让人认识到核武器的严重后果，在很多人的眼中，核武器是一种权力和民族自豪感的象征，印度等国将拥有核武器作为迈向大国的手段，朝鲜、伊朗将核武器作为要挟美国的政治工具，然而很少有人再次提及核武器对人类犯下的巨大罪行，以及迄今为止唯一的核爆受害者——广岛人。大江对此深感遗憾："地球上人类的任何一个人都在试图彻底忘记广岛，忘掉发生在广岛的最为严酷的人类悲剧。"①

当核武器的数量足以将地球炸毁无数次的时候，任何引发再一次世界大战并将地球毁灭的可能性都会无限增大，面对这种状况，人类何为、作家何为？在获得诺贝尔文学奖后，大江健三郎仍明确地说："我的文学责任就是要对20世纪发生的事和做过的事，进行一次总的清算……关于核问题，美国市民习惯地认为，它是保卫西方社会的武器，不愿认为投下原子弹是犯罪的行为。核武器是一种罪恶，这种意识尚未成为普遍的认识。所以，今后我要继续呼吁下去。"②

在核威胁继续存在的21世纪，人类逐步沦为以美国为首的拥有大量核武器的超级大国的人质。弱小的民族无力正面对抗这一巨大暴力，只好以游击式的小型暴力来维护自己的生存空间。人体炸弹、自杀式爆炸、恐怖袭击，各种形式的小型暴力随着大国强权政治的推进如雨后春笋般涌现出来，并在震惊世界的"9·11"事件中达到了高潮。对此，大江提出了自己的观点："今天这个现实世界的最大问题，是难以撼动的核武器这种巨大的暴力结构已经被制造出来，且正在形成美国独家垄断的局面。这个事态已经因为布什总统个人的性格而走向危险的方向。或者说，就程度而言，此时目前似乎已是难以逆转。即便不考虑布什总统的因素，美国想要称霸世界的进程，也会因为核武器那种巨大的暴力结构本身的逻辑和力量而得以推进。只要这个情况得不到改善，今后，针对那巨大的暴力结构，通过个人规模的暴力单位而发起的抵抗，在无法确切展望未来的情况下，将在世界各地发生……我在想，这样的事件也只能持续不断的发生吧……我认为，从'9·11'翌日开始，类似的大小恐怖事件甚至会在世界各地此起彼伏……"③大江的担心不是没有道理的，就在伊拉克战争结束数年之后的今天，美国仍然深陷在伊拉克大

① [日]大江健三郎：《大江健三郎作品集——广岛札记》，叶渭渠主编，光明日报出版社1995年版。

② 转引自刘立善《论大江健三郎个人的体验》，《日本研究》1995年第1期。

③ [日]大江健三郎：《大江健三郎口述自传》，尾崎真理子整理，许金龙译，新世界出版社2008年版，第242页。

大小小的恐怖袭击的泥潭中不能自拔。面对这样的世界状况，作家应如何作为呢？

在《别了，我的书》中，作者就虚拟了这样一出以小型的暴力来对抗国家级别的巨大暴力的恐怖事件，只不过最后成为虎头蛇尾的“老人的愚行”而已：主人公古义人数十年前就在东京附近的北轻井泽买下一块林中空地，并请他儿时的好友椿繁设计、建造了一幢房屋，取名“小老头之家”。古义在获得一项世界文学大奖后，又在“小老头之家”旁另建新宅。椿繁在美国圣地亚哥大学建筑系执教，因厌倦于“9·11”以后美国的一系列黩武政策回到日本，同行的有他的学生弗拉基米尔和清清，他们分别来自俄罗斯和中国山东的高密。椿繁想买下古义的地皮和房屋，作为他和一些年轻朋友在日本的活动基地。为了抢得重组世界秩序的先机，他们在秘密组织“日内瓦”的指挥下，准备炸毁东京某一超高层建筑，实施所谓的“大决战”。照一般理解，这是一伙恐怖分子，但是作者非但没有把他们写成异类，反而突出了他们正常、人性的一面。古义几十年来反对日美安全同盟和不义战争，他倾听了椿繁等人意图制造这一事件的缘由，感到自己的另一个自我（“有着怪异之处的年轻家伙”）把他往那方向推去，参与了“大决战计划”——炸掉东京最高的大楼，以此来震惊世界，对抗拥有核武器的巨大暴力。而计划却意外地被“日内瓦”否决了。椿繁转而计划进行更为小型的暴力：首先以古义人的“小老头之家”为实验品，实施爆炸计划，然后把实况录下来制成影像，通过网络的形式传播向全世界。这样，椿繁设计的“unbuild/破坏”理论和技术，就会以“个人为小单位的自由形式，对抗国家级别的巨大暴力机构”。如果说这是椿繁提出的破坏理论，那么古义人的任务就是要把象征着今后将在全世界范围内不断发生由“个人组成的小型暴力”毁灭全人类的“征兆”写下来，两人由此组成“奇怪的二人组合”，在黑暗的现实世界捣乱。然而整个事件却因执行者大武、小武的提前行动，并导致小武的死亡而宣告结束，恐怖事件变成了丑闻，古义和椿繁这对“奇怪的二人组合”的计划至此彻底成为虎头蛇尾的“老人的愚行”。

大江并不是一个恐怖主义者，反而在几十年的创作生涯中不断为创造世界和平而大声疾呼。那为什么在书中，作为大江替身的古义却被体内“那个有着怪异之处的年轻人”所推动，进而被椿繁的计划吸引并参与其中呢？大江说：“我在小说世界里写了老人自己被恐怖主义所吸引……在现实中，作为知识分子，我没有作过容忍恐怖活动之类的发言，就个人的指向而言，也没有倾向于恐怖活动。尽管说是自杀式爆炸，但是恐怖活动就是恐怖活动，并不仅仅是自己一人死亡，同时也在杀死别人。不过，作为小说家来考虑的话，那又是另外一个问题。"[①] 这"另外一个问题"又是什么呢？面对日益严峻的国际形势，面对拥有核武器的国家级别的"巨大暴力"，一个步入老境的绝望的老人又能怎么做呢？可以认为，古义的做法正是处于绝望中的大江矛盾心态在作品中的反映：一方面，既然已经没有办法，何不破釜沉舟、矫枉过正。恐怖活动虽非正道，但以暴制暴，能否遏制这日益恶化的世界危局也未可知。不能否认，在大江的内心深处是存在这样一种侥幸幻想的；另一方面，恶的总是恶的，要驱逐恶，求得永恒的善，又怎能作恶、恶上加恶呢？或许正是这种矛盾心态，使得大江为作品设置了这样一个"虎头蛇尾"的结局。而作品本身的意义或许就在于"警醒"二字了。

第三节　拯救的想象力

"在现实的运动中，我们的主张总是归于失败，比如广岛问题、冲绳问题、核武器问题，还有不久将要出现的宪法危机，全都是如此，自己的主张几乎从来没有实现过。"[②] 回顾自己的过去，2008 年，73 岁的大江在谈到自己倾其一生致力的事业时，不无悲情地说了上面的一席话。"在这样一种时刻，一个绝望的老人会做出什么样的决定……于是，就寻找到了静静的境界。"[③] 这"静静的境界"也就是大江迄今为止的最后一部小说《别了，我的书》中的"静静地开始行动"了。"静静地"表明大江清醒地意识到自己已到垂暮之年，已经没有拿起笔作匕首、投枪去战斗的精力了；"行动"显示了他永远不放弃奋斗的勇气和气魄。2006 年在中国的演讲中，大江道出了自己的心声："我已经是个老人，在思考未来的时候，对于也许不久的将来会离开人世的自己本身，我并不做什么考虑，心里想

---

① ［日］大江健三郎：《大江健三郎口述自传》，尾崎真理子整理，许金龙译，新世界出版社 2008 年版，第 245 页。

② 同上书，第 71 页。

③ 同上书，第 245 页。

的更多的是生活在将来的年轻人、他们的那个时代、他们的那个世界。我因此而深深忧虑。”① 在这个名为“始于绝望的希望”的演讲中，大江表明了自己的意愿，那就是在剩下的时间里要为生活在未来的年轻人提供尽可能的帮助，为了他们而“行动”。因为他们才是这个“绝望”世界中最大的“希望”。

一　建立“乌托邦”

实际上，面对令人绝望的“现实”，大江一直在“行动”。从登上文坛不久，大江便有意地在作品中构筑他心目中的理想世界，也就是“乌托邦”。从《万延元年的足球队》《个人的体验》到《洪水涌上我的灵魂》《同时代的游戏》《M/T与森林里的奇异的故事》，再到后期的《燃烧的绿树》《空翻》《“奇怪的二人组合”三部曲》，大江一直致力于“乌托邦”的建立。那么，大江倾其一生构建的这个理想世界到底是怎样的呢？

简单地说，大江笔下的“乌托邦”就是以大江故乡四国的森林、峡谷、村庄为背景的，具有与以东京为中心的主流文化迥然不同却又充满鲜活生命力的边缘文化特色的区域性场所，是边缘人群对抗中心的领地，更是危机世界中人们灵魂的栖息地。

大江有很深的故乡情结，故乡的森林峡谷、自然风光、从祖母那里听到的神话传说等，对大江产生了深远的影响。大江此后的几乎每一部作品中都与“森林峡谷”这一意象发生着联系。在这些作品中，森林峡谷不仅是“乌托邦”建立的场所，更是“乌托邦”本身。早在大江创作初期的短篇小说《饲育》中，就出现了“乌托邦”影子。作品中，“森林峡谷”成为被俘虏的美国黑人大兵与村庄里的孩子之间自由玩耍的空间。在黑人大兵到来之前，森林中的村庄就是孩子们眼中的世外桃源，没有烧杀抢掠，没有战火纷飞，偶尔飞过森林上空的飞机在孩子们的眼中不过是一只大鸟而已。黑人的到来只是引起了孩子们短暂的惊慌，很快就烟消云散了。孩子们一开始轮流照看黑人，随后打开了他的镣铐，并带他去洗澡，当孩子们看到黑人“那英雄般威风凛凛，粗大壮实得令人难以置信的极美的生殖器”，听到黑人嘴里哼哼着听不懂的思乡之歌时，才发现“这家

① 《“始自于绝望的希望”——日本作家大江健三郎在中国社会科学院的讲演》，李薇整理翻译，《文汇报》2006年9月10日。

伙，和人一样呢”。黑人大兵也很快融入了孩子们的“乌托邦”之中。在这里，作家以人道主义的情怀构建了一个暂时没有被战争异化的美好的“乌托邦”。寄予了作家美好希望的主人公“我”和黑人在“乌托邦”里幸福地生活了一个夏天。后来黑人的被杀以及“我”的天真的破灭，说明了战争条件下“乌托邦”思想的不成熟，但我们却也可以从中感受到大江对那样一个田园牧歌式的理想社会的向往。

《饲育》之后的作品中，大江一直致力于这样一个理想社会的建立。早期创作的小说《拔芽打仔》中，传染病的流行意外地让森林中的村庄暂时成为一群被隔离的问题少年们以及被遗弃的少女和朝鲜族少年的天堂。在那里，他们随意地选择房屋，村民们遗留下来的东西成为少年们肆意挥霍的对象。没有约束的他们整日围在操场上点燃的篝火旁，享受属于他们自己的冬日的狂欢。《万延元年的足球队》中，森林峡谷仁慈地接受了现实中不断碰壁、处于极度自我焦虑状态的人们，成就了他们未曾实现的梦想，治愈了他们心灵的创伤，让他们积极地投入到正常生活的轨道中去。在《同时代的游戏》中，“乌托邦”更是以“村庄 = 国家 = 小宇宙”的具体形式出现。百年前，“破坏人”带领着一群村庄的原始创建者们翻山越岭，来到了森林峡谷，建立了远离天皇文化中心的村庄。为了维持一个不同于“天皇国家”，即“现代日本”的世界，村庄的人偷偷实行了双重户籍制度，即为了免除兵役而实行的两个人报一个户口的制度。当秘密败露之后，村民们打起了“不顺国神、不逞日人”的口号，与前来寻衅的天皇军队展开了一场充满创意的战斗。《燃烧的绿树》三部曲中，作者将探寻“乌托邦”的触角伸到了森林峡谷中具有宗教性质的秘密团体中去。在这个远离外界的环境中，人们被“义哥”神秘的治愈能力所吸引，纷纷来到这里，当信徒达到一定数量时，便盖起了教堂，制订了祈祷词，成为一个新兴的宗教组织。在这里，每个人都是平等的，排除了上下关系和规定的任务，这样一个“教团形式的乌托邦”，也成为大江探索路上的重要斩获。《空翻》延续了《燃烧的绿树》探索“乌托邦”的路径，曾宣布弃教的“师傅”重新组织了教团，为了不让教团走上原先的老路，师傅投火涅槃，将教会留给了年轻人，组成了“新人教会”，彻底成为一个“拯救灵魂的场所”。

同样是以“森林中的宗教团体”的形式探索“乌托邦”实现可能性的作品，《空翻》和之前的《燃烧的绿树》又有何不同呢？最大的不同就在于,《空翻》中,“乌托邦”的理想社会终于成为可能,而此前的所有探索都是以“败北主义”而结尾的。之前描写的“乌托邦”形态中,一旦外界强力介入或失去了领导人,那么,“乌托邦”也就面临着解体的危险。而《空翻》中,师傅去世了,“新人”教会又开始了活动,作家在“新人”教会的身上寄予了巨大的希望,可以想见,“乌托邦”是可以无限期地运转下去的。小说中,大江频繁地提到“祈祷”“灵魂的拯救”,祈祷什么?祈祷这个核阴云深深笼罩的世界,人已经无处可逃的今天,人们还能有机会走向未来;祈祷人们能在绝望中生存下去。至此,大江苦心经营的理想社会终于在他虚构的小说世界里成为现实。

大江构筑的“乌托邦”世界不仅是少年们的乐土、痛苦灵魂的栖息地、人们心目中的理想社会,而且还是一个反国家、反权力的“根据地”,在这里,“乌托邦”不仅具有了“庇护”的功能,更具有了“颠覆”的功能。大江深知,不食人间烟火、远离尘世的理想社会和世外桃源纯粹是子虚乌有、毫无意义的,并且也是与他“介入社会”“参与社会”的文学价值理念背道而驰的,所以他建筑的“乌托邦”世界就具有了双重意义。

大江的“乌托邦”世界是建筑在与中心文化相对抗的边缘文化基础上的,因此带有很浓厚的“边缘”色彩。什么是边缘?边缘的文化内涵就是“与以东京为中心的日本文化非常不同的地方文化即边缘文化,也就是说,它首先是以地域差别为参照物的文化。……从更深的层面看,边缘文化是与主流文化相对立的文化。所谓主流文化是指符合稳定的社会秩序需要的文化,一般切合统治者的意识,它们占据社会的支配地位,旨在动员社会和教化公众。对于日本来说,表现天皇思想与政府意志的,如长期在日本主流意识形态中占据中心位置的军国主义、绝对主义(忠诚天皇)、国粹主义(武士道精神)、民族主义(皇神思想、大和魂)等思想意识形态,皆属主流文化范畴”。[①] 在大江看来,主流文化是不真实的,不能代表全体性,反而边缘文化以其丰富性、多样性的特点,更能代表全体。

对边缘文化的吸收,以及对文化人类学、狂欢化诗学理论的研究,让

---

① 罗帆:《边缘人生存境遇及形态表现——大江文学边缘化姿态扫描》,《外国文学研究》2002 年第 1 期。

大江在实现其“乌托邦”思想的“颠覆”功能时更加得心应手。大江从小就从祖母和母亲那里接触到了很多具有浓郁地方色彩的大众文化。1974年，山口昌南的《文化的两义性》发表，大江更是对文化人类学、民俗学产生了浓厚的兴趣，这让他对边缘文化有了更深入的了解，进而在运用边缘文化与主流文化进行对抗时更具有方向性和有效性。“骗子、小丑”等民间文学要素往往被大江信手拈来，在产生“笑”的效果的同时，实现对传统价值体系的彻底颠覆。小丑、傻瓜、骗子这一类形象，是与民间文化中最复杂多义的一些母题，如假面母题、疯癫母题等，密切联系在一起的，尤其是疯癫母题，对于狂欢化文学来说是非常典型的。

《同时代的游戏》“第六信——村庄 = 国家 = 小宇宙的森林（三）”中，当厌恶峡谷村庄习惯风俗的新任小学校长带领着被强迫的学生参拜象征天皇制的三岛神社，并向着神像深深鞠躬时，父亲 = 神官“高声地开了神殿的两扇门，从沿着山崖斜坡的白木阶梯上急忙跑下，来到神殿。父亲 = 神官的装扮，在孩子们看来是做了充分的准备，十分庄重。他顶着一头染成红色的棕榈毛一般的头发，戴着也是红色的天狗假面，本来就像得了末端肥大症似的一双大脚，穿着一双大靴子，靴面上栽着棕榈毛，就像两只黑红色的大野兽脚一般。除此之外几乎全都裸露在外，全身画满红色花纹。生殖器用红色套子裹着，屁股后面有根红色木棒，把这两者用绳子缠在腰间相连。……父亲 = 神官跑到前殿的时候，校长正在香钱柜前深深地鞠躬，他听到声音一抬头，只见父亲 = 神官跳上香钱柜吓唬他。他像逗小狗耍着玩一般逗冲上来的校长，此时孩子们无不大笑。他灵活地挪动穿大靴子的两只脚，一只手保护着生殖器上的红布和屁股后的木棒，还要保护他那天狗假面不要弄乱。总之，他用一只手和小型坦克差不多的校长周旋”。[①] 在这里，父亲 = 神官便扮演了“小丑”角色，“小丑”在神殿自导自演了一出滑稽幽默的闹剧，将象征着官方统治者的校长玩弄于股掌之间，讽刺效果非常强烈。在民间文学中，“小丑”这一形象属于处于社会边缘的弱势群体，小丑的表演是为了引起人们的笑。而在这个场面中，“小丑”的表演将参拜神社——象征着国家元首参拜靖国神社——这样一个正式场合彻底破坏，颠覆意义也清晰地表现出来。

---

① ［日］大江健三郎：《大江健三郎作品集——同时代的游戏》，叶渭渠主编，光明日报出版社 1995 年版。

二　向往“新人”

大江在写完《空翻》之后不久，在加州大学伯克利分校做一个题为《向往“新人”》的演讲，演讲的最后他说：“长篇小说《空翻》肯定是我自己生命中最后的小说之一，在这部长篇中谈到的对‘新人’的期待也源于和老人同样的希望。这虽然是个人感情，但是明治维新以后的一百三十年以及战后的五十年的经验表明，在日本的社会和文学方面，为了设法对抗负面遗产的复活，保卫不多的正面遗产，只有寄希望于新的一代。现在我之所以从心里这样认为，不仅仅是出自个人的感情，而是来源于更普遍的危机意识。”虽然《空翻》最终没能成为作者“最后的小说”，但他的这一席话不禁让人产生深深的思考：作者眼中的新人到底是怎样的呢，什么样的新人能够承担起对抗负面遗产、保卫正面遗产的重大责任呢？

大江笔下的“新人”一词，最早出现在发表于1983年的短篇小说连作集《觉醒吧，新人啊》之中，但此时的“新人”还不具备上面提到的深刻的内涵，这个连作集只是大江围绕现实生活，通过对布莱克预言诗的解读，将二者紧密结合起来以寻求活下去的勇气的探索之作。真正具有多重意义，寄托了作家浓厚的责任意识和人文关怀的“新人”一词，出现在《空翻》这部小说中。在小说的尾声处，大江对作品的情节作了这样的安排：一度弃教后重新建立教会的教主从《新约》的《以弗所书》中找到了一个关键词汇“新人”，把它置于自己宗教活动的中心，并把自己的教会命名为“新人”教会。自此，“新人”一词经常出现在大江的小说中，并且在公共场合的演讲中也多次用到这一词语。

从“新人”一词的发展历程可以看出，在大江的笔下，不同创作阶段产生的“新人”也具有不同的特征。从《觉醒吧，新人啊》，到《燃烧的绿树》《空翻》，再到新近之作《二百年的孩子》《“奇怪的二人组合”三部曲》，大江笔下的“新人”完成了从单义到复义，从“家庭的希望”到“人类的希望”的过渡，从诞生、成长直至成熟的演变。

首先是自立的残疾儿形象。残疾儿大江光的诞生，足以给身处“紧迫的时代”（1960年前后围绕《日美安全保证条约》的签订与否掀起了全社会大规模的示威游行运动）下无论身心都遭受巨大痛苦、近乎绝望的大江以致命的打击，但也不可低估了大江承受压力的能力。他幸运地从恩师渡边一夫那里继承了“具有法国人道主义思想的人”的生活姿态，大江说过：“我们或许会灭亡，可这并不意味着让我们灭亡的势力就是正确的，而我们走向灭亡的这些人是错误的。使得这一切清晰地显现出来，在历史中进行抵抗并走向灭亡——与具有同样看法的人，比如托马斯·曼，或是作为共产主义者走完自己人生，具有很强实践能力的小说家中野重治等人，作为‘战斗的人道主义者’同伴，通过深厚的信任关系和友情而连接到了一起。”① 在这种“战斗的人道主义”思想的指引下，大江选择了与生活——虽然是充满磨难的——进行坚决的抵抗，最终经过一番激烈的思想斗争之后，留下了脑袋上长了一个大瘤子的光，并与其共生至今。在小说创作中，从确立这一“共生”主题的《个人的体验》到《万延元年的足球队》，20世纪70年代的《洪水涌上我的灵魂》《摆脱危机者的调查书》，80年代的《觉醒吧，新人啊》，90年代的《燃烧的绿树》，直至新作《空翻》《二百年的孩子》等，残疾儿大江光几乎都出现在了大江的小说中。为什么会出现这种情况呢？大江曾在随笔《“温柔的”定义》中写道：“于是，面对‘这个可怜的小东西’，我决定要成为一个证人，证明他活过、存在过，也就是说，我决定好好接受这个孩子，跟他一起生活。而且，我当时就预感到，我的证词肯定会成为我一生的文学。”这意味着，大江从这个遭受巨大痛苦却顽强活下去的可怜小家伙身上看到了希望，并将其作为创作主题长期坚持下去。

残疾儿诞生之前的作家，更确切地说是年轻的作家，正徘徊于时代的巨大阴影之下，深受法国存在主义的影响而深陷于苦闷与彷徨的困境。其作品也表现出了浓厚的灰暗与阴郁的色彩。《奇妙的工作》《死者的奢华》描绘了“墙壁”之中的日本青年的徒劳，《人羊》表现了身处美军占领处境下的日本人温顺、柔弱、任人欺凌而毫无反抗斗志的精神状态，《日常生活的冒险》《性的人》写出了精神上空虚的日本人在性领域的苦苦探索中寻求自身的存在状态。总之，身处其中的作家大江感受到了自身的危机，只能将这种危机以沉郁、晦涩的小说文体表现出来，但却无法找到出路。而大江光的诞生彻底改变了作者精神上的这种颓势。从《个人的体验》与其姐妹篇《空中怪物阿贵》的写作可以看出，在进行了一番激烈

① ［日］大江健三郎：《大江健三郎口述自传》，尾崎真理子整理，许金龙译，新世界出版社2008年版，第30页。

的精神搏斗之后，鸟——也就是作者的化身——最终选择了与残疾儿共生开始，作家一扫前期创作的阴霾，作品中具有了指向性的行动意义。作家从自身的悲剧出发，上升到社会国家乃至宇宙的高度，从时代的制高点上看待世间发生的一切，也使自己的作品超出了自身的范畴而具有了世界意义。可以说，残疾儿的诞生，至少使作者发生了由“旧”到“新”的转变，成为不同于之前的“新人”。而残疾儿本身，不仅是促成作者发生转变的实体，而且在自立自强中不断成长，我们不妨也可以将其看成是“新人”之一。

在《个人的体验》发表20年之后，大江出版了系列短篇小说集《觉醒吧，新人啊》。这一系列作品描写了主人公残疾儿义幺的成长历程，以及围绕在他身边的家人的故事。其中最后一章《觉醒吧，新人啊》描写了义幺在结束了一周的寄宿生活，完成了生活训练之后回到家时的场景：

——义幺不去那儿！义幺已经没有了，所以，义幺不能去大家那儿。

我低头看着餐桌，妻子则一直看着我。

——今年6月他就要二十岁了，难道他不想再被人叫做义幺了吗？难道他要叫自己的名字了吗？难道在寄宿的宿舍里，大家都是这样的吗？

一旦理论上成立，天不怕地不怕的完全属于行动派的弟弟立刻站了起来，走到义幺边上，跪在他身边对他说道：

——光，吃晚饭吧。妈妈做了好多菜呢。

——好，就这样，谢谢！义幺用他清脆的童音回答道，跟弟弟已经开始变音的嗓子正好相反。妻子和义幺的妹妹既感到紧张情绪缓和之后的安心，又觉得一直忍受紧张之后的脱臼般的怪异感，忍不住再次笑了起来。①

就这样，义幺长大了，成了光。他父母的担心——自己今后年事渐高，将面向死亡而去，因而此前一直担心这个智障孩子将会如

① ［日］大江健三郎：《大江健三郎作品集——新人啊，醒来吧》，光明日报出版社1995年版。

何？——也随着光的自立而烟飘云散。[①]

作品的最后，在布莱克诗歌的回声中，残疾儿也最终通过自身的成长完成了向“新人”的转化。

其次是“童子”形象。纵观大江小说的创作历程，不论是文中出现的频率，还是由此生发出的意义，“童子”这个形象都具有不可替代的作用。“童子”形象来源于大江故乡四国爱媛县大濑村，传承于大江祖母和母亲讲述的神话及历史。大江最初创造的童子形象叫作“龟井铭助”，“说到铭助……我所感兴趣的是，在各个地方有关农民暴动的传承故事里，经常包含着如同笑话般的部分——小小少年在发挥着重要的作用。他曾前往不把小孩放在眼里的藩府官吏处，从那里偷出武器。当时，我想塑造出这样一个人物——把铭助这个形象，与非洲和美洲印第安人那些滑稽的淘气包，还有将新事物告诉民众的捣蛋鬼的神话形象融汇在一起的人物……让他出现在明治维新前不久在我们这里真实爆发的农民暴动之中。而且，我想把这人塑造为少年英雄”。[②]

然而大江笔下的“童子”铭助却并不具有任何“笑话”的特征，他是一个可以自由往来于时间和空间，是一个每每转世再生后出现在暴动的山民和矿工等处于弱势的劳苦大众身边，为他们出谋划策的传奇少年。童子铭助最早出现在小说《同时代的游戏》中，这是一部试图构筑出四国故乡不为官方所承认和记载的，对以东京为中心的强势文化具有强烈冲击意义的神话史诗特性的作品。后来，同样的形象又出现在《M/T与森林里的奇异故事》《愁容童子》《两百年的孩子》等作品中。尤其在《愁容童子》中，“童子”形象的外延发生了很大的改变，而“铭助”也成为具有相似功能的诸多童子中的一个。小说的最后，大江借助前来对拥有较高知名度的主人公古义人进行研究的美国女性学者罗兹之口，对外延发生了转变的“童子”做出了诠释：“‘童子’们从森林中的做梦人那里出发，前往世界各处，然后再回到森林里来。永远这样周而复始……我所明白的，是森林身处那个犹如巨大机关般的做梦人——我认为，原本他也是一

① ［日］大江健三郎：《大江健三郎口述自传》，尾崎真理子整理，许金龙译，新世界出版社2008年版，第162页。

② 同上书，第129页。

个童子——所见到的梦境，是‘梦中浮桥’。通过这座浮桥，无数‘童子’在各不相同的时间，前往各不相同的工作场所，前往现实世界。但是，做梦人却从不曾迷失无数‘童子’中的任何一人。这一个个‘童子’的工作，就映现在做梦人梦中的银幕上。……当然，也有人像铭助托生的‘童子’那样，在举行暴动的农民走投无路而召开军事会议之际躺在会场，借助梦境返回做梦人处讨教战术。即便不如此，森林深处的做梦人也会通过梦境，向散布在世界各地的所有‘童子’传送指令。”① 就连古义人本人，也“将头脑中的电路连接在做梦人那巨大构造上”，成为无数童子中的一个。

既然如此，那大江笔下的“童子”以及将童子概念扩大化的意义是什么呢？上面也说到过，童子是一个在劳苦大众遇到困难时及时施以援手的传奇少年，而大江本人则像他自己所说的那样，一生都“被那样一种悲伤缠绕着人生”。② 也就是说，大江一直以来都被一种危机的意识所围绕，在这种情况下，他也希望出现一个“童子”将其拯救。在这里，“童子”就与大江一直强调的“新人”有了相同的精神内涵。那么，为什么在《愁容童子》中作家又将“童子”范围扩大到包括作家在内的诸多童子呢？在这部小说中，大江在以往的作品中用几十年时间苦心经营的“村庄 = 国家 = 小宇宙”——作为对抗性的边缘文化——正在遭受以东京、大阪为中心的强势文化的冲击。国家主义沉渣泛起，残存的封建余孽诸如神社之类正大步地向来之不易的战后民主主义发起冲击。而大江只能无力地希求借助诸多童子的力量，来“设法对抗负面遗产的复活，保卫不多的正面遗产”，“必要时去往彼界，化为诸多童子中的一人，在无际的时间和空间里努力复原被强势者/官方所改写、遮蔽甚或抹杀了的弱势者的历史，以此与强势者所书写的不真实历史相抗衡”。③

再次是“年轻人”形象。此处的“年轻人”的概念只是一个泛指，也就是说，他只是作家大江的希望，并不具有明确所指的概念。大江说过：“现在的问题……就是称霸于世界的强大的国家，强大的权力，垄断

① ［日］大江健三郎：《愁容童子》，许金龙译，南海出版公司 2005 年版。

② ［日］大江健三郎：《大江健三郎口述自传》，尾崎真理子整理，许金龙译，新世界出版社 2008 年版，第 141 页。

③ 许金龙：《〈愁容童子〉译序》，见大江健三郎《愁容童子》，许金龙译，南海出版公司 2005 年版。

着包括核武器在内的巨大暴力，在这样一种时刻，一个绝望的老人会做出什么样的决定？……于是，就寻找到了静静的境界。”① 绝望的老人，也就是大江自己了。面对危机重重的世界，个人的努力不会扭转世界的局势，大江深知这一点。除此之外，一个绝望的老人还能干什么？静静地拿起笔，在文学的世界中建造起不同于危机世界的完美的乌托邦，塑造具有鲜活面孔的新人。新人在这里成了一种希望，虽然虚无缥缈，却承载了作家太多的心血。新人在这里不再单纯是自立的残疾儿或者具有神话色彩的童子，而是泛指一切能够改变现状的，象征着美好和纯洁未来的年轻人，甚至未出生的婴儿。

在小说《空翻》中，一度宣布“空翻”而欺骗了教众，但后来又重新创立教团的教主，高呼着“卡拉马佐夫万岁”，自焚于大扁柏树下，代之而起的却是以阿基为首的“新人”教会。阅读作品，我们可以发现，作家大江对新人阿基以及围绕在他周围的年轻人育雄、荻等寄予了巨大的希望。作品中，包括教主创立的教团在内的众多新兴宗教势力的出现及繁盛，反映了当时日本所面临的精神状况：面对 20 世纪 90 年代中期以来发生的一系列社会事件，无论是底层群众还是高层的知识分子，都对国家或者民族这个共同体产生了不信任感。代之而起的是一些包括臭名昭著的奥姆真理教在内的小宗教团体的兴起，以此来对他们的业已脆弱的精神提供庇护。大江敏锐地察觉到了日本人灵魂所面临的危机，并适时地在作品中予以表现。在作品中，大江强调，这种反人类、反科学的宗教活动无疑只是一种“空翻跟斗”，不会产生实际意义。作为对灵魂的拯救，大江创造了“新人”教团——一个没有神也能打造灵魂的场所。至于新人们做了什么，有什么成就，作家并没有给我们提供结果，因为那只是作者播下的一粒希望的种子，虽然种下了，但能否成长，就非绝望的老人所能顾及的了。延续了前期创作的风格，作家在自认为写给孩子们的最好的小说《两百年的孩子》中，主人公的位置完全让渡给了年轻人。小说通过描绘三个少年真木、光和朔，通过“做梦人”的装置巡回于 200 年间的所见所闻，将过去、现在、未来融合在一起，塑造了三个聪颖、善良、热情团结的年轻人形象。作品一扫前期小说阴郁沉寂的特色，充满了阳光与热情，显得

① ［日］大江健三郎：《大江健三郎口述自传》，尾崎真理子整理，许金龙译，新世界出版社 2008 年版，第 245 页。

清新明快。小说的最后，借助父亲之口，大江向年轻的一代提出了希望："我想对你们说的是，希望你们有别于被这种模型制造出来的人，成为那种自主而有合作精神的真正的新人，无论置身于怎样的未来。"①

"新人"形象寄托了已经步入老年的作家对于未来的希望。至于"新人"的定义到底是什么，作家没有下一个具体的定义，我们也不必多此一举了。但致力于培养"对抗负面遗产，保留为数不多的正面遗产"的新一代的任务，身为作家的大江却一直在不遗余力地努力着。

综上所述，从"危机"与"拯救"的角度解读，可以让我们更深刻地理解大江健三郎和他的文学作品。大江深受存在主义"介入"说的影响，对社会、对人生的参与程度是人们有目共睹的。迄今为止，大江的所有小说，即便像《二百年的孩子》这样幻想性的童话小说，其根基依然是深深扎在现实的土壤之中的。大江一度宣布封笔，可是每当现实出现了让他感到危机的重大事件，他体内"怪异的年轻人"便会按捺不住，促使他背弃了封笔的誓言，重新站到用文学关心现实、干预现实的作家行列中来。数十年的坚持使大江获得了巨大的成功，他创造性地将民族性与世界性、现实主义与现代主义、自我与世界、现实与神话相结合，获得了世界的认可。这一切，与他的"危机意识"是分不开的。进入21世纪，70多岁的大江依然笔耕不辍，仍然坚守着自己纯文学的领地，坚持着人道主义的理想，将文人的良知和责任进行到底。

---

① ［日］大江健三郎：《两百年的孩子》，许金龙译，百花文艺出版社2007年版。

第七章

库切——东方白色飞鸟

2003 年 10 月 2 日，瑞典皇家科学院常任秘书贺拉斯·恩格达赫尔在瑞典斯德哥尔摩宣布，南非作家约翰·马克斯维尔·库切（John Maxwell Coetzee1940— ）为 2003 年度诺贝尔文学奖得主。这是继 1991 年的纳丁·戈迪默之后，南非出现的第二位获此殊荣的作家。瑞典皇家科学院在授奖词中指出“J. M. 库切的小说以构思精致、对话隽永、思想深邃为特色。然而，他是一个有道德原则的怀疑论者，对当下西方文明中浅薄的道德感和残酷的理性主义给予毫不留情的批判。他以知性的诚实消解了一切自我慰藉的基础，使自己远离俗丽而无价值的戏剧化的解悟和忏悔。……在对人的弱点与失败的探索中，库切抓住了人性中神圣之火。”[①] 恩格达赫尔说，选中库切是个“很容易做出的决定”，因为“我们每个人都被他对文学的贡献所折服。我说的不是指他写书的数量，而是他作品的质量。我认为他是一个值得大家不断讨论和分析的作家，他的作品应该是我们文学遗产的组成部分”。[②] 就这样，这位行事低调却早已在南非乃至整个非洲扬名的白人小说家立时成为世界文学界瞩目的焦点人物。

第一节　自我放逐中求生存

1940 年 2 月，库切出生于南非开普敦的一个荷兰裔家庭。他的父亲是荷兰移民的后代，第二次世界大战中曾参军到北非和意大利战场，战争结束后回到南非供职于政府，但因与种族主义当局政见分歧而离职，后来成了一名律师；母亲则是一位具有荷兰和德国双重血统的初中教师。库切

---

① 宋兆霖主编：《诺贝尔文学奖全集》（下），燕山出版社 2006 年版，第 1239 页。

② http：//news. sohu. com/28/49/news214034928. shtml.

的父母虽不是英国人，但其家人都说英语，这就为他后来用英语写作奠定了深厚的语言和文化基础。

1957 年，从天主教中学毕业的库切进入南非开普敦大学，并于 1960 年和 1961 年分别获得英语和数学学士学位，1963 年，他又拿到英语硕士学位。但是，由于不满南非当时盛行的种族隔离制度而导致的混乱的国内状况，再加上对于英国文化的热爱，毕业后的库切来到英国伦敦，顺利进入 IMB 公司，成为一名电脑程序设计员。然而，枯燥的职员生活并不是库切所追求的，于是在工作之余，他以大量的精力投入到文学研究中。1965 年，凭借优秀的研究成果，25 岁的库切获得美国得克萨斯州大学的奖学金，赴美攻读博士学位。在读期间，库切的研究兴趣转向荒诞派戏剧家贝克特。1969 年，库切完成了他的博士学位论文《萨缪尔·贝克特的英语小说：风格分析评论》，获得得克萨斯州大学文学博士学位，并受聘于纽约州立大学法罗分校。1971 年，库切回到南非，在开普敦大学英文系任教达 20 余年。这期间，他还担任美国纽约州立大学教授、哈佛大学客座教授。2002 年，库切辞去开普敦大学英语系主任一职，移居澳大利亚的阿德莱德，并进入阿德莱德大学，继续从事文学研究。同时，库切还在美国芝加哥大学授课，并成为该校“社会思想委员会”成员，负责帮助培养博士研究生。

2006 年 3 月，库切向澳大利亚移民部门提出申请，顺利加入了澳大利亚籍。库切的这一决定让很多人感到吃惊。虽然库切本人强调，他去澳大利亚，并不是为了脱离南非，他仍然和南非保持着强烈的情感联系。但是，只要将库切这些年在东西方之间的徘徊历程稍加梳理就不难发现，库切最终选择一个在经济、文化和历史上都处于西方边缘位置的澳大利亚定居，其原因是不言而喻的。

自幼所受的英语教育虽然为库切日后走上文学创作道路提供了便利的语言条件，但同时也不可避免地时常将青少年时代的库切置于左右为难的境地。由于家庭教育的原因，生活在南非的库切一直视英语为自己的母语。可是周围的人们大多讲南非荷兰语，于是他就时而说南非荷兰语，时而说英语。两个不同的语言社会使他感到尴尬万分，有时他干脆把两种语言都排斥。这种由语言的混乱而造成的意识的分裂使库切极其痛苦。再加上库切的家境不是很好，尽管是白人，尽管属于殖民国家的移民，但是在南非严格的种族等级社会秩序下，其家庭也只能算是南非白人中的中下级，处于权利的边缘。而且少年时代的库切还得随着经常变换工作的父母不断搬家，每搬一次家，他都要被迫面对重新适应并融入周围环境的困难。正因如此，库切很早就感受到双重文化身份置换间导致的边缘人身份的痛苦以及频繁被置身于陌生之境而产生的孤立无依的悲哀感。所以，开普敦大学毕业后，库切旋即逃离南非这令人痛苦之地，义无反顾地前往英国这个他心目中的母国：他坚信来到这儿，一切痛苦就都会烟消云散。

然而，残酷的现实无情地击碎了库切的寻根梦。在英国工作三年的他发现自己无论如何也褪不掉英国人眼中南非人的身份。后来库切虽被聘为美国得克萨斯大学助教和研究员，并获得文学博士学位，还在纽约州立大学当了一年讲师，可是当他申请绿卡时，却出乎意料地遭到拒绝。这样的境遇深刻揭示了作为一名荷兰裔南非白人的充满矛盾与戏剧性的人生——“同属于两个世界，不完全属于任何一方”①：一方面，他生在南非，长在南非，目睹并体验着缘于殖民主义和种族隔离制度的种种罪恶，对白人上等统治者无比憎恨，对殖民地黑人充满同情却又无能为力；另一方面，他有着永远无法改变的白色皮肤，受着白人教育，与当地南非人（黑人）之间有着难以穿透的隔膜。在南非，他是入侵者的一员，被土著居民仇恨着；在西方，他是南非的公民，被当地白人鄙视着。

1972 年，在欧洲屡次遭拒而百般无奈的库切被迫回到了母校开普敦大学，并在那儿的英语系担任讲师，12 年后，还成为该校的文学教授。可是，无论是事业上的成就还是时间的冲刷，都抹杀不了库切那种“在自己家中没有如归的安适自在之感”② 的灵魂剧痛，最后，他还是执着地选择了离开，移居澳大利亚。

库切用了几十年的时间去寻找一个真正属于自己，并真心接受自己的“家”。这个过程像极了安徒生笔下的那只出生于鸭场却不被接受，不得已四处寻觅能接纳自己的伙伴的“丑小鸭”。故事中的“丑小鸭”最终找到自己的同伴，成为真正的白天鹅。现实中的库切，不也是一只寻家的白色飞鸟吗？为了寻求一个栖息之所，他一直在东（南非）西方国家上空

① ［美］爱德华·W. 萨义德：《文化与帝国主义〈导言〉》，李琨译，生活·读书·新知三联书店 2003 年版。

② ［美］爱德华·W. 萨义德：《知识分子论》，单德兴译，生活·读书·新知三联书店 2002 年版，第 52 页。

盘旋。虽然他处处碰壁、屡屡受挫，但始终没有放弃寻找的希望，终于在2006年，66岁库切选择了澳大利亚这个以各国移民占人口大半的移民国家作为最终归宿，过起了“宁静、平缓的生活”。

库切的大半生都在为“我是谁，我属于哪儿”的问题寻找答案。在这“寻根”的过程中，他经历了人生的“主动追寻”到“自我放逐”的转变。起初的库切，怀着对美好未来的憧憬，一腔热情地投身到梦想家园——英国的怀抱，然而英国的双臂并没有为库切张开。后来，库切又退而求其次地把希望的橄榄枝投向美国，但结果仍是令人失望的。此后，屡次受挫的库切只能放弃“主动追寻”，无奈地回到了南非，一待就是几十年。这是一段极其痛苦的人生历程，可也正是这种对“自我存在”之肯定的痛苦的寻求过程，赋予了库切很多有益的东西，使他看到了许多别人看不到的，而这恰恰是那些足迹从未越过传统与舒适范围的心灵通常所失去的东西。这些，库切在他的获奖演说中以隐喻的方式进行了表白。

库切在诺贝尔文学奖获奖演讲词《他和他的人》中提到了一种鸭子：“为了去逮野鸭，泽国里的人们（沼地人）驯养出一种鸭子，他们称之为诱饵鸭。”[①] 每到捕获季节，沼地人就会把诱饵鸭放到荷兰、德国去。这些受过训练的鸭子会告诉外国鸭子英国的生活是多么美好，然后再把那些动了心的外国野鸭带到英国，带到他们居住的那片池塘。来到英国的外国野鸭本以为从此以后会过上无忧无虑的生活，却没想到自己正一步步走向死亡。因为“它们早已经被那些驯养诱饵鸭的人盯住了，这些人潜入泽国隐蔽之处，……偷偷将一把把谷物抛进水里，驯养的诱饵鸭就一路跟着主人撒的东西走，后面就跟着那些外国客人。这样两三天以后，它们领着客人们进入越来越窄的水道里，而且还一路不时招呼着说，瞧我们英格兰日子多么好过，然后它们来到一处已经张了许多张网的地方”[②]。这时候，沼地人就放出诱鸭犬去追那些外国客人。“可怜的鸭子被追得紧时连忙飞起来，但又被上面架着的网撞落到水里挣扎成一团，想要游出去，但网越收越小，像一只钱袋，最后那些等着收获的人就伸出手来一只只把捕获物捉住。那些诱饵鸭得到了抚慰和夸奖，而它们的客人则被当场击昏，煺了

① ［南非］库切：《慢人》，邹海仑译，浙江文艺出版社2006年版，第297页。

② 同上书，第298—299页。

毛，然后成百上千地拎着卖掉。”① 这个故事其实正是库切英国生活的写照。库切本以为只要来到英国，他就可以开始全新的生活，因为在他看来，英国才是他真正的家，到了英国，就可以有一个完全不一样的生活。可是没想到，英国并不接纳他，在英国人眼中，他只是一个不入流的第三世界国家的南非人。库切正像那些被诱拐到英国的外国野鸭，怀着去天堂的梦想下了地狱。

当真正明白英国的伦敦对于自己来说不是天堂而是洞穴的时候，库切选择了放弃，放弃了“主动追寻”，开始了“自我放逐”，这可谓是“得到苦的涤除，而上了苏生的路”②。不再执着于心中的那块理想绿洲的库切放开自我，随波逐流，或许有一天能像鲁滨逊那样漂流到一座远离尘嚣的荒岛上，虽然孤独，可也算得上是属于自己的“家”啊。可见，库切的“自我放逐”其实是一种逃避：逃避主流。他已经不再勉强自己硬挤进那本就不属于他的主流世界，而是选择“另辟蹊径”——寻找或构建一个真正属于他们这一类人——散裔族群的世界。在库切的作品中，我们经常会看见“鲁滨逊”这一人物形象。鲁滨逊的荒岛大概已成了库切最无奈的向往。因此，库切既不回归南非也不赖在英国，而是移民澳大利亚，这一选择无疑是他放弃寻根的表现，但是这种放弃绝不是失望的妥协，而是解脱的释然，是困惑之后的顿悟：对于散居族裔来说，重要的不是“我本来属于哪儿”，而是“我应该属于哪儿”。

第二节 “理想倾向”的不懈书写

在世界文学史上，库切算得上是一个大器晚成的作家。1974 年，34 岁的库切发表了自己的第一部小说《昏暗的国度》（*Dusk lands*，又译《幽暗之地》），从此开始了文学创作生涯。1977 年发表《来自国家的心脏》（*In the Heart of the Country*，又译《内陆深处》）。1980 年凭借小说《等待野蛮人》（*Waiting for the Barbarians*），摘得费柏纪念奖、布莱克纪念奖。1983 年，《迈克尔·K 的生活和时代》（*Life and Times of Michael K*）出版当年就为库切赢得了英语文学界最高荣誉——英国布克奖。1986 年，

① ［南非］库切：《慢人》，邹海仑译，浙江文艺出版社 2006 年版，第 299 页。

② 《鲁迅全集》第七卷，人民文学出版社 2005 年版，第 107 页。

出版小说《福》（*Foe*，又名《仇敌》）。1988 年发表散文集《白人写作：关于南非文化的书信》（*White Writing：on the Culture of Letters in South Africa*）。1990 年，《铁器时代》（*Age of Iron*）问世。两年后，又出版散文集《双重视角：散文和访谈集》（*Doubling the Point：Essays and Interviews*）。1994 年的《彼得堡的大师》获得《爱尔兰时报》国际小说奖。1996 年，出版散文集《冒犯：论书籍审查制度》（*Giving Offense：Essays on Censorship*）。1997 年，库切的第一部自传体小说《童年：外省生活场景之一》（*Boyhood：Scenes from Provincial Life I*）出版，同年，出版《什么是现实主义?》（*What is Realism?*）。1999 年，库切凭借小说《耻》（*Disgrace*）再次夺得英国布克奖，从而成为史上唯一一位两次获此殊荣的作家。同年，他发表了为动物维权的小说《动物的生命》。2001 年，库切出版了两部论文集《非洲的人文学科》（*The Humanities in Africa*）和《陌生的海岸：1986—1999 散文选》（*Stranger Shores：Essays，1986—1999*）。2002 年，库切的第二部自传体小说《青春：外省生活场景之二》（*Youth：Scenes From Provincial Life II*）问世，和《童年时代：外省生活场景之一》构成一个完整的成长故事。2003 年，库切在获诺贝尔文学奖的前两个月，出版了一部集杂文和小说于一体的新书《伊丽莎白·科斯特洛：八堂课》（*Elizabeth Costello：Eight Lessons*）。2004 年，库切还发表了一本诗歌翻译著作《划船人的风景：荷兰诗选》（*Landscape with Rowers：Poetry from the Netherlands*）。2005 年，发表小说《慢人》（*Slow Man*）。2007 年的《凶年纪事》（*Diary of a Bad Year*），成为库切改变国籍后出版的第一部小说。2009 年，发表小说《夏日》（*Summertime：Scenes from a Provincial Life*）。2013 年又发表了新作《耶稣的童年》（*Childhood of Jesus*）。

库切的处女作《幽暗之地》由《越南计划》和《雅各·库切之讲述》两部看起来不搭界的中篇小说组成，两个文本都采用第一人称叙述。《越南计划》的主人公尤金·唐恩是一位与库切同时代（20 世纪 70 年代）的美国大学教师，参与了设计越南战争升级计划。《雅各·库切之讲述》是生活在 18 世纪 60 年代南非荷兰裔殖民者（也称布尔人）雅各·库切的自述。小说中的两位主人公生活的时代和地域迥异，作者把越战期间服务于美国政府可个人生活却糟糕透顶的人的奇思异想，和 18 世纪的布尔人在非洲腹地的探险报告并行而述，展示了两种不同的遁世方式。一个是智力的夸张和心理上的妄自尊大，另一个则是充满活力、富于荒蛮气息的生命进程，两者互为映照。但是两位主人公又有一些共同特点：畸形发达的自我，对暴力手段的崇拜，并且总能为自己使自私动机合理化。《幽暗之地》结构新奇，称得上是形式实验的“先锋”之作。它受贝克特的影响比较大，像文本套文本、作者作为人物出现等一些贝克特作品标志性的特点也出现在《幽暗之地》。通过《幽暗之地》，库切强烈谴责了越南战争和他自己国家的种族歧视并生动揭示了意识形态对历史写作的复杂干预。虽然这是作者初试写作才华的小说，但却掩饰不住其聪明老练，这部愤怒中夹杂了一丝无奈和绝望的小说中若隐若现的悲观感也奠定了库切以后作品的主基调。

《内陆深处》是一部相当诗意化的小说。一个与父亲一同生活的白人老处女发现了令她憎恶的事实——他父亲和一个有色人种年轻女子有着不正当关系。她幻想着把他们两人都杀死，而实际上所有的一切都透露出这个老处女自己想跟家中的男仆保持苟合之事。那一系列事情并无明确的结局，读者唯有从她的笔记中去找寻线索，但笔记中真真假假的记录交错混杂，粗俗和优雅的笔致并行其间。爱德华七世时期描写女性内心独白那种矜夸的文体与非洲大地的自然环境极为和谐地融合在一起。库切小说里果敢而充满情欲的女主人公审视着自己被拒斥的人生：她被冷漠的父亲所忽视，又遭到仆人们羞辱和恐吓。作为一个痛苦的知识女性，她驯服的外表下掩藏着不想成为“历史弃儿”而拼死一搏的决心。当她父亲与一个土著女人发生关系时，她陡然打定主意采取报复行动。《内陆深处》是一部极具诱惑力的作品。库切以洞察入微和准确无误的目光，从一个家庭故事中折射出殖民地生活的体验。

《迈克尔·K的生活和时代》为库切第一次赢得了英国布克奖，被纳丁·戈迪默称作“一桩了不起的成就”。小说的主人公迈克尔·K是一个天生兔唇、智力低下但却心地单纯、善良的男子。他从残疾儿监护学校毕业，曾做过花匠和值夜人。他没有父亲，没有朋友，和母亲相依为命。由于在大城市开普敦无法安定地生活下去，31岁的迈克尔·K便带着病重的母亲到她儿时的乡村定居。然而，母亲却不幸在旅途中去世。于是K开始了孤独的颠沛流离的生活：他被政府军抢劫，失去了全部财产；他因为没有通行证，被警察抓去充当无报酬的苦工；他寄身无主的农场，却被农场主的逃兵孙子排挤出去；他露宿街头，却被巡警抓进难民营；他逃入山中，几乎被饿死；他重返农场，希望靠自己的劳动过上一种自给自足与世无争的生活，却被军人认作游击队的支持者，抓起来关入监狱；他最后无法忍受监禁生活，于是越狱逃跑；他在与一帮颇有吉普赛人风格的流浪者接触中，有了人生第一次性经历。小说的最后，这个一心梦想着使荒野开满南瓜花的小人物K踏进了母亲曾经住过的位于蓝色海岸饭店走廊里的那个房门上“画着警告性的死人头”的房间，“舒舒服服地睡在这个发臭的角落里”回顾着自己的过去，想象着他所向往的宁静生活。小说用一个简单质朴的故事描绘了内战爆发后一片荒凉的战争场景下的大南非，“讲述了一个卑微的生命在充满战争、军队、种族隔离的社会中苦苦挣扎，渴望寻找生命绿洲”[①] 的过程，作者不露声色地一方面谴责了种族主义，一方面对人类的生存环境发出了质疑，力图表现人在混乱环境中内在的精神生活以及人和他所生活的外部世界的关系等一系列问题，充满了卡夫卡式的寓言意味。

《仇敌》是一本很有意思的小说，可以看作《鲁滨逊漂流记》的改写本。小说讲述了一位英国女性苏珊·巴顿由于在航海中遭遇船员暴动，结果被弃置在一条小船上，漂流到了大西洋上的某座小岛。小岛的统治者鲁滨逊·克鲁索救了她。另外，鲁滨逊·克鲁索还有一名哑巴仆人——星期五。一年后，获救并返回英国的苏珊带着星期五来拜访作家丹尼尔·笛福（《鲁滨逊漂流记》的作者），希望笛福能写下他们的故事。但是，作家却在其中发现了另一个全然不同的故事，并想要“在所有实质事物中揭露真相”。这部小说与库切以往的作品风格迥异。美国《出版家周刊》认为，《仇敌》所隐喻的毒化南非的邪恶社会教条，在主角间的互动关系中呈现了出来。

《白人写作》是一部非常能表现库切文学批评素养的散文集。在这部作品中，库切用批评家的眼光讨论了南非白人作家对非洲风光的描绘、外来的旅行者和移居者对非洲的记录、农场小说以及南非文学和欧洲浪漫主义文学的关系等一系列问题。

《铁器时代》是库切的第六部小说，也是他创作生涯的一个分水岭。他此前的五部小说，虽然都无一例外地表现了对殖民文化、种族主义、暴力与仇恨的思考与追问，但手法上都带有笛福、卡夫卡和贝克特式的寓言风格，充满了意象、隐喻和象征意味，而这部《铁器时代》来了一个转

---

① ［南非］库切：《迈克尔·K的生活和时代〈编辑手记〉》，邹海仑译，浙江文艺出版社2004年版，第1页。

折——作者第一次以写实的手法，直接切入当时南非的社会问题。这是一部形式独特的书信体小说，以第一人称“我”展开叙述，从头到尾是“我”写给女儿的一封长信。全书中真正意义上的人物只有两个：主人公“我”（卡伦太太）和流浪汉范库尔先生。卡伦太太是一个退休的大学历史教师，独自住在一幢大房子里，丈夫早已离异，唯一的女儿远在美国。她在被确诊罹患癌症的那天，在自家车库后边发现了庇身于纸板箱里的范库尔。接触几次之后，富有同情心的卡伦太太开始向范库尔提供食宿。可是范库尔对这样一位中产阶级老妪的援助并不怎么领情，因为现实的磨难给他带来了一副冷漠心肠。卡伦太太和范库尔在一起的时候总是喋喋不休，诉说自己的往事，谈论自己的病情，感慨世道混乱。范库尔通常默不作声，也许是心不在焉，也许根本就接不上她的话茬（尤其那些有关生命与死亡的言谈）。她的讲述每每成了自言自语，就像“雨水落在荒漠的土壤里”。其实，卡伦太太不光在范库尔面前唠叨不休，她也跟自己的黑人女佣讨论社会话题，开导黑人孩子如何去适应社会规则……甚至，她还爱跟警察去较真。小说中还穿插了三起黑人被践踏、被杀戮的不幸事件，推动了故事情节的发展。但卡伦太太不是黑人运动的参与者，她只是一个不想置身事外的旁观者。她对黑人的命运深感同情，但对他们以暴制暴的斗争方式却另有看法。其实她从未认真思考过黑人的命运与前途，只是当自身的权利也被践踏的时候才对反抗的意义有所领悟。当局的种族主义政策让她深感耻辱，让她痛心疾首，这一切都像癌细胞一样啃噬着她的生命。身体上癌症的疼痛深入骨髓，对于这个世界的失望更是让她痛不欲生。她一直在想着自杀的事儿，甚至想过在政府大道上撞车自焚。最后，卡伦太太在范库尔的帮助下以安乐死的方式结束了自己的生命。库切很擅长用最简单的人物关系来表现复杂世界，《铁器时代》无疑是这种以简驭繁的范例。

《彼得堡的大师》是一本以陀思妥耶夫斯基为主人公的小说。库切在小说中让陀思妥耶夫斯基走入其作品《群魔》的场景。“从某种意义上说，《彼得堡的大师》是对陀思妥耶夫斯基的生活和创作世界的某种释义，尤其是对他创作的《群魔》的释义。”① 全书用第三人称他（he）来

① ［南非］库切：《彼得堡的大师〈编辑手记〉》，王永年、匡咏梅译，浙江文艺出版社2004年版，第2页。

叙述，把陀思妥耶夫斯基及其生活中的人和他作品中的人物放在同样的场景中，参与陀思妥耶夫斯基的精神生活。“在小说中，陀思妥耶夫斯基的生活，陀思妥耶夫斯基的作品、人物以及那些有着特殊意味的场景经过库切鬼斧神工般的剪裁和微调，呈现得扑朔迷离、亦真亦幻、形成了多层次的互文，折射出丰富的寓意。”①《论书籍审查制度》主题是批判种族隔离制度下的书籍审查制度。作品从一个作家兼学者的角度讨论了“当代的政治沉默”问题。

《童年》《青春》《夏日》是库切“自传体小说”三部曲。小说《童年》中，作者以第三者的口吻讲述了自己从十岁到十三岁在南非的青少年时代的生活，使读者感受到小说的主人公是如何带着罪恶感和恐惧感在一个乡下的小镇里成长的，他第一次接触文学时的激动，最初的性觉醒，对父母的逆反，以及对种族隔离制度的逐渐认识。《青春》追溯库切自己青年时代经历，发表于库切 62 岁的那年。小说延续《童年》的写作手法，继续用第三人称回顾了生活于 20 世纪 50 年代的青年计算基础及程序员约翰在伦敦寻找自己的文学梦想，又在无比的失意中重返南非的一段迷惘经历。“青年库切同样处于迷惘之中却没有那种摇曳多姿的人生，既然生活本身并不出彩，他只能转向内心深处，穿透事物表层去揣摩一个边缘人的凄苦心境——在他眼里那是另一个约翰。”这位“攻读数学而迷恋文学的南非青年，怀着朝觐的虔诚之心来到欧洲寻梦，不意在冷漠的伦敦把自己练成精神上的雾都孤儿”。②《夏日》是“自传体小说”三部曲的终结篇，其独特之处就在于库切是给死去的自己写的自传。小说的主要情节大致如下：库切死后，一位年轻的英国传记作家想要收集材料为他写一部传记。这位传记作者与库切素昧平生，他只能从死者遗留的笔记中找线索。他从“库切”残存的日记中选定了五位相关的人物进行采访：“库切”的老情人朱莉亚、“库切”表示过好感的表姐玛戈特、“库切”曾经苦苦单恋过的舞蹈老师阿德瑞娜、“库切”在开普敦大学教书时的好友兼同事马丁以及另一位同事兼情人苏菲，试图构建 20 世纪 70 年代初库切在南非的一段经历。那些生前好友提供的证词，逐渐形成库切早年的一幅肖像，那是一

① ［南非］库切：《彼得堡的大师〈编辑手记〉》，王永年、匡咏梅译，浙江文艺出版社 2004 年版，第 4 页。

② ［南非］库切：《青春〈编辑手记〉》，王家湘译，浙江文艺出版社 2004 年版，第 2 页。

个幽灵般的存在，邋遢孤单，局促不安而且自我封闭，是一个不知如何与情人相处的书呆子，似乎随时要透过肖像的边框逃逸出去，抱臂独坐在灰暗角落。但是库切并没有想完整地完成“库切”的传记，即便从1972—1977年，也是片段的、间歇的，有一种信马由缰想到哪写到哪的感觉。不过从他所选取的五个人物访谈、五个视角来看，显然是经过测算的，都贴合了他要表达的内心。《夏日》进一步体现了库切在小说创作上的大胆创新，他敢于把小说写得像论文集，敢于把小说写得支离破碎，更敢于把自己作为死者来写。这部小说把作者那种虚实相间、微妙迷离的回忆录风格更推进了一步。

《耻》描写了一个52岁的大学教授一段不太光彩的人生经历：开普敦技术大学文学与传播学教授，52岁的戴维·卢里先是与应召女郎苟且，接着勾引了自己的女学生，但是事发后他拒绝校方给他的公开悔过以保住教职的机会，来到了女儿露茜生活的边远乡村。在这里，他不仅要和多年不在一起生活的女儿沟通，还要和许多他以前根本就看不起的人共事，做他从前想都不会去想甚至肯定会嗤之以鼻的事情，如在护狗所里打杂等。小说后半部分叙述了露茜遭受了农场附近三个黑人的抢劫和蹂躏，其中一人居然还是孩子，而卢里也在这一事件中受伤。小说表现了父女两人以及其他有关人对事件不同的态度及处理方法，也展示了库切对于生活于独立后的南非的白人处境的关怀。故事结尾时，抢劫强奸案不了了之，露茜怀孕，卢里要写的歌剧始终还在脑海萦绕，同时，他渐渐习惯了动物收容所的工作，并最终放弃了“拯救”一条终将一死的狗的生命的企图。有评论认为：“《耻》这部作品通过各种细节描写，揭示了新旧交替时代发生在南非大地上，发生在南非各色人等之间的种种问题，对殖民主义在南非对殖民地人民和殖民者本人及其后代所造成的后果表现出深切的忧思和相当的无奈。”①

《动物的生活》是库切为普林斯顿大学1997—1998年度特纳系列讲座写的讲稿。在这里，库切聚焦于一个重要的道德问题——人类对待动物的方式。但库切讨论动物维权，不用论文而是采用小说的形式：两次讲座里套着两次讲座。库切通过虚构的小说人物伊丽莎白·科斯特洛应邀到阿波尔顿学院发表的两次演讲，讨论人类早已习以为常的罪行——虐待动物。

① ［南非］库切：《耻》，张冲、郭整风译，译林出版社2002年版，第2页。

伊丽莎白·科斯特洛与其反对者之间就动物权利问题的争论贯穿小说始终。是伊丽莎白·科斯特洛该向她的家人和朋友对待动物的方式屈服，还是她应该去转化他们？库切没有给我们答案，他“留给我们的问题的核心是：是否存在某种方式（不管是哲学的、诗学的，还是心理学的），能够消除这些道德上的冲突或调和这些对立的情绪”。[①]

《陌生的海岸：1986—1999年散文选》是一部文学论文集。开篇库切即问了一个很经典的问题：“什么是经典？”在30多年的创作和教学生涯中，库切对经典的理解有独到之处。书中库切讨论了笛福、理查逊、伊文斯、里尔克、卡夫卡、穆齐尔、陀思妥耶夫斯基、布罗茨基、博尔赫斯、A. S. 拜厄特、拉什迪、奥兹、马哈福兹等一系列作家，这些文学随笔先后创作于1986—1999年，散见于欧美的各大报刊，辑成集子于2002年出版，是了解库切文学思想的重要材料。

《伊丽莎白·科斯特洛：八堂课》是库切获诺奖前两个月新出版的一部小说。小说主人公是一位将近七旬的澳大利亚女作家伊丽莎白·科斯特洛。小说的副标题“八堂课”就是伊丽莎白受邀发表的八篇演讲，其内容有关于文学的，如作家是一种什么样的命运，文学的意义及功能的局限，创作心理机制中主体伦理的保持和丧失等问题。也有文学之外的，如动物权利问题、理性问题；邪恶问题甚至神学问题。因此，很多人对这部作品的体裁归类产生了质疑，说它是非小说、超小说、非非小说，甚至说它只是一部哲学演讲集而已，以至于《泰晤士报·文学增刊》在评选年度最佳英文小说时，被评委会专家从预选名单中剔除了，理由是它根本不是小说。然而对于文体的界定不能只从形式上去考察、判断。从内容上来看，这部作品具备小说应该具备的必要要素：人物（伊丽莎白、伊丽莎白的儿子以及其他一些周围的人），地点（从美洲到欧洲，从陆地到船上），事件（女主人公对过去的回忆，他儿子的艳遇等）。尽管本书有些部分略显沉闷和深奥，但是，谁也不能因为小说中夹杂着类似说理的段落就否认它是小说的本质。因此，如果没有“纯小说”这一概念，小说还是一种开放的文体，那么，我们可以说“《伊丽莎白·科斯特洛》是一部包容了许多非小说乃至非文学因素的小说，戏剧、诗歌、演讲、辩论、传记、哲学、宗教、神学、后殖民主义、女性主义……这种杂糅风格使它拥有一个

① ［南非］库切：《动物的生命》，朱子仪译，十月文艺出版社2006年版，第8页。

具备许多可感触、可阐释方向的空间；也许它的可读性不那么强，但它绝对是一个巴郎·巴特所盛赞的可写性文本”。[①]

小说《慢人》讲述了一个老单身汉摄影师保罗·雷蒙特在车祸中失去一条腿后的生活。这部小说收缩了故事情节，加大了哲学思考。库切在保罗车祸后与一个女护士玛利亚娜一家以及一位神秘来访的女作家伊丽莎白·科斯特洛的交往中关注的是“衰老、残缺、羞耻、死亡，甚至超越死亡的轮回”。如果说在《耻》中，库切关注的是后殖民时代的南非土著与殖民者后裔白种人共同背负的群体“耻辱”的话，那么在《慢人》中，库切则把“耻”的体验移到个体身上，向读者展示了一个残疾人因为无能而产生的自暴自弃的颓废与无奈，并通过保罗对玛利亚娜的迷恋，试图揭示爱是否足以填平残疾人与普通人之间的差异，是否足以挽救残疾人保罗那没有尊严的残年，又是否足以弥补其精神上的缺损。然而库切一如既往地没有给出明确答案，只是留给读者去对人生不断地审视与思考。

《凶年纪事》是库切改变国籍后出版的第一部小说。“作品讲一位声名卓著的老作家C应出版社约请撰写一本书名为《危言》的言论著作。这是一个可用来表达社会关怀的机会。他写了一系列短论：论马基雅维里、论无政府主义、论基地组织、论自杀性袭击，等等。在文章里，他发出这样的质问：什么是国家的起源，什么是公民和国家之间关系的本质？现代民主国家的公民如何应对国家意志，为什么会把道德考量和公民自由撇在一边去进行一场包含虐囚内容的反恐战争？他困惑于西方人在美英发动的中东战争中的共谋关系，并为此而感到自己也沾有某种难以言述的耻辱。在社区洗衣房里，他遇见一位迷人的年轻女子安雅。当时她恰好于赋闲状态，于是他给了她一份替他的书稿打字的工作。安雅对政治毫无兴趣，这份工作只是给她提供了某种消遣。她倒坦率地向作家表明：他对自己产生的绮念并不让她觉得讨厌。安雅的男友艾伦是一个投资顾问，他明白这个世界是以严苛无情的新自由主义的经济方式在运作的，对于替自己装点门面的漂亮女友在楼下的老古董那儿浪费时间，他颇为反感。然而作家的某些个人事务却惹起了他的兴趣，于是，他开始构想一个阴谋。”[②]

---

① ［南非］库切：《伊丽莎白·科斯特洛：八堂课》，北塔译，浙江文艺出版社2004年版，第286页。

② http：//baike. baidu. com/view/1660898. htm.

从写作方法来看，这部小说最特别之处就在于它的三栏叙事。书的每页都分作三栏，最上栏分作两部分——危言与随札。危言是老作家 J. C. 的政论文字，主要论述国家、政治、民主、言论自由、恐怖主义、关塔那摩湾等问题；随札是 J. C. 的私人日常随笔，是对写作、自然、生命、父亲、巴赫、陀思妥耶夫斯基等话题的追念与抒怀。中间栏是年迈的 J. C. 的自述，包括他如何认识安雅，并请她为自己打字，然后两人关系发生微妙的变化；最下栏是安雅的叙述，讲自己同老作家 J. C. 和投资顾问男友艾伦的相处。其中最上栏的前半部分“危言”成为连接小说中三位主要人物 J. C. 艾伦和安雅的关键，他们都对此发言，互相争执，由此推动整部作品三条线的前进。从创作思想上来说，库切一以贯之地延续他的创作主题——“耻”。在《凶年纪事》中，作家 J. C. 引用狄摩西尼的名言：“奴隶怕痛，自由人最怕的是耻辱。”库切在这部小说中着力揭示的是人类进入现代社会以来，用理性摆脱宗教“原罪”之后的精神之罪，即“耻”。库切认为，启蒙运动表面上使人们摆脱了宗教“原罪”论这个耻辱的紧箍咒，让人类得到了绝对的精神自由，但实际上人类的羞耻感并未消除，而只是被“理性”遮蔽起来。库切怀着文学家的责任感去写作，旨在提醒人们羞耻和文明的进步如影随形。对羞耻感的重新发现，也就是现代人对自我的重新发现。

纵观库切的文学创作，我们不难发现，库切首先是一位多产作家。虽然库切的文学创作起步较晚，但其创作生命长而且作品出版的时间间隔较短。从 1974 年，库切发表了第一部小说开始，他的文学创作的水闸就此打开，一发而不可收。此后基本上每隔两年左右，他便有一部著作问世，至今已出版了二十多部，而且每一部都深受好评。法国的费米那奖、普利策奖、英联邦作家奖等奖项的授予充分说明了学术界对他文学艺术成就的肯定。

在获诺贝尔文学奖之前，库切已经是英语文学中获奖最多的作家之一。诺贝尔文学奖的获得更是将这位低调的创作天才推向世界舞台。根据诺贝尔本人的遗嘱，诺贝尔文学奖奖金是授予最近一年来在文学方面创作出具有理想倾向的最佳作品的人。那么，什么才是“具有理想倾向”的作品呢？

“理想倾向”原则的界定是常常随着时代的变迁而有所变动的，“但是如果以文学作品的审美标准和影响评奖的政治因素为坐标轴，纵观一百多年诺贝尔文学奖的授奖历史，我们不难发现，这种‘理想倾向’主要有以下方面的体现：第一，作品表现人类普遍的情感，对美德、真爱、哲理及自然的追寻和探求，剖析人性的优劣，催人立志、奋进，强调在不利的环境下，向命运抗争，成为把握自身命运的弄潮儿。第二，作品以时代的变迁、民族风貌为着笔点，书写民族的风俗史、国家的斗争史及个人的心路历程。第三，作品凭借新颖的叙事手法、革新的创作技巧，从内容和形式两方面，以文本有限的空间表现出人类生活的无限维度”①。

库切的创作完全符合上述标准。首先，库切“是一个有道德原则的怀疑论者，对当下西方文明中浅薄的道德感和残酷的理性主义给予毫不留情的批判”②。其作品主要通过对南非社会和历史的现实，包括殖民统治及种族隔离的过去和当今新社会秩序下的新南非的客观描绘，对过去和现在的伦理价值标准及各种人群的行为举止进行了冷峻的思考，深刻揭示了在这种条件下的人的生存现状。其次，他的“众多作品呈示了一个反复建构的模式：盘旋下降的命运是其人物拯救灵魂之必要途径。他的主人公在遭受打击、沉沦落魄乃至被剥夺了外在的尊严之后，总是能够奇迹般地获得重新站起来的力量”③。此外，库切还是“一位孜孜不倦的小说形势探索者。他不断地挑战着传统观念中的小说结构，还能交融运用现实主义、现代主义和后现代主义的小说形式和创作手法，经常跨越小说和非小说之间的界限，尝试着各种不同的小说创作形式。他的作品风格多样，结构精巧，意义多元，分析精辟，而且他还善于运用象征和隐喻，使作品深含哲理，因而更能引起读者的回味和共鸣”④。因此，这个学数学出身的南非白人作家凭借“结构精致，对话隽永、思想深邃”⑤ 为特点的文学作品荣膺 2003 年诺贝尔文学奖确属实至名归。同时，我们也有理由相信，这位多产优质作家展现出来的创作才华及其人文关怀将会让他在文学道路上走得更长更远。

---

① http：//www. chinawriter. com. cn/bk/2005 - 12 - 27/23047. html.

② 宋兆霖主编：《诺贝尔文学奖全集》（下），燕山出版社 2006 年版，第 1239 页。

③ 同上书，第 1240 页。

④ 同上书，第 1239 页。

⑤ 同上。

第三节　后殖民语境下的写作

库切的创作思想大体可以分为两个时期：前期他主要关注的是殖民主义、后殖民主义的问题；到了后期，库切开始关注人，揭示人性、生命的价值和意义等问题。但是，无论前期还是后期，伦理道德这一人类永恒的主题始终贯穿于库切的创作中。从开始的对于殖民主义、后殖民主义这一特定历史时期下人们存在状态的关注到后期的对于人乃至生命的终极关怀，都清楚地向我们展示了一个有着强烈社会责任感的作家思想进化、升华的过程。从这种意义上说，库切是一位后殖民主义作家，并且凭着这一部部的后殖民主义作品赢得了世界的认可。

一

后殖民主义时代是一个特殊的时期，它是指在第二次世界大战结束，西方国家在对第三世界国家的殖民统治结束后，实施的文化殖民时代。“后殖民主义使东方国家感受到了文化新殖民（软颠覆）的可能，从而激发了东方国家从文化的角度对殖民主义以至后殖民主义进行了一系列反思和批判活动。”① 这种从文化角度对殖民主义的批判真正开始于赛泽尔等发起的“黑人性”运动。这群从种族歧视角度出发深刻揭示黑人现况的黑人作家掀起了后殖民主义批评的浪潮。此后，一批长期旅居欧美的第三世界国家的文学家、史学家、批评家等也加入了后殖民主义批评的队伍，用自己的方式为自己的国家、民族争夺话语权。

库切恰恰就出生成长于这“一个用批判精神打造起来的在解构中建构的时代”② ——后殖民时代。1961 年 5 月 31 日南非退出英联邦，成立南非共和国，库切见证了南非从被殖民到取得独立及其以后的历史，他也深深体会到“殖民主义并没有因为民族国家的独立而终结，领土殖民结束后，西方以新的途径继续对深受殖民统治之苦而经济上极端落后和急需发展的第三世界进行剥削和掠夺”。③ 同时“西方所有关于‘文明’、‘发

① 姜飞：《跨文化传播的后殖民语境》，中国人民大学出版社 2005 年版，第 94 页。

② 同上书，第 178 页。

③ 同上。

展'、'现代化'的神话强烈地刺激着第三世界国家本来就脆弱的神经，使他们在咿呀学语阶段就开始了和'自我'——民族传统、民族文化精神——的背离，一种义无反顾的背离"。[①] 在西方的强力之下，作为第三世界国家民族灵魂的文化被斥为"野蛮"，他们被迫要丢弃真正属于他们但被视为"野蛮"的一切，不得不接受那份与他们格格不入但却尊为"文明"的荣耀。西方发达国家的目的就是要建立一个以他们为中心的全球化，实现他们在政治、经济、文化等各方面的霸权，而第三世界国家只是他们实现这一目的的垫脚石。

在这种情况下，那些处于后殖民时代的日趋觉醒了的前殖民地理论家，"在为失去一切的叹息与愤怒中反思、关照当前的现实，……（他们）既要从宗祀中把其他肤色的神清理出去，又要对礼拜已久的所谓'正神'验明正身，必要时还需要重塑一尊神或者打碎一切神，在对'神'的否定中既肯定自然的功能，又肯定人的价值"，[②] "力使今后各种族的竞争中适者生存将意味着真、善、美的胜利，……（从而）为将来的文明保存一切真正优良、高贵和健康的东西，而不致继续奖励贪婪、无耻和残暴"。[③] 在这种情况下，对文学怀有极大热情的库切很自然地拿起手中的笔作为武器，抗议西方国家阴魂不散的殖民。

然而，库切又是一位特殊的后殖民主义作家。他的特殊就在于他身份的与众不同。纵观当今社会上活跃着的后殖民主义批评家及作家，我们不难看出，他们基本上都是属于生活在西方的第三世界国家的移民，也就是我们所说的"棕色白人""黑色白人"或"香蕉人"。而库切，却是一个生活在第三世界的地地道道的白人，这样一个并不属于社会底层的纯正白人写出了不少深刻揭露殖民主义"耻辱"的文学作品，实属难能可贵。张京媛在其主编的《后殖民理论与文化批评》中指出："后殖民理论的著作和文章多是'战场'本身，并不是超文化、超历史的全球通用的理论，每一篇文章或著作有其特定的关注和试图解答的问题。"[④] 库切作为一位特殊的后殖民主义作家，他的后殖民主义作品中自然也有其特定的关注和

---

① 姜飞：《跨文化传播的后殖民语境》，中国人民大学出版社 2005 年版，第 179 页。

② 同上书，第 181 页。

③ ［美］威·艾·伯·杜波伊斯：《黑人的灵魂》，维群译，人民文学出版社 1959 年版，第 142 页。

④ 张京媛主编：《后殖民理论与文化批评·前言》，北京大学出版社 1999 年版。

试图解答的问题。从这个意义上来说，库切的作品一直在关注并试图解决两个问题：第一，西方殖民统治时期，殖民地人民的命运以及独立后的原殖民地人民的生存现状；第二，独立后仍然定居于原殖民地的白人群体的生存境况。

二

库切和其他所有后殖民主义作家一样，谴责殖民主义的暴行，反对殖民主义结束后西方不肯放手而进行的文化殖民，同情第三世界人民的失语处境。这一点在《等待野蛮人》这部小说中表现得非常突出。

《等待野蛮人》讲述了帝国（文明）对帝国边境的蛮族部落（野蛮）的征讨，以及穿插于其中的帝国边境的一位老行政长官（白人）与一位蛮族姑娘之间的爱情故事。小说是以第一人称“我”（帝国边境的老行政长官）来讲述这个故事的。一开始就点明一位样子特别（不是瞎子，却戴着一副暗色玻璃镜片的眼镜，而且到了晚上也不肯取下那遮挡眼睛的暗玻璃片，尽管“他在一堆陌生的家具当中走来走去时免不了有些磕磕碰碰”①）、身份特殊（国防部目前最重要的一个机构——第三局来的）的乔尔上校突然带兵来访。他们来访的目的是因为从去年开始帝国“生意人的行商路线遭到攻击和掠夺。库房物品偷窃事件大幅上升，而且越来越猖狂大胆。一队普查人员失踪了，后来被发现埋在一个浅浅的坑里。州长在调查出行时都发生了枪击事件，边界巡逻队也卷入了冲突”。② 而这所有的事件，帝国认为都是“野蛮人”搞出来的。帝国认为野蛮人部落都有了武器，变得越来越不安分，因此，他们“必须采取预警措施，以防发生战事……司令部的官员们被派到边境地区来，……国防部第三局的人在第一时间被派到边境来”。③ 乔尔上校所要做的事就是找到野蛮人部落的栖息地，并给“那些部落以一种迅雷不及掩耳的打击，抓住更多的人”。④“我”作为边境的行政长官，理所当然地要协助乔尔上校抓捕野蛮人的计划。可是，“我只是个乡镇治安行政官……在这个荒凉的边境打发着自己

① ［南非］库切：《等待野蛮人》，文敏译，浙江文艺出版社 2004 年版，第 2 页。

② 同上书，第 10—11 页。

③ 同上书，第 11 页。

④ 同上书，第 14 页。

的岁月等着退休而已。……有空时，我就看看日出日落，很满足地吃吃睡睡。……在平静日子里过平静生活”① 的人。而且在最近帝国所发生的这些动乱中，“我”在边境却一件也没有看到，甚至“私下里我觉得这是每个朝代必然要发生一次的事儿，必定是这样，这是关于野蛮人歇斯底里的说法的一个片段罢了”。② 可是由于帝国的宣传，现在边境的男男女女无时无刻不生活在对“野蛮人”的恐惧之中，“可我觉得这都是那些过得太安逸的人想象出来的，你让我看到一支野蛮人军队，我才会相信”。③ 当然，帝国并不这么认为。他们深信有一群野蛮人的武装组织在伺机推翻帝国。于是，乔尔上校打算从在他来之前被抓的一对爷孙身上打开缺口。在他的严刑逼供下，爷爷被折磨致死（报告却说是因为囚犯自己失控并攻击案件调查的长官，两人在厮打中，囚犯不慎撞在墙上，抢救无效而死亡），孩子被迫承认他们族里都有武装，到了春天就会对帝国动武这些莫须有的罪名。有了小孩的证供，乔尔上校很快就发动了对野蛮部落的追击，并捉获了一批捕鱼人和打猎者。而他们抓人的原因就是因为“当他们看到我们走近时，他们试图躲藏到芦苇丛里去。……那位大人命令我们逮捕他们。因为他们当时正躲藏着”。④ 听了这样的解释，良心未泯的“我”愤怒了，这就是警察抓人的理由！这就是帝国抓人的理由！

帝国的部队中没有人能听懂这些常年居住在河边、历史甚至比游牧部落还要悠久的土著的话，更没有人愿意去听他们的话，所以，他们只能被带回来。可是我最了解这些河边土著，“他们的家庭三三两两地分布在沿河边的定居点，一年里大部分时间打鱼或设陷阱捕猎，秋天则划船到南边遥远的湖畔，去捕捉游丝蚓，把他们晾干。他们用芦苇建造孤陋的栖身处，寒流袭来时冻得直叫唤，他们穿的是兽皮做的衣服，对任何人都害怕，总是躲藏在芦苇丛里，他们怎会了解什么大群野蛮人反对帝国的计划?”⑤ 然而，既然帝国认定了野蛮人的罪行，那么他们就不需要为自己辩护。看着这群不知所措的无辜者，想象着他们接下来将要遭受的非人虐待，我即便再有怒气也只能抑制着去执行上校的指示：“扣住他那些无用

① ［南非］库切：《等待野蛮人》，文敏译，浙江文艺出版社 2004 年版，第 10 页。

② 同上书，第 11 页。

③ 同上。

④ 同上书，第 23 页。

⑤ 同上书，第 24 页。

的囚犯。"[①]

在帝国的扫荡野蛮人的行动下，不论野蛮人还是文明人都生活在灾难和恐惧中。帝国不仅打破了野蛮部落的平静自然的生活，也使普通百姓成为战争的牺牲品。在这场文明和野蛮的抗衡中，文明人用最野蛮残暴的方式对付着善良、简单的野蛮人，虽然他们有着"文明人"所鄙视的"硕健的胃口、像动物一样没羞没耻的举止"。[②] 由此看来，"文明人"似乎更野蛮，而在小说中，"我"也把国防部第三局斥为"野蛮人"，并发出愤怒地责问："为什么我们不能像鱼儿在水中游动；像鸟儿在空中飞翔；像孩子们一样无忧无虑地生活呢？都是帝国造的孽！帝国造就了这段历史。帝国不让人们以顺天应时的方式过自己的小日子，而偏要制造大起大落的动荡让人们记住它的存在。"[③]

小说中的帝国不正是殖民者的写照吗？在殖民统治下的人民，特别是当地土著居民没有自由生活的权利，甚至连说话的权利都被剥夺了。因为土著居民的话语在殖民者眼中是那样的低劣，他们是不屑听这样的语言的，因此，被殖民的土著居民要么"深陷于其黑人性之中"，[④] 要么"到达第一世界的学术界"。[⑤]

三

作为一名生活在殖民地的白人作家，库切看到了殖民统治的残酷，了解殖民地人民的不幸。但是，殖民统治结束后，统治者撤走了，一些白人后裔仍然留在了南非，这种因为历史问题而造成的白人生存困境是那批亚裔或非裔后殖民主义作家所不能体会的。而库切经历了这一切，并用小说的形式展现了这一问题。

小说《耻》虽然也是以南非的殖民地生活和各种冲突为背景，但它侧重的是新旧交替时代发生在南非的各种问题，特别揭露了殖民统治结束

① ［南非］库切：《等待野蛮人》，文敏译，浙江文艺出版社 2004 年版，第 25 页。

② 同上书，第 26 页。

③ 同上书，第 177 页。

④ F. Fanon, *Black skin*, White Masks, Translated by Charles Lam Markmann, New York: Grove Press, Inc, 1968a, p. 9.

⑤ ［美］阿里夫·德里克：《后殖民的辉光：全球资本主义时代的第三世界批评》，载《外国文学》1997 年第 1 期。

后，殖民主义在南非对殖民地人民和殖民者本人及其后代所造成的严重后果。小说大体可以分为三部分。第一部分是“道德之耻”，它主要是讲卢里的风流韵事，以及因此被学校开除，被迫来到女儿所在的农场，和女儿一起生活；第二部分讲的是“个人之耻”，主要描述了卢里的女儿露茜被强暴抢劫的过程；第三部分是“历史之耻”，通过父女俩对于强暴抢劫这件事的不同态度，以及最后案件不了了之，露茜怀孕并与当地人结婚等事件，表明殖民统治结束后，作为殖民者或其后代的“白人”只能以名誉或身体为代价，在当地黑人的庇护下生存。

小说的“个人之耻”和“历史之耻”这两部分，深刻反映了原殖民地白人后代的生存困境。本来生活已经步入正轨，固执的卢里也接受了动物福利站的工作，和女儿的关系也趋于和谐，然而突如其来的意外事件打破了这一切。一天晚上，三个当地人，确切地说，两个大人和一个孩子，袭击了露茜父女，抢劫了他们的财物，并强奸了露茜，最后还试图放火烧死他们，所幸没有成功。遭到强暴的露茜没有一般女性事后的表现，而是出人意料地冷静：面对父亲的询问，她绝口不提自己被强奸的事情，而是独自洗了澡，看了医生，并带着父亲治疗他身上的烧伤。对于父亲卢里离开这个农场、离开这个危险的地方的建议，露茜断然拒绝了，因为在露茜看来“从来就没有安全过”。①

事件发生后，露茜报警了，但是在警察面前她却决口不提被强暴一事。卢里很是不解，可是露茜所说的原因却道出了他们这些白人的无奈处境——“发生在我身上的事情，完全属于个人隐私。换个时代，换个地方，人们可能认为这是件与公众有关的事。可在眼下，在这里，这不是。这是我的私事，是我一个人的事”，因为“这里就是南非”。② 父女俩因为这件事发生了无数次的争吵，露茜经常对她父亲说的一句话就是“你不明白”，最后，终于有一次，在警察说找到罪犯通知他们去认领失物之后，在回来的路上，露茜说出了当时的情景“那完全是在泄私愤，那时候带着那么多的私愤。那才是最让我震惊的。其他的事？都在意料之中。可他们为什么那么恨我？我可连见都没见过他们，……他们以前也这么干过，至少那两个大的干过。我以为他们首先是专干强奸的，偷东西只是顺手牵

① ［南非］库切：《耻》，张冲、郭整风译，译林出版社 2002 年版，第 118 页。

② 同上书，第 125 页。

羊。是副业”。[①] 而且露茜认为，自己所遭受的一切是为了待下去而必须付出的代价。那些犯人认为露茜欠了他们什么东西，他们觉得自己是讨债的，收税的。最后，卢里没能说服露茜离开农场。后来，露茜怀孕了，并且无奈地要嫁给他的邻居——那个已经有两个妻子而且被卢里视为露茜遭受暴力袭击事件的最大嫌疑人佩特鲁斯。为了使自己的孩子一出生就有一个能够受到保护的身份，露茜自愿把自己的土地转让给了佩特鲁斯，除了房子。卢里看着自己那“不太健康的，……时候一到，就会像腐烂的果实一样自己掉下来”的“长不了”[②] 的女儿，感到自己的无能为力。因为这是露茜自己的选择，是一个白人女孩想要留在南非必须要学会的选择，可这一切，在露茜那里“也许是新的起点。也许这就是我该学着接受的东西。从起点开始。从一无所有开始。不是从‘一无所有，但是……’开始，而是真正的一无所有。没有办法，没有武器，没有财产，没有权利，没有尊严”，“像狗一样”。[③]

殖民主义所造成的后果在殖民统治结束后首先在个人层次上表现了出来，那就是露茜被强暴的事件。“露茜事后回想起来，令她最感可怕的是，施暴者似乎并不是在宣泄情欲，而是在喷发仇恨，一种产生报复的快感的仇恨。”[④] 这正如卢里所说：“他们的行为有历史原因，一段充满错误的历史”。[⑤]“那三个黑人要报复的并不是露茜这个人，而是她所指称的整个殖民主义。他们要像当年白人殖民者‘强奸’南非（非洲大陆）那样强奸（露茜所指称的殖民主义者）白人。这样看来，露茜这时候不去报案，理由恐怕不仅是个人的，更深层的原因很可能是：当殖民主义势力在南非消退时，殖民者赖以庇护的那一整套社会建构也随之而去，报不报案，结果没什么两样。……这是殖民主义欠了南非的、应付的代价。”[⑥] 无疑，露茜成了殖民主义的替罪羊。殖民者所犯的罪过，要让普通人来承担，要生存，就要付出代价——这是殖民者撤退后，留下来的白人及其后裔必须要面对和接受的事实。

---

① ［南非］库切：《耻》，张冲、郭整风译，译林出版社 2002 年版，第 174 页。

② 同上书，第 228 页。

③ 同上书，第 228 页。

④ 同上书，第 7 页。

⑤ 同上书，第 174—175 页。

⑥ 同上书，第 7—8 页。

正如维耶斯纳可所说“我憎恨压迫，但是我也很惧怕受压迫的人”①。很多后殖民文学中，展示的都是对原殖民地被压迫人民的同情，以及对原宗主国压迫者的谴责。但是，我们不能不忽视一个重要的客观事实，那就是“压迫者和被压迫者有时候也会更换位置。受压迫者也很容易变成一个暴虐的使者，也成为一个种族主义者”②。

第四节　生态主义思想

生活在殖民主义时代结束、后殖民主义时代开始的新南非，作为白人后裔的库切陷入了生存的困境。看着原来的受压迫者变成了今天的暴力者，原来主流变成今天的“他者”，库切挣扎在道德缺失的痛苦深渊。怀着对同病相怜的一系列“他者”的同情以及对自我灵魂的拯救，库切开始倾听所有受压迫者的声音，不管他是白人还是黑人，甚至是非人。

自此，库切的镜头便聚焦在那些挣扎于社会主流之外的“他者”的身上，并从生命的本质出发来解读“他者”的“存在”问题。库切认为，“存在”的本质就是“活着”，拥有活生生的生命。无论是人还是其他生物，就享有生命的基质层面来说，都是平等的。把对生存与命运的关注从中心投射到边缘，从人类扩展到地球万物，这就与我们所熟知的建立在人类中心主义基础之上，以关注“人”的“存在”为要义的存在主义的“存在”截然不同了。在生命平等的基础上，思索和把握生存与“存在”问题，成为库切生态思想的中轴线。

在后殖民这一时代背景的孕育下，在散裔族群这一特殊身份的推动下，库切以关注“他者”“存在”为核心的生态思想在其作品中的体现逐渐清晰，从萌芽期的《等待野蛮人》到成熟期的《动物的生命》，他不急不躁地完成了自己独特生态思想的构建。

库切在生态方面的关注最早可以追溯到1980年的《等待野蛮人》，该小说展现了来自文明世界、崇尚工具理想、以征服自然为荣的帝国军民对本国边境的践踏和破坏，小说中那些帝国的子民自诩为“文明人”，他们把纯洁质朴的当地土著居民称作“野蛮人”，为了维护“文明”帝国摇摇

① 蔡圣勤、谢艳明编：《库切研究与后殖民文学》，武汉大学出版社2011年版，第19页。

② 同上。

欲坠的统治，他们中的上层大肆讨伐那些被怀疑在暗中酝酿暴动的“野蛮人”。“文明人”对“野蛮人”的捕杀，把边境搞得乌烟瘴气，给“野蛮人”带来前所未有的灾难，同时也给“文明人”自己带来了不可避免的苦难。小说中来自帝国国防部目前最重要的一个机构——第三局的乔尔上校对作为当地乡镇治安执行官的“我”谈到他们不久前的一次驱车大狩猎的经历时，兴高采烈地说道：“当时成百上千的鹿、猪和熊被杀死，漫山遍野都是动物尸体，多得没法收拾，只好让它们去烂掉”①，而在搜寻“野蛮人”的过程中，乔尔上校为了加强防守，还烧毁大片林地，使植被遭到严重破坏，最后当因水土不服而被迫撤退的乔尔离开时，原本是“一片靠着湖边的富饶美好的土地，甚至在冬天也不乏丰美的牧草”② 的小镇变成了人间地狱：水利设施被严重破坏，庄稼颗粒无收，林地被烧得焦黑，动植物无有幸存，而人们则以虫子为生。

三年之后的《迈克尔·K的生活和时代》，库切把背景再次搁置在20世纪七八十年代初被战争搅得天翻地覆的南非，描述了内战给南非大城市开普敦带来的荒凉景象，以及迈克尔·K带着生病的母亲寻找她童年生活过的农村——乱世之外的一块绿洲的经历。小说塑造了一位“在政府、军队、各种残暴势力的压迫和驱赶下，失去了身份，失去了话语，陷入了被关入和逃离营地的循环之中”③，但却一心梦想着使荒野开满南瓜花的主人公迈克尔·K的形象，“讲述了一个卑微的生命在充满战争、军队、种族隔离的社会苦苦挣扎，渴望寻找生命绿洲”④ 并永不放弃的故事，赤裸裸地展示了“战争”对于人类，特别是对于边缘人的生存权利的剥夺以及生存境遇的破坏并展现了人类自身在不懈抗争中所激发出的巨大力量。正如库切在该书扉页上所写的那样：

> 战争是万众之父万众之王。
> 有时他显身为神，有时显身为人。
> 有时他造就奴隶无数，有时却造就自由解放的人群。

---

① ［南非］库切：《等待野蛮人》，文敏译，浙江文艺出版社2004年版，第1页。

② 同上书，第70页。

③ ［南非］库切：《迈克尔·K的生活和时代》，邹海仑译，浙江文艺出版社2004年版，第2页。

④ 同上书，第1页。

这是库切作品中早期有关生态思想的痕迹，也可以说是库切生态思想的萌芽期。在这一时期，库切表现的是人类以“文明”为借口对自然的盲目征服以及自然对人类的报复这样一种自然生态，同时还表现了科技文明发展所造成的负面影响——战争的升级给人类及其生存环境带来的致命的灾难这种社会生态问题，并因此而思考“文明”与“野蛮”的关系问题。但是，这时的库切只是描述他所意识到的一些生态现象，特别是那些与人类生存有关的生态问题，从总体上看，还是以人为中心的生态关怀。

进入20世纪90年代，库切对生态的关注点发生了变化，他不再单纯地关注人类生存环境，而是开始从整体和联系的观点出发来思考人与动物的关系问题。这集中体现在三部作品里，它们分别是《铁器时代》《耻》和《动物的生命》（此书又作为一个篇章被收录在2003年出版的《伊丽莎白·科斯特洛：八堂课》中）。

出版于1990年的《铁器时代》是通过女主人公柯伦夫人给女儿写信的形式，向读者讲述了一位罹患绝症的大学古典学前任白人教授柯伦夫人向女儿（因不满南非的种族隔离制度而远远逃离）诉说自己将逝的生命，以及她所隶属的即将走向尽头的白人时代。因为隔离，这位一生反对种族主义的老教授平时没能看到恐怖状况，可就在她生命的末期，却目睹了南非政治变革的前夜警察的暴力和黑人的抗争。在孤独与死亡的威胁下，一个闯入她家的流浪汉成了她最后的依靠和倾诉的对象。它作为一部后殖民小说，深刻表达了作者对南非种族隔离制度的痛斥和对根深蒂固的白人政权的反讽。而与此同时，库切生态思想的转型也在不知不觉中通过《铁器时代》中的柯伦夫人表露出来。

柯伦夫人曾写道：“当我描写他的时候，我是在描写我自己；当我描写狗的时候，我是在描写我自己；当我描写房屋的时候，我是在描写我自己。人，房屋，狗：无论这个词是什么，我都可以通过它把手伸向你。”①显然，这里蕴含了一种普遍联系的观点：在某种情况下，“我”的形象可能蕴含在“他人”形象之中，也可能蕴含在动物体内，甚至可能表现为某种物体，比如“房屋”。其实质就在于，人与人之间，物与物之间，人与物之间在本质上存在着某种联系和共通点。所谓的“人，房屋，狗”都只是代号而已，只要“我想”（特定的情况），就可以在本质上与其他

① J. M. Coetzee. *Age of Iron*. New York：Penguin，1990，p. 9.

一切和“我”种姓不同的事物融合（即情感上的交流）。这种联系的观点和对心灵作用的重新审视为库切以后的整体主义生态观奠定了基础。

1999年，库切两部作品接连问世，它们分别是《耻》和《动物的生命》。通过这两部小说，库切向读者展示了他那不断发展并日益完善的生态思想。

小说《耻》仍然采取把生态思想的碎片散布在南非的殖民地生活这一大的主题之中的方式。（生态思想从小说的第八节就展现出来，且断断续续，直到故事结束）可以说，该文本由一主一副两线串联而成。主线是生活在新旧世代交替时代的南非大地上的白人和黑人，过去的统治者与现在的统治者之间的错综复杂的关系。副主线则是因性丑闻而被迫离开学校来到女儿生活的农村的大学教授卢里先生在“动物福利会”打杂后对待动物的态度的变化过程，即库切生态思想的发展过程。较之《铁器时代》，小说《耻》中的生态思想有了长足的进步。

首先，他第一次提出了善待动物的观点。小说中卢里教授的女儿在对她父亲谈到名叫“凯蒂”的一条老年母狗时说道：“可怜的凯蒂，她正在伤心呢。谁都不要她，而她也知道。最有讽刺意味的是，她的子女在这个地区肯定到处都有，它们准会很高兴地欢迎她去和它们一起住。可它们却没有邀请她的权利。它们成了人类家具的一部分，是报警系统的一部分。它们尊敬我们，把我们当神来对待，可我们对它们的回报却是把它们当东西。”① 细心的人不难发现，同样是指示动物的代词，库切却用了两个：“她”和“它”。我们可以看到，对于动物自己以及那些能够与动物进行灵魂交流的人们来说，动物是人的同类，“她”与人是平等的，所以“她”有感情，会伤心，并且能得到人们的同情，可是她的子女却没能像她那样幸运地生活在“动物福利会”，周围有像露茜、贝芙那样以平等的心态对待她们的人类。虽然她的子女到处都有，可是这些动物却遭到了异样的、不平等的待遇，成为人类家具和报警系统的一部分，因此“他们”成了“它们”，成了人类眼中的“东西”。库切通过指示代词“她”和“它”恰到好处地转换，揭示了动物遭受的不平等待遇。并提出对待动物的方式——要善待动物，“与动物分享人类的一些特权”②。同时还指出了

① ［南非］库切：《耻》，张冲、郭整风译，译林出版社2002年版，第87页、88页。

② 同上书，第83页。

“善待”的实质：“我们真要表示善心，就应当单纯地出于慷慨大度，而不要因为心里有愧或害怕来世报应。”①

其次，联系的观点有了进一步发展。这主要表现在两方面。第一，库切肯定了人与动物的生存空间是同一的。当卢里劝说女儿露茜去做一些更高层次的事情，不要总是和贝芙·肖（她经营着一个动物保护站，整天和动物打交道）这种不会把她带进更高层次生活中去的人交朋友时，露茜激动地反驳道：“根本不存在更高层次的生活。生活就是现在这个样子，那是我们同动物共同拥有的生活。这就是像贝芙这样的人在努力做出的榜样，这也是我试图学习的榜样。”② 库切告诉我们：美好的世界不仅仅属于人类，她还属于世上的每一种生物；因为我们生活在同一个地球上，所以我们同其他动物乃至生物拥有共同的生活。第二，他意识到了人与动物的不同。卢里在和女儿露茜就动物与人的关系问题争论时，曾说过：“说到动物，我们怎么都得对它们善良一些。可我们也不能失去自己的方向。同动物相比，我们属于不同层次的生灵。并不一定更高级，但肯定是不同的。”③ 在这里，库切提出了一个“度”的问题，即人与动物的生存环境的同一性并不能代表人与动物是绝对同一的，人与动物属于不同物种的本质不能抹杀。

再次，开始从生态平衡的角度去看待人与动物的关系。库切对于动物的善待不是盲目的也不是无条件的。正因为他了解动物与人的不同，所以他明白人与动物的区别之一在于动物不像人那样具有控制自己的本能和欲望的能力。正如贝芙·肖所说：“要由着他们的天性，就只知道生啊生啊，直到装满整个地球。”④ 因此，动物保护站理智地履行着一种善待动物的职能：为了地球生态的平衡，人为地解决掉一些数量过多的动物。可见，这时期，库切的生态思想开始往纵深方向发展，而且他的生态整体主义思想的框架已经初现，可以称之为发展期。

如果说，从20世纪80年代的《等待野蛮人》《迈克尔·K的生活和时代》到90年代的《铁器时代》和《耻》这四部小说中有关的生态方面

① ［南非］库切：《耻》，张冲，郭整风译，译林出版社2002年版，第83页。

② 同上。

③ 同上。

④ 同上书，第95页。

的内容还只是后殖民主义主题的附属的话，那么小说《动物的生命》便可以称作一部地地道道的生态文学作品。在这部完全围绕着动物维权展开的小说中，库切已经自觉地、较全面地从整个生态平衡的角度探索生态问题，并且逐步上升到了理论的高度。

这部小说的雏形是库切为普林斯顿大学 1997—1998 年度特纳系列讲座写的讲稿——《动物的生命》。但是与典型的特纳系列讲稿所不同的是，库切没有采用哲学论文的形式，而是采用小说的形式：两次讲座里套着两次讲座，并聚焦于一个重要的道德问题——人类对待动物的方式。而这“套着”的这两次讲座便是库切的小说《动物的生命》中所虚构的与库切本人有着相似背景和经历的女主人公澳大利亚著名小说家伊丽莎白·科斯特洛应邀到阿波尔顿学院发表的两次演讲。这两次演讲分别涉及两方面的内容：一是哲学家对待动物的态度；二是诗人或文学家对待动物的态度。小说中的各色人物几乎一直都在动物问题上处于一种辩论的状态：无论是哲学家还是诗人，小说家还是科学家，系主任还是院长，大家都极力想在处理人类与动物的关系问题上找到一个合适的方式。可是人们的意见分歧如此之大，直到小说的结尾都没有定论，争论将一直继续下去，最后竟然连坚定地致力于动物维权问题的素食主义者科斯特洛都开始犹豫：究竟是应该像她的家人和朋友对待动物的那种方式屈服呢，还是应该坚持自己去转化别人？库切没有给出答案，但却留给读者极大的思考空间。可以说，小说《动物的生命》中的每个人物的思想都成为库切思想的一部分，而库切则巧妙地隐身于小说的字里行间，在一次次的争论中享受着自己思想碰撞的火花。伴随着这无休止的辩论，库切的生态思想得以一步步呈现，并集中表现为以下几点：

第一，善待动物的观点有了进一步发展。科斯特洛对“善待”作了进一步的解释。首先，她仍然主张与动物平等相处，但是却对一种要求人类与其他生物平等相处的生态哲学提出挑战，因为这种生态哲学“要求助于一种理念来证明自己的正确，这种理念就是我们比任何其他活着的生物，鲑鱼也好，小昆虫也好，都要高一等级”①。很明显，这是一种以人类中心主义为基础的平等主义，而库切反对各种形式的中心主义，所以他通过科斯特洛对“善待”的实质意义的解释，表达了他对于平等的心理

① ［南非］库切：《动物的生命》，朱子仪译，十月文艺出版社 2006 年版，第 68 页。

要求："这里的'善待'是指这个词语所包含的全部意义，它承认我们都是同类，都具有同样的性情。"[①] 其次，她还提出了善待动物的方式——没有什么能"妨碍我们设身处地地去为另一个人着想。怀有同情心的想象是没有界限的"[②]。

第二，揭示了人与物的不平等的根源并指明出路。库切在人类对其他不同物种生物的无止境迫害的根源问题上，提出了自己的见解：他认为究其根源是人类患了"灵魂的恶疾"[③]，而克服这种恶疾的出路在于回归人类善良的天性。同时他还倡导人类与动物应互相尊重，和谐共处；并且呼吁人类应该给予动物一些权利，"至少是那些我们给予心智有缺陷的一类人的权利——生存权、不受痛苦或伤害的权利、在法律面前受同等保护的权利"[④]。在这一时期，库切打破了长期以来在人与动物关系问题上所形成的根深蒂固的观念以及设置于作为他者的人和作为他者的动物之间那原本平静的界限，揭示了人类中心主义的根源，在解构了建立在各种中心主义基础之上的旧的人类与"他者"的关系的基础之上建构了他那独特的整体主义生态观。

回归自然是生态文学永恒的主题和梦想。而回归自然，就是重新返回生态整体之中，重新确认人类在自然整体中正确的位置、恢复和重建与自然整体以及整体中的各个组成部分的和谐、稳定、生死与共的密切关系[⑤]。这是贯穿于库切整体主义生态观的中心议题。库切的回归自然，有两层含义：第一，是要求人类良心的回归，即回归人类善良的天性；第二，是要求整个生态系统回归自然，即尽量减少人为的掌控，以自然为杠杆进行调节循环。首先，回归人类善良的天性主要表现为"善待"——善待他人，善待他物，而这则离不开建立在生命平等基础之上的无界限的同情的想象的运用。人类的同情心能够将自己"置于他者的立场上，在一定程度上从他者的角度看世界，考虑他者与自身相似和不同的需要和体验，……（即）超越自身的视野、经验和利益的局限，……站在生态系

① ［南非］库切：《动物的生命》，朱子仪译，十月文艺出版社 2006 年版，第 79 页。

② 同上书，第 41 页。

③ 同上书，第 20 页。

④ 同上书，第 29 页。

⑤ 王诺：《欧美生态文学》，北京大学出版社 2003 年版，第 206 页。

统整体的高度去关怀自然万物”[①]，以实现与世间万物的和谐统一。库切深知，在当前形势下，要求那些还未从人类中心主义的传统束缚中摆脱出来的人们怀有同情心的想象是很困难的，正如《动物的生命》中科斯特洛对自己的反问：“生活就是这样。所有其他的人都对生活屈服了，为何你就不能呢？为什么你就不能呢？”[②] 在这样的反问中，科斯特洛（库切）的矛盾心情暴露无遗，可是她最终还是相信一切都会好的，小说的最后，她对儿子说“从你的眼睛里，从诺玛的眼睛里，从孩子们的眼睛里，我看到的都是善意——人类善良的天性”[③]。而库切正是从这善意的眼神中看到了灵魂获救的希望。其次，库切主张一种整体主义生态观，也就是说，在生态观的问题上，要从整个生态系统的全局出发来协调万物之间关系，而且提倡生态系统内的自然调节平衡，减少人类理性的干预。

库切认为生态整体内部存在着制约与平衡，构成整体的任何一个组成部分过多地增加或减少，都将导致联系的紊乱。所以，他在作品中不露声色地向读者描述了各种越界行为或非法（在这里，法为“原则”的意思）侵入行为及其后果。由此，我们可以看到，库切在对待生态的问题上，坚持了适度的原则，即他既反对人类肆意虐杀动物，也要求控制动物数量，避免动物的过度繁殖，而且为了整体的利益，甚至可以允许人为宰杀一些过度繁殖的动物，所以才有了小说《耻》中的动物福利会的出现。在库切看来，为了维护整体生态的平衡而杀掉或食用动物非但不是不尊重生命，反而是对整个生态系统的保护。可见，库切虽然是一位以尊重生命，禁止以任何理由虐杀和食用动物为宗旨的素食主义者，但他并没有陷入狭隘的“生命中心主义”的泥沼不能自拔。库切思想的进步性就在于，他领悟了敬畏生命的实质，不再拘泥于对某一生命个体的一味维护，而是把爱的关怀投射到整个生物系统，把对物种间的和谐稳定关系的爱作为其终极目标。

库切的回归自然不是回归原始，而是一种返璞归真，他追求的是“回归到我们遥远的祖先拥有的、而今天的人们已经失去的东西”[④]，即以自

---

① 王诺：《欧美生态文学》，北京大学出版社 2003 年版，第 50 页。

② ［南非］库切：《动物的生命》，朱子仪译，十月文艺出版社 2006 年版，第 91 页。

③ 同上。

④ 同上书，第 64 页。

然为中心的生存态度和方式。那是通过与自然融合——进入“他者”体内，把“他者”变成“我”的一部分，同时“我”也成为“他者”的一部分——感受人与自然之间互相流动着的“生命之潮”。采用库切本人的说法，就是“诗性结合”①。

读过库切作品的人们大都能体会到库切小说中深深蕴含着的隔离之痛，大多数人把这种隔离理解为南非的种族隔离制度，至多也只是世界范围内的人与人之间的隔离。身为作家的库切对于隔离却有着独到的见解，在他看来，隔离不仅仅存在于种族之间，而且弥漫到文化、身份等社会生活的各个方面，用他自己的话说“隔离这种制度在任何地方都可能出现”②。

如今，人类社会进入以公元纪年的第三个千年，大自然已经危机四伏，人类面临着诞生后的最大问题，即“与他在地球上的伙伴——所有其他物种严重的隔离”③。当隔离发展到这种程度的时候，隔离之痛就不仅仅是某一部分“他者”的精神与心灵之痛了，而是整个地球，所有人类所面临的生存之痛。面对生存危机，人类该以怎样的态度去应对呢？

库切，作为一名小说家，通过文学创作揭露人类面临的生存困境及生态危机，并试图探寻其根源并指导出路。他秉持着自己的道德原则，“对当下西方文明中浅薄的道德感和残酷的理性主义给予毫不留情的批判。他以知性的诚实消解了一切自我危机的基础，使自己远离俗丽而无价值的戏剧化的解悟和忏悔”④。他在作品中，明确指出了虚伪理性加身的人类中心主义的道德观和审美观是扰乱生态系统的罪魁祸首，他倡导一种以全球意识为核心，以他者思维为宗旨的整体主义生态观，要求回归自然，寻求天人合一的境界。

生长于后殖民时代的第三世界国家南非的库切，大半生处于矛盾的煎熬中，而他的思想也在这痛苦的煎熬中得到历练。从关注“他人”到关注“他者”进而发展到对宇宙万物的关怀，这种思想上的成长是显而易见的。库切生态思想从萌芽到成熟，算起来也历经了二十几个年头，而他

---

① ［南非］库切：《动物的生命》，朱子仪译，十月文艺出版社 2006 年版，第 63 页。

② 唐凌：《诺贝尔文学奖用小说检视隔离之痛》，载《中国社会导刊》2003 年第 12 期。

③ 王诺：《欧美生态文学》，北京大学出版社 2003 年版，第 43 页。

④ 宋兆霖主编：《诺贝尔文学奖全集》（下），燕山出版社 2006 年版，第 1239 页。

的生态思想在作品中总是通过充满辩论性质的对话形式展示出来，可以想象，这每次的谈话和辩论无不是库切自己思想火花的碰撞，在这碰撞中，他的整体主义生态观成型了，同时也给人们留下太多的思考和启示。正如《动物的生命》中的科斯特洛说的那样“作家给我们的教益比他们意识到的要多”[①]。该如何去维护人类的母亲——地球，库切没有给出明确的答案，或许他也没有答案，真正的答案需要读者自己去寻找。库切所做的是试图使“人类跳出数千年的旧思路，努力认识自然规律、认识生态系统，进而将认识到的生态系统的整体利益和内在规律作为人类一切观念、行为、生活方式和发展模式的根本出发点，……（进而）为防止人类重蹈覆辙提供一个极其重要的思维方式和思想根源，为人类缓解乃至最终消除生态危机奠定具有深远意义的理论基础”[②]。

所以，当以奖励那些“在文学领域内创作了具有理想主义倾向的杰出作品的人”为宗旨的诺贝尔文学奖的桂冠戴在了南非作家库切的头上时，大概也表达了整个世界对于人类生存现状的关注以及对于人类未来命运的担忧，并由此引发了“尊重生命”的终极人文关怀。

① ［南非］库切：《动物的生命》，朱子仪译，十月文艺出版社 2006 年版，第 66 页。

② 王诺：《欧美生态文学》，北京大学出版社 2003 年版，第 245 页。

主要参考书目

（中文以著者姓氏拼音字母为序，译著以原著者国别排列，外文以著者姓氏字母为序）
曹顺庆：《中西比较诗学》，北京出版社 1988 年版。
曹顺庆主编：《东方文论选》，四川人民出版社 1996 年版。
《世界文学发展比较史》，北京师范大学出版社 2001 年版。
陈思和：《中国现当代文学名篇十五讲》（第二版），北京大学出版社 2013 年版。
董小英：《叙述学》，北京：社会科学文献出版社 2001 年版。
堵军主编：《诺贝尔文学奖获得者作品暨演讲文库》，中国物资出版社 2004 年版。
郭绍虞主编：《中国历代文论选》，上海古籍出版社 1979—1980 年版。
侯传文：《寂园飞鸟——泰戈尔传》，河北人民出版社 1999 年版。
《〈泰戈尔诗选〉导读》，中华书局 2002 年版。
《东方文化通论》，山东教育出版社 2002 年版。
《话语转型与诗学对话——泰戈尔诗学比较研究》，中国社会科学出版社 2010 年版。
黄宝生：《印度古典诗学》，北京大学出版社 1993 年版。
季羡林主编：《印度古代文学史》，北京大学出版社 1991 年版。
《东方文学史》，吉林教育出版社 1995 年版。
季羡林、张光璘编选：《东西文化议论集》，经济日报出版社 1997 年版。
姜飞：《跨文化传播的后殖民语境》，中国人民大学出版社 2005 年版。
金克木：《印度文化论集》，中国社会科学出版社 1983 年版。
《比较文化论集》，生活·读书·新知三联书店 1984 年版。
李琛：《阿拉伯现代文学与神秘主义》，社会科学文献出版社 2000 年版。

梁立基、陶德臻主编：《外国文学简编》（修订本），中国人民大学出版社1998年版。
林承节：《印度民族独立运动的兴起》，北京大学出版社1984年版。
刘安武：《印度印地语文学史》，人民文学出版社1987年版。
《印度文学和中国文学比较研究》，中国国际广播出版社2005年版。
柳鸣九主编：《萨特研究》，中国社会科学出版社1981年版。
鲁迅：《鲁迅全集》，人民文学出版社1981年版。
罗钢：《叙事学导论》，云南人民出版社1994年版。
罗钢、刘象愚主编：《后殖民主义文化理论》，中国社会科学出版社1999年版。
倪培耕：《印度味论诗学》，漓江出版社1997年版。
欧力同、张伟：《法兰克福学派研究》，重庆出版社1993年版。
潘兴明、李忠：《南非：在黑白文化的撞击中》，四川人民出版社2000年版。
曲春景、耿占春：《叙事与价值》，学林出版社2005年版。
任一鸣、瞿世镜：《英语后殖民文学研究》，上海译文出版社2003年版。
阮元辑：《十三经注疏》，浙江古籍出版社1998年版。
宋兆霖主编：《诺贝尔文学奖全集》，燕山出版社2006年版。
申丹：《叙述学与小说文体学研究》，北京大学出版社2001年版。
孙宜学编：《泰戈尔与中国》，河北人民出版社2001年版。
唐仁虎等：《泰戈尔及其作品研究》，昆仑出版社2003年版。
陶东风主编：《知识分子与社会转型》，河南大学出版社2003年版。
王海利：《古埃及神话故事》，吉林人民出版社2001年版。
王诺：《欧美生态文学》，北京大学出版社2003年版。
王岳川、尚水编：《论后现代主义文化与美学》，北京大学出版社1992年版。
王涿：《想象力论——大江健三郎小说的方法》，上海文艺出版社2004年版。
吴岳添主编：《诺贝尔文学奖词典》，敦煌文艺出版社1993年版。
张辉：《审美现代性批判》，北京大学出版社1999年版。
张京媛：《后殖民理论与文化批评》，北京大学出版社1999年版。
张寅德编选：《叙述学研究》，中国社会科学出版社1989年版。

赵毅衡：《当说者被说的时候——比较叙述学导论》，中国人民大学出版社 1998 年版。

叶开：《莫言的文学共和国》，北京大学出版社 2013 年版。

叶舒宪：《文学与人类学——知识全球化时代的文学研究》，社会科学文献出版社 2003 年版。

叶渭渠：《冷艳文士川端康成传》，中国社会科学出版社 1996 年版。

《日本文学思潮史》，经济日报出版 1997 年版。

袁可嘉等编选：《外国现代派作品选》，上海文艺出版社 1984 年版。

《现代主义文学研究》，中国社会科学出版社 1989 年版。

周宪：《现代性的张力》，首都师范大学出版社 2001 年版。

《中华大藏经》（汉文部分），中华书局 1985 年版。

［埃及］艾哈迈德·爱敏：《阿拉伯—伊斯兰文化史》（1-8 册），纳忠、朱凯等译，商务印书馆 1982-1999 年版。

［埃及］纳吉布·马哈福兹：

《平民史诗》，李唯中、关偁译，湖南人民出版社 1984 年版。

《梅达格胡同》，郅溥浩译，上海译文出版社 1985 年版。

《纳吉布·马哈福兹短篇小说选萃》，华夏出版社 1989 年版。

《世代寻梦记——我们街区的孩子们》，李琛译，花城出版社 1990 年版。

《新开罗》，冯佐库译，上海译文出版社 1991 年版。

《续天方夜谭》，谢秩荣等译，中国文联出版公司 1991 年版。

《自传的回声》，薛庆国译，光明日报出版社 2001 年版。

《思慕宫》、《两宫间》、《怡心园》，陈中耀、陆英英译，上海译文出版社 2003 年版。

《始与末》，袁松月译，上海译文出版社 2003 年版。

［澳大利亚］比尔·阿希克罗夫特等：《逆写帝国——后殖民文学的理论与实践》，任一鸣译，北京大学出版社 2014 年版。

［德］卡西尔：《语言与神话》，于晓等译，生活·读书·新知三联书店 1988 年版。

［德］康德：《判断力批判》，宗白华译，商务印书馆 1985 年版。

［德］西美尔：《现代人与宗教》，曹卫东等译，中国人民大学出版社 2003 年版。

［俄］巴赫金：《小说理论》，白春仁、晓河译，河北教育出版社 1998

年版。
［俄］列昂诺夫：《俄罗斯森林》，姜长滨译，黑龙江人民出版社 1984 年版。
［法］让-弗朗索瓦·西里奈利：《知识分子与法兰西激情》，刘云虹译，江苏人民出版社 2001 年版。
［法］热拉尔·热奈特：《叙事话语新叙事话语》，王文融译，中国社会科学出版社 1990 年版。
［法］史韦兹：《敬畏生命》，陈泽环译，上海社会科学院出版社 1996 年版。
［法］朱利安·班达：《知识分子的背叛》，佘碧平译，上海人民出版社 2001 年版。
［加］谢少波：《抵抗的文化政治学》，陈永国、汪民安译，中国社会科学出版社 1999 年版。
［美］爱德华·W. 赛义德：《东方学》，王宇根译，生活·读书·新知三联书店 1999 年版。
《格格不入——萨义德回忆录》，彭淮栋译，生活·读书·新知三联书店 2004 年版。
《文化与帝国主义》，李琨译，生活·读书·新知三联书店 2003 年版。
《知识分子论》，单德兴译，陆建德校，生活·读书·新知三联书店 2002 年版。
［美］厄尔·迈纳：《比较诗学》，王宇根等译，中央编译出版社 2004 年版。
［美］F. 詹姆逊：《政治无意识》，王逢振、陈永国译，中国社会科学出版社 1999 年版。
［美］拉塞尔·雅各比：《最后的知识分子》，洪洁译，江苏人民出版社 2002 年版。
［美］马泰·卡林内斯库：《现代性的五副面孔》，顾爱彬、李瑞华译，商务印书馆 2002 年版。
［美］勒内·韦勒克等：《文学理论》，刘象愚等译，江苏教育出版社 2005 年版。
［美］鲁思·本尼迪克特：《菊与刀》，吕万和、熊达云、王智新译，商务印书馆 2009 年版。

[美] 蒲安迪：《中国叙事学》，北京大学出版社 1996 年版。
[美] 乔治·桑塔耶纳：《美感》，缪灵珠译，中国社会科学出版社 1982 年版。
[美] 塞缪尔·亨廷顿：《文明的冲突与世界秩序的重建》，周琪、刘绯、张立平、王圆译，新华出版社 1999 年版。
[美] 伦纳德·S. 克莱因主编：《20 世纪非洲文学》，李永彩译，北京语言学院出版社 1991 年版。
[美] 苏珊·朗格：《情感与形式》，刘大基、傅志强、周发祥译，中国社会科学出版社 1986 年版。
[美] 韦恩·布斯：《小说修辞学》，付礼军译，广西人民出版社 1987 年版。
[美] 威·艾·伯·杜波伊斯：《黑人的灵魂》，维群译，人民文学出版社 1959 年版。
[南非] 纳丁·戈迪默：《戈迪默短篇小说集》，章祖德等译，重庆出版社 1993 年版。
[南非] J. M. 库切：《耻》，张冲，郭整风译，译林出版社 2003 年版。
《等待野蛮人》，文敏译，浙江文艺出版社 2004 年版。
《迈克尔·K. 的生活和时代》，邹海仑译，浙江文艺出版社 2004 年版。
《伊丽莎白科斯泰洛：八堂课》，北塔译，浙江文艺出版社 2004 年版。
《动物的生命》，朱子仪译，北京出版社、北京十月文艺出版社 2006 年版。
[尼日利亚] 索因卡：《痴心与浊水》，沈静、石羽山译，外国文学出版社 1987 年版。
《狮子和宝石》，邵殿生等译，漓江出版社 1990 年版。
《狱中诗抄》，黄灿然译，倾向出版社、唐山出版社 2003 年版。
《死亡与国王的侍从》，蔡宜刚译，湖南文艺出版社 2004 年版。
《在阿凯的童年时光》，谭莲香译，湖北教育出版社 2008 年版。
[日] 川端康成：《美的存在与发现》，叶渭渠译，中国社会科学出版社 1996 年版。
《雪国·古都·千只鹤》，叶渭渠、唐月梅译，译林出版社 1999 年版。
《川端康成十卷集》，高慧勤主编，河北教育出版社 2000 年版。
《川端康成小说选》，叶渭渠译，人民文学出版社 1985 年版。

《川端康成散文选》，叶渭渠译，百花文艺出版社 1988 年版。
《掌小说全集》，叶渭渠译，中国社会科学出版社 1996 年版。
《日兮月兮·浅草红团》，金海曙等译，中国社会科学出版社 1996 年版。
《独影自命》，金海曙等译，中国社会科学出版社 1996 年版。
《睡美人》，叶渭渠译，燕山出版社 2001 年版。
[日] 大江健三郎：《大江健三郎作品集——死者的奢华》，叶渭渠主编，光明日报出版社 1995 年版。
《大江健三郎作品集——万延元年的足球队》，叶渭渠主编，光明日报出版社 1995 年版。
《大江健三郎作品集——广岛札记》，叶渭渠主编，光明日报出版社 1995 年版。
《大江健三郎作品集——同时代的游戏》，叶渭渠主编，光明日报出版社 1995 年版。
《大江健三郎作品集——新人啊，醒来吧》，叶渭渠主编，光明日报出版社 1995 年版。
《空翻》，杨伟译，译林出版社 2001 年版。
《我在暧昧的日本》，王中忱、庄焰等译，南海出版公司 2005 年版。
《大江健三郎口述自传》，尾崎真理子整理，许金龙译，新世界出版社 2008 年版。
《愁容童子》，许金龙译，南海出版公司 2005 年版。
《两百年的孩子》，许金龙译，百花文艺出版社 2007 年版。
[日] 黑古一夫：《大江健三郎传说》，翁家慧译，中国广电出版社 2008 年版。
[日] 进藤纯孝：《川端康成》，何乃英译，中央编译出版社 1998 年版。
[日] 今道友信：《东方的美学》，蒋寅等译，生活·读书·新知三联书店 1991 年版。
[苏联] 伊·德·尼基弗罗娃等：《非洲现代文学》，刘宗次、赵陵生译，外国文学出版社 1980—1981 年版。
[希腊] 亚里士多德：《诗学》，罗念生译，人民文学出版社 1984 年版。
[以色列] 里蒙—凯南：《叙事虚构作品》，姚锦清等译，生活·读书·新知三联书店 1989 年版。
[印度] 罗宾德拉纳特·泰戈尔：《饥饿的石头》，倪培耕等译，漓江出版

社 1983 年版。
《寂园心曲——泰戈尔诗歌三百首》，白开元译，广西人民出版社 1987 年版。
《泰戈尔作品集》，人民文学出版社 1988 年版。
《泰戈尔论文学》，倪培耕等译，上海译文出版社 1988 年版。
《回忆录·我的童年》，谢冰心、金克木译，人民文学出版社 1988 年版。
《泰戈尔诗选》，人民文学出版社 1994 年版。
《泰戈尔诗歌精选》，郁龙余主编、董友忱编选，外语教学与研究出版社 2007 年版。
《泰戈尔随笔》，刘湛秋主编，安徽文艺出版社 1995 年版。
《泰戈尔全集》，刘安武、倪培耕、白开元主编，河北教育出版社 2000 年版。
[印度] A. L. 巴沙姆主编：《印度文化史》，闵光沛等译，商务印书馆 1997 年版。
[印度] 梅特丽耶·黛维：《家庭中的泰戈尔》，季羡林译，漓江出版社 1985 年版。
[印度] K. 克里巴拉尼：《泰戈尔传》，倪培耕译，漓江出版社 1984 年版。
[印度] S. 纳拉万：《泰戈尔评传》，刘文哲、何文安译，重庆出版社 1985 年版。
[印度] S. C. 圣笈多：《泰戈尔评传》，董红钧译，湖南人民出版社 1984 年版。
[英] 安东尼·吉登斯：《现代性的后果》，田禾译，译林出版社 2000 年版。
[英] 艾勒克·博埃默：《殖民与后殖民文学》，盛宁、韩敏中译，辽宁教育出版社 1998 年版。
[英] 彼得·福克纳：《现代主义》，付礼军译，昆仑出版社 1989 年版。
Andrew V. Ettin. *Betrayals of The Body Politic*: *The Literature Commitment of Nadine Gordimer*, Charlottesville: The University of Virginia Press, 1993.
Biodun Jeyifo. *Modern African Drama*, W. W. Norton & Company, Inc.
Chakraverty, Bishweshwar. *Tagore*, *The Dramatist*: *a Critical Study*. Delhi: B. R. pub. Corp; New Delhi: Distributed by BRPC (India), C2000.

David Attwell. *J. M. Coetzee*. University Of California Press, 1993.

David Attwell. *J. M. Coetzee: South Africa & the Politics of Writing*, Diane Publishing Company, 1998.

Dr. Shahid Ashraf, *Family Culture in Islam*, New Delhi: Anmol Publications Pvt. Ltd., 2006.

Eliot, T. S. *Selected Essays*. Harcourt, Brace and Compony. 1950.

Hay, Stephen N. *Asian Ideas of East and West: Tagore and His Critics in Japan, China, and India*. Cambridge: Harvard University Press, 1970.

Hogan, P. C. and Pandit, L. Ed. *Rabindranath Tagore: Universality and Tradition*. Madison, N. J.: Fairleigh Dickinson University Press; London: Associated University Press, 2003.

J. M. Coetzee. *White Writing*, Yale: Yale University Press, 1990.

J. M. Coetzee. *Age of Iron*, New York: Penguin, 1990.

J. M. Coetzee. *Doubling the Point: J. M. Coetzee, Essays and Interviews*. Cambridge, Mass: Harvard University Press, 1992.

J. M. Coetzee. *Writing Of J. M. Coetzee*, Duke University Press, 1994.

J. M. Coetzee. *What Is Realism*, Bennington College, 1997.

J. M. Coetzee. *Inner Workings: Literary Essays*2000 - 2005, Harvill: Secker, 2007.

J. M. Coetzee. *Dairy of A Bad Year*, Harvill : Secker, 2007.

Johansen. *Japan's non-binding*, Stanford University Press, August, 2003.

Louise Yelin. *From the Margins of Empire: Christina Stead, Doris Lessing, and Nadine Gordimer*.

Cornell University Press, 1999.

Nadine Gordimer. *A Sport of Nature*, Alfred A. Knopf, Inc. 1987.

Nandi, S. K. *Art and Aesthetics of Rabindranath Tagore*. The Aslatic Society, Calcutta, 1999.

Naravane, S. *Rabindranath Tagore: a Philosophical Study*. Allahabad: Central Book Depot, 1978.

Paul Gray. Life in The Territory of Exile: A SPORT OF NATURE, Time, April 6.

Raj, G. V. *Tagore: the Novolist*. New Delhi: Sterling Publish, 1983.

Rasbeed El-Enany, *Naguib Mahfouz*: *The pursuit of meaning*, London and New York Press, 1993.

Singh, Ajai. *Rabindranath Tagore*, *His Imagery and Ideas*. Ghaziabad Dalhi Vimal, 1984.

Stephen Clingman. *The Novels of Nadine Gordimer*: *History from The Inside*, 1st ed., London: Bloomsbury Publishing Ltd., 1986.

Susan V. Gallaqher. *A Story of South Africa*: *J. M. Coetzee's Fiction in Context*, Harvard University Press, 2002.

Tagore, R. *Personality*. London: Macmilan, 1917.

Tagore, R. *The Religion of an Artist*. Calcutta: Visva-Bharati Bookshop, 1953.

T. S. Eliot. *The Metaphysical Poets*, See *Selected Essays*. Harcourt, Brace and ComPony. 1950.

Wole Soyinka. *Myth*, *Literature and the African World* [M]. Cambridge: M. A. Cambridge University Press, 1976.

Wynne Tyson. *The Extended Circle*, Paragon House, New York, 1989.